WIE HET EERST KOMT

ANDER WERK VAN BO SVERNSTRÖM

Wie zint op wraak
Wie zonder zonde is

BO SVERNSTRÖM

Wie het eerst komt

Vertaling Corry van Bree

HarperCollins

MIX
Paper | Supporting responsible forestry
FSC® C021394

Voor het papieren boek is papier gebruikt dat onafhankelijk is gecertificeerd door FSC®
om verantwoord bosbeheer te waarborgen.
Kijk voor meer informatie op www.harpercollins.co.uk/green.

HarperCollins is een imprint van Uitgeverij HarperCollins Holland, Amsterdam.

Oorspronkelijke titel: *Det man inte ser*

Omslagontwerp: Buro Blikgoed
Omslagbeeld: © Jarrett Kow / Unsplash; © Plainpicture / Suzette Bross
Foto auteur: © Martin Stenmark
Zetwerk: Mat-Zet B.V., Huizen
Druk: ScandBook UAB, Lithuania, met gebruik van 100% groene stroom

ISBN 978 94 027 1146 2
ISBN 978 94 027 6695 0 (e-book)
NUR 305
Eerste druk januari 2023

Originele uitgave verschenen bij Albert Bonniers Förlag, Stockholm, Zweden.
Uitgegeven in de Nederlandse taal door bemiddeling van Bonnier Rights, Stockholm, Zweden.

HarperCollins Holland is een divisie van Harlequin Enterprises ULC

www.harpercollins.nl

Proloog

November

Jens Rudberg Karlsson keek om zich heen. Een lage stenen muur en een aantal kale bomen omringden het met grind bedekte terrein waar op sommige plekken gras doorheen groeide. Rechts, aan de andere kant van de muur, zag hij een weiland, en links opende zich het akkerlandschap in zachte, golvende heuvels met verwelkte bruine en gele kleuren. Toen hij zich omdraaide, zag hij de grindweg waarover hij zojuist was gereden een dunne lijn langs omheiningen en hekken kronkelen.

De wind joeg over de akkers en door de bomen en voerde een scherpe, vochtige brandlucht met zich mee. Het was niet afkomstig van een houtvuur, maar van door mensen geproduceerde voorwerpen: plastic, rubber en olie. Die geuren verschillen, dacht hij, waarna hij over de weg terugliep, de trap over de omheining nam en het weiland in liep.

Jens Rudberg Karlsson had eerder mooie landschappen gezien die hem niets deden. Als hij al iets van deze natuur vond, dan was het dat Österlen er hier, zo'n tien kilometer bij de kust vandaan, uitzag als alle andere landbouwgebieden.

Hij begreep niet wat het probleem was.

Een paar dagen geleden hadden hier een stuk of vijftig milieuactivisten actiegevoerd om te voorkomen dat de boortoren hier kwam te staan. Ze hadden stenen naar de grindweg gesleept in een poging een barricade op te werpen. De projectleider had de politie ingeschakeld en de activisten waren uiteindelijk een voor een weggevoerd. Er lagen nog steeds een paar met de hand beschreven borden, die in het gras waren achtergebleven. Hij las BLIJF VAN ONZE HUIZEN AF en DEZE GROND IS VAN ONS. Jens schopte tegen een van de borden zodat het een eind wegvloog.

'Dat heeft geen zin,' zei een stem achter hem.

Toen hij zich omdraaide, zag hij een man in neongele werkkleding naar hem toe komen.

'Urban Larsson,' zei de man, en hij stak zijn hand uit.

Onder zijn andere arm had hij een veiligheidshelm met gehoorbescherming. Jens had eerder een telefoongesprek met hem gevoerd en wist dat hij de projectleider van de proefboringen was.

Jens keek naar de verschroeide boortoren. De hydraulische slangen staken gebarsten en verwrongen uit het stalen frame. Op één plek was nog een stukje van de rode verf zichtbaar, de rest was weggebrand. Het gras rond de boortoren was verschroeid en zwart.

'Die vervloekte terroristen,' zei hij. Daarna beheerste hij zich, dwong zichzelf om vooruit te kijken en naar oplossingen te zoeken, zoals hij altijd deed.

'Oké, wat doen we nu?'

Urban keek uit over het landschap. 'We moeten een nieuwe boortoren laten komen en opnieuw beginnen,' zei hij. 'Deze is alleen nog schroot. Als we geluk hebben, kunnen we de pijpen nog gebruiken, maar het risico bestaat dat de hitte de verharding aangetast heeft.'

Jens klemde zijn kaken op elkaar. 'Bestel een nieuwe,' zei hij. 'En de politie?'

'Ik heb met ze gepraat. Ze zeiden dat dit ernstige vernieling is en dat ze –'

'Geen brandstichting met gevaar voor personen?' onderbrak Jens hem.

'Nee, ze hebben alleen de toren in brand gestoken, en omdat die geen cabine heeft...'

Jens draaide zich om en keek naar het weiland. Naast de omheining stond een blauwgeschilderde bouwkeet die niet was aangetast. Hij wilde dat die ook uitgebrand was.

'Dan hoeven we nergens op te hopen,' zei hij. 'De politie heeft de middelen voor zo'n onderzoek niet.' Hij keek weer naar Urban. 'Hebben we kunnen boren?'

'Eén stang heeft een korte schacht van twintig meter geboord.'

'Ik ga met een beveiligingsbedrijf praten,' zei Jens.

Hij liep naar het bord en schopte er weer tegen. Een van de hoeken brak af, waardoor er alleen nog VAN ONZE WONINGEN stond. Hij draaide zich om en keek naar Urban. 'Ze zitten fout,' zei hij. 'We hebben een opsporingsvergunning van het ministerie van Economische Zaken en Klimaat. We hebben verdomme het recht om dit te doen!'

DEEL EEN

Edith

1

Zaterdag 12 januari

Inspecteur Carl Edson keek vragend naar de twee in burger geklede politieagenten die tegenover hem stonden, Asbjörn Bolander en Ylva Palmquist. Asbjörn schraapte zijn keel en spuugde op de grond, gelukkig met de wind mee, waarna hij antwoord gaf. 'Waarschijnlijk is híj het, maar het is een verdomd bloedbad in de woning.'

Asbjörn stond met zijn voeten op schouderbreedte uit elkaar. Zijn naar achteren gekamde haar waaide alle kanten op door de zeewind, maar hij deed geen poging om het glad te strijken. In plaats daarvan sloeg hij zijn armen voor zijn brede borstkas over elkaar. Zoals hij daar wijdbeens naast de door de wind geteisterde dennenbomen stond, leek het alsof hij hier thuishoorde.

Asbjörn was inspecteur bij de politie Zuid-Stockholm. Carl en hij hadden afgelopen herfst samengewerkt aan een moordzaak waarbij kinderen betrokken waren. Carl herinnerde zich zowel het onderzoek als Asbjörn met een gevoel van weerzin en was ervan overtuigd dat Asbjörn hetzelfde voelde.

'Een bloedbad?' herhaalde Carl. 'Ben je binnen geweest?'

Asbjörn schudde zijn hoofd. 'Ik heb het eerste surveillanceteam gesproken dat ter plaatse was.'

Ylva stond met gebogen rug schuin achter haar chef, alsof ze bescherming tegen de wind zocht, en liet haar superieur het gesprek voeren.

'Hoeveel doden zijn er?' vroeg Carl. Hij keek naar de grote villa met de gevelverlichting die de witgepleisterde muren verlichtte.

Op weg hiernaartoe had hij een dunne witte sneeuwlaag naast de weg gezien, maar hier lag de grond zwart in de winterduisternis. Waarschijnlijk komt het door de nabijheid van de zee, dacht hij, de sneeuw smelt door de warmte die in het water is opgeslagen. Op de kaart had het geleken alsof het strand minder dan honderd meter bij het huis vandaan lag.

‘Hebben ze dat niet gezegd toen ze belden?’ vroeg Asbjörn.

Carl trok zijn donkerblauwe wollen jas dichter om zich heen, maar voelde de wind recht door zijn kleding gaan. ‘Nee,’ antwoordde hij.

‘Het zijn er drie. En een van hen is waarschijnlijk Jens Rudberg Karlsson.’

Carl knikte. Dat was bijna het enige wat de dienstdoende agent tijdens het telefoontje had gezegd, terwijl Carl samen met zijn dochter Linda op hun gezamenlijke zaterdagavond naar een film had gekeken.

Financieel directeur en vice-CEO Jens Rudberg Karlsson was acht dagen geleden ontvoerd, op het parkeerterrein van het Hagapark ten noorden van Stockholm. Niemand wist wat hij daar had gedaan, zelfs zijn vrouw niet. Het park lag een kilometer bij zijn werk vandaan, dus misschien was hij van plan geweest om een ochtendwandeling te maken op het moment dat hij werd overvallen. Maar dat geloofde Carl niet.

Sindsdien was hij verdwenen, en ze hadden geen enkel spoor van hem gevonden.

De langste ontvoering met een goede afloop had zeventien dagen geduurd, dus acht dagen was vrij kort.

Maar nu was Jens Rudberg Karlsson dus dood.

‘En de anderen?’ vroeg Carl.

‘Die zijn ook dood,’ zei Asbjörn.

‘Ik bedoel of we weten wie het zijn,’ ging Carl onverstoorbaar verder. ‘En wat ze daar deden.’

‘We hebben geen betrouwbare informatie,’ zei Asbjörn. Zijn mondhoeken trokken nog verder naar beneden. ‘Waarschijnlijk zijn het de ontvoerders zelf.’

‘De ontvoerders?’

Asbjörn spuugde weer op de grond, dichter bij Carl deze keer. ‘Ze zijn allebei doodgeschoten. Het lijkt daarbinnen helemaal uit de hand gelopen te zijn. De forensisch arts kan je meer vertellen als je daar belangstelling voor hebt.’

‘Is hij er nog?’ Carl keek om zich heen naar het met grind bedekte erf voor de garage.

Asbjörn schudde zijn hoofd. 'Zíj. Beatrice Lundmark. Ze loopt daar...' Hij knikte naar een gedaante in de duisternis die met een tas in de hand bukte om het blauw-witte afzetlint te passeren en naar een witte Toyota liep.

'Als je rent, haal je haar misschien nog in.' Asbjörn grijnsde.

'Ik praat later wel met haar,' zei Carl. 'Hoever zijn we? Waar zijn we op dit moment mee bezig?' Hij beet op zijn tong, hoorde zelf dat het klonk alsof hij een verhoor afnam. *Het is niet wat je zegt, maar hoe je het zegt*, hoorde hij zijn ex-vrouw zeggen. Misschien had ze voor één keer een punt. Het enige, in dat geval.

'Waar we mee bezig zijn?' herhaalde Asbjörn. 'De technisch rechercheurs kammen de woning uit... En we hebben twee surveillanceteams die langs de deuren gaan, maar het is hier 's winters grondig geïsoleerd. De meeste woningen staan leeg en permanente bewoners hadden niets kunnen zien, zelfs als ze de hele avond achter het raam naar buiten hadden gekeken.'

Carl knikte. Asbjörn leek voor de verandering gelijk te hebben.

Ze bevonden zich ten zuiden van Stockholm, enkele tientallen kilometers buiten Nynäshamn, in wat ooit een gebied met vakantiehuisjes was geweest, maar waar nu voornamelijk exclusieve strandwoningen stonden, omringd door hoge omheiningen.

Het verlichte huis waarnaast ze stonden was op zich niet bijzonder opvallend, maar het perceel was enorm groot en lag op de punt van een landtong. De oprit slingerde zich honderden meters door een particulier dennenbos voordat hij het huis bereikte, dat in een hoek bij de zee was gebouwd. 'Afgelegen' was een omschrijving die de privacy van het grondstuk bij lange na niet dekte. Het moet een vermogen gekost hebben, dacht Carl.

Hij knikte naar de bewakingscamera die boven de voordeur hing. 'Hebben we de beelden al bekeken?'

Asbjörn snoof. 'Dat is alleen maar speelgoed om inbrekers af te schrikken.'

'Wie woont hier?'

Asbjörn keek hem verbaasd aan. 'Per Nordin. De CEO.'

'De baas van Jens?'

'Yep. Precies. Als ik het goed begrepen heb, is dit zijn zomerverblijf.' Asbjörn spuugde een nieuwe klodder uit.

Carl deed een stap opzij. 'Weet hij…' begon hij, maar hij maakte zijn zin niet af. Hij besefte dat dit het verkeerde moment was om vragen over deze samenloop van omstandigheden te stellen en dat Asbjörn de verkeerde persoon was om ze aan te stellen. 'Wie heeft er alarm geslagen?' vroeg hij in plaats daarvan.

'Dat weten we niet. De verbinding werd verbroken en er was hier niemand toen de eerste surveillancewagen arriveerde. Hij is er blijkbaar vandoor gegaan.'

'Wanneer kwam het telefoontje binnen?'

'Vlak na acht uur, geloof ik.'

Carl keek op zijn horloge. Het was 21.56 uur. 'Ik heb geen wegversperringen gezien toen ik hier aankwam.'

Asbjörn verplaatste zijn gewicht naar zijn rechtervoet, terwijl hij zijn hoofd naar voren boog, alsof hij een bokser was. 'Dat klopt. Daar was het al te laat voor. Er was te veel tijd verstreken.'

'En de eerste surveillancewagen?'

'Het team gaf de prioriteit aan het zoeken naar overlevenden.'

'Maar die vonden ze niet?'

'Inderdaad.'

'Ik begrijp…' Carl wilde iets zeggen over het volgen van de regels maar stopte toen hij vanuit zijn ooghoeken een lange, in het wit geklede man zag die onhandig over het grind naar hen toe rende. Achter hem haastten zich nog twee in overall geklede mannen het huis uit. Carl herkende de man die voorop liep. Het was Lars-Erik Wallquist, het hoofd van de technische recherche.

'Jezus, Carl!' brulde hij toen hij bij hen was. 'Hoorde je niet wat ik zei? Of ben je tegenwoordig ook al volkomen doof?'

Carl schudde zijn hoofd verward. Oók? Wat bedoelde hij daarmee? 'Wat is er?' vroeg hij.

'Er is iemand in het huis.'

Carl trok zijn wenkbrauwen niet-begrijpend op.

‘Levend!’ brulde Lars-Erik.

‘Maar het surveillanceteam heeft geen overlevenden gevonden,’ zei Carl met een blik naar Asbjörn.

‘Ik weet zeker dat er iemand in de kledingkast verstopt zit,’ zei Lars-Erik. ‘Het zou de dader kunnen zijn…’

‘Weet je dat zeker?’ zei Carl.

‘Wat denk je verdomme? Natuurlijk weet ik het niet zeker, maar ik ben niet van plan om het uit te zoeken en een kogel in mijn maag te krijgen. Je moet iemand naar binnen sturen.’ Hij wreef met zijn hand over zijn dikke buik.

Carl keek weer naar Asbjörn en Ylva. Hij vermoedde dat een heel arrestatieteam de woning zou bestormen als hij Asbjörn erbij betrok, en dat wilde hij niet. Hij hield niet van buitensporig geweld.

‘Ik ga naar binnen,’ zei hij berustend. Hij draaide zich naar Ylva om. ‘Wil jij kijken of er een kogelvrij vest in een van de auto’s ligt?’

Ylva rende naar de dichtstbijzijnde auto en kwam met twee vesten terug.

‘Hier,’ zei ze, en ze gaf een van de vesten aan Carl.

Hij keek haar vragend aan.

‘Ik ga mee,’ zei ze.

‘Nee, dat doe je niet.’

‘Volgens formulier 1A van het handboek moet je minstens met twee personen naar binnen,’ zei ze. ‘Je mag nooit alleen een pand betreden.’

Carl zuchtte en keek naar hoe ze het vest dichtknoopte en het magazijn van haar dienstwapen controleerde, waarna hij zijn eigen vest met veel moeite aantrok. Het paste slecht over zijn jas.

Lars-Erik haalde een notitieboekje met een schets van het huis tevoorschijn. ‘De bovenverdieping bestaat uit een zitkamer, twee kleine slaapkamers, een badkamer en een grote slaapkamer op het noorden,’ zei hij terwijl hij met zijn dikke vinger wees. ‘De kledingkast is rechts. En loop verdomme langs de muren. Niet in het midden. Kijk, zo zijn wij gelopen.’ Hij wees naar de stippellijn die hij op de schets had getekend.

‘Doen we,’ zei Carl.

Lars-Erik keek sceptisch naar hem en streek met zijn hand over zijn kin. ‘Doe voorzichtig,’ zei hij op ongewoon vriendelijke toon.

Hij liep voor Ylva uit naar het huis. Het geluid van hun voetstappen op het grind klonk belachelijk hard, vond hij, waarna hij besefte dat alle geluiden om hen heen – de wind die door de dennen ruiste, de golven die het strand onder het huis op rolden – onnatuurlijk luid waren. Daarnaast was hij zich plotseling intens bewust van de geur van de zee, die uit zeewier en algen bestond.

Hij besefte dat het kwam doordat hij bang was. Hij had het eerder meegemaakt, zoals die keer dat hij een eland had aangereden of die keer dat zijn vijfjarige dochtertje met haar fiets was gevallen en haar gezicht de stoeprand had geraakt. Alle zintuigen verscherpten, waardoor de omgeving helderder en duidelijker leek en het was alsof de tijd langzamer verstreek, zodat hij meer ruimte kreeg om na te denken en zich voor te bereiden op wat hem te wachten stond.

Carl liep de buitentrap op en bleef in de deuropening staan. Hij aarzelde niet door wat hij zag, want afgezien van een paar schoenafdrukken op de lichte plavuizen vloer was het een volkomen normale hal. Hij deinsde terug door de geur, de vertrouwde zoetige, metaalachtige geur van bloed die hem tegemoetsloeg.

Hij liep voorzichtig naar binnen.

'De lichamen liggen op de trap en op de bovenverdieping,' fluisterde Ylva achter hem.

Carl schoof langs de muur door de hal, raakte een van de schilderijen die op een rij aan de muur hingen en passeerde een lege slaapkamer aan de linkerkant. Na nog een paar stappen zag hij de keuken aan de rechterkant. Het aanrecht en de keukentafel stonden vol met vieze vaat, etensresten en stapels pizzadozen. De bovenste dozen waren niet geopend en leken vers. Boven op het deksel stond met grote letters TOSCANA PIZZERIA met daaronder een telefoonnummer.

De zitkamer grensde aan de open keuken en was net zo chaotisch: kleding, vieze borden, meerdere pizzadozen en lege frisdrankblikjes lagen op de bank en op de lage salontafel.

Ylva raakte zachtjes zijn arm aan. Ze knikte naar een verlichte trap van glas en roestvrij staal. Toen Carl dichterbij kwam, zag hij het lichaam.

Helemaal bovenaan de trap lag een blonde jongeman op zijn buik. Het bloed was over de doorzichtige traptreden gestroomd en vervolgens gestold. De rode vlekken en stroompjes werden van onderaf verlicht door de ingebouwde lampen van de trap.

Carl boog zich over het lichaam heen. Twee duidelijke uitgangswonden in de rug en de nek waren zichtbaar door het groene windjack. De man was de trap op gelopen, dacht Carl, in de richting van degene die op hem had geschoten. Hij was dus niet voor hem gevlucht.

Hij liep verder naar de bovenverdieping. Het tweede lichaam lag ruim een meter achter de trap. Hij zag dat dit eveneens een jongeman was, met donker haar, baardstoppels en een mager gezicht met weke trekken. Hij was ook vanaf de voorkant beschoten, alsof hij naar de schutter toe was gelopen. Toen Carl zich over het gezicht boog, zag hij dat de helft van het linkeroor was weggeschoten. De ogen waren open en de man staarde met een lege blik naar de televisie, die zwijgend beelden produceerde in de chic ingerichte kamer, waarvan de buitenmuur was voorzien van een panoramaraam dat uitkeek op de zee en de winterduisternis.

Carl keek om zich heen. Op de vloer lagen kleine genummerde witte briefjes. Waarschijnlijk zijn dit de plekken waar de technisch rechercheurs patroonhulzen hebben gevonden, dacht hij, voordat Lars-Erik hen dwong om naar buiten te gaan.

Ylva knikte naar een halfopen deur aan de linkerkant. Carl liep voorzichtig langs de muur en bleef voor de deur staan. Toen Ylva aanstalten maakte om hem te passeren, schudde hij zwijgend zijn hoofd. Hij boog zich naar voren en keek snel de kamer in, voordat hij zich weer terugtrok. Er gebeurde niets en hij had niets zien bewegen. Het enige geluid was het monotone schuren van de golven die het strand op spoelden. Heel even dacht hij dat Lars-Erik zich had vergist en een ander geluid had gehoord, zoals een tak die tegen de woning schraapte of een muis die door de spouw rende.

Hij haalde diep adem, gebaarde naar Ylva dat ze hem moest volgen en liep de kamer in.

Het was een grote slaapkamer, die baadde in het licht van plafondlampen en twee werklampen van de technisch rechercheurs. Recht voor hem stond een bureau dat zo naar het raam was gekeerd dat het uitzicht op zee bood. Rechts, tegen de achterste muur, stond een enorm tweepersoonsbed. Het derde lijk lag dwars over het bed op zijn buik met zijn hoofd naar de kastenwand die Lars-Erik op zijn schets had laten zien. De deuren die zich het dichtst bij het bed bevonden zaten vol bloedspatten. Zelfs op het plafond waren duidelijke donkerrode vlekken te zien. Carl kwam voorzichtig dichterbij. De handen van de man waren met kabelbinders op zijn rug vastgebonden en zijn hoofd was schuin naar achteren gebogen zodat zijn gezicht naar hen toe was gekeerd. De ogen staarden recht naar Carl. Hij herkende de man van de talloze foto's die hij de afgelopen dagen had gezien.

Dit was de ontvoerde Jens Rudberg Karlsson.

Carl had al veel gruwelijks gezien aan de muren met foto's van plaatsen delict. Oude, rottende lijken in vakantiehuisjes, slordige moorden die in dronken buien met hamers waren gepleegd, en één keer een arme drommel wiens schedel in een bankschroef was verbrijzeld. Toch voelde hij een intens afgrijzen toen hij de snee in de keel zag, waardoor het witachtige kraakbeen van de luchtpijp, de twee grote halsslagaders en de witte wervelkolom erachter zichtbaar waren. Hij had altijd een hekel gehad aan snijwapens. Hij had moeite met opengesneden lichamen, waarvan de binnenkant zichtbaar was.

Ylva gaf hem een por en knikte naar de kledingkast. Ze had haar wapen geheven, klaar om te schieten. Hij hief zijn eigen pistool eveneens.

'Politie!' riep hij. 'Kom naar buiten! Langzaam en met je handen in je nek!'

Er gebeurde niets, maar Carl hoorde een beweging achter de deuren die zich het dichtst bij het bed bevonden. Kleerhangers en kleding ritselden, en iemand haalde kort en gestrest adem. Stap voor stap liep hij voorzichtig naar de deuren toe. Hij strekte zijn linkerhand, keek naar Ylva, die knikte dat ze er klaar voor was, en trok de deur vervolgens snel open.

De gil kwam zo plotseling en was zo hard dat Carl naar achteren tuimelde en bijna op het bed en het dode lichaam viel.

'Jezus!' riep hij, terwijl hij probeerde zijn evenwicht terug te krijgen.

'Stil! Handen in je nek! Nu!' schreeuwde Ylva.

Een vrouw in een lichtblauw gewatteerd jasje hield haar armen om zichzelf heen geslagen. Ze zat onder het bloed: het blonde haar, het jasje, de lichte spijkerbroek, alles was bedekt met bruinrood, geronnen bloed. Telkens bleef ze schreeuwend dezelfde woorden herhalen.

'Vermoord me niet vermoord me niet vermoord me niet...'

2

Zondag 13 januari

'De vrouw in de kledingkast heet Edith Ekholm...' Carl Edson knikte naar de foto op het scherm achter hem. Die was genomen met flitslicht en de vrouw stond scherp verlicht op de trap voor Per Nordins woning, nog steeds gekleed in het bebloede lichtblauwe gewatteerde jasje en met haar armen stevig om zichzelf heen geslagen.

'Ze is negenentwintig jaar en heeft een verblijfadres opgegeven, maar staat ingeschreven in Hammarbyhöjden. We hebben haar telefoon gecontroleerd en zij is degene die 112 gebeld heeft. Veel meer weten we niet. Ze was gisteren veel te overstuur om verhoord te worden.'

Carl keek om zich heen in de vergaderkamer op de derde verdieping van het politiebureau in Flemingsberg. Het was een normale kantoorruimte met een onbestemde beige kleur op de muren en tl-buizen aan het plafond. Waarom zagen kantoren er bijna altijd zo uit? Ineens herinnerde hij zich dat iemand had gezegd dat de kleur een kalmerende invloed had. De drie politieagenten die tegenover hem aan de tafel zaten zagen er ontmoedigd uit nadat ze ruim een week intensief hadden gewerkt om de ontvoerde Jens Rudberg Karlsson levend terug te vinden. Carl begreep dat het als een mislukking voelde om over te schakelen naar een moordonderzoek. 'Ze is onze enige levende getuige,' zei hij. 'Ze ligt in het Karolinska-ziekenhuis in Huddinge en zodra we haar mogen verhoren, kunnen we beginnen met uitzoeken wat er in de woning gebeurd is en wat haar rol in de moord en de ontvoering is. Voorlopig wordt ze verdacht...'

Carl bladerde in het notitieboekje dat hij als kerstcadeau van zijn dochter had gekregen, maar vond niet meer aantekeningen over de vrouw. 'Na de bespreking ga ik naar het ziekenhuis om een nieuwe poging te doen.'

Hij maakte een gebaar naar Rickard Rosmark, die zoals gewoonlijk op zijn stoel hing en zijn hand lusteloos naar de laptop uitstrekte. Carl wist dat Rickard genoeg in zijn mars had om als datatechnicus te werken, maar toch nog steeds agent was. Waarom? Carl was er nooit aan toegekomen hem dat te vragen.

De projector knipperde en toonde een overzichtsfoto van de slaapkamer met het dode lichaam van de ontvoerde man dwars over het tweepersoonsbed.

'Jens Rudberg Karlsson is gisteren dus dood teruggevonden nadat er om 20.04 uur alarm geslagen is,' ging Carl verder. 'De eerste surveillancewagen arriveerde vijfendertig minuten later bij de villa. Het pand is van Per Nordin, CEO van C-Mine Nordic. Hij is de baas van de vermoorde Jens Rudberg Karlsson.'

'En we verdenken de milieuactivisten nog steeds?' vroeg Ylva.

'Ja.'

Een van de weinige dingen wat het onderzoeksteam na ruim een week werk zeker wist was dat de ontvoerders tot een groep militante milieuactivisten behoorden. Op de dag waarop Jens Rudberg Karlsson was verdwenen, had *Sveriges Radio* een sms ontvangen waarin de ontvoerders meedeelden waarom ze hem hadden ontvoerd en wat hun eisen waren om hem vrij te laten. De sms eindigde met: *Stop de verkrachting van de aarde. Stop C-Mines jacht op mineralen in Skåne!* Ze hadden Jens' eigen telefoon gebruikt en hadden dezelfde sms naar zijn vrouw gestuurd. De telefoon was naderhand in de auto van Jens Rudberg Karlsson aangetroffen.

'We moeten met Per Nordin gaan praten,' zei Carl. 'Om te beginnen moeten we weten wie er toegang tot het huis hadden. Het lijkt onwaarschijnlijk dat de ontvoerders het pand toevallig uitgekozen hebben.'

'Ik heb met Per Nordin over de ontvoering gesproken,' zei Asbjörn. 'Hij weigerde iedere vorm van bescherming, maar nu, na deze gebeurtenis...' Asbjörn huiverde.

'Goed, dan regel jij dat,' zei Carl. 'En maak van de gelegenheid gebruik om hem te vragen wanneer hij voor het laatst in zijn vakantiewoning geweest is.'

Carl knikte naar Lars-Erik Wallquist, de technisch rechercheur, die enigszins afzijdig helemaal achter in de kamer zat en door zijn papieren bladerde.

Wallquist schraapte zijn keel en zette zijn halvemaanvormige leesbril omstandig op. In het licht van de tl-buizen aan het plafond zag het eruit alsof hij tijdens de kerstdagen nog een paar kilo was aangekomen. Zijn gezicht had een ongezonde rode kleur en hij ademde luidruchtig door zijn neus. 'Laten we maar eens kijken...' bromde hij. 'De man op de trap door wiens bloed meerderen van jullie zo onzorgvuldig hebben lopen stampen...' Lars-Erik keek op van het vel papier dat hij in zijn hand had en keek geïrriteerd om zich heen. '...heet Joakim Enroth en is eenendertig. De eerste kogel heeft hem schuin van bovenaf geraakt. De tweede kogel had een scherpere hoek van ongeveer vijftien graden, is in het bovenste deel van de borstkas binnengedrongen en schuin door de thorax gegaan.'

Lars-Erik zette zijn bril af en keek om zich heen. 'Op het moment dat hij viel is hij door de tweede kogel geraakt. Voor zover jullie dit nog niet weten... De man die op de bovenverdieping is aangetroffen heet Andrew Christiansson en is negenentwintig. Hij is door drie kogels geraakt, waarvan één zijn oor geschampt heeft. Alle kogels zijn van dichtbij afgevuurd.'

'Een executie?' opperde Asbjörn.

Lars-Erik keek hem vragend aan. 'Het gaat niet om contactschoten, als dat is wat je bedoelt. Er is van een afstand van één tot twee meter op ze geschoten. Je moet zelf maar bepalen of dat een executie is.'

'Een beroeps?' ging Asbjörn verder. Hij leek volkomen onaangedaan door Lars-Eriks belerende toon.

'Nauwelijks.' Wallquist snoof. 'We hebben een pistool onder de bank in de zitkamer gevonden, een Crvena Zastava, CZ99, negen millimeter. Dat is waarschijnlijk het moordwapen. We hebben het samen met de kogels en patroonhulzen die we gevonden hebben naar het NFC, het Nationaal Forensisch Centrum, gestuurd, maar...' Hij keek naar Asbjörn. '...jullie moeten waarschijnlijk niet te veel resultaat verwachten. Het wapen heeft geen serienummer.'

'Is het weggevijld?' vroeg Carl.

'Nope. Het heeft er nooit op gezeten. Zulke wapens doken een paar jaar geleden op en zijn waarschijnlijk tijdens de oorlog in voormalig Joegoslavië geproduceerd.'

Hij zette zijn bril weer op en ging verder met het voorlezen van zijn vel papier. ‘Het wapen is bovendien schoongemaakt. Er zitten geen afdrukken of andere biologische sporen op.’

‘Ik begrijp het niet,’ zei Ylva. ‘Dat klinkt wel degelijk alsof het een beroeps is geweest.’

Ylva Palmquist was inmiddels al jarenlang agent. Carl had het gerucht gehoord dat ze meerdere keren had verzocht om bevorderd te worden, maar dat ze om de een of andere reden nooit in aanmerking was gekomen. Hij vroeg zich af waarom dat was. Ze deed precies wat ze moest doen, was plichtsgetrouw, zorgvuldig en loyaal.

Lars-Erik ademde diep en luidruchtig door zijn neus in. ‘Het magazijn van een CZ99 kan vijftien patronen bevatten. De dader heeft ze allemaal afgevuurd. Daarvan hebben vijf schoten víjf – zijn slachtoffers geraakt, en dan reken ik de kogel die Andrews oor geschampt heeft mee. De rest, tien kogels, hebben we in de muren en de meubels gevonden.’

‘Oké...’ zei Ylva.

Lars-Erik fronste zijn voorhoofd. ‘Het is verdomme een prestatie om tien schoten van twee meter afstand te missen.’

Asbjörn schoof zijn stoel met een hard schrapend geluid over de linoleumvloer naar achteren. ‘Deze Muppets regelen een pistool en denken dat ze alleen op een knop hoeven te drukken alsof... het zo’n iPad is of zo.’

Carl keek naar hem en miste zijn collega Jodie Söderberg. Zij was kalm, stelde vragen in plaats van beweringen te spuien, ventileerde geen vooroordelen en probeerde zich niet te laten gelden ten koste van haar collega’s. Helaas was ze bij haar vader in de VS op bezoek.

‘Kan ik verdergaan?’ vroeg Lars-Erik. ‘Of is er meer dat je met de anderen wilt delen?’

Asbjörn gaf geen antwoord.

‘Goed dan. We hebben afdrukken gevonden van nog iemand in wie jullie misschien geïnteresseerd zijn.’ Lars-Erik ademde gulzig in voordat hij verderging. ‘Ze zijn van een man die Oscar Hess heet. Hij is tweeëndertig en is volgens het strafregister veroordeeld voor brandstichting omdat hij een garage bij een boerderij buiten Östersund in brand gestoken heeft. Hij staat ingeschreven op een adres in Söder in Stockholm.'

'Mooi,' zei Carl. 'Heb je ook informatie over Andrew en Joakim?'

'Lijk ik verdomme op een database?'

'Nee, ik nam alleen aan…'

Lars-Erik haalde opnieuw diep adem. 'Volgens de forensisch arts,' ging hij verder, 'stierven alle slachtoffers tussen 17.00 en 19.00 uur.'

Asbjörn veranderde van houding, waardoor zijn stoel verontrustend kraakte. 'Het had dus niets uitgemaakt als we wegversperringen geplaatst hadden,' zei hij.

'Wat?' vroeg Lars-Erik.

'Carl klaagde erover dat we geen wegversperringen geplaatst hebben, maar dat had dus niets uitgemaakt. De dader was al minstens een uur verdwenen voordat het telefoontje bij de centrale binnenkwam.'

'Dat is mogelijk,' zei Carl. 'Maar dat wisten we op dat moment niet.'

Asbjörn gaf geen antwoord.

'Laten we verdergaan,' zei Lars-Erik. 'Het tweede moordwapen, dat gebruikt is om Jens Rudbergs keel door te snijden, hebben we niet gevonden. En dat geldt ook voor het mes waarmee zijn vinger afgesneden is –'

Carl keek op. 'Zijn vinger? Welke vinger?'

Lars-Erik trok zijn wenkbrauwen geïrriteerd op. 'Ben je niet met Beatrice gaan praten? Jens Rudberg mist zijn rechterwijsvinger. Die is bij het eerste kootje afgesneden.'

'En jullie hebben die niet gevonden?'

'Nee, en de messen ook niet. Wat een beetje merkwaardig is omdat het pistool wel achtergelaten is.'

Carl knikte, liep naar het whiteboard en schreef VINGER? naast de foto van Jens Rudberg Karlsson. Eronder hing een vergrote print van de sms van de ontvoerders. 'De messen?' vroeg hij vervolgens met een blik op Lars-Erik. 'Meerdere dus?'

'Yep. Rudberg Karlsson is vermoord met een ander mes dan dat waarmee ze zijn vinger afgesneden hebben.'

‘Ik begrijp het,’ zei Carl. ‘Bedankt.’ Hij dacht even na. ‘Maar waarom is hij met een mes gedood terwijl de anderen doodgeschoten zijn?’

‘Jezus!’ riep Asbjörn. ‘We hebben met een groep volslagen idioten te maken! Oscar werd waarschijnlijk wanhopig toen C-Mine niet toegaf. Hij sneed de keel van het slachtoffer door, schoot zijn twee medeplichtigen dood en ging er vervolgens vandoor.’

‘Dat zijn alleen speculaties,’ zei Carl. Hij had een enorme afkeer van dit soort aannames die heel snel tot waarheid konden worden verheven, waarna ze een onderzoek volkomen konden vertekenen. ‘Het enige wat we weten is dat hij in het huis geweest is.’ Carl wreef vermoeid in zijn ogen. Hij had vannacht slecht geslapen omdat hij het beeld van de vrouw in het lichtblauwe gewatteerde jasje en haar geschreeuw nauwelijks kon verdringen.

‘Waarom snijd je een vinger af als je hem niet als chantagemiddel gebruikt?’ vroeg Rickard.

Een goede vraag, dacht Carl. Hij wist niet of er een handleiding voor ontvoerders bestond, maar waarschijnlijk was dat wat je deed: een chantagebrief met een vinger erin sturen. ‘Misschien hebben ze het geprobeerd, maar is het mislukt,’ zei hij.

‘Of misschien heeft iemand niets over de brief gezegd,’ opperde Asbjörn. ‘Ik neem aan dat Per Nordin of de weduwe hem gekregen heeft.’

‘Oké,’ zei Carl. ‘Dat moeten we aan ze vragen. We moeten toch met beiden praten. Maar...’ Carl was van plan om te zeggen dat hij zich moeilijk kon voorstellen dat de weduwe van de vermoorde man over zoiets zou zwijgen, maar besloot het niet te doen.

Asbjörn keek hem vragend aan.

‘Niets,’ zei Carl. Hij keek naar Lars-Erik, die zijn papieren zorgvuldig in een versleten leren aktetas stopte. ‘Ben je klaar?’

De technisch rechercheur keek op. ‘Ja. Ik heb nog één ding voordat ik vertrek. Volgens de forensisch arts had Jens Rudberg Karlsson een schotwond van minstens tien jaar oud, en waarschijnlijk ouder. De kogel heeft de linkerschouder doorboord en een lelijk litteken veroorzaakt.’

‘Hoe kan hij die opgelopen –’ begon Carl.

Hij werd onmiddellijk onderbroken door Lars-Erik. 'Daar kan waarschijnlijk niemand antwoord op geven. Praat met de forensisch arts.' Hij gromde 'tot ziens' en sloeg de deur met een harde knal achter zich dicht.

Carl keek hem nadenkend na, waarna hij zich weer tot Rickard richtte. 'Trek je de schotwond na? En maak een achtergrondprofiel van Oscar Hess met zijn familie, vrienden, connecties met milieubewegingen, scholen... Alles wat we over hem te pakken kunnen krijgen. Op dit moment is hij onze hoofdverdachte...' Carl onderstreepte de naam twee keer op het whiteboard. '...naast Edith Ekholm, de vrouw in de kledingkast.'

Rickard ging rechtop zitten om iets op zijn collegeblok te schrijven. Carl zag dat hij een onregelmatig en kinderlijk handschrift had dat nauwelijks te lezen was. Waarschijnlijk typte hij hele dagen op toetsenborden.

'Ik trek Joakim Enroth en Andrew Christiansson ook na.'

'Mooi,' zei Carl.

'We moeten Oscar Hess opsporen,' zei Asbjörn. 'Nu, zo snel mogelijk.'

Carl knikte terwijl hij naar de foto van Jens Rudberg op het whiteboard keek. 'Er is iets anders wat ik me afvraag. Waarom hebben de ontvoerders hem juist nu gedood, na acht dagen? Wat is er gebeurd?'

'Dat heb ik al gezegd,' zei Asbjörn. 'Het is een stel idioten...'

'Hoe weet je dat ze zo stom zijn?' vroeg Carl.

'Jezus, iemands garage in brand steken en daarna gearresteerd worden is niet bepaald Nobelprijsniveau.'

'Oscar Hess heeft sindsdien misschien bijgeleerd...' zei Carl.

'Dat geloof ik niet,' antwoordde Asbjörn chagrijnig. 'Maar we hebben een getuige. Vraag het de vrouw in de kledingkast.'

'Precies,' zei Rickard. 'Waarom heeft Oscar haar niet gedood? Als hij tenminste de dader is. Hij heeft alle anderen tenslotte vermoord.'

Carl haalde zijn schouders op. 'Dat moeten we haar vragen zodra we haar kunnen verhoren, maar eerst: Oscar Hess' appartement. Wie kan dat controleren?'

Asbjörn stond op. 'Dat doe ik wel,' zei hij. 'Het zou me niet verbazen als die idioot naar huis gegaan is.'

'Dan praat jíj met Per Nordin,' zei Carl tegen Ylva.

Ze knikte.

‘Wees tactvol. Zijn vriend is net vermoord.’

‘Dat doe ik,’ zei Ylva ernstig.

‘Ik praat met de officier van justitie over een huiszoeking in Oscars appartement,’ ging Carl verder.

Rickard zette de projector uit en het werd stil in de vergaderkamer. ‘Laten we aan de slag gaan.’

3

Iets viel met een harde klap toen Per Nordin de voordeur van zijn appartement opende om de krant te halen. Door het geluid moest hij aan granaten denken. Hij liet zich op de vloer van de hal vallen en probeerde achter de halfopen deur van het toilet te schuilen om zoveel mogelijk te ontsnappen aan de explosie die hij verwachtte, maar die niet kwam.

‘Wat is er, Per, ben je gevallen?’ riep zijn vrouw Elisabeth vanuit de keuken, waar ze de ontbijttafel dekte.

Het is een reflex, dacht hij. Die verdwijnen nooit. Toch geneerde hij zich voor zijn reactie. ‘Niets aan de hand,’ zei hij en hij kwam overeind. ‘Ik struikelde over mijn schoenen.’

Een korte lach. Waarom was dat grappig?

Hij opende de massieve houten voordeur en zag een bruine tennistas van versleten leer op de overloop staan. Hij herkende hem, het was zijn oude tas, maar hoe was die in vredesnaam in dit appartementencomplex beland? Op dit adres aan de Strandvägen liep je niet gewoon via de portiekdeur naar binnen.

Hij staarde zwijgend naar de tas.

De politie zou hem vervloeken als hij hem aanraakte, dat besefte hij, maar daar trok hij zich niets van aan. Het was tenslotte zijn tas. Hij bukte zich, trok de rits zo ver open dat hij erin kon kijken en deinsde meteen daarna snel achteruit. ‘Jezus,’ mompelde hij tegen zichzelf.

‘Is de krant er niet?’ hoorde hij vanuit de keuken.

‘Jawel, ik kom eraan. Ik probeer alleen een beetje op te ruimen.’ Hij trok de krant uit de houder naast de deur, verstopte de tas achter zijn aktetas en liep naar de keuken om te ontbijten.

Terwijl hij koffie inschonk zei hij: 'Het spijt me, maar ik moet naar de zaak. Na Jens… Er is heel veel te doen.'

Ze keek op van de krant die hij haar had gegeven en schudde haar hoofd. 'Het is zo verschrikkelijk,' zei ze. 'Ik kan nog steeds niet geloven dat het echt gebeurd is.'

Hij knikte zwijgend. 'Wat zijn jouw plannen voor vandaag?' vroeg hij vervolgens.

Ze keek hem verbaasd aan.

Stelde hij dat soort vragen anders niet, vroeg hij zich af.

'Ik heb een afspraak met Mona,' zei ze beschuldigend. 'Ze heeft alle steun nodig die ze kan krijgen nu Jens… weg is.'

'Natuurlijk,' zei hij haastig. 'Doe haar de groeten van mij en zeg dat ik er… ongelofelijk verdrietig over ben.'

Elisabeth fronste haar voorhoofd. 'Vertel haar dat zelf maar. Jens en jij waren tenslotte –'

Hij knikte. 'Absoluut. Je hebt gelijk. Ik ga op weg naar huis bij haar langs.'

Ze keek naar hem. 'Per, je moet voorzichtig zijn.'

'Waarom zeg je dat?' vroeg hij. 'De ontvoerders zijn dood.'

'Je weet niet of… Het is helemaal niet zeker dat het nu afgelopen is.'

Hij hoorde dat ze zich zorgen maakte. 'Ik zal voorzichtig zijn,' suste hij haar, waarna hij de laatste slok koffie nam.

Daarna stond hij op en liep via de voormalige serveergang met glazen wandkasten naar de slaapkamer om zich om te kleden. Hij haalde het visitekaartje dat hij ruim een week nadat Jens was ontvoerd had gekregen uit de binnenzak van zijn colbert, dat in de kledingkast hing, en las de naam: ASBJÖRN BOLANDER.

Hij was van plan hem te bellen, maar niet zolang hij thuis was. Het kantoor was daar een geschiktere plek voor.

Op dat moment ging zijn telefoon, en een vrouw stelde zich voor als agent Ylva Palmquist.

4

Hij vond de geur van desinfectiemiddel vermengd met lichamelijk verval en medicijnen altijd vreselijk.

Carl Edson was eenenvijftig en zou in de herfst tweeënvijftig worden, maar als hij zijn ogen nu dichtdeed, midden in de enorme hal van het Karolinska-ziekenhuis in Huddinge, wist hij dat hij de ziekenhuiskamer uit zijn jeugd voor zich zou zien en dezelfde afschuwelijke angst en eenzaamheid als destijds zou voelen.

Hij liep naar een van de luiken van de receptie en wachtte geduldig tot de jonge man achter het raam klaar was met in zijn headset praten. Toen het raam openging vroeg hij naar de intensive care.

Het kostte hem tien minuten om afdeling K61-63 op de zesde verdieping van gebouw K2 te vinden. Hij verbaasde zich erover hoe onbegrijpelijk ingewikkeld het ziekenhuis was gebouwd, maar besefte dat het was aangepast op degenen die hier werkten in plaats van op de patiënten die hier kwamen. Of de politieagenten.

Toen hij een verpleegkundige uit een van de kamers iets verder weg in de gang zag komen haastte hij zich naar haar toe. 'Sorry,' zei hij. 'Ik zoek Edith Ekholm, een patiënt die hier opgenomen is. Weet jij waar ze ligt?'

De verpleegkundige keek met een afwijzende blik naar Carl. Hij zag dat ze Åsa heette, maar ze had haar achternaam op het bordje dat ze op haar borstkas droeg afgeplakt.

'Ik ben van de politie,' zei hij en hij haalde zijn politielegitimatie tevoorschijn.

Ze keek onderzoekend naar hem, leek opgelucht en wees de gang in. 'Volg de groene lijn, dan kom je bij kamer zeven.' Ze maakte een gebaar naar de lichtgrijze linoleumvloer, waarop gele, groene en rode lijnen stonden.

Voor kamer zeven zat een geüniformeerde agent, een man van achter in de twintig, die opkeek van zijn krant en met net zoveel wantrouwen naar Carl keek als de verpleegkundige daarnet had gedaan.

'O, het spijt me,' zei de man gegeneerd toen Carl zijn legitimatie opnieuw liet zien. 'Ik wist niet –'

'Uiteraard,' zei Carl vriendelijk. Hij wilde naar binnen gaan, maar bedacht zich en liet de deurkruk los. 'Heeft ze bezoek gehad?'

'Nee.'

'Niemand?' vroeg Carl verbaasd. 'Helemaal niemand?'

'Ik weet niet of het bezoek was, maar er was hier een tijdje geleden een man –'

'Een man?' zei Carl snel. 'Wat wilde hij?'

'Dat weet ik niet. Hij liep weg zonder iets te zeggen.'

'Heb je het niet gevraagd?'

'Daar had ik geen tijd voor.'

Carl staarde naar de agent.

'Toen ik opstond draaide hij zich om en liep weg... En ik mag de vrouw niet onbewaakt achterlaten, dus...'

'Hoe zag hij eruit?' vroeg Carl.

'Blond haar, of middenblond... of donkerblond. Niet donker in elk geval. Hij droeg een spijkerbroek en een zwart jack, en was misschien één meter tachtig lang...'

'Wanneer was dat?'

De agent keek op zijn horloge. 'Een uur geleden, misschien twee. Je weet niet hoe laat het is als je hier zo verdomd lang moet zitten zonder dat er iets gebeurt.'

'Heb je het gemeld?' vroeg Carl.

'Wat? Nee, er is tenslotte niets gebeurd. Ik bedoel, hij kan net zo goed verkeerd gelopen zijn of bedacht hebben dat hij iets vergeten was. Het is bijna onmogelijk om hier de juiste afdelingen te vinden, dus...' Hij spreidde zijn armen. 'Het belangrijkste lijkt me dat ik de kamer bewaak. Dat hebben ze tegen me gezegd. Ik heb geen fout gemaakt.'

Carl keek hem verbaasd aan. 'Meld het de volgende keer,' zei hij en hij duwde de deur naar de kamer open.

Edith Ekholm zat boven op de oranje ziekenhuisdeken op het bed. Ze was heel bleek, had blond, bijna wit haar en een kleurloze huid. Het was alsof haar bloed samen met dat van de vermoorde slachtoffers was weggewassen. Het witte ziekenhuishemd hing vormeloos over haar magere lichaam en ze hield zichzelf nog steeds vast zoals ze in de kledingkast had gedaan, terwijl ze met een lege blik in de kale, onpersoonlijke kamer rondkeek.

'Hallo,' zei Carl. Zijn schoenen piepten op de glanzende vloer. 'Ik ben degene die je gevonden heeft. Mijn naam is Carl Edson.'

'Hallo.' Haar stem was hees, bijna fluisterend en nagenoeg toonloos. Haar gezicht was net zo uitdrukkingsloos. Carl had met andere geschokte mensen gepraat en ze hadden allemaal net zulke toonloze stemmen gehad. Na een paar dagen herstelden ze normaal gesproken. Hij vroeg zich af of iemand haar had aangeboden om met een psycholoog te praten, maar besloot dat het zijn zaak niet was.

'En jij bent Edith Ekholm?'

Ze knikte instemmend.

'Heb je legitimatiebewijs?'

Ze knikte aarzelend en pakte haar handtas, die aan het hoofdeinde van het bed hing. 'Alsjeblieft...'

Carl pakte haar ID aan, bekeek de korrelige foto en gaf hem vervolgens aan haar terug. 'Kun je een kort verhoor aan?'

Ze bleef even roerloos zitten, maar knikte vervolgens.

Terwijl hij een stoel bij de muur vandaan trok en ging zitten, zat ze naar hem toe gedraaid, maar ze meed voortdurend oogcontact met hem, alsof ze dat onaangenaam vond.

Hij haalde een dictafoon tevoorschijn en drukte op de rode opnameknop. 'Kun je vertellen wat er in de woning gebeurd is?'

'Oscar...' zei ze.

'Oscar Hess?'

'Leeft hij?'

Carl zag dat ze haar armen zo stevig vasthad dat de knokkels wit werden. 'Ken je hem?'

'Hij is mijn vriend.'

Carl dwong zichzelf om niet te laten merken hoe verbaasd hij was. 'We denken dat hij leeft, maar we kunnen hem niet vinden. Dat is deels de reden dat ik hier ben. Waarom vraag je of hij leeft?'

Edith schudde haar hoofd.

Carl wachtte even voordat hij verderging. 'Oké, weet je waar hij kan zijn? We moeten ook met hem praten.'

Ze haalde haar schouders op. 'Thuis?'

'We zijn al bij zijn appartement geweest,' zei Carl.

Asbjörn had gebeld om te vertellen dat Oscars appartement verlaten was en dat ze bezig waren met de huiszoeking.

'Weet je of hij toegang heeft tot een plek waar hij zich kan verbergen? Het appartement van een vriend bijvoorbeeld?' Carl vroeg zich af of ze in de verzachtende omschrijving zou trappen, terwijl ze hem in werkelijkheid zouden arresteren omdat hij van drie moorden werd verdacht.

'Nee,' antwoordde ze.

Ze zwegen. Edith staarde met haar lichtbruine ogen naar de deur alsof ze verwachtte dat Oscar elk moment kon binnenkomen.

'Ben je bang voor hem?' vroeg Carl.

'Bang? Waarom zou ik dat zijn?'

'Je zag er… ongerust uit.'

Ze schudde haar hoofd.

'Goed,' zei hij. 'Afgezien van Oscar lijk jij de enige overlevende van de ontvoering te zijn. Op welke manier ben je erbij betrokken?'

'Ik ben er niet bij betrokken.'

'In de villa zijn drie mannen vermoord,' zei Carl. 'En jij…'

Ze draaide haar gezicht naar hem toe. 'Ik heb alleen geprobeerd me in de kledingkast te verstoppen toen…' Ze sloeg haar hand voor haar mond.

'Waarom verstopte je je?' vroeg Carl na een moment stilte. 'Was je bang voor iemand? Voor Oscar? Heeft hij de drie mannen vermoord?'

Ze schrok op alsof hij haar een klap had gegeven. 'Oscar zou nooit iemand vermoorden. Oscar is…' ze zweeg opnieuw.

'Wat gebeurde er dan?' vroeg Carl vriendelijk. 'Wie heeft de mannen dan vermoord?'

Ze frunnikte aan de deken waarop ze zat en begroef haar vingers in de mazen. 'Ik weet het niet. Moeten we daarover praten?'

'Ja. Als Oscar en jij het niet gedaan hebben, wie heeft de mannen dan vermoord?' Hij praatte op een vriendelijke toon tegen haar, maar toch kromp ze ineen op het bed en zag ze eruit als een klein meisje.

‘Ik weet het niet. Laat me alsjeblieft met rust. Ik –’

‘Je zat onder het bloed toen we je in de kledingkast vonden,’ zei Carl op een iets hardere toon. ‘Je begrijpt toch wel dat je zelf ook verdacht wordt? Dit is je kans om uit te leggen wat er gebeurd is. Vertel het me…’

‘Alsjeblieft, laat me met rust.’ Haar woorden waren niet meer dan een hese fluistering.

Carl zag dat er een gat in de ziekenhuisdeken was ontstaan op de plek waar haar handen voortdurend aan de stof hadden getrokken.

‘Je moet iets gezien hebben.’

Ze hief haar gezicht en staarde met opengesperde ogen naar hem. ‘Nee,’ zei ze. ‘Ik ben blind. Ik kan niets zien.’

Uit het verhoor van Edith Ekholm

Ik had nieuwe lingerie voor het weekend gekocht, rood met kant. Mijn begeleidster Marie zei dat het mooi en sexy was. Ze giechelde een beetje toen ze het zei, dus neem ik aan dat ze het meende. Het vóélde in elk geval mooi tussen mijn vingers.

We hadden het weken eerder besloten. Hij zei dat hij me zou ophalen en dat we iets samen zouden gaan doen.

'Het is een verrassing,' zei hij.

Toen ik voorzichtig met mijn vingertoppen over zijn gezicht streelde voelde ik dat hij glimlachte en ik hoorde het ook aan zijn stem. Zijn tedere woorden stroomden als warm water over me heen.

Ik denk niet dat ik naïef was, ook al zei hij niet waar we naartoe zouden gaan. Ik dacht dat hij me een weekend mee zou nemen naar een hotel, dat we lange winterwandelingen langs de zee zouden maken, in restaurants zouden eten en in onze kamer zouden ontbijten... Dat soort dingen. We hadden bijna een halfjaar een relatie, dus waarom zou ik niet geloven dat het een romantisch weekend zou worden?

'Neem kleding voor een paar dagen mee,' had hij gezegd.

Ik was nog nooit eerder meegevraagd voor een romantisch weekend in een hotel, was nooit in de gelegenheid geweest om dat te doen, had dat nooit kunnen doen omdat... Tja, omdat ik ben zoals ik ben. Maar ik denk dat het zo gaat als je iemand wilt verrassen.

Dat geloof ik trouwens nog steeds. We zouden weggaan voor een romantisch weekend in een hotel. Dat geloofde hij ook.

Ik was vol verwachting. Ik bedoel, echt, vól verwachting. En ik was doodsbang, maar dat ben ik altijd, dus dat was niet nieuw.

Toen hij aanbelde stond ik al met mijn jas aan en een ingepakte tas in de hal op hem te wachten. Ik droeg mijn nieuwe lingerie en had natuurlijk geen make-up op omdat ik daar hulp bij nodig had, maar ik voelde me toch mooi en op de een of andere manier bijzonder.

'Waar gaan we naartoe?' fluisterde ik. 'Vertel...'

Ik tastte met mijn handen naar hem, schoof ze onder zijn jack, streelde zijn rug terwijl ik mijn lichaam tegen hem aan duwde en wachtte tot hij me zou kussen. In plaats daarvan stak hij zijn hand uit en drukte op de lichtschakelaar.

Ik besefte dat ik vergeten was het licht in de hal aan te doen en dat we in het donker stonden.

'Dat zul je wel zien,' zei hij.

Hij gebruikte vaak woorden zoals 'kijken', 'bestuderen' of 'zien'. Veel mensen doen dat zonder erover na te denken. Ik trek me daar niets van aan omdat het maar woorden zijn. Ze hebben geen betekenis. Stemmen betekenen iets. Die liegen niet.

Zijn stem klonk anders. Ik hoorde dat hij zenuwachtig was, voelde dat zijn lichaam tegenstribbelde alsof hij zich van me wilde losmaken.

Ik liet hem los. 'Wat is er?'

Hij aarzelde even. 'Er is iets gebeurd. Ga mee.'

Ik pakte de kleine reistas, die nu zwaarder leek, pakte zijn arm vast en liet me de trap af en de straat op leiden.

Een stukje verderop stond een auto met een stationair draaiende motor, maar ik dacht dat die niets met ons te maken had. Toch voelde ik dat Oscar me naar het geluid toe leidde. 'Waar gaan we naartoe? Wie zijn... Zijn we niet met zijn tweeën?' Ik voelde de teleurstelling door me heen stromen en kreeg kippenvel onder mijn kleding.

'Ik zei toch dat er iets gebeurd is,' zei hij. 'Het zijn vrienden van me. Ik kan ze niet zomaar in de steek laten, ik moet ze helpen... Als je wilt kun je hier blijven, en dan haal ik je later op.'

Hij zei het alsof het niets belangrijks was, maar ik hoorde aan zijn gespannen stem dat het ernstig was.

'Nee, als jij gaat wil ik mee,' zei ik dapper. Ik denk tenminste dat ik dapper klonk. Wat het ook was, ik wilde niet alleen achterblijven.

'Oké, maar dan mag je er achteraf niet over zeuren.'

Hij opende het achterportier – een metaalachtig geluid als van een schuifdeur van een minibus – en ik hoorde iemand opschuiven om plaats voor me te maken.

'Wie zijn hier?' vroeg ik.

'Ik heb al gezegd dat het een paar vrienden zijn.' Hij legde zijn hand op mijn rug en duwde me naar binnen. Ik struikelde en viel op de bank. Niemand zei iets, niemand hielp me. Toen ik eenmaal zat hoorde ik de ademhaling van de anderen in de auto. Mannelijke ademhalingen, zwaar, duidelijk. Een voor me en een achter me.

'Hallo,' zei ik onzeker.

Normaal gesproken is mijn stem hees. Ik heb al heel vaak gehoord dat ik een whiskystem heb, waarna wordt gevraagd wat ik drink. Daarna wordt er gelachen, alsof het een grapje is. Nu klonk mijn stem als een fluistering.

'Dit is Edith,' zei Oscar vanaf de passagiersstoel. 'Edith, dit zijn Jocke en Andy.'

Niemand zei iets. Ik ook niet.

Er hing een zoetige, verstikkende geur in de auto, een combinatie van lagen viezigheid die in de stoelen waren gewreven, verschaalde sigarettenrook, benzine en parfum of luchtverfrissers. Er waren geen veiligheidsgordels.

Ik klemde mijn handen tussen mijn benen en concentreerde me op mijn ademhaling, één kalme ademhaling per keer, maar mijn hart bonkte in mijn borstkas, het zweet stond op mijn voorhoofd en de misselijkheid zat als een slijmerig brok in mijn keel.

'Hoe is het met je?' vroeg Oscar plotseling. 'Voel je je wel goed?'

'Er is niets aan de hand,' zei ik verbeten.

'Moet je overgeven?' Hij klonk nu ongerust. Ik hoorde de passagiersstoel onder hem kraken en stelde me voor dat hij zich naar me had omgedraaid en nu met één arm over de rugleuning hing.

'Ik voel me goed,' zei ik. 'Wat gaan we doen?'

Hij zweeg, misschien keek hij naar me, misschien had hij zich weer omgedraaid.

'Hier,' zei hij plotseling en hij drukte iets in mijn hand.

Ik voelde dat het een plastic zak was. 'Bedankt,' zei ik, waarna ik mijn vraag geïrriteerd herhaalde. 'Wat gaan we doen?'

De auto schommelde door een oneffenheid in de weg en ik hoorde dat hij zich weer omdraaide op de stoel. 'Dat zul je wel zien,' zei hij.

De man achter het stuur reed ongelijkmatig en schokkerig, remde abrupt en drukte het gaspedaal vervolgens diep in. Het was alsof hij gestrest was en we haast hadden. De auto schommelde de hele tijd zodat ik moeite had om mijn evenwicht te bewaren.

Ik pakte mijn telefoon en vroeg hoe laat het was. 'Goedemorgen, het is vijf over halfacht,' antwoordde de digitale stem.

We reden dus tien minuten.

'Zet je telefoon uit,' zei Oscar op harde, gedecideerde toon, alsof het een bevel was. Ik wist niet of hij het meende of een grapje maakte.

'Waarom dat?' vroeg ik. Ik probeerde te lachen.

'Zet hem uit!' riep de man achter me.

Vervolgens begonnen ze allemaal te roepen. 'Zet uit, verdomme! Nu!'

Ik deed wat ze zeiden, frunnikte aan het toestel en liet het bijna vallen. Toen ik hem had uitgezet hoorde ik ze allemaal op hun stoelen terugzakken.

'Jezus, Oscar, dat had je van tevoren moeten controleren!' riep de man achter me.

Later leerde ik hun stemmen pas herkennen. Jocke zat achter me en Andy reed.

'Waarom moet ik mijn telefoon uitzetten?' Ik boog me naar Oscar toe, maar Andy was degene die antwoord gaf.

'Zodat niemand je kan traceren.'

Ik stond op het punt om te vragen waarom niemand me mocht traceren, maar Oscar was me voor. 'Zijn jullie dit echt van plan?'

'Snap je het niet? Jij doet ook mee.' Hij glimlachte terwijl hij het zei, dat hoorde ik aan zijn stem. Het was een scheve, gemene glimlach, en ik stelde me voor dat hij kleine zwarte tanden had omdat hij te veel wiet had gerookt. Er was iets traags en slooms aan hem, hij zou wiet kunnen roken.

'Oké,' zei Oscar gedempt, alsof hij niet wilde dat ik zou meeluisteren. Daarna hoorde ik dat hij zich weer naar mij toe draaide. 'Sorry,' zei hij. 'Het was niet de bedoeling dat dit zou gebeuren.'

Toen we elkaar ontmoetten viel ik voor zijn stem. Die vibreerde, was zacht, vol en… veilig. Hij was als een streling, bijna magisch, en ik kon hem niet weerstaan.

Maar nu, in het busje, was zijn stem veranderd, was hij harder en grover. Ik herkende de stem niet, herkende Oscar niet.

We reden nog zo'n tien minuten, misschien iets langer. Ik rook een zwakke zweetlucht. Eerst dacht ik dat die van mij afkomstig was, omdat ik bang was, maar zij waren degenen die stonken: een scherpe, bittere, mannelijke zweetlucht.

Plotseling stopten we. De motor draaide stationair en iedereen bleef zitten. Ik dacht dat er misschien iets verkeerd was gegaan, dat ze van gedachten waren veranderd en van plan waren om Oscar en mij naar een hotel te brengen, of naar huis. Ik hoopte dat ze ons zouden laten uitstappen, als we maar bij ze uit de buurt waren. 'Wat gebeurt er? Waarom rijden we niet?' vroeg ik.

Ik kreeg geen antwoord. Er hing een gespannen stilte in de auto. Ik hoorde het aan hun onrustige bewegingen op de stoelen, hun oppervlakkige en luidruchtige ademhaling, hun handen die de hele tijd dingen aanraakten, een rits, sleutels, kleding.

Ik voelde het ook. Hun nervositeit had invloed op me.

Ineens begonnen ze allemaal te bewegen. Ik hoorde het geritsel van kleding, het gekraak van de vermoeide veren van de stoelen. Het portier schoof open en koude lucht stroomde de auto in. Ik hoorde het verkeer vlakbij. De auto bewoog zacht door het gewicht van hun lichamen terwijl ze uitstapten.

'Wacht hier,' fluisterde Oscar. 'Probeer niets te doen… Vertrouw me gewoon.'

Daarna sloegen de portieren dicht.

Ik bleef een minuut of vijf eenzaam achter. Er klonken geen geluiden die me hielpen te begrijpen wat er gebeurde. Ik zat daar maar, met de zweetlucht nog steeds in mijn neusgaten.

Plotseling bonkte er iets tegen de auto, alsof iemand tegen de zijkant was gebotst. De auto schommelde. 'Hallo? Wat doen jullie?' riep ik.

Ik kreeg geen antwoord. In plaats daarvan volgden er meer bonken en knallen waardoor de auto heen en weer slingerde. Seconden daarna gingen de achterportieren open en stroomden de geluiden naar binnen: het motorgeluid van verkeer en meerdere mannen die ingespannen kreunden.

'Zijn telefoon! Pak zijn telefoon!' riep Andy.

'Doe gewoon wat we zeggen, dan overkomt je niets,' zei Jocke.

Een onbekende man met wie ze leken te vechten begon te schreeuwen: 'Laat me los! Laat me met rust! Ik heb jullie niets gedaan!'

'Je doet wat we zeggen!' riep Jocke woedend. 'Hou hem verdomme vast!'

'Kalm blijven!' hoorde ik Oscar zeggen.

Het was een chaos. Ik hield mijn handen voor mijn oren om het niet te hoeven horen. Toch drong het geluid erdoorheen, het was onmogelijk het buiten te sluiten. De onbekende man stopte met schreeuwen, maar begon in plaats daarvan door zijn neus te grommen, als een roofdier. Misschien hadden ze tape op zijn mond geplakt. Ik dacht dat ik Jocke iets over tape hoorde roepen.

Uiteindelijk sloegen de portieren van de bagageruimte met een harde klap dicht. Eerst dacht ik dat ze erin waren geslaagd hem te overmeesteren en hem hadden meegenomen, maar vervolgens hoorde ik harde bonken en ik besefte dat de man zich in de achterbak van de auto bevond. Ik hoorde hem kreunen en bewegen, alsof hij zijn lichaam heen en weer gooide.

Oscar ging op de passagiersstoel zitten. 'Is alles goed met je?'

Voordat ik antwoord kon geven stapte Jocke in. De schuifdeur ging dicht en hij schreeuwde zo hard dat mijn oren ervan tuitten: 'Rijden, verdomme!'

'Nog niet. Ik ben nog niet klaar,' zei Andy, geïrriteerd en met een agressieve ondertoon.

Ik hoorde het geluid van iemand die op een telefoon toetste. Daarna gingen de deuren opnieuw open en Andy rende weg. Jocke riep hem na: 'Schiet op!'

Het duurde maar een paar momenten voordat Andy weer achter het stuur ging zitten, het portier dichtsloeg en het gaspedaal intrapte. De motor brulde en de auto schommelde zo hevig dat ik mijn evenwicht verloor en mijn hoofd tegen de zijkant stootte.

Ik weet niet of het door de klap kwam of omdat ik zo bang was, maar plotseling kwam de misselijkheid weer bij me omhoog.

'Jezus!' riep Jocke vanaf de achterbank toen ik overgaf in de plastic zak. 'Waarom heb je haar verdomme meegenomen?'

'Hou je kop,' zei Oscar. 'Laat haar gewoon met rust.'

Ik voelde dat hij mijn haar streelde. 'Ben je klaar?'

Ik knikte en hij pakte de plastic zak en opende het raam. Ik neem aan dat hij hem gewoon naar buiten gooide. Daarna riep hij: 'Jullie hebben verdomme niet gezegd dat jullie iemand zouden ontvoeren!'

'Wat maakt het uit,' zei Andy. 'Nu ben je erbij betrokken.'

De spanning hing weer in de lucht.

Plotseling begon Andy te juichen en slaakte een soort overwinningskreet. Een langgerekt 'Yeeeeees!'

'Je moet langzamer rijden,' zei Jocke. 'Straks worden we aangehouden voor te hard rijden. We worden door niemand achtervolgd.'

Andy gaf geen antwoord, maar ik voelde dat hij vaart minderde. De auto stopte met schommelen en wiegde in plaats daarvan aangenaam heen en weer. Ik probeerde de bochten te tellen, links, rechts, maar na een tijdje gaf ik het op en uiteindelijk viel ik in slaap.

Ik werd wakker doordat ik het koud had. De schuifdeur stond open. In de verte hoorde ik stemmen die gedempt tegen elkaar praatten. Het was alsof ik droomde. Ik riep Oscar, maar het enige wat ik hoorde waren de wind en een geluid van golven die op een strand rolden. Toen ik op de tast uit de auto stapte en mijn voeten op het grind zette, nam het geluid van de golven toe. Ik rook de geur van zeewier. Ze waren blijkbaar naar de kust gereden, ver bij de stad vandaan, van mensen die me konden helpen, ergens aan de scherenkust.

Ik rilde en klappertandde. 'Hallo?' zei ik in het niets. Ik kreeg geen antwoord.

Haal adem! Tijdens de therapie had ik geleerd om kalm adem te halen, maar nu zoog ik de zuurstof na iedere uitademing gulzig naar binnen. *Je mag niet in paniek raken!* Het was ongelofelijk belangrijk om kalm te blijven. Ik wist het, probeerde rationeel te denken, de duisternis te verdringen die dreigde bezit van mijn lichaam te nemen.

Ik draaide me om, probeerde geluiden te onderscheiden zodat ik me kon oriënteren, deed een paar stappen en draaide me weer om.

Waar was iedereen gebleven? Hadden ze me hier achtergelaten om te zien of ik me zou redden? Bij wijze van experiment?

Ineens begreep ik het. Ze hadden de man een woning of een of ander gebouw in gesleept. Daarom was Oscar verdwenen. Er was hier ergens een huis!

Ik stak mijn linkerhand uit, voelde het koude metaal van de auto tegen mijn vingertoppen en volgde de zijkant van de auto helemaal tot het eind. Het grind knarste onder mijn voeten. *Mijn stok!* Ik had mijn schoudertas nog steeds, haalde de stok eruit, klapte hem open en begon daarna met de stok in het grind op de tast naar het huis te lopen.

'Hallo!' riep ik opnieuw, of misschien schreeuwde ik het. Dat weet ik niet.

Plotseling voelde ik dat iemand mijn schouders vastpakte. 'Oeps. Dat was op het nippertje.'

Het was Oscar. Hij draaide me helemaal om en begon me over het grind te leiden. Ik spartelde tegen.

'We moeten hier weg,' fluisterde ik, omdat ik niet wist waar Andy en Jocke waren en of ze me konden horen. 'We moeten de politie bellen. We... Anders komen we misschien in de gevangenis terecht.'

'Dat gaat niet... Het is al te laat. We moeten hier een paar dagen blijven, daarna kunnen we gaan.'

'Maar Oscar, snap je niet dat het alleen erger wordt als we niet –'

'Hou je mond!' Hij pakte mijn arm zo stevig vast dat ik kreunde. 'We zijn bij een trap,' zei hij even later.

Ik voelde de traptrede tegen mijn schoen, was er niet op voorbereid dat hij me wegtrok en viel bijna.

'Waar zijn we eigenlijk?'

'In de buurt van Nynäshamn,' zei hij op vriendelijker toon. 'Bij de zee. Niemand zal ons hier vinden.'

Hij bracht me naar een kamer die maar een paar stappen achter de voordeur lag en probeerde me warm te wrijven.

'Hier is je bed,' zei hij terwijl hij mijn hand op de sprei legde.

'Maar jij dan? Blijf je niet hier?'

'Ik zal voor je zorgen, maar ik moet Andy en Jocke ook helpen.'

'Waarom doe je dit?' vroeg ik.

Hij bleef even roerloos staan. 'Ik moet wel.'

Ik stak mijn handen uit in een poging om aan zijn gezicht te voelen of hij verdrietig of boos was, maar hij pakte mijn polsen vast en duwde mijn handen weg.

'Wie is de man die ze ontvoerd hebben?'

'Hoe minder je weet, hoe beter,' antwoordde hij. 'Blijf zoveel mogelijk hier. Hou de deur dicht. Dat is het veiligst.'

Ik hoorde dat hij bang was. Misschien voor Andy, in zijn stem klonk de meeste agressie door. Ik was ook bang voor hem. 'Maar wat gebeurt er?'

'Ik weet het niet, Edith,' zei hij. Zijn stem had een wanhopige, schrille klank. Ik besefte dat er iets was misgegaan.

'Ga mee,' zei hij. Hij klonk nu gefocust, kordaat. 'Ik zal je de keuken en het toilet wijzen.'

Toen we in een ruimte kwamen die de hal moest zijn, hoorde ik Jocke op de bovenverdieping brullen en daarna Andy die hem vroeg om zijn kop te houden.

'Wie is die man, Oscar?' Herhaalde ik zo zachtjes dat alleen hij het zou horen.

'Stel geen vragen, Edith. Dat maakt het alleen erger.'

Ik probeerde zijn wang weer te strelen en uiteindelijk liet hij het toe. Hij pakte mijn hand zelfs en duwde die tegen zijn wang. 'Het komt allemaal goed, Edith. Ik zorg ervoor dat we hier wegkomen, dat beloof ik.'

5

Carl keek peinzend naar de tengere vrouw die tegenover hem op het ziekenhuisbed zat. 'Ik begrijp het,' zei hij voorzichtig, onzeker hoe hij verder moest met het verhoor. 'Soms denk je dat je iemand kent, maar...'

Ediths ogen waren recht op hem gericht, alsof ze naar hem staarde. Hij kreeg de impuls om met zijn hand voor haar ogen te zwaaien om te controleren of ze knipperde, maar beheerste zich. In plaats daarvan nam hij een nieuwe aanloop. 'In dat soort situaties, waarbij mensen onder een extreme druk staan, veranderen ze. Kan Oscar op de een of andere manier... actiever bij de ontvoering betrokken geraakt zijn? Werd hij meegesleept?'

'Nee! Ze dwongen hem om mee te doen. Hij wilde het niet. Ik weet niet waarom hij eraan meedeed. Misschien was hij hun iets schuldig.'

Carl haalde diep adem. 'Oké, ik hoor wat je zegt, maar je moet begrijpen dat Oscar op dit moment verdacht wordt van drie moorden.'

'Maar dan verdenken jullie de verkeerde!'

'Je hebt daarnet verteld dat de ontvoering door drie mensen uitgevoerd is,' zei Carl. 'Andrew en Joakim zijn dood, en Oscar is verdwenen.'

'Nee, hij zou nooit...'

Carl stond op van de stoel en liep door de kamer. Hij voelde hoe stram hij was geworden nadat hij zo lang had zitten luisteren. Naast de wastafel hing een houder met plastic bekers. Hij haalde er een uit, vulde hem met water en dronk. Het smaakte weeïg, alsof de kraan lange tijd niet was gebruikt. 'Wil je ook een bekertje water?' vroeg hij.

Ze schudde haar hoofd.

'Waarom liet de dader je leven als het Oscar niet was? Waarom vermoordde deze persoon jou niet net als de anderen?'

'Ik had me in de kledingkast verstopt.'

Hij gooide de beker in de afvalbak en ging voor haar staan. 'Maar toch, hij heeft je gezien...'

'Ik weet niet waarom! Oké? Ik weet het niet!' Haar stem werd niet schril als ze verontwaardigd was, alleen heser, alsof ze de woorden siste.

'Je weet dus dat het Oscar niet was?'

'Ja.'

'Hoe kun je dat weten?'

'Omdat ik hem ken!'

Ze zag er wanhopig uit, koppig, alsof ze weigerde zelfs maar te overwegen dat Oscar verborgen kanten kon hebben waarover zij niets wist. Carl had eerder soortgelijke situaties meegemaakt: verwanten die moeite hadden om te beseffen dat iemand van wie ze hielden vreselijke dingen kon doen. 'Hoe goed ken je hem?' vroeg hij. 'Ken je zijn vrienden? Zijn familie?'

Ze zweeg.

'Edith?'

'Nee… Ik ken zijn familie niet.'

Carl zag dat ze opgelaten was. 'Ben je bij hem thuis geweest?'

Ze schudde bijna onmerkbaar haar hoofd.

'Je kent hem dus misschien niet zo goed als –'

'Ik ken hem!' onderbrak ze hem. 'We hebben een relatie.'

'Oké, oké.' Carl ging weer op de stoel zitten. 'Laten we het als volgt doen,' zei hij kalm. 'Blijf vertellen over wat er in het huis gebeurde. Alles wat je je kunt herinneren, alles wat je gehoord hebt. Neem alle tijd die je nodig hebt, zoals je deed –'

De kamerdeur ging open en een verpleegkundige met strak opgestoken haar liep vastbesloten naar Edith toe en begon haar bloeddruk zwijgend op te nemen. Toen ze klaar was keek ze afkeurend naar Carl. 'Je bent hier nu al bijna twee uur,' zei ze op de gedecideerde toon van een ervaren verpleegkundige. 'Snap je niet dat ze nog steeds in shock is en moet rusten? Je zult een andere dag terug moeten komen.'

'Nog maar een paar vragen. Daarna vertrek ik,' zei Carl met een glimlach.

'Tien minuten, niet langer,' antwoordde de verpleegkundige zonder de glimlach te beantwoorden. 'Daarna gooi ik je eruit.' Ze maakte een gebaar naar haar horloge voordat ze de kamer verliet.

Carl leunde naar voren op de stoel, steunde met zijn ellebogen op zijn knieën en keek nadenkend naar haar. 'Je bent dus nooit bij je vriend thuis geweest?'

Ze schudde haar hoofd. 'We waren altijd in mijn appartement.'

'Is dat niet een beetje vreemd?'

'Ik wilde het zo. Het is makkelijker voor me om bij mij thuis de weg te vinden. Buiten moet ik alles opnieuw leren.'

'Oké...' Carl zweeg en bedacht dat hij nog maar tien minuten had. 'Er is nog iets anders wat me verbaast,' zei hij gestrester dan hij wilde. 'Je hebt de alarmcentrale gebeld... maar je had de politie net zo goed al kunnen bellen toen ze Jens ontvoerden. Waarom heb je dat niet gedaan?'

'Ze hadden mijn telefoon van me afgepakt.'

'Meteen?'

'Nee, maar...' Ze dook ineen op het bed en sloeg haar armen stevig om zichzelf heen. 'Ik was bang. Ik kon er niet zeker van zijn dat Andy of Jocke niet hoorden wat ik zei als ik belde. Ik kon niet weten...' Ze begon te snikken. 'Ik was hun gevangene en Oscar beschermde me.'

'Ik begrijp het,' zei Carl.

'Nee, dat doe je niet! Hij zorgde voor me. Hij houdt van me.'

Carl zweeg een tijdje terwijl hij haar observeerde. 'Edith, luister naar me,' zei hij met een smekende klank in zijn stem. 'Ik weet hoe je je voelt, maar je kunt in groot gevaar zijn.'

'Gevaar? Waarom?'

Hij haalde diep adem en besloot er niet omheen te draaien. 'Je bent een getuige... Onze enige getuige.'

Ze draaide haar gezicht naar hem toe, maar richtte zich op naar een punt boven hem. 'Ik begrijp het niet.'

'Je begrijpt toch wel dat degene die deze mensen vermoord heeft, jou misschien ook wil doden?'

'Nee.'

'Je kunt iets gehoord hebben, misschien zonder dat je je daarvan bewust bent. Maar ook al klopt het wat je zegt, dan weet de dader niet dat jij niets weet.'

Ze gaf geen antwoord en zat verstijfd op het bed terwijl ze haar handen afwisselend opende en sloot.

'Morgen word je waarschijnlijk ontslagen, uiterlijk dinsdag. We willen dat je dan niet naar huis gaat, maar naar een onderduikadres waar we ervoor kunnen zorgen dat je veilig bent.'

Ze schrok. 'Nee, nee, nee. Dat wil ik niet. Ik wil naar huis.'

Carl was zich ervan bewust dat ze bijna dertig was, maar ze voelde jonger dan zijn zeventienjarige dochter. 'Het is voor je eigen bestwil,' zei hij. 'We kunnen het risico niet lopen dat –'

Ze hield haar handen voor haar oren. 'Ga alsjeblieft weg. Laat me met rust. Ik kan het niet meer aan.'

'Ik wil alleen vertellen wat –'

'Ga weg!' riep ze zo hard dat haar stem brak en in een hees gesis veranderde. Ze klonk bijna als een dier. 'Ga weg! Ga weg!'

Toen hij de deur opende en de gang in liep, zag hij de verpleegkundige naderen. Ze keek geïrriteerd naar hem en hij besefte dat ze Edith had horen schreeuwen. De politieagent keek ook beschuldigend naar hem.

6

'Wat bedoel je daar in vredesnaam mee?' Per Nordin boog zich naar voren over de salontafel in zijn kantoor. Hij was eind vijftig, kort en slank.

Pezig, dacht ze. Zijn stem had een autoritaire klank waardoor ze zich instinctief schrap zette. Ylva Palmquist herkende zijn gedrag van bepaalde chefs op het politiebureau en wist dat ze zich moest verzetten tegen de impuls om terug te krabbelen. 'We moeten deze vragen stellen,' zei ze. 'Ik denk dat je dat wel begrijpt. Zo is de procedure nu eenmaal.'

Per staarde zwijgend naar haar. Ze probeerde zijn blik te beantwoorden, maar had daar moeite mee en keek in plaats daarvan langs hem naar het raam, waarachter een voortdurende stroom auto's geluidloos over de zesbaansweg bewoog.

De kantoren van C-Mine bevonden zich boven in een nieuw gebouw naast de E4 ter hoogte van Frösunda. Het was helemaal in het wit ingericht op een manier waarvan ze besefte dat die exclusiviteit moest uitstralen, maar die haar in plaats daarvan aan een steriele, hoogtechnologische fabriek of een ziekenhuis deed denken. Het enige interessante wat ze tot nu toe had gezien was de verzameling stenen bij de ingang: verschillende stenen lagen op donkere houten planken met vastgeschroefde messing bordjes ernaast. Ze had naar een onopvallende zwarte steen gekeken en had zich afgevraagd wat daar zo bijzonder aan was, tot Per haar naar zijn kantoor had meegenomen. ALUINSKALIE, had ze op het messing bordje gelezen.

'Zoals ik al zei, heeft de ontvoering in je vakantiehuis plaatsgevonden en moeten we op de een of andere manier uitsluiten dat jij erbij betrokken bent,' zei Ylva geduldig.

'Betrokken?' vroeg Per met een geïrriteerde blik naar haar.

'Ja. Wil je dus zo vriendelijk zijn om antwoord te geven op de vraag waar je gistermiddag en -avond geweest bent?'

De gele leren bank kraakte terwijl ze gegeneerd van houding veranderde. Ze had er spijt van dat ze hem niet naar het politiebureau had laten komen voor het verhoor. Daar zou ze een natuurlijk overwicht hebben gehad.

Plotseling leunde hij naar achteren op de bank en streek met zijn handen over zijn gezicht, alsof hij wakker probeerde te worden. 'Sorry,' zei hij. 'Deze hele geschiedenis werkt op mijn zenuwen.'

Ylva knikte.

'Ik was thuis,' ging Per verder. 'We zouden eigenlijk gasten voor het avondeten krijgen... Jens en Mona zouden komen, maar... Nu waren we met zijn tweeën, alleen Bettan en ik en... Tja, we probeerden te begrijpen wat er gebeurd kon zijn.'

Ylva nam aan dat hij probeerde te glimlachen, maar het verweerde gezicht – golf, zeilen? – stond alleen een hulpeloze grimas toe.

'Wanneer ben je voor het laatst in je vakantiehuis geweest?'

Hij maakte een onzeker gebaar. 'We komen daar zelden in de winter, nemen er alleen soms een kijkje... Misschien een maand geleden.'

Wie hebben er toegang tot de woning?'

Hij haalde zijn schouders op. 'Het gezin natuurlijk... Mijn vrouw Elisabeth en ik... Maar verder niemand.'

'Oké, maar heb je enig idee wie er geweest kunnen zijn? Wie weten dat het er is?'

'Jezus, dat zijn er zoveel. We hebben 's zomers altijd gasten. Jens kwam daar natuurlijk met zijn gezin. Iedereen van het managementteam van het bedrijf is er wel een keer geweest.'

'Kun je me een lijst geven met alle mensen die daar geweest zijn?'

Hij leek verbaasd. 'Hoe ver terug in de tijd wil je dat ik ga?'

'De afgelopen twee jaar?'

Hij keek met een uitdrukkingsloze blik naar haar. 'Ik zorg ervoor dat je die krijgt.'

Ylva stond op van de bank.

'Wacht,' zei Per. 'Ga nog even zitten.'

Voordat ze er erg in had ging ze gehoorzaam zitten. Er lag iets in zijn stem, alsof ze hem uitdaagde als ze niet gehoorzaamde. Per ging naar het bureau en kwam terug met een oude tennistas van bruin leer die hij op de salontafel neerzette. 'Maak maar open.'

Ze keek hem afwachtend aan. 'Moet ik handschoenen aantrekken?'

'Ja, misschien wel. Ik heb hem zelf natuurlijk aangeraakt voordat ik besefte wat het was...'

Ze haalde de latexhandschoenen die ze altijd bij zich had – een advies van haar eerste leerkracht op de Politiehogeschool, een aantrekkelijke man met een korte grijze baard – uit haar jaszak en trok ze aan.

Voorzichtig trok ze de rits open, verbreedde de opening en keek in de tas. Helemaal onderin lag een groot mes. Ze pakte het voorzichtig op. Op het lemmet zaten gestolde bloedvlekken. 'Wat is dit?'

7

Maandag 14 januari

'Dit is een kloofmes.' Ylva Palmquist stond bij het whiteboard in de vergaderkamer en wees naar de foto van een stevig, gebogen mes met een lange schacht van oranje en zwart plastic. 'Het is normaal tuingereedschap om takken en struikgewas mee weg te snijden. Iemand heeft het in een tas gestopt en heeft het gisternacht aan de voordeur van Per Nordins appartement gehangen.'

De volgende foto toonde de versleten leren tas. 'Hij bewaarde deze tas in zijn vakantiehuis. De dader moet hem daarvandaan meegenomen hebben.'

Ylva leek niet op haar gemak terwijl ze voor de kleine groep politieagenten stond. Carl zag dat ze naar Lars-Erik Wallquist keek, de enige in de kamer die haar negeerde. Hij las in een map met papieren. Carl vroeg zich af of hij in elk geval luisterde. Waarschijnlijk niet.

'Per Nordin heeft geen idee waarom juist hij de tas gekregen heeft,' zei Ylva.

'Dat is toch logisch,' zei Asbjörn. 'Het is een dreigement. Doe wat we willen, anders ben jij het volgende slachtoffer.'

'Hoe heeft hij de tas gekregen?' vroeg Carl. 'Met de post? Een koerier?'

Ylva keek hem verbaasd aan. 'Nee, het was gisteren zondag. Volgens Per hing de tas aan de voordeur.'

'En hij heeft geen idee wie dat gedaan kan hebben?'

'Jezus, Carl!' Asbjörn sloeg zijn armen geïrriteerd over elkaar. 'Er zijn geen namen om uit te kiezen.'

Carl negeerde hem en keek naar Ylva. 'Zijn er bewakingsfilms van het trappenhuis?'

'Nee,' antwoordde Ylva. 'De vereniging van eigenaren heeft er een vergunning voor aangevraagd bij de privacybeschermingsautoriteit, maar heeft die niet gekregen. Per was daar bijzonder verontwaardigd over.'

‘Waar woont hij?’ vroeg Rickard.

‘De Strandvägen.’

‘We gaan langs de deuren in de naastgelegen trapopgangen,’ kwam Asbjörn opnieuw tussenbeide. ‘Maar tot nu toe heeft niemand iets gezien. En een milieuterrorist valt beslist op in die buurt.’

Alsof je onmiddellijk kunt zien dat iemand een milieuterrorist is, dacht Carl. Hij zag dat hij een lelijk mannetje op zijn notitieblok had getekend. De anderen dachten dat hij aantekeningen maakte tijdens de besprekingen, maar meestal tekende hij en het waren bijna altijd mannetjes. Meestal waren ze heel lelijk. Hij had nooit goed kunnen tekenen.

‘Het betekent in elk geval één ding,’ zei Carl. ‘Edith Ekholm heeft Jens Rudberg en de twee ontvoerders zeer waarschijnlijk niet vermoord.’

‘Jezus, dat dacht ook niemand,’ zei Asbjörn geïrriteerd. ‘Er is maar één denkbare dader, en dat is Oscar Hess.’

Carl gaf geen antwoord.

‘Als het een waarschuwing is, moet Per Nordin dan niet bewaakt worden?’ zei Rickard.

‘Dat weigert hij,’ zei Ylva. ‘Maar toen Jens ontvoerd was heeft hij een rechtstreeks nummer gekregen en dat heeft hij nog steeds.’

‘Heb je gevraagd of hij een losgeldbrief ontvangen heeft?’ vroeg Carl.

‘Ja, en nee, die heeft hij niet gekregen.’

‘Mooi. Ben je klaar?’ vroeg Carl.

Ylva knikte en liep naar haar plaats terug.

‘Wat weten we over het mes?’ ging Carl verder.

Lars-Erik keek op van zijn papieren, stond op en keek naar de aanwezigen in de kamer. ‘Tja,’ begon hij. ‘Het is waarschijnlijk het mes waarmee Jens Rudberg Karlsson vermoord is. We wachten nog op antwoord van het NFC, maar Beatrice heeft bevestigd dat het snijvlak overeenkomt met de snee in de keel. Die is heel diep, helemaal tot de wervelkolom, en een kloofmes geeft de gebruiker veel meer kracht dan een gewoon mes.’ Hij pauzeerde even en ging verder toen niemand iets zei. ‘We hebben geen vingerafdrukken of haren die niet van het slachtoffer afkomstig zijn, het handvat is afgeveegd en verder bevat de tas alleen spullen van Per Nordin: een paar polsbanden, een hoofdband, twee tennisballen… en een voor de helft gebruikt pakje condooms van het merk Profil.’

‘Condooms?’ zei Asbjörn tegen Ylva. ‘Heb je hem daarnaar gevraagd?’

‘Hij zei dat die al een eeuwigheid in zijn tas zaten en dat hij zich niet kon herinneren waarom hij ze erin gestopt had.’

Lars-Erik schudde zijn hoofd. ‘Dat liegt hij. Ze zitten geen eeuwigheid in de tas. Condooms hebben een houdbaarheid van drie jaar, wat betekent dat ze maximaal twee jaar oud zijn.’

‘Een minnares?’ opperde Rickard.

Asbjörn wierp hem een geïrriteerde blik toe. ‘We doen geen onderzoek naar Per Nordin, hij wordt verdomme nergens van verdacht.’

Carl schudde zijn hoofd. ‘Zijn we daar zeker van?’

‘Ja,’ antwoordde Asbjörn. ‘Waar moeten we hem van verdenken? Dat hij twee van de ontvoerders doodgeschoten heeft, de keel van zijn vriend doorgesneden heeft, het mes in de tennistas gestopt heeft en die vervolgens aan zijn eigen voordeur gehangen heeft? En wat zou het motief daarvoor moeten zijn? Hij heeft een minnares gehad, wat we weten omdat we condooms hebben gevonden die nog maar twee jaar oud zijn.’ Asbjörn leunde demonstratief naar achteren op zijn stoel en keek uitdagend om zich heen.

Lars-Erik stond moeizaam op. ‘Goed, dan laat ik de heren nu alleen met hun slimme speculaties.’

Carl wachtte tot Lars-Erik was verdwenen, waarna hij naar het whiteboard liep. ‘Rickard, jij hebt de achtergronden bekeken.’

‘Yes,’ zei Rickard met een glimlach. Hij typte iets op zijn toetsenbord. ‘Voor wat betreft de schotwond in de schouder… Tijdens de oorlog in Bosnië zijn Jens en Per Nordin beiden in VN-verband uitgezonden. Dat was in de jaren…’ Rickard las van het scherm. ‘…1993 en 1994. In 1994 werd de eenheid ten noorden van Sarajevo beschoten. Jens werd in zijn schouder geraakt en Per in zijn buik. Eén soldaat stierf. Daarna verlieten Jens en Per het leger en keerden ze naar Zweden terug.’

‘Als Per oorlogservaring heeft…’ begon Ylva aarzelend. ‘Ik bedoel, stel dat hij de ontvoerders verrast heeft. Het is tenslotte zijn huis. De ontvoerders raken in paniek, vermoorden Jens en worden vervolgens doodgeschoten door Per…’

Carl wreef in zijn ogen terwijl hij nadacht. 'Het is een mogelijkheid,' zei hij uiteindelijk, 'maar Lars-Erik zei dat de dader slecht schoot, terwijl Per een gekwalificeerde schutter zou moeten zijn. Bovendien werden ze allemaal beschoten toen ze de woning ín gingen, de trap op, dus zou Per de ontvoerders verrast moeten hebben toen hij de woning úít ging...'

Ylva knikte en Carl richtte zich weer tot Rickard. 'En C-Mining?'

'C-Mine Nordic. Per en Jens zijn daar negen jaar geleden voor gaan werken. Voor die tijd werkten ze bij een ander mijnbouwbedrijf, Jura Minerals AB. Meer heb ik niet kunnen opgraven.' Hij leunde naar achteren. 'Ylva, heb jij hem gesproken over –'

'Dat heb ík gedaan,' kwam Asbjörn tussenbeide. 'Beiden zijn hun carrière begonnen bij Krita Minerals AB. Ze werkten zich omhoog en werden vervolgens benoemd tot CEO en vice-CEO van een nieuw gestarte dochteronderneming, Jura Minerals. Dat was Pers verdienste, volgens hemzelf in elk geval. Ze zouden een nieuwe mijn openen om naar vanadium of hoe dat in vredesnaam heet te zoeken, maar na een paar jaar kregen ze een afwijzing van de bodem- en milieurechtbank, waarna ze naar Stockholm teruggingen. Per kreeg een nieuwe baan als CEO bij C-Mine Nordic en na een halfjaar nam hij Jens in dienst als vice-CEO.'

Asbjörn nam zijn vertrouwde afwerende houding weer aan en sloeg zijn armen over elkaar.

'Goed,' zei Carl en hij richtte zich opnieuw tot Rickard. 'Wat heb je over de ontvoerders?'

'Zoals we de hele tijd al dachten, waren ze alle drie blijkbaar actief binnen de militante milieubeweging.'

Carl knikte en haalde de dop van de viltstift.

'Laten we met de dode mannen beginnen,' ging Rickard verder. 'Joakim Enroth, de man op de trap, is samen met Oscar Hess veroordeeld wegens een brandstichting in Östersund van ruim tien jaar geleden. Beiden kregen zes maanden gevangenisstraf. Joakim komt eveneens in het verdachtenregister voor wegens vandalisme en bedreiging van boeren, maar heeft niet meer veroordelingen op zijn naam staan.'

Hij zweeg even terwijl hij op zijn laptop typte.

'De tweede man, Andrew Christiansson, heeft een voorwaardelijke straf wegens mishandeling en vandalisme. Het ging daarbij om een poging de werkzaamheden van een houtkapbedrijf tegen te houden. Hij komt voor in het onderzoek naar de brandstichting waarvoor Joakim en Oscar veroordeeld zijn, maar werd vrijgesproken.'

'Ze kenden elkaar dus,' zei Asbjörn.

Rickard haalde zijn schouders op. 'Ik ben er nog niet achter in welke milieugroepen ze actief waren. Daar bestaan namelijk geen ledenlijsten van. En als het om Oscar Hess gaat, is het me niet gelukt om veel meer op te diepen dan Lars-Erik heeft gedaan, dus...' Hij keek schuldbewust naar Carl. '...ik had misschien eerder iets tegen je moeten zeggen, maar omdat we al met de NOA over de ontvoering gepraat hebben...'

'Ja?' zei Carl afwachtend.

'...heb ik weer contact met ze opgenomen. Ze brengen immers militante milieuorganisaties in kaart en hebben besloten om iemand naar ons toe te sturen.'

Carl haalde adem. Zeg niet dat het Simon Jern is, dacht hij.

'Hij heet Simon Jern,' zei Rickard.

Carl knikte. Hij kende Simon Jern heel goed, maar mocht hem niet.

'Dat is goed, Rickard, we betrekken Simon bij het onderzoek zodra hij hier is,' zei Carl. 'Als je verder niets meer over Oscar hebt, dan gaan we aan de slag. Asbjörn, ga jij met Jens Rudbergs weduwe praten?'

'Ze is geïnformeerd over de dood van haar man,' zei Asbjörn. 'Ik geloof niet dat ze veel meer te vertellen heeft.'

'Toch wil ik dat we met haar gaan praten. Misschien heeft ze bepaalde dingen niet verteld om haar man te beschermen, maar de situatie is nu veranderd.'

'Oké, maar ik doe het liever niet,' zei Asbjörn. Hij klonk ongewoon vermoeid.

Carl keek verbaasd naar hem. Hij had Asbjörn eerder met oudere vrouwen gezien en het had hem verrast hoe gemakkelijk hij met hen omging. 'Waarom niet? Je hebt tenslotte al meerdere keren met haar gepraat.'

'Ik mag haar niet. Ze is een verschrikkelijke snob.'

'Oké,' zei Carl. 'Dan ga ik naar haar toe. Maar eerst moet ik weer met Edith praten. Ik heb het verhoor gisteren niet af kunnen maken.'

'Hoe zit het met de familie van Oscar Hess?' vroeg Ylva.

'Zijn vader, Georg Hess, woont in Östersund in Jämtland,' zei Rickard terwijl hij op zijn scherm las. 'En zijn moeder woont in Stockholm. Zij heet Åsa Hess en woont in Bergsunds strand.'

Asbjörn stak zijn hand op om aan te geven dat hij dat kon doen en begon met een krampachtige greep rond zijn pen iets te schrijven op het notitieblok dat hij voor zich had liggen.

Carl negeerde het moeizame schrijven van Asbjörn. 'Jämtland?' zei hij.

'Oscar is daar opgegroeid,' zei Rickard.

'En Jens Rudberg werkte daar,' voegde Ylva eraan toe.

'Dus Oscar Hess en Jens Rudberg kunnen elkaar eerder ontmoet hebben,' constateerde Carl.

8

Edith Ekholm liep met gestrekte armen in de kamer rond, zodat haar vingertoppen de muren raakten. Toen ze de wastafel passeerde bleef ze staan en streek ze er licht, bijna zonder hem aan te raken, met haar hand over. Ze deed hetzelfde met het raam en de deur naar de gang. Ronde na ronde, als een rusteloos dier dat tegen zijn wil was opgesloten.

Carl zat bij het bed en volgde haar met zijn ogen. Ylva leunde tegen de muur en was al twee keer van plek veranderd vanwege Edith.

'Weet je wie Jens Rudberg Karlsson was?' vroeg Carl terwijl hij een streep zette op het notitieboekje dat op zijn knie balanceerde. 'De man die jullie ontvoerd hebben...'

Ze bleef staan bij de deur, volgde het kozijn met haar vingers, raakte de klink aan. 'Hij had iets met milieuvernietiging te maken,' zei ze.

'Hij was een belangrijke figuur binnen de mijnindustrie,' zei Carl.

Ze haalde haar schouders op.

Ze maakt gebaren alsof ze nog steeds kan zien, dacht Carl. 'Hoelang ben je al blind?'

'Lang.'

'Ben je dat niet altijd geweest?'

'Nee, sinds mijn tienertijd.'

Carl knikte en besefte dat ze hem niet kon zien.

'Laten we naar Jens Rudberg Karlsson teruggaan,' zei Ylva ongeduldig. 'Praatte Oscar nooit over hem? Of over Andrew Christiansson en Joakim Enroth?'

Edith schudde haar hoofd. Ze volgde de muur met een sierlijke beweging, alsof ze een dans uitvoerde. 'Ze hebben hun achternamen nooit verteld,' zei ze. 'Alleen Andy en Jocke.'

Carl bladerde in het boekje. Zijn vingers voelden nog steeds lomp en bewogen traag. Het was een heldere, koude januaridag waarop het vroor en de bleke zon had hem gedwongen om de zonneklep in de auto voor de eerste keer dit jaar naar beneden te draaien. Hij wreef zijn handen tegen elkaar. 'Ik heb ergens over nagedacht,' zei hij. 'Toen we je vonden had je je in de kledingkast verstopt. Je had bloed op je kleren. Ben je voordat wij arriveerden op een bepaald moment de kast uit gekomen?'

Ze bleef staan, haar vingers raakten de muur nog steeds. 'Misschien, ik herinner het me niet goed.'

'De moorden hebben ergens voor zeven uur 's avonds plaatsgevonden, maar je hebt de politie pas om 20.04 uur gebeld. Je hebt dus ruim een uur in de kledingkast gestaan voordat je belde.'

Ze liet haar armen langs haar lichaam vallen.

'Heb je misschien geprobeerd te vluchten en... ben je toen op het bed gevallen... boven op Jens Rudberg Karlssons lichaam?'

Carl herinnerde zich hoe hij zelf ook was gestruikeld en bijna op het lijk was gevallen toen hij door het geschreeuw van Edith naar achteren deinsde.

'Wat maakt dat uit?' Ze liep naar het raam en bleef met haar hand op de vensterbank staan.

'Als dat zo is, dan moet je het ons vertellen,' zei Carl. 'Ben je op het lijk gevallen?'

Edith draaide zich naar hem om. Ze zag er bang uit, of misschien verward. 'Dat klopt. Ik probeerde te vluchten, maar ik was vergeten dat het bed daar stond en… het was afschuwelijk.'

'Ben je vervolgens weer in de kledingkast gaan staan?'

Ze knikte.

'Oké,' zei Carl. 'Iemand heeft drie mensen in de woning vermoord, maar jou niet. Weet je nog steeds niet waarom dat was?'

'Ik stond in de kledingkast.'

'Denk je niet dat de dader bedacht heeft om daar te zoeken?'

'Nee.'

'Kan het zo zijn dat Oscar de drie mannen vermoordde en jou met rust liet omdat je zijn vriendin bent?'

'Nee!' Edith begon weer door de kamer te lopen, maar bewoog nu sneller en niet meer zo sierlijk.

'Waar was Oscar toen de moorden plaatsvonden?' vroeg Ylva. Ze deed een stap naar het midden van de kamer om haar erlangs te laten.

'Hij was er niet.'

'Bedoel je dat hij gevlucht was?'

'Nee, hij was weggegaan om pizza's te halen.'

'Je vertelde gisteren dat Oscar beloofde om je daar weg te halen,' zei Carl. 'Waarom deed hij dat niet?'

Edith bleef staan en draaide zich naar hem om. Haar merkwaardig starre barnsteenkleurige ogen keken hem recht aan.

'Hebben Oscar en jij helemaal geen poging gedaan om te vluchten?' ging Carl verder.

'Ik heb het geprobeerd… Eén keer.'

Uit het verhoor van Edith Ekholm

Ik werd iedere ochtend wakker van de kou. Toch sliep ik met mijn kleren aan. Het huis was koud, in elk geval de benedenverdieping. Ik mocht niet op de bovenverdieping komen, dus weet ik niet of het daar net zo koud was. Daar sliepen de anderen, Oscar ook. En de man die ze ontvoerd hadden.

De eerste dag probeerde ik naar boven te gaan, maar Andy schreeuwde naar me en vroeg waar ik in vredesnaam naartoe ging. Daarna hoorde ik voetstappen. Iemand rende de trap af, waarna ik Oscars stem hoorde: 'Kom, Edith. Ik loop met je mee.' Hij pakte mijn arm stevig vast en bracht me naar mijn kamer terug. 'Ik heb tegen je gezegd dat je hier voor je eigen bestwil moet blijven.'

Ik sliep, werd wakker, ging naar het toilet en viel weer in slaap. Na een tijdje verdween de tijd. Oscar vergat me eten te brengen, dus toen ik honger kreeg liep ik op de tast naar de keuken. Ik voelde tussen vieze borden en lege dozen naar overgebleven pizzapunten. Ze aten altijd pizza, nooit iets anders. Als ik een stuk had gevonden dat geschikt leek, werkte ik het zo snel mogelijk naar binnen. Water dronk ik rechtstreeks uit de kraan. Daarna haastte ik me naar mijn kamer terug.

Ik weet niet op welke dag het gebeurde, niet zeker in elk geval, maar ik denk dat het dinsdag was, vier dagen nadat we daar waren aangekomen.

Ze hadden mijn telefoon de eerste dag al van me afgepakt, maar er stond een schaal met ronde stenen op de vensterbank in mijn kamer. Telkens als ik wakker werd en dacht dat het ochtend was, haalde ik er een steen uit en legde die op de vensterbank, en toen ik ze met behulp van mijn vingers telde waren het er vier.

Ik had honger en ging naar de keuken. Terwijl ik liep streek ik altijd met mijn linkerhand langs de muur, helemaal onderaan, bijna bij mijn heup, zodat ik de schilderijen die er hingen niet van de muur stootte. Daarachter was de trap naar de bovenverdieping. De zitkamer lag recht voor me, de keuken was rechts.

Er was een televisie op de bovenverdieping. Ik hoorde het geluid ervan de hele tijd, dag en nacht. Volgens mij dachten ze dat de televisie hun stemgeluid zou overstemmen, zodat ik niet zou horen wat ze zeiden, maar dat deed ik wel. Meestal maakten ze ruzie over kleine dingen, wie er pizza moest halen, wie vergeten was het toilet door te trekken of wie er poepstrepen had achtergelaten.

Op deze dag klonken hun stemmen anders, alsof ze ergens gespannen over waren.

'Verdomme, Andy! Dit werkt niet, we moeten...' Jocke had vanaf het begin al een onzekere klank in zijn stem gehad, alsof hij voortdurend bevestiging zocht, maar nu leek hij volkomen in paniek.

'Weet je dat zeker?' hoorde ik Oscar zeggen. Ik had hem al ruim een etmaal niets meer horen zeggen, maar nu klonk hij net zo gespannen en onzeker als de anderen.

'Fuck, natuurlijk weet ik dat zeker,' antwoordde Andy. 'Ze zeggen toch niets over wat wíj willen? Jullie moeten me gewoon vertrouwen, verdomme!'

'Maar ze onderhandelen niet met ontvoerders, dat heb je zelf gezegd. Dit loopt helemaal verkeerd af,' zei Jocke.

Andy kreeg een fanatieke klank in zijn stem. 'Hierna gaan ze zéker onderhandelen!'

Niemand zei een tijdlang iets, en daarna hoorde ik ze naar een van de kamers gaan en de deur dichtdoen. Terwijl ze praatten was ik roerloos tegen de muur gedrukt blijven staan. Nu liep ik haastig naar de keuken en tastte met mijn vingers over de pizzadozen die op het aanrecht en de keukentafel lagen tot ik een stuk vond dat ik kon eten. Ik at snel terwijl ik naar voetstappen op de bovenverdieping luisterde.

Plotseling hoorde ik iemand schreeuwen, maar het was niet een van de mannen. Het was een volkomen krankzinnige schreeuw. Ik had nog nooit zoiets gehoord. Iemand schreeuwde van de pijn en het klonk nauwelijks menselijk.

Terwijl ik daar stond hoorde ik houterige voetstappen en Jockes mompelende stem. 'Jezus… Jezus…' Telkens weer. Na een tijdje hoorde ik de anderen eveneens uit de kamer komen.

Ik draaide me om en haastte me door de gang terug, maar vergat mijn hand bij mijn heup te houden en stootte tegen een schilderij, zodat het met een schrapend geluid langs de muur gleed. Andy of Jocke had me moeten horen, had moeten begrijpen dat ik daar was, maar dat was niet zo.

'Nu gaan ze het verdomme beleven! Jocke, pak aan! Stop het in een envelop!' zei Andy. Zijn stem was dik en hij klonk niet meer zo overtuigd.

Ik liep de laatste stappen naar mijn kamerdeur, maar had me blijkbaar verrekend, want toen ik dacht dat ik nog twee stappen moest doen, stootte ik tegen de open deur.

'Wat was dat verdomme?' zei Andy. 'Oscar, ga bij Edith kijken!'

Snelle voetstappen kwamen de trap af. Mijn handen trilden zo hevig dat ik moeite had om de klink te vinden. Ik verwachtte de hele tijd dat iemand me van achteren zou vastpakken en op de grond zou gooien.

Uiteindelijk vond ik de klink, deed de deur achter me dicht en wachtte met mijn oor tegen de deur geduwd.

'Ze is in haar kamer. Het moet iets anders geweest zijn,' hoorde ik Oscar zeggen, hoewel hij me ongetwijfeld had gezien. En daarna, voordat iemand hem kon doorzien: 'Ik kan de envelop wegbrengen.'

Vijf minuten later hoorde ik Oscars voetstappen in de hal. Ik opende de deur op het moment dat hij mijn kamer passeerde. 'Oscar?' fluisterde ik. Ik hoorde dat hij zich omdraaide en naar me terugliep.

'Blijf in je kamer, Edith,' fluisterde hij. Hij pakte mijn armen vast en probeerde me om te draaien.

'Wat heeft Andy gedaan?' fluisterde ik.

'Niets,' zei hij, waarna hij even zweeg. 'Het is beter als je dat niet weet.'

Ik slikte. 'Neem me mee. We kunnen samen vluchten… We kunnen hier weggaan.'

'Edith, dat gaat niet.'

'Waarom niet? We kunnen meteen gaan.'

'Andy staat achter me en kijkt naar ons. Jij bent zijn garantie dat ik terugkom. Hij –'

'Ga naar je kamer en hou je kop!' schreeuwde Andy. Zijn stem was niet langer dik en geschokt.

Dat was het moment waarop ik besloot om alleen te vluchten. Oscar was niet teruggekomen en Andy en Jocke bleven op de bovenverdieping. De televisie stond zoals gewoonlijk aan om de geluiden te dempen. Ik trok al mijn kleren aan, sloop naar de hal en opende de voordeur zo zachtjes mogelijk. Daarna liep ik naar buiten en deed de deur net zo zachtjes dicht.

Buiten waren geen geluiden die me konden helpen begrijpen welk tijdstip van de dag het was. Ik hoorde geen verkeer, geen stemmen, alleen de wind in de dennenbomen en de zee die het strand op rolde. Ik hield er rekening mee dat het avond of nacht was, en dat het donker was. Dat zou een voordeel voor me zijn.

Terwijl ik op het grind stond probeerde ik me te oriënteren. Ik hoorde de zee achter me en aan de zijkanten. Dat klopte niet. Ik herinnerde me dat ik uit de auto was gestapt toen ik hier arriveerde en daarna naar rechts was gelopen voordat Oscar me onderschepte.

Ik koos er dus voor om de andere kant op te lopen, om het huis heen. Ik hoorde en voelde het grind de hele tijd onder mijn voeten. Het moest een soort oprit of erf zijn.

Het volgende moment botste ik tegen een muur, niet van een huis maar van een ander gebouw, een bijgebouw of een garage. Ik vouwde mijn stok uit en liep op de tast rond het gebouw terwijl ik ervoor zorgde dat ik de zee voortdurend rechts van me hield.

Ik bleef lopen toen ik de voordeur achter me open hoorde gaan.

'Shit!' hoorde ik Andy schreeuwen. 'Ze gaat ervandoor. Fuck, Jocke, ga haar achterna!'

Ik weet dat ik niet kan rennen, niet zonder begeleider in elk geval, maar nu zwaaide ik de stok voor me heen en weer en rende zo hard dat het grind onder mijn schoenen knerpte zonder dat ik er een idee van had waar ik naartoe ging. Ik rende gewoon. 'Help!' schreeuwde ik. 'Iemand! Alsjeblieft, help me!'

Op hetzelfde moment hoorde ik voetstappen achter me. Ik probeerde naar rechts te rennen, in de richting van het geluid van de zee, maar ik struikelde, viel en kwam hard op het grind terecht. Terwijl ik wanhopig probeerde op te staan voelde ik handen die me vastpakten en overeind trokken.

'Wat ben je verdomme aan het doen?' zei Andy. Hij klonk boos.

'Ik wilde alleen... een stukje wandelen,' stamelde ik met een bloedsmaak in mijn mond.

Ik haat bloed, ben er bang voor. 'Ik bloed!' riep ik en ik spuugde. 'Ben ik gewond?'

'Verdomme! Mijn spijkerbroek. Verdomde trut!'

Ik hoorde dat dat Jocke was. Blijkbaar waren ze allebei achter me aan gerend en nu had ik op hem gespuugd. De oorvijg raakte de kant van mijn gezicht die tegen de grond was gekomen. Instinctief sloeg ik terug, stompte met mijn gebalde vuist naar zijn stem. Ik miste, maar stompte opnieuw, zwaaide met mijn vuisten naar de plek waar ik dacht dat hij stond.

'Stop daarmee!' riep Andy. 'Naar binnen jullie, allebei!'

Ik voelde dat ze mijn armen vastpakten en me naar het huis terugsleepten.

Ze gooiden me op het bed, nog steeds met mijn jas en schoenen aan, en sloegen de deur zwijgend dicht. Ik bleef liggen zoals ik was gevallen, op mijn rug met mijn benen schuin naast het bed, en verroerde me niet.

Toen ik wakker werd zat Oscar naast me.

'Waarom probeerde je te vluchten?' fluisterde hij. Hij klonk teleurgesteld.

'Is hier iemand anders?' vroeg ik.

'Nee, alleen ik.'

'Ik ben bang voor Andy, Oscar. Hij is tot alles in staat. We moeten...'

Hij stond op voordat ik mijn zin had afgemaakt. 'Ik doe wat ik kan, maar het is niet zo eenvoudig, Edith. Snap dat dan!'

9

'Ik heb je alles verteld wat ik weet,' zei Åsa Hess geïrriteerd. 'Ik weet niet waar hij is, ik weet niets. Ik heb hem al jaren niet meer gezien.'

'Hoe komt dat?' vroeg Asbjörn.

Åsa Hess draaide zich om en staarde naar hem. 'Dat is privé, het heeft niets met deze situatie te maken.'

Asbjörn liep vlak achter haar over de Katarina-begraafplaats op Södermalm in Stockholm. Ze had niet op haar werk willen afspreken, een centrum voor sociaal beleid dat zich op daklozen richtte, en had in plaats daarvan de begraafplaats voorgesteld. Asbjörn bleef bij het graf van Cornelis Vreeswijk staan en keek er even naar.

'Gaat dit over de verkrachting waarvan hij verdacht werd?' ging Åsa verder.

Asbjörn keek haar verbaasd aan.

'Jullie wisten niet...' zei ze met een spijtige klank in haar stem. 'Het was niets...'

'Werd hij verdacht van verkrachting?'

'Ja, verdácht, maar er kwam niet eens een rechtszaak van. Het meisje trok de aanklacht in... Ik weet dat... Ik ben zelf een vrouw... Maar ik weet vrijwel zeker dat ze het verzonnen heeft.'

Asbjörn maakte een notitie in zijn boekje. 'Hij is veroordeeld voor het in brand steken van de garage van een boer,' zei hij. 'Is hij bij andere gelegenheden gewelddadig geweest?'

'Iedereen kan gewelddadig worden als hij onder druk staat.'

'Je weet heel goed wat ik bedoel,' zei Asbjörn.

'Nee, ik heb dat soort neigingen nooit bij hem gezien. Oscar is... Ik weet niet wat hij is...'

'Hij is je zoon,' zei Asbjörn.

Åsa bleef staan. 'Ja, maar hij is bij zijn vader opgegroeid, bij Georg. Je zult het hem moeten vragen.'

'Heb jij geen contact met Oscar?'

'Ik heb hem achtergelaten toen hij nog heel jong was.'

Asbjörn keek vragend op van het boekje.

Åsa zuchtte. 'Hij heeft bijna een halfjaar bij me gewoond toen hij naar Stockholm verhuisde. Dat was na de aanklacht wegens verkrachting en de brandstichting, maar toen was hij al twintig. Ik ken hem niet bijzonder goed.'

'Je weet dus niet met wie hij omgaat?'

'Nee. Hij is verhuisd en daarna... Zoals ik al zei hebben we geen goed contact.' Ze glimlachte berustend. 'Hij geeft mij de schuld van alle nare dingen die hem overkomen zijn, dus het is niet bepaald prettig om hem te spreken.'

'Wanneer heb je hem voor het laatst gezien?'

'Dat was toen hij bij mij woonde, negen of tien jaar geleden. Luister, ik zal eerlijk tegen je zijn. Ik mag hem niet. Oké? Ik hoef niet van hem te houden omdat ik toevallig zijn moeder ben, of wel soms?'

Asbjörn keek haar vragend aan. 'We doen onderzoek naar een misdrijf waarbij je zoon mogelijk betrokken is.'

'Het is niet anders. Zijn we klaar?'

Asbjörn knikte en keek Åsa Hess na terwijl ze snel tussen de graven naar haar werk in de Högbergsgatan verdween. Onderweg naar zijn auto vroeg hij zich af hoe een moeder zo genadeloos eerlijk over haar zoon kon zijn, maar besefte meteen dat hij waarschijnlijk anders gereageerd zou hebben als het een vader was geweest die afstand van zijn zoon had genomen.

10

Mona Rudberg was elegant, maar op een gekunstelde manier die Carl tegenstond. 'Bedankt dat je opnieuw tijd voor ons vrijmaakt,' zei hij.

Mona keek even uitdrukkingsloos naar hem en Ylva, maar nam hen daarna mee naar de zitkamer. Met een snel gebaar nodigde ze hen uit om plaats te nemen op een duifgrijze bank in een modernistische stijl. Zelf ging ze op een fauteuil zitten, met haar rug naar een groot dubbel raam dat uitkeek op het strand.

'Wat willen jullie nu weer?' zei Mona. 'Jullie zijn er niet in geslaagd om mijn man te vinden, hoewel jullie ruim een week de tijd hadden, en nu is hij dood. En de ontvoerders ook. Ik snap niet waarom jullie nu al deze moeite doen.' Ze keek Carl strak aan.

Ze deed hem denken aan zijn gemene oma, wat hem een ongemakkelijk gevoel gaf.

'We proberen nog steeds de persoon of personen te vinden die je man en eventueel ook de ontvoerders vermoord hebben,' zei Ylva.

Mona verplaatste haar blik naar haar en trok haar wenkbrauwen op alsof ze op een vervolg wachtte. Toen dat niet kwam, draaide ze zich weg en keek uit het raam. 'Tja...'

Ze bleef naar haar winterse tuin en het water kijken. Carl volgde haar blik naar de lange steiger. Het had 's nachts gesneeuwd en de tuin zag er verlaten uit, maar hij vermoedde dat er in de zomer plek voor minstens twee boten bij de steiger was. Hij keek om zich heen in de kamer en vroeg zich af wat een woning zoals deze in Saltsjö-Boo zou kosten. In elk geval meer dan hij ooit zou kunnen betalen. Veel meer.

'De vorige keer dat we elkaar spraken zei je dat jullie eerder bedreigd zijn,' zei Carl. 'Maar jullie hebben daar nooit aangifte van gedaan...'

'Dat klopt. Wat had dat voor zin gehad?' Mona draaide zich naar hem om.

Carl zag dat ze verbaasd keek en geen antwoord leek te verwachten.

'Ik ben natuurlijk niet bekend met jullie... werk,' ging ze verder. 'Maar voor zover ik weet hebben jullie nauwelijks voldoende middelen om moorden en schietpartijen op te lossen. Een anonieme bedreiging van een gezin staat in mijn ogen helemaal onderaan jullie prioriteitenlijst.'

'Jullie hebben het dus gewoon genegeerd?' vroeg Carl.

'We hadden geen keus, omdat de politie hetzelfde doet.' Ze keek uitdagend van Carl naar Ylva. 'Jens is in Östersund met de dood bedreigd. We zijn allemaal met de dood bedreigd. Het hele gezin zou vermoord worden als we niet onmiddellijk ophielden met wat we aan het doen waren.' Ze zei het op een spottende toon, alsof het helemaal niets met haar te maken had.

Carl glimlachte vriendelijk. 'En dat ging over de mijnbouwactiviteiten? Jens werkte in Östersund toch in de mijnbouw?'

'Anders hadden we geen reden gehad om daar te wonen, of wel soms?'

'Misschien niet,' zei Carl, die nog nooit in Östersund was geweest.

'Ze waren van plan om vanadium te winnen in Oviken, een stuk buiten de stad, en zijn jaren bezig geweest met voorbereidingen, het beoordelen van de effecten op het milieu en het uitvoeren van proefboringen. De reacties op de plannen waren positief, maar na alle onzinnige protesten van diverse milieubewegingen zwichtte de bodem- en milieurechtbank en weigerden ze een vergunning. Daarna was er geen reden voor ons om daar te blijven wonen, dus verhuisden we hiernaartoe.' Ze maakte een gebaar en Carl besefte dat ze op het hele huis doelde.

'Jullie verhuisden dus niet naar Stockholm vanwege de bedreigingen, maar omdat de activiteiten in Östersund stopgezet waren?'

Ze trok een grimas die Carl niet goed kon plaatsen. 'We verkochten het huis en verhuisden hiernaartoe.'

Het gesprek verliep moeizamer dan Carl had gehoopt en hij moest zijn best doen om vriendelijk te klinken toen hij de volgende vraag stelde: 'Kan het zo zijn dat je bedreigingen genegeerd hebt?'

'Wat bedoel je?'

'Nadat je echtgenoot ontvoerd was, kreeg je een sms met eisen van de ontvoerders.'

Ze haalde diep adem, maar bleef zwijgend naar hem kijken.

'Heb je daarna meer bedreigingen of eisen gekregen?' Hij dacht aan Ediths verhaal over de envelop die Oscar uit Per Nordins vakantiehuis had meegenomen. Asbjörn had gelijk, iemand had de vinger aangepakt.

'Absoluut niet. In dat geval had ik jullie gebeld. Jullie zijn toch niet zo ongelofelijk incompetent dat ik –'

'Het is duidelijk, dank je,' onderbrak Carl haar.

Na een korte pauze nam Ylva het woord: 'Is er niemand anders in je buurt die een dreigement gekregen kan hebben? Iemand...'

'Nee.'

Carl boog zich naar voren en frunnikte aan zijn notitieboekje. 'Je hebt eerder gezegd dat Jens alle bedreigingen afhandelde, dat hij die kwesties nooit met jou besprak...'

'Dat klopt, afgezien van de keer in Östersund waarover ik jullie daarnet verteld heb.'

Carl vermande zich. 'Ik wil me niet met jullie relatie bemoeien, maar is het niet een beetje vreemd om dat soort dingen niet met elkaar te bespreken?'

Ze glimlachte afkeurend. 'Maar je met onze relatie bemoeien is dus precies wat je doet,' zei ze.

'Dat is mogelijk,' gaf Carl onverstoorbaar beleefd toe. 'Waarom praatte Jens niet met je over de bedreigingen? Die hadden toch ook met jou te maken?'

'Daar had hij blijkbaar een andere mening over,' zei ze. 'We leven... Tja, het is niets om geheimzinnig over te doen. Mijn man en ik leidden parallelle levens. Ik vroeg niet wat hij deed en hij vroeg niet wat ik deed. We hadden beiden ons eigen leven. Als we elkaar tegenkwamen... Nou, daar hebben jullie niets mee te maken, maar ik bemoeide me nooit met zijn... záken.'

'Maar je vertelde dat het hele gezin met de dood bedreigd is,' zei Ylva.

'Ja, en die keer besprak hij het met me, maar de andere bedreigingen... Jens vond waarschijnlijk dat dat alleen hem iets aanging.'

Carl keek vragend naar Ylva, die haar hoofd discreet schudde.

Mona zag de blik. 'Dan neem ik aan dat we klaar zijn,' zei ze en ze stond op. 'Ik zal jullie uitlaten.'

'Nog één ding,' zei Carl. 'Je man had een schotwond in zijn linkerschouder die hij tijdens zijn VN-missie in Bosnië heeft opgelopen. Weet je hoe hij gewond geraakt is?'

Ze nam hen mee naar de hal terwijl ze vertelde. 'Per raakte ernstig gewond door een hinderlaag. Jens heeft zijn leven gered, wat hem een medaille voor bewezen moed opleverde. Tijdens die reddingsactie is hij in zijn schouder geraakt. Meer was het niet.'

11

Carl keek op zijn horloge. Het was halfzes. 'Ga je nú lunchen?' Het was niet zijn bedoeling om beschuldigend te klinken, maar hij hoorde zelf dat het precies zo overkwam.

'Doe normaal,' zei Linda verongelijkt. 'Ik verga van de honger en ik heb als ontbijt alleen een boterham gegeten.'

Toen hij thuiskwam van zijn werk stond zijn dochter bij het fornuis en keek in een pan met pasta. Ze droeg een pyjamabroek en een veel te groot T-shirt dat ze uit zijn kledingkast had gepakt omdat ze een studiedag had.

'Maar we gaan zo meteen avondeten,' zei Carl.

'Nu al?'

'Ik was van plan om een keer vroeg te eten.'

Carl had Ylva afgezet bij het station om vroeg thuis te kunnen zijn en het geruïneerde weekend met zijn dochter enigszins goed te maken. Hij was bij de Coop gestopt om chips en Coca-Cola te kopen, die hij had willen neerzetten terwijl ze naar de film keken waaraan ze zaterdag waren begonnen.

'Serieus? Waarom dat? Bij Filippa thuis eten ze pas om negen uur.'

'Maar dat doen wij niet... Ik.'

Ze pakte een tomaat van het aanrecht en begon hem in stukjes te snijden. 'Het is trouwens niet zeker dat ik vanavond thuis eet,' zei ze. 'Ik heb zo met Filippa afgesproken. Misschien gaan we samen ergens eten.'

'Maar ik dacht dat we...' Hij onderbrak zichzelf omdat hij besefte dat hij haar alleen een slecht geweten zou bezorgen.

'Wat?' zei ze.

Hij glimlachte en schudde zijn hoofd. 'Niets. Zal ik dan alleen voor mezelf koken?'

Ze stak een vork in het pastawater en haalde er een spaghettisliert uit om te proeven of hij gaar was. 'Ja, doe maar.'

'Wat eet je bij de pasta?'

'Er staat pesto in de koelkast.'

Hij knikte berustend. 'Eet je ooit weleens iets anders?'

Ze keek weer verongelijkt. Dat deed ze tegenwoordig vaak. Misschien had het met de leeftijd te maken – ze was inmiddels zeventien –, en hij vroeg zich ook af of ze bij haar moeder hetzelfde gedrag vertoonde. Hij had het niet gevraagd omdat hij het antwoord niet wilde weten.

'Het is lekker! En ja, ik eet er groenten bij. Tomaat en komkommer.' Ze wees naar het bord, waarop een paar plakjes komkommer en de in stukjes gesneden tomaat eenzaam aan één kant lagen.

Linda volgde de maatschappijwetenschappelijke richting op het gymnasium en zat in de tweede klas. Carl kreeg zelden veel over school te horen – waarschijnlijk omdat hij het ook niet vroeg –, maar de afgelopen weken had ze aan een groepsopdracht voor het vak psychologie gewerkt en had ze hem gevraagd of hij het moreel gerechtvaardigd vond om wraak te nemen.

'Hoe gaat het met je project?'

'Goed. Hartstikke goed zelfs. Maar lieve papa...' Ze keek hem smekend aan en hij wist wat ze hem ging vragen. Filippa woonde in de buurt van haar moeders rijtjeshuis en het was lastig om daar met het openbaar vervoer te komen. '...kun je me brengen?'

Hij haalde adem en onderdrukte een opkomende zucht. 'Jazeker,' zei hij. 'Natuurlijk kan ik je brengen.'

'Dank je wel! Je bent de allerliefste!'

'Hoe laat ben je vanavond thuis?'

'Ik slaap misschien bij mama, of bij Filippa. Is dat goed? We gaan aan de groepsopdracht werken. Tove komt ook.'

Hij knikte en glimlachte vervolgens om te tonen dat hij niet teleurgesteld was. 'Wanneer wil je weg?' vroeg hij.

'Ik moet er ongeveer om zeven uur zijn.'

12

Dinsdag 15 januari

Carl voelde zich ongewoon wakker toen hij de vergaderkamer in liep. Het was weliswaar nog maar zeven uur in de ochtend, maar hij was al om negen uur naar bed gegaan nadat hij er niet in was geslaagd om op Netflix iets te vinden wat hij wilde zien. In plaats daarvan had hij een boek mee naar bed genomen: *Tinker Tailor Soldier Spy*. Hij had het gelezen toen hij een tiener was, maar nu las hij het opnieuw in het Engels. Dat was niet geweldig gegaan. Na ruim een kwartier had hij nog maar twee pagina's gelezen. Hij had het opgegeven en het bedlampje uitgedaan. Daarna was het hem voor de verandering gelukt om bijna meteen in slaap te vallen.

Nu balanceerde hij een kop koffie in zijn hand terwijl hij de deur naar de vergaderkamer met één voet openduwde. Hij had gehoopt op een halfuur voor zichzelf voordat de dag begon, maar dat was voordat hij een vertrouwde stem zijn naam hoorde roepen. 'Calle! Lang geleden dat ik jouw serieuze smoel heb gezien!'

Carl draaide zich om en morste koffie op de vloer. 'Hallo, Simon,' zei hij overdreven beleefd.

Simon Jern was een dikke, pokdalige politieagent met donker haar. Hij grijnsde en toonde een rij opvallend kleine tanden terwijl hij een grove hand uitstak. Carl voelde de kracht onder het harde eelt en ontweek Simons stekende blik. 'Jezus, wat gaaf om weer samen te werken! Vind je niet?'

Carl knikte mechanisch.

Bijna een jaar geleden hadden ze samengewerkt aan een ingewikkelde zaak die Simon als opgelost beschouwde. Hun chef, Gert Uwe, had Simon vanwege zijn inzet zelfs bevorderd tot teamleider, maar Carl was ervan overtuigd dat Simon de verkeerde dader had aangewezen.

'Welkom bij het onderzoek,' zei hij zo enthousiast mogelijk.

'Bedankt,' zei Simon. 'Wat een verdomde massamoord hebben we op ons dak gekregen.'

Het viel Carl op dat Simon van stijl was veranderd sinds ze elkaar voor het laatst hadden gezien. Hij droeg weliswaar een spijkerbroek en zwarte cowboylaarzen, maar het T-shirt was verwisseld voor een wit overhemd dat hij onder een donker colbert droeg en zijn haar was niet meer gemillimeterd, maar uitgegroeid tot een keurig kapsel.

Misschien was het de promotie, dacht Carl. Hij knikte in de richting van de keuken. 'Zullen we het onderzoek bij een kop koffie bespreken?'

Simon waggelde voor Carl uit door de gang. Net een beer, dacht Carl. Hij wilde een gesprek onder vier ogen met Simon hebben voordat hij hem aan de rest van het team voorstelde.

Een halfuur later waren ze in de vergaderkamer terug. De andere leden van de onderzoeksgroep zaten al op hun plaatsen.

'Hallo allemaal, dit is rechercheur Simon Jern, die bij de NOA werkt en zich met diverse extremistische groeperingen bezighoudt. Hij is hier in eerste instantie om ons te helpen met de militante milieubewegingen, maar gaat beslist ook op andere manieren bijdragen. Simon, ga je gang. Ik neem aan dat je iets voorbereid hebt?' Carl maakte een gebaar naar Simon, die opstond.

'Het NLF,' zei Simon. 'Het Nature Liberation Front, heeft iemand van jullie daar weleens van gehoord?'

Niemand zei iets.

'Het NLF is een militante en bijzonder extremistische milieubeweging die in het begin van de jaren 1990 in Groot-Brittannië opgericht is. In Cornwall, om precies te zijn. Tegenwoordig is de beweging actief in de VS, Canada, Frankrijk, Spanje, Italië en Zweden.'

Hij pauzeerde. Na een tijdje besefte Carl dat het de bedoeling was dat hij NLF op het whiteboard zou schrijven.

'De Zweedse tak heet NBF, het Natuur Bevrijdingsfront.'

Terwijl Carl schreef bedacht hij dat er nog iets aan Simon was veranderd. Het was alsof hij zijn best deed om een rol te spelen, alsof iemand hem een kostuum had aangetrokken, maar er was ook iets anders. De agressiviteit die altijd onder de oppervlakte had geloerd, was nu minder duidelijk aanwezig. Carl vroeg zich af of dat ook met de nieuwe rang te maken had. Hij dacht van wel.

'Waar houden ze zich mee bezig?' vroeg Ylva.

Simon wees naar haar alsof hij haar achteraf het woord gaf.

'Voornamelijk kleine delicten die ze zelf economische guerrilla-activiteiten noemen. Je weet wel, het saboteren van een bosbouwmachine of een afvalcontainer in een grindgroeve. Een paar activisten hebben spijkers op de weg naar plasticfabriek Borealis in Stenungsund gestrooid, zodat de vrachtwagens lekke banden kregen. Het is een bewuste strategie van hen om delicten te plegen die zo'n lage straf opleveren dat we de middelen niet hebben om er onderzoek naar te doen, maar die de bedrijven vaak veel geld kosten. Meestal gaat het om het loslaten van nertsen, midden in de nacht boeren bellen om ze te bedreigen of met borden voor de een of andere winkel gaan staan.'

'Hoeveel leden zijn er?' vroeg Ylva. Ze keek op van haar notitieboekje.

'In de wereld? Duizenden.'

'Ik dacht eerder aan Zweden.'

'Jullie moeten begrijpen dat het NLF een internationale paraplubeweging is. De meeste acties die uit naam van het NLF plaatsvinden, worden door kleine groepen en organisaties uitgevoerd.'

'Dus in principe is niemand lid van het NLF?' vroeg Carl verbaasd. 'Of hoe heet het… Het Zweedse NBF?'

Simon keek geïrriteerd terwijl hij antwoord gaf. 'Jazeker, er zijn actieve leden, een kleine harde kern die radicalere dingen doet zoals de garage bij een boer in brand steken of het eigendom van een bedrijf saboteren.'

'En hoe passen onze drie ontvoerders hierin?'

'We hebben informatie dat Andrew Christiansson de voorzitter van het Zweedse NBF is, of was. Maar dit is een ondergrondse organisatie met gemaskerde leden en anonieme websites. Het is anders dan de Dierenrechtenorganisatie, met een bankrekening voor donaties en een ondernemingsnummer in het handelsregister.'

'Dat begrijpen we,' zei Carl. 'Heb je informatie over Oscar Hess en Joakim Enroth?'

'Waarschijnlijk zijn Joakim en Oscar ook lid…'

Carl keek afwachtend naar hem. 'Maar dat weet je niet zeker?'

'Nee, we kunnen niet iedereen continu in de gaten houden.'

Carl wist dat Simon eerder op nationaal niveau als teamleider bij Ernstige Drugsdelicten had gewerkt. Hij vroeg zich af hoelang hij inmiddels met milieuextremisten werkte.

'Hoe zit het met de Säpo?' zei Ylva. 'Houdt de veiligheidsdienst deze groepen niet in de gaten?'

Simon schudde zijn hoofd. 'Nope. Dat doen ze al heel lang niet meer. Ze hebben al dat soort zaken jaren geleden laten vallen toen ze erachter kwamen dat de milieumensen onze regering niet ten val willen brengen en onze democratische principes ongemoeid laten. Daarna hebben wij ze op ons dak gekregen: militante dierenrechtenactivisten en andere extreme groepen die zich bezighouden met "burgerlijke ongehoorzaamheid".' Hij maakte aanhalingstekens in de lucht terwijl hij het zei.

'Zoals het NLF en NBF?'

'Ja. In de VS wordt een groep verdacht van een poging om een hoge baas van het Shell-concern uit naam van het NLF dood te schieten, maar ze hebben nooit iemand op kunnen pakken. De Shell-manager is trouwens ongedeerd. Frankrijk heeft een soortgelijk verhaal: de woning van een directeur van een kerncentrale is in brand gestoken terwijl hij en zijn gezin lagen te slapen. Ze zijn erin geslaagd naar buiten te komen. Dat was na Fukushima, dus daar waren die lui waarschijnlijk boos over.'

'En in Zweden?'

'Niets,' antwoordde Simon. 'Vooralsnog…'

Carl vond hem bijna enthousiast klinken. 'We moeten alle activisten spreken die een connectie met het Natuur Bevrijdingsfront hebben.'

Simon knikte. 'Je snapt toch wel dat dat heel veel werk is? Alleen al het lokaliseren van deze… personen.'

Carl glimlachte vriendelijk. 'We beginnen met degenen die in de regio Stockholm wonen en een connectie met een van de ontvoerders hebben.'

'Oké, zoals je wilt,' zei Simon.

'Stel jij een lijst op?' zei Carl.

'Natuurlijk, als jij het zegt.'

Carl legde zijn pen neer en liep naar de tafel.

'Nog één ding over Oscar Hess,' zei Simon. 'Wat weten jullie over hem?'

Rickard schoot overeind, alsof hij net wakker was geworden uit een dutje. 'Hij heeft in de gevangenis gezeten voor brandstichting met levensgevaar voor personen,' zei hij snel. 'Samen met Joakim.'

Simon draaide zich om. 'Inderdaad,' zei hij. 'Maar de garage lag twintig meter bij het woonhuis vandaan, dus eigenlijk is er niemand in gevaar geweest.'

'Wat wilde je vertellen?' vroeg Carl.

'De Säpo hield hem een paar jaar geleden in de gaten voordat ze met het volgen van milieuactivisten stopten. De hele santenkraam: afluisteren, schaduwen...'

'Waarom?'

'Ze dachten dat hij de ontvoering voorbereidde van een manager van Barsebäck, ene Lars Rahm of Framm, dat herinner ik me niet precies.'

'De kerncentrale?' vroeg Carl verbaasd.

Simon leunde naar achteren en sloeg zijn armen over elkaar. 'Ja, wat anders?' zei hij. 'Maar waarschijnlijk kreeg Oscar er lucht van dat iemand hem schaduwde, waarna hij ervan afzag. Daarna kreeg de Säpo andere taken en werd de zaak naar de politie overgeheveld, maar niemand heeft de handschoen opgepakt.'

Carl steunde met zijn knokkels op de tafel. 'Is er meer?' vroeg hij met een blik naar de aanwezige politieagenten.

Rickard stak zijn hand op. 'Gisteravond om 22.11 uur heeft Oscar 2500 kronen opgenomen bij een pinautomaat in de Götgatsbacken, in de buurt van Slussen.'

Ze draaiden zich allemaal naar hem om.

'En dat zeg je nu pas!' zei Asbjorn.

'Ja,' antwoordde Rickard. 'Tja, hij is daar natuurlijk niet meer en ik kreeg de bewakingsfilm van de pinautomaat vlak voor de bespreking. Ik heb hem alleen vluchtig bekeken, maar het is hem.'

Asbjörn trok een gezicht. 'Wat voor kleding draagt hij?'

Rickard toetste op de laptop en staarde naar het scherm. 'Hij... draagt waarschijnlijk een grijze of groene outdoorjas met een capuchon. De bewakingsfilm is zwart-wit, dus is er...'

'We begrijpen het,' zei Carl. 'Iets anders? Heeft hij een tas bij zich? Heeft hij een baard? Een muts?'

'Een rugzak,' zei Rickard. 'Het lijkt erop dat hij een rugzak bij zich heeft, maar hij heeft geen baard en heeft de capuchon over zijn hoofd getrokken.'

'Wat doet hij in vredesnaam bij Slussen?' zei Asbjörn.

Rickard haalde zijn schouders op. 'Hij kan van alles gedaan hebben. Hij kan erlangs gelopen zijn, heeft koffiegedronken of kleren gekocht...'

'Het is waarschijnlijker dat hij de metro genomen heeft,' zei Ylva. 'Of een bus.'

'Ik vraag Daniel om de bewakingsfilms van SL op te vragen,' zei Rickard. 'Daniel Sandén bedoel ik...'

'Dat begrepen we al,' zei Carl.

13

Op het moment dat Carl Edson de deur naar de gang van de zesde verdieping van gebouw K2 in het Karolinska-ziekenhuis opende hoorde hij geschreeuw. Een vrouw riep wanhopig om hulp. Carl liet de deur los en begon te rennen. Ylva vloekte en volgde hem.

De stoel waarop de politieagent moest zitten was leeg. Er was niemand in de gang.

'Verdomme,' zei Carl terwijl hij de deur van de patiëntenkamer opensmeet.

Edith zat ineengedoken op het bed. Carl keek snel om zich heen, maar de kamer was verder leeg. 'Ik ben het, Carl,' zei hij. 'Er is hier niemand.'

Ze stopte met schreeuwen, maar haalde nog steeds zwaar adem.

'Wat is er gebeurd?' vroeg Carl.

'Iemand was hier binnen!' Edith droeg een spijkerbroek en een rode trui, en zat met haar benen opgetrokken en haar armen stevig rond haar scheenbenen op het bed. Het blonde haar zat in een knot in haar nek. Ze zag er klein, mager en bang uit.

'Hoelang geleden is dat gebeurd?' vroeg Ylva.

'Ik weet het niet. Pasgeleden.'

'En het was geen verpleegkundige?' vroeg Carl.

'Nee,' zei Edith.

Ylva liep haastig de gang weer in. Carl zag dat Edith haar hoofd in de richting van het geluid draaide.

'Was het Oscar?' vroeg hij.

'Nee,' zei Edith vastbesloten en ze draaide zich naar hem om. 'Oscar zou tegen me gepraat hebben. Hij zou iets gezegd hebben.'

'Weet je dat zeker?' vroeg Carl.

De hese stem werd een fluistering toen ze antwoord gaf: 'Het was Oscar niet.'

Carl zweeg even en vroeg zich af waarom ze Oscar zo koppig verdedigde terwijl hij haar eenzaam en blind in een woning met drie lijken had achtergelaten. 'Weet je dat er aangifte wegens verkrachting tegen Oscar gedaan is?' vroeg hij op een toon alsof hij probeerde iets aan haar te ontlokken, zoals hij soms deed als hij met zijn dochter Linda praatte.

Edith schrok. 'Nee,' zei ze zachtjes. 'Dat wist ik niet, maar dat is niet belangrijk. En het is ook niet belangrijk wat ik zeg, want je hebt al besloten dat Oscar de dader is, hoewel het iemand anders was.'

'Wie zou het moeten zijn?' vroeg Carl.

'Degene die iedereen in dat huis vermoord heeft.'

'Er zijn geen sporen van anderen in de woning aangetroffen.'

'Misschien heeft de dader geen sporen achtergelaten.'

Ylva kwam samen met de politieagent die voor de deur had moeten zitten de kamer in. Het was dezelfde jongeman als de vorige keer. 'Ik heb hem op het toilet gevonden,' zei ze.

'Ik moet toch naar het toilet kunnen?' zei de agent. 'Dat moet iedereen, toch? En het duurde maar een minuut.'

Carl keek naar hem. 'Hoe heet je?'

'Fred… Fred Pålsson,' zei hij aarzelend.

Carl zuchtte en richtte zijn aandacht weer op Edith. 'De persoon die hier was… Probeerde hij iets te doen? Pakte hij je vast? Bedreigde hij je?'

'Nee.'

'Maar je schreeuwde. Waarom deed je dat?' vroeg Carl.

'Ik werd bang. Hij stond zonder iets te zeggen in de kamer. Hij haalde alleen adem.'

'Oké,' zei Ylva. 'Wie het ook was… Hoe kan deze persoon je gevonden hebben?'

Edith gaf geen antwoord en keek met een lege blik voor zich uit.

'Met wie heb je gepraat sinds je hier bent? Vrienden? Familie?'

'Ik heb met niemand gepraat,' antwoordde ze.

Waarom niet, dacht Carl.

'We gaan je nu in elk geval naar een onderduikadres overplaatsen,' zei Ylva. 'Daar ben je tenminste veilig.'

Edith schudde haar hoofd of trilde. Het was moeilijk te bepalen wat het was, vond Carl.

'Nee!' zei ze plotseling wanhopig. 'Ik wil naar huis. Ik moet naar huis.'

'In je appartement kunnen we je niet beschermen,' zei Ylva. 'Helaas. Het is een te groot risico, vooral na dit… incident.'

'Alsjeblieft.'

Carl haalde diep adem. 'Het alternatief is dat we je oppakken voor hulp aan de ontvoerders,' zei hij. 'Dan vragen we de officier van justitie om je in hechtenis te nemen.'

'Dat kunnen jullie toch niet maken?' zei Fred, die nog steeds in de kamer stond. 'Dat is chantage.'

Carl draaide zich geïrriteerd naar hem om. 'Wil je zo vriendelijk zijn om weer op je stoel in de gang te gaan zitten?' Hij wachtte tot de deur dicht was. 'Het is helaas niet anders, Edith,' zei hij vriendelijk.

Ze zweeg even voordat ze ineenzakte en haar armen slap op het bed liet vallen. 'Oké,' fluisterde ze.

'Het is maar tijdelijk,' zei Ylva. 'Zodra we de dader te pakken hebben mag je weer naar huis.' Ze pakte haar telefoon en liep weg om te bellen.

'Hoelang duurt het voordat jullie de dader vinden en ik naar huis mag?'

'Niet lang,' antwoordde Carl. Hij zei het alleen om haar te troosten en wist niet goed waarom hij dat deed. Misschien omdat ze er zo meisjesachtig uitzag en hem daardoor aan Linda deed denken.

Ylva kwam terug. 'Ik neem aan dat je al met je werkgever gesproken hebt?' vroeg ze aan Edith.

'Ik had vrij genomen.'

'Hoelang? Wanneer moet je terug zijn?'

'Eigenlijk morgen,' antwoordde Edith. 'Maar ik kan vast nog een paar dagen vrij krijgen.'

'Mag ik vragen wat voor werk je doet?' vroeg Carl.

'Ik ben… psycholoog.'

Carl hoorde dat ze aarzelde, alsof het iets was waarvoor ze zich schaamde. Hij had andere psychologen hetzelfde horen doen. Waarom lag dat zo gevoelig? Ze hielden zich tenslotte niet bezig met het verkopen van wapens. 'Goed,' zei hij. 'Dat maakt het allemaal eenvoudiger.'

'Ik maak gebruik van het gehandicaptenvervoer en heb een begeleider als ik naar mijn werk ga.'

'Waar werk je?'

'Het Sankt Eriksplan,' zei ze. 'Bij psychologenpraktijk Sankt Erik.'

Carl trok een stoel bij, ging zitten, sloeg zijn benen over elkaar en gebaarde naar Ylva dat ze ook moest gaan zitten. 'Eerder zei je "degene die iedereen in dat huis vermoord heeft",' begon Carl.

Edith leek te wachten tot hij verder zou gaan. Hij wist niet zeker of ze knikte. 'Zijn er tijdens de week dat je daar was op een bepaald moment andere mensen in het huis geweest?'

'Eén. Dat was toen… Toen ze vermoord werden.'

'In ons eerste gesprek vertelde je dat je niet weet wie de anderen in het vakantiehuis vermoord heeft, maar je zegt toch dat het een man was. We hebben het in onze… gesprekken nog niet echt gehad over wat er die dag gebeurd is. Wil je ons dat nu vertellen?'

Ze draaide haar hoofd van hen af, alsof ze de kamer in keek, hoewel Carl wist dat ze dat niet kon. Maar misschien luisterde ze in plaats daarvan.

'Als het klopt wat je zegt,' ging hij verder. 'Als Oscar de dader niet is, dan moet je vertellen wat je die dag gemerkt hebt… Wat je gehoord hebt… Zodat we je kunnen helpen.'

Ze knikte langzaam en nadrukkelijk. Carl haalde zijn dictafoon tevoorschijn en legde hem net als de vorige keer op het nachtkastje.

Uit het verhoor van Edith Ekholm

Ik vergat om stenen uit de schaal te halen. De tijd bleef als het ware stilstaan in dat huis, stopte. Ik had geen idee meer wat voor dag het was, of het dag of nacht was.

Nadat ik had geprobeerd te vluchten – of hoe je dat wat ik deed ook moet noemen – had ik bijna geen contact meer met Oscar, maar ik hoorde dat ze alle drie steeds gestrester werden. Oscar ook. Een of twee keer hoorde ik hem tegen Andy en Jocke schreeuwen dat ze idioten waren en dat ze hem bij een hopeloze zaak hadden betrokken. Hij klonk woedend en schreeuwde als een bezetene.

Een andere keer hoorde ik Andy zeggen dat ze ervandoor moesten gaan, gewoon alles achterlaten en vertrekken.

Maar dat deden ze niet. Ik hoorde ze nog steeds op de bovenverdieping rondlopen en het geluid van de televisie bleef aan.

Op een dag hoorde ik Oscars stem plotseling voor mijn deur. 'Ik ga pizza halen en zolang ik weg ben doen jullie verdomme niks! Begrepen?'

'Oké, *whatever*,' hoorde ik Andy zeggen. Hij klonk bijna net zo mismoedig als Jocke.

De voordeur sloeg dicht. Ik hoorde de motor starten, herkende het geluid van de grote bestelwagen en hoorde hem wegrijden.

Ik stond roerloos in de kamer en probeerde naar Andy en Jocke te luisteren, maar hoorde ze niet. Uiteindelijk ging ik weer op bed liggen en luisterde naar geluiden in het huis. Misschien verstreek er een uur, misschien een halfuur, ik weet het niet, maar ik schrok van Jockes stem vlak achter mijn slaapkamerdeur. Had ik geslapen? Soms was het moeilijk voor me om dat te bepalen. Ik gleed de hele tijd in en uit een slaaptoestand.

'Ik ga een tijdje naar buiten. Ik hou het hier verdomme niet langer uit.'

'Wacht!' hoorde ik Andy uit de zitkamer of de keuken roepen. 'Ik ga mee.'

Even later sloeg de voordeur dicht en ik besefte dat ik voor het eerst alleen in de woning was met de man die ze hadden ontvoerd.

Ik opende de deur, liep de hal in en luisterde, maar het enige wat ik behalve het geluid van de televisie hoorde, waren de zee en de wind door de bomen. Zwakke geluiden die nauwelijks te onderscheiden waren.

Ik voelde de koude plavuizen vloer onder mijn voeten en liep naar de zitkamer en de keuken. Zoals gewoonlijk stak ik mijn linkerhand uit en raakte de muur met mijn vingertoppen aan om de weg niet kwijt te raken.

Toen de muur verdween ging ik de keuken niet in. In plaats daarvan liep ik op de tast verder tot mijn hand de leuning raakte, waarna ik de trap op liep. Terwijl ik liep telde ik de treden en prentte het getal in mijn geheugen: drieëntwintig. Het was alsof ik me in een droom bevond waarin je weet dat je iets niet moet doen maar het toch niet kunt laten. Ik voelde mijn hart razendsnel bonken.

Toen ik boven kwam bleef ik staan en probeerde me te oriënteren. De televisie bevond zich recht voor me. Ik liep naar het geluid toe, stak mijn handen uit, deed twee stappen naar voren en liep tegen een bank aan.

Langzaam liep ik naar rechts terwijl ik opnieuw stappen telde: één, twee, drie, vier... Ik liet mijn voeten over de vloer slepen om niet ergens op te trappen terwijl ik mijn handen tegelijkertijd voor me heen en weer zwaaide.

Bij de vijfde stap raakte mijn knie iets hards. Ik schreeuwde niet, hoewel het pijn deed, en bukte me alleen om eraan te voelen. Het was een salontafel en mijn vingertoppen raakten iets wat erop lag. Eerst dacht ik dat het een afstandsbediening was, maar toen voelde ik dat het mijn eigen telefoon was. Ik zette hem aan. De batterij was nog niet leeg en ik vroeg hoe laat het was. 'Zeventien uur vijfenvijftig,' zei de stem.

Ik stopte de telefoon in mijn jaszak en liep in de tegenovergestelde richting, bij het geluid van de televisie vandaan. Bij de achttiende stap liep ik tegen een muur aan. Zo zag het er niet uit op de benedenverdieping. Ik liep op de tast verder en voelde een deur, een kozijn en een klink.

Achter de deur hoorde ik iemand snuivend ademhalen. Ik opende de deur en liep de kamer in, die groot leek. Ik voelde aan de huid van mijn armen dat er een heleboel lucht was. Ik heb gehoord over blinden die net als vleermuizen iets in een kamer roepen om te horen hoe groot de ruimte is. Dat werkt voor mij niet. Ik hoor niets, maar soms kan ik het voelen.

'Hallo?' riep ik hees.

Ik kreeg geen antwoord, maar hoorde iemand grommen en bewegen. Er klonk geritsel en ik hoorde wanhopige geluiden alsof iemand heen en weer kronkelde. Misschien was dat op een bed. Ik geloof dat hij op een bed lag.

Ik volgde de muur links van me voorzichtig, stap voor stap, maar stootte tegen een tafel en moest langs de tafelrand en daarna de rugleuning van de stoel tasten voordat ik erlangs was.

De man worstelde alsof hij los probeerde te komen en gromde steeds harder. Ik nam aan dat hij vastgebonden was en een prop in zijn mond had.

Ik bleef staan omdat ik niet te dichtbij wilde komen.

'Maak me los!' schreeuwde hij plotseling. Hij had de prop blijkbaar uit zijn mond gekregen. Ik bleef roerloos staan. Zou hij het touw waarmee hij was vastgebonden ook los kunnen maken?

'Snel! Voordat ze terugkomen!' riep hij.

Maar ik durfde niet en besloot terug te gaan toen ik op de benedenverdieping plotseling een deur open hoorde gaan.

'Help me!' bleef de man schreeuwen. 'Maak me los!'

Beneden hoorde ik snelle voetstappen in de gang en vervolgens op de trap. Andy of Jocke was blijkbaar teruggekomen en hoorde de man. Terwijl ik haastig weg probeerde te lopen stootte ik mijn heup tegen de tafel. Ik voelde geen pijn, het drong in elk geval niet tot me door. Zo snel als ik kon volgde ik de muur in de andere richting, bij de deur vandaan, maar plotseling verdween de muur en voelde ik een gat. Ik stak mijn hand in de lege ruimte en voelde zachte stof, en vervolgens een kledingkast met planken en laden. Ik bleef lopen, schoof schuifdeur na schuifdeur open en tastte over laden en planken met schoenen.

'Wat ben je verdomme aan het doen!' schreeuwde de man op het bed. 'Verdomde idioot! Kom hier en maak me los!'

Ik hoorde voetstappen naderen, misschien vanuit de televisiekamer. Ik voelde met mijn handen over de deuren van de kledingkast tot ik een kast met kostuums aan hangers vond. Ik stapte naar binnen, schoof de deur zachtjes dicht en bleef zo roerloos mogelijk staan. Op het moment dat er iemand de kamer in kwam duwde ik me nog verder naar achteren, tussen de kleding.

De man op het bed schreeuwde nog harder. 'Niet doen! Nee! Doe het niet! Verdomme, verdomme, verdomme, ver–' De woorden stroomden uit hem, tot hij plotseling midden in een vloek zweeg. Ik hoorde een gorgelend geluid, waarna het stil werd.

Ik dacht dat Andy in de kamer was, was ervan overtuigd dat hij de keel van de ontvoerde man op het bed had doorgesneden.

Ik verwachtte de hele tijd dat hij me zou zoeken, dat hij de kastdeuren een voor een open zou schuiven, maar er gebeurde niets. Niemand greep me beet om me uit mijn schuilplaats te trekken.

Misschien had hij daar geen tijd voor, want de voordeur ging open en ik hoorde de stemmen van Andy en Jocke op de benedenverdieping.

Ik verstijfde. Wie was er in de slaapkamer?

Voordat ik had kunnen reageren, hoorde ik de persoon de kamer uit lopen, waarna zijn voetstappen snel naar de televisie en de trap verdwenen.

Daarna volgden de knallen. Ik hoorde keer op keer harde pistoolschoten. Als in een film, maar dan veel harder. Ik vóélde ze in mijn lichaam. En ik hoorde de lichamen vallen. Andy schreeuwde en viel op de vloer. Daarna kreunde Jocke, waarna ik een doffe bonk op de trap hoorde en de stalen trapleuning galmde als een muziekinstrument.

Ik duwde me nog verder naar achteren in de kast en bleef zo stil mogelijk staan wachten.

14

In Londen zou het eenvoudig zijn geweest, dacht Rickard. Hij was daar een paar jaar geleden naar een congres geweest en had zijn Britse collega's horen vertellen hoe ze daders op de vlucht via bewakingscamera's door de stad konden volgen.

Zo was het in Stockholm niet.

Hij had de ochtend besteed aan een gesprek met officier van justitie Daniel Sandén om via de beeldanalysegroep de bewakingsfilms op te vragen van alle camera's die zich in de buurt van de Götgatan 3 bevonden.

Nu zat hij achter zijn bureau en staarde naar zijn computerscherm terwijl hij de films snel afspeelde. Afgezien van de camera boven de pinautomaat hingen er alleen 'veiligheidscamera's' – zoals SL ze noemde – in metrostation Slussen aan het Södermalmstorg en in het busstation aan de Stadsgårdskajen. Er hing eveneens een camera bij McDonald's aan de Katarinavägen, maar die was op het restaurant gericht.

Daarnaast hingen er bewakingscamera's op de grote bouwterreinen bij Slussen, maar het was Daniel nog niet gelukt om de bewakingsfilms daarvan in handen te krijgen.

Het waarschijnlijkste was dat Oscar ervoor had gekozen om de metro te nemen. Daarom staarde Rickard naar de film van de hal van metrostation Slussen, die het ene moment nagenoeg leeg was en het volgende moment, als er een metro was binnengekomen, krioelde van de mensen. Hij speelde de film op viervoudige snelheid af en hield het tijdstempel in de rechterbovenhoek van het scherm in de gaten terwijl hij de mensen als koortsachtige insecten heen en weer zag lopen. Toen het tijdstempel 22.11 uur bereikte, drukte hij op play, zodat de film op een normale snelheid verderging. Afgezien van een oudere man die bij het Pressbyrån stond en een groep jonge meisjes was de hal leeg. Rickard had berekend dat het Oscar minder dan vijf minuten zou kosten om van de pinautomaat in de Götgatan naar de perrons te lopen. Maximaal een kwartier. Daarom bleef hij naar de hal staren tot het tijdstempel op 22.30 uur stond. Het enige wat er in die periode was gebeurd, was dat de man voor het Pressbyrån op de grond was gaan zitten.

Rickard spoelde de film versneld verder en toen het tijdstempel 23.00 uur aangaf, zette hij de film uit en klikte op het volgende bestand. Dat was van het busstation aan de Stadsgården. De camera was zo gemonteerd dat je via het busstation in de richting van het Londonviaduct keek, met de trap naar de Katarinavägen in de rug.

Hij herhaalde dezelfde procedure. Om 22.11 uur drukte hij op play en begon de mensen op de film zorgvuldig te observeren. Om 22.16 uur zag hij een man in een groene of grijze outdoorjas de busterminals passeren. Het gezicht was niet zichtbaar, maar de lengte kon overeenkomen met die van Oscar Hess.

Hij stopte de film, spoelde hem terug en veegde zijn handpalmen snel aan zijn spijkerbroek af voordat hij weer op play drukte.

Hij boog zich naar het scherm en staarde naar de grijze gestalte die even voor het informatiebord bleef staan, waarna hij het busstation passeerde en uit het zicht verdween. 'Misschien, misschien...' zei Rickard tegen zichzelf.

'Wat is er misschien?' zei Asbjörn.

'De bewakingscamera's,' zei Rickard. Hij wees naar het scherm en de man in de outdoorjas die langs het busstation liep en verdween. 'Dit zou Oscar kunnen zijn,' zei hij.

'Oké,' zei Asbjörn. Hij schoof een stoel bij en ging naast Rickard zitten. 'Is er geen betere film? Hij is alleen van achteren te zien.'

Rickard pauzeerde de film, maar liet het venster openstaan en klikte op een nieuw bestand. 'Deze camera is aan de andere kant van het busstation geplaatst. Daarop zou hij aan de voorkant te zien moeten zijn.'

Hij spoelde versneld naar 22.16 uur voordat hij overging op de normale snelheid. Ze staarden samen zonder een woord te zeggen naar het scherm terwijl het tijdstempel in de rechterhoek de seconden wegtikte.

'Daar is hij!' riep Asbjörn terwijl hij zijn vinger op het scherm zette.

Rickard vertrok zijn gezicht. Hij haatte het als iemand het scherm aanraakte, maar zei niets. Toen de gestalte in de outdoorjas vlak bij de camera was, drukte Rickard op pauze en vergrootte het beeld.

De man had zijn capuchon op gezet, maar het zou heel goed de man op de foto aan het whiteboard kunnen zijn.

'Welke bus neemt hij?' vroeg Asbjörn enthousiast terwijl hij zijn vinger opnieuw op het scherm zette.

Rickard liet de film verder spelen. Ze zagen dat Oscar achter drie andere mensen in de rij ging staan.

'Bij welke halte staat hij?' vroeg Asbjörn.

Rickard keek naar het scherm. 'De s,' zei hij. 'De achterste halte is de s en dat is waar hij staat.'

Hij verhoogde de afspeelsnelheid van de film. Oscar liep heen en weer bij de halte. Nog twee mensen kwamen in de rij staan voordat de bus arriveerde en de passagiers instapten. Rickard zette het beeld stil en vergrootte de voorkant van de bus. 'Bus 438.'

'Waar gaat die naartoe?' vroeg Asbjörn.

Rickard opende de browser en ging naar de website van SL. 'Naar Värmdö,' zei hij. 'De laatste haltes zijn Lillsved, Boda brygga en Stenslätten.'

'Wat gaat hij daar verdomme doen? Meer CEO's in hun vakantiewoningen ontvoeren?'

'Ik weet het niet,' zei Rickard.

Asbjörn keek naar hem alsof hij niet goed bij zijn hoofd was. 'Nee, natuurlijk weet je dat niet. Er moet een film van de binnenkant van de bus zijn. Vraag die op.'

15

Het appartement bevond zich in Hjorthagen, in een complex van rode baksteen met uitzicht op de olietanks van de Värtahamnen. Simon Jern parkeerde op een van de verhuurde plekken recht voor de portiek.

De trapopgang rook naar schoonmaakmiddel en op de vensterbanken stonden verse bloemen. Hij bleef op de tweede verdieping voor een deur met daarop de naam I KRANTZ staan. In plaats van aan te bellen sloeg hij hard met zijn vuist op de deur.

De deur werd bijna meteen geopend door een vrij jonge man die Simon vaag van de foto in het paspoortregister herkende.

'Ben je van de politie?' zei de man wantrouwend. 'Je ziet er in elk geval uit als een agent.'

Simon keek onderzoekend naar hem. De man was in de dertig en droeg een zwart T-shirt met een zwarte spijkerbroek. Aan de rechterkant van zijn hals zat een tatoeage van een vogel en zijn haar was in een lichtpaarse tint geverfd.

'En jij ziet eruit als een milieuactivist,' zei Simon. 'Isak Krantz, klopt dat?'

De man knikte vermoeid en liep voor Simon uit naar een kleine zitkamer met een versleten bank van gebloemde stof en een laptop in de hoek. Aan de muren hingen posters met foto's van nertsen en varkens achter tralies en teksten zoals STOP DE MASSAMOORD en VERBIED DE CONCENTRATIEKAMPEN. Op allemaal stond een logo dat bestond uit een cirkel met de afkorting NBF en een groene gestileerde boom.

'Zoals je ziet,' zei Isak, en hij ging op een zitzak van spijkerstof zitten.

Simon keek naar de versleten bank, maar bleef staan.

'Waarom ben je hier?' vroeg Isak. 'Wat wil je van me? Je wilt vast niet praten over hoe de mens de natuur verkracht. Of hoe boeren nertsen in concentratiekampen houden en ze vervolgens vergassen.'

'Dat klopt, dat wil ik niet,' zei Simon afkeurend. 'Ik wil weten wat je over de ontvoering van Jens Rudberg Karlsson weet.'

Isak keek hem uitdagend aan en verstrengelde zijn handen in zijn nek. 'Is dit een val? Hij is verdomme dood,' zei hij.

'Oké,' zei Simon. 'Maar hij is vermóórd. En ik ben hier omdat drie leden van jullie fantastische organisatie hem ontvoerd hebben.'

'Welke organisatie bedoel je?'

'Het NBF, het Natuur Bevrijdingsfront.' Simon wees naar een van de affiches aan de muur.

'Spoor je wel?' vroeg Isak. 'Wij doen dat soort dingen niet. Betrek het NBF hier niet bij.'

Simon keek met een verveelde blik naar hem. 'Vertel me in plaats daarvan liever wat je weet.'

'Ik weet niks.'

Simon voelde hoe zijn ware ik – zijn oude ik – op het punt stond het over te nemen. 'Wat een onzin,' zei hij. 'Je kent Joakim Enroth en Andrew Christiansson toch?'

'Kénnen is waarschijnlijk het verkeerde woord.'

'En Oscar Hess?'

'Is hij er ook bij betrokken?'

'Jullie hebben samen een serie aanslagen gepleegd. Brand gesticht, dingen vernield.'

'Nee,' zei Isak snel. 'Het enige wat wij doen zijn manifestaties organiseren.'

'Grijns niet zo, verdomme.'

'Ik grijns niet. Ik vertel gewoon de waarheid. De feiten.'

'Hoe nemen jullie contact met elkaar op?' vroeg Simon. 'Voor jullie manifestáties?'

Isak haalde zijn handen uit zijn nek en maakte aanstalten om op te staan, maar Simon boog zich over hem heen.

'Mag ik gaan staan?'

'Nee,' antwoordde Simon. 'Geef gewoon antwoord op de vraag. Hoe nemen jullie contact met elkaar op?'

'Op verschillende manieren,' zei Isak. Hij zuchtte. 'Soms ontmoeten we elkaar, soms chatten we –'

'Met welke app?'

'Verschillende, maar meestal Signal.'

'En waar hadden jullie het laatst contact over?'

Isak haalde zijn schouders op. 'Als je contact met het NBF bedoelt, dan is dat inmiddels al een tijd geleden, maar ik geloof dat het over een manifestatie in de buurt van Nyköping ging. Ze rooiden daar een groot bos om er een "industrieterrein" van te maken. Er waren helemaal geen "industrieën" die belangstelling hadden om daarnaartoe te verhuizen. Ze hakten zomaar een bos om waarin heel veel dieren leefden.'

'Kun je me je laatste gesprek laten zien?' vroeg Simon.

Hij deed een stap opzij en Isak probeerde opnieuw uit de zitzak op te staan, maar moest eruit rollen en op handen en knieën overeind komen. 'Geen sprake van,' zei hij toen hij stond en het stof van zijn zwarte broek had geklopt.

'Ik kan je telefoon in beslag nemen,' zei Simon.

'Ja, maar dat betekent niet dat jullie kunnen lezen wat erin staat.'

'Waarom wil je niet dat we je gesprekken lezen?'

'Omdat die privé zijn.' Isak keek recht in zijn ogen. 'En ik wil andere leden niet zwartmaken.'

Simon ging vlak bij hem staan. 'Weet je wat ik denk? Ik denk dat je liegt, Isak. Je was betrokken bij de ontvoering. Je hebt de meeste van jullie zogenaamde manifestaties georganiseerd en je hebt dít ook georganiseerd, of niet soms?'

Isak deed een stap naar achteren. 'Je bent krankzinnig. Ik heb niet meegedaan aan die ontvoering. Ik zeg toch dat we ons niet met dat soort dingen bezighouden?' Isak deed nog een stap naar achteren.

'Wanneer heb je voor het laatst contact met Oscar Hess gehad?' vroeg Simon.

'Ergens in de herfst.'

'Waar hadden jullie het over?'

'Niets bijzonders. Hij had een vrouw ontmoet en leek verliefd.'

Simon snoof. 'Weet je nog hoe die vrouw heette?'

'Nee. Zo goed kennen we elkaar niet.'

'Probeer het toch maar.'

'A... B... C... D...' begon Isak zachtjes, waarna hij opkeek. 'Iets met een E. Elin misschien. Elisabet. Nee, niet Elisabet. Het was een korte naam.'

'Edith?' stelde Simon voor.

'Ja, dat kan het zijn. Edith.'

'Heb je haar ontmoet?'

'Luister, ik kwam Oscar op straat tegen en we zijn samen een kop koffie gaan drinken. Het was gewoon spontaan.'

'En hij heeft niets gezegd over het ontvoeren van de directeur van een mijnbouwbedrijf?'

Isak schoot in de lach. 'Jazeker. Hij was ook van plan om de premier te ontvoeren. Hallo! Nee, hij zei er niks over. Hij praatte voornamelijk over die vrouw, zijn vriendin. Hij was volkomen geobsedeerd door haar.' Simon liep naar de bank en ging zitten. 'Maar hij zei wel iets...' ging Isak verder. 'Dat we de mijnbouw over het hoofd gezien hadden en dat dat ons volgende doel moest worden.'

'Omdat?'

'Iets over gifstoffen en zo. Hij vertelde dat hij en die vriendin bij de een of andere ecoboer op bezoek waren geweest.'

Simon haalde een notitieboekje tevoorschijn. 'Op bezoek? Weet je ook bij wie?'

Isak haalde zijn schouders op. 'Dat vertelde hij misschien wel, maar ik kan het me niet herinneren.'

'Weet je waar het was?'

'In Skåne geloof ik.'

16

Axel Carlsson was zes en zat op de kleuterschool, maar vandaag was hij thuis. Hij had een krentenbaard en mocht daarom niet naar school. Maar hij voelde zich niet ziek, helemaal niet.

Hij verveelde zich en toen hij lang genoeg tegen zijn vader had gezeurd om iets te gaan doen, gingen ze naar de zee. Als Axel dat soort dingen zou opmerken, had hij gezien dat het weer grijs was, en de sneeuwvlokken ook, maar dat deed hij niet. Hij vond een mooie stok die aan de waterkant dreef en helemaal wit en glad was. Hij pakte hem op en sloeg ermee op het ijs dat rond de stenen vastzat.

'Bang! Knal!' zei hij iedere keer dat hij sloeg.

Daarna vond hij een plastic pot die aan land was gespoeld en toen hoefde hij geen geluiden meer te maken, die klonken vanzelf. Achter hem, hoger op het strand, hoorde hij zijn vader roepen: 'Ga niet te ver, we gaan zo meteen grillen.'

Ze hadden droge houtblokken voor de open haard van huis meegenomen en hij had mogen helpen met het vuur maken door de aanmaakblokjes met zijn vaders aansteker in brand te steken. Nu moesten ze wachten tot het vuur 'de juiste gloed' had voordat ze konden grillen, en dat was saai.

'Axel!' riep zijn vader, harder deze keer. 'Het is bijna donker, je moet me kunnen zien, oké?'

Axel zwaaide. 'Ja!' riep hij terug.

Hij wist dat hij toch wel iets zou doen waarvoor hij een uitbrander zou krijgen. Dat gebeurde altijd. Hij wist gewoon niet hoe hij zich moest gedragen om géén uitbrander te krijgen. Er waren veel dingen die niet helemaal goed bij hem gingen, floorball bijvoorbeeld. Hij dacht vaak aan iets anders als hij op het veld stond, dat ging vanzelf als ze allemaal voorin waren en probeerden doelpunten te maken terwijl hij op hun eigen helft bleef en alleen maar wachtte. Soms was hij uit zijn gedachten opgeschrokken voordat de tegenstanders met de bal langs hem renden, maar meestal gebeurde dat pas als zijn teamgenoten tegen hem schreeuwden en het andere team al een doelpunt had gemaakt. Na een paar van dat soort wedstrijden mocht hij niet meer meedoen. Dat hadden ze niet rechtstreeks tegen hem gezegd, maar hij had het begrepen doordat ze hem pestten of 'nee' mompelden als hij naar een wedstrijd kwam om mee te doen. Daarna was hij gestopt, net zoals hij gestopt was met voetballen.

Nu sloeg hij tegen een leeg coca-colablikje dat in het water dreef. Hard, alsof hij boos was, net zolang tot het helemaal ingedeukt was. Daarna doorboorde hij de resten van het blikje en gooide het samen met de stok weg, zodat ze over het strand vlogen. Dat was leuk, maar niet leuk genoeg. Hij keek om zich heen naar iets nieuws, iets leukers om mee te spelen.

Op dat moment zag hij het.

Eerst dacht hij dat het een deel van een pop was, zo'n grote die in een kledingwinkel stond. Voorzichtig liep hij ernaartoe en duwde er met zijn schoen tegenaan. Hij wiebelde een beetje en kwam in het water terecht, waarna een golf hem te pakken kreeg en hij weer naar het strand dreef. Hij zag een nagel die er heel echt uitzag. Hij had die nog nooit op een pop gezien, dus bukte hij zich om de vinger op te pakken. Hij was koud en stijf, maar voelde heel echt.

'Wat goed dat je er bent. Het is tijd om de worstjes te grillen,' zei zijn vader.

Axel hield de vinger in zijn hand. 'Kijk eens wat ik gevonden heb,' zei hij triomfantelijk.

17

Het onderduikadres was een appartement op de bovenste verdieping van een gebouw met drie verdiepingen in de Prästgårdsgatan in Sundbyberg. Carl Edson hield de portiekdeur van hout en glas voor Ylva open, waarna zij Edith overdreven attent de trappen op hielp.

Het appartement lag op de tweede verdieping. Carl klopte op de deur, deed een stap naar achteren en wachtte. Na ruim een minuut werd de deur geopend door een vrouwelijke agent in uniform.

'Hallo,' zei ze opgewekt, eigenlijk een beetje te opgewekt, waarna ze opzij stapte om hen in de hal te laten.

Ze was kort en stevig gebouwd, en had lichtbruin krullend haar dat alle kanten uit stond. Ze hield Edith haar hand voor. 'Ik ben Carina Toresson, je persoonlijke veiligheidsmanager. Ik ben verantwoordelijk voor je veiligheid hier.'

Edith gaf geen antwoord en Carl maakte een gebaar naar zijn ogen en schudde zijn hoofd.

'Aha,' zei Carina net zo enthousiast. 'Ga mee, dan leid ik je in het appartement rond.' Ze stak haar arm snel uit zodat Edith hem kon pakken en Carl besefte dat Carina eerder met slechtzienden te maken had gehad.

'Hier is de keuken, voel je de deur? Recht voor je staan de koelkast en de vriezer, ernaast zijn het aanrecht en de gootsteen. De keukentafel staat links… Ga mee.'

Carl wilde net roepen dat ze zouden gaan toen zijn telefoon overging.

Het was Simon. Zonder vragen te stellen luisterde hij naar Simons beknopte verslag over Isak Krantz en de reis naar Skåne. Alsof het een grote doorbraak in het onderzoek was, dacht Carl.

'Oké, bedankt,' zei hij uiteindelijk, waarna hij de verbinding verbrak.

Hij voelde zijn terughoudendheid. Als het iemand anders was geweest, zou hij 'goed werk' gezegd hebben, maar dat kon hij tegen Simon Jern niet over zijn lippen krijgen.

Ylva stak haar hand uit naar de deurklink, maar Carl schudde zijn hoofd zwijgend. Op hetzelfde moment kwam Carina de hal in lopen.

'Ik heb verder niets met het onderzoek te maken,' zei ze alsof ze hun twijfel daarover hadden geuit. 'Ik ben alleen verantwoordelijk voor Edith.'

'Precies,' zei Carl. Hij voelde zich gegeneerd door haar intense persoonlijkheid.

'Begrijpen jullie hoe lastig het is om zo te wonen?' ging Carina verder. 'En voor iemand die blind is... Ik hoop dat dit niet langer duurt dan strikt noodzakelijk is.'

'Daar zijn we ons van bewust,' zei Carl. 'Maar het is belangrijk dat...' Haar keel niet wordt doorgesneden met een kloofmes, dacht hij. '...ze beschermd wordt tot we de dader te pakken hebben. En als je ons nu wilt verontschuldigen? We moeten iets met Edith bespreken. Nu meteen.'

Carl liep naar de zitkamer, waar Edith met een kaarsrechte rug op een ingezakte witte bank zat die eenzaam tegen een muur stond. Waarschijnlijk was het een oud Ikea-meubel dat iemand met een zuinig karakter in de een of andere kringloopwinkel had gevonden, dacht Carl. Edith kon het niet zien, maar de kamer leek deprimerend veel op een instelling. Voor de bank stond een witte salontafel, waarop meerdere ringen van glazen zaten. Aan de tegenoverliggende muur hing een televisie.

'Wat willen jullie me plotseling vragen?' vroeg ze met haar hese stem.

Carl ging naast haar zitten terwijl Ylva naar een eenzame fauteuil van gelamineerd hout en kunstleer liep die naar achteren doorboog toen ze ging zitten. Carl herinnerde zich dat het model in de jaren negentig populair was. Misschien was dat zelfs de jaren tachtig geweest.

'We willen met je praten over de reis naar Skåne die Oscar en jij afgelopen herfst gemaakt hebben,' zei hij.

'Hoe weten jullie dat?' vroeg Edith onverwacht fel.

'Een vriend van Oscar vertelde –'

'Ik wil niet over die reis praten!' Het antwoord kwam zo plotseling dat Carl schrok.

'Waarom wil je dat niet?' vroeg Ylva.

Edith beet hard op de knokkel van haar wijsvinger, maar leek niet op de pijn te reageren. 'Omdat hij met haar rotzooide,' fluisterde ze.

'Met wie?' vroeg Ylva.

Edith keek met een vertrokken gezicht in haar richting. 'Met Maria! Heeft degene met wie jullie gepraat hebben dat niet verteld? We gingen op bezoek bij een ex van Oscar...'

'Maar jij ging toch mee?' zei Carl.

'Wat kon ik erover zeggen? Ik was zijn blinde aanhangsel.' Haar stem was vol verbittering, heel anders dan de hese, verliefde stem die Oscar eerder tegen alle beschuldigingen had verdedigd.

'Je had er toch voor kunnen kiezen om thuis te blijven?' vroeg Carl.

Ze glimlachte star en schoof haar handen tussen haar dijbenen, maar zei niets.

'Wat gebeurde er in Skåne?' vroeg Ylva.

'Ik weet het niet. Ik was voornamelijk in de kamer of in de keuken. Ze waren vaak samen op pad en ik had moeite om ergens naartoe te gaan zonder dat iemand me begeleidde. Maar ik hóórde ze...'

'Hoorde ze?'

'Seks hebben. Het huis was gehorig en ze... maakten nogal veel lawaai.'

Carl schudde zijn hoofd langzaam naar Ylva, die haar schouders ophaalde.

'Hoorde je ze niet praten over... mijnen?' vroeg hij voorzichtig. 'Maakten ze plannen?'

'Bedoel je dat ze, als ze geen seks hadden, praatten over het ontvoeren van die mijnbouw-CEO?'

Carl knikte, maar besefte dat hij 'ja' moest zeggen, zodat Edith het hoorde.

'Ja, dat hoorde ik,' zei ze nadrukkelijk. 'Maria vertelde dat de boerderij in beslag zou worden genomen door een mijnbouwbedrijf en dat alle grond geruïneerd zou worden. Ze leek zich er niet druk meer om te maken, maar Oscar werd woedend. Hij schreeuwde dat ze moesten protesteren. Uiteindelijk werd ze boos. Ze zei dat het mijnbouwbedrijf de wet aan zijn kant had staan en dat het geen zin had. Daarna zei ze dat hij zijn mond moest houden.' Een vage, maar onvervalste glimlach verspreidde zich over haar gezicht.

'Had Oscar het erover om iemand te ontvoeren?' vroeg Carl.

'Hij maakte er grapjes over.'

'Grapjes?'

'Ja, zoals "je zou die klootzakken moeten ontvoeren en ze op die manier dwingen om ermee te stoppen". Zoiets. Maar dat zijn gewoon dingen die je eruit flapt.'

'Waar was die boerderij?' vroeg Carl.

'Ik weet het niet, ergens in Österlen geloof ik.'

'Heb je een adres? Of een telefoonnummer? Wat is de achternaam van Maria?'

Edith boog haar hoofd. 'Ik ben alleen meegegaan...'

'Maar je weet zeker dat jullie in Skåne waren?'

'Hij zei dat we in Skåne waren. Waarom zou hij daarover liegen?'

'Ja, waarom?' zei Ylva.

Edith haalde haar schouders op. 'Dat was alles. Na een paar dagen gingen we naar huis. Ik heb de hele weg niets gezegd. Acht uur in de auto... in volkomen stilte. Hij had het verdiend, die klootzak.' Ze stond op van de bank, bleef even roerloos staan en ging vervolgens weer zitten, alsof ze besefte dat ze zich in een onbekend appartement bevond.

'Heeft Oscar het weleens over het Nature Liberation Front gehad?' vroeg Ylva. 'Het NLF? Of over het Natuur Bevrijdingsfront, het NBF?'

Edith begon te lachen.

'Wat is er zo grappig?'

'Het Nature Liberation Front... Bestaat dat echt?' vroeg Edith.

'Absoluut,' zei Ylva zonder haar mond zelfs te vertrekken.

'Het klinkt als iets uit Monty Python,' zei Edith, waarna ze op hoogdravende toon verderging: '*The liberation front of Judéen...*'

'Ik begrijp niet wat je bedoelt,' zei Ylva. 'Praatte hij wel of niet over het Natuur Bevrijdingsfront?'

Misschien is haar starheid de reden dat ze niet bevorderd wordt, dacht Carl. Dat was niet onmogelijk.

'Nee,' antwoordde Edith gewillig. 'Ik heb hem nooit horen praten over... dat wat je zei.'

Ze was heel even ontspannen geweest, maar nu zat ze net als eerder op de bank, met haar handen verstrengeld op haar schoot en een neutrale uitdrukking op haar gezicht.

'Oscar heeft dit eerder gedaan,' zei Carl. 'Wist je dat? Hij werd verdacht van het voorbereiden van de ontvoering van een hoge baas van een kerncentrale.'

Edith staarde koppig recht voor zich uit.

Carl haalde diep adem. 'Ik zal eerlijk tegen je zijn, Edith,' zei hij. 'We denken dat Oscar de ontvoering gepland heeft en dat hij degene was die naar het vakantiehuis gekomen is toen jij je in de kledingkast verstopte. Volgens ons heeft hij de drie personen vermoord.'

Carl wist dat eenvoudige oplossingen gevaarlijk waren voor alle onderzoekers. Ze lagen zo voor de hand dat je geen andere mogelijkheden meer onderzocht. Als een krachtige schijnwerper die voorkwam dat je alles zag wat in de schaduw was verborgen. Deze keer kon hij echter geen andere mogelijkheden bedenken. Hij had hierover nagedacht tijdens de bijna drie etmalen die waren verstreken sinds het moment dat ze de lichamen in de vakantiewoning hadden gevonden, en hij kon geen andere dader bedenken dan Oscar Hess.

'Nee,' zei Edith. 'Hij kan het niet geweest zijn. Oscar probeerde me alleen te helpen. Iemand anders is die avond dat huis in gekomen.'

Carl werd zelden boos. Over zijn vader werd altijd gezegd dat hij een vurig temperament had. Carl had altijd een hekel gehad aan diens plotselinge woede-uitbarstingen, vooral toen hij klein was, maar nu moest hij zich zélf beheersen voordat hij verder kon gaan. 'Wil je dat we dat geloven?' zei hij zo vriendelijk mogelijk. 'Dat Oscar – die contact onderhoudt met het NBF, veroordeeld is voor brandstichting en verdacht werd van het voorbereiden van de ontvoering van een manager van Barsebäck – nu plotseling volkomen onschuldig is? Dat hij er toevallig bij betrokken is geraakt door Andrew en Joakim? En dat hij niets met de moorden te maken heeft?'

'Je verzint het gewoon,' zei Edith. 'Je wilt dat het Oscar is.'

Carl stond op en liep naar het raam.

'Oscar was lief,' zei Edith met haar hese stem achter hem. 'Tegen mij was hij lief. Hij nam me mee naar dingen waar niemand anders me mee naartoe nam. Naar de bioscoop bijvoorbeeld. Hij nam me mee naar milieuacties. We gingen naar een boerderij in de buurt van Skara om nertsen los te laten. Voor hem was het alsof… alsof ik precies zoals ieder ander was.'

'Heb je er nooit over nagedacht of hij misbruik van je maakte?' vroeg Carl terwijl hij uit het raam keek.

Ze lachte. 'Misbruik van me maakte? Wat zou hij voor voordeel van me moeten hebben? Ik ben blind. Niemand heeft iets aan me.'

'Natuurlijk ben je –' begon Ylva.

Carl onderbrak haar. 'Oscar Hess is een militante milieuextremist.' Hij schoof de salontafel weg zodat hij vlak tegenover haar stond.

'Je hebt het mis!' snauwde Edith. 'Hij maakt zich alleen zorgen om het milieu. Om onze planeet.'

Carl hoorde dat ze bang was. 'Nee,' zei hij vastbesloten. 'Ik heb het niet mis. Het was Oscar. Of niet soms? Hij was het brein achter de ontvoering. Je hebt zelf gezegd dat je zijn aanhangsel was. Hij bepaalde alles, hè?' Carl ging op de salontafel zitten zodat zijn gezicht op dezelfde hoogte als dat van haar was, en boog zich naar haar toe.

Ze draaide haar gezicht opzij alsof ze verwachtte dat hij haar zou slaan.

'Je bent hier veilig,' zei hij zachtmoedig. 'Je kunt de waarheid vertellen. Er zal niets met je gebeuren.'

'Oké,' zei ze met gebroken stem. 'Oké, het was Oscar. Hij heeft alles voorbereid. De anderen deden alleen wat hij zei. Ik ook. Maar hij heeft ze niet vermoord… Dat geloof ik niet.' Ze draaide haar gezicht naar Carl toe, opnieuw met de starende ogen die niets zagen.

'Waarom heb je dit niet eerder verteld?' vroeg hij.

'Ik… Ik was bang. Voor hem. Omdat hij erachter zou komen dat ik iets gezegd had… Dat ik tegen de politie gekletst had. Je kent hem niet.'

'Maar als je zo bang voor hem was,' zei Ylva, 'waarom probeerde je dan niet bij hem weg te gaan? Je had hulp kunnen zoeken.'

Edith snoof minachtend. 'Hulp? Hij zou me vinden. Jullie konden me niet beschermen. Hij was degene die in het ziekenhuis in mijn kamer was.'

'Oscar? Weet je dat zeker?' vroeg Carl.

'Bijna.'

Ze zwegen een tijdje. Carl probeerde zich haar situatie voor te stellen. 'Waarom was je bang voor hem?' vroeg hij even later. 'Mishandelde hij je?'

'Psychisch,' antwoordde ze. 'Hij mishandelde me psychisch. Eén keer liet hij me midden in een park achter. Ik had geen idee waar ik was of hoe ik naar huis moest komen. Uiteindelijk… Uiteindelijk raakte ik in paniek en begon ik schreeuwend rond te rennen en met mijn stok te zwaaien. Op dat moment kwam hij naar me toe. Hij was de hele tijd in de buurt geweest en had naar me gekeken. Hij lachte me uit, zei dat het een grapje was, maar ik wist dat het niet zo was. Dat was zijn manier om me te straffen.'

'Waarom deed hij dat?' vroeg Ylva.

'Ik had… Ik wilde de avond ervoor geen seks met hem.' Ze zat kaarsrecht, haar blik recht vooruit, geconcentreerd.

'Dwong hij je ook om andere dingen te doen?' vroeg Carl.

Edith knikte. 'Hij vond het prettig dat ik blind was… dat hij de overhand had.'

Carl bevochtigde zijn lippen en probeerde zijn woorden zorgvuldig te kiezen. 'Heeft hij je gedwongen om in verband met de ontvoering iets te doen?'

'Hij… Hij wilde dat ik voor hem belde.'

'Belde?' vroeg Carl verbaasd. 'Waarom dat?'

'Ik belde Jens Rudberg en deed alsof ik een journalist was. Ik verzon dat ik een artikel voor de Natuurbeschermingsvereniging moest schrijven en dat het erover zou gaan dat de moderne mijnbouw milieuvriendelijk was. Het was belangrijk om een foto van hem in de natuur te maken. Hij stelde het Hagapark voor omdat het op de route naar zijn werk lag.'

'Hij trapte er dus in?'

'Ik kan heel overtuigend zijn. Dat leer je vanzelf als je blind bent.'

'Dus je lokte hem naar een plek waar ze hem konden ontvoeren?'

'Nee, ik heb nooit beseft dat ze hem wilden ontvoeren. Oscar zei alleen dat ze met hem wilden praten, hem wilden overhalen om met de proefboringen in Skåne te stoppen en dat dit de enige manier was.'

'En waarom kon Oscar zelf niet bellen? Of Joakim of Andrew?'

'Omdat ik een vrouw ben... Het is nog steeds zo dat mensen vrouwen eerder vertrouwen dan mannen.'

Carl zweeg een tijdje. 'Was het inderdaad een romantisch weekend?' vroeg hij.

Ze boog haar hoofd. Carl zag dat ze haar handpalmen onder haar dijbenen duwde.

'Hij zéí dat we samen weg zouden gaan en dat ik kleding voor een paar dagen moest inpakken. Ik wilde geloven...'

Carl hoorde dat ze begon te snikken. 'Je wordt misschien aangeklaagd voor je hulp bij de ontvoering,' zei hij. 'Maar dat is niet aannemelijk omdat je je in een hulpeloze situatie bevond. Wél ben je voor de wet verplicht om te getuigen over wat je meegemaakt hebt. Begrijp je dat?'

Edith knikte zenuwachtig. 'Er is iets wat ik nog niet verteld heb,' zei ze. 'Toen ik in de kledingkast stond... Ik weet niet hoeveel tijd er na de moorden verstreken was, het was alsof mijn hersenen geblokkeerd waren... Ineens hoorde ik de voordeur opengaan. Iemand kwam het huis in en liep de trap op. Dat was het moment waarop ik de politie belde. Ik dacht dat hij het op mij voorzien had.'

'Oscar?'

'Ik... Ik dacht dat hij degene was die binnenkwam. Wie had het anders moeten zijn?'

'Kwam hij de slaapkamer in waar jij je verstopte?'

Ze schudde haar hoofd.

'Nee, hij was op de bovenverdieping, dat hoorde ik, maar daarna ging hij plotseling weg... Ik weet niet waarom.'

Omdat hij het kloofmes had gevonden, dacht Carl.

18

Een koude wind waaide tussen de gele bakstenen gebouwen toen Carl en Ylva uit het onderduikadres in de Prästgårdsgatan kwamen. Het was al donker, hoewel Carls horloge pas halfvier 's middags aangaf. Hij trok de donkerblauwe wollen jas dichter om zich heen en stak de straat over. Ylva rende huiverend voor hem uit, ging haastig in de auto zitten en startte de motor. Met één hand op de deurgreep draaide Carl zich om en keek naar de verlichte ramen op de tweede verdieping. Carina bewoog achter de eenvoudige gordijnen. Ook van een afstand vond hij dat ze zich op een ongemakkelijke, schokkerige manier bewoog. Op het moment dat hij het portier opende om te gaan zitten zag hij de man.

Hij stond nauwelijks honderd meter verderop naast een kerk en observeerde hen. Toen hij zag dat Carl hem had gezien, pakte hij een telefoon en begon op het display te toetsen.

'Kom je nog?' vroeg Ylva.

'Wacht even.' Carl sloot het portier, stak de straat over en begon naar de man toe te lopen. Tussen Ediths onderduikadres en de kerk was een kleine groenstrook. Carl zag tussen de kale bomen door dat de man opkeek van zijn mobiel en snel weg begon te lopen. Hij liep op een holletje naar de kerk, maar de man was al verdwenen.

Een trap leidde naar een metrostation. Naast de automatische schuifdeuren hing een donkerblauw bord waarop met witte letters SUNDBYBERGS CENTRUM stond. Carl rende de hal in, maar die was leeg. Hij haalde zijn legitimatie tevoorschijn en toonde die aan de kaartjescontroleur, die hem liet passeren.

De blauwe lijn, die van Hjulsta naar Kungsträdgården in het centrum reed, passeerde dit metrostation. Op de roltrap naar het perron hoorde hij de luidsprekers kraken en een lijzige stem met een Stockholms accent zei: *De metro naar Kungsträdgården vertrekt, let op de deuren, de deuren gaan dicht.* Toen hij het perron bereikte zag hij de metro in de tunnel verdwijnen. De man was ontsnapt.

Ylva stond nog steeds met een stationair draaiende motor te wachten toen Carl een paar minuten later op het parkeerterrein voor het onderduikadres verscheen.

'Waar ging je in vredesnaam naartoe?'

'Ik zag Oscar,' zei hij.

Ze staarde naar hem. 'Waar is hij naartoe gegaan?'

'Hij is in de metro gestapt.'

'Moeten we alarm slaan?'

Carl had een surveillancewagen opgeroepen nadat hij de metro in de duisternis zag verdwijnen, maar had tegelijkertijd beseft dat het waarschijnlijk te laat was. Oscar zou uit de metro kunnen stappen voordat ze de metrobestuurder hadden kunnen inlichten. 'Ik heb de regionale meldkamer al gebeld,' zei hij.

'Als het Oscar was, dan moeten we Edith overplaatsen,' zei Ylva.

'Ik weet het.'

19

Toen Carl Edson een uur later de vergaderkamer in liep zat er een vrouw op zijn plek. Ze zat met haar rug naar hem toe, maar hij herkende haar aan de blonde paardenstaart. 'Jodie! Ben je terug?'

'Ha,' zei ze en ze draaide zich om op haar stoel. 'Ik ben gisteren thuisgekomen, dus ik heb nog steeds een jetlag, maar tada... hier ben ik.'

Ze was zongebruind en haar haar was nog blonder dan anders. Misschien kwam het door de spijkerbroek, de geruite blouse of het haar, maar ze zag er heel Amerikaans uit. Of had ze er altijd zo uitgezien? Carl herinnerde het zich niet.

'Heb je het leuk gehad?' vroeg hij.

Ze glimlachte, maar schudde haar hoofd bijna onmerkbaar.

‘Ik begrijp het,’ zei hij. ‘Het spijt me, maar ik moet je meteen aan het werk zetten. Ik heb je trouwens voor dit onderzoek gevraagd.’

Ze leek niet boos, dacht hij, eerder alsof hij iets vriendelijks had gezegd.

‘Waar gaat het om? Gert heeft alleen gezegd dat ik met jou en Asbjörn samenwerk.’

‘Een ontvoering die misgelopen is,’ zei hij. ‘Drie doden. Je hebt vast over de zaak gelezen, maar we kunnen de details later bespreken.’

Hij liep naar het whiteboard en tikte er met een viltstift op. De agenten in de vergaderkamer keken op. Het volledige onderzoeksteam was deze middag aanwezig.

‘Oscar Hess, onze hoofdverdachte, is een uur geleden bij de metro in de buurt van Ediths onderduikadres gesignaleerd,’ zei hij.

‘Jezus,’ zei Asbjörn. ‘Door wie?’

‘Door mij,’ antwoordde Carl. ‘We waren net bij Edith op bezoek geweest. We hebben alarm geslagen, maar de metro was al bij de halte Kungsträdgården voordat we hem konden tegenhouden. En toen was Hess niet meer in de metro.’

‘Hoe heeft hij haar in vredesnaam zo snel kunnen vinden?’ vroeg Asbjörn.

‘Dat weten we niet,’ antwoordde Carl.

‘Dat kan in elk geval geen toeval zijn,’ zei Asbjörn. ‘Je komt iemand niet toevallig in Sundbyberg tegen als je in Värmdö bent.’

‘Nee, uiteraard niet,’ was Carl het met hem eens. ‘We brengen Edith zo snel mogelijk naar een nieuw onderduikadres.’

‘Maar we moeten hem verdomme toch kunnen vinden,’ zei Asbjörn. ‘Hebben we bewakingsfilms?’

‘Nog niet,’ zei Rickard. ‘Maar ik heb ze opgevraagd en –’

‘Mooi,’ zei Carl. ‘Laten we verdergaan. Behalve dat Edith Ekholms onderduikadres bekend is, hebben we een kleine doorbraak in het verhoor met haar. Ze geeft toe dat Oscar Hess de ontvoering gepland heeft.’

Asbjörn knikte nadrukkelijk. Carl was er bijna zeker van dat hij ‘ik zei het toch’ mompelde.

Carl liep naar de tijdlijn aan de linkerkant van het bord. 'Ze heeft ons nieuwe informatie gegeven over het tijdstip waarop de moorden plaatsgevonden hebben. Op zaterdagmiddag 12 januari rijdt Oscar Hess bij het vakantiehuis weg om pizza te halen. Edith schat dat hij rond 17.00 uur vertrokken is.'

Carl markeerde de tijd op de lijn.

'Hij gebruikt de auto waarmee ze Jens Rudberg ontvoerd hebben, het Chevroletbusje, en rijdt naar pizzeria Toscana in Nynäshamn. De eigenaar heeft bevestigd dat hij daar inderdaad geweest is, maar is niet zeker over het tijdstip. Het kost dertig tot vijfendertig minuten om dat traject te rijden als je je aan de snelheidsbeperkingen houdt. Oscar is dus minstens een uur weg geweest. Als we de tijd voor het bestellen en betalen van de pizza's erbij optellen, dan heeft het hem ongeveer vijfenzeventig minuten gekost. Dat betekent dat hij rond kwart over zes in de woning terug was.'

Carl noteerde de nieuwe tijd en schreef ernaast OSCAR/PIZZA.

'Nadat Oscar vertrokken is, gaan Andrew en Joakim naar buiten om een frisse neus te halen. Afgaand op Ediths informatie was dat net voor 18.00 uur.'

Hij trok een streep en schreef 17.45 op de tijdlijn.

'Het is de eerste keer dat Edith Ekholm alleen in het huis is. Ze loopt de trap naar de bovenverdieping op en we weten dat het nu precies 17.55 is omdat ze haar telefoon vindt en de tijd controleert. Vervolgens loopt ze de slaapkamer in waar Jens Rudberg Karlsson gevangengehouden wordt. Terwijl ze daar is hoort ze de voordeur opengaan en iemand binnenkomen. Het is nu tussen 18.00 en 18.15.'

'Ongeveer het tijdstip waarop Oscar met de pizza's terugkwam,' onderbrak Asbjörn hem.

Carl knikte. 'Degene die de woning binnenkomt is volgens Edith de dader. Hij loopt meteen naar de bovenverdieping. Ze wordt bang en verstopt zich in de kledingkast. Afgaand op het geluid concludeert ze dat hij de keel van Jens Rudberg Karlsson doorsnijdt.'

'Heeft ze niet gehoord wie het was?' vroeg Simon.

'Nee, de dader heeft geen woord gezegd, wat kan betekenen dat hij wist dat Edith hem kon horen, maar hem niet kon zien.'

'Oscar,' zei Asbjörn met een knikje.

Carl bedacht dat hij waarschijnlijk gelijk had, maar wilde niet dat ze dat als de waarheid zouden aannemen voordat ze concreter bewijs hadden. Hij keek op het vel A4-papier waarop hij de gegevens van Ediths verhoor had geschreven. 'Terwijl de moordenaar nog in de slaapkamer is, komen Andrew en Joakim het huis in. De dader verlaat de slaapkamer en loopt snel naar de televisiekamer, waar hij Andrew doodschiet...' Carl onderstreepte de twee kruisen die al op de tijdlijn stonden. '...die zich inmiddels op de bovenverdieping bevindt. Daarna loopt de dader verder en schiet op Joakim, die nog op de trap staat. De dader gooit het pistool weg en verdwijnt. Edith denkt dat de dader minder dan een kwartier in de woning geweest is.'

Carl pauzeerde en Asbjörn keek nadenkend naar de tijdlijn. Jodie maakte aantekeningen in een blok dat ze op haar schoot had liggen. Simon pulkte aan zijn nagels.

'Vanaf ongeveer halfzeven is de woning verlaten,' ging Carl verder. 'Alleen Edith Ekholm, die nog in de kledingkast staat, is achtergebleven. Ze doet een poging om daar weg te komen, maar stoot tegen het bed, valt op het lijk en gaat weer in de kast staan.'

Hij trok een nieuwe streep op de tijdlijn. 'In het verhoor van afgelopen middag vertelde ze dat er tijdens de moordavond vlak voor acht uur nog iemand het huis in gekomen is. Wie dat is weten we niet... Lars-Erik beweert dat er geen onbekende sporen in de woning zijn aangetroffen. Niemand anders dan de drie ontvoerders, Edith Ekholm en Jens Rudberg Karlsson lijken daarbinnen geweest te zijn, wat erop zou kunnen wijzen dat Oscar degene is die teruggekomen is.'

Carl schreef ONBEKEND PERSOON op het whiteboard.

'Edith Ekholm belt om precies 20.04 uur de alarmcentrale. Als ze de verbinding verbreekt is de persoon verdwenen. Ze blijft in de kledingkast staan tot Ylva en ik daar rond 22.00 uur arriveren. Waarom ze niet de kast uit kwam toen de technisch rechercheurs aankwamen is een beetje onduidelijk. Ze zegt dat ze bang was en er niet zeker van was dat het politieagenten waren.' Carl legde de viltstift neer en draaide zich met een vragende gezichtsuitdrukking naar het team om.

Asbjörn ging rechtop zitten. 'Jezus,' zei hij.

'Ja,' zei Carl. 'Ik weet het, alles wijst in de richting van Oscar Hess.'

Jodie schudde haar hoofd. 'Ik begrijp het niet. Waarom is hij anderhalf uur later teruggekomen?'

'Het kloofmes,' zei Asbjörn. 'Hij kwam terug om het mes en de tennistas op te halen.'

'En waarom heeft hij Edith niet vermoord?' vroeg Jodie.

Carl liep naar de tafel terug en ging er met één been op zitten. 'Het is mogelijk dat hij een bijzondere band met haar heeft. Bovendien wist hij dat ze blind is en ze hem niet aan kon wijzen als hij niets zei.'

Jodie legde haar notitieblok op de tafel. Asbjörn schudde zijn hoofd en Simon keek naar een punt op het plafond.

Carl keek naar Simon. 'Hoe zijn de verhoren met de leden van het Nature Liberation Front gegaan?'

Simon draaide zich om op zijn stoel. 'Rickard, geef jij antwoord?'

Rickard? Wat deed Simon eigenlijk? Carl herinnerde zichzelf eraan dat hij Rickard daarnaar moest vragen als ze alleen waren.

'We hebben in totaal vier mensen verhoord. Behalve Isak Krantz had niemand iets te vertellen.'

'Hoeveel leden hebben jullie nog op de lijst staan?'

Rickard keek op het scherm. 'Eenentwintig actieve milieuactivisten die een bepaalde connectie met het NBF hebben en die in Stockholm en omgeving wonen. Maar de meesten huren ergens een kamer of wonen bij vrienden, dus het kost tijd om ze te vinden.' Rickard pakte een lolly, haalde de verpakking eraf en stopte hem in zijn mond. 'Maar we hebben de telefoons van Andrew en Joakim bekeken,' zei hij en hij haalde de lolly weer uit zijn mond. 'En we hebben het nummer van Oscars telefoon gevonden.'

'Heb je hem opgespoord?' vroeg Simon. 'Waar is hij?'

'Nee, dat gaat helaas niet. Zijn telefoon staat uit, maar volgens de gespreksgeschiedenis heeft hij meerdere keren naar Isak Krantz gebeld. De laatste keer was vier weken geleden.'

'Verdomme, die klootzak heeft gelogen,' zei Simon. Hij leek aanstalten te maken om op te staan. 'Ik wist het!'

Rickard stopte de lolly weer in zijn mond. Carl dacht aan de televisieserie *Kojak* uit zijn jeugd, waarin een kale man voorkwam die als bijzonderheid had dat hij altijd een lolly in zijn mond had. Het had ermee te maken dat hij was gestopt met roken, maar Rickard had voor zover Carl wist nooit gerookt.

'Er is nog een telefoonnummer dat hij regelmatig gebeld heeft. Dat is het nummer van Kumiko Andersson.'

'Kumiko? Wie is dat?' vroeg Carl.

'Een achtentwintigjarige vrouw,' zei Rickard. 'Ze staat ingeschreven bij haar ouders in een appartement in Kungsholms strand, maar daar woont ze niet. Ze huurt een kamer in de Doktor Abelins gata op Söder. Meer weet ik niet.'

'Goed gedaan, Rickard,' zei Carl. 'Simon, ga jij met haar praten?'

'Ik ga eerst een woordje met Isak Krantz wisselen.'

'Doe voorzichtig.'

Simon knikte, ogenschijnlijk met tegenzin.

'Hoe hou je het vol?' zei Jodie even later toen ze samen door de gang naar de keuken liepen.

'Wat bedoel je?' vroeg Carl.

Ze maakte een handgebaar. 'Met figuren zoals Simon en Asbjörn. 'Je hebt waarschijnlijk voortdurend met ze te maken.'

Carl haalde zijn schouders op. 'Het went,' zei hij. Hij bleef voor de koffiemachine staan en drukte op de knop voor gewone koffie. 'Hoe was de vs?' vroeg hij. Hij pakte de beker van het kleine blad.

Ze zweeg even voordat ze antwoord gaf. 'Hij was oud... Of leek in elk geval oud. Mijn herinneringen aan hem zijn van toen hij nog heel jong was en een... beweeglijke vader was. Maar nu... Ik had me hem anders voorgesteld.'

'Maar misschien is het toch een goed gevoel?' zei Carl. 'Om een gezicht voor je te zien, bedoel ik.'

Ze schudde haar hoofd. 'Misschien wel... Maar niet per se. Of ja, dat is wel zo... Maar aan de andere kant ben ik de vader kwijtgeraakt die ik bij me had sinds ik negen was... Hij werd plotseling een echt mens... Páng! En toen stond hij voor me. Daar was ik niet goed op voorbereid.'

'Hoe... Hoe is het nu met je? Is alles in orde?'

Ze haalde haar schouders op en lachte. 'Ik heb alle oude foto's van hem die ik overal in mijn appartement had weggehaald en ze in een tas gestopt... Dat werd misschien tijd.'

Hij keek op de klok. Het was bijna halfacht.

'Zullen we iets gaan eten?' vroeg hij.

Linda was naar haar moeder teruggegaan en hij had geen zin om de opgewarmde resten van de vorige avond in zijn eentje voor de televisie op te eten.

'Goed, maar geen dure tent. Ik zit een beetje krap na de reis.'

Hij knikte en goot de koffie in de gootsteen.

20

Woensdag 16 januari

Persoonlijk veiligheidsmanager Carina Toresson was bijna een jaar geleden gescheiden. Zij en haar man deelden de voogdij over hun dochter Jenny, die nog steeds op de middelbare school in Enskede zat. Het was een gezamenlijke beslissing geweest dat Jenny niet naar een andere school zou gaan, maar Carina had daar iedere ochtend spijt van als ze haar dochter naar school bracht, ruim tien kilometer bij de nieuwe woning in Huddinge vandaan. Voor meer dan een klein tweekamerappartement in de Runvägen had ze geen geld gehad.

Als ze geluk had stond er geen file in de Huddingevägen in de richting van de stad, maar ze had bijna nooit geluk.

'Verdomme,' vloekte ze deze ochtend ook. Ze reed twee meter en moest weer remmen.

'Wat is er aan de hand?' zei Jenny.

'Een ongeluk waarschijnlijk. Of iemand die een lekke band heeft. Ik weet het niet.'

'Kom ik te laat?'

'Ja, omdat je bezig was met je telefoon in plaats van te ontbijten...' Carina beheerste zich en ging op een vriendelijker toon verder. 'Sorry. Ja, we komen vandaag allebei te laat.' Ze pakte haar telefoon en toetste het nummer van Edith Ekholm in. Ze had haar vanochtend al een keer gebeld.

'Ja,' hoorde ze een stem onmiddellijk zeggen.

'Hallo, weer met Carina. Luister, ik zit vast in het verkeer, dus ben ik waarschijnlijk iets later dan ik zei. Helaas.'

'Oké... Ik...'

'Blijf in het appartement. Ga niet naar buiten. Ik kom zo snel mogelijk.'

Toen Carina de verbinding verbrak wist ze dat er iets mis was. Ze kon haar vinger er alleen niet op leggen wat het was. Ze reed zwijgend met één hand op het stuur terwijl ze met de andere hand aan haar haar frunnikte.

Ineens wist ze het: ze had buitengeluiden op de achtergrond gehoord. Een auto, pratende kinderen, een vogel… Edith was niet in het appartement. 'Verdomme,' zei ze weer.

Haar dochter keek op van haar telefoon. 'Wat is er?'

'Niets… Ik ben alleen verschrikkelijk laat.'

'Je kunt me bij de metro afzetten, dan ga ik zelf wel naar school.'

Carina aarzelde, glimlachte vervolgens en schudde haar hoofd. 'Nee, het is niet belangrijk. Ik breng je.'

Een kwartier later stopte ze bij de Enskede Skola om Jenny af te zetten.

'Ik kom je vanmiddag ophalen.'

Jenny knikte en sloeg het portier dicht op het moment dat Carina's telefoon overging. Op het display zag ze dat het Edith Ekholm was en Carina nam het gesprek snel aan. 'Hallo, Edith, ik ben onderweg,' zei ze optimistisch.

Er kwam geen antwoord. Het enige wat ze hoorde was de snelle ademhaling van een vrouw. Er klonk een scherp ritselend geluid, waardoor ze de telefoon bij haar oor vandaan hield.

Toen ze op het display keek was de verbinding verbroken.

Ze belde, maar deze keer werd ze meteen naar Ediths voicemail doorgeschakeld: *Degene die u gebeld hebt kan op dit moment niet opnemen. Laat na de pieptoon een mededeling achter.*

21

'Het is een knullige snee.'

Forensisch arts Beatrice Lundmark praatte met een licht Fins-Zweeds accent terwijl ze naar de akelig witte vinger wees die eenzaam in een roestvrijstalen schaal op de tafel lag.

'Het mes was niet scherp genoeg om door de pezen en het gewrichtskapsel te komen, dus moesten ze er een zaagbeweging mee maken.'

Terwijl Beatrice zich over het blad boog, bleef Carl rechtop staan. Hoewel hij al heel vaak bij het Forensisch Instituut in Solna was geweest, wende hij er nooit aan. Hij draaide zich af van de autopsietafel en keek door de grote ramen naar de grijze winterdag terwijl hij de zwakke, verstikkende lucht van dode lichamen en desinfectiemiddelen probeerde te verdringen. Het was bovendien nog heel vroeg, nog niet eens acht uur.

'Kijk,' zei Beatrice. 'Het scharniergewricht heeft daar meerdere inkepingen.'

Carl dwong zichzelf naar haar te kijken. 'Weet je heel zeker dat het Jens Rudberg Karlssons wijsvinger is?' vroeg hij zachtjes.

'Ja. De snee komt voor honderd procent overeen. Het water is koud in januari, dus de vinger is nog helemaal intact. Er hebben geen vissen of andere dieren van gegeten.'

'Die bestaan niet meer in de Oostzee,' mompelde Carl.

'Wat zei je?'

Hij glimlachte. 'Niets.'

'Ik weet niet of je het verslag gelezen hebt, maar hij had geen sporen van verdovende middelen of alcohol of iets dergelijks in zijn lichaam toen hij stierf. Verder was hij gezond en –' Ze onderbrak zichzelf en glimlachte naar hem, waardoor haar opvallend scheve tanden zichtbaar werden. 'Vind je dit onaangenaam?'

Carl knikte stijfjes.

'Laten we dan maar naar mijn kantoor gaan.'

Hij volgde haar dankbaar naar een kantoor met rode en blauwe mappen verspreid op het bureau en een prikbord vol geeltjes.

'Vind je het hier rommelig?' vroeg ze op plagerige toon.

Carl knikte terwijl hij zich voelde ontspannen.

'Dan zou je mijn slaapkamer thuis moeten zien,' zei ze lachend. 'Daar is het een chaos, maar ik weet waar alles is zolang niemand iets aanraakt.'

Carl pakte een paar mappen van een van de stoelen en ging tegenover haar zitten.

'Je wilt natuurlijk weten hoelang de vinger in het water gelegen heeft,' zei ze.

‘Inderdaad,’ antwoordde hij.

‘Dat is onmogelijk te zeggen,’ antwoordde ze, waarna ze lachte alsof ze een grapje had gemaakt. ‘Zoals ik al schreef is de vinger ongeveer twee dagen voordat de man stierf afgesneden, dus kan hij niet langer dan vijf dagen in het water gelegen hebben. Maar ik zou zeggen dat het minstens een etmaal geweest is.’

Carl pakte het zwarte notitieboekje dat hij met Kerstmis had gekregen en schreef DONDERDAG op. ‘Ik begrijp niet waarom ze zijn vinger afgesneden hebben,’ mompelde hij. ‘Alleen om hem daarna in zee te gooien.’

‘Vraag je dat aan mij of denk je gewoon hardop na?’ Beatrice hield haar hoofd schuin en keek geamuseerd naar hem.

‘Ik dacht hardop na, sorry,’ zei hij. Hij maakte aanstalten om op te staan. ‘Is er meer wat we moeten weten?’

‘Er is nog één ding waarover ik nagedacht heb,’ zei ze. ‘Maar eigenlijk is het mijn terrein niet.’

Carl keek met opgetrokken wenkbrauwen naar haar.

‘De andere personen in het huis zijn doodgeschoten. Dat is een eenvoudige manier om te moorden. Zo zou ik het gedaan hebben. Je hoeft alleen de trekker over te halen. Maar het is iets heel anders om iemands keel door te snijden. Dat is… emotioneler.’

Carl knikte. Hij had in dezelfde richting gedacht. ‘Of fanatieker,’ zei hij. ‘Hij is ontvoerd door een militante milieuorganisatie. Misschien vonden ze dat hij het verdiende om gestraft te worden.’

‘Ik speel natuurlijk politieagent en je hebt waarschijnlijk schoon genoeg van mensen die dat doen, maar soms is het nu eenmaal verleidelijk om over het waarom na te denken als je hier staat.’ Ze glimlachte verontschuldigend naar hem.

Carl zweeg. Het klopte dat hij het vervelend vond als mensen een uitgesproken mening over zijn werk hadden, maar dit was anders. Toen hij besefte dat hij zweeg, was het al te laat.

‘Trek je maar niets aan van wat ik gezegd heb,’ zei ze en ze stond op.

‘Geen probleem, je maakt een goed punt.’

Ze schudde haar hoofd. ‘Als jullie het mes gevonden hadden, dan had ik kunnen zien of het lemmet overeenkomt met de snee in de vinger.’

Carl knikte. 'Precies, maar nee, dat hebben we helaas niet. We hebben het andere mes, dat is gebruikt om...' Hij maakte een gebaar langs zijn keel en stond op.

'Ik breng je naar de achteruitgang,' zei ze. 'Dan hoef je niet door de autopsiezaal te lopen.'

Carl wilde iets zeggen, maar wist niets te bedenken en volgde haar zwijgend door de kleedruimte en via de personeelsingang naar buiten.

22

'De vraag is waarom en hoe de vinger bij Gålö terechtgekomen is.'

De vergaderkamer rook sterk naar aftershave. Carl keek om zich heen en zag dat Simon met een vlekkerig, pas geschoren gezicht op zijn stoel wipte. Misschien hoorde het bij zijn nieuwe stijl, net als de stropdas en het overhemd, dacht hij.

'De ontvoering is volledig misgelopen,' zei Ylva. 'Misschien hebben ze zich er gewoon uit pure paniek van ontdaan.'

'Waarom hebben ze de vinger dan niet gewoon voor het huis in zee gegooid?' zei Asbjörn terwijl hij naar haar keek. 'In plaats van vijftig kilometer te rijden en de vinger daar in dezelfde zee te gooien?'

Ylva gaf geen antwoord.

'Voordat we Oscar verhoord hebben, kunnen we daar waarschijnlijk niet meer over zeggen,' zei Carl.

Simon stopte met op zijn stoel wippen. 'Weet die blinde vrouw, Edith of hoe ze ook heet, niets?'

Carl schudde zijn hoofd. 'Nee, ik denk dat ze alles wat ze weet verteld heeft.'

'Ik heb ergens over nagedacht,' zei Jodie. 'Misschien hebben jullie het al gehad over het pistool dat in voormalig Joegoslavië geproduceerd is. Kan dat wapen al in het huis geweest zijn? Per Nordin is tenslotte in Bosnië geweest.'

Carl gleed van de tafel, waarop hij had gezeten. 'Dat zou kunnen,' zei hij. 'We hebben het er niet over gehad, maar Per Nordin kan het wapen inderdaad bij wijze van souvenir in zijn huis bewaard hebben en misschien heeft Oscar het gevonden...'

Simon keek neerbuigend naar hem. 'Jullie snappen nog steeds niet met wie jullie te maken hebben,' zei hij. 'Deze figuren hebben internationale contacten. De VS, Duitsland, Frankrijk, Italië... De hele fucking wereld. En ze leren van elkaar. Jullie lijken te denken dat het gewoon een stel idioten zijn die "toevallig" een man ontvoeren en "toevallig" een pistool vinden en "toevallig" schieten... Maar zo is het niet.'

Hij heeft waarschijnlijk gelijk, dacht Carl. Jodie en hij hadden inderdaad een naïeve kijk op de activisten omdat ze jong waren, donzige baarden hadden en de wereld wilden redden. 'Oké, ik begrijp wat je bedoelt,' zei Carl. 'Het zijn beroeps. Nog iets? Iemand?'

'Ik heb de aangifte van verkrachting tegen Oscar Hess nagetrokken,' zei Rickard.

Ze keken allemaal naar hem.

'Die bestaat niet,' zei hij. 'De politie in Östersund heeft alles nagezocht maar heeft geen aangifte gevonden...'

Asbjörn draaide zich moeizaam op zijn stoel om, zodat hij uiteindelijk naar Rickard toe gericht zat. 'Waarom heeft zijn moeder dat dan gezegd?' vroeg hij.

Rickard haalde zijn schouders op. 'Misschien is de aangifte zoekgeraakt.'

Carl streek over zijn gezicht en voelde een gedeelte dat hij vanochtend tijdens het scheren had overgeslagen. 'Heb je zijn vader, Georg Hess, gesproken?' vroeg hij. 'Oscar woonde tenslotte bij hem.'

'Ja, hij wist niet meer dan dat Oscar er een briefje over gekregen heeft.'

'Een briefje?' zei Asbjörn.

'Ja, een briefje in de brievenbus. Daarin stond dat er aangifte wegens verkrachting tegen hem gedaan was.'

'Wie had dat geschreven?' zei Carl.

Rickard haalde zijn schouders weer op. 'Er stond geen naam bij, dus was het waarschijnlijk van het meisje zelf. Zijn vader was wanhopig en heeft met Oscar en zijn moeder gepraat.'

'Wat gebeurde er daarna?'

'Volgens de vader heeft Oscar met het meisje gesproken en heeft hij haar zover gekregen om de aangifte in te trekken. Maar Oscar weigerde te vertellen wie het was.'

Asbjörn snoof. 'Dat heeft niets te betekenen. Hij kan haar toch verkracht hebben en haar gedwongen hebben om de aangifte in te trekken?'

Rickard keek hem vragend aan. 'Maar er was geen aangifte om in te trekken.'

Het werd stil in de kamer.

'Oké,' zei Carl. 'We moeten het aan Oscar vragen als we hem eenmaal opgepakt hebben.'

Hij vouwde het papier dat hij in zijn hand had op en liep naar Simon toe. 'Kun je even meelopen?'

Simon keek hem verbaasd aan, maar pakte zijn donzen jack en liep met Carl mee naar de gang.

'Hoe is het met Isak Krantz en zijn gesprek met Oscar gegaan?' vroeg Carl.

Simon haalde zijn schouders op. 'Ze hebben het over vrouwen gehad. Dat zegt hij in elk geval.'

'En wat heeft Kumiko Andersson gezegd?'

'Ik heb nog niet met haar kunnen praten.'

Carl haalde diep adem. 'Simon, mag ik je vragen wat je in het onderzoek doet?'

Simon keek uitdrukkingsloos naar hem en zijn lippen versmalden, waardoor de kleine tanden zichtbaar werden. Als een roofdier dat op het punt stond om aan te vallen. 'Wat bedoel je daar verdomme mee?'

'Waar werk je aan?' vroeg Carl.

'Ik heb met Isak gepraat en ben bezig met de lijst met actieve leden van het NBF. Zoals je me gevraagd hebt!'

'Rickard is degene die aan de lijst werkt, dat weten jij en ik allebei. Ik vraag je waar jíj aan werkt.'

'Daar hoef ik geen rekenschap over af te leggen!'

'Ik leid het onderzoek.'

Simon trok zijn jas over zijn colbert aan. 'Dat klopt, succes ermee.'

Carl keek hem na terwijl hij naar de liften liep. Op hetzelfde moment opende Jodie de deur naar de gang. 'Je telefoon gaat!' riep ze en ze hield hem omhoog.

Hij pakte hem aan en keek op het display. Het was de persoonlijke beveiliger.

'Hallo, met Carina...' zei ze aarzelend.

Carl hoorde dat er iets niet in orde was. 'Ja? Wat is er?'

'Ik... Ik ben Edith kwijtgeraakt.'

23

Carl Edson stapte uit de auto en keek naar het onderduikadres in de Prästgårdsgatan. De ramen op de tweede verdieping waren donker in het januarilicht en de instellingsachtige gordijnen leken grijs van het vuil, alsof ze er al een eeuwigheid hingen.

'Ik check de metro meteen,' zei Jodie. Ze haastte zich weg over het trottoir.

Carina stond in de portiek op hem te wachten. Ze zag er wanhopig uit. 'Het is niet te geloven,' zei ze met een stem waaraan hij hoorde dat ze had gehuild. 'Ik was een halfuur te laat en nu is ze –'

'Ik weet het,' zei Carl.

'Ik heb tegen haar gezegd dat ze de deur voor niemand mocht opendoen en niet naar buiten mocht voordat ik er was. Ik begrijp niet waarom ze...'

Carl keek naar de kerk en de trap naar de metro en zag Jodie terugkomen. Ze schudde haar hoofd.

'We hebben gisteren een wandeling door het park gemaakt,' zei Carina. 'Misschien is ze...'

Carl keek naar haar. 'Zijn jullie naar buiten geweest?' vroeg hij verbaasd.

'Ja, Edith had frisse lucht nodig. Ze was lijkbleek.'

Hij draaide zich om naar het Tornparken, dat in de tegenovergestelde richting van de kerk en de metro lag. Het laagje gevallen sneeuw was gesmolten en lag alleen nog in kleine strepen van de sneeuwschuiver naast de voetpaden en trottoirs, maar ook als er wel sneeuw had gelegen, zou het waarschijnlijk krioelen van de schoenafdrukken. Dat zou hem ook niet geholpen hebben. 'Oké,' zei Carl. 'Laat ons precies zien hoe jullie gelopen zijn. En Jodie, bel Rickard en vraag hem te controleren of het gehandicaptenvervoer een rit hiervandaan gehad heeft.'

Hij begon achter Carina aan over het zanderige trottoir te lopen. Hun voetstappen knerpten. Na ruim honderd meter kwamen ze bij een groot open geasfalteerd plein met een speelplaats die werd gedomineerd door een kasteel met twee torens. Een groepje kinderen probeerde van een minieme helling met een minieme hoeveelheid sneeuw te sleeën. Twee vrouwen van middelbare leeftijd zaten op een bank en keken lusteloos naar het kansloze spel. Ze waren warm aangekleed in dikke jacks en skibroeken.

Carl bleef midden op het geasfalteerde plein staan en keek snel om zich heen.

Jodie liep naar hem toe. 'Als Oscar haar gevonden heeft, dan zijn ze hier beslist niet meer,' zei ze.

'Ik weet het,' antwoordde hij. 'Ik ga met de kleuterjuffen praten.'

'Oké, dan controleer ik het kasteel.' Ze liep naar een klein voetpad rechts van hen waar geen sneeuw was geruimd. Na een paar stappen draaide ze zich om. 'Carl, je moet geen kleuterjuffen zeggen. Tegenwoordig heten ze pedagogen.'

Hij knikte en trok de donkerblauwe wollen jas dichter om zich heen.

De warm aangeklede vrouwen keken wantrouwend op toen hij voor hen bleef staan, maar nadat hij had verteld dat hij politieagent was, veranderde hun wantrouwen in nieuwsgierigheid. Carl wist niet zeker wat hij het minst prettig vond. Een blinde vrouw hadden ze in elk geval niet gezien.

Toen hij bij Carina terug was wrong ze haar handen onophoudelijk. Ze zag er ongelukkig en wanhopig uit, alsof het haar schuld was dat Edith was verdwenen. Wat in zekere zin ook zo was, dacht hij.

Jodie haastte zich naar hen toe. 'Ik zie haar nergens,' zei ze.

Carina zag er nu zo mogelijk nóg ongelukkiger uit. 'Ze vroeg gisteren naar het dichtstbijzijnde metrostation.'

'Wat?' Jodie draaide zich om. 'En dat vertel je nu pas? Waarom heeft ze daarnaar gevraagd?'

'Ze zei dat ze zichzelf wilde kunnen redden... en naar haar werk wilde gaan. Ik dacht...'

'Ze maakt gebruik van het gehandicaptenvervoer,' antwoordde Carl droog. 'En ze wordt bedreigd... Jezus!'

Jodie draaide zich om en begon naar het appartement en het metrostation bij de kerk terug te lopen.

'Nee, niet dat station,' zei Carina. 'We zijn naar Duvbo gegaan. Dat is de andere kant op.'

'Waarom dat?' vroeg Carl. 'Sundbybergs centrum is het dichtstbij.'

'Dat kwam zo uit,' zei Carina. 'Toen ze naar een metrostation vroeg waren we al door het park gelopen en...'

'Laat zien hoe jullie gelopen zijn,' zei Carl.

Carina wees langs het speelterrein met de torens. 'We zijn het voetpad gewoon gevolgd. Denk je dat ze verdwaald kan zijn? Dat ze haar oriëntatie kwijtgeraakt is?'

Carl knikte, maar dat was niet waar. Hij raakte er steeds meer van overtuigd dat Oscar haar had ontvoerd. 'We controleren het hele traject,' zei hij. 'Als we haar niet vinden moeten we een opsporingsbericht uitsturen.'

Een kwartier later liepen ze dezelfde weg terug. De kinderen en de vrouwen waren verdwenen en de speeltuin was leeg en stil. Carina liep een paar passen achter hen.

Jodies mobiel ging over. Rickard, mimede ze. Ze luisterde zwijgend een seconde of tien en verbrak vervolgens de verbinding.

'Nee,' zei ze. 'Het gehandicaptenvervoer heeft vanochtend geen rit vanaf dit adres gehad.'

Carl knikte. 'Dan blijft alleen Oscar over.'

Carina keek naar hem. 'Ze kan natuurlijk naar haar werk gegaan zijn,' zei ze. 'Tenslotte wilde ze dat doen...'

Jodie keek sceptisch naar haar. 'Je zei iets over een telefoon. Dat Edith belde en de verbinding verbroken werd.'

‘Ik weet het niet,’ zei Carina. ‘Misschien heeft ze haar telefoon laten vallen en is-ie stukgegaan… en kan ze nu geen contact meer opnemen…’

Carl dacht na. ‘Oké,’ zei hij. ‘We sturen een opsporingsbericht uit. En we bellen haar werk.’

24

Simon Jern dacht twee woorden, telkens opnieuw, alsof het een mantra was: *adem uit*. Hij was nog steeds woedend. Hij vulde zijn longen weer met lucht. *Adem uit*, dacht hij nog eens.

Hij had ruim een halfjaar emotiegerichte therapie gehad nadat hij in de herfst ‘kapotgegaan’ was. Zo dacht hij er zelf over. Hij wist dat de mensen van mening waren dat de promotie hem naar het hoofd was gestegen, dat hij daarom ‘onecht’ was geworden. Maar het kon hem niet schelen wat ze dachten. Het was voldoende om zijn ogen dicht te doen en alles opnieuw voor zich te zien. Hoe Malin was opgestaan van de zitkamervloer terwijl het bloed uit haar gebroken neus en haar gebarsten bovenlip stroomde, links van de cupidoboog. Alle details waren in zijn geheugen gegrift. Het bloed dat op haar witte blouse druppelde, de scheur in de stof waardoor haar kanten beha zichtbaar was, de stofvlokken in de hoek, de lp van Lou Reed die half uit de verzameling in de boekenkast was getrokken, het gat in haar ene sok waardoor de roze nagellak zichtbaar was.

Een week later was hij bij Mårten begonnen, een man van in de zestig in een zwart T-shirt met de tekst IDIOOT in onregelmatig handgeschreven letters. Hij had naar Simon geluisterd terwijl hij zich naar hem toe boog zodat zijn buik ineenperste. ‘Heb je een hond?’ had hij gevraagd. Simon had geen antwoord geven. ‘Dat maakt ook niet uit,’ was hij verdergegaan. ‘Het is als volgt met honden, Simon. Een hond die zich zwak en bang voelt, wordt agressief. Verdomd agressief. Alles is een bedreiging voor hem. Zulke honden kun je niet vrij laten rondlopen. Dat begrijp je, hè? En als jij niet héél snel verandert, kun jij ook niet meer vrij rondlopen.’

De kleine spreekkamer had naar verf geroken en Simon was misselijk geweest. Hij had willen opstaan, willen wegrennen, Mårten op zijn bek willen timmeren en tegen hem willen zeggen dat hij moest opdonderen, maar hij was blijven zitten.

Nu had Simon een halfjaar therapie achter de rug en hij was nog steeds boos. Niet alleen op zijn superieuren, maar op alles. De hele tijd. Hij had alleen niemand meer in het gezicht geslagen, was niet teruggevallen.

Hij wist dat dat nu ook niet zou gebeuren terwijl hij bij metrostation Zinkensdamm op de bruine voordeur van een appartement bonkte. Op de brievengleuf was een briefje geplakt waarop K ANDERSSON was geschreven.

De deur ging zo snel open dat hij een stap naar achteren moest doen om hem niet tegen zijn voorhoofd te krijgen. Een jonge vrouw keek verbaasd naar hem.

'Kumiko?' zei hij.

Ze knikte.

'Mag ik even met je praten? Ik ben Simon Jern en ik ben politieagent.'

Ze had haar ogen heel zwaar opgemaakt en had geverfd zwart haar, waardoor ze op een Japans stripboekkarakter leek. Manga of hoe het ook heette, dacht hij.

Ze aarzelde even voordat ze zich abrupt omdraaide en het appartement in liep. Simon liep achter haar aan en passeerde een keuken waarin twee mensen met ongeveer dezelfde kledingstijl en hetzelfde haar als Kumiko bij de keukentafel zaten. Geen van hen begroette hem.

'Vrienden,' zei ze zonder zich om te draaien, waarna ze de enige kamer van het appartement in liep.

Het was een zit-slaapkamer in een stijl die je in het beste geval charmant-bohemien zou kunnen noemen. Aan één kant stond een bank met neonroze en blauwe kussens naast een piepklein bureau met een laptop, aan de andere kant stond een onopgemaakt bed. Beide delen van de kamer werden in het midden gescheiden door een boekenkast vol fantasierijke knuffelbeesten in roze en lila die zich samen met een hoeveelheid vreemd plastic speelgoed op de planken verdrongen. Ze ging soepel op de bank zitten en keek vragend naar hem terwijl ze een van de roze kussens omarmde. Simon keek om zich heen naar een stoel.

'Je zult moeten blijven staan,' zei ze.

Hij liet de lucht uit zijn longen ontsnappen en wachtte even voordat hij opnieuw ademhaalde. De kamer rook naar goedkope tienerparfum en was enigszins bedompt.

'Oscar Hess...' zei Simon.

'Wat is er met hem?'

'Weet je waar hij is?'

Ze schudde haar hoofd. 'En al zou ik het wel weten, dan denk je toch niet dat ik zo stom ben om je dat te vertellen?'

Hij glimlachte. 'Jawel,' zei hij. 'Ik denk dat je dat wel zou doen. Hij wordt voor moord gezocht.'

'Dat meen je niet.'

'Praat je niet met je vrienden?' vroeg hij. 'Op de sociale media of wat jullie tegenwoordig in vredesnaam gebruiken? Snapflack?'

Ze lachte hartelijk. 'Snapchat. Nee. Hij heeft al heel lang niets gepost.'

Simon haalde zijn telefoon tevoorschijn, zocht een artikel in *Aftonbladet* en gaf zijn telefoon aan haar.

Ze las zwijgend, scrolde snel door de tekst en gaf zijn telefoon vervolgens terug. 'En?' zei ze. 'Er staat geen woord over Oscar in. En ik wéét dat hij nooit zoiets zou doen. Hij is... goed.'

Simon pakte zijn telefoon weer aan. In zijn ogen was Oscar een verwende klootzak die leefde in een Disney-achtige fantasiewereld met een heleboel pratende dieren. 'Hij bevrijdt nertsen,' zei hij.

Ze keek hem verbaasd aan en haalde haar schouders op.

'Heb je er enig idee van hoeveel schade die beesten in de natuur aanrichten?' ging Simon verder. 'Als jullie iets tegen de nertsenfokkers willen doen, dood die stomme beesten dan. Of bespuit ze met blauwe en lila verf, maar laat ze verdomme niet los.'

Ze staarde verward naar hem. 'Waar heb je het in vredesnaam over?'

'Dat Oscar een klootzak is. En dat jij liegt!'

'Hoezo?' zei ze geïrriteerd.

'Hou je kop,' antwoordde Simon kortaf. 'Je weet waar hij is.'

Ze schudde haar hoofd.

'Slaapt hij bij jou op de bank?' zei hij. 'Of bivakkeert hij bij een andere vriend?'

'Nee,' antwoordde ze koppig. 'En ik denk dat je nu moet vertrekken.'

'Nee, ik ga nergens naartoe,' antwoordde Simon. Hij keek om zich heen, liep naar het nachtkastje en trok een lade open.

'Wat doe je? Je hebt het recht niet om...'

'Hou je kop,' zei Simon opnieuw. Hij sloot de lade en begon haar boekenkast te doorzoeken.

'Wat doe je, verdomme?'

Na een tijdje haalde Simon een theebusje achter de boeken vandaan, draaide het deksel eraf en rook eraan. 'Cannabis,' zei hij.

Ze staarde naar hem. 'Alleen voor persoonlijk gebruik...'

Simon schudde zijn hoofd. 'Ik vind het eruitzien als een ons... Veel meer dan voor persoonlijk gebruik toegestaan is.'

Ze gaf geen antwoord.

'Het werkt als volgt, jongedame,' zei Simon. 'Je begint hier en nu te praten of ik pak je hiervoor op.'

Ze keek hem aan. 'Klotesmeris.'

25

'Waar stopt de bus?' vroeg Asbjörn terwijl hij op het grote geasfalteerde terrein bij het water om zich heen keek.

Rickard knikte naar het land, waar een rood-wit bord met het SL-logo en 438 stond. 'Ik denk daar,' zei hij.

Rickard had de auto bij de halte Kalvsviks brygga in Värmdö geparkeerd, naast een stalen trailerhelling en een verlaten steiger voor kleine boten. Maar een paar meter bij de auto vandaan sloeg de Oostzee tegen de stenen.

's Zomers is het hier waarschijnlijk idyllisch, dacht Asbjörn. Maar nu niet. Hij droeg een gevoerd leren jack, maar had het gevoel dat hij een dun zomerjack droeg. Hij ging met zijn rug naar de wind en het water staan, zette zijn kraag op en keek naar het land. 'Weet je zeker dat hij hier uitgestapt is?' riep hij naar Rickard, die naar het haltebord was gelopen.

'Ja,' antwoordde Rickard, waarna hij zich terug naar de auto haastte. 'Op de film uit de bus is duidelijk te zien dat hij hier uitstapt.'

Asbjörn keek opnieuw om zich heen. 'Wat doet hij hier in vredesnaam?' mompelde hij.

'Hij kan zich in een van de vakantiehuisjes schuilhouden,' zei Rickard. Hij stopte zijn handen in zijn broekzakken.

Rechts van de bushalte stond een prachtige grote villa en tussen de kale bomen aan de linkerkant zag Asbjörn rijen vakantiehuisjes. De meeste zagen er verlaten uit. Geen wonder, dacht hij. 'Er staan hier verdomd veel huisjes,' merkte hij op. Hij haalde een ouderwetse kaart uit zijn binnenzak en probeerde die in de wind uit te vouwen. Toen hij erin was geslaagd om hem tot een klein A4-formaat te vouwen, zodat alleen de naaste omgeving zichtbaar was, keek hij weer om zich heen. 'Kun je zien waar hij naartoe gaat? Naar rechts, naar links, de heuvel op?'

'Nee,' antwoordde Rickard. 'De camera's filmen alleen in de bus, niet erbuiten.'

Asbjörn schudde zijn hoofd. Die verdomde privacy ook, dacht hij. Als daar niet zo moeilijk over werd gedaan, hadden ze hem lang geleden al kunnen oppakken en stonden ze hier niet in de ijskoude snijdende wind. Hij had nu thuis schaaldieren kunnen eten. Die waren heerlijk in dit jaargetijde.

'We moeten langs de deuren gaan en naar tekenen van inbraak zoeken,' zei Asbjörn. 'Als er tenminste mensen zijn die zo stom zijn om hier in januari te bivakkeren.'

Rickard zuchtte en begon de heuvel op te lopen.

Asbjörn keek hem verbaasd aan. 'Nee, wíj niet. Dat duurt verdomme een eeuwigheid. We sturen hier een surveillanceteam naartoe dat langs de huizen moet gaan.' Asbjörn haastte zich naar de auto terug. Op het moment dat hij ging zitten belde Simon om te vragen waar ze waren.

'In Kalvsvik, als je toevallig weet waar dat ligt. Oscar is hier uit de bus gestapt –'

'Heb je hem gevonden?'

'Nee. Er zijn hier allejezus veel huisjes waar hij zich kan schuilhouden. We sturen hier een surveillanceteam naartoe dat langs de deuren moet gaan.'

'Dat hoeft niet,' zei Simon. 'Oscar heeft Kumiko Andersson vier dagen geleden gebeld, op zaterdag, om te vragen of hij in het vakantiehuisje van haar familie mocht slapen. 's Winters past hij erop. Een beetje zoals de conciërge in *The Shining*.'

Asbjörn hoorde dat hij grijnsde.

'Ik heb de sleutel.'

26

Psychologenpraktijk Sankt Erik lag op de eerste verdieping en de ingang was op het Sankt Eriksplan, midden in het centrum van Stockholm. Carl opende de voordeur, die op de ingang van een gewoon appartement leek, en volgde Jodie naar een kleine wachtruimte met vijf eenvoudige lichthouten stoelen. Aan de muren hingen posters met natuurmotieven: een groen beukenbos, een waterval, kale rotsen en een uitgestrekte horizon. Carl vermoedde dat ze een kalmerende invloed moesten hebben, net als de beige muren op het politiebureau.

'Kan ik jullie helpen?'

Hij draaide zich om en zag een vrouw van in de zestig met een strak gezicht dat werd gedomineerd door een bril met een metalen montuur en een wit pagekapsel.

'We zijn van de politie,' zei Jodie. Ze hield de vrouw haar legitimatie voor. 'We zijn op zoek naar Edith Ekholm, een collega van je.'

De vrouw leek verbijsterd. 'Edith Ekholm... Er werkt hier niemand met die naam.'

'Weet je dat zeker?' vroeg Carl.

Ze keek hem verbaasd aan. ‘We zijn maar met zijn vijven en de meesten van ons werken hier al meer dan tien jaar, onder wie ik. Dus nee, er werkt hier geen Edith.’

Carl zag iets aan de vrouw, een beweging in haar ogen, een opgelaten glimlach, en gaf gevolg aan een impuls. ‘Maar je kent haar wel?’

De vrouw glimlachte en boog haar hoofd tegelijkertijd een stukje naar achteren zodat het leek alsof ze op hen neerkeek. ‘Nee, helaas niet,’ zei ze. Ze zette de bril met het metalen montuur af en liet hem aan de bijpassende metalen ketting op haar borstkas bungelen.

‘Kan ze hier een patiënt zijn?’ vroeg Jodie.

De vrouw aarzelde even. ‘In dat geval zou het vertrouwelijk zijn. Ik kan geen...’

‘Het is heel belangrijk dat we haar vinden,’ zei Carl.

‘Wacht hier,’ zei de vrouw. Ze liep de gang in en verdween in een kamer. Carl vermoedde dat het een personeelskamer was.

Na een minuut kwam ze terug. ‘Als jullie geen huiszoekingsbevel hebben, kunnen we geen informatie over onze cliënten geven. We kunnen zelfs niet bevestigen of iemand hier al dan niet komt.’ Ze glimlachte spijtig naar hen.

‘Dan moeten we het via de officier van justitie regelen,’ zei Carl droog.

‘Maar...’ ging de vrouw verder. ‘Ik kan wel vertellen dat ze hier geen cliënt is en hier niet werkt. Zijn jullie nu tevreden?’

‘Is ze hier wel geweest?’ vroeg Jodie. ‘Als pa... Als cliënt?’

‘Daar kan ik geen antwoord op geven.’ De vrouw liep voor hen uit door de gang alsof ze zich ervan wilde verzekeren dat ze vertrokken.

Jodie bleef op het Sankt Eriksplan staan en keek om zich heen. ‘Zijn we in de verkeerde portiek naar binnen gegaan?’

Carl schudde zijn hoofd, haalde zijn notitieboekje tevoorschijn en bladerde snel naar de paar aantekeningen die hij had gemaakt. ‘Nee, Edith zei “psychologenpraktijk Sankt Erik”.’

‘Waarom heeft ze in vredesnaam gezegd dat ze hier werkt als dat niet zo is?’ zei Jodie.

‘De vrouw heeft over haar gehoord,’ zei Carl. ‘Dat was te zien. Waarschijnlijk is ze hier als cliënt geweest.’

'Fuck,' zei Jodie geïrriteerd. 'Waarom heeft ze gelogen?'

Carl masseerde zijn neus met zijn duim en wijsvinger terwijl hij naar een vrouw keek die met een jongetje aan haar hand over het op een plein lijkende trottoir liep. Het jochie was een jaar of vijf en stribbelde tegen, zodat ze hem achter zich aan moest trekken. Hij huilde en schreeuwde, maar niemand van de personen om hen heen draaide zich om of keek naar hen. Carl wist dat als Oscar Edith had meegenomen, het verre van zeker was dat het iemand was opgevallen. Mensen keken tegenwoordig bijna bewust weg. Wanneer was dat zo geworden? Hij herinnerde zich uit zijn jeugd dat hij in de gaten werd gehouden door de ouderen.

'Ik weet niet waarom ze loog,' zei hij uiteindelijk. 'Dat moeten we haar vragen, maar het belangrijkste op dit moment is dat we haar vinden. Oscar heeft haar meegenomen… Of ze is vrijwillig verdwenen. Ik denk dat we moeten beginnen met het controleren van alle plekken waar ze zelf naartoe gegaan kan zijn.' Hij draaide zich naar haar om. 'Als jij blind was en je opgejaagd voelde, waar zou je dan naartoe gaan?'

'Naar huis,' zei Jodie. 'Ergens waar ik veilig zou zijn, waar ik me… Dus, ja, naar huis.'

'Ik ook. Weet je het adres?'

'Dat heb jij opgeschreven,' zei ze. 'In dat schattige boekje dat je gekocht hebt.'

Carl glimlachte terwijl hij het uit zijn binnenzak haalde. 'Het is een kerstcadeau van Linda.' Hij bladerde van achteren naar voren langs de pagina's en het hartje dat Linda had getekend, tot hij het eerste verhoor met Edith vond.

'Högbergsgatan 56 in Söder,' zei hij. 'Care of Peterson.'

27

De namiddagschemering was overgegaan in compacte duisternis. Asbjörn keek naar de grote glazen veranda van het huis van de familie Andersson een paar honderd meter bij bushalte Kalvsviks brygga vandaan. Achter de ramen zag hij het schijnsel van de zaklampen van het arrestatieteam in de kamers flakkeren, maar ze hoorden geen stemmen, hoorden geen verontwaardigd geschreeuw.

'Je stomme arrestatieteam heeft hem waarschijnlijk gealarmeerd,' zei Asbjörn.

Ze stonden in een groepje op de met grind bedekte parkeerplaats voor de woning – Simon, Rickard, Ylva en hij – te wachten tot het arrestatieteam klaar zou zijn.

'Als Oscar binnen is, dan hebben we met een terrorist te maken,' fluisterde Simon terug. 'En als hij Edith gegijzeld houdt, dan is dit –'

Verder kwam hij niet omdat de actieleider de heuvel af kwam lopen. Hij had zijn helm afgezet en streek met zijn hand over het gemillimeterde, zandkleurige haar. Aan zijn riem hing een machinepistool, een Heckler & Koch MP5, wist Asbjörn.

'We zijn hem misgelopen,' zei hij. 'Hier is ook niemand.'

Asbjörn besefte dat hij doelde op de bestorming van Oscar Hess' appartement op Söder van afgelopen zondag.

'Zijn er sporen van een gijzelaar?' vroeg Ylva. 'Een jonge vrouw...'

'Dat is onmogelijk te zeggen, maar er ís hier iemand geweest,' zei de actieleider. 'Het bed is onopgemaakt, er ligt kleding en er staat eten op de tafel. Hij lijkt razendsnel vertrokken te zijn.' Hij draaide zich om en wees naar het huis. 'Achter de woning loopt een pad over de helling... Jullie kunnen daar met een hondenpatrouille gaan zoeken als jullie dat willen.'

'Is het Oscar Hess?' zei Ylva.

De actieleider keek naar haar, streek met zijn hand over zijn haar en glimlachte. 'Dat moeten jullie uitzoeken, maar er staat een grote Chrevoletbus in de garage. Dat klopt toch met het opsporingsbericht van hem?'

Hij liep langs hen en slenterde naar de zwarte Mercedesbus waarin ze waren gearriveerd. Achter hem volgde de rest van het team. De vier mannen droegen allemaal helmen en hadden sjaals over hun neus en mond.

'Kan de idioot die zijn auto achter de onze heeft neergezet hem weghalen?' riep de actieleider.

Simon kwam tot leven en liep op een holletje naar de burgerauto toe. Een minuut later was de grote bus weggereden en had Simon zijn auto weer op de oprit geparkeerd. Hij had kauwgom in zijn mond toen hij weer bij Asbjörn en de anderen was. 'Zo,' zei hij teleurgesteld. 'Dat was het dan.'

Rickard had met zijn rug naar hen toe gestaan en draaide zich om. 'Ik heb de technische recherche opgeroepen,' zei hij terwijl hij zijn telefoon in zijn zak stopte. 'Ze zijn onderweg.'

'Mooi,' antwoordde Asbjörn. 'Laat ook een hondenpatrouille komen.'

Hij keek naar het dichtstbijzijnde huis, waar een ouder stel geïnteresseerd vanaf het terras naar hen keek. Ze hadden zelfs dikke donzen jacks aangetrokken om zich tegen de kou te wapenen. Asbjörn wilde net naar hen toe gaan om met hen te praten toen hij hoorde dat bus 438 de halte naderde. Ineens besefte hij iets.

De anderen liepen de heuvel af toen Asbjörn hen terugriep. 'Rij de auto's weg!' riep hij. 'Als Oscar uit die bus stapt, mag hij ons hier niet zien.'

'De deur is niet op slot,' zei Ylva. 'Hij merkt het als –'

'Doe hem dan op slot! Snel!' riep Asbjörn. 'Als we ons op tijd verstoppen, hebben we een kans hem te pakken te krijgen.'

Simon schudde zijn hoofd. 'Hij is een terrorist die drie mensen vermoord heeft. We kunnen niet –'

'Luister, toen jij nog op de basisschool zat en in de pauzes huilde omdat iemand je een duw had gegeven, werkte ik al als politieagent,' zei Asbjörn, waarna hij zich naar Rickard omdraaide. 'Jij belt de technisch rechercheurs dat ze hier niet naartoe mogen komen.' Hij wreef over zijn kin. Hij schakelde het arrestatieteam liever niet in, maar moest toegeven dat Simon een punt had. 'Oké,' zei hij vervolgens. 'Ik bel je stomme arrestatieteam. Ze moeten in de buurt blijven om stand-by te zijn.' Hij haalde zijn telefoon tevoorschijn. 'Verdomme,' zei hij opgewekt. 'We krijgen die klootzak te pakken.'

28

De veiligheidsketting rammelde en de deur van het appartement in de Högbergsgatan ging op een kier open. Carl zag een vrouw van in de zeventig naar Jodie en hem kijken. 'Ja?' zei ze onzeker.

Carl stelde zichzelf en Jodie voor, maar de vrouw sloot de deur pas nadat hij zijn legitimatie had laten zien. Hij hoorde haar de veiligheidsketting aan de binnenkant moeizaam losmaken voordat ze de deur helemaal opende.

'We zijn op zoek naar Edith Ekholm,' zei Jodie.

'Wie?'

'Edith Ekholm.'

'Ik ben de enige die hier woont.' De vrouw glimlachte verontschuldigend alsof het iets spijtigs was.

Wat het misschien ook is, dacht Carl. 'En hoe heet u?'

'Aina,' zei de vrouw. 'Aina Peterson.'

'En u kent Edith Ekholm niet? Ze heeft hier geen... kamer gehuurd?'

De vrouw maakte een afwerend gebaar. 'Een kamer gehuurd? Nee... Waarom zou ik een kamer verhuren?'

'Ik weet het niet,' zei Jodie.

Carl schudde zijn hoofd mismoedig. 'We moeten het verkeerde adres hebben,' zei hij beleefd. 'Het spijt ons verschrikkelijk.'

'Hoe ziet ze eruit?' vroeg Aina.

Ze is lang, ongeveer net zo lang als Jodie en...'

'Ze is blind,' vulde Jodie aan.

Aina schudde haar hoofd. 'Nee, ik zou me haar herinneren. In mijn tijd heeft hier geen blinde vrouw gewoond.'

'Wat is dit?' zei Jodie verontwaardigd. 'Geen baan, geen huis. Wie is ze in vredesnaam?'

Carl schudde zijn hoofd lusteloos zonder antwoord te geven. Hij opende het passagiersportier van de auto, ging zitten en probeerde na te denken. 'Ze moet ergens anders ingeschreven staan,' zei hij. 'Ik weet dat ik het adres tijdens de eerste bespreking genoemd heb... Ergens in de buurt van mijn adres...'

‘We kunnen Rickard niet bellen,’ zei Jodie. ‘Hij is samen met Asbjörn in Kalvsvik. Wacht…’ Ze wurmde haar telefoon uit haar spijkerbroek. ‘Geef me een minuut, dan controleer ik het meteen.’

Carl keek uit het zijraam. Een oudere vrouw liep voorzichtig stap voor stap over het besneeuwde trottoir. Haar jas was open en fladderde in de januariwind. Het zag er heel koud uit. En gevaarlijk. Zo heeft Edith gelopen, dacht hij. Het zou geen probleem voor Oscar zijn geweest om haar mee te nemen.

‘Oké,’ zei Jodie. ‘Dit is het adres waarmee ze bij het bevolkingsregister ingeschreven staat: Finn Malmgrens väg in Hammarbyhöjden.’

‘Precies, het was de Finn Malmgrens väg,’ zei Carl. ‘We gaan er meteen naartoe om het te controleren.’

29

Asbjörn keek door het zitkamerraam en zag een glimp van het vakantiehuis van de familie Andersson. Rechts zag hij de zee als een donkere vlek tussen de kale bomen. Er brandde licht achter het raam van een aantal buren, eenzame lichtpuntjes tussen de zwarte takken.

Oscar Hess was niet uit de bus gestapt, en ook niet uit de volgende bus of de bus daarna. Asbjörn was er echter zeker van dat hij zou komen, misschien laat op de avond. Hij keek op zijn horloge, zag dat het net na zes uur was en zuchtte.

Asbjörn Bolander was bij de buren, die eerder vanaf hun terras naar hen hadden gekeken. De buurvrouw was een vrouw van vijfenzestig die Berit heette. Ze had verteld dat ze hier al vijfentwintig jaar permanent woonde en dat ze nog nooit zoveel politieagenten op het terrein had meegemaakt. Ze had Asbjörn verteld dat er ’s avonds laat licht in het huis van de familie Andersson brandde, maar dat ze er nog nooit iemand had gezien.

Nu stond ze met rode wangen en duidelijk opgewonden naast hem. ‘Weet je zeker dat je geen koffie wilt?’

Op dat moment zag Asbjörn een schaduw die de weg overstak en snel in de richting van het huis van de familie Andersson verdween. Hij vroeg zich een tijdje af of het Simon of Ylva was, maar toen hij hen over de radio opriep zaten ze in de auto die bij een naburig huis stond geparkeerd.

Naderhand zou Asbjörn begrijpen dat Oscar bij Kalvsviks brygga uit de bus was gestapt en vervolgens een kortere weg had genomen via de tuin van een van de woningen die het dichtst bij de bushalte lagen.

'Wat gebeurt er?' vroeg Berit.

Asbjörn gaf geen antwoord en volgde de schaduw geconcentreerd terwijl die verdween achter een heuvel die de twee tuinen scheidde. De voordeur bevond zich aan de achterkant van het huis. Asbjörn staarde gespannen naar de donkere ramen om te zien of Oscar het licht zou aandoen als hij binnenkwam.

Het huis bleef echter donker.

Hij haalde de rakelradio tevoorschijn om Ylva te vragen de voordeur te controleren toen hij een zwakke lichtstrook achter een van de ramen zag.

'Hij is binnen,' zei hij over de radio.

Hij had iets klassieks willen zeggen, zoals 'de adelaar is geland', maar besefte dat het niet professioneel zou overkomen.

'Wat gebeurt er?' vroeg Berit nog een keer.

'We bellen het arrestatieteam,' zei hij en hij pakte de rakelradio opnieuw.

Een kwartier later zag Asbjörn het arrestatieteam als schaduwen in de beschutting van de heuvel bewegen, maar hij zag hun machinepistolen, kogelvrije vesten, helmen en communicatieapparatuur niet in de duisternis. Het volgende moment waren ze weer verdwenen.

Hij haastte zich de trap af. 'Bedankt,' zei hij tegen Berit. 'We nemen contact op.'

Daarna rende hij door de tuin en over de heuvel naar het huis waar Oscar zich bevond, zich moest bevinden.

De voordeur van de woning was opengebroken. De stormram, een lange zwarte ijzeren cilinder, lag ernaast. Hij keek automatisch op zijn horloge: 18.31 uur.

In de woning hoorde hij iemand ruw en agressief schreeuwen: 'Ga liggen! Armen en benen gespreid! Nu!'

Asbjörn liep naar binnen en volgde het geluid van de stemmen. Twee mannen van het arrestatieteam hieven hun machinepistolen naar hem. 'Politie!' riep hij en hij hield zijn politielegitimatie voor zich.

Ze lieten hun wapens weer zakken en lieten hem de zitkamer in gaan.

De grote kamer had een raam dat op zee uitkeek. Op de vloer lag een man. Hij was tenger, had een vlassige baard en lang, onverzorgd zwart haar. Door de wijde broek en het veel te grote groene jack zag hij er kleiner uit dan hij was, bijna als een kind.

Asbjörn herkende hem. Het was Oscar Hess.

Twee mannen richtten hun machinepistolen op hem terwijl een derde hem handboeien omdeed.

'Ik heb niets gedaan!' riep hij doodsbang uit. 'Ik was het niet... Dat zweer ik. Ik was het niet... Verdomme, luister naar me!'

'Edith Ekholm!' brulde Asbjörn. 'Waar is Edith Ekholm?'

Oscar draaide zijn gezicht, dat was vertrokken van pijn en angst, naar Asbjörn toe. 'Edith?' kreunde hij verbaasd. 'Ik weet het niet... Ze...'

Asbjörn keek om zich heen in de kamer, alsof hij verwachtte dat ze achter een deur of een kast zou staan. 'Waar is ze?' herhaalde hij.

'Ik weet het niet,' zei Oscar gesmoord. 'Ik heb haar niet gezien... Niet nadat –'

Hij werd onderbroken door de actieleider, die samen met nog een gemaskerde man de zitkamer in kwam. 'De rest van de woning is leeg.'

'Weten jullie dat zeker?' vroeg Asbjörn. 'Ze is blind, klein en blond.'

De actieleider keek in Asbjörns ogen en schudde zijn hoofd.

30

Carl Edson liep naar het bord achter glas met daarop de namen van de huurders in de portiek aan de Finn Malmgrens väg. Hij dacht aan het ironische feit dat het adres op wandelafstand van zijn eigen huis in Skärmarbrink lag. Hij had haar kunnen tegenkomen.

Jodie ging achter hem staan, stak haar arm uit en wees naar de naam die hij ook had ontdekt: E EKHOLM, TWEEDE VERDIEPING. 'Deze keer klopt de naam in elk geval,' zei ze.

Er was geen lift en hoewel ze zachtjes probeerden te lopen echoden hun voetstappen in het trappenhuis. Er stond een slee voor een van de deuren, maar verder was alles schoon en netjes. Carl zag dat de deuren eruitzagen alsof ze van hout waren, maar eigenlijk veiligheidsdeuren van staal waren. Boven alle brievengleuven hingen keurige naambordjes in plaats van opgeplakte briefjes van onderhuurders.

Jodie bleef voor de deur met E EKHOLM staan. Carl gebaarde dat ze moest aankloppen. Het was bijna kwart voor zeven en hij rook een zwakke geur van avondeten in het trappenhuis. In een van de appartementen ging een telefoon over.

De deur ging open en een jonge vrouw met verward middenblond haar en lichtbruine ogen keek verbaasd naar hen. Het volgende moment schudde ze haar hoofd met een opgelaten glimlach. 'Ik ben niet geïnteresseerd, voor het geval jullie iets willen verkopen. Het heeft geen zin om het toch te proberen...' Ze begon de deur dicht te doen.

'Wacht,' zei Jodie terwijl ze haar voet in de deuropening zette. 'We zijn van de politie.' Ze haalde haar ID-kaart tevoorschijn en hield die de vrouw voor. 'We zoeken een vrouw die Edith heet.'

De vrouw opende de deur weer en keek opnieuw naar hen alsof ze probeerde te bepalen of ze echt politieagenten waren.

'Edith Ekholm,' zei Jodie. 'Weet jij misschien of ze hier is?'

'Ja,' zei de vrouw. 'Ik ben Edith Ekholm.'

DEEL TWEE

Oscar

31

Donderdag 17 januari

'Wie ís ze?' zei Carl Edson tegen niemand in het bijzonder, onderwijl starend naar de foto van de vrouw van wie ze dachten dat het Edith Ekholm was.

Hij had de afgelopen nacht slecht geslapen. Hoewel ze de hoofdverdachte, Oscar Hess, de vorige avond hadden gearresteerd, kon Carl niet stoppen met denken aan de vrouw die nu geen naam meer had. Hoe had ze hen zo kunnen misleiden? En waarom?

Hij duwde hard op de viltstift terwijl hij een groot vraagteken achter haar naam op het whiteboard zette. Daarna liep hij naar de tafel terug, maar hij bleef onderwijl naar het bord kijken alsof hij het probeerde te begrijpen door ernaar te staren. Jodie liep heen en weer in de vergaderkamer.

'En wáár is ze?' zei ze. 'We hebben op alle denkbare plekken gezocht.'

Carl haalde zijn schouders op. 'Ze kan overal zijn,' zei hij verbeten. Hij wreef over zijn neus. Er was iets intens verontrustends aan haar verdwijning, niet alleen voor hem, maar voor het hele onderzoek.

'We moeten van voren af aan beginnen,' zei hij en hij stond op. 'We moeten het volledige onderzoek opnieuw doornemen, vooral wat Edith ons verteld heeft. Voordat we weten wie ze is, kunnen we helemaal niets gebruiken van wat ze tijdens de verhoren gezegd heeft. Zelfs niet als het waar zou zijn.'

'Shit,' zei Ylva gefrustreerd.

'En we moeten háár als verdachte gaan beschouwen,' ging Carl verder.

'Ze is blind,' protesteerde Rickard terwijl hij van zijn laptop opkeek. 'Is het mogelijk dat zij de moorden gepleegd heeft?'

'Misschien niet, maar iets aan haar is absoluut verdacht.'

'Klopt het trouwens wel dat ze blind is?' zei Jodie. 'Ik bedoel, ze had ook kunnen doen alsof ze dat is. Wat zegt het ziekenhuis ervan?'

Carl keek verbaasd naar haar. 'Niets,' antwoordde hij. 'Edith Ekholm is niet blind.'

'Maar is het niet vreemd dat het ziekenhuis er niet op reageerde dat ze plotseling blind was?' hield Jodie vol.

'Nee,' zei Rickard. 'Op zich niet... De verschillende ziekenhuizen en regio's hebben vaak afwijkende dossiersystemen. Een arts reageert er niet op als er een dossier ontbreekt, maar gaat ervan uit dat de betrokken persoon in een ander ziekenhuis behandeld is.'

Een tijdlang zei niemand iets.

'Ik heb ook nog iets anders,' ging Rickard met een knikje naar zijn laptop verder.

Carl liep naar hem toe, gevolgd door Ylva en Jodie, die achter hem gingen staan om een glimp van het scherm op te vangen.

'Ediths telefoon,' zei Rickard. 'Volgens de gegevens die ik van het telecombedrijf gekregen heb is haar telefoon gisterochtend in de buurt van het appartement in de Prästgårdsgatan van het netwerk verdwenen.'

'Kun je precies zeggen wanneer die verdween?'

'Dat was om 08.09 uur in het Tornparken. Sindsdien is haar telefoon niet meer ingelogd geweest op een netwerk.'

'Dus... Ze kan hem zelf uitgezet hebben.'

Rickard draaide zich om op zijn stoel en keek naar Carl. 'Ja, zij of iemand anders.'

Carl rekte zich uit. 'Voordat we ons hier helemaal in begraven... We hebben Oscar Hess gearresteerd. Hij kan antwoord op onze vragen geven.'

'Precies,' zei Rickard en hij keek op zijn horloge. 'Ze kunnen ieder moment terug zijn. Ze zijn al een tijdje bezig.'

Carl keek hem verbaasd aan. 'Wat bedoel je? Welke ze?'

'Asbjörn en Simon verhoren Hess. Ik dacht dat je dat wist.'

32

'Praat verdomme geen onzin!' Simon Jerns stem explodeerde in de gang toen Carl de deur van verhoorkamer drie opende. De op een beer lijkende man leunde over de tafel en hield zijn gezicht vlak bij dat van Oscar. Asbjörn zat met over elkaar geslagen armen en een grimmige gezichtsuitdrukking op een stoel. Ze draaiden zich alle drie naar Carl en Jodie om.

'Wat komen jullie doen?' vroeg Simon nadat het even stil was geweest. Oscar zat ineengedoken op zijn stoel alsof hij aan Simons verbale uitbarstingen wilde ontsnappen.

Hij deed Carl aan een mishandeld kind denken. 'Ga je even mee naar buiten?' zei hij tegen Simon, die leek te aarzelen, maar vervolgens naar de deur liep die Carl openhield.

'Fucking fascistenzwijn,' mompelde Oscar achter hem met een gebroken en schelle stem.

Carl deed de deur zachtjes achter hen dicht.

'Wat ben je verdomme aan het doen?' zei Simon. 'Ik ben bezig om die stomme klootzak... Ik ben hem aan het verhoren.'

'Dat zag ik.' Carl bleef onverstoorbaar beleefd. 'Maar ik wil dit verhoor zelf houden. Samen met Jodie. Daniel komt ook.'

Heel even leek het alsof Simon zou ontploffen, maar daarna zag Carl dat hij tegen zichzelf mompelde. Telde hij? Carl dacht te zien dat zijn lippen cijfers vormden: twee, drie, vier...

'Heb je daar een probleem mee?' vroeg hij. Hij hield zijn blik op Simons pokdalige wangen gericht om niet in zijn ogen te hoeven kijken. Hij wist niet waarom hij het zo moeilijk vond om mensen aan wie hij een grondige hekel had aan te kijken. Misschien wilde hij niet te dicht bij hen komen. Of hij was gewoon laf en wilde iemand als Simon niet uitdagen.

'Dat had je wel iets eerder kunnen zeggen,' zei Simon nadat hij diep adem had gehaald. 'Nu denkt die paljas in de verhoorkamer dat we een stel besluiteloze idioten zijn.'

'Het moet een misverstand zijn,' zei Carl. 'Ik heb gezegd dat ik hem wilde verhoren nadat jullie hem aangehouden hadden.' Carl glimlachte vriendelijk, maar Simon draaide zich abrupt om en verdween de gang in.

Toen Carl de verhoorkamer weer in kwam keek Asbjörn, nog steeds met zijn armen over elkaar geslagen, naar Oscar. Jodie leunde naast de deur tegen de muur. 'Ik weet niet waar ze is,' zei Oscar met een smekende klank in zijn stem.

Carl legde zijn notitieboekje zorgvuldig op de tafel, ging zitten, haalde een pen uit zijn borstzak en schreef de datum op. Toen hij klaar was keek hij op. 'Goed, over wie heb je het?'

'Over Edith,' zei Oscar. 'Ik weet niet waar ze is.'

Carl knikte.

'En de woning bij Nynäshamn?'

Oscar boog zich met een snelle beweging over de tafel. 'Ik heb niets gedaan! Ze waren al dood! Allemaal!'

'Oké,' zei Carl. 'Wil je toch zo vriendelijk zijn om te vertellen wat er gebeurd is?'

Oscar vulde een kartonnen beker met water uit de karaf die op tafel stond, dronk die opzettelijk langzaam leeg en gooide hem in de prullenbak.

'Weten jullie dat jullie de bossen daarmee ruïneren?' zei hij met een knikje naar de stapel kartonnen bekers op de tafel. 'We kappen de bossen zo vaak dat de bomen de tijd niet krijgen om te groeien. Daardoor sterven insecten en diersoorten uit. Zijn jullie je daarvan bewust?'

Carl observeerde hem zwijgend.

Oscar draaide zich om en keek naar Jodie. 'Goed, wie van jullie tweeen is de vriendelijke? Ik neem aan dat jij dat bent.' Hij knikte naar Jodie. 'En jij bent de baas, nietwaar?' zei hij met een blik op Carl. 'Of jij.' Oscar knikte naar Asbjörn, die nog steeds roerloos tegenover hem zat.

Carl vouwde zijn handen en liet ze op het tafelblad rusten. Op hetzelfde moment ging de deur open en kwam Daniel Sandén gejaagd binnen. Asbjörn stond spontaan op, knikte naar Daniel en deed de deur zachtjes achter zich dicht.

'Inspecteur Asbjörn Bolander verlaat de verhoorkamer, officier van justitie Daniel Sandén komt binnen,' zei Carl naar de microfoon op de tafel gericht. Hij wachtte tot Daniel was gaan zitten en zich had geïnstalleerd. 'Goed. Daniel, wil jij...'

De officier van justitie ging rechtop zitten. 'Oscar, je hebt al te horen gekregen dat je op goede gronden verdacht wordt van de ontvoering van en de moord op Jens Rudberg Karlsson, alsmede de moorden op Joakim Enroth en Andrew Christiansson,' zei hij. 'Klopt dat?'

Oscar schrok. 'Ik heb gezegd dat ze al dood waren! Ik heb ze niet vermoord!'

Opnieuw de schelle stem, die Carl aan een bange jongen deed denken.

'Ik wil een advocaat.'

'Ik neem er nota van en zal je verzoek aan de rechtbank overbrengen,' zei Daniel. 'Dit is een inleidend verhoor. Willen jullie verdergaan?' Hij knikte naar Carl en leunde vervolgens naar achteren op zijn stoel.

'Ik wil beginnen met Edith Ekholm,' zei Carl. Hij deed zijn best haar naam uit te spreken zonder dat het vreemd of ironisch klonk.

'Wat is er met haar?' zei Oscar. 'Ik heb verdomme al gezegd dat ik niet weet waar ze is.'

'Wanneer heb je haar voor het laatst gezien?' vroeg Jodie.

Oscar draaide zich met zijn mond halfopen naar haar om.

'Wil je zo vriendelijk zijn om antwoord te geven?' zei Carl.

'Oké... Jezus. In het ziekenhuis.'

'Wat deed je daar?'

'Ik wilde haar vragen wat er in vredesnaam gebeurd was, maar ze begon te schreeuwen, dus ging ik weer weg.'

'Je bent de bewaker dus gepasseerd...'

Oscar glimlachte. 'Dat was niet bepaald moeilijk.'

Carl dacht aan de jonge agent en nam zich voor om met zijn superieur te gaan praten.

'Ben je ook in het appartement in Sundbyberg geweest?' vroeg Jodie.

Oscar knikte terwijl hij opnieuw een kartonnen beker met water vulde.

'Hoe heb je haar gevonden?' zei Carl. 'In het ziekenhuis en in het appartement. Hoe wist je waar ze was?'

'Ik heb haar op mijn telefoon. Ze is tenslotte blind.'

'Wat bedoel je? Wat heeft dat ermee te maken?'

‘We hebben haar telefoon zo ingesteld dat ik kan zien waar ze is, je weet wel, bij de instellingen… Zoek mijn iPhone.’

Carl keek hem verbaasd aan.

‘Je kon dus de hele tijd zien waar ze was?’ zei Jodie.

‘Jazeker. Dat wilde ze, voor als ze verdwaalde.’

Carl schreef RICKARD, TELEFOON CONTROLEREN in het notitieboekje dat hij voor zich had liggen en onderstreepte de woorden meerdere keren.

‘Je bent gisterochtend naar het appartement teruggegaan, toch?’ zei Jodie.

‘Dat klopt. Ik wachtte in de buurt en zag dat ze naar buiten kwam en het park in liep. Ik kon haar op de kaart van mijn telefoon volgen… Snap je het nog, boomer?’ Hij grijnsde naar Carl.

‘Ga door,’ zei Jodie.

‘Oké. Ik liep achter haar aan en zag dat ze alleen was.’

‘Was dat het moment waarop je haar meenam?’ zei Daniel.

‘Nee… Hoezo meegenomen? Is ze ontvoerd?’ Oscar keek verbijsterd naar Daniel en vervolgens naar Carl en Jodie, die allemaal bleven zwijgen. ‘Jullie weten niet waar ze is,’ zei hij.

Carl zuchtte. ‘Waarom denk je dat we het jou vragen?’

‘Ik heb haar niet aangeraakt, ik heb niet eens met haar gepraat. Ze is het park in gegaan en daarna… verdween ze.’

‘Hoezo verdween ze?’ vroeg Carl.

‘Haar telefoon stopte met updates geven.’

‘Leg uit,’ spoorde Daniel hem aan.

Carl keek dankbaar naar hem, opgelucht dat nog iemand het niet begreep.

‘De speld die aanwijst waar ze is bleef staan en toen ik daar arriveerde, op een speelterrein met een heleboel kinderen, was ze er niet. Ik controleerde mijn telefoon na een kwartier, maar de speld had niet bewogen…’

‘De speld?’

‘De markering op de kaart.’

‘Oké. Waar was ze naartoe?’ zei Carl.

‘Snap dat dan! Ik weet het niet! Ze had haar telefoon uitgezet, had hem op vliegtuigmodus of zo gezet en was weggegaan.’

‘Heb je in het park naar haar gezocht?’ vroeg Jodie.

‘Natuurlijk, wat denk je verdomme? Ik heb ook naar haar telefoon gezocht, voor als ze die had laten vallen… Maar ik heb niets gevonden.’

Jodie haalde adem alsof ze iets wilde zeggen, maar Carl hield haar met een handgebaar tegen. ‘Wat deed je daarna?’ vroeg hij.

‘Ik ben naar het huis in Kalvsvik teruggegaan… En daarna kwamen jullie en begonnen verdomme een oorlog!’

‘Waarom verstop je je plotseling in Värmdö?’

‘Ik verstop me niet.’

‘Oké,’ zei Carl. ‘Laat ik het anders formuleren: waarom ben je uit de woning bij Nynäshamn gevlucht?’

‘Wat denk je zelf? Wat zou jij gedaan hebben als je terugkwam en drie dode mensen aantrof?’

‘Als ik ze had vermoord, dan zou ik me verstoppen, misschien in Värmdö,’ zei Carl op een toon alsof hij een gezellig kletspraatje hield.

‘Waarom begrijp je het niet? Ik heb niemand vermoord!’

‘Je vluchtte dus,’ ging Carl verder. ‘Maar je liet je vriendin alleen met drie dode lichamen in dat huis achter. Waarom deed je dat?’

‘Ze was er niet… Dus ging ik ervandoor. Jezus!’

Hij keek met een wanhopige blik naar hen. ‘Mag ik nu gaan?’

Carl observeerde hem zwijgend. Als hij loog deed hij het beter dan Carl had verwacht. ‘Nee, je mag niet gaan,’ zei hij. ‘Zoals Daniel al vertelde word je verdacht van het ontvoeren en vermoorden van Jens Rudberg en het vermoorden van Andrew Christiansson en Joakim Enroth. Laten we met de ontvoering beginnen, beken je die?’

Oscar knikte langzaam.

‘Wil je zo vriendelijk zijn om hardop antwoord te geven.’

‘Oké, ik heb geholpen, maar ik wist niet wat er zou… Andy en Jocke hebben ons op straat voor het appartement opgepikt.’

Jodie veranderde van houding door haar zwaartepunt naar de andere voet te verplaatsen. ‘Jij bent dus niet degene die de ontvoering gepland heeft?’ zei ze.

Oscar draaide zijn hoofd naar haar om. 'Nee.'

'We hebben namelijk de indruk gekregen dat jij het was, van het begin tot het eind.'

'Wie zegt dat? Ik heb helemaal niets gepland!'

Carl legde zijn vingertoppen tegen elkaar. 'We hebben je vingerafdrukken en je DNA in de woning gevonden.'

'En wat dan nog? Ik heb toegegeven dat ik daar was, maar ik heb niemand vermoord.'

'Meerdere afdrukken zijn bloederig...'

Oscar liet zijn hoofd zakken terwijl hij iets tegen zichzelf mompelde. 'Oké,' zei hij en hij keek op. 'Luister, ik kwam in de woning terug...'

'Nadat je ze had vermoord?'

'Nee! Nadat ik pizza had gehaald. Ik ben urenlang weg geweest. De diepvriespizza's waren op en we konden niet iedere dag vijf pizza's bij de plaatselijke pizzeria bestellen, dat snappen jullie toch ook wel.'

'Je bent in pizzeria Toscana in Nynäshamn geweest,' zei Carl. 'We hebben het gecontroleerd. Het heeft je ruim een uur gekost om de pizza's te bestellen en heen en weer te rijden.'

'Oké, dan ben ik niet meteen teruggereden.'

'Wat heb je dan gedaan?'

'Dat huis... Jezus, jullie begrijpen niet hoe het was, we waren daar de hele dag... En alles ging mis. Alles liep de hele tijd verkeerd. Ik wilde ermee stoppen. Gewoon wegrijden, dus heb ik urenlang in de auto gezeten om na te denken.'

'Maar toch besloot je om terug te rijden,' zei Jodie.

'Ja, voor Edith. Ik kon haar niet achterlaten. Niet met die twee.'

'Wanneer arriveerde je bij het huis?'

'Ik weet het niet, laat, het was al heel lang donker, maar ik heb niet één keer gekeken hoe laat het was.'

'Wat deed je toen je bij het huis kwam?'

'Dat heb ik al verteld. Ik ging naar binnen met de pizza's en iedereen was dood.'

Carl schudde zijn hoofd. 'Weet je wat wij denken?' zei hij. 'Waar we zelfs van overtuigd zijn?' Hij glimlachte vriendelijk. 'We denken dat je na precies vijfenzeventig minuten terugkwam bij het huis en de pizza's in de keuken neergelegd hebt. Toen je ontdekte dat Andrew en Joakim er niet waren en je niet konden tegenhouden, ben je naar de bovenverdieping gegaan en heb je Jens Rudberg Karlssons keel doorgesneden. Toen Andrew en Joakim binnenkwamen heb je –'

'Nee!' riep Oscar, hard en schel. Hij stond op en pakte de tafel met twee handen vast, alsof hij van plan was hem om te gooien.

Carl keek hem kalm aan. Hij wist dat de tafel aan de vloer was vastgeschroefd. '...ze doodgeschoten.'

Oscar staarde naar hem.

'Wil je alsjeblieft weer gaan zitten,' ging Carl verder.

Oscar bleef staan terwijl hij opgewonden praatte. 'Ik kwam terug met de pizza's en... De deur stond open, dus... Ik snapte meteen dat er... dat er iets helemaal fucking misgegaan was. Het voelde alsof...' Hij beet op zijn lip, ging zitten en verborg zijn gezicht in zijn handen. 'Ze waren doodgeschoten. Allemaal!'

Daniel boog zich naar voren op de stoel alsof hij nu pas geïnteresseerd raakte, maar zei niets.

'Waarom heb je ze vermoord?' vroeg Carl.

Een zwarte haarlok was in Oscars gezicht gegleden en hij streek hem geïrriteerd weg. 'Hoor je niet wat ik zeg, klootzak? Ik heb ze niet vermoord! Waarom zou ik dat doen?' Hij pakte een nieuwe kartonnen beker van de stapel en draaide hem tussen zijn handen.

'Ik hoor wat je zegt, maar ik geloof je niet,' zei Carl.

Oscar stond weer op en leek in de aanval te willen gaan. Jodie liep verbazingwekkend snel door de kamer en ging schuin achter hem staan, klaar om in te grijpen.

'Ik lieg niet,' zei Oscar en hij ging weer zitten. 'Ik was het niet.'

'Wat heb je dan gedaan? Vertel.'

'Ik ben het huis in gegaan... Ik durfde niet te roepen... Jezus, ik wist niet of degene die het gedaan had er nog steeds was. Ik keek in Ediths kamer, maar die was leeg. Daarna zag ik Jocke op de trap. Er stroomde bloed...'

'En je ging toch naar de bovenverdieping?' vroeg Jodie.

Oscar draaide zich naar haar om, maar leek haar niet te zien. 'Ja, ik...'

'Waarom?' vroeg Jodie. 'Zou het niet logischer geweest zijn om te vluchten? Of de politie te bellen?'

'Ik moest Edith zoeken... Dus liep ik rond en fluisterde haar naam, maar het was doodstil in dat huis... Ik keek in de slaapkamers, de toiletten... Maar er was niemand. In de kamer waar Jens lag... De muren zaten onder het bloed... Alsof iemand ze had geschilderd.'

Carl dacht aan de maffiaterm voor moorden: *to paint houses*. Het was een toepasselijke formulering. 'Maar je vond Edith niet?' vroeg hij.

'Nee.'

'Wat deed je daarna?'

Oscar keek verbaasd naar hem. 'Ik ben ervandoor gegaan.'

'Heb je iets meegenomen?'

'Wat bedoel je?'

'Het moordwapen? Het mes?'

'Nee.'

'Weet je dat zeker? Je hebt het mes niet in een tas gestopt die je aan Per Nordins deur gehangen hebt?'

Oscar staarde naar Carl. 'Waar heb je het verdomme over? Wat voor fucking tas?'

Carl deed alsof hij aantekeningen maakte, maar tekende in werkelijkheid een lelijke neus op een net zo lelijk poppetje in zijn notitieboekje.

'Wat dacht je dat er met Edith was gebeurd?' zei Jodie.

'Ik was ervan overtuigd dat zij ook dood was. Ik bedoel, ze was blind, hoe had ze het moeten overleven?'

'Dus toen je bij de woning arriveerde en zag dat je vrienden dood waren, vroeg je je niet af wat er gebeurd was?' vroeg Carl. 'Hoe het plaatsgevonden had?'

'Natuurlijk wel, maar ik was fucking geschokt...'

'En nu? Wat denk je nu?'

'Ik weet het niet. Dat wilde ik aan Edith vragen.'

Ze zwegen. Oscar keek naar de tafel en frunnikte de hele tijd zenuwachtig aan de kartonnen beker die hij vervolgens verfrommelde en in de prullenmand gooide. 'Ik besefte dat ze niet dood was… toen ik op het nieuws hoorde… dat een blinde vrouw het had overleefd…'

'En je weet nog steeds niet waar ze is?'

Oscar schudde zijn hoofd.

'Ze is je vriendin, toch?'

'Ja.'

'Vertel ons over haar.'

'Ik heb toch gezegd…'

'Begin bij het begin te vertellen. Hoe hebben Edith Ekholm en jij elkaar ontmoet?'

Uit het verhoor van Oscar Hess

Ik zag haar hulpeloosheid, zoals wanneer je een jong vogeltje op de grond ziet en begrijpt dat het doodgaat als je niets doet, het optilt, het mee naar huis neemt en eten geeft.

Het was ergens in augustus. Ik stond tien meter bij haar vandaan en zag haar tegen een afzetting in de Sveavägen lopen. Het trottoir was een meter of vijftien breed en ze hadden het vanaf de straat naar de muur van het Observatorium opengegraven. Er stonden minstens vijfduizend borden dat het trottoir gesloten was en dat voetgangers naar de andere kant werden verwezen, maar die zag ze natuurlijk niet. Ze bleef met haar witte stok zwaaien tot ze tegen het hekwerk rond het gat stootte. De stok bleef vastzitten tussen de ijzeren tralies, maar ze leek het niet te begrijpen en bleef de stok heen en weer bewegen alsof het een garde was… *klong, klong, klong*. Ze bleef roerloos staan.

'Hallo!' riep ze terwijl ze zijwaarts langs de barrière liep, op zoek naar een opening die er niet was. 'Hallo! Kan iemand me helpen? Hallo!'

Ze klonk wanhopig, alsof ze op het punt stond een inzinking te krijgen. Ik liep naar haar toe, maar bleef een meter of vier achter haar staan. 'Je kunt er niet doorheen,' zei ik.

Zodra ze mijn stem hoorde draaide ze zich bliksemsnel om.

'Hallo! Help me alsjeblieft, ik kan er niet langs… Hallo!' Ze begon stram naar me toe te lopen. Als een zombie. De stok hing aan haar pols en sleepte over de grond.

Ik deed een stap naar achteren en stapte geluidloos opzij. Oké, dat was gemeen van me, dat weet ik, maar ik besefte dat het niet werkte om gewoon naar haar toe te lopen. Toen ik vijftien was heb ik een oude dikke vrouw in het Storsjön van de verdrinkingsdood gered. De vrouw was volkomen in paniek en duwde me onder water, zodat ik ook bijna verdronk. Edith was net zo wanhopig als die vrouw.

'Luister, je kunt daar niet lopen!' riep ik van een afstand. 'Ze hebben een gat over de hele breedte van het trottoir gegraven.'

Ze draaide zich om en begon naar me toe te lopen. Ongelofelijk, zo goed als ze kon horen.

'Help me!' riep ze.

'Kalm maar,' zei ik. 'Ik kan je naar de plek brengen waar je moet zijn.'

Ze bleef staan alsof ze op me wachtte, dus dacht ik dat het goed was en ging ik naar haar toe. Ze zoog zich meteen aan me vast. Haar lichaam was heel tenger, maar toch hield ze me zo stevig vast dat ik nauwelijks adem kon halen. 'Kalmeer,' zei ik opnieuw.

We stonden daar zeker vijf minuten met onze armen om elkaar heen voordat ze me losliet.

'Het spijt me,' zei ze uiteindelijk. 'Ik... Ik zou hier niet zonder begeleider moeten lopen, maar... soms doe ik dat toch als ik niet voldoende uren krijg. En dan gebeurt dit.'

Ze probeerde te lachen, maar ik hoorde dat ze zich voornamelijk schaamde.

'Waar woon je?' vroeg ik.

'Als je me naar de metro brengt, dan red ik het daarvandaan zelf,' zei ze.

'Oké,' zei ik. Ik snapte dat ze niet wilde vertellen waar ze woonde. Ze was tenslotte blind, ik zou dat ook niet gedaan hebben.

'Hoe heet je?' vroeg ik haar.

Ze hield haar hoofd star en een beetje opzij, en stond daar maar. Alsof ze haar naam ook niet wilde vertellen.

'Oké,' zei ik. 'Mag ik je dan een kop koffie aanbieden?'

Het stelde niets voor. Ik vond alleen dat ze eruitzag alsof ze wel een kop koffie kon gebruiken, zodat ze kon kalmeren voordat ze de metro naar huis zou nemen.

'Nee.'

Ik haalde mijn schouders op, maar dat zag ze natuurlijk niet.

Ze deed een stap naar achteren, bij me vandaan. 'Wat wil je? Laat me met rust,' zei ze.

'Oké, sorry... Je lijkt zo... Ik breng je naar de metro, en daarna laat ik je alleen.'

Ze bleef staan. 'Hoe heet jíj?' vroeg ze.

'Oscar.'

'En verder?'

'Oscar Hess.'

Ze knikte, alsof het feit dat ze mijn naam wist iets veranderde. Ze zweeg een hele tijd en leek ergens over te twijfelen. Ik zag haar lippen bewegen alsof ze in zichzelf mompelde. Haar geelbruine ogen staarden in het niets.

'Oké, Oscar Hess,' zei ze uiteindelijk. 'Je mag me op een kop koffie trakteren.'

'En jouw naam? Mag ik die ook weten?'

'Edith… Ik ben Edith Ekholm.'

33

'Ze heeft hem ook misleid,' zei Jodie terwijl ze de ondergrondse garage van het politiebureau uit reden. 'Wat is dat voor vrouw?'

'Als híj tenminste niet ook liegt,' zei Carl.

Ze keek met een geïrriteerde blik naar Carl, die op de passagiersstoel zat. 'Oké, oké,' zei ze. 'Maar je moet toegeven dat ze niet bepaald geloofwaardig is.'

Ze reed de Huddingeleden in noordelijke richting op en gaf gas, waarna ze achtereenvolgens het grijze Huddinge-ziekenhuis en een serie betonnen buitenwijken van Stockholm passeerden.

Carl wachtte met zijn antwoord. Hij wilde er niet op wijzen dat ook op Oscars geloofwaardigheid het nodige af te dingen was. Bovendien voelde hij zich moe en lusteloos. Het verhoor met Oscar, dat alleen was onderbroken voor een lunchpauze, had het grootste deel van de dag geduurd. 'Ik zeg alleen dat het mogelijk is dat geen van beiden de waarheid spreekt,' zei hij.

Ze keek opnieuw met een geïrriteerde blik naar hem, waarna ze beiden zwegen tot Jodie een halfuur later bij het metrostation in Hammarbyhöjden parkeerde, honderd meter bij Ediths appartement vandaan.

'Kwart voor zes,' zei Carl nadat hij op zijn horloge had gekeken. 'Op dit tijdstip zou ze in elk geval thuis moeten zijn.'

'Nee,' zei Jodie. 'Daar loopt ze.' Ze knikte naar een vrouw die vanaf de metro in hun richting kwam lopen. Van een afstand en in het licht van de straatlantaarns leek Edith Ekholm een beetje op de onbekende blinde vrouw: blond, met ongeveer dezelfde gelaatstrekken en dezelfde gemiddelde lengte. Getuigen zouden voor beide vrouwen identieke signalementen opgeven.

'Jullie weer?' zei ze afwijzend toen ze haar tegenhielden op het trottoir. 'Wie zoeken jullie vandaag? Charlie Chaplin?'

'Heb je eventjes?' vroeg Carl. 'We kunnen in de auto gaan zitten.'

Ze aarzelde, maar liep vervolgens met hen mee naar de auto. Carl hield het achterportier open, liep vervolgens om de auto heen en ging achter Jodie zitten.

Ook hun gezichten lijken op elkaar, dacht hij nu hij haar zag: de geprononceerde kuiltjes in de wangen, de vorm van de lippen, de opvallende cupidoboog. Maar Ediths haar was slecht geknipt met een merkwaardig korte pony. Waarschijnlijk was dat bewust. Carl herinnerde zich een meisje in de parallelklas op de middelbare school dat haar pony zelf had geknipt. Er deden geruchten de ronde dat iemand haar had verkracht, hoewel dat nooit was onderzocht. Hij kreeg hetzelfde gevoel bij Edith. Het was alsof ze haar mooie uiterlijk probeerde te verbergen door er bewust lelijk uit te zien. Zelfs haar kleren waren vormeloos en pasten niet bij elkaar.

'Wat willen jullie?' vroeg ze. 'Ik ben –'

'Kun je je legitimeren?' vroeg Carl.

'Me legitimeren? Serieus?'

Carl veranderde omslachtig van houding en draaide zich naar haar om. Ze haalde gelaten haar schouders op en rommelde vervolgens in een versleten handtas van licht leer tot ze haar portemonnee had gevonden. 'Alsjeblieft,' zei ze en ze gaf hem haar ID-kaart.

Carl pakte hem aan, vergeleek de foto met de vrouw die naast hem zat en noteerde het burgerservicenummer. 'Heb je geen rijbewijs?' vroeg hij terwijl hij haar ID teruggaf.

'Nee. Wat is hier eigenlijk de bedoeling van?'

'Wie ben je?' vroeg Carl.

'Wie ik ben? Wat is dat voor vraag? Wat wil je weten? Ik ben dertig, ik…'

'Wat voor werk doe je?'

'Ik ben psycholoog.'

Carl keek haar verbaasd aan en wisselde een snelle blik met Jodie.

'Waar werk je?'

'Bij een praktijk… In Fruängen.' Edith schudde haar hoofd geïrriteerd. 'Waar gaat dit over?'

'Hetzelfde als gisteren,' zei Carl. 'Je moet het ons maar vergeven als we zeurderig overkomen, maar we moeten een paar dingen met je bespreken.' Hij glimlachte vriendelijk. 'Ken je een vrouw die blind is? Of is er iemand in je kennissenkring die blind is?'

Edith trok haar wenkbrauwen op, maar leek na te denken. 'Nee,' zei ze na een tijdje. 'Hoezo?'

'We zoeken iemand die zich voor jou uitgeeft,' zei Jodie.

'Bedoelen jullie dat iemand mijn identiteit gestolen heeft? Zijn jullie daarom gisteren naar mijn appartement gekomen?' vroeg ze terwijl ze op de bank verschoof. 'Heeft iemand een heleboel dure spullen op mijn naam gekocht?'

'Nee,' zei Carl. 'Zoiets is het niet.'

'Op welke manier ben ik dan opgelicht?'

'Iemand heeft je identiteit gebruikt... in verband met een misdrijf.'

'Een misdrijf? Wat is dit in vredesnaam? Word ik...'

'Nee,' zei Carl en hij stak zijn handen op om haar de mond te snoeren. 'Je wordt nergens van verdacht.'

Edith zat met een rechte rug op de bank en keek afwisselend naar Jodie en Carl.

'We vragen ons alleen af hoe iemand je ID-kaart te pakken gekregen kan hebben.'

Ze keek door het raam naar buiten. Carl zag hoe voetgangers zich met gebogen hoofden tegen de koude wind over het trottoir haastten. Er was blijkbaar opnieuw een metro gearriveerd.

'Ik ben mijn portemonnee kwijtgeraakt tijdens een feest,' zei ze na een tijdje. 'Dat moet een halfjaar geleden zijn geweest. Ik dacht dat er voldoende tijd verstreken was en dat er niets meer zou gebeuren.'

'Wat had je in je portemonnee?'

'Dingen die je in een portemonnee hebt... Mijn creditcard, ID-kaart, bibliotheekpasje, toegangskaart voor m'n werk... Het was ongelofelijk lastig.'

'Heb je aangifte bij de politie gedaan?'

'Wat denken jullie? Natuurlijk.'

'Oké,' zei Jodie. 'Wil je zo vriendelijk zijn om de namen, adressen en telefoonnummers van degenen die het feest organiseerden op te schrijven?'

'En de gegevens van iedereen van wie je nog weet dat die op het feest was?' voegde Carl eraan toe.

'Dat moet ik op mijn telefoon controleren.' Ze zocht opnieuw in haar handtas, haalde er een telefoon met een gebarsten display uit en begon erop te toetsen. Met de telefoon in één hand en Carls notitieboekje op haar schoot schreef ze zorgvuldig drie namen op. 'Alsjeblieft,' zei ze en ze gaf Carl het boekje terug. 'Ik kan me niet veel mensen herinneren. Dit zijn degenen die ik ken.'

Carl keek naar de drie namen die ze had opgeschreven. 'Jesper Isaksson, Jenny Olshög, Mohammed El-Habib?'

Edith knikte. 'Zoals ik al zei is het een eeuwigheid geleden.'

'Wie van hen organiseerde het feest?' vroeg Jodie.

'Mohammed. Hij is ook psycholoog. We hebben samen gestudeerd.'

'Oké. Als je je meer over het feest herinnert, neem dan contact met ons op.' Carl haalde een visitekaartje uit de zak van zijn colbert en gaf dat aan haar.

Edith opende het portier en stapte uit de auto. 'Het is pure nieuwsgierigheid, maar wat heeft deze persoon eigenlijk gedaan?' vroeg ze.

'Een ernstig misdrijf, meer kunnen we niet zeggen.'

'Oké, ik vroeg het me gewoon af. Tot ziens.' Ze sloeg het portier dicht.

Carl keek haar na terwijl ze over het trottoir liep en vervolgens de hoek om verdween. Hij gleed over de bank naar de plek waar Edith net nog had gezeten en werd geconfronteerd met het behaaglijke gevoel van menselijke warmte die door de stof van zijn broek drong. 'Rij naar jouw huis,' zei hij. 'Het is genoeg voor vandaag.'

'Ik kan de metro nemen.'

Hij schudde zijn hoofd. 'Nee, ik zet je af.'

34

Vrijdag 18 januari

'Waarom ben je in vredesnaam zo vroeg?' zei Asbjörn Bolander toen hij de vergaderkamer in kwam en zag dat Ylva er al was.

'Ik dacht...' begon ze, verbaasd over de vraag. 'Ik wilde de NBF-lijst die Simon opgesteld heeft doornemen. En waarom ben jij al hier?'

Asbjörn zette zijn aktetas op de tafel. 'Ik kon niet slapen,' zei hij nors.

'De blinde vrouw?'

Hij schudde zijn hoofd.

Ylva ging naast hem op de tafel zitten en leek te wachten tot hij verderging.

Hij keek in eerste instantie vol onbegrip naar haar, maar gromde vervolgens. 'Oké,' begon hij. 'Er klopt verdomme iets niet. De ontvoerders kwamen naar buiten met een persbericht waarin ze zeurden dat C-Mine Nordic moest stoppen met de jacht op mineralen in Skåne...'

Ylva knikte.

Asbjörn zette een leesbril op en haalde zijn notitieboekje uit zijn aktetas. 'Jens' vrouw, Mona, kreeg hetzelfde bericht. Dat was op 4 januari.'

'Waar wil je naartoe?' zei Ylva.

'Daarna gebeurde er niets. Mona of de pers kreeg niet meer mededelingen. Geen bedreigingen, geen eisen. Ze sneden Jens' wijsvinger af, maar gooiden die in zee.' Hij sloeg zijn notitieboekje dicht en keek naar Ylva. 'Vind jij ook niet dat het een beetje... halfslachtig is?'

Ze keek hem verward aan. 'Waar wil je naartoe?'

Asbjörn verstrengelde zijn enorme handen en legde ze op tafel. 'Stel dat ze Jens niet ontvoerd hebben om de schaliewinning tegen te houden?'

'Waarom dan?'

'Geld,' zei Asbjörn. 'Dat is de meest voorkomende reden voor ontvoeringen.'

'Je bedoelt dat de milieueis alleen een afleidingsmanoeuvre was? Maar... Er zijn geen eisen om geld binnengekomen, of wel soms?'

Asbjörn keek met een waarderende blik naar haar. 'Voor zover wij weten niet, nee. Maar dat hoeft niet te betekenen dat er geen eisen binnengekomen zijn. We moeten met Mona gaan praten, de weduwe.'

'Maar het zijn milieuactivisten, in elk geval drie van hen,' zei Ylva sceptisch. 'Zouden die iemand ontvoeren voor... geld?'

'Ik weet het niet,' zei Asbjörn. 'Ik weet niet wat ze gedaan hebben of waarom, maar er klopt iets niet aan deze zogenaamde ontvoering.'

Ylva knikte langzaam. 'En Carl dan? Moeten we het niet met hem bespreken?'

Asbjörn schudde zijn hoofd en stond op. 'Hij heeft het druk met Oscar Hess en de vrouw die geen Edith Ekholm heet.' Hij keek op zijn horloge. 'Trek je jas aan, dan zijn we bij Mona Rudbergs huis voordat ze naar haar werk gaat. Als vrouwen zoals zij tenminste een baan hebben.'

35

Mona Rudberg stond met haar jas aan – een lichtbruine jas zonder kraag waarvan Asbjörn vermoedde dat hij heel duur was – en een sjaal in bonte kleuren – in de hal van de grote rode villa in Saltsjö-Boo die rond de vorige eeuwwisseling was gebouwd.

'Het spijt ons dat we storen,' zei Asbjörn.

'Dat doen jullie inderdaad,' zei Mona met een ongeduldig gebaar dat ze moesten opschieten.

'We vragen ons af of er een andere reden kan zijn geweest om je man te ontvoeren dan het milieu beschermen.'

Mona staarde naar hem. 'Waarom zou dat in vredesnaam zo zijn? Waar hebben jullie dat vandaan?'

'Je man was een hooggeplaatste manager binnen de mijnbouw,' zei Ylva. 'Er zouden... financiële redenen geweest kunnen zijn.'

Mona snoof. 'Dat betwijfel ik ten zeerste.'

'Veel ontvoerders drukken de familieleden op het hart om de politie er niet bij te betrekken,' zei Asbjörn. 'Het is... een grote fout om hun daarin tegemoet te komen. We willen alleen... We willen er zeker van zijn dat je na de eerste brief niet meer brieven van de ontvoerders gehad hebt.'

Mona keek naar hem alsof hij naar haar seksleven had geïnformeerd, dacht Asbjörn.

'Ik antwoord hetzelfde als de vorige keer dat jullie deze vraag stelden. Nee, dat heb ik niet. En laat het me uitleggen zodat jullie het begrijpen. In de branche waarin Jens werkte heb je vijanden. Er zijn altijd mensen in dit land die niet van groei en vooruitgang houden... Milieuextremisten bijvoorbeeld.'

'Ik begrijp het,' zei Asbjörn zo vriendelijk als hij kon. 'En het spijt me als we in herhaling vallen... Maar de ochtend waarop Jens naar het Hagaparken gereden is... Kan hij daar een afspraak met iemand gehad hebben? Een zakelijke afspraak of iets dergelijks?'

'Voor zover ik weet niet.'

'Ik vraag me af of hij iets waardevols bij zich had toen hij naar zijn werk ging. Kunst? Sieraden? Contanten?'

'Mijn hemel, hoe moet ik dat weten? Ik bewaakte mijn man niet. Maar er ontbreken geen schilderijen aan de muren, als dat is wat jullie je afvragen.'

Asbjörn probeerde te glimlachen, wat moeizaam ging.

'Het enige wat hij die ochtend bij zich had was zijn aktetas,' zei ze. 'Maar die bevatte waarschijnlijk niets waardevols in de zin die jij bedoelt.'

'Een aktetas?' zei Asbjörn.

'Ja, een aktetas. Die had hij altijd bij zich. Iedere dag.'

Asbjörn knikte alsof het vanzelfsprekend was. 'Hoe zag die tas eruit?'

'Hoe die eruitzag?' herhaalde ze vol onbegrip. 'Het was een gewone aktetas van bruin leer. Waarschijnlijk schreeuwend duur.'

'Bedankt,' zei Asbjörn.

Mona trok haar wenkbrauwen vragend op en toen ze niets meer zeiden, maakte ze een gebaar naar de voordeur. 'En als jullie me nu willen verontschuldigen...'

Toen Ylva een minuut later de weg op draaide en door de villawijk terugreed, keek ze naar Asbjörn, die zwijgend voor zich uit staarde.

'Waar ging dat over?' vroeg ze. 'Waarom reageerde je zo op een gewone aktetas?'

'Omdat we die niet hebben,' zei Asbjörn. 'De technisch rechercheurs moeten hem over het hoofd gezien hebben, want hij staat niet op de lijst met spullen die in de auto van de ontvoerders aangetroffen zijn, dat weet ik heel zeker. En ik geloof dat hij ook niet op de lijst met spullen in Per Nordins vakantiewoning voorkomt.'

'En het huis in Kalvsvik?'

Hij haalde zijn schouders op. 'We moeten met Per Nordin praten. En met Lars-Erik.'

36

'Maar je moet toch weten waar Edith Ekholm woont?' zei Carl.

De verhoorkamer in het cellenblok had dezelfde gestandaardiseerde inrichting en dezelfde kleur muurverf als het politiebureau, maar Oscar was veranderd na de overplaatsing. Hij droeg de groene kleding van het cellenblok, een T-shirt en een joggingbroek, en leek zenuwachtiger. Hij richtte zich keer op keer tot de pro-Deoadvocaat die hem was toegewezen: een bleke, rossige vrouw die Anki Crona heette.

'Nee, dat weet ik niet, oké? Ik ben nog nooit bij haar thuis geweest. We waren altijd bij mij.'

'Vreemd,' zei Jodie. 'Edith beweert dat ze nog nooit bij jou thuis geweest is en dat ze niet eens weet waar je woont.'

'Dan liegt ze!'

Ja, waarschijnlijk wel, dacht Carl. Hij ging hardop verder: 'Heb je weleens vrienden van haar ontmoet?'

Oscar schudde zijn hoofd.

'Was dat omdat ze niet wilde dat je hen ontmoette? Of...'

‘Ze... Ik weet het niet. Ze wilde niet dat we met hen omgingen. Ze zei dat ze saai waren.’

‘Vond je dat niet een beetje vreemd?’ vroeg Carl.

‘Ik weet het niet,’ zei Oscar. Hij trok aan zijn shirt. ‘Ik dacht er niet echt over na.’

Carl knikte. Hij dacht ook dat Oscar iemand was die niet bijzonder veel over dat soort dingen nadacht.

‘Dit is misschien een vreemde vraag,’ begon Jodie, ‘maar hoe goed ken je haar eigenlijk?’

Oscar stopte met aan zijn shirt trekken en keek op.

‘Weet je bijvoorbeeld zeker dat ze blind is?’

‘Ben je niet goed bij je hoofd?’ Hij draaide zich weer naar zijn advocaat, maar Anki Crona knikte naar hem om antwoord te geven. ‘Natuurlijk was ze blind,’ ging Oscar berustend verder. ‘Ik moest haar zelfs een keer helpen om haar oogprotheses schoon te maken. Dat was ongelofelijk smerig.’

‘Je zei “was” over Edith. “Was blind”. Waarom?’

‘Is, dan! Ze ís blind! Wat maakt het uit?’

‘Ze is de enige die tegen je kan getuigen,’ zei Carl. ‘Het is aannemelijk om te denken dat je wilt voorkomen...’

Oscar stond zo abrupt op dat de stapel kartonnen bekers omviel, over de rand van de tafel rolde en op de vloer stuiterde.

Jodie bukte zich, pakte de bekers van de vloer en zette ze weer op de tafel.

‘Ga je die nog gebruiken?’ zei Oscar.

‘Ja,’ antwoordde Jodie.

‘Dat is smerig! Ze hebben op de vloer gelegen...’

‘Omwille van het milieu,’ zei Jodie met een glimlach.

Oscar snoof, maar ging weer zitten.

‘Wat voor werk doet Edith?’ vroeg Carl. ‘Weet je dat?’

‘Wat is dit verdomme? Ze is journalist. Bij *Sveriges Radio*.’

Carl wreef met zijn handen over zijn gezicht. ‘Ik zal eerlijk tegen je zijn,’ zei hij na een tijdje. ‘Maar in ruil daarvoor wil ik dat je eerlijk tegen ons bent en ons helpt.’

Oscar keek hem wantrouwend aan.

'We weten niet wie Edith Ekholm is,' ging Carl verder. Hij observeerde Oscar zorgvuldig. 'Dat heb je vast al begrepen. Het enige wat we weten is dat haar naam níét Edith Ekholm is en dat ze níét woont waar ze zegt dat ze woont.'

'Wat?' Oscar had een uitdrukking op zijn gezicht die Carl aan Kafka deed denken, een combinatie van wanhoop en verwarring. Na een tijdje begon hij te lachen. 'Jullie maken een grapje.'

'Nee, we maken geen grapje.'

Oscar schudde zijn hoofd alsof hij niet begreep wat Carl zojuist had verteld. 'Edith... Ze heet dus geen Edith?'

'Nee,' zei Carl geduldig. 'Daarom willen we dat je ons alles vertelt wat je over haar weet.'

Uit het verhoor van Oscar Hess

Zíj was degene die míj belde. En op mijn schaal van één tot tien voor wat betreft dromen was dit een elf. Of een twaalf.

Ik had eerder vriendinnen gehad. Dat was het niet. Maar als ik eerlijk ben, dan drong ik me aan ze op. Ik belde ze, ging bij ze langs, nam wijn en afhaalmaaltijden mee, en ging daarmee door tot ik als het ware hun verzet had gebroken. Zo was het niet met Edith.

Zij was degene die mij verraste met een etentje, die me vroeg met haar te gaan wandelen of naar de bioscoop of naar een concert te gaan.

Ze had me nodig. En ik nam haar mee de wereld in.

'Hoe kun je dat in godsnaam verdragen?' Jocke schudde zijn hoofd toen ik hem de eerste keer over Edith vertelde, maar ze gaf me een goed gevoel, meer dan dat zelfs. Ik kon het niet helpen dat ik voor haar viel.

Het was niet alleen dat ze zo overduidelijk blij was als ik haar meenam naar een zwemstrand en haar hand vasthield als ze het water in ging. Ze deed iets met me.

Het was hetzelfde gevoel als wanneer ik bloed gaf, wat ik soms doe, en de verpleegkundigen met een waarderende, bijna bewonderende blik naar me keken. Ze zeiden zelden iets, maar ik besefte toch dat ik iets goeds had gedaan. Soms kon ik zelfs denken: jezus, neem zoveel bloed als jullie willen. Blijf gewoon afnemen. Het geeft niets als ik doodga…

Maar als de zak vol was trokken ze de naald uit mijn arm, gaven me een strip met ijzertabletten en zeiden tegen me dat ik veel moest drinken en voorzichtig moest zijn als ik naar huis ging.

Met Edith voelde ik me de hele tijd een held, in plaats van maar twintig minuten.

Na een maand hadden we bijzondere gewoonten gekregen, eigen rituelen die stelletjes na een tijdje krijgen. We werden Oscar en Edith, wij tweeën tegen de rest van de wereld.

Vooral een van de dingen die we deden vond ik fijn, heel fijn zelfs. Het begon als een grapje.

We liepen door de Vasagatan en ik vertelde haar dat we het Centraal Station passeerden. Ze leunde tegen me aan en zei: 'Kunnen we ergens naartoe gaan? Het maakt niet uit waar.'

En dat deden we. We namen de eerste trein die vertrok, naar Karlstad. We waren daar allebei nog nooit geweest. We namen een kamer in een hotel, liepen door de stad en gingen de volgende dag naar huis.

Na die eerste keer deden we het opnieuw. We liepen 's ochtends naar het Centraal Station, gingen in de grote wachtruimte staan en keken naar de vertrektijden van de treinen. Ik keek naar het grote bord met vertrektijden en las ze een voor een aan haar voor terwijl zij roerloos naast me stond, met haar mond halfopen en haar blik ver, heel ver weg.

Ik herinner me dat we naar Katrineholm gingen. Dat moet in september geweest zijn. Ik noemde een heleboel steden en tijden op en plotseling riep ze: 'Katrineholm! Daar ben ik nog nooit geweest!'

We hadden geen idee wat we daar moesten doen, maar toen we uit de trein stapten, van het perron liepen en de trap naar beneden namen, duwde ze haar lichaam tegen me aan en fluisterde ze: 'Ga naar links.'

'Naar links? Waarom?' vroeg ik, voornamelijk omdat ze zo'n overtuigde klank in haar stem had. Er was alleen een lange voetgangerstunnel naar links. 'Het ruikt daar naar pis,' zei ik.

'Dan ruikt het nog beter als wij er zijn.'

Dat was ook zo. Even later liepen we in een voetgangersgebied waar een ijs- en snoepwinkel was die naar verse vanillewafels rook.

De rest van Katrineholm was met sociaaldemocratische middelmaat gebouwd. Het was een fucking onpersoonlijke stad met vestigingen van grote ketens en daartussen winkels met snuisterijen. Een maand eerder zou ik de stad gehaat hebben, hartgrondig gehaat. Jocke schudde zijn hoofd toen ik het hem vertelde, maar alles voelde anders met Edith. Ze was mijn *walking angel*.

'Vertel welke winkels er zijn,' zei ze terwijl ze met haar hoofd op mijn schouder leunde. 'Vertel me alles.'

Dus noemde ik de winkelborden voor haar op, vertelde ik over de hond die tegen een bank plaste, over de fietser die ons passeerde en bijna een vrouw aanreed. Alles wat ik zag fluisterde ik in haar oor. En als ik naar haar keek, zag ik dat ze glimlachte achter haar zonnebril.

Na een tijdje zei ze: 'Waarom zijn er hier zoveel kappers? Zijn de mensen hier heel goed geknipt?'

'Nee...'

'Misschien hebben ze daarom de kappers nodig.'

Eigenlijk was het helemaal niet grappig. Als iemand me dat verhaal had verteld, dan had ik het oersaai gevonden, maar toen was het geweldig. Ik lachte tot de tranen over mijn wangen liepen.

Ik groeide op bij mijn vader. Mijn moeder ging ervandoor toen ik zes of zeven was. Ze kreeg waarschijnlijk genoeg van het platteland en Jämtland en 'die verdomde bakkerij' van mijn vader in de verbouwde garage achter ons huis. Hij bakte Duits zuurdesembrood dat hij aan de plaatselijke winkels in het dorp en een paar grotere winkels in Östersund verkocht.

Ik herinner me niet of ik met mijn moeder mee wilde, maar waarschijnlijk was dat zo. Waarom zou ik dat niet willen? Jaren later vertelde mijn vader me wat er was gebeurd.

'Ze wilde opnieuw beginnen,' zei hij met zijn Duitse accent. 'Studeren, een nieuw leven opbouwen... Oscar, je moet begrijpen dat ze heel jong was toen we elkaar ontmoetten en jou kregen.'

Hij zei het nooit ronduit, maar ik begreep dat ze me niet wilde hebben. En dat ik alleen maar in de weg zou staan als ze aan haar nieuwe leven begon.

Mijn vader en ik gingen nooit op reis. De bakkerij nam alle tijd in beslag. Hij stond iedere ochtend om drie uur op en begon te bakken. 's Ochtends moesten de broden afgeleverd worden voordat de winkels opengingen. Toen ik mijn rijbewijs had gehaald, werd het mijn taak om in een oude Ford Transit met roestgaten in de achterportieren rond te rijden om vers brood aan een handvol winkels te leveren. LOK AL BIOL ISCH PRODU T stond er aan de zijkant van de bestelbus nadat de helft van de groene letters eraf gevallen was.

Het gevoel dat ik daar had – om vast te zitten, om opgesloten te zijn – bleef me bij, ook toen ik van Östersund naar Stockholm verhuisde.

Met Edith kreeg ik telkens als we in een nieuwe trein stapten en ik de geur van creosoot rook – ik weet dat ze met creosoot gestopt zijn, maar ik vond toch dat het zo rook – een gevoel van bevrijding. Ik liet alle ellende achter me en begon opnieuw. Precies zoals mijn moeder had gedaan. Het liefst was ik zo doorgegaan, was ik telkens in een nieuwe trein gestapt om opnieuw de ruk te voelen als de trein begon te rijden en het station verliet. Altijd in beweging blijven, nooit stilstaan.

Edith voelde dat ook, denk ik. Ze glimlachte tijdens onze treinreizen terwijl ze met haar blinde ogen, bijna zonder te knipperen, recht voor zich uit staarde. Ze bewoog haar hoofd nooit zoals alle anderen als ze door de ramen keken wanneer we een woning of een meer passeerden. Ze zat onbeweeglijk.

De dag waarop we naar Katrineholm gingen was er precies een maand verstreken sinds we onze eerste kop koffie hadden gedronken. Misschien werd ik daarom bang toen ze zei dat we bij Erikssons Guld naar binnen moesten gaan.

Ze ging midden in de juwelierszaak staan, op die onnatuurlijke starre manier zoals ze altijd deed als ze probeerde te horen waar iemand zich bevond. Ze draaide zich naar de verkoper, nog steeds met haar zonnebril op, en vroeg: ‘Schieten jullie gaatjes in oren?’

Toen we weer buiten kwamen had ze kleine creolen met daaraan twee hangertjes met een lapis lazuli aan haar oren. Als twee ogen.

Ik was teleurgesteld, terwijl ik opgelucht had moeten zijn. Geen gezeur over verloven. Geen klef ‘jij en ik voor altijd’. Niets van alles waarvoor ik altijd bang was geweest. Toch voelde ik me leeg.

‘Nu gaan we iets eten,’ zei ze en ze gaf een kneepje in mijn arm.

‘Weet je dat zeker? Je hoeft het niet voor mij te doen.’

‘Ik wil het,’ zei ze.

Edith hield er niet van om in het bijzijn van anderen te eten omdat ze vaak knoeide en vervolgens de vlekken niet zag. Ze wist tenslotte nooit of ze chocolade op haar trui of mayonaise op haar benen had gemorst.

Maar nu bestelde ze pad thai voor de lunch, en ik leidde haar naar een tafeltje in de buurt van het raam. Toen de serveerster met onze bestellingen kwam keek ze met een bepaalde glimlach naar me, alsof ze me bewonderde omdat ik een blinde vriendin had. Een beetje alsof ik *no matter what* bij haar bleef. Ik zag voor me hoe ze een bericht op Facebook plaatste. *Ik heb vandaag zo'n fantastisch stel gezien… Blablabla.*

Toch had ze op een bepaalde manier gelijk, dacht ik. We wáren een fantastisch stel.

Een week later gingen we naar de bioscoop. Het was Ediths voorstel, zij was degene die het me vroeg.

'Je moet tegen me fluisteren wat er op het doek gebeurt.'

We gingen achter in de zaal zitten en zagen *Green Book* over een zwarte pianist die voor een tournee door de zuidelijke staten een chauffeur slash bodyguard huurt. De chauffeur regelt alles voor hem.

Ineens wist ik dat ik dat ook was. Ik was Ediths chauffeur.

Ik had gedacht dat het andersom zou zijn, dat ik met mijn ogen degene zou zijn die bepaalde, voorstelde, besliste, maar dat was niet zo. Helemaal niet. Toen we uit de bioscoop kwamen vroeg ik wat zíj wilde doen. Het was volkomen natuurlijk.

En tijdens het ontbijt de volgende dag, toen ze nog steeds slaapdronken was en haar haar warrig langs haar wangen hing, vroeg ik: 'Wat wil je vandaag doen?'

Ze keek naar me. Of nou ja, dat deed ze natuurlijk niet, maar ik vond altijd dat het voelde alsof ze naar me keek. 'We gaan naar zee,' zei ze met een glimlach.

Niet: ik zou wel naar zee willen. Of: hou je van de zee? Ik verlang er zo naar om de wind te voelen, het zeewier te ruiken… Niets van dat alles.

Eigenlijk maakte het niets uit. Ik besefte alleen maar dat het zo was.

En als zij er niet was geweest, dan had ik gemakkelijk de hele dag op de bank kunnen liggen om naar films te kijken en verder niets te doen. Niet omdat ik dat wilde, maar omdat er niets anders was wat ik wilde doen. Binnen in me hoorde ik altijd mijn vaders stem: Wat moet er toch van jou worden, Oscar? Je doet nooit iets anders dan computerspelletjes spelen. En dan dat milieugedoe waar je mee bezig bent. *Was ist das eigentlich?*

Als iemand het me had gevraagd, zou ik alle juiste uitspraken opgenoemd hebben, over de bontindustrie, vlees, melkkoeien die nooit naar buiten mochten. Alles, net zoals vroeger.

Maar met Edith was het niet zo belangrijk meer. Het was gewoon een feit geworden. Net als de lunch die Edith in Katrineholm had gegeten, pad thai. Pas naderhand, toen we in mijn bed lagen en ze in slaap was gevallen terwijl ik nog wakker was en naar de lichte vierkanten van de straatlantaarns op het plafond staarde, besefte ik dat het gerecht kip bevatte en dat ik niet had gereageerd. Ik had er geen woord over gezegd dat de kip had geleden en als een industrieel product was behandeld. Ik had alleen toegekeken. Ze had zo voorzichtig en aarzelend gegeten, als een kind dat iets voor de eerste keer probeert. Ik had aan haar gezicht gezien hoe lekker ze het vond, aan de kuiltjes in haar wangen die ze altijd kreeg als ze glimlachte.

Ik dacht vaak dat ik haar voor de eerste keer meenam naar dingen. Ik ging voor het eerst met haar naar de bioscoop, voor het eerst met haar naar een restaurant…

Later besefte ik pas dat het zo niet was. Voor mij was het alsof het allemaal voor de eerste keer was, maar zo was het voor haar niet.

37

Zaterdag 19 januari

Asbjörn Bolander had gedacht dat hij een vrij weekend zou hebben, in elk geval de zaterdag. Zijn vrouw ging met een paar vriendinnen op Djurgården lunchen en Asbjörn had ernaar uitgekeken om Thomas van de roeivereniging uit te nodigen. Ze zouden worstjes grillen en een paar biertjes drinken en wat uit hun nek kletsen. Veel meer was er midden in de winter niet te doen. En bovendien hield Asbjörn ervan om uit zijn nek te kletsen. En ook van worstjes eten en bier drinken.

Maar toen hij 's ochtends wakker werd en de gedachten van de afgelopen nacht langzaam naar de oppervlakte kwamen, besefte hij dat hij moest proberen om Per Nordin te pakken te krijgen.

'Verdomme,' mompelde hij zachtjes, waarna hij het dekbed opensloeg.

'Lig je in jezelf te vloeken?' vroeg zijn vrouw, die op dat moment de slaapkamer in kwam.

Ze was al aangekleed en droeg een groene jurk.

'Ik bedacht net iets wat ik moet doen,' zei hij.

Ylva en hij hadden vrijdag bij de CEO van C-Mine Nordic langs willen gaan, maar waren afgewimpeld door zijn secretaresse, die had gezegd dat Per de hele dag weg was en dat ze maandag terug moesten komen. Asbjörn besefte echter dat hij Carl maandag waarschijnlijk moest vertellen waaróm hij Per weer wilde spreken, en daar had hij geen zin in. In elk geval niet voordat hij meer wist. Al zijn jaren in het vak hadden hem geleerd dat het eenvoudiger was om eerst iets te doen en zich daarna te verontschuldigen.

Zijn vrouw liep naar hem toe en draaide zich om. 'Je werk natuurlijk,' zei ze vermoeid. 'Kun je mijn rits dichtdoen?'

Ze boog zich zo dat hij erbij kon. Terwijl hij gehoorzaam deed wat hem was opgedragen, bedacht hij dat hij Per Nordin vanochtend waarschijnlijk al kon spreken. Als hij zich tenminste een beetje haastte. Daarna kon hij contact opnemen met Thomas.

Een uur later belde hij aan bij de massieve eikenhouten deur van het appartement aan de Strandvägen. Het trappenhuis rook naar zeep en hij begreep dat het net geboend was.

'Jezus, ze mogen in plaats daarvan weleens een keer bij mij schoonmaken,' mompelde hij op het moment dat de deur openging.

'Wat zei je?' vroeg Per Nordin met een vragende blik op hem.

'Asbjörn Bolander,' zei Asbjörn terwijl hij de vraag negeerde. 'We hebben elkaar al ontmoet… Ik ben van de politie…'

'Ik weet het. Waar gaat het over?'

'Mag ik binnenkomen?'

Hij werd meegenomen naar de salon, een mooie kamer met uitzicht op Nybroviken en Blasieholmen.

'Duurt het lang?' vroeg Per zonder plaats te nemen op een van de oogverblindend witte banken en fauteuils die in de erker stonden.

'Dat denk ik niet,' zei Asbjörn terwijl hij zich afvroeg hoe hij de vraag moest stellen zonder dat het gesprek meteen in een impasse terechtkwam. Hij haalde een notitieboekje tevoorschijn en bladerde naar een lege pagina. 'Bepaalde details in het onderzoek…' Hij begon opnieuw. 'We hebben een paar vragen over de ontvoering. Die wijkt af… En niet alleen omdat die op zo'n verschrikkelijke manier geëindigd is… Dus, kan er een andere reden geweest zijn om Jens Rudberg te ontvoeren?'

Per keek hem vragend aan. 'Wat bedoel je?'

'Kan er een ander motief geweest zijn? Geld… Wraak… Jaloezie… Het kan van alles zijn.'

Per fronste zijn voorhoofd alsof hij de vraag niet prettig vond. Of nadacht. 'Nee, dat kan ik me niet voorstellen. En ik kende Jens heel goed, hij was als een broer voor me.'

'En je hebt niet meer brieven met eisen van de ontvoerders gekregen waarin ze… je opdroegen om geen contact met ons op te nemen?'

'Nee,' zei Per met een lachje. 'Zoals ik jullie al verteld heb.'

Asbjörn zette een nutteloze streep in zijn notitieboekje. ‘Voor zover ik weet had Jens die ochtend in het Hagaparken een aktetas bij zich,’ zei hij. ‘Kan de inhoud daarvan waardevol geweest zijn?’

‘Niet voor de ontvoerders in elk geval.’

Asbjörn keek naar hem en wachtte tot hij verderging.

‘Oké,’ zei Per. Hij vertrok zijn gezicht. ‘Ik weet dat Jens een contract bij zich had. Hij zou dat thuis doornemen voor de vergadering van volgende week. Je weet wel, voorstellen voor veranderingen in de tekst, de financiële berekeningen, dingen die we met onze juristen moesten bespreken…’

‘Ik begrijp het. En je weet zeker dat het contract niet waardevol voor anderen geweest kan zijn?’

‘Voor anderen? Nee, nee, dat kan ik me niet voorstellen. Misschien voor een concurrent, maar dat zou absurd zijn. Er is geen bedrijf dat op die manier werkt.’

‘Kan het zo zijn dat de milieuactivisten die hem ontvoerd hebben het contract in handen wilden krijgen?’

‘Nee, dat kan ik me niet voorstellen. Natuurlijk wil geen bedrijf dat de details van een contract in verkeerde handen vallen, maar… Nee.’

‘Natuurlijk,’ zei Asbjörn. Hij maakte aanstalten om op te staan. ‘Trouwens, ik heb nog een vraag… Je bent uitgezonden geweest naar de oorlog in Bosnië?’

‘Ja,’ zei Per. ‘Van 1993 tot 1994.’

Asbjörn hoorde een trotse klank in zijn stem. ‘Precies,’ zei hij. ‘Heb je een souvenir uit Bosnië meegenomen?’

‘Een souvenir?’ vroeg Per verbaasd. ‘Ik ben bijna gesneuveld… Je zou kunnen zeggen dat ik mijn leven als souvenir meegenomen heb. Als dat tenminste meetelt.’ Per staarde naar hem met zijn opvallend lichtblauwe ogen en duidelijk omrande pupillen.

‘Niets anders?’ vroeg Asbjörn.

‘Nee, wat zou dat moeten zijn?’

‘De twee ontvoerders die dood in je vakantiehuis zijn gevonden, zijn doodgeschoten met een cz99, een pistool uit voormalig Joegoslavië.’

‘En?’

'Bewaarde jij daar zo'n pistool?'

'In het vakantiehuis?' Per lachte. 'Nee, absoluut niet. Ik bewaar mijn jachtwapen hier, in het appartement. Het zit achter slot en grendel in een goedgekeurde wapenkast. En ik heb de juiste vergunningen. Wil je ze controleren?'

Asbjörn schudde zijn hoofd. 'Dat hoeft niet. Het is alleen zo'n bijzonder wapen dat we moeten vragen of het toeval is.' Hij stopte zijn notitieboekje in de binnenzak van zijn colbert terug.

'Was dat alles?' vroeg Per. 'Was dat het enige wat je wilde vragen? Op een zaterdag?'

'Ja,' antwoordde Asbjörn. Hij keek op zijn horloge en bedacht dat hij nog steeds voldoende tijd had om op weg naar huis langs de Östermalmshallen te rijden om wat handgemaakte worst te kopen.

'Goed...' zei Per. 'Ik heb trouwens gehoord dat jullie een verdachte gearresteerd hebben.'

'Aangehouden. Inderdaad, maar dat betekent niet dat ons werk voorbij is,' zei Asbjörn. 'Integendeel.'

'Natuurlijk niet,' zei Per. 'Ik zou het waarderen als ik de aktetas waarover je het had terugkrijg. Als jullie er klaar mee zijn natuurlijk. Zoals ik al zei zijn contracten tussen bedrijven altijd gevoelig materiaal. En het zou, eh... lastig voor ons zijn als het document verdwijnt.'

'Waarom dat?'

'Zoals ik al zei willen we de inhoud van een contract niet aan buitenstaanders openbaren.'

'Ik zal de kwestie onderzoeken,' zei Asbjörn.

Per liep glimlachend met hem naar de voordeur. 'Je kunt altijd bellen als je meer vragen hebt,' zei hij. 'Ik wil op alle mogelijke manieren helpen. Jens was als een –'

'– broer voor je, ik weet het. Bedankt.'

Terwijl Asbjörn de trap af liep en opnieuw de geur van zeep opsnoof vroeg hij zich af wat er in vredesnaam in de aktetas had gezeten. Hij had de lijst van de technisch rechercheurs met daarop de in beslag genomen voorwerpen in Kalvsvik doorgenomen, maar had hem daar ook niet op aangetroffen. Hij besloot dat de aktetas tot maandag moest wachten, waarna hij de portiekdeur opende en het zonovergoten trottoir op liep.

38

Maandag 21 januari

Het was donker en na middernacht. Vanaf de Nybroviken waaide een koude, vochtige wind. Anders Ekeren vond deze laatste wandeling voordat hij naar bed ging heerlijk. Hij genoot van het gevoel van een slapende stad, de gedachte om alleen buiten te zijn als alle anderen lagen te slapen. Niet in de weekenden natuurlijk, dan waren er zoveel mensen onderweg dat hij er in plaats daarvan voor koos om veel vroeger op de avond te gaan, maar zoals nu, op een zondagavond, waren hij en zijn hond alleen. En zijn hond Roy, een zwarte flat-coated retriever die hij had genomen toen hij met pensioen ging, hield van alle soorten wandelingen.

Meestal liepen ze door de Strandvägen, over de laan in het midden van de brede weg, naar de Djurgårds-brug. Op goede avonden, als zijn lichaam licht voelde, staken ze de brug over en liepen ze onder de blauwe poort door het Lusthusportens park in. Daar speelde hij met Roy door stokken te gooien die de hond apporteerde, waarna hij probeerde ze op te eten.

Vandaag was het echter te koud. Toen hij bij het zebrapad naar de brug kwam, sloeg hij in plaats daarvan af naar rechts en liep over de bestrate kade van de Strandvägen terug. Bijna zonder erbij na te denken keek hij naar de auto's die in een lange rij geparkeerd stonden. Als hij een interessant model zag, bleef hij soms staan om de auto te bewonderen. Zijn favorieten waren oude Engelse sportwagens, vooral de Morgan, maar die zag hij zelden, en nooit in de winter.

Hij schrok op uit zijn gedachten toen Roy begon te blaffen en met zijn staart omhoog bleef staan. Zonder dat hij het had gemerkt was hij al bijna aangekomen bij de Grevgatan, waar hij woonde. 'Wat is er, jochie?' zei hij vriendelijk terwijl hij de ruwe vacht van de hond voorzichtig streelde.

Roy blafte opnieuw, kort en hard, terwijl hij naar de auto's voor hen keek. Iets maakte hem bang. Anders probeerde langs de rij auto's te kijken, maar zag niets. Hij wilde zich net over de hond buigen en met zijn liefste hondenstem zeggen dat het alleen een rat was die was afgedwaald van een van de restaurants langs de kade, toen hij tussen twee auto's tien meter voor hem een korte, forse man zag rennen. Hij wist zeker dat het een man was omdat hij gespierd was op een manier zoals een vrouw niet kon zijn. Roy blafte opnieuw en stormde achter de man aan. Het gebeurde zo plotseling dat de riem uit Anders' hand werd getrokken. De hond rende tussen de auto's door, sprong over de lage reling naast het fietspad en stormde de weg over.

'Roy!' riep hij naar de hond. 'Kom hier! Hier!'

De hond was echter al verdwenen.

'Verdorie,' mompelde hij, waarna hij op zoek naar zijn hond tussen de auto's door liep.

Op dat moment rook hij de brandlucht, een scherpe, giftige lucht van brandend plastic. Hij bleef staan om te zien waar de lucht vandaan kwam, maar zag geen vuur. Pas toen hij zich opnieuw achter zijn hond aan wilde haasten zag hij vlammen oplaaien uit de ventilatieroosters boven de motorkap van de Audi Q5 RS die vlak bij hem stond.

'Roy!' riep hij opnieuw, waarna hij zijn telefoon tevoorschijn haalde en 112 belde.

Tien minuten later, toen de eerste brandweerwagen arriveerde, stond de auto in lichterlaaie. Zwarte rook steeg in een pluim boven de kade op en de vlammen sloegen uit de ramen, die waren gebroken door de hitte. Zelfs de banden waren gereduceerd tot brandend rubber en explodeerden met doffe knallen, zodat de auto schokkerig op de velgen zakte.

Hij bleef kijken naar de brandweermannen, die het vuur blusten. Daarna herinnerde hij zich zijn hond. Hij begon naar huis te lopen en hoopte dat Roy voor de portiekdeur op hem stond te wachten.

Een vrouwelijke agent hield hem tegen door plotseling voor hem te gaan staan. Hij had de politieauto die de rijbaan achter de brandende auto blokkeerde niet eens gezien. 'Is alles goed met u?' vroeg ze.

'Mijn hond is ervandoor gegaan.' Hij keek hulpeloos naar de Strandvägen.

'Ik weet zeker dat hij snel terecht is,' zei ze.

Hij knikte mechanisch.

'Bent u degene die alarm hebt geslagen?'

'Ja, en ik heb de man gezien die de auto in brand gestoken heeft. Daarom ging Roy ervandoor.'

'Hebt u degene gezien die de brand gesticht heeft?'

'Nee... Niet dat hij brand stichtte, maar... Ik zag een man wegrennen en daarna begon de auto te branden.'

Ze haalde een notitieboekje uit haar zak en bladerde naar een lege pagina. 'Hoe goed hebt u deze persoon gezien? Kunt u hem beschrijven?'

Hij keek naar de verbrande resten van de auto. 'Ik weet van wie deze Audi is,' zei Anders. 'Die is van mijn buurman.'

39

Toen Carl Edson afsloeg naar de Strandvägen, zag hij in de verte blauwe zwaailichten op het natte asfalt glanzen en de boten die aan de kade afgemeerd lagen knipperend verlichten. Een surveillancewagen blokkeerde het parkeerterrein, het voet- en het fietspad en een groot deel van de rijbaan. Hij reed er stapvoets langs en parkeerde zijn auto schuin op het fietspad voor het blauw-witte lint. De brandweermannen waren bezig om de slangen en de rest van de uitrusting op te bergen, en voor de versperring stond de bus van de technische recherche met de achterportieren open. Een generator zoemde en werklampen verlichtten het uitgebrande autowrak fel.

Carl liep ernaartoe en bekeek het restant van de kentekenplaat. Hij kon het kenteken nauwelijks lezen.

'Waar ben jij verdomme mee bezig?' bulderde een stem achter hem.

Carl draaide zich om en zag technisch rechercheur Lars-Erik Wallquist naar hem staren.

'O, ben jij het,' zei de forse man in zijn witte overall, waarna hij weer boos werd. 'Wat doe je hier in vredesnaam?'

'De meldkamer heeft me wakker gebeld,' zei Carl met een knikje naar het wrak. 'Weten we zeker dat dit Per Nordins auto is?'

Lars-Erik keek hem onderzoekend aan. 'Nee, ik sta hier gewoon wat te raden.'

Carl haalde diep adem. 'Oké, ik begrijp het. Hebben jullie...'

'De brand is aangestoken, voor het geval je je dat afvraagt.'

'Oké. Is er een kans dat het toevallig om Per Nordins auto gaat?'

'Wat is dat in vredesnaam voor vraag? Hij staat verdomme in een hele rij auto's. Wat denk je zelf?'

'Oké, ik begrijp het. Weten jullie niet...'

'Nee, en nu wil ik opschieten met dit wrak zodat ik niet langer dan hoogst noodzakelijk in de ijzige kou sta. Dus als je me nu wilt verontschuldigen... Ga in plaats daarvan de surveillancedienst terroriseren. Ze hebben blijkbaar een getuige gevonden.' De technisch rechercheur draaide zich weer naar het wrak en de collega die op zijn hurken naast de verbrande motorkap zat.

'Een getuige?' zei Carl.

Lars-Erik praatte echter al met zijn collega en gaf geen antwoord. Dat was misschien maar beter ook, dacht Carl, en hij begon naar de politieauto te lopen.

'Hebben jullie een getuige?' vroeg hij aan de vrouwelijke agent die achter het stuur zat.

'Ja, maar hij kon helaas alleen een algemeen signalement geven. Het gaat om een man met een gemiddelde lengte die donkere kleding draagt en gespierd is...' Ze stapte uit de auto en toen ze tegenover Carl stond constateerde hij dat ze centimeters langer was dan hij.

'En het gezicht?' vroeg hij.

Ze schudde haar hoofd. 'De hond van de getuige ging er op hetzelfde moment vandoor. Daar werd hij blijkbaar te veel door in beslag genomen.'

Carl voelde de vermoeidheid opkomen. Hij keek op zijn horloge en zag dat het bijna halfdrie was.

'Oké. Heeft iemand al met de eigenaar van de auto gepraat?'

'Nee,' antwoordde ze. 'Nog niet.'

'Goed, dan doe ik dat. Woont de getuige in de buurt?'

Ze knikte. 'Hij woont in hetzelfde pand. Daarom herkende hij de auto.'

'Heb je de naam en het adres voor me?'

Ze schreef alles op een papiertje en gaf dat aan hem. Carl pakte het aan, draaide zich om en stootte tegen Lars-Erik aan. Hoe kon een man die zo groot was zich zo stil en onopvallend bewegen?

'We hebben dit gevonden,' zei Wallquist. Hij had iets in zijn hand. 'Maar een paar meter bij de auto vandaan.'

40

Zilverblauw. Carl staarde uitgeput naar de beker die in de koffiemachine stond en langzaam volstroomde met een vloeistof die koffie moest voorstellen terwijl hij zich afvroeg welke kleur de beker had. Hij stelde vast dat het zilverblauw moest zijn, als die kleur tenminste bestond. Eigenlijk miste hij de bruine kartonnen bekers die nog steeds in de verhoorkamers werden gebruikt, maar dat zei hij niet hardop uit angst om een klimaatontkenner genoemd te worden.

Hij onderdrukte een geeuw.

'Ben je klaar?'

Carl schrok op en draaide zich om. Een jonge agent in uniform keek naar hem en hield zijn eigen zilverblauwe beker omhoog om duidelijk te maken dat hij op hem wachtte.

'Natuurlijk, sorry,' zei Carl. Hij pakte zijn beker.

Toen hij een minuut later de vergaderkamer in liep zat Jodie over de tafel gebogen op haar laptop te typen. Asbjörn en Ylva praatten met elkaar, maar zwegen toen ze hem zagen. Rickard zat achter zijn scherm verscholen. Simon zat helemaal achter in de kamer. 'Goedemorgen, allemaal,' zei Carl. Hij liep naar het whiteboard. 'Zoals jullie waarschijnlijk al weten is Per Nordins auto vannacht uitgebrand.'

Sommigen knikten.

Carl voelde zijn ogen branden van vermoeidheid. 'Het goede nieuws is dat we een telefoon in de buurt van de auto gevonden hebben. We denken dat de dader hem verloren kan zijn toen hij bij de auto vandaan vluchtte…'

'Vluchtte?' zei Simon.

'Een getuige die zijn hond uitliet verraste hem. Helaas kon hij niet veel meer vertellen dan dat het een man was. Zijn hond rukte zich los en daar was zijn aandacht op gericht.'

'Heeft de hond de dader te pakken gekregen?' vroeg Asbjörn.

'Waarschijnlijk niet. De man heeft hem voor zijn portiek teruggevonden.' Carl zag dat Asbjörn teleurgesteld was.

'De technisch rechercheurs proberen de pincode van de telefoon te kraken. Voorlopig gaan we ervan uit dat de brand een waarschuwing aan Per Nordin en C-Mine Nordic is.' Hij pakte een viltstift en schreef 'X' op het bord. 'Onze onbekende blinde vrouw vertelde dat er op 12 januari twee mensen naar de woning kwamen,' ging hij verder. 'Eerst de dader en vervolgens nog iemand. We wéten dat Oscar Hess in elk geval een van deze figuren was, wat hij ook toegeeft, maar we zijn ervan uitgegaan dat hij daar beide keren geweest is. De autobrand wijst erop dat er nog een persoon bij betrokken kan zijn.'

Jodie leek niet overtuigd. 'Bedoel je dat degene die de auto in brand gestoken heeft ook in dat vakantiehuis geweest is?' zei ze.

'We moeten in elk geval rekening houden met die mogelijkheid.'

Simon stopte met op zijn stoel wippen. 'Het kan goed zijn dat je gelijk hebt,' zei hij. 'Ze kunnen steun van buitenaf gehad hebben.'

'Van buitenaf?' zei Carl.

'Oké, ik snap dat het vergezocht klinkt, maar… er zijn meer voorbeelden van.'

'Waarvan?'

'Van inlichtingendiensten van andere landen en internationale bedrijven met heel veel middelen die extremistische groeperingen steunen…'

'Wacht even,' zei Carl sceptisch. 'Bedoel je dat Pers auto niet in brand gestoken is door milieuactivisten, maar door een inlichtingendienst uit een ander land die sympathiseert met extreme milieuactivisten in Zweden?' De man heeft te veel films gezien, dacht Carl vermoeid. Of begon hij zichzelf blind te staren en had hij moeite om nieuwe invalshoeken te zien? Tenslotte werd hij komende herfst tweeënvijftig.

'Nee, nee,' zei Simon hoofdschuddend. 'Zo werkt het niet. Ze hoeven de milieubewegingen niet fantastisch te vinden. Ze willen onrust stoken in een land of in een branche en maken gebruik van groeperingen die daarvoor kunnen zorgen. Ze geven bepaalde organisaties geld, informatie, logistieke steun, een opleiding, wapens... Maar ze voeren zelf geen operaties uit, er is hierbij geen sprake van *black ops*. Integendeel, ze blijven op de achtergrond en maken gebruik van verschillende dekmantels, zodat het bijna onmogelijk is om ze ergens aan te koppelen.'

Het werd stil in de vergaderkamer. Carl zag dat de andere leden van de groep ook moeite hadden om het tot zich door te laten dringen. 'En wie zijn die "ze" volgens jou?' vroeg hij.

'De Russische inlichtingendienst is in één geval genoemd, en de CIA in de VS... Maar waarschijnlijk houden andere landen zich daar eveneens mee bezig. En daarnaast bedrijven.'

Carl wreef over zijn kin.

'Oké, luister...' zei Simon.

Carl kreeg het gevoel dat hij 'ouwe' had willen zeggen, maar het woord op het laatste moment inslikte.

'Neem Baader Meinhof als voorbeeld. De Oost-Duitse Stasi heeft veel leden van die groepering opgeleid, heeft ze financieel gesteund en na de aanslagen meerdere leden in Oost-Duitsland verstopt.'

De RAF, dacht Carl. De Rote Armee Fraktion. Niet Baader Meinhof. 'Maar waarom zou een ander land of een andere organisatie het Natuur Bevrijdingsfront in Zweden willen steunen?'

'Hoe moet ik dat weten? De prijs van mineralen hoog houden, een concurrent van het bedrijf steunen, de economie van Zweden schade toebrengen.'

Asbjörn knikte met over elkaar geslagen armen. 'Ik vind het niet zo vreemd klinken,' zei hij. 'Bovendien zou deze theorie een aantal ongerijmdheden in de ontvoeringszaak verklaren.'

Welke dan, dacht Carl. 'Hoe gaan we hiermee verder?' vroeg hij hardop. 'Heb je bepaalde... ingangen?'

Simon haalde zijn schouders op. ‘Zoals ik al zei is het bijna onmogelijk om dit soort inmenging op te sporen. De beste manier is waarschijnlijk dat we de man die de auto in brand gestoken heeft vinden en hem verhoren.’

‘We hebben Oscar Hess in verzekerde bewaring zitten,’ zei Carl vermoeid. ‘We kunnen hem toch vragen of ze geldelijke steun van iemand...’

Rickard zwaaide met zijn pen. ‘Dat is het precies,’ zei hij. Hij droeg vandaag een blauw geruit overhemd met een wit T-shirt eronder. Zijn krullende haar stond alle kanten uit. ‘Ik heb Oscar Hess’ bankrekening nagetrokken en ruim twee maanden geleden heeft iemand daar vijftigduizend kronen op gestort.’

‘Wat?’ zei Carl. ‘Wie was dat?’

‘Recht op Onze Aarde. Een financiële instelling. Ik heb geprobeerd daar iemand te pakken te krijgen, maar ik heb geen telefoonnummer gevonden. Een paar maanden geleden hebben ze de naam veranderd en is er een ander bestuur benoemd.’

Simon leunde naar voren zodat de voorste stoelpoten met een klap op de vloer terechtkwamen. ‘Dat is wat ik bedoel. Precies zo zou een buitenlandse organisatie te werk gaan.’

Carl keek met een wantrouwende blik naar hem. ‘Zou zo’n organisatie geen groter bedrag gestuurd hebben?’

Simon haalde zijn schouders op. ‘Het pistool waarmee Oscar de andere ontvoerders doodgeschoten heeft was onmogelijk op te sporen. Dat feit, plus de vijftigduizend kronen, klinkt waarschijnlijk als een goed startpunt.’

Carl herinnerde zich dat hij een boek over een aanslag van de RAF had gelezen. Meerdere leden hadden een West-Duitse bankmanager, Ponto nog-iets, doodgeschoten en waren vervolgens met behulp van de Stasi naar Oost-Duitsland gevlucht. ‘Trek die organisatie na, Rickard,’ zei Carl. ‘Zo snel als je kunt. Als ze geld naar Oscar gestuurd hebben, kunnen ze betrokken zijn bij de ontvoering.’

‘Ik kan met Oscar gaan praten,’ zei Simon.

‘Jodie en ik zijn degenen die hem verhoren,’ zei Carl.

'Oké,' zei Simon. 'Maar zet hem onder druk en laat hem vertellen waar het geld vandaan komt. En het pistool.'

Carl keek nadenkend naar hem. 'Als het klopt wat je zegt, dan moeten we ook met de NBF-leden praten om te vragen of ze de een of andere… buitenlandse organisatie kennen.'

'Bedoel je dat we opnieuw moeten beginnen?' vroeg Simon. 'Moeten we weer bij iedereen langsgaan?'

'Ja,' antwoordde Carl. 'En als jullie met ze gaan praten, neem dan een foto van onze blinde getuige mee en vraag of ze haar herkennen.' Als de theorie helemaal verkeerd bleek te zijn, dan was hij in elk geval een paar dagen van Simon verlost. Hij liep naar het whiteboard. Helemaal bovenin schreef hij STEUN VAN BUITENLANDSE INLICHTINGENDIENST, met daarachter een groot vraagteken. Daarna draaide hij zich om. 'Zo, en laten we nu aan het werk gaan.'

41

Oscar Hess zat samen met zijn advocaat te wachten toen de bewaker Carl en Jodie in de verhoorkamer binnenliet.

'Bel me als jullie klaar zijn.'

Carl knikte naar de bewaker en wachtte tot de deur dicht was voordat hij zich tot Oscar richtte. 'Goed, Oscar,' zei hij. 'Hoe is het met je?'

Oscar boog zich over de tafel. 'Jullie moeten me laten gaan,' fluisterde hij. 'Ik hoor hier niet thuis. Ik heb niemand vermoord.'

Anki Crona, die vandaag een zwart broekpak droeg, legde haar hand op zijn arm om hem te kalmeren.

'Dat heb je de vorige keer ook gezegd,' zei Carl. 'Maar wie heeft die mannen dan vermoord?'

'Ik heb al gezegd dat ik het niet weet. Toen ik daar kwam was…'

Carl stak een hand op om hem de mond te snoeren. 'Iedereen dood, ik weet het. Maar onze technisch rechercheurs hebben de vakantiewoning heel zorgvuldig uitgekamd. Ze hebben alleen sporen van Joakim, Andrew, je vriendin en jou gevonden. Hoe verklaar je dat?'

'Geef geen antwoord op die vraag,' zei Anki.

Oscar liet zich naar achteren op de stoel vallen en staarde naar de muur in de raamloze kamer. Hij had een opgejaagde en gestreste gezichtsuitdrukking die er eerst niet was geweest. Blijkbaar was zijn verblijf in het cellenblok niet goed voor hem. Carl had over zichzelf altijd gedacht dat het gevangenismilieu hem zou bevallen: vaste tijden, geen afleiding. Als de andere gevangenen er niet zouden zijn, was het een beetje alsof je in een klooster zat.

De advocaat keek naar Carl. 'Het is jullie taak om te bewijzen dat Oscar de misdaad gepleegd heeft. Mijn cliënt heeft geen verplichting om de misdaad voor jullie op te lossen.'

'Oké,' zei Jodie. 'Dan stel ik de vraag als volgt: Had je tijdens de ontvoering contact met iemand anders? Iemand die zich niet in het vakantiehuis bevond?'

'Nee. Wie zou dat moeten zijn?'

'Andy en Jocke kunnen contact gehad hebben met iemand die... Ik weet het niet... Iemand die vertelde wat ze moesten doen of die bijdroeg met geld?' ging Jodie verder.

'In dat geval hebben ze mij niets verteld.'

'Een tijdje voor de ontvoering is er een bedrag van vijftigduizend kronen op je bankrekening gestort,' zei Carl.

Oscar knikte.

'Waar kwam dat geld vandaan?'

'Een organisatie in Skåne heeft het gestort.'

'Recht op Onze Aarde, inderdaad. Waarom kreeg je dat geld?'

'Ik weet het niet. Dat moeten jullie Edith of hoe ze ook heet vragen. Zij heeft het geregeld.'

'Edith, van wie we niet weten wie ze is,' zei Carl.

Oscar knikte.

'Oké, hoe kwamen jullie aan het pistool waarmee Andy en Jocke doodgeschoten zijn?'

'Welk pistool? We hadden geen pistool.'

Carl maakte een gebaar naar Jodie.

'Wat was de bedoeling van de ontvoering eigenlijk? Wat waren jullie plannen met Jens Rudberg?' vroeg ze.

'Onze plannen? We wilden onze eisen kenbaar maken en daarna zouden we hem in de woning achterlaten en ervandoor gaan.'

'Maar zo is het niet gegaan.'

'Nee,' zei Oscar. 'Andy – die fucking stomme klootzak – heeft een vinger van hem afgesneden.'

'Waarom deed hij dat?' vroeg Carl.

'Er gebeurde niets. Andy en Jocke zaten aan de televisie gekluisterd, maar niemand zei er verdomme een woord over dat C-Mine de dreiging serieus nam of van plan was te stoppen met de jacht op mineralen. Het ging alleen over de prominente industrieel Jens Rudberg Karlsson. Daarom stelde Edith voor dat we zouden laten zien dat we het serieus meenden door een vinger af te snijden en die op te sturen.'

'Edith? Alweer?' zei Carl.

'Ja, Edith! En Andy – die fucking stomme klootzak – deed het. Hij sneed verdomme een vinger af.' Oscar keek weer naar de muur. 'Het was zo walgelijk,' ging hij verder. Andy rende de trap af en zwaaide ermee als een fucking idioot. Zijn hele gezicht zat onder het bloed –'

'Wat deden jullie met de vinger?' onderbrak Jodie hem.

'We stopten hem in een envelop. Daarna ben ik naar Solna gereden en heb de envelop op de voordeur van het kantoor van C-Mine geplakt.'

De advocaat schudde haar hoofd berustend. Als ze enige hoop had gehad om Oscar ervan te weerhouden om te praten, dan was die nu vervlogen, dacht Carl.

'Weet je dat zeker?' vroeg Jodie. 'Kan het niet zo zijn dat je... van mening veranderde en hem in de zee gegooid hebt?'

Oscar keek naar haar alsof ze niet goed bij haar hoofd was. 'Is er iets mis met je gehoor?'

'Een zesjarige jongen heeft de vinger namelijk op een strand bij zuidoost Gålö gevonden,' zei Carl. 'Wat vrij ver van Solna is.'

Oscar staarde naar hem. 'Was er iemand bij je toen je naar het kantoor van C-Mine reed?' vroeg Jodie.

'Nee, ik was alleen.'

Oscar keek opnieuw naar zijn advocaat alsof hij haar om hulp wilde vragen, maar ze schudde alleen zwijgend haar hoofd.

'En daarna?' zei Jodie. 'Wat gebeurde er toen je in het huis terugkwam?'

'We wachtten, maar er gebeurde niets.'

'Misschien omdat de vinger nooit in Solna aangekomen is?' opperde Carl.

'Ja, die is daar wel aangekomen! Jezus, ik heb hem aan hun voordeur geplakt!'

'Oké,' zei Carl. 'Wat gebeurde er daarna?'

'We begonnen er genoeg van te krijgen. Jocke wilde dat we het opgaven. Andy aarzelde, maar...'

'En jij?' zei Carl. 'Wilde jij het ook opgeven?'

'Ja, ik wilde naar huis, maar... Jezus, laat me uitpraten. Jocke voelde zich ellendig, echt vreselijk ellendig... Ik denk dat we er allemaal mee wilden stoppen. Maar toen begon ze ons de les te lezen over de winning van mineralen en gifstoffen en dat we door moesten gaan...'

'Deed Edith dat?'

'Ja.'

Carl liet Jodie zijn notitieboekje zien, waarop hij een groot vraagteken had geschreven.

'Jullie denken dat Edith zo verdomd onschuldig is!' riep Oscar terwijl hij ging staan en om zich heen keek.

'Oké,' zei Jodie kalmerend. 'We horen je. Ga weer zitten.'

Oscar maakte een spastische beweging met zijn lichaam alsof hij iets onaangenaams van zich af wilde schudden, ging zitten en sloeg zijn armen over elkaar.

'Mijn cliënt is volkomen bereid om mee te werken,' onderbrak de advocaat het verhoor. 'Ik stel voor dat jullie in het vervolg inhoudelijke vragen stellen en niet met allerlei provocaties komen.'

Carl knikte en keek weer naar Oscar. 'Er is iets wat ik niet begrijp,' zei hij. 'Je hebt je vriendin zelf omschreven als... tja, in elk geval niet als iemand die mensen ontvoert. Of die zich iets van het milieu aantrekt.'

'Ze veranderde nadat ze Andy en Jocke had ontmoet.'

'Is dat zo?' zei Carl. 'In het verhoor met haar beweerde ze dat ze Joakim en Andrew nog nooit had ontmoet voordat ze in hun auto stapte...'

'Wat is er zo moeilijk te begrijpen?' zei Oscar. 'Ze liegt! Ze hebben elkaar wel degelijk ontmoet! Meerdere keren zelfs.'

Uit het verhoor van Oscar Hess

Zij was degene die erover doorzeurde. Ik wist dat ze hen niet zou mogen, en ik wist vooral dat Andy en Jocke haar niet zouden mogen. Ze was veel te veel een typische Zweedse voor hen.

Het was niet zo dat ik me voor haar schaamde. Nee, zo'n klootzak ben ik niet. Maar ik wist dat ze het gewoon niet zouden begrijpen.

Andy en Jocke woonden in een groot driekamerappartement aan het Fridhemsplan. Onderhuur. Het zou een mooi appartement kunnen zijn, het zou in principe zelfs in een interieurblad kunnen staan, maar het lag zo vol troep dat het eerder een opslagplaats leek. Andy en Jocke gaven weinig om hoe hun omgeving eruitzag. Dat legde ik allemaal uit aan Edith, of hoe ze ook heet, maar toen we met hen hadden afgesproken trok ze toch een nauwsluitende zwarte jurk en een lange knalgele wollen jas aan. Ik dwong haar om de lichtbruine leren schoenen met hoge hakken in elk geval niet te dragen.

Ze knipperde een paar keer met haar merkwaardige lichtbruine ogen voordat ze me vroeg om een paar sneakers te pakken.

Ze zag eruit alsof ze naar een fancy etentje ging, terwijl ik wist dat Jocke en Andy eruit zouden zien alsof ze van datzelfde etentje geweerd zouden worden.

Andy opende de deur. Hij droeg zijn gebruikelijke flodderige zwarte T-shirt met een tekst tegen het doden van dieren erop.

'Hallo, ik ben Edith,' zei ze met haar hese stem. Ze stak haar hand uit om hem te begroeten, maar miste hem met ruim een meter.

Andy keek naar haar, waarna hij met opgetrokken wenkbrauwen grijnsde. 'Oké,' zei hij. 'Hoi.' Hij keek vragend naar mij en mimede: *Wat?*

Edith merkte het niet, of deed alsof ze het niet merkte.

'Vertel,' zei ze terwijl ik haar door de gang leidde. Dus fluisterde ik dat de zitkamer een schuin plafond met stevige bruine houten balken en een groot rond raam had. Als een zolderappartement. Dat de muren volhingen met posters en affiches en vlaggen van verschillende dierenrechtenacties en milieudemonstraties.

'Welke dan? Lees het voor.'

'Serieus?' vroeg ik.

Ze wilde het echt weten, dus begon ik voor te lezen: JAAG OP DE JAGERS, STEUN NATURE LIBERATION FRONT, STOP DE ONDERDRUKKING VAN DIEREN en een heleboel van dat soort teksten. Ze knikte de hele tijd ernstig, alsof ze het er plotseling mee eens was.

Andy had een aluminium bak met een veganistische Indiase afhaalmaaltijd op de eettafel neergezet.

Edith zat met een rechte rug te wachten, min of meer op een 'ga je gang', terwijl Andy en Jocke het eten naar binnen schrokten. Ze glimlachte, of probeerde te glimlachen, terwijl ze naar een mes en een vork tastte. Ik pakte haar hand en legde die op de vork. Daarna tastte ze met de vork over de aluminium bak alsof het een blindenstok was, prikte een stukje bloemkool op en nam voorzichtig een hap.

'Dus jullie zijn milieuactivisten?' zei ze terwijl ze de vork weer neerlegde.

'Yep,' zei Andy met volle mond.

Edith keek met haar starre blik schuin langs hem, maar ik zag dat ze niet begreep waarom ze lachten en dat ze gekwetst was. Ze legde haar handen op haar schoot. 'Waar houden jullie je mee bezig?'

'Waarmee we ons bezighouden? Met acties,' zei Jocke enigszins uit de hoogte en zelfgenoegzaam.

'Tegen wie dan?'

'Nertsenfokkers, melkboeren…'

'Bellen jullie ze midden in de nacht? Net zolang tot ze hun telefoons uitzetten?' vroeg ze.

'Soms,' zei Andy.

'Bedreigen jullie ze ook?' ging ze verder. 'Zeggen jullie dat jullie hun kinderen zullen afslachten zoals zij de nertsen afslachten? Of staan jullie alleen met jullie posters en affiches voor winkels?'

Andy en Jocke stopten met eten.

'Wat heb jij daar in vredesnaam mee te maken?' zei Andy. 'Wat is dit? Een verhoor of zo?' Hij keek naar mij.

'Jullie zijn zo lief en naïef,' ging ze met een cynisch lachje verder.

Ik snapte er niets van. Waar kwam dit allemaal vandaan?

'Wat doe jíj dan in vredesnaam?' vroeg Andy boos.

Het was alsof ze het plotseling naar haar zin had. 'Waarom organiseren jullie geen acties tegen grote bedrijven die lobbygroepen betalen voor objectieve onderzoeken die ze vervolgens aan politici opdringen? Houtkapbedrijven? De zware industrie? Mijnbouwbedrijven?'

Ik zag dat Andy serieus boos begon te worden. 'Wat bedoel je verdomme? We organiseren de hele tijd acties tegen bedrijven.'

'Oké,' zei ze nonchalant. 'Ik vroeg me alleen af...'

'Hou je kop!' zei Andy. 'Wie ben jij verdomme? Een stomme, blinde, typische Zweedse kut die dode dieren eet en leer draagt!' Hij stond op van de tafel, nam de aluminium bak mee en liep naar de keuken. Jocke probeerde verontschuldigend te glimlachen, maar zag er opgelaten uit. Hij hield er niet van als mensen boos waren.

Na die avond veranderde ze. Het was alsof ze besloten had die twee terug te pakken, hun een lesje te leren of zoiets. Ze droeg geen leren schoenen, wollen vesten en jassen meer. Ik moest haar helpen met het kopen van een nieuwe riem die niet van leer was.

'Doe jij nooit mee aan acties?' vroeg ze toen we een week later zaten te ontbijten.

Ik had het misschien moeten begrijpen, voorbereid moeten zijn, maar dat was ik niet. 'Dat heb ik gedaan... Maar nu...'

'...heb je mij en daarom kun je niet,' raadde ze.

Ze was bijna griezelig op die manier. Het was alsof ze kon horen wat ik dacht, hoewel ik niks zei. 'Dat is het niet. Ik heb er geen zin meer in,' zei ik slap, voornamelijk om iets te zeggen.

'Neem mij mee,' zei ze.

'Jou meenemen?'

'Ja, naar een actie. Neem me mee als jullie jezelf vastbinden aan een brug of wat jullie ook doen. Ik wil erbij zijn! Ik wil niet iemand zijn die je niet mee wilt slepen.'

'Maar... Ik sleep je niet mee. Ik... Ik hou van je.'

'Neem me dan mee.'

We reden naar een nertsenfokkerij bij Skara. Onderweg daarnaartoe vertelde Andy over een andere actie, toen iemand Jocke en hem had gezien terwijl ze een plek verkenden. Toen ze de actie later wilden uitvoeren, werden ze opgewacht door vijftien mannen met zaklampen en knuppels. Meerdere mannen hadden geweren aan hun schouders hangen. Misschien vertelde hij het om op te scheppen, want hij grijnsde toen hij zag hoe bang ze werd.

'Zo is het nu eenmaal,' fluisterde ik in haar oor terwijl we op de achterbank zaten van de auto die Andy had geleend. 'Het is een oorlog.'

Ik hoopte dat ze zou begrijpen dat het menens was en niet mee zou willen, maar ze knikte alleen zwijgend.

De nertsenfokkerij lag op een heuvel en was omringd door weilanden en bos. Andy stopte een stuk bij de fokkerij vandaan en reed naar achteren in een half dichtgegroeid bospad zodat de auto vanaf de provinciale weg niet zichtbaar was.

'We lopen het laatste stuk,' zei hij tegen Edith.

Andy en Jocke liepen voor. Edith en ik volgden hen. Ze liep met merkwaardige hoge stappen om niet over takken en stenen te struikelen terwijl ze mijn arm stevig vasthield.

Er waren geen gewapende boeren te zien.

'Ze zitten thuis frisdrank te drinken en hamburgers en biefstuk te eten,' zei Andy. Hij zei het tegen niemand in het bijzonder, maar ik denk dat het voor Edith was bedoeld.

Ze glimlachte naar hem. 'Eigenlijk zijn ze niet geïnteresseerd in de nertsen,' zei ze. 'Voor hen gaat het alleen om geld. Investeringen. Opbrengsten. Winsten.'

Andy draaide zich om en keek naar haar. Het leek alsof hij instemmend knikte. Hij grijnsde deze keer in elk geval niet.

De fokkerij bestond uit drie lange gebouwen. In elk gebouw stonden dubbele rijen met kooien, als rijtjeswoningen van twee verdiepingen. Het complex was omheind door een hoog hek met prikkeldraad bovenop. Als een concentratiekamp.

Jocke liep naar het hek en begon er een gat in te knippen met een betonschaar.

'Jullie staan op de uitkijk,' fluisterde Andy.

Edith draaide zich onmiddellijk om, staarde met haar porseleinen ogen in de duisternis en bewoog haar hoofd heen en weer. Ik begreep dat ze luisterde, maar het zag er belachelijk uit. Overdreven. Toen het gat klaar was begonnen we met de kooien. We namen allemaal een rij. Edith ging met mij mee. Ze hield me aan mijn jack vast en liep achter me terwijl ik de kooien opende. Ik hoorde aan haar opgewonden ademhaling hoe spannend ze het vond en ik kreeg een beetje van het gevoel terug dat ik in het begin had gehad, dat het goed was wat ik deed. Ik dacht dat dit allemaal mijn verdienste was.

Het was in principe niet moeilijk om de nertsen los te laten. Er zaten geen sloten op de kooien, maar de haken zaten vaak vast omdat ze zo weinig geopend werden. Dus ik gebruikte een houten hamer en een stok om ze open te slaan. Het geluid was duidelijk te horen in de nacht en terwijl we naar de volgende kooi liepen, hoorde ik Edith haar adem inhouden en luisteren.

Ik was degene die verantwoordelijk was voor de tijd. We hadden dertig minuten afgesproken. We wisten dat we er nooit in zouden slagen om alle kooien te openen, maar het was belangrijker om niet opgepakt te worden.

Die avond hadden we helaas pech. Iemand was midden in de nacht blijkbaar naar het toilet gegaan en had iets gezien, want na amper een kwartier hoorde Edith een geluid. Ze trok aan mijn jack en toen hoorde ik ook stemmen bij het huis. Ik floot, zoals we hadden afgesproken, en daarna renden we weg.

Overal liepen bevrijde nertsen die niet goed wisten wat ze moesten doen. Zo is het nu eenmaal: vrijheid is iets waaraan je moet wennen.

Edith struikelde meerder keren over de kleine dieren en hing met twee handen aan mijn arm om niet te vallen.

Achter ons hoorde ik hoe iemand de honden tegen ons ophitste. 'Pak ze! Zoek! Pak ze!' Ik duwde Edith door het gat in het hek zodat ze op het gras viel en trok haar vervolgens weer overeind. Andy en Jocke renden ver voor ons en waren al halverwege. De honden zouden ons inhalen, zouden Edith en mij bijten. Ik zou liegen als ik zeg dat ik niet bang was. Ik had een maximale hartslag.

Toen ik me omdraaide zag ik in het schijnsel van de zaklampen van de boeren dat de nertsen de honden in de war brachten. Ze bleven staan en keken verbijsterd naar de dieren die rond hun poten heen en weer renden.

We waren bijna bij de provinciale weg toen het eerste schot klok. Eerst besefte ik niet wat het was. Ik draaide me om en zag het mondingsvuur van het volgende schot. Op hetzelfde moment schokte Edith, waarna ze struikelde, een gil gaf en viel.

Ik trok haar overeind, legde haar arm rond mijn schouders en sleepte haar dwars over de weg. Andy had de auto al naar voren gereden.

We hadden geluk. Dat is waar het uiteindelijk altijd om gaat: geluk of pech. De nertsenfokkers hadden pech.

'Nu zie je wat voor fascisten het zijn,' zei Edith naderhand.

Een hagelkorrel had haar kuit geraakt. Ze hoefde niet naar de Spoedeisende Hulp, maar het deed verdomd veel pijn toen ik de kogel eruit haalde, de wond schoonmaakte en er een pleister op deed.

'Waarom betalen we ze niet met gelijke munt terug?' zei ze.

Niet júllie, maar wé, alsof ze er al bij hoorde.

'Wil je op de nertsenfokkers schieten?' vroeg ik.

'Nee. We moeten ze ontvoeren en eisen aan hen stellen.'

42

Het kostte Asbjörn Bolander en Ylva Palmquist vijfenvijftig minuten om van het politiebureau in Flemingsberg naar de vakantiewoning van Kumiko Anderssons ouders in Värmdö te rijden.

‘Geloof je echt dat ze een grote aktetas over het hoofd gezien kunnen hebben?’ zei Ylva terwijl ze op de steile oprit parkeerde.

Asbjörn haalde zijn schouders op. ‘Hij moet toch ergens zijn?’

Hij stapte uit de auto en ging met zijn rug naar de zee staan terwijl hij naar het witte huis keek. Twee kale berkenbomen bewogen in de wind. Van dichtbij straalde het huis iets onaangenaams en verlatens uit. De ramen van de uitgebouwde glazen veranda staarden blind naar de zee. Asbjörn wierp een blik op het buurhuis waar hij op Oscar had gewacht en vroeg zich af hoe je hier in de winter vrijwillig kon wonen, maar aan de andere kant had hij nu eenmaal niets met het platteland. Hij hield van de stad met verlichte straten, gebouwen vol mensen, beweging en drukte.

‘Zullen we naar binnen gaan?’ vroeg Ylva.

‘Jazeker,’ zei hij. Hij huiverde en begon de helling op te lopen naar de achterkant van het huis waar de voordeur was.

Toen ze de kleine veranda bij de ingang op liepen zag hij dat de deur op een kier stond. Het hout was gespleten bij het slot door de stormram van het arrestatieteam en de deur kon niet meer worden gesloten. Maar het rood-gele bord met de tekst dat de woning was verzegeld hing scheef en het blauw-witte afzetlint was weggetrokken en fladderde in de wind.

‘Verdomme,’ zei Asbjörn. ‘Er is hier iemand geweest.’

Ylva deed snel een stap opzij. ‘Ze kunnen hier nog steeds zijn,’ zei ze terwijl ze haar dienstwapen tevoorschijn haalde.

Asbjörn deed hetzelfde, waarna hij de deur voorzichtig met zijn linkerhand openduwde. ‘Politie!’ riep hij.

Hij liep de hal in, wierp een blik naar links in de rommelige keuken met vieze borden op de keukentafel, waarna hij verder liep naar de zitkamer met de rij ramen die op zee uitkeken.

‘Jezus,’ zei hij terwijl hij om zich heen keek.

Het was onmogelijk om naar de ramen te lopen. Boeken, bankkussens, decoraties, porselein waren allemaal op de vloer gegooid.

Hij waadde door de puinhoop alsof het diepe sneeuw was en liep naar de ronde ijzeren trap die naar de kelderverdieping leidde. Het geluid van zijn voetstappen op de metalen treden echode door het huis terwijl hij naar beneden liep, nog steeds met het pistool voor zich. Een gang leidde naar twee slaapkamers. De deuren stonden open, en toen hij in de kamers keek zag hij dezelfde rommel als op de begane grond. Zelfs de matrassen waren van de bedden getrokken en lagen op de vloer. Er was echter niemand. Het huis was leeg.

'Verdomde junks,' zei hij toen hij weer boven was en zijn wapen in de holster stopte.

Ylva schudde haar hoofd. 'Nee, dit is geen gewone inbraak,' zei ze. 'Kijk maar. De televisie en de geluidsinstallatie zijn er nog.'

Asbjörn draaide zich om en keek om zich heen. Ylva had gelijk. Hij zag zelfs een camera tussen de rommel op de vloer liggen.

43

Carl Edson keek naar het witte appartementencomplex aan het Bergshamra torg. Eenzame sneeuwvlokken dwarrelden glinsterend door de straatverlichting naar beneden en smolten op het asfalt. Zijn slapen bonkten pijnlijk. De afgelopen nacht, waarin hij maar drieënhalf uur had geslapen, eiste zijn tol, hoewel hij de koude lucht gulzig inademde.

'Ik geloof Oscar niet,' zei Jodie terwijl ze naast hem kwam staan.

Hij keek haar vragend aan. Hoelang had ze daarover nagedacht?

'Hij komt er een beetje te goed vanaf in zijn eigen verhaal,' ging ze verder.

Carl haalde nog een keer diep adem om een helder hoofd te krijgen. 'We hebben dus twee dode ontvoerders en twee mensen die liegen?' constateerde hij terwijl hij naar de witte rook keek die uit zijn mond kwam.

'Misschien werken ze samen.'

Hij dacht na, probeerde het in elk geval. 'Dat geloof ik niet,' zei hij. 'Maar... als het inderdaad zo is, dan wordt het moeilijk om te bewijzen wie de dader is.' Hij gebaarde naar de portiekdeur een meter of tien bij hen vandaan. 'Zullen we?'

Even later keek Mohammed El-Habib wantrouwend naar hen terwijl hij de manchetten van zijn elegante witte overhemd dichtknoopte. 'Jullie zijn dus hier om vragen te stellen over een feest van zes maanden geleden?' zei hij.

'Je wordt nergens van verdacht,' zei Jodie snel, waarna ze naast Carl aan de keukentafel ging zitten.

'Dat weet ik al,' zei hij.

'Je hebt een vrouw met de naam Edith Ekholm uitgenodigd,' zei Jodie.

Mohammed keek ongeduldig naar hen. 'Dat klopt, Edith is een vriendin van me.'

'Heb je ook iemand uitgenodigd die blind is? En die wat uiterlijk betreft misschien een beetje op Edith lijkt?' Jodie hield hem haar telefoon voor met daarop een foto van de vrouw die in de kledingkast had gestaan.

Mohammed keek vluchtig naar de foto en schudde zijn hoofd. 'Nee, ik heb haar nog nooit gezien, maar –'

De deurbel ging. Mohammed verontschuldigde zich en liep weg om open te doen. Carl hoorde hem vertellen dat de politie er was en dat de vrouw die had aangebeld in de zitkamer kon wachten. Toen hij terugkwam keek hij met een berustende blik naar hen. 'Duurt dit nog lang? We hebben een tafeltje gereserveerd.'

Carl glimlachte vriendelijk naar hem. 'Nee, helemaal niet. Je wilde iets over de foto zeggen.'

'Ja. Ik wilde alleen zeggen dat ze heel goed op het feest heeft kunnen zijn zonder dat ze me opgevallen is. De meesten hadden vrienden of vriendinnen bij zich en... Waarom stellen jullie al deze vragen?'

Jodie boog zich naar voren en schoof een blocnote over de keukentafel. 'Zou je zo vriendelijk willen zijn om de namen en telefoonnummers op te schrijven van degenen op het feest die je wel kende? Dan vertrekken we daarna.'

Mohammed zuchtte diep, haalde zijn telefoon tevoorschijn en begon namen en telefoonnummers te noteren.

Toen hij klaar was bekeek Carl de lijst vluchtig: geen van hen was tot nu toe in het onderzoek voorgekomen.

'Is dat alles?' vroeg Mohammed met een blik naar de zitkamer waar de vrouw nog steeds wachtte.

'Ja,' zei Carl. 'Hoewel, er is nog één ding… Wil je naar een paar foto's kijken en zeggen of een van die personen op je feest geweest is?'

Mohammed spreidde zijn armen in een berustend gebaar. Jodie toetste op haar telefoon. 'Dit is de eerste,' zei ze, waarna ze hem een foto van Joakim Enroth liet zien.

Mohammed boog zich naar voren en schudde zijn hoofd. Ze scrolde naar de volgende foto, die van Andrew Christiansson.

'Misschien wel. Hij kan hier inderdaad geweest zijn… Ik weet het niet. Ik ken hem in elk geval niet.'

Jodie knikte en scrolde naar de foto van Oscar Hess.

Mohammed werd ernstig. 'Hij was hier. Daar ben ik volkomen zeker van. Hij kreeg ruzie met Malin, een vriendin van me, over de leren broek die ze droeg. Dat vond hij maar niets.'

'Ken je hem?'

'Nee, ik had hem nog nooit gezien. Hij kwam hier met een vriend, misschien degene op de vorige foto. Iemand had hem blijkbaar meegenomen, maar ik weet niet wie dat was. Ik vroeg hem om te vertrekken en dat deed hij.'

'Oké, bedankt voor je tijd,' zei Carl vriendelijk. Hij schoof een visitekaartje naar hem toe. 'We stellen het op prijs als je ons belt zo gauw je nog iets te binnen schiet.'

Toen ze bij de auto kwamen had iemand met zijn vinger AINA in de dunne laag sneeuw op het achterraam geschreven.

Carl keek om zich heen. Op het kleine centrale plein stond een groep jongeren. Hij dacht dat hij een paar van hen zag grijnzen toen hij in hun richting keek. Jodie glimlachte terwijl ze de auto opende.

Ze zwegen terwijl ze naar de stad terugreden. Ter hoogte van het

Hagaparken brandden de rode remlichten van de lange rij auto's voor hen. De files waren al begonnen.

'Denk je dat Oscar Ediths portemonnee gestolen heeft en de ID-kaart aan zijn vriendin gegeven heeft?' vroeg Jodie terwijl ze remde.

'Nee,' zei Carl. Zijn ogen brandden.

'Waarom niet?'

Hij keek naar haar. 'Omdat hij oprecht verbaasd was toen hij besefte dat Edith iemand anders was.'

'Dan moet het Andrew geweest zijn. Hoe heeft Edith, of hoe ze ook heet, de legitimatie anders te pakken gekregen?'

Carl keek uit het zijraam naar de auto die naast hen stilstond. Het was een goede vraag, dacht hij, maar hij had geen idee wat het antwoord was. Nog niet.

Daarna viel hij in slaap.

44

'Bedoel je dat de man die Per Nordins auto in brand gestoken heeft ook in de woning in Kalvsvik ingebroken heeft?' vroeg Carl met een verbaasde blik op Asbjörn.

'Ja.'

Het dutje in de auto had niet geholpen. Carl wreef met zijn handen over zijn slapen en voelde dat hij alleen nog naar huis wilde om verder te slapen. Hij had zijn jas net aangetrokken toen Asbjörn en Ylva de vergaderkamer in gestormd waren. 'Heb je toevallig een pijnstiller?' vroeg hij.

Asbjörn keek geïrriteerd naar hem. 'Het is geen inbraak,' zei hij. 'Het huis is overhoopgehaald door criminelen. Denk na. Een paar dagen nadat we Oscar opgepakt hebben, doorzocht iemand de woning waar hij zich schuilgehouden heeft en vlak daarna steekt iemand Per Nordins auto in brand. Denk je dat dat toeval is?'

Merkwaardig toeval komt voor, dacht Carl. 'Op welke manier kan de inbraak verband houden met de autobrand?' vroeg hij zich hardop af.

'Waar zijn ze naar op zoek geweest?'

'Misschien naar...' Asbjörn verplaatste zijn gewicht, niet op zijn gemak.

'Wat?' zei Carl.

'...iets waardevols.'

Carl liep naar zijn stoel terug en ging voorzichtig zitten om de hoofdpijn niet erger te maken.

'Wat zegt Kumiko Andersson ervan?' vroeg Jodie. 'Hebben we na de inbraak met haar gepraat?'

'Ze neemt haar telefoon niet op,' zei Ylva. 'Ik heb geprobeerd contact met haar ouders op te nemen, maar die zijn in het buitenland en nemen ook niet op.'

'Hoe weet je dat ze in het buitenland zijn?' vroeg Jodie.

'Ik heb eerder met ze gepraat,' zei Ylva. 'Ze vonden de situatie met Oscar heel onaangenaam en zijn onmiddellijk op vakantie gegaan. Blijkbaar hebben ze een appartement in Marbella.'

'Zijn jullie al bij Kumiko's appartement geweest?' vroeg Jodie.

'We kunnen verdomme niet alles tegelijk doen,' zei Asbjörn.

'Oké, dan moeten we dat later doen,' zei Carl. 'Blijf de ouders in elk geval zoeken.' Hij stond op, liep naar het whiteboard en onderstreepte de 'X', de nog niet geïdentificeerde vijfde dader die naast 'Edith', Oscar, Joakim en Andrew in het vakantiehuis kon zijn geweest. Hij trok eerst een streep naar INBRAAK KALVSVIK en vervolgens naar de foto van Per Nordins uitgebrande auto. Hij aarzelde heel even voordat hij nog drie strepen naar de foto's van Jens, Andrew en Joakim trok. Toen hij klaar was zag het eruit alsof 'X' de spil was waar alle anderen omheen draaiden. Hij wist alleen niet of het in werkelijkheid ook zo was en zette er een groot vraagteken bij.

'Als dit allemaal niet toevallig gebeurd is,' zei hij, 'dan moet een extern, onbekend iemand er op de een of andere manier bij betrokken zijn. Maar Lars-Erik zegt dat er geen andere mensen in de vakantiewoning geweest kunnen zijn.'

'Misschien heeft hij het dit keer mis,' zei Asbjörn.

Carl probeerde de hoofdpijn te negeren. 'Ik was van plan om te zeggen dat als Simon gelijk heeft, deze persoon X nooit in de woning geweest is maar op de achtergrond gehandeld heeft.'

‘Dat weten we niet,’ zei Asbjörn. ‘Oscar, de autobrand, de inbraak… Dat klopt gewoon niet. Niets in dit verdomde verhaal klopt.’

Dat was nog zacht uitgedrukt, dacht Carl.

‘Waar is Simon trouwens?’ vroeg hij. ‘En Rickard?’

‘Ze zijn onderweg om wat NBF-idioten te verhoren,’ zei Asbjörn. ‘Zoals je ze gevraagd hebt.’

Carl knikte, waardoor de hoofdpijn meteen erger werd. Hij vertrok zijn gezicht en keek op de klok. Het was bijna zes uur. ‘Oké,’ zei hij. ‘We stoppen er voor vandaag mee. Ik kan onderweg naar huis langs Kumiko’s appartement gaan.’ Hij hoopte dat iemand zou aanbieden om dat in zijn plaats te doen, maar niemand zei iets. Voor de tweede keer deze middag pakte hij zijn jas en trok hem aan.

‘Trouwens,’ zei hij in de deuropening tegen Asbjörn. ‘Wat deden jullie in Kalvsvik?’

Asbjörn trok zijn wenkbrauwen op en keek met een lege blik naar Carl, alsof hij moest nadenken. ‘We hebben iets gecontroleerd met betrekking tot de buren.’

‘Oké.’

Terwijl Carl naar de liften liep, kwam Jodie naast hem lopen. ‘Je ziet er moe uit,’ zei ze. ‘Ik ga met je mee.’

45

‘Konrad Arlenius?’

De man knikte terwijl hij tegelijkertijd een geeuw verdrong. Het volgende moment draaide hij zich om en liep het appartement weer in. Simon en Rickard liepen achter hem aan het eenkamerappartement in.

Het had hun een halve werkdag gekost om Arlenius te vinden. Simon had het gevoel dat ze iedere verdomde activist in heel Groot-Stockholm hadden gesproken voordat de naam Konrad Arlenius was opgedoken.

‘Ik had gisteren een tentamen en had geen tijd om op te ruimen,’ zei Konrad. Hij zakte in een half liggende houding op het onopgemaakte bed dat langs de korte muur van de kamer stond, die een zitkamer, slaapkamer en werkkamer in een was.

Simon liep naar een stoel en verplaatste vol afkeer de restanten van een hamburgermaaltijd, waarna hij ging zitten.

Rickard bleef staan terwijl hij keer op keer met zijn hand door zijn krullende haar streek. Hij zag er opgelaten uit en Simon stoorde zich aan hem. Hij vond dat hij een verkeerde indruk gaf, maar probeerde geen sarcastische opmerking tegen zijn collega te maken.

'Een tentamen?' zei hij terwijl hij naar Konrad keek. 'Waar ging dat over?'

'Economie. Wie zijn jullie en wat willen jullie van me?'

Rickard haalde zijn legitimatie haastig uit zijn binnenzak, maar Konrad schudde zijn hoofd. 'Ik hoef geen ID's te zien. Ik weet dat jullie smerissen zijn. Vertel gewoon hoe jullie heten.'

'Ik ben Rickard en mijn collega heet Simon.'

Simon voelde dat hij zijn vroegere ik miste en vroeg zich af of hij Konrad – en Rickard misschien ook – op dit punt al een dreun gegeven zou hebben.

'Wat willen jullie?' vroeg Konrad.

'Zegt het NBF je iets?' vroeg Simon. 'Het Natuur Bevrijdingsfront.'

'Ja, ik weet wie dat zijn.'

'We zijn in eerste instantie geïnteresseerd in hun financiële situatie en vooral waar het geld vandaan komt,' zei Rickard snel.

'Het geld? Welk geld?'

'Wie financiert jullie?' zei Simon. 'Posters, reizen, websites... Iemand moet voor dat alles betalen.'

Konrad ging rechtop zitten. 'Ten eerste ben ik niet bij het NBF. Oké?'

Simon zei niets.

'Ik word volgend jaar eenendertig,' ging Konrad verder. 'Ik kan niet mijn hele leven met posters voor bontwinkels staan. Voor alles is een uiterste houdbaarheidsdatum.' Hij keek naar de hamburgerdoos op de vloer. 'Ik moet zulke troep niet kopen, maar ik had geen tijd voor iets anders en het was in elk geval vegetarisch.'

'Oké. Ik formuleer de vraag anders,' zei Simon. 'Hoe kwam het NBF aan geld in de periode waarin jij er wel bij was?'

Conrad zuchtte. 'Crowdfunding,' zei hij. Mensen maken vijftig of honderd kronen over. Net als alle andere…'

'En wie beheert de rekening waar het geld naartoe wordt gestuurd?' vroeg Rickard.

'Dat verschilt… Maar het gaat naar iemand van het bestuur, naar hun eigen bankrekening. Het NBF is geen geregistreerde belangenstichting, dus ze hebben geen rechtspersoon met een eigen bankrekening.'

'Hoe vaak gaat het om grote bedragen?' vroeg Rickard. 'Van een bedrijf of organisatie?'

Konrad haalde zijn schouders op. 'Niet vaak, maar het komt voor.'

Simon veranderde van houding. 'Wanneer heb je Oscar Hess voor het laatst gezien?' vroeg hij ongeduldig.

Konrad keek naar hem. 'Oscar? Twee of drie maanden geleden.'

'Waar hebben jullie het over gehad?'

'Niets bijzonders, maar waarschijnlijk het oude vertrouwde geklets over dierenonderdrukking en milieuvervuiling. Ik weet het niet meer.'

'Ben je op de hoogte van de ontvoering van en de moord op Jens Rudberg?'

Konrad stak zijn hand afwezig uit naar een kartonnen beker, maar stopte midden in de beweging. 'Is dat door milieuactivisten gedaan? Op de nieuwssites stond alleen dat… Zit Oscar daarachter?'

Toen Simon geen antwoord gaf, stond hij op van het bed, liep naar het raam en keek naar buiten. 'Jezus,' zei hij enigszins onder de indruk.

'Een van de mensen die verantwoordelijk zijn voor de ontvoering heeft een paar maanden daarvoor een groot bedrag op zijn rekening gekregen,' zei Rickard.

'Hoe groot?'

'Een flink bedrag voor de betrokken persoon,' antwoordde Rickard.

'Ken je Recht op Onze Aarde?' onderbrak Simon hem.

'Hebben zij het geld betaald?'

'Ken je die organisatie?' herhaalde Simon.

'Ik heb geen idee wie dat zijn, maar…'

'…maar je bent op de hoogte van andere,' zei Simon.

'Wat?'

'Zijn er andere organisaties waarmee jullie contact opnamen?'

'Jezus... Weet je waarom ik weggegaan ben bij het NBF? Dat was niet omdat ik ging studeren... Integendeel. Ik kreeg er genoeg van, en daarom ben ik gaan studeren.' Hij begon heen en weer te lopen door de kamer. 'Het is net een religie voor ze,' zei Konrad. 'Ze hebben God gewoon ingewisseld voor... dieren. De natuur. Ze zijn zo fundamentalistisch. Er is niets tussenin, alles is zwart of wit. Daar kreeg ik genoeg van.'

'Herinner je je nog met wie jullie contact opnamen om hulp bij de grote acties te krijgen? Heb je die contacten nog?'

'Nee, ik heb alle banden verbroken. Ik hoorde mensen serieus zeggen dat het niet veel uitmaakte als een mens tijdens een actie stierf, als ze het leven van een nerts of een stier maar konden redden. Ik maak geen grapje, dat gebeurde echt.' Hij trok een dood blaadje van een kamerplant. 'Eerlijk gezegd kon ik die mensen niet meer verdragen. Oscar was een van hen, dus eigenlijk verbaast het me niet.'

Simon stond op en liep naar Konrad toe. 'Dan maakt het verdomme ook niet uit als je vertelt wat je weet,' zei hij. 'Of wel soms? Met wie namen jullie contact op? Wat zei Oscar?'

Konrad keek nadenkend naar hem, alsof hij bezig was een beslissing te nemen.

'Vooruit,' zei Simon. 'Vertel op.'

'Oké,' zei Konrad. 'Je hebt gelijk. Ik kan het net zo goed vertellen.'

46

'Waar hoop je op?' vroeg Jodie toen ze voor de deur van het appartement bij Zinkensdamm stonden.

Dat dit voorbij is zodat ik naar huis mag, dacht Carl. Hij drukte op de kleine messing knop naast de deur. Ze hoorden niets. Hij klopte op de deur. Nog steeds geen geluiden in het appartement.

'En ze neemt haar telefoon nog steeds niet op?' vroeg hij met een gebaar naar de telefoon die Jodie in haar hand had.

Ze schudde haar hoofd.

'Dan gaan we gewoon naar huis.'

Jodie schoof langs hem en duwde de klink naar beneden. 'De deur is niet op slot,' zei ze en ze opende hem.

'Wacht...' begon Carl, maar hij zweeg toen hij de hal zag.

De vloer was bezaaid met een berg kleren, schoenen en tassen in verschillende formaten. Bovenop lag een rode fietshelm. De kledingkastdeuren aan de linkerkant stonden open en de planken waren leeg.

'Voorzichtig,' fluisterde Carl en hij deed een stap bij de deur vandaan.

Jodie haalde haar dienstpistool tevoorschijn. Carl maakte een gebaar naar haar om het appartement niet in te gaan, maar ze begon zich al een weg tussen de kleding door te banen.

Hij volgde haar met tegenzin, stapte over de kleren op de vloer terwijl hij probeerde geen geluid te maken. In de enige kamer van het appartement lagen kussens en boeken over de vloer verspreid. Foto's, kleurige knuffeldieren, mappen en een verzameling lp's lagen kriskras door elkaar voor de lege planken waarop ze vermoedelijk hadden gestaan.

Jodie kwam uit de keuken terug, stopte haar pistool in de schouderholster en keek vragend naar Carl.

'Leeg,' zei hij.

'Hetzelfde als in Kalvsvik,' constateerde ze. 'Asbjörn heeft gelijk. Dit is geen inbraak. De laptop staat er nog. En daar ligt een iPad.'

Carl duwde met de neus van zijn schoen tegen een tas die ondersteboven op de vloer lag.

'Waar zijn ze naar op zoek?' zei Jodie.

'Vertel het me maar.'

Jodie keek hem bezorgd aan. 'Waarom heeft Kumiko geen aangifte van de inbraak gedaan?'

'Misschien heeft ze 'm nog niet ontdekt. Ze kan met haar ouders naar Marbella gegaan zijn.'

'De deur is niet geforceerd,' zei Jodie en ze schudde haar hoofd. 'Als degene die hier geweest is geen sleutel had, dan heeft ze de deur zelf geopend.'

Carl probeerde na te denken, maar had moeite om zich te concentreren.

'Waar is ze?' zei Jodie.

47

Dinsdag 22 januari

De zwarte zak lag tussen twee groene recyclingcontainers voor gekleurd en ongekleurd glas. Nils Olsson ontdekte hem pas toen hij de hijskraan had bevestigd en één container had opgetild. Op dat moment rolde de zak naar voren. Het was een grote zwarte vuilniszak die was dichtgemaakt met een kabelbinder. Het leek erop dat iemand hem daar illegaal had gedumpt. Misschien zat er een vloerkleed in of was het tuinafval.

Nils vloekte. Nu moest hij de zak wegtillen voordat hij de container kon terugzetten. 'Hoe lui kun je verdorie zijn?' mompelde hij. 'Het recyclingcentrum is honderd meter verderop. Honderd meter!' Hij schudde zijn hoofd en concentreerde zich erop de container tot boven de vrachtwagen te manoeuvreren. Toen hij recht boven de laadruimte hing leegde hij hem en luisterde hij naar het bevredigende geluid van brekend glas.

Daarna liep hij naar de zak. Met de afstandsbediening van de hijskraan aan een band rond zijn nek bukte hij zich en probeerde de zak naar zich toe te trekken. Die was zwaarder dan hij had verwacht en hij voelde dat er iets nats in zat. Hij rook ook een verstikkende geur. Misschien waren het etensresten van een restaurant die iemand hier had gedumpt. Hij vloekte op alle idioten die de wereld bevolkten, pakte de afstandsbediening en legde die voorzichtig op de grond, waarna hij de zak met twee handen vastpakte om hem van de betonnen plaat te trekken. De inhoud was echter te zwaar, en het zwarte plastic scheurde.

'Jezus...' zei hij, waarna hij zweeg.

Het leek alsof er een pruik uit gerold was. Op het beton lag zwart haar. Hij bukte zich en duwde met zijn schoen tegen het haar. Eerst zachtjes, daarna harder, zodat de pruik opzijviel.

'Jezus,' herhaalde hij.

Het gezicht van een jonge vrouw was naar hem toe gedraaid. Haar onnatuurlijk grote lichtblauwe ogen staarden leeg naar hem. Hij zag dat één oor ontbrak en dat de wond bedekt was met donker, gestold bloed. Daarna draaide hij zich om en gaf over.

Tien minuten later arriveerde de eerste surveillancewagen bij de recyclingcontainers. De agenten parkeerden hem zo dat de inrit werd geblokkeerd en zetten het zwaailicht aan. Een vrouwelijke agent stapte uit en liep naar Nils Olsson toe, die met het portier open in zijn cabine zat. Hij had de motor uitgezet, maar de container voor gekleurd glas schommelde nog steeds boven de laadruimte.

'Heb jij alarm geslagen?' vroeg ze.

'Ja, ze ligt daar,' zei hij met een knikje naar de betonnen plaat waarop de vuilniszak nog steeds lag.

Hij keek naar de politieagente, die op haar hurken voor het lijk ging zitten. Ze stond onmiddellijk weer op en riep naar haar collega dat hij de inrit moest afzetten, waarna ze naar Nils terugliep. 'Is hier intussen nog iemand anders geweest?'

Zijn blik ging weer naar de zwarte vuilniszak, hoewel hij de afgelopen minuten zijn best had gedaan om er niet naar te kijken.

'Hallo!' zei ze.

Hij schrok. 'Nee, alleen ik,' zei hij.

Een halfuur later parkeerde een zwarte vw-bus met de benodigde apparatuur die twee politieagenten onmiddellijk uitlaadden. Vlak daarna stopte er een normale stationwagen voor de versperring. Een oudere man en een jonge vrouw kwamen naar hem toe. Ze droegen burgerkleding, maar Nils besefte dat het politieagenten waren.

'Hallo,' zei de man. 'Ik ben Carl Edson.'

Nils knikte bij wijze van begroeting.

'Wil je zo vriendelijk zijn om nog een tijdje te blijven om antwoord op een paar vragen te geven?'

Hij knikte mechanisch terwijl hij de vrouw, die naar de vuilniszak met het lijk liep, nakeek. Ze bukte zich en keek naar het gezicht, waarna ze naar haar oudere collega terugliep.

'Het is Kumiko Andersson,' zei ze.

48

Het rook heerlijk naar koffie in de vergaderkamer, ook al wist Carl dat de smaak niet goed was. Hij had een foto van Kumiko Andersson naast de andere slachtoffers op het whiteboard gehangen.

'Twee surveillanceteams doen een buurtonderzoek, maar het gebied dat gebruikmaakt van de recyclingcontainers is groot,' zei hij. Hij tikte met de stift tegen Kumiko's foto terwijl hij praatte. 'We gaan ervan uit dat haar dood te maken heeft met de ontvoering...'

'En dat de dader degene is die de drie mannen in het vakantiehuis vermoord heeft,' zei Asbjörn met over elkaar geslagen armen.

Carl keek hem weifelend aan. 'Dat is een theorie,' zei hij. 'Maar de vraag is waarom hij juist Kumiko vermoord heeft.' Hij schreef MOTIEF onder haar foto. 'Jens en Per werken voor een bedrijf dat het doelwit is van milieuactivisten, maar dat geldt niet voor haar. En voor zover wij weten heeft ze geen connectie met het NBF...'

'Ze is een vriendin van Oscar Hess,' zei Jodie. 'Dat is een connectie.'

'Voldoende om vermoord te worden?'

'Misschien wist ze iets,' zei Jodie. 'Oscar kan haar iets verteld hebben.'

'Wat?'

'Over de ontvoering? Of de moorden?'

Carl schudde vermoeid zijn hoofd.

'Weten we hoe ze vermoord is?' vroeg Simon.

'Waarschijnlijk is ze gewurgd, maar de forensisch arts heeft nog geen autopsie op haar kunnen uitvoeren.'

Carl keek naar de agenten in de vergaderkamer. Ze zagen er vastbesloten uit, zoals ze over hun notitieboekjes gebogen zaten. Toch voelde het alsof ze geen stap dichterbij kwamen, dacht hij. 'Goed,' zei hij. 'We moeten weer met Oscar gaan praten...'

'Daar wil ik bij zijn,' zei Simon. Hij rekte zich uit zodat zijn colbert over zijn schouders spande.

'Heb je daar een bepaalde reden voor?'

'Ik weet misschien hoe de dader heet.'

Stoelpoten schuurden over de vloer toen de andere agenten zich omdraaiden om naar Simon te kijken. Carl trok vragend zijn wenkbrauwen op.

'Een man van onze… van Rickards NBF-lijst, Konrad Arlenius, heeft verteld dat Oscar het over een man van buitenaf gehad heeft.'

'Heb je een naam?'

'Orca.'

'Orca?' herhaalde Asbjörn. 'Wat is dat nou weer voor naam?'

'Een codenaam van een contact. Oscar liet de naam per ongeluk vallen…'

Hij zweeg toen de deur van de vergaderkamer opengegooid werd. Seconden later kwam Lars-Erik Wallquist binnen.

'Stoor ik de heren inspecteurs? Waren jullie misschien bezig met iets… doorslaggevends?'

Ondanks het sarcasme in zijn stem leek de forse man in een ongewoon goed humeur.

'Het geeft niet,' zei Carl. 'Wat is er?'

'Andrius Sarunas,' zei Lars-Erik. 'Kennen jullie die naam?'

'Waar heb je het over? Moeten we weten wie dat is?' vroeg Asbjörn.

Lars-Erik keek hem aan. 'Dat is de man die Per Nordins auto in brand heeft gestoken.'

'Weet je zeker dat het de juiste man is?' vroeg Carl.

'Zeker? We hebben de telefoon die we naast de auto gevonden hebben gekraakt. Normaal gesproken duurt het zelfs voor experts weken om een telefoon te kraken, als dat al lukt, maar mijn technisch rechercheur Anders Pousne heeft het in een etmaal klaargespeeld.'

Hij pauzeerde even – voor het effect, nam Carl aan –, waarna hij een geprint verslag tevoorschijn haalde en zijn halvemaanvormige leesbril opzette. 'Andrius Sarunas is drieënvijftig en is Litouws staatsburger, maar woont al minstens vijftien jaar in Zweden. Hij heeft twee veroordelingen op zijn naam, beide voor kleine vergrijpen, een voor een lichte mishandeling en een voor bedreiging.'

'Op welke manier past hij in ons onderzoek?' vroeg Carl.

Lars-Erik keek over zijn bril naar hem. 'Hoe moet ik dat weten? Hij heeft geen strafblad wegens het loslaten van nertsen, maar voordat hij de auto in brand stak heeft hij een foto van de kentekenplaat gemaakt.'

'Hij wist dus dat het Per Nordins auto was,' zei Asbjörn.

Lars-Erik legde het rapport met een harde klap op de tafel. 'Hier,' zei hij. 'Jullie mogen het zelf lezen.'

'Bedankt,' zei Carl. 'Dat is echt... heel nuttig.'

Lars-Erik bromde iets en verdween net zo plotseling als hij was verschenen.

'Waar waren we?' zei Carl met een blik op de gesloten deur.

'Orca,' zei Simon. 'Oscars contact. Kan dat Andrius Sarunas zijn?'

49

'Hoe is het met je?' vroeg Carl spontaan terwijl hij samen met Jodie en Simon de verhoorkamer in liep.

Oscar leek er slechter aan toe dan de vorige dag. De tic – de trillingen rond het linkeroog – was erger geworden.

'Wat willen jullie mijn cliënt deze keer vragen?' Oscars pro-Deoadvocaat Anki Crona zat zoals gewoonlijk naast hem en keek Carl uitdagend aan.

'We willen over zijn vriendin Kumiko Andersson praten,' zei Carl terwijl hij tegenover Oscar ging zitten.

'Kumiko?' herhaalde Oscar.

'Ja, we vragen ons af of ze betrokken was bij de ontvoering.'

'Nee, hoezo?'

Carl keek onwillekeurig weg voordat hij antwoord gaf. 'Het spijt me, maar... We hebben haar dood gevonden.'

Oscar ging rechtop zitten. 'Dood?'

'Ja, helaas wel,' zei Jodie meewarig. 'Als ze iets met de ontvoering te maken had, dan kun je dat ons nu vertellen.'

Oscar schudde zijn hoofd. 'We kennen elkaar sinds... sinds ik naar Stockholm verhuisde. Maar ze heeft niets gedaan... Is het omdat ik het huisje van haar ouders geleend heb?'

‘Dat weten we niet,’ zei Jodie. ‘We hopen dat jij ons daarmee kunt helpen…’

Oscar zakte in elkaar en begroef zijn gezicht in zijn handen. ‘Fuck fuck fuck…’

‘Vertel ons over Orca,’ zei Carl.

Oscar schrok. ‘Orca? Wie heeft over Orca verteld? Was dat Edith? Het was Edith! Dat wijf…’

‘Jij bent degene die over Orca gepraat heeft, stomme idioot,’ zei Simon. Hij leunde tegen de muur, maar liep nu naar de tafel toe en boog zich naar voren zodat zijn gezicht vlak bij dat van Oscar kwam. De advocaat keek afkeurend naar hem, maar hij negeerde haar.

‘Ik?’ zei Oscar verbaasd. ‘Ik heb nooit…’

‘Een paar maanden geleden heb je tegen een vriend opgeschept dat je met iets groots bezig was en dat je iemand had die jullie zou helpen, een contact dat Orca genoemd wordt.’

Oscar staarde verward naar Simon. Zijn hoofd schokte telkens als de tic opspeelde. Daarna glimlachte hij alsof hij iets had bedacht. ‘Konrad! Jezus…’

‘Wie is die Orca?’ vroeg Carl.

De advocaat stak haar arm uit om Oscar tegen te houden, maar het was al te laat.

‘Ik heb verdomme geen idee wie Orca is!’

‘Maar je bent met hem in contact geweest, of niet soms?’ zei Jodie.

‘Nee,’ antwoordde Oscar. ‘Edith was degene die contact met hem had.’

‘Edith? Alweer? En jij had geen idee wie hij was?’

‘Nee.’

‘Maar wat deed Orca?’ vroeg Carl. ‘Wat was zijn functie?’

Oscar schoof de stoel terug alsof hij de afstand tussen hen zo groot mogelijk wilde maken. ‘Ik weet het niet.’

‘En toch praatte je met je vriend over Orca?’

Deze keer was Anki Crona Oscar voor. ‘Geef geen antwoord op die vraag,’ zei ze snel terwijl ze rechtop ging zitten en naar Carl keek. ‘Ik wil een individueel overleg met mijn cliënt.’

Oscars hoofd schokte. ‘Nee,’ zei hij. ‘Dat hoeft niet. Ik weet helemaal niets over die Orca. Edith praatte een keer over hem. Jezus, ik dacht dat het een grap was… Iets vreemds waar Edith mee bezig was.'

Carl boog zich over de tafel naar voren. 'Wat zei "Edith" dan over Orca? Wat moest hij doen? Hoorde hij bij de een of andere organisatie? Vertelde ze uit welk land hij afkomstig was?'

Oscar sloeg zijn armen koppig over elkaar. 'Snap het dan. Ik. Weet. Niet. Wie. Orca. Is.'

Carl zweeg en keek eerst naar Oscar en vervolgens naar diens advocaat. Het was doodstil, op het geruis van de ventilatoren na.

'Als jullie niet meer hebben… Ik heb een andere cliënt die op me wacht,' zei Anki met een blik op haar horloge.

'Oscar,' zei Carl zonder zich iets van de advocaat aan te trekken. 'Waarom ging je bij Kumiko Andersson langs nadat je bij het vakantiehuis was vertrokken?'

Oscar keek verbaasd naar Carl. 'Ik paste altijd op hun huisje in Kalvsvik. Het was de enige plek die ik kon bedenken.'

Carl zweeg even voordat hij de volgende vraag stelde. 'Waarom ben je niet gewoon naar huis gegaan?'

'Ben je niet goed bij je hoofd? Ik was verdomme doodsbang na wat er in dat huis gebeurd was.'

Carl knikte begripvol. 'Je verstopte je dus in het vakantiehuis van de familie Andersson in Kalvsvik. Maar voor wie verstopte je je, Oscar? Was dat voor ons, de politie, of voor iemand anders?'

Oscars advocaat leek net zo geïnteresseerd te luisteren als Carl en zijn collega's en ze knikte naar Oscar om antwoord te geven.

'Ik weet het niet. Jezus, ik kwam het huis in en iedereen was dood. Als ik die pizza's niet was gaan halen, was ik ook doodgeschoten…'

'Je verstopte je dus voor een onbekende dader?'

'En voor de politie. Ik snapte dat jullie zouden denken dat ik het gedaan had…'

'En je vriendin?'

'Ik was ervan overtuigd dat ze dood was. Dat heb ik al gezegd.'

'Inderdaad,' zei Carl vriendelijk. 'Je vluchtte dus bij het huis vandaan, reed naar het appartement van Kumiko en vroeg haar om het huisje van haar familie in Kalvsvik te mogen gebruiken. Wat zei je tegen haar? Vertelde je haar de waarheid over de ontvoering en de moorden?'

Oscar keek naar zijn handen. 'Nee, dat heb ik niet gedaan. Jezus, ik kon toch niet zeggen dat...'

'Wat zei je dan tegen haar? Je moet iets gezegd hebben over de reden dat je plotseling in het huisje in Kalvsvik wilde.'

'Ik zei dat Edith en ik onze relatie verbroken hadden en dat ze een paar dagen in mijn appartement zou logeren.'

Carl zweeg opnieuw een tijdlang terwijl hij nadacht over de volgende vraag. Oscar verschoof op zijn stoel, opende zijn mond alsof hij iets wilde zeggen, maar deed hem weer dicht terwijl de tic zich over zijn gezicht verspreidde.

'Oké, Oscar,' zei Carl uiteindelijk. 'We denken dat deze Orca degene is die Kumiko vermoord heeft en dat hij jou waarschijnlijk ook vermoord zou hebben als wij je voor die tijd niet aangehouden hadden.'

Zijn gezicht schokte weer door de tic terwijl hij naar Carl staarde.

'Zegt de naam Andrius Sarunas je iets?' vroeg Jodie.

'Andrius Saru... Nee.'

'We denken dat dat Orca's echte naam is,' zei Carl. 'En we denken dat hij Kumiko vermoord heeft omdat hij dacht dat jij haar iets verteld had.'

'Maar ik heb helemaal niets verteld! Nada! Waarom...' Oscar leek oprecht wanhopig. Zijn stem stond op het punt te breken.

'We denken dat het als volgt gegaan is,' zei Carl. 'Jij hebt gezien wie Jens Rudberg Karlsson en je vrienden vermoord heeft. Je zag Orca – Andrius Sarunas – waarschijnlijk vlak nadat hij Jens' keel doorgesneden had en je vrienden doodgeschoten had...'

'Nee!'

'En hij heeft jou gezien,' ging Carl onverbiddelijk verder. 'En hij wist wie je was.'

'Je liegt... Er was daar niemand...'

De advocaat gebaarde dat Oscar zijn mond moest houden. 'Dit zijn pure speculaties,' zei ze. 'Is er een concreet feit waaruit blijkt dat het op die manier gegaan is?'

Carl en Jodie zwegen. Simon leunde weer tegen de muur en keek dreigend naar Oscar.

'Dan kunnen we dit verhoor nu misschien –'

'Er zijn vijftigduizend kronen op je bankrekening gestort,' onderbrak Jodie haar. 'Was dat van Orca?'

'Mijn cliënt heeft al antwoord op die vraag gegeven,' zei Anki afgemeten.

'Wat hebben jullie met het geld gedaan?' vroeg Carl.

'Edith zei tegen me dat ik het moest opnemen.'

'Contant?'

'Ja. Ik ben langs honderd pinautomaten geweest voordat ik het hele bedrag had.'

De advocaat zakte berustend in haar stoel terug.

'Wat hebben jullie ermee gedaan?'

'Edith heeft het grootste deel ervan genomen, ze zei dat ze het nodig had.'

'Waarvoor?'

'Dat zei ze niet, iets belangrijks... Ik wist het op dat moment niet, maar ik denk nu dat ze de auto ermee betaald heeft, het Chevroletbusje.'

'Jullie hebben er dus geen dingen voor gekocht?'

'Zoals wat?'

'Een kloofmes?'

Hij keek naar de tafel. 'Ja, we hebben een kloofmes gekocht... Edith zei tegen me dat ik een kloofmes moest kopen...'

Carl keek hem afwachtend aan.

'Zij was degene die alles voorbereidde,' zei Oscar na een tijdje. 'Of misschien was het die Orca. Ze raakte gewoon fucking geobsedeerd...'

Uit het verhoor van Oscar Hess

Oké, ik hielp haar, maar ze zei nooit dat het was omdat we iemand gingen ontvoeren, dat ze daarmee bezig was. Ik had het natuurlijk moeten begrijpen. Nu lijkt het volkomen gestoord, maar toen... Ik dacht echt dat we alleen acties tegen mijnbouwbedrijven organiseerden, dat we wegen zouden blokkeren en met spandoeken zouden protesteren. Toen we het kloofmes in een ijzerwarenwinkel kochten, begon ik pas te twijfelen.

'Mijn vader had er zo een toen ik klein was,' zei ze toen ik vroeg waar we het mes voor nodig hadden. Alsof dat alles verklaarde.

Ik klonk waarschijnlijk bang, want ze lachte me uit en zei dat ik het nut van een wapen niet begreep.

'Wapens zijn ervoor bedoeld dat je ze níét hoeft te gebruiken,' zei ze. 'Het is iets wat je laat zien zodat mensen beseffen dat je het serieus meent.'

Ik zei niet dat ze blind was, dat ze precies nul mensen bang kon maken met een kloofmes, of met wat voor wapen dan ook.

Ik wilde haar niet kwetsen, en ik denk dat ik haar bleef helpen zodat ze blij zou zijn. Ik wist immers dat ze toch helemaal niets kon doen. Ik bedoel, niet echt, niet zonder mij, zonder mijn ogen.

Het was gewoon een kinderlijk spelletje waarmee we bezig waren. Dat dacht ik tenminste.

Maar ze veranderde. In het begin klampte ze zich aan me vast, maar nu gingen er dagen voorbij zonder dat ze contact met me opnam. Toen ik haar ernaar vroeg nadat we elkaar een week niet hadden gezien, zei ze dat ze op reis was geweest. Alleen dat, op reis geweest. Niet met wie of waarnaartoe, en het hielp niet dat ik ernaar vroeg.

In december, rond de eerste zondag van de advent, gebeurde er iets anders. Het was een dinsdag of een woensdag en ik vroeg haar wat ze als kerstcadeau wilde hebben.

'Verras me maar,' zei ze alsof ze van me af wilde zijn.

Ze klonk ongeïnteresseerd, en ze vroeg niet wat ik voor kerst wilde hebben. In plaats daarvan viel er een enigszins pijnlijke stilte voordat ik haar vertelde dat ik graag een fleecetrui wilde.

Ik zag echter aan haar dat ze aan iets anders dacht. Ze was gespannen, leek bijna bang. Toen ik vroeg wat er was, vertelde ze over Orca.

'Orca?' zei ik. 'Wat is dat in vredesnaam voor naam?'

Ze zei dat ze een contactpersoon had geregeld met wie ze een afspraak had en die haar zou helpen, die óns zou helpen. Ik wist eerst niet of ze serieus was of gewoon iets verzon. Ik wachtte min of meer op het moment dat ze zou gaan lachen en zou zeggen: *Kijk niet zo, het was maar een grapje.* Maar dat deed ze niet en een paar dagen na die avond zei ze: 'Kun je me naar het Eriksdalsbadet bij Årstaviken brengen?'

We hadden net bij mij gegeten en ik ruimde de tafel af.

'Het Eriksdalsbadet? Wat ga je daar doen?'

'Ik heb een afspraak met Orca. Om 21.00 uur. Jij moet me ernaartoe brengen.'

'Serieus?'

'Ja.'

'Maar… het is donker.'

'Je vergeet dat ik blind ben, ik merk geen verschil.'

Ze glimlachte, zodat haar kuiltjes zichtbaar werden. Als ik had geweten waar ze mee bezig was zou ik bezorgder zijn geweest, maar toen… Ik legde mijn vinger op het linkerkuiltje, vulde het op met mijn vinger. Ik deed alsof ik iemand voor haar was… Degene die bij haar hoorde. 'Je bent dapper,' zei ik.

Ik bracht haar naar het Eriksdalsbadet en toen we daar waren streelde ze mijn wang. 'Je kunt niet mee, haal me over een uur op. Ik sta hier op je te wachten, en anders moet je me zoeken. Je hebt je telefoon bij je.'

Daarna liep ze weg. Ik keek haar na terwijl ze wegliep, met haar witte stok over het trottoir tikkend, tot ze in de duisternis bij het water was verdwenen.

Als we samen naar de stad gingen was ze doodsbang om me kwijt te raken, ze raakte bijna in paniek als ik haar alleen liet om in een etalage te kijken of zoiets. Nu was ze dat niet.

Ik was ervan overtuigd dat ze zou verdwalen en dat ik haar moest zoeken, maar toen ik een uur later terugkwam stond ze op me te wachten.

'Waarom?' vroeg ik dezelfde avond met mijn tandenborstel in mijn mond.

We stonden naast elkaar in de badkamer. Ze tastte naar de wastafel en spuugde de tandpasta uit.

'Waarom wat?' vroeg ze niet-begrijpend.

'Waarom ben je met die hele gestoorde mijnbouwshit bezig?'

Ze bleef verstard staan, zoals ze soms deed als iets niet ging zoals ze had verwacht.

'Wíj zijn ermee bezig...' zei ze. 'We zijn ermee bezig omdat ze de aarde vernietigen. En als niemand iets doet, dan moeten wij het doen.'

Ze stak haar hand uit om me aan te raken, maar ik deed een stap naar achteren en ze trok haar hand terug alsof ik haar had geslagen.

's Nachts werd ik wakker. Edith sliep. Ik keek naar de lichte vierkanten van de straatlantaarns op het plafond en luisterde naar haar gelijkmatige, kalme ademhaling. Op dat moment wist ik het.

'Ik wil het niet,' zei ik toen we de volgende ochtend ontbeten. 'En ik wil dat jij er ook mee stopt. We kopen niets meer, geen Orca meer, niets van dat alles.'

Ik probeerde haar uit te leggen dat ik in de gevangenis had gezeten omdat ik een garage in brand had gestoken. 'Een garage. En daar heb ik zes maanden voor gekregen. Bij ontvoering praten we over jaren in de gevangenis. En dan een echte gevangenis, geen gezellige halfopen inrichting.'

Het was alsof ze een computer was die vastliep. Ze bevroor gewoon, midden in een beweging, hield de boterham halverwege haar mond en staarde recht voor zich uit met haar lege porseleinen ogen.

'Het is veel te groot,' ging ik verder. 'Veel groter dan de acties die we anders uitvoeren.'

Uiteindelijk kwam ze tot leven, legde de boterham neer en zei één woord: 'Oké.'

'Wat je tot nu toe gedaan hebt is al voldoende om allebei in de gevangenis te belanden,' ging ik verder.

Ze leek echter niet meer te luisteren. Het was alsof ik onze relatie had verbroken, alsof ik had gezegd dat ik haar niet meer wilde zien.

Na een tijdje vroeg ze me om een taxi te bellen. Ik liep met haar mee naar de portiekdeur, hielp haar in de auto en sloeg het portier achter haar dicht.

Misschien had ik onze relatie inderdaad verbroken. Toen ik de taxi zag wegrijden dacht ik dat. En eerlijk gezegd voelde ik me opgelucht.

Met de kerstdagen ging ik naar mijn vader in Jämtland, naar het scheve en bouwvallige huis waar ik was opgegroeid, en ik luisterde naar dezelfde woorden die ik tijdens mijn hele jeugd had gehoord. *Wat doe je? Ben je nog steeds met milieukwesties bezig? Wanneer ga je iets... verstandigs doen? Je moet een echte baan hebben. Verstehst du nicht? Du musst irgendwann erwachsen werden.*

Ik had de energie niet om ertegenin te gaan. Toen Kerstmis voorbij was, bracht mijn vader me zonder een woord te zeggen naar het treinstation. Er was iets mis met de verwarming van de auto en hij had geen geld om het te laten maken, dus zaten we met mutsen op en handschoenen aan in de ijskoude auto, onze jassen helemaal tot onze hals dichtgeknoopt. We wachtten beiden op iets wat ons van elkaar zou bevrijden, zodat ik weg kon gaan.

'Tot ziens,' zei ik uiteindelijk, waarna ik het portier opende.

Mijn vader bleef met zijn handen op het stuur recht voor zich uit kijken. Ik rook een zwakke geur van zuurdeeg om hem heen, alsof zijn huid na al die jaren uiteindelijk de geur van versgebakken brood had geabsorbeerd.

'*Auf wiedersehen.*' Het klonk plechtig. Anders zei hij altijd onbezorgd '*tschüss*'.

Ik sloeg het portier dicht en de banden knerpten op de sneeuw terwijl de oude auto in de straat verdween, terug naar het lege huis en het troosteloze werk in de bakkerij.

De dag voor oudejaarsavond belde Edith me plotseling. Ze zei dat ze voor mijn appartement op straat stond. Het sneeuwde en ze rilde van de kou terwijl ik haar de trappen op leidde.

'Waar ben je mee bezig?' vroeg ik. 'Hoe ben je hier gekomen?'

Ik was van plan te zeggen dat het al uit was tussen ons, maar ze ging dicht tegen me aan staan. 'Ik heb een verrassing voor je,' zei ze. 'Een kerstcadeau.'

Ik wilde net zeggen dat ik geen kerstcadeau wilde toen ze op haar tenen ging staan. 'Ik heb een weekendje weg voor ons geboekt. Dit weekend,' fluisterde ze in mijn oor. 'In een knus hotelletje aan de kust. We kunnen daar alleen zijn, lange wandelingen maken, in de sauna gaan, ontbijt laten komen op onze kamer...'

'Een weekend?' vroeg ik.

'Ik wil gewoon sorry zeggen. Het was mijn schuld. Ik heb het te ver doorgedreven. Het spijt me. Ga je met me mee?'

Het was de eerste keer dat ik haar 'het spijt me' hoorde zeggen.

50

'Oké...' zei Jodie aarzelend. 'Je beweert dus dat een blinde vrouw die nooit in een milieubeweging actief is geweest voordat ze jou ontmoette, nu een extreme ontvoering voorbereidde en jou misleidde om mee te doen?'

'Ja,' zei Oscar met een knikje.

'En dat ze contact had met deze Orca, iemand van een externe organisatie die haar volgens jou geholpen heeft?'

'Geholpen kán hebben!'

'Geholpen kan hebben, maar van wie je niet weet wie het is?'

'Ja!'

Jodie schudde haar hoofd en keek naar Carl.

'Oké,' zei Carl. 'Laten we aannemen dat je gelijk hebt. Dan moet je toch gemerkt hebben dat ze meerdere keren contact met hem opgenomen heeft?'

'Nee! Jezus, ik zeg toch dat ik haar maar één keer over Orca heb horen praten? Als ze hem belde en met hem praatte deed ze dat in elk geval niet waar ik bij was.' Oscar spuugde de woorden uit. Hij leek boos, maar was in elk geval in de war.

Carl zag hoe jong en tenger hij was. Een gevangenis zou niet goed voor hem zijn, dacht hij.

'Je vertelde dat ze één keer op reis geweest is,' zei Carl terwijl hij in zijn notitieboekje bladerde. 'Bijna een week. Kan dat samen met Orca geweest zijn?'

'Maar jezus, dat zeg ik toch? Ze weigerde te vertellen wat ze gedaan had.'

'En daar heb je nu geen ideeën over?'

Oscar zweeg een tijdje voordat hij antwoord gaf. 'In dat geval denk ik dat het met Andy en Jocke was... Jullie vertelden tenslotte dat ze die twee wel honderd keer gebeld heeft.'

Carl knikte. 'En je hebt er geen idee van wat ze gedaan kunnen hebben? Een plezierreisje? Een milieuactie?'

'Mijn cliënt is hier niet als getuige,' zei Anki Crona droog. 'Hij heeft geen reden om te speculeren wat zijn vrienden wel of niet gedaan hebben.'

Carl glimlachte vriendelijk naar haar. 'Oké,' zei hij. Heeft Edith de naam die ik daarnet zei, Andrius Sarunas, weleens genoemd?'

Oscar keek met een lege blik naar hen. 'Nee, dat geloof ik niet. Ik herinner het me in elk geval niet.'

'Oké,' zei Carl. 'Laten we verder gaan. Het weekend in het hotel waar je het over hebt, de vierde januari. Had je geen idee waar jullie naartoe zouden gaan?'

Oscar liet zich naar achteren op de stoel vallen en keek van Carl naar Jodie. 'Nee, want we gingen geen weekend naar een hotel! Als jullie zoveel moeite hebben om dat te begrijpen, ga dan na of er een reservering is. Want ik durf te wedden dat ze geen hotel gereserveerd heeft omdat ze wist dat Andy en Jocke zouden opduiken.'

Jodie nam het woord. 'Of jíj hebt geen hotel gereserveerd omdat jíj wist dat Andy en Jocke – jóúw vrienden – die ochtend voor jóúw appartement op jullie zouden wachten.'

'Mijn cliënt heeft daar niets meer over te zeggen,' zei Anki terwijl ze haar arm naar Oscar uitstak om te voorkomen dat hij zou reageren.

Carl knikte, pakte de stapel papieren die hij voor zich had liggen en tikte ermee op de tafel. 'Er zijn een paar andere dingen die we met je willen bespreken,' zei hij. 'Zes maanden geleden ben je op een feest op het Bergshamra torg geweest. Bij iemand die Mohammed heet.'

'Zou kunnen.'

'Waren Joakim en Andrew daar ook bij?'

'Alleen Jocke.'

'En Edith, was zij met je mee naar het feest?'

'Nee.'

'Heb je op dat feest een portemonnee gestolen?' vroeg Jodie.

Het werd stil in de kamer. Anki keek naar Carl. 'Mijn cliënt wordt niet verdacht van…' begon ze, maar ze werd onderbroken door Oscar.

'Ik ben verdomme geen dief! En ook geen moordenaar, trouwens.'

'Oké, bedankt,' zei Carl. Hij keek vragend naar Simon en Jodie, die beiden hun hoofd licht schudden, en richtte zich vervolgens tot de microfoon: 'Het verhoor met Oscar Hess is –'

'Wacht,' zei Jodie plotseling. 'Ik heb nog één vraag. Je vertelde dat je dacht dat Edith en jij acties tegen mijnbouwbedrijven voorbereidden. Waarom juist mijnbouwbedrijven? Waarom geen nertsenfokkerijen? Of slachterijen of iets dergelijks?'

'Omdat Edith de hele tijd over mijnen en mijnbouwbedrijven zeurde.'

'De hele tijd?' zei Carl.

'Nee, niet de héle tijd, maar nadat we in Skåne waren geweest, praatte ze nergens anders meer over. Ze raakte volkomen geobsedeerd door die mijnbouwshit.'

'Oké. En wat gebeurde er in Skåne?'

Oscar huiverde. 'We ontmoetten daar een vrouw.'

'Je ex-vriendin?' vroeg Jodie.

'Nee, Ediths vriendin. Of liever gezegd, ze noemde haar "een vriendin",' zei hij terwijl hij aanhalingstekens in de lucht maakte.

'Hebben jullie Orca ontmoet in Skåne?' vroeg Simon. 'Was hij degene die met jullie over mijnbouwbedrijven praatte?'

'Wat? Nee, ik zeg net dat we daar een vrouw ontmoetten. Maria.'

Jodie haalde diep adem. 'Zou het je verbazen als Edith ons verteld heeft dat jíj degene was die háár meegenomen heeft naar Skåne?'

Oscar liet zich voorover op de tafel vallen. 'Dat is verdomme niet waar! Ik snap niet waarom jullie alle shit die ze verteld heeft blijven geloven! Jullie weten niet eens wie ze is!'

'Oké,' zei Carl. 'Goed, vertel ons dan maar wat jullie in Skåne gedaan hebben.'

Uit het verhoor van Oscar Hess

We reden 's ochtends vroeg uit Stockholm weg. De zon scheen recht in onze ogen. Hoewel ik de zonneklep naar beneden had gedaan, moest ik mijn ogen tot spleetjes knijpen om iets te kunnen zien.

Edith leunde naar achteren op de stoel van de auto die ik gehuurd had. Ze leek niet eens te merken dat er een of andere giftige lucht in de cabine was gespoten. Ze zat daar maar, met de zon recht in haar gezicht, en knipperde niet eens met haar ogen. En ze glimlachte de hele tijd, ademde in door haar neus en glimlachte alsof ze alles fantastisch vond: de synthetische lucht, de auto, de zon.

'Merk je echt niets?' vroeg ik.

'Wat bedoel je?'

'Je staart recht in de zon, dat moet...'

Ze lachte naar me. 'Ik kan urenlang staren, dat maakt helemaal niets uit.'

'Het doet gewoon al pijn als ik ernaar kijk.'

Edith had besloten dat we naar Maria in Skåne zouden gaan.

Ze had puur voor mij met Andy en Jocke kennisgemaakt, beweerde ze, en nu was het mijn beurt om met haar mee te gaan om haar vriendin te ontmoeten.

Ik zei maar niet dat Edith degene was die Andy en Jocke had willen ontmoeten. Soms was het eenvoudiger om gewoon mijn mond te houden.

We lunchten in een hamburgertent. Het was warm en we zaten buiten. Een roodharige familie met een kind met sproeten en een gevlekte hond zat aan het tafeltje naast ons. Ze staarden de hele tijd naar Edith, zelfs de hond. Alsof hij iets voelde. Alsof ze naar een circusdier keken. Maar toen de hond aan haar witte stok begon te snuffelen, alsof het een verdomde paal was waartegen hij wilde pissen, had ik er genoeg van.

'Luister, kunnen jullie die hond bij jullie houden?'

Natuurlijk, ik klonk geïrriteerd, maar normale mensen bieden hun excuses aan. Deze mensen deden dat niet.

'Nisse? Hij is de allerliefste hond ter wereld. Hij zou nooit iets doen.'

Op dat moment, *pang*, flipte Edith.

'Haal die hond weg!' riep ze met haar hese stem. 'Anders steek ik de stok in zijn oog en schop ik hem dood!'

De roodharige idioten staarden in eerste instantie wezenloos naar haar, alsof ze dachten dat een blinde niets kon zeggen. Maar toen ze beseften dat ze het meende, trokken ze hard aan de riem en stonden snel op. Ik hoorde ze mompelen dat ze niet goed bij haar hoofd was, waarna ze naar een tafel liepen die iets verder weg stond.

'Laten we gaan,' zei Edith. Ze stond plotseling op.

'Maar...'

Na de lunchpauze was Edith stiller. Ik wist niet of dat vanwege de hond was of dat het ergens anders door kwam. Zo was het vaak met haar. Plotseling verdween ze, trok zich terug in zichzelf, verstopte zich achter haar porseleinen ogen. Toen ik vroeg wat er was, glimlachte ze naar me. 'Er is niks, waarom vraag je dat?'

Alsof ík degene was die me vreemd gedroeg.

Uiteindelijk zaten we zwijgend kilometer na kilometer naast elkaar in de stinkende auto. En het was geen prettige stilte.

Ik concentreerde me op het geluid van de motor en het monotone gezoem van de banden op de weg. Het deed me denken aan mijn jeugd, als ik samen met mijn vader over de eindeloze Jämtlandse provinciale wegen reed om iets voor de bakkerij op te halen of af te leveren.

Om zeven uur 's avonds hoefden we nog maar een kilometer of twintig te rijden. Het was donker buiten. Edith zat verstijfd naast me en had haar armen om zichzelf heen geslagen.

'Als je niet wilt, dan kunnen we het gewoon vergeten,' zei ik. 'We kunnen naar...'

'Nee! We hebben afgesproken dat we ernaartoe gaan, en dat gaan we ook doen.'

Het laatste stuk reden we over een smalle grindweg vol kuilen, passeerden een smalle houten brug en reden door een laan met iepen tot we bij een erf en een vakwerkboerderij aankwamen.

In het licht van de koplampen was het huis stralend wit, maar toen we uit de auto stapten zag ik dat de pleisterlaag op sommige plekken had losgelaten, waardoor de gevel gevlekt was. Dat kon me niet schelen, het was alleen iets waarover ik nadacht, in de zin van: wat is dit voor plek?

Op hetzelfde moment ging de voordeur open en een vrouw kwam naar buiten. 'Hallo,' zei ze. 'Jij moet...'

Ik zag dat ze naar de naam zocht.

'Oscar,' zei ik snel.

Ze glimlachte zonder zich te generen. 'Inderdaad, Oscar. Ik ben Maria.'

Ze gaf me een hand en glimlachte vriendelijk.

'En Edith?' zei ze en ze keek om zich heen.

Ik haastte me om Edith uit de auto te helpen. Normaal gesproken deed ze dat zelf, maar nu blijkbaar niet.

'Hallo,' zei Edith.

Ze had haar stok in één hand en stak de andere uit. Maria stond een stukje bij haar vandaan en keek heel even naar Ediths opengesperde ogen en de uitgestoken hand die als het ware in de lucht bleef hangen, waarna ze snel een stap naar voren deed en de begroeting beantwoordde. 'Hallo, welkom. Wat leuk om nu een gezicht bij je stem te hebben. Je bent bijna precies zoals ik me had voorgesteld, alleen...'

'Blind,' zei Edith met een starre glimlach. 'Dat heb ik misschien niet verteld...'

51

'Jezus, ze hadden elkaar nog nooit ontmoet,' zei Oscar. 'Snappen jullie dat? Edith kende haar niet! Ze was gewoon een willekeurige vrouw met wie ze op Facebook in contact was gekomen.'

Carl haalde diep adem. 'Dat zeg jij, maar volgens je vriendin was jij degene die begon over de milieuverontreiniging door de mijnbouw en...'

'Ze is mijn vriendin niet,' zei Oscar.

'Ze wás je vriendin, dat heb je zelf verteld.'

'Ik weet helemaal niet meer wie ze is!'

'Oké,' zei Carl. 'Volgens de blinde vrouw zei je, en ik citeer: "Je zou een mijnbouwdirecteur moeten ontvoeren..."'

Oscar sloeg zijn benen over elkaar en draaide zich opzij op de stoel, weg van hen. 'Nee!' zei hij met nadruk. 'Zij was degene die dat zei.'

'Nu moet je verdomme ophouden!' riep Simon plotseling. Hij liep naar de tafel toe. 'Edith verdwijnt, waarschijnlijk heb je haar vermoord, en nu beweer je dat alles haar schuld is! En dat jij verdomme volkomen onschuldig bent! Bovendien heb je geen woord over Andrius Sarunas gezegd voordat we vragen over hem stelden, maar nu heeft Edith Orca plotseling ontmoet en heeft ze het misschien over Andrius gehad...'

'Maar het is waar,' zei Oscar zachtjes. Hij keek smekend naar hen en naar zijn advocaat.

Carl had ergens het gevoel dat Oscar de waarheid sprak, misschien omdat hij zich duidelijk zo ellendig voelde. Daarna bedacht hij hoe de blinde vrouw in de kledingkast hen had misleid en besloot hij om niet op zijn intuïtie te vertrouwen.

'Zij was degene die zei dat ik een mijnbouwdirecteur zou moeten ontvoeren,' zei Oscar. 'En zij zeurde erover hoe slecht mijnen voor het milieu waren en ze had het over C-Mine...'

Simon schudde zijn hoofd en vertrok zijn gezicht, wat Carl het idee gaf dat hij het niet meer trok.

'Kun je de boerderij in Skåne op een kaart aanwijzen?' vroeg Jodie.

'Op een kaart? Nee.'

Jodie trok haar wenkbrauwen op.

'Edith had het adres in haar telefoon staan,' ging Oscar verder. 'Ik volgde gewoon de gps-instructies. Ik ken Skåne helemaal niet.'

Simon liep naar de deur. 'Ik ga nu. Ik kan het niet meer aan om naar die onzin te luisteren,' zei hij.

Carl wachtte tot de deur dicht was en hij en Jodie met Oscar en de advocaat achterbleven.

'Herinner je je bepaalde steden waar jullie langsgekomen zijn?' vroeg hij. 'Namen op wegwijzers? Je zult je toch wel iets herinneren?'

'Simrishamn,' zei Oscar. 'Ik herinner me dat we ergens in de buurt van Simrishamn waren.'

'Kun je de boerderij beschrijven?' vroeg Carl vriendelijk.

Uit het verhoor van Oscar Hess

Het was een paardenboerderij, een landhuis met heel veel paarden. Het zag eruit als een vervallen Engels landgoed zoals je op de televisie ziet. Vooral toen we in de hal kwamen. Die had een heel hoog plafond en een oude, versleten marmeren vloer, en aan de muren hingen rijen walgelijke jachttrofeeën: afgehakte koppen van beren, bizons, een mottige leeuw en meerdere antilopen.

'Mijn opa,' zei Maria en ze draaide zich naar mij om. 'We jagen niet meer.'

Ik zei niets, maar vroeg me af wat Edith haar over mij had verteld.

'Deze kant op...'

Maria nam ons mee naar een keuken. In eerste instantie zag ik niet hoe groot die was, maar toen we bij de keukentafel van versleten donker hout stonden snapte ik dat ik mijn perspectief kwijt was. De keuken was enorm.

Ik hielp Edith om op een stoel bij de tafel te gaan zitten terwijl Maria aan het andere eind van de keuken bezig was. Ze zette een grote pan op het fornuis, een gigantisch bakbeest. Ik telde zes kookpitten en twee ovens.

'Wat hoor ik toch?' zei Edith.

Ik vertelde dat er rond het fornuis rijen koperen pannen aan het plafond hingen en dat Maria daar af en toe tegenaan stootte terwijl ze bezig was.

Ze had me blijkbaar gehoord, want ze draaide zich om. 'Die hebben hier altijd gehangen,' zei ze. 'Al meer dan honderd jaar. Ik gebruik ze niet, maar mijn oma deed dat wel.'

'Fantastisch,' zei Edith.

Ze klonk niet ironisch maar eerbiedig, alsof ze plotseling belangstelling voor antiek keukengerei op een paardenboerderij had. Ik bedoel, waar kwam dat ineens vandaan?

Na het eten – Maria had een vegetarische stoofschotel gemaakt – stond ik snel op. 'Ik ga een wandeling maken en haal de laatste spullen uit de auto,' zei ik. 'Jullie hebben vast het een en ander bij te praten.'

'Oké,' zei Edith zonder mijn sarcasme op te merken.

'Ik heb een kamer op de bovenverdieping in orde gemaakt,' zei Maria. 'Maar zet de tassen zolang in de hal, dan laat ik hem straks zien.'

Het laatste wat ik zag was dat ze zich over Edith heen boog. 'Hou je van paarden?' vroeg ze op vertrouwelijke toon.

Toen ik een uur later terugkwam zaten ze naast elkaar. Maria had haar arm om Ediths schouders geslagen en Edith leunde met haar hoofd tegen Maria's schouder.

Toen Edith mij de kamer in hoorde komen draaide ze haar gezicht naar me toe. 'Heb je over Maria's boerderij gehoord?' vroeg ze.

'Nee.'

Maria keek opgelaten, ging staan en veegde haar handen aan haar schort af. 'Ach, het is gewoon een afschuwelijk verhaal,' zei ze, waarna ze het dessert bestaande uit schuimgebak, slagroom en chocoladesaus op tafel zette. 'Van onze buren,' zei ze. 'Het is biologisch.' Ze klonk tevreden, alsof ze haar best voor me had gedaan, maar ik eet geen eieren en slagroom.

Edith bleef zeuren tegen Maria. 'Toe nou, alsjeblieft. Vertel. Het is zo'n... belangrijk verhaal.'

Wat waren dat voor teksten? Haar stem was nog steeds fluisterend en hees, maar was warmer geworden, kirrend, alsof ze verliefd was of zo.

'Oscar heeft misschien geen...'

'Natuurlijk wel, hij is supergeïnteresseerd in het milieu.'

Maria keek wantrouwend naar mij, maar Edith merkte niets en ging maar door. 'Als jij niet wilt, mag ik het dan vertellen?'

Maria zuchtte.

'Jullie hebben paarden en doen aan biologische landbouw, hè?' zei Edith.

'Ja, we zijn een graanboerderij.'

'Wat verbouwen jullie? Haver?'

'Haver, tarwe, gerst, rogge, erwten, gras. We wisselen van jaar tot jaar.'

Edith knikte enthousiast, hoewel ik er zeker van was dat ze nog nooit van wisselteelt had gehoord.

'En jullie hebben een prijs gewonnen!' zei Edith terwijl ze zich omdraaide naar de plek waarvan ze dacht dat ik zat. 'Ze zijn uitgeroepen tot het beste biologische landbouwbedrijf van Skåne.'

Ik dacht aan mijn vader en zijn eindeloze monologen over biodynamisch meel en dat iedereen tegen hem was. Het was altijd de schuld van de anderen. Ik verwachtte dat er een soortgelijk verhaal zou komen.

'Maar nu,' ging Edith verder, 'heeft een mijnbouwbedrijf, C-Mine Nordic, toestemming gekregen om proefboringen in hun paardenweiden en op hun biologische akkers uit te voeren.'

'O ja?' zei ik. 'Jullie hebben waarschijnlijk een heleboel geld gekregen om daar toestemming voor te geven.'

'Ze hebben geen toestemming nodig,' zei Maria. 'Niet van mij in elk geval. Ze vragen een vergunning aan bij Bergsstaten, die bijna altijd wordt afgegeven. Daarna kunnen wij als eigenaar van de grond niets meer doen. Er zijn meerdere boerderijen door getroffen.' Maria draaide zich om van het fornuis, waar ze koffie aan het zetten was. 'Ze zijn al begonnen met boren in een van onze paardenweiden, zodat we de paarden moesten verplaatsen.'

Ik snoof. 'Dat meen je niet. Het is jullie grond, daar kunnen ze toch niet mee doen wat ze willen?'

'Jawel, dat is precies wat ze kunnen,' zei Edith.

Ik keek naar Maria. 'We krijgen natuurlijk een vergoeding voor de schade aan de grond en zo, maar meer niet.'

Edith boog zich over de keukentafel. Ze had rode vlekken op haar wangen gekregen. 'Maar dat is nog niet het ergste. Vertel, Maria,' zei ze met een soort zenuwachtig enthousiasme.

Maria schonk koffie in zonder te vragen of we wilden. Ik zag dat ze nauwelijks in de gaten had wat ze deed.

'Als ze vinden waarnaar ze op zoek zijn – vanadium –, worden de grond en de boerderij in beslag genomen.' Ze zette de koffiepot neer.

'Deze boerderij is al vier generaties in de familie. Naderhand kunnen we hier niets meer verbouwen. Ze zeggen dat ze alles zullen herstellen, maar dat hebben we gecontroleerd. Op andere plekken waar deze proefboringen zijn gedaan, is de grond vergiftigd. En dit is een van de vruchtbaarste landbouwgronden van Zweden.'

Ik schoof de koffie weg. 'Ik snap het niet. Waarom weigeren jullie niet gewoon, het is jullie grond toch?'

'Daarom wilde ik je hier mee naartoe nemen,' zei Edith. 'Dat kunnen ze niet.'

Maria knikte kalm, of misschien berustend. 'Zo is de wet. Ze moeten een milieuplan presenteren waarin ze aantonen dat de boringen het grondwater niet aantasten, of bijvoorbeeld een natuurreservaat of een belangrijke waterloop. Kunnen ze dat, dan krijgen ze een vergunning en kunnen ze gewoon beginnen.'

'Echt? Maar dat is toch...' Ik kende deze vrouw helemaal niet, maar toch stond ik op en begon ik opgewonden door de keuken te lopen.

'Als hier een open groeve komt,' zei Maria, 'dan verwijderen ze de bovenste laag aarde en boren ze tien tot twintig meter diep door de aluinleisteen, waarna ze die verpulveren en met zuren uitlogen. Vervolgens stoppen ze de slakken terug in het gat. Als laatste schuiven ze de bovenste laag grond terug, maar de weiden en akkers zijn dan al vergiftigd door alle zware metalen die zich in de leisteen en het grondwater bevinden.'

'Maar je zei dat ze een milieuplan moeten hebben...'

Maria glimlachte. 'Op papier, ja, maar in werkelijkheid... Alle aluinleisteengroeven in de wereld lekken zoveel gifstoffen dat de grond na afloop nog honderden jaren onbruikbaar is.'

Het was een val. Achteraf snap ik dat, maar toen trapte ik er volledig in. Maria's verhaal spookte door mijn hoofd. Ik kon me er niet voor afsluiten. Ik liep heen en weer in de keuken en stootte keer op keer mijn hoofd tegen de koperen pannen zonder dat ik er iets van merkte.

'Toen ik belde om ernaar te vragen,' zei Maria, 'zei iemand van Bergsstaten dat ik tot de wortels van mijn frambozenstruiken kon beslissen, maar verder niet.' Ze keek naar de tafel en draaide haar koffiebeker rond.

'Je maakt een grapje.'

'Het hoeft niet eens een Zweeds bedrijf te zijn. Het kunnen ook Amerikaanse, Chinese of Canadese bedrijven zijn. Iedereen heeft hetzelfde recht om hier te komen graven.'

'Maar dat is krankzinnig! Waarom is dat?'

Maria keek op en schudde haar hoofd. 'Ik wil er niet meer over praten. Het heeft geen zin. Ik word er alleen boos over.'

Edith leek haar niet te horen. 'Werk,' zei ze. 'Mensen krijgen banen, dat is het enige. De staat krijgt een half procent van de opbrengst van de mijnbouw. Maria krijgt anderhalf procent.'

Edith praatte door. Er lag een koortsachtige klank in haar hese stem. 'En levert het niet genoeg op, dan gaan ze gewoon failliet en draait de staat voor de sanering op. De laatste was de Blaiken-mijn in de buurt van Sorsele. De staat heeft tot nu toe ruim tweehonderd miljoen kronen betaald om te voorkomen dat er zink en andere metalen uit de mijn in de Oostzee lekken. Maar de mijn zal blijven lekken.'

Ik ging zitten en keek haar verbaasd aan. 'Hoe weet je dat in vredesnaam allemaal?' vroeg ik.

Edith glimlachte en ging verder. 'Noorwegen int vijftig procent belasting van de oliemaatschappijen, maar wij… Het is alsof… Saoedi-Arabië alle bedrijven op de wereld zou uitnodigen om olie in hun land op te pompen en daar twee procent en een beetje werkgelegenheid voor terug wil.'

Ik had haar nog nooit zo horen praten. Ontstemd, verontwaardigd.

Plotseling kwam Maria overeind. 'Genoeg nu,' zei ze boos. 'Het heeft helemaal geen zin om hierover te zeuren. We kunnen er toch niets aan doen.'

Ze begon de bordjes en kopjes van de tafel te halen. Ik hielp haar haastig met het vullen van de afwasmachine.

'Je zou de CEO van het mijnbouwbedrijf moeten ontvoeren,' zei Edith bij de tafel. 'En ze op die manier dwingen om te stoppen.'

Maria draaide zich om. 'Hoor je niet wat ik zeg? Je bent anders… Niet zoals ik dacht. Ik wil dat jullie morgen weggaan. Allebei.'

52

Beatrice Lundmark glimlachte naar Carl toen hij het Forensisch Instituut in Solna binnenkwam. Het was buiten al donker, maar de autopsiezaal was fel verlicht door de rijen tl-buizen aan het plafond.

'Daar ben je dan,' zei ze in haar zachte Fins-Zweeds.

Carl liep naar de dichtstbijzijnde roestvrijstalen autopsietafel waarop een naakt vrouwenlichaam met zwart haar in een pagekapsel lag. Hij herkende Kumiko Andersson van de foto's, maar haar gezicht zag er nu leeg uit, ontdaan van datgene wat ervoor zorgt dat mensen er levend uitzien. Hij dacht aan Oscar en vroeg zich af hoe de delfstoffenwinning in Skåne van C-Mine verband hield met de dood van dit meisje, maar had daar geen antwoord op.

'Ze is op haar buik gestorven,' zei Beatrice. 'Dat zie je aan de lijkvlekken.'

Carl wierp een vluchtige blik op de blauwpaarse vlekken op de borstkas en de voorkant van de dijbenen.

'Meerdere delen zijn gescheiden van het lichaam. Het linkeroor...' Beatrice boog het hoofd opzij zodat hij een bloederige wond in de vorm van een halve cirkel zag waarbij de gehoorgang als een gat in het hoofd zichtbaar was.

'...en hier, de rechterpink...' Ze tilde de hand op, met alleen een stomp op de plek van de pink.

Carl deed een stap naar achteren. Het wende nooit.

'Bovendien heeft ze een snee onder de linkerborst, ongeveer vijf centimeter diep en acht centimeter lang. Verder was ze in een uitstekende vorm. Ze had een jong en gezond lichaam en kon een lang leven tegemoetzien.'

'En de lichaamsdelen?' vroeg Carl.

'Die zaten ook in de zak. Ze liggen daar...' Ze knikte naar een roestvrijstalen kom op de tafel ernaast. Carl zag het oor liggen.

'Kun je... zeggen of hetzelfde mes als bij de ontvoering gebruikt is? Het mes waarmee Jens Rudbergs vinger afgesneden is?'

Ze glimlachte. 'Deze snijvlakken zijn veel fijner, er is met precisie en met een bijzonder scherp mes gesneden, misschien zelfs met een scalpel.'

'Waaraan is ze overleden?' vroeg hij.

Beatrice haalde iets uit de buikholte. Carl keek instinctief weg, waardoor zijn blik op het zwartgeblakerde lijk viel dat op de naburige autopsietafel lag. Beatrice' collega zaagde het borstbeen open met iets wat op een cirkelzaag leek.

'Ze is zeer waarschijnlijk gewurgd.' Beatrice liep naar een roestvrijstalen muur, mompelde iets en draaide zich naar een versleten whiteboard naast de autopsietafel waarop de namen van lichaamsdelen stonden, zoals HERSENEN, HART en LONGEN. Achter het woord NIEREN schreef ze 304 G.

'Gewurgd?' zei Carl.

Beatrice boog zich over het lijk en wees naar de hals, waar een brede streep als een schaduw op de huid zichtbaar was.

'Zeer waarschijnlijk wel. Het ligatuurmerk is breed en heel regelmatig. Het zou met een riem of iets dergelijks gedaan kunnen zijn. Kijk naar de roodheid van het gezicht...' Ze boog zich naar voren en opende een ooglid. '...en kijk hier, zie je die kleine muntbloedingen?'

'Nee,' zei Carl.

Ze draaide zich om en keek verbaasd naar hem. 'Je moet bukken om ze goed te kunnen zien.'

'Ik vertrouw je.'

Ze liet het ooglid los, dat weer dichtgleed.

'Als de halsader uitgeschakeld wordt, wordt de bloeddruk in het hoofd te hoog en scheuren de fijne haarvaten in het bindvlies.'

Carl knikte opgelaten. 'Wanneer is ze overleden?'

Beatrice wiegde met haar hoofd. 'Je weet dat dat moeilijk te zeggen is, maar als ze buiten in de kou gelegen heeft... ergens gisteravond. Uitgaand van haar rectale temperatuur is ze misschien tussen tien uur 's avonds en twee uur 's nachts overleden.'

Carl knikte. 'Verder nog iets?'

Ze zag er bijna enthousiast uit en Carl vroeg zich af hoe ze hierbinnen zo begeesterd en bijna uitgelaten kon zijn.

'Ze is vastgebonden geweest. Bij de enkels en polsen heeft ze een vrij groot gebied met smalle ligatuurmerken. En zoals je ziet heeft ze meerdere open wonden, maar niet aan de binnenkant van de polsen. Dus vermoedelijk is ze ergens aan vastgebonden geweest, misschien aan armleuningen of iets dergelijks. Bovendien heeft ze gevochten om los te komen.'

'Terwijl de dader haar oor afsneed,' mompelde Carl.

Beatrice gaf geen antwoord. In plaats daarvan draaide ze zich om en riep naar de collega bij het verbrande lijk om haar te helpen het lichaam op de buik te draaien. Carl deed een stap naar achteren en keek naar de winterduisternis achter het raam.

'Oké,' zei Beatrice. 'Kijk hier eens…'

Carl draaide zich opnieuw naar het lijk om. Op de rechterschouder zat een tatoeage van een vogel. Beatrice tilde Kumiko's haar op zodat de nek zichtbaar werd.

'Hier zie je dat de plekken diffuser zijn, wat betekent dat ze van achteren gewurgd is. En als je hier kijkt, zie je dat ze een onregelmatige bloeduitstorting heeft.'

Carl boog zich met tegenzin naar de rug. Hij zag een heel zwakke schaduw op de lichte huid.

'Waar kan dat volgens jou door veroorzaakt zijn?'

'Een stomp voorwerp,' zei ze. 'Maar de randen zijn onregelmatig, dus moet het eveneens zacht zijn.' Ze keek met een schuine blik naar Carl. 'Ik gok op een knie.'

'Heeft ze afweerletsel?'

Beatrice schudde haar hoofd. 'Ik denk dat het als volgt gegaan is. Iemand heeft haar op haar buik gedwongen, heeft een knie in haar rug gezet, heeft een riem om haar hals gedaan en heeft haar gewurgd. Alleen maar een gok, hoor.' Ze glimlachte naar hem.

Carl keek naar haar onregelmatige gebit en vroeg zich af waarom ze geen beugel had gehad. Hij herinnerde zich meerdere klasgenootjes op de middelbare school die een beugel hadden en dacht dat iedereen die dat nodig had er een kon krijgen. Ze moest hem geweigerd hebben, besefte hij. 'Maar je zei dat ze vastgebonden was. Waarom is ze dan op haar buik gedwongen en daarna…'

'Je moet hard trekken om iemand met een riem te wurgen… En daarvoor heb je weerstand nodig. De stoel zou gewoon omvallen.'

Carl knikte. 'Drugs?'

Beatrice schudde haar hoofd. 'Niets wat het vermelden waard is.'

'Wat bedoel je?'

'Ze heeft sporen van cannabis in haar lichaam, maar in zo'n kleine hoeveelheid dat het geen invloed had toen ze stierf. Helaas. Het zou haar anders in zekere mate verdoofd hebben.'

'Oké,' zei Carl. 'Als er niets anders is…'

'Nee. Je krijgt later een verslag.'

'Bedankt,' zei Carl. Hij trok de plastic handschoenen uit die hij droeg om een reden die hij zelf niet kende. 'Bel me als je meer vindt.'

'Natuurlijk.'

Hij knikte bij wijze van afscheid en begon naar de deur te lopen.

'Trouwens…' zei Beatrice.

'Ja?' Hij draaide zich om.

Ze hield haar hoofd schuin en keek naar hem. 'Je bent hier heel vaak…'

'Dat weet ik,' zei Carl, 'en dat spijt me. Het is niet mijn bedoeling je bij je werk te storen, maar als je…'

'Heb je zin om een keer iets met me te gaan eten? Als we elkaar toch zo vaak tegenkomen, kan het leuk zijn om… een keer over iets anders dan lijkdelen te praten.'

Hij bleef even onbeweeglijk staan. 'Ja, laten we dat doen,' zei hij vervolgens.

'Vanavond misschien?'

Hij dacht na. Linda was bij haar moeder. 'Om zeven uur?' stelde hij voor.

'Zeven uur is prima,' antwoordde ze.

53

Twee uur later zat Carl Edson aan een raamtafeltje in een restaurant aan de Skeppsbrokajen in Gamla Stan. Beatrice zat tegenover hem. Hij keek naar haar en vermoedde dat hij haar in een groep mensen niet herkend zou hebben, niet alleen omdat ze de groene artsenkleding had verwisseld voor een elegante zwarte blouse en een wijde zwarte broek, maar ook omdat ze iets met haar haar had gedaan. Carl wist niet zeker wat het was, maar ze zag er anders uit.

'Waarom ben je politieagent geworden?' vroeg ze.

Hij zette zijn glas wijn neer. Het was geen vraag die hij had verwacht, niet zo rechtstreeks in elk geval. 'Ik weet het niet,' zei hij. 'Ik ben begonnen met een studie theoretische filosofie, maar die beviel me niet.'

Ze zweeg, haar wang rustte op een handpalm en ze keek aandachtig naar hem.

'Eigenlijk was ik best enthousiast over filosofie. Reflecties, erover nadenken waar we echt mee bezig zijn, de dingen niet als vanzelfsprekend beschouwen...' zei hij.

'Waarom ben je dan gestopt?'

'Mijn studiegenoten, denk ik. Er waren te veel discussies over hoe je kon weten dat een bord een bord was.'

Ze lachte. 'Ik heb ook een semester filosofie gestudeerd, voordat ik medicijnen ging doen, en ik had hetzelfde gevoel. Het hielp me niet om de moeilijke dingen te begrijpen. Erger nog, ik begreep zelfs de eenvoudige dingen niet meer. Dat was precies het tegenovergestelde van wat ik wilde.'

Hij rook een zweem van haar parfum. Ze streelde met haar vinger over de voet van haar wijnglas en leek te wachten tot hij meer zou zeggen, maar hij wist niet wat. In plaats daarvan keek hij naar warm ingepakte mensen die achter het raam passeerden. Hij zag hoe ze ineendoken door de wind die vanaf Saltsjön waaide. Het zag er koud en onaanlokkelijk uit.

'En daarna?' vroeg Beatrice. 'Je hebt alleen verteld waarom je stopte met filosofie.'

Carl knikte terwijl hij bedacht dat ze een goede politieagent zou zijn. 'Ik heb even rechten gestudeerd, maar dat was het ook niet voor me.' Hij voelde zich zoals gewoonlijk opgelaten omdat hij over zichzelf praatte, had het gevoel dat hij over zijn woorden struikelde. Waarom was dat zo?

'Je bent dus politieagent geworden omdat je niets beters kon bedenken? Is dat wat je bedoelt?'

Hij lachte. Ze had in zekere zin gelijk. 'Waarschijnlijk paste het werk bij me. Ik heb een tijdlang een bijbaan in de zorg gehad, maar toch ben ik geen arts of verpleegkundige geworden.'

'Wat past er dan bij je?' vroeg ze, waarna ze een slok wijn nam.

Carl wist niet eens of zijn ex-vrouw wist waarom hij politieagent was geworden, en hij was toch bijna tien jaar met haar getrouwd geweest. 'Gerechtigheid misschien,' zei hij.

Beatrice hield het glas voor haar mond, maar hij zag aan haar blik dat ze niet tevreden was over het antwoord.

'Als ik geen zin heb om naar mijn werk te gaan, dan denk ik aan het slachtoffer,' ging hij verder. 'Bijna alles in een onderzoek draait om de vermoedelijke daders: het motief, de modus operandi, het technisch bewijs, de getuigen, de achtergrond... Het slachtoffer blijft op de achtergrond. Maar als ik... als wij erin slagen om het onderzoek zo goed te doen dat de dader voor de rechter komt en veroordeeld wordt, dan voelt dat alsof ik het slachtoffer...'

'...een beetje heb gewroken?' vroeg ze.

Hij zag dat ze iets plagerigs in haar blik had. Hij had hier af en toe over nagedacht, maar was niet helemaal zeker van het antwoord. Misschien was het inderdaad wraak. 'Genoegdoening,' zei hij in plaats daarvan. 'Niemand krijgt zijn leven terug omdat we de moordenaar opgepakt hebben en ik geloof niet eens dat het bijzonder afschrikwekkend voor anderen is, maar ik geloof wel dat ouders, vrienden, kinderen – als de slachtoffers tenminste kinderen hebben – een soort genoegdoening krijgen.'

Ze zette het glas neer en draaide het nadenkend tussen haar vingers. 'Mensen vragen zich vaak af hoe ik het kan verdragen om in dode mensen te snijden,' zei ze na een tijdje. 'Ik geloof dat ze denken dat ik op de een of andere manier respectloos met de doden omga, maar ik denk dat ik de stem van het slachtoffer ben… dat ik hun verhaal vertel… wat er met hen gebeurd is, waar ze aan blootgesteld zijn geweest…' Ze keek op. 'En ik vind het mooi om zo te denken.'

Een ober verscheen naast hun tafeltje. Carl leunde naar achteren op de stoel om hem ruimte te geven om de borden met schaaldierpasta neer te zetten. Hij voelde zich niet helemaal op zijn gemak bij het gesprek, maar had er minder moeite mee dan hij had gedacht.

'Heb je het naar je zin?' vroeg ze toen de ober weg was.

'Ik heb geen ontslag genomen…' Jezus, dacht hij, ben ik zó saai? 'En jij?' vroeg hij. 'Forensisch arts… Hoe is dat gegaan?'

'Aanvankelijk wilde ik als arts in Afrika werken om ernstig zieke en arme mensen te redden…' Ze draaide de vork in haar pasta rond. 'Ik denk dat ik een heldin wilde worden. Je weet wel, zo iemand die mensen ontroert. *Met gevaar voor eigen leven redde Beatrice Lundmark het leven van duizenden mensen…*' Ze lachte. 'Ik was jong en ongelofelijk romantisch. En ik was een uitermate braaf meisje dat meteen na het gymnasium ging studeren.'

'Wat heeft je tegengehouden om een heldin te worden?'

'Mijn moeder stierf… Ze was al heel lang ziek, maar het was toch een schok.'

'Kanker?' vroeg Carl.

Beatrice keek uit het raam. 'Een kwaadaardig melanoom. Ze hebben telkens een stukje van haar weggehaald en zeiden dan: "Nu is de kanker verdwenen." Ik was vijftien toen ze de diagnose kreeg en twintig toen ze stierf.' Ze glimlachte, maar deze keer zag het er moeizaam uit. 'Naderhand dacht ik veel over de dood na, wat ik voor die tijd niet deed, en als we tijdens de opleiding autopsies op lichamen uitvoerden of weefselmonsters onder de microscoop bekeken… was ik gefascineerd. Ik wilde me met de dood bezighouden.'

Ze hief haar glas om te toosten. 'Op de dood, ons levensonderhoud,' zei ze. 'Lekkere wijn, vind je niet?'

Hij knikte en nam aan dat ze zichzelf wilde beschermen door over iets luchtigers te beginnen.

'Maar omdat je het vraagt...' ging ze verder terwijl ze nog steeds enigszins plagerig overkwam. 'Ik geniet enorm van mijn werk. Ik hou ervan om raadsels op te lossen, om dingen te vinden die verstopt zijn.'

Carl knikte en zocht iets anders om te zeggen dan 'ja ja', maar wist niets te bedenken.

'Ik werk inmiddels zestien jaar als forensisch arts, dus iets aan het werk past blijkbaar bij me.'

Carl merkte dat zijn bord leeg was. Hij legde zijn bestek discreet weg en wachtte terwijl zij verder at.

'Ik stel zelden aan een collega voor om samen te gaan eten,' zei ze terwijl ze naar haar bord keek. 'Maar ik vind je al een hele tijd een beetje... mysterieus.'

'Mysterieus? Als je denkt dat ik een heleboel geheime kanten heb, dan moet ik je teleurstellen. Wat je ziet is helaas wat je krijgt.'

Ze glimlachte. 'Dat geloof ik niet. Je hebt toch kinderen?'

Hij knikte. 'Een dochter van zeventien... Maar ik ben gescheiden. Ze woont om de week bij mij.'

'Ik heb een zoon,' zei ze. 'Hij is veertien, maar woont het grootste deel van de tijd bij zijn vader. Ze hebben veel dingen gemeen, houden bijvoorbeeld allebei van ijshockey en voetbal, dingen waarvan ik niets begrijp.' Ze keek uit het raam. Carl volgde haar blik. Een van de veerboten naar Djurgården gleed langzaam door het water.

'Het is waarschijnlijk mijn eigen schuld,' zei ze. 'Ik had me misschien meer moeten inleven, maar ik heb het geweldige aan het hebben van kinderen nooit echt gevoeld... Voor mij was het meer een "oké"...' Ze keek onzeker naar hem. 'Klinkt dat vreselijk?'

'Nee,' antwoordde Carl. 'Het klinkt eerlijk.'

Ze legde haar hand op de zijne en glimlachte naar hem.

Onderweg naar huis, een uur later, schoof ze haar hand onder zijn arm terwijl ze samen door Gamla Stan liepen. Het begon te sneeuwen, kleine voorzichtige sneeuwvlokken die dwarrelden in de wind. Carl vroeg zich af waar ze naartoe gingen, maar vroeg het niet. Waarschijnlijk zouden hun wegen bij het metrostation scheiden, en hij wilde het moment niet verpesten.

54

Woensdag 23 januari

Er waren elf dagen verstreken sinds ze de drie dode mannen in het vakantiehuis aan zee hadden gevonden en een etmaal sinds Kumiko Andersson dood bij de recyclingcontainers was aangetroffen. Ze hadden iemand aangehouden en hadden een persoon die spoorloos was verdwenen.

Daar dacht Carl Edson echter niet aan terwijl hij de portiekdeur openduwde en naar zijn auto liep. Hij dacht aan de vorige avond, en toen hij het Gullmarsplan passeerde en naar de Södra länken afsloeg besefte hij dat hij zich misschien niet blij, maar in elk geval ongewoon opgewekt voelde.

Hij nam de afslag Västertorp om Jodie op te halen.

'Blijf jij rijden?' vroeg ze wantrouwend terwijl ze op de passagiersstoel ging zitten nadat ze voor niets naar de bestuurderskant was gelopen.

Hij knikte.

Twintig minuten later stapten ze in Solna op de bovenste verdieping van het pand uit de lift en liepen ze de receptie van C-Mine Nordic in.

De receptioniste, een vrouw met grijs haar in een zwarte rok en een lichtblauw shirt, keek hen oplettend aan. 'Hebben jullie een afspraak?' vroeg ze met een strenge klank in haar stem.

'Is dat een probleem?' zei Carl. Hij hield haar zijn politielegitimatie voor.

De receptioniste leek met zichzelf te overleggen. 'Nee, natuurlijk niet,' zei ze vervolgens. 'Ik zal zien of ik jullie ergens tussen kan proppen.' Ze maakte een gebaar naar een kleine bank en verdween vervolgens een gang in. Carl liep ernaartoe en bekeek de stenen op de kleine houten planken die aan de muur waren bevestigd, met messing bordjes ernaast. Bij ALUINSKALIE, SKÅNE bleef hij staan. Op de plank lag geen mooie steen, maar een matgrijze platte schijf met donkere strepen. Hij stak zijn wijsvinger voorzichtig uit en raakte hem aan.

'Jullie mogen binnenkomen,' zei de receptioniste achter hen.

Ze volgden haar door de gang naar het achterste kantoor, waar ze de deur voor hen openhield.

Per Nordin zat achter zijn bureau. Toen hij hen zag stond hij onmiddellijk op. 'Bedankt, Birgitta,' zei hij tegen de receptioniste, die de deur zachtjes dichtdeed en verdween.

Per maakte een gebaar naar een kanariegeel bankstel bij het raam. 'Willen jullie iets hebben? Koffie? Thee?' Hij hield zijn handen voor zich alsof hij hun wensen uit de lucht kon toveren.

'Nee, dank je,' zei Carl. Hij ging op een van de leren fauteuils zitten, die aangenaam kraakte onder zijn gewicht.

Hij dacht aan de oncomfortabele stoelen van grove stof op het politiebureau, waarna hij vluchtig naar het uitzicht op Brunnsviken en het Hagaparken keek.

'Waar gaat het dit keer over?' vroeg Per terwijl hij tegenover hen ging staan. 'Als het over de autobrand gaat: ik denk niet dat ik serieus gevaar loop. Het was gewoon een idioot die een paar auto's in brand wilde steken en helaas de mijne koos.'

'We hebben redenen om te geloven dat dat zo niet is,' zei Carl vriendelijk.

Per vertrok zijn gezicht, maar ging er niet tegenin. 'Als jullie het zeggen,' zei hij. Hij trok de pijpen van zijn broek omhoog voordat hij tegenover hen op de bank ging zitten.

'Krijgen jullie vaak bedreigingen?' vroeg Jodie.

'Bedreigingen dat we moeten stoppen met ons bedrijf? Ja, dat komt voor.'

'Ook van buitenlandse... organisaties?'

'Nee, alleen van de gebruikelijke milieubewegingen. Ze hebben afgelopen herfst zelfs een van onze boortorens in Skåne in brand gestoken, maar –'

'Zegt de naam Andrius Sarunas je iets?' onderbrak Carl hem.

Per aarzelde en leek na te denken. 'Nee, dat geloof ik niet,' zei hij. 'Wie is dat?'

'Dat is de idioot die een paar auto's in brand wilde steken en helaas die van jou uitkoos,' zei Carl.

Per zag er in eerste instantie verbaasd uit, maar begon vervolgens te lachen.

'Hij wordt ook verdacht van de moord op een jonge vrouw,' voegde Jodie eraan toe. 'En mogelijk is hij ook betrokken bij de ontvoering van –'

'De ontvoering?' zei Per. 'Het is moord.'

'...van de moord op je collega –'

'Vriend.'

'Je vriend... Jens Rudberg,' zei Jodie gespannen.

Per spreidde zijn armen. 'En nu denken jullie dat ik ook gevaar loop?'

'Dat is heel goed mogelijk,' zei Carl.

'Zoals ik eerder al heb gezegd, weiger ik te buigen voor dat soort intimidatie. Als je toegeeft aan angst wordt het leven zinloos.' Per keek snel op zijn horloge, een Breitling, constateerde Carl. 'Ik waardeer de waarschuwing, maar ik kan voor mezelf zorgen. En als jullie me nu willen verontschuldigen. Ik heb een vergadering waar op me gewacht wordt.'

'Nog één vraag,' zei Carl. 'Heb je ooit een dreigbrief gekregen die aan jou persoonlijk gericht was?'

'Je bedoelt van de ontvoerders? Nee. Zoals ik de vorige keer al vertelde toen jullie ernaar vroegen, zou ik zo'n brief natuurlijk meteen aan jullie gegeven hebben.'

'En hij kan niet zijn blijven liggen... of per ongeluk weggegooid zijn? Hij kan voor de ingang op de begane grond achtergelaten zijn...'

Per wierp Carl een afkeurende blik toe. 'Nee, dat weet ik zeker. Wat had zo'n brief moeten bevatten? Nieuwe fantasierijke eisen?'

'Jens Rudbergs rechterwijsvinger,' zei Carl.

Per reageerde helemaal niet, keek alleen nadenkend naar hem. 'Als we een brief met Jens' wijsvinger hadden gekregen, dan hadden we onmiddellijk contact met jullie opgenomen, dat kan ik jullie verzekeren.'

Hij spreidde zijn armen, wachtte tot Carl en Jodie zouden opstaan en begeleidde hen vervolgens naar de deur. In de deuropening zei hij: 'De volgende keer zou ik het waarderen als jullie een afspraak maken voordat jullie hiernaartoe komen. Het kan gebeuren dat ik in een gevoelige onderhandeling zit en jullie niet kan ontvangen.' Hij glimlachte breed naar hen.

'Natuurlijk,' zei Carl.

'En als het niet noodzakelijk is, zou ik het waarderen als jullie niet naar mijn huis komen.'

Carl keek hem niet-begrijpend aan.

'Zoals afgelopen weekend,' zei Per. 'Jullie kwamen naar mijn appartement en stelden vragen over... kleinigheden.'

'Afgelopen weekend?'

'Ja, jullie niet, maar jullie collega is zaterdag bij me thuis geweest.'

'Wie was dat?'

'Asbjörn nog wat... een verdomd vreemde naam. Asbjörn Bolinder...'

'Bolander,' zei Carl. 'Natuurlijk. We zullen je privéleven in zoverre dat mogelijk is... respecteren.'

Waar is Asbjörn in vredesnaam mee bezig, dacht hij. En waarom heeft hij daar niets over gezegd?

Op de terugweg zat Jodie zoals gewoonlijk achter het stuur en Carl zat naast haar. Het prettige gevoel van vanochtend was verdwenen en de energie was vervangen door vermoeidheid.

'Hij moet wel liegen,' zei hij afwezig.

'Over Andrius?' vroeg Jodie.

'Misschien heeft hij over hem ook gelogen, maar hij loog over de vinger. Een van tweeën liegt, hij of Oscar, en ik denk dat het Per is.'

'Maar waarom zou hij over zoiets liegen?'

'Wie weet? Misschien wil hij de activiteiten van het bedrijf beschermen. Het is moeilijk om in het openbaar lak te hebben aan de eis van de ontvoerders om met je activiteiten te stoppen als ze lichaamsdelen van je vriend beginnen te sturen. Het is eenvoudiger om ze weg te gooien en het niemand te vertellen.'

Jodie trok één wenkbrauw op. 'Hij is een ex-militair,' ging Carl verder. 'Een officier. Waarschijnlijk heeft hij veel ergere dingen meegemaakt dan een vinger.'

'Maar dat is... bizar,' zei Jodie. 'Je denkt dus dat hij de vinger zelf in zee gegooid heeft?'

'Ja, als Oscar niet liegt...' Carl keek door het voorraam terwijl Jodie in zuidelijke richting over de Essingeleden reed.

'Hoe was je date trouwens?' vroeg ze plotseling.

Hij wachtte met zijn antwoord, niet zeker wat hij moest zeggen.

'Beatrice belde me gisteren,' ging Jodie verder. 'Ze vroeg naar je.'

'Is dat zo?'

'Ze vroeg letterlijk of je niet goed bij je hoofd was. Ze heeft blijkbaar een relatie gehad met een politieagent die volkomen gestoord was.'

'Wat heb je geantwoord?'

'Dat ze voor je moet oppassen.'

Carl keek haar wezenloos aan.

'Ik zei dat je een bijzonder betrouwbare en correcte man bent. En als je al een zwak punt hebt, dan is het dat je ellenlange en onbegrijpelijke betogen kunt houden die nergens naartoe gaan.'

Carl zuchtte. 'Je hebt dus gezegd dat ik saai ben.'

'Dat zei ik niet. Dus, hoe ging de date?'

'We zijn uit eten geweest. Het was gezellig.'

Jodie nam de rijbaan die de stad in leidde.

'En verder?' vroeg ze op een suggestieve toon die Carl niet prettig vond. 'Is er nog iets gebeurd?'

'Nee,' zei hij. 'Er is niets gebeurd. Ik ben met haar meegelopen naar de metro en daar hebben we afscheid van elkaar genomen.'

'Zelfs geen kus?'

'Alleen een omhelzing,' zei Carl, en hij keek uit het zijraam.

55

Politieagent Dina Burström liep de rijbaan van de Ringvägen op en gaf een stopteken aan de zwarte Ford die in oostelijke richting naar Skanstull reed. De auto minderde vaart en deed zijn rechterknipperlicht aan om de Gräsgatan in te rijden. Het ging om een alcoholcontrole en meerdere auto's stonden al met open zijramen op de ventweg voor de blaastest van de chauffeurs. Dina maakte aanstalten om weg te lopen toen de chauffeur van de Ford in plaats van rechts af te slaan plotseling gas gaf en rechtdoor reed. Ze liet zich naast de weg vallen om niet overreden te worden.

'Verdomme!' riep ze terwijl ze overeind kwam en haar radio pakte om een oproep te doen: 'Een zwarte Ford stationwagen is net doorgereden.'

Terwijl ze het kenteken opnoemde, zette een van de agenten in de surveillancewagens die stand-by stonden in de Gräsgatan de sirene aan en scheurde de Ringvägen op. Dina keek de Ford na en zag dat er een korte rij auto's voor de verkeerslichten op de kruising met de Götgatan en de Skanstulls-brug stond. Het leek erop dat de Ford tegen het verkeer in zou rijden, maar plotseling veranderde de chauffeur van richting en sloeg in plaats daarvan af naar rechts, de busbaan op, en reed verder over het trottoir en het voet- en fietspad dat naar het Eriksdalsbadet leidde. Dina zag een moeder met een kinderwagen op het laatste moment uitwijken. De achtervolgende surveillancewagen moest aanzienlijk langzamer rijden en brak de achtervolging even later af om geen ongelukken te veroorzaken.

Ze rende naar haar collega Mats toe. 'We onderscheppen hem!' riep ze en ze ging in de surveillancewagen zitten. 'Jij rijdt! Neem de Gräsgatan!'

Toen ze bij het voetpad naar de Hammarby Slussväg kwamen zag ze dat er geen straat, maar een trap was.

'Rij door!' riep ze tegen haar collega. 'We nemen de Vickergatan.'

Tweehonderd meter verder sloegen ze scherp af naar links, in de richting van Årstaviken, om vervolgens over het voet- en fietspad naar het Eriksdalsbadet terug te rijden. Als de Ford deze weg had genomen, moesten ze hem tegenkomen.

Toen ze halverwege waren, was Dina er zeker van dat de chauffeur de andere weg naar de oude Skanstulls-brug had genomen.

Op hetzelfde moment kwam de Ford de bocht om en reed met een enorme snelheid op hen af. Twee seconden later botste de auto met een metaalachtige klap op de surveillancewagen, waarna twee explosies van hun airbags volgden.

Dina stapte duizelig uit de auto. De chauffeur van de Ford stapte eveneens uit en rende over het voetpad weg, maar hij trok met zijn rechterbeen.

Na bijna honderd meter haalde ze hem in en kon ze hem op de grond gooien. Ze zette een knie in zijn rug, pakte zijn rechterhand en deed hem handboeien om.

'Je bent aangehouden voor poging tot moord op een ambtenaar en roekeloos rijgedrag in het verkeer,' zei ze, waarna ze hem op zijn rug draaide.

De man staarde naar haar, maar zei niets.

'Mijn collega fouilleert je,' zei ze met een knikje naar Mats.

Ze trokken de man overeind. Hij bleef roerloos staan terwijl Mats zijn kleren controleerde zonder iets te vinden.

'Hoe heet je?' vroeg Dina.

De man gaf nog steeds geen antwoord.

'Versta je Zweeds? *What's your name?*' vroeg ze.

De man keek haar aan, maar bleef zwijgen.

Ze pakte de portefeuille van de man uit zijn binnenzak, haalde zijn rijbewijs tevoorschijn en hield het hem voor. 'Ben jij dit?'

56

'Waar ben jij in vredesnaam mee bezig?' Carl liep rechtstreeks naar Asbjörns bureau. De anderen in de vergaderkamer draaiden zich om en keken naar hen.

'Wat bedoel je?' vroeg Asbjörn met een verbijsterde blik in zijn ogen.

'Waarom heb je met Per Nordin gepraat zonder daar iets over te zeggen? Werk je op eigen houtje binnen dit onderzoek?'

Asbjörn keek naar beneden. 'Ja, oké, ik wilde controleren of er andere motieven voor de ontvoering waren,' zei hij zonder zijn gebruikelijke norsheid. 'Een financieel motief bijvoorbeeld. De milieueisen [illegible] leken op de een of andere manier verzonnen.'

Carl probeerde niet te verbergen hoe geïrriteerd hij was. 'Als we...' begon hij, maar hij onderbrak zichzelf en nam een nieuwe aanloop. 'Om vaart in een onderzoek te houden moeten we samenwerken. Communi ceren. Anders zijn we niet meer dan een groep amateuristische privédetectives.'

Asbjörn knikte. 'Ik weet het. Het is mijn schuld. Ik was degene die besloot om te wachten met verslag uitbrengen... Het was tenslotte alleen mijn intuïtie. Ik wilde eerst iets concreets vinden. Ylva en ik zijn ook bij Mona Rudberg geweest...'

'Wat hebben jullie ontdekt?' vroeg Carl.

'Niets,' antwoordde Asbjörn eerlijk. 'Of misschien iets... Jens Rudberg had een aktetas met een contract bij zich.'

'Een aktetas?' zei Carl. 'En waar is die nu?'

'Dat het is juist, die is nergens te vinden.' Asbjörn keek naar Ylva, die Carl een stapel papieren gaf. 'De tas is verdwenen,' zei ze. 'We hebben het hele onderzoeksdossier en alle plaatsen delict doorgespit, maar de aktetas duikt nergens op. Toch zeggen Mona Rudberg en Per Nordin beiden dat Jens die dag net als altijd een aktetas bij zich had.'

Asbjörn leunde naar achteren op zijn stoel. 'Daarom ontdekten we de inbraak in Kalvsvik. We dachten dat de technisch rechercheurs hem misschien over het hoofd gezien hadden en dat de aktetas er nog was...'

Carl knikte. 'Wat denken jullie? Dat iemand de woning in Kalvsvik doorzocht heeft en Kumiko Andersson vermoord heeft om Jens Rudbergs aktetas te pakken te krijgen?'

'Niet iemand,' zei Asbjörn. 'Andrius Sarunas.'

'En hoe denken jullie dat de aktetas in Kalvsvik beland is? Heeft Oscar hem volgens jullie meegenomen?'

Asbjörn knikte.

'Hebben jullie hem dat al gevraagd?'

'Nee.'

'Dan moeten we dat doen.'

Asbjörn knikte, en daarna zwegen ze allemaal.

Carl liep naar het whiteboard en schreef JENS' AKTETAS op. 'En hoe past onze blinde vrouw hierin?' zei hij.

Toen niemand iets zei, ging hij zelf verder: 'Uitgaande van wat we denken te weten is zij waarschijnlijk de enige die iets over Andrius alias Orca zou kunnen weten. Ze heeft Oscar over Orca verteld en was degene die contact met hem had. Bovendien heeft ze het bloedbad in de vakantiewoning op wonderbaarlijke wijze overleefd.'

Carl werd onderbroken door zijn telefoon voordat hij had kunnen zeggen dat de blinde vrouw ook de enige was die een valse identiteit had opgegeven.

'Ja... Wat? Nu?' zei hij. 'Waar? Oké, we zien elkaar.' Het gesprek had dertig seconden geduurd.

'Ja?' zei Jodie terwijl ze ongeduldig naar hem keek.

'Ze hebben Andrius Sarunas opgepakt. Hij probeerde ervandoor te gaan bij een alcoholcontrole.'

57

De man had zijn armen stevig over elkaar geslagen en staarde naar Carl Edson. Hij had de stoel naar achteren geschoven zodat hij zijn ene been op het andere kon leggen. Ondanks zijn houding vond Carl dat er iets vaags en onduidelijks aan hem was: het blonde haar dat plat op zijn hoofd zat, de alledaagse gelaatstrekken.

'*No comments*,' zei hij in gebroken Engels.

Carl knikte. Andrius Sarunas had tot nu toe op alle vragen die hij, Jodie en Asbjörn hadden gesteld hetzelfde antwoord gegeven. Het enige wat ze tot nu toe te weten waren gekomen, was dat hij in 1967 in Vilnius was geboren en al vijftien jaar in Zweden woonde, wat ze al wisten.

En ze wisten dat hij vrij goed Zweeds verstond.

Officier van justitie Daniel Sandén zat eveneens in de verhoorkamer, maar had tot nu toe geen woord gezegd.

'Waarom heb je Per Nordins auto in brand gestoken?' vroeg Carl voor minstens de derde keer. 'Wie heeft je opdracht gegeven om dat te doen?'

'No comments,' zei Andrius opnieuw terwijl hij van houding veranderde.

'Waarom ben je bij de politiecontrole weggevlucht? Waarom was je bang om opgepakt te worden?'

'No comments.'

Carl knikte naar Asbjörn, die het overnam. 'Waar bevond je je twee weken geleden, op zaterdag 12 januari?'

Andrius haalde zijn schouders op.

Ze hadden die vraag ook al gesteld zonder er antwoord op te krijgen. Nu ging Asbjörn verder: 'Kun je in de buurt van Nynäshamn geweest zijn?'

Andrius haalde zijn schouders op.

Asbjörn keek in de papieren die ze van de Litouwse politie hadden gekregen. 'Je maakte deel uit van een elite-eenheid in de voormalige Sovjet-Unie,' zei hij. 'De VDV, de paratroepen...'

'Ja.'

Asbjörn trok zijn wenkbrauwen op. 'Aha, hier wil je blijkbaar wel over praten. Heb je deelgenomen aan een oorlog tijdens je diensttijd?'

'Ja, in Afghanistan.'

'Heb je aan man-tegen-mangevechten deelgenomen? Ben je gedwongen om iemand te doden?'

'No comments.'

'Heb je Joakim Enroth, Andrew Christiansson en Jens Rudberg Karlsson, een collega en vriend van Per Nordin, wiens auto je in brand gestoken hebt, gedood?'

'Nee,' zei Andrius. Hij schudde zijn hoofd.

'Maar je geeft toe dat je Per Nordins auto in brand gestoken hebt?'

'No comments.'

'Waarom heb je Kumiko Andersson vermoord?'

'No comments.'

'Met het DNA-monster dat we van je afgenomen hebben kunnen we bewijzen dat je vlak voordat ze stierf in de woning in Kalvsvik bent geweest. En dan word je beschuldigd van moord.'

'No com–'

Asbjörn sloeg zo plotseling met zijn vuist op tafel dat Carl schrok.

'Geef verdomme een keer antwoord!'

Carl keek naar Daniel Sandén, maar de officier van justitie keek uitdrukkingsloos naar Andrius.

De Litouwer vertrok geen spier terwijl hij opnieuw antwoord gaf: 'No comments.'

Na een korte tijd stilte boog Jodie zich over de tafel naar voren. 'Heb je de naam Orca weleens gehoord?'

'Nee.'

'We denken dat jij dat bent,' ging ze verder. 'We denken dat Orca je codenaam is.'

De man haalde diep adem en keek eerst naar Asbjörn, daarna naar Carl en vervolgens naar Jodie. 'No comments,' zei hij, waarna hij luidruchtig en verveeld uitademde.

Carl gebaarde dat hij het verhoor weer wilde overnemen. 'Je begrijpt toch wel dat je veroordeeld kunt worden, ook al weiger je antwoord op onze vragen te geven? De rechtbank zal aan onze kant staan...'

Andrius keek uitdrukkingsloos naar hem.

'Weet je wie dit is?' vroeg Carl. Hij schoof een foto van de vrouw van wie ze in eerste instantie dachten dat het Edith Ekholm was over de tafel naar hem toe.

Andrius keek naar de foto.

'We hebben getuigenverklaringen dat je haar minstens één keer ontmoet hebt...'

'No comments.'

'Ken je Oscar Hess?'

Een zwakke glimlach verscheen rond de lippen van de man.

'Ken je de activistische organisatie NLF, Nature Liberation Front?'

'Nee.'

'En het Natuur Bevrijdingsfront, NBF?'

'Nee.'

'Vreemd, want we zijn er zeker van dat je het NBF geld gegeven hebt, vijftigduizend kronen, en een pistool, een Zastava CZ99 die in voormalig Joegoslavië geproduceerd is.'

De man lachte breed terwijl hij antwoord gaf. 'No comments.'

Toen Carl en Jodie twintig minuten later de vergaderkamer in kwamen stond de klok aan de muur op een paar minuten over vijf. Asbjörn was vanuit de verhoorkamer meteen in de lift gestapt en naar huis gegaan.

Rickard keek op van zijn scherm. 'Hoe ging het?'

'Niet goed,' zei Carl. 'We hebben tot zaterdag de tijd om een match met zijn DNA te krijgen... Of iets anders wat hem aan de ontvoering of de moord koppelt.'

Dat was een understatement. Officier van justitie Daniel Sandén had er met een zekere aarzeling mee ingestemd om Andrius Sarunas te verhoren, maar had meteen duidelijk gemaakt dat de autobrand alleen geen reden was om hem in hechtenis te nemen.

'Hij moet er op de een of andere manier bij betrokken zijn,' zei Jodie terwijl ze naar Rickards bureau liep. 'Heb je meer van Litouwen opgediept?' Ze stopte met praten toen ze Rickards scherm zag. 'Wat is dat?' zei ze terwijl ze naar een foto wees die het halve scherm vulde.

'Herken je haar niet? Dat is Kumiko... en een andere vrouw. Het lijkt een foto van een vakantie te zijn. Frankrijk? Italië? Ik heb geen idee.'

'Hebben jullie die in Kumiko's appartement gevonden?'

'Ja. Heb ik niet verteld dat ik bezig ben met het doornemen van de foto's van de huiszoeking?'

'Carl,' zei Jodie. 'Kom eens hier. Je moet dit zien.'

Carl verliet zijn plek en ging achter haar staan.

'Kijk,' zei Jodie. 'Dit is Edith Ekholm, de echte Edith Ekholm, samen met Kumiko.'

'Raak het scherm niet aan!' zei Rickard op scherpe toon.

Jodie schrok. 'Ik heb het niet aangeraakt,' zei ze. 'Jezus, doe rustig.'

Carl streek met zijn hand over zijn mond en kin, een gebaar dat zijn vader altijd maakte. 'Dit is... Ze kenden elkaar dus. Hebben we Edith nooit naar Kumiko gevraagd?'

Jodie haalde haar notitieboekje tevoorschijn en bladerde snel naar de juiste pagina. 'Nee, dat denk ik niet, maar daar was ook geen reden toe.'

'Dan moeten we dat nu doen.'

58

Op de salontafel stonden twee kandelaars die de vorm van flatgebouwen hadden. De gaten, die de ramen moesten voorstellen, werden verlicht door de brandende theelichtjes. Het leek iets wat je in een cadeauwinkel in een toeristenwijk kon tegenkomen, dacht Carl. Maar het warme licht dat uit de ramen scheen zag er toch verbazingwekkend gezellig uit.

'Waarom zei je niets toen we de laatste keer met je praatten?' vroeg Carl.

Jodie en hij zaten in de zitkamer van de echte Edith Ekholm in Hammarbyhöjden.

'Jullie hebben het niet gevraagd,' zei ze. 'En hoe moest ik in vredesnaam weten dat Kumiko interessant voor jullie is?'

'Maar je kent haar dus?'

'Ja.'

'Ken je Oscar Hess ook?'

Ze knikte.

'Andrew Christiansson en Joakim Enroth ook?'

'Ik weet wie Joakim is, maar...'

Jodie keek met een verbaasde blik naar Carl.

'Is dat niet vreemd?' zei Carl. 'Dat je de ontvoerder kent die een relatie had met de vrouw die jouw identiteit gebruikte?'

'Ik weet het niet. Jullie komen hiernaartoe en vertellen me een heleboel vreemde dingen. Leg uit!'

'Hoe ken je Kumiko dan?'

'We waren beiden schetsmodellen.'

Carl wachtte tot ze verder zou gaan, maar toen dat niet gebeurde zei hij: 'Ben je actief binnen de milieubeweging? En zij ook?'

'Je bedoelt het NBF? Kumiko houdt zich niet bezig met dat soort dingen. Ze had een tijdje een relatie met Oscar. Ze is gek op hamburgers en vlees en Oscar kon daar niet tegen. Kumiko trekt zich daar echter niets van aan. Ze heeft er maling aan hoe andere mensen over haar denken. Daarom is ze zo grappig om mee om te gaan. Ze gaat altijd haar eigen gang.' Edith lachte.

‘Wat is er zo grappig?’ vroeg Jodie.

‘De naam,’ zei Edith. ‘Ze heeft die veranderd na een feest een paar jaar geleden. Ze was verschrikkelijk dronken en wilde kimono zeggen, maar in plaats daarvan zei ze kumiko. En toen iemand haar uitlachte, zei ze dat ze haar naam in Kumiko zou veranderen. Dat deed ze ook. Ze heeft het zelfs bij de belastingdienst gemeld.’

‘Aha,’ zei Jodie.

Edith haalde haar schouders op. ‘Voor die tijd heette ze Klara. Ze was grappig. Ze ís grappig.’

‘Je hebt geen antwoord op mijn vraag gegeven,’ zei Carl om het gesprek op het juiste spoor terug te krijgen. ‘Ben je actief geweest in de milieubeweging?’

‘Ja,’ zei Edith. ‘Toen ik jong was, was ik actief.’

‘Deed je mee aan acties?’ vroeg Jodie.

‘Willen jullie meer weten over Kumiko?’ vroeg ze met een geforceerd vriendelijke glimlach.

Carl begreep dat ze niet wilde praten over acties waarvan ze niet eens werd verdacht.

‘Ga je met Oscar om?’ vroeg Jodie in plaats daarvan.

‘Nee... Dat vertelde ik al.’

‘Waarom niet?’

‘Ik mag hem niet. Hij is fanatiek en onzeker, en niet altijd even vriendelijk. Daarom ben ik gestopt met Animal Resurrection. Zo heette onze kleine activistengroep.’

‘Wanneer heb je Oscar voor het laatst gezien?’

Ze trok haar wenkbrauwen op. ‘Tja, wanneer was dat? Vijf, zes jaar geleden misschien? We kwamen elkaar toevallig op straat tegen.’

‘Weet je dat zeker? Denk goed na.’

Ze keek verbaasd naar hem. ‘Ik weet het zeker.’

Carl legde zijn handen op zijn dijbenen. ‘Je vriend Mohammed weet heel zeker dat Oscar Hess zes maanden geleden op het feest was waar jij je portemonnee kwijtgeraakt bent.’

Ze fronste haar voorhoofd alsof ze het zich probeerde te herinneren. Ineens barstte ze uit: ‘Maar in dat geval is het helemaal niet vreemd! Die klootzak heeft mijn portemonnee gestolen en heeft hem aan die blinde vrouw gegeven! Of niet soms? En jullie wisten dat maar zeiden niets.'

'Ja,' zei Carl. 'Dat is mogelijk. Je bent Oscar daar dus tegengekomen...'

'Nee, ik heb hem niet gezien. Bovendien vertrok ik vrij vroeg. Het was niet zo'n leuk feest, een beetje stijfjes. Mohammed is heel serieus, hij houdt van tafelschikkingen en kledingvoorschriften en dergelijke.' Ze stond op. 'Hebben jullie meer vragen over Kumiko?' zei ze. 'Want anders...'

Carl schraapte zijn keel. Hij was de oudste en wist dat hij degene was die het moest doen. Hij kon dit niet aan Jodie overlaten. 'Helaas moeten we je vertellen dat... je vriendin Kumiko Andersson dood is.'

Edith sloeg haar hand voor haar mond. 'Wat? Dood?'

'Het spijt ons. Ze is gisterochtend gevonden,' zei Carl.

'Dat kan niet waar zijn!'

'Helaas wel...'

'Maar hoe... Hoe is ze overleden?'

'We...'

Hij wilde niet als een bureaucraat klinken, maar voordat hij de juiste woorden had gevonden, greep Jodie in: 'We zijn een moordonderzoek gestart.'

59

Donderdag 24 januari

De groene gevangeniskleding was gevlekt en er hing een zure zweetlucht om hem heen. De tic van zijn linkeroog verspreidde zich inmiddels naar grote delen van zijn gezicht.

'Hebben jullie de man te pakken die ze vermoord heeft?' vroeg Oscar Hess terwijl hij over de tafel naar voren boog. 'Wat... Wat... zei hij?'

Carl keek verbaasd naar hem. 'Wat weet jij daarover?'

'Mijn advocaat vertelde dat ze hem opgepakt hebben... Andrius...'

'Ja, we hebben de man opgepakt die we ervan verdenken dat hij Orca is,' zei Carl.

'Fuck! Eindelijk.' Oscar sloeg zijn handen tegen elkaar, glimlachte scheef en liet zich opgelucht achterover op de stoel vallen.

'Maar we hebben je hulp nodig,' zei Carl.

'Mijn hulp?'

'Anders moeten we hem laten gaan.'

'Als je iets in de woning bij Nynäshamn hebt gezien, dan is dit het moment om het te vertellen,' zei Jodie.

Oscars glimlach verdween en hij keek wezenloos naar hen, eerst naar Jodie en vervolgens naar Carl. 'Maar... ik heb niets gezien. Ik ben er gewoon vandoor gegaan.'

'Oké, het zij zo,' zei Carl. 'Heb je iets meegenomen toen je vluchtte uit het huis waar je vrienden en Jens Rudberg stierven?'

'Wat bedoel je?'

Jodie boog zich naar hem toe, waardoor Oscar naar achteren deinsde. 'Toen jullie Jens Rudberg ontvoerden had hij een aktetas bij zich. Heb jij die gepakt?'

'Wat? Nee.'

'Weet je welke aktetas we bedoelen?'

Oscar slikte. 'Andy haalde een aktetas uit Jens' auto...'

'Hebben jullie de inhoud bekeken?' vroeg Carl.

'Ik weet het niet... Ja, Andy deed dat. Hij zei dat het alleen papieren waren, een heleboel cijfers, niets interessants...'

'Jullie hebben de aktetas dus meegenomen naar het vakantiehuis. Wat gebeurde er daarna mee?'

'Ik heb geen idee. Ik dacht er niet aan om naar een aktetas te zoeken toen ze allemaal dood waren en het hele verdomde huis onder het bloed zat!'

'Dus volgens jou zou de aktetas zich nog in dat huis moeten bevinden?'

Oscar haalde zijn schouders op. 'Ja.'

Jodie schoof haar telefoon met een pas genomen foto van Andrius Sarunas naar Oscar toe. 'Heb je deze man ooit in of in de buurt van het vakantiehuis gezien?'

Oscar boog zich naar voren en keek naar het gezicht. 'Is dat... Orca?'

'Dat denken we,' zei Carl.

Oscar aarzelde.

'Geef gewoon eerlijk antwoord,' zei Carl onverstoorbaar vriendelijk.

'Ik geloof niet dat ik hem gezien heb... Nee.'

'Heb je op de dag waarop jullie Jens Rudberg Karlsson ontvoerd hebben een auto gezien die jullie naar het vakantiehuis gevolgd kan zijn?' vroeg Jodie.

Oscar schudde zijn hoofd.

'Kun je vertellen over de dag waarop jullie Jens Rudberg Karlsson ontvoerden?' zei Carl.

'Ik heb alles verdomme al verteld en heb jullie vragen meerdere keren beantwoord. Jullie... Jullie... Jullie zijn net iemand die probeert een computer te starten door telkens weer op dezelfde knop te drukken... Jullie... Jullie blijven maar klikken – klik, klik, klik – en denken dat het de tiende keer gaat werken terwijl het de andere negen keer ook niet is gelukt.'

Carl glimlachte naar hem. 'Je bent geen computer,' zei hij kalm. 'Je bent een mens. En het is...' Hij wilde zeggen dat het heel misleidend was om mensen met computers te vergelijken, maar besefte dat het nergens toe zou leiden. Daarom zei hij alleen: 'Vertel het nog een keer.'

Uit het verhoor van Oscar Hess

In eerste instantie herkende ik de in het zwart geklede man niet die uit de grote Chevrolet stapte die met een stationair draaiende motor geparkeerd stond. Het trottoir was met ijs bedekt en ik concentreerde me erop om Edith naar het autoverhuurbedrijf bij Skanstull te leiden, dat een kilometer verder weg lag.

Dus toen hij voor ons ging staan snapte ik er niets van.

'Waar ben je verdomme mee bezig? Kijk uit waar je loopt!' flapte ik eruit.

Daarna zag ik pas wie het was. 'Jocke?'

'Heb je even?' zei hij, maar zijn stem klonk vreemd, alsof hij iets had geslikt.

'Sorry, maar we gaan...' Ik wilde tegen Jocke niet zeggen dat we een weekend naar een hotel gingen, dus hield ik me op de vlakte. '...weg. Een andere keer.'

Hij zag er opgelaten uit, bijna beschaamd.

'Het spijt me, Oscar, maar je moet,' zei hij. 'Andy is er ook bij. We moeten... iets doen.'

'Snap het dan, dat gaat nu niet, we...' Ik knikte naar Edith.

'Edith, jij gaat toch mee?' zei Jocke.

Ik keek naar haar. Ze zweeg.

'Edith?' zei ik.

'Het is in orde, we kunnen wel meegaan,' zei ze. Ze keek naar beneden, alsof ze teleurgesteld was.

Jocke pakte haar koffer en gooide die in de cabine. Ik begon langzaam naar de schuifdeur te lopen, maar Jocke hield me tegen. 'Jij zit voorin,' zei hij. 'Andy rijdt.'

Plotseling leken ze haast te hebben. Terwijl ik het passagiersportier opende zag ik hoe Jocke zijn arm uitstak zodat Edith hem voelde en kon pakken, in plaats van dat hij haar gewoon vastpakte. Op dat moment snapte ik het. Het was overduidelijk dat ze hem kende. Ze moesten elkaar ontmoet hebben zonder dat ik het wist.

'Vooruit,' zei Andy vanaf de bestuurdersstoel. Hij was gestrest en klonk boos. Geen 'hallo, hoe is het' of iets dergelijks.

Pas toen ik op de passagiersstoel zat en we begonnen te rijden kwam het bij me op om te vragen waar we naartoe gingen. Het was alsof ik niet goed wakker was. Het was allemaal zo vreemd.

'Het Hagaparken,' zei Jocke. 'En bedankt dat je dit doet.'

Edith zei geen woord, ze zat verstijfd met haar handen tussen haar knieën, alsof ze bang was. Of zenuwachtig.

Toen Andy een halfuur later het besneeuwde parkeerterrein bij Hagaparken Norra op reed, stond er maar één auto geparkeerd, een rode Tesla.

'Wat gaan we hier doen?'

Andy wierp me een ongeduldige blik toe, maar gaf geen antwoord. Tegelijkertijd opende Jocke de schuifdeur en hielp Edith uit de auto.

'Edith?' zei ik. 'Wat doe je?'

Niemand gaf antwoord. Andy zat voorovergebogen achter het stuur en staarde naar de rode Tesla. Ik staarde ook. Toen Edith de auto naderde ging het chauffeursportier open en een oudere man stapte uit en liep naar Edith toe.

'Wat gebeurt er?' vroeg ik.

Op dat moment gebeurde alles tegelijk. Andy en Jocke hadden zwarte mondmaskers opgezet en hun capuchons over hun hoofden getrokken, zodat alleen hun ogen zichtbaar waren. Nu stormden ze uit de auto alsof ze op een teken hadden gewacht. Ze renden naar de man toe, die naar de Tesla vluchtte, maar voordat hij vijf stappen had kunnen zetten gooiden ze hem op de grond. 'Wat heeft dit te betekenen? Je hebt gezegd...' Hoorde ik hem door de open schuifdeur roepen.

Hij keek echter niet naar Jocke of Andy, maar naar Edith.

Andy plakte snel ducttape over de mond van de man terwijl Jocke hem met kabelbinders vastbond, waarna ze hem optilden. Andy doorzocht de zakken van de man en haalde een telefoon uit zijn binnenzak.

Daarna pakten ze zijn armen vast en trokken de man in de van.

Ik stond daar maar. Ik was me er niet eens van bewust dat ik uit de auto was gekomen.

'Help dan verdomme!' schreeuwde Andy tegen me.

Ik strompelde naar ze toe en zag dat Jocke de man in de bagageruimte duwde. Andy hielp niet. Hij was met de telefoon van de man bezig. Toen hij klaar was en Jocke de achterportieren van de van had dichtgeduwd, rende hij naar de Tesla terug. 'Jij rijdt!' riep hij tegen mij.

Ik bleef staan, min of meer verlamd, en zag hoe hij het passagiersportier opende, de telefoon naar binnen gooide en het portier weer dichtsloeg. Op de terugweg droeg hij de bruine leren aktetas van de man.

'Zitten en rijden, verdomme!' schreeuwde Andy schel tegen me. Ik schrok en kroop achter het stuur. Andy ging op de passagiersstoel zitten. 'Rijden, rijden, rijden!'

Ik reed slippend het parkeerterrein af en nam de snelweg naar de stad terug. Andy gaf me de hele tijd instructies over hoe ik moest rijden. 'Volg de rijbaan... Hier links... Daar rechts.'

Het was alsof ik in shock was en Edith vroeg om een plastic zak. Dat was bijna het eerste wat ze zei sinds we voor mijn huis op het trottoir hadden gestaan.

'Vooruit! Geef haar een zak!' schreeuwde Jocke gespannen.

Het volgende moment gaf ze over. Ik zag niet of het haar lukte om het in de zak te doen, maar ik rook de zure lucht van braaksel die zich door de cabine verspreidde. De hele auto stonk naar adrenaline, zuur zweet van de spanning en braaksel.

Als ik had nagedacht en niet zo verdomd geschokt was geweest, zou ik gevraagd hebben wie de man was en waarom ze dit deden, maar dat deed ik niet. Het was alsof ik een vacuüm in mijn hersenen had. Alsof alle gedachten naar buiten werden gezogen. Ik hoorde alleen wat Andy zei en besefte nauwelijks dat ik reed. Maar ik had de hele tijd een ijskoud gevoel in mijn maag dat dit verkeerd was, helemaal verkeerd.

Toen ik de auto uiteindelijk voor het vakantiehuis aan zee parkeerde sliep Edith.

'Laat haar maar,' zei Andy. 'We halen de gevangene eerst uit de auto.'

Ze noemden de man die ze hadden ontvoerd 'de gevangene'. De tweede dag kwam ik er pas achter wie het was: Jens Rudberg Karlsson, vice-CEO van C-Mine Nordic, hetzelfde rotbedrijf als in Skåne.

Ik hielp Edith het huis in, liet haar de keuken en het toilet zien, en telde samen met haar voetstappen.

'Jij doet hieraan mee,' zei ik toen we weer in haar kamer waren en we de deur voor alle zekerheid achter ons dichtgedaan hadden.

Ze knikte, zag er wanhopig uit en stond op het punt om te gaan huilen. 'Andy heeft me gedwongen,' zei ze. 'Hij zei tegen me dat ik de mijnbouwmanager moest bellen en moest zeggen dat ik een journalist was en dat we hem wilden interviewen en een foto van hem wilden maken in het Hagaparken.'

'Maar waarom?'

'Anders zou hij ervoor zorgen dat jij ergens voor in de gevangenis zou komen, ik herinner me niet wat Andy zei, maar hij zou je aangeven bij de politie.'

'Mij?'

Ik hield haar schouders vast en schudde haar door elkaar.

'We moeten vluchten,' zei ze gespannen. 'Nu je hier bent kunnen we de auto nemen...'

'Het is te laat,' zei ik. 'Je had het eerder moeten vertellen. Nu zijn we er al bij betrokken. We kunnen niet meer vluchten.'

Ze huilde toen ik wegging, maar daar trok ik me niets van aan. Ik was boos en wilde met rust gelaten worden om te proberen na te denken.

Mijn taak in het huis was ervoor zorgen dat er eten was. Andy en Jocke hadden een hele stapel diepvriespizza's gekocht, dus de eerste dagen stopte ik pizza's in de oven. Toen ze op waren zei Andy tegen me dat ik nieuwe moest kopen bij pizzeria's die ver bij het huis vandaan lagen. En altijd bij verschillende pizzeria's.

Ik wilde Edith meenemen, maar Andy lachte me uit.

'We zijn geen idioten,' zei hij.

Alsof we geen vrienden meer waren, elkaar niet meer kenden.

Toen Andy uiteindelijk Jens' vinger afsneed was ik degene die hem moest afleveren. 'Wíj kunnen het niet doen,' zei Andy. 'Wij moeten bij de gevangene blijven.'

Ik deed wat ze me hadden gezegd en plakte de brief aan de deur van het pand waar het kantoor van C-Mine is. Het was laat, de voordeur was op slot. Op de envelop stond met grote viltstiftletters PER NORDIN, C-MINE. Dat was niet over het hoofd te zien.

Daarna zei Edith niets meer tegen me. Ik zag haar soms in de keuken als ze tussen de stapels kartonnen dozen en borden naar overgebleven pizzapunten zocht, maar zodra ze mij hoorde ging ze naar haar kamer terug.

Andy werd ongelofelijk gestrest na dat met de vinger. Hij volgde alle nieuwsprogramma's die er waren, zat voorovergebogen op de bank en staarde als een zombie naar de televisie. Niemand op tv zei echter iets over de vinger, ze praatten er alleen over dat Jens Rudberg Karlsson vermist werd.

Daarna gebeurde er in één keer van alles. Als een explosie.

Andy stuurde me weg om meer pizza's te halen. We waren inmiddels acht dagen in dat huis en als ik aan pizza dacht kreeg ik braakneigingen. Maar wat moest ik doen?

Toen ik terugkwam was Edith weg en waren Jocke, Andy en Jens Rudberg Karlsson dood. Als ik had nagedacht, dan was ik uit de buurt van het bloedbad gebleven, maar het was net een verschrikkelijke nachtmerrie waarin de afschuwelijke gebeurtenissen, die voortdurend erger worden, elkaar opvolgen. Je weet dat het verkeerd is, dat je het niet moet doen, maar je doet het toch. Ik liep door het bloed van Andy op de trap, pakte het pistool dat op de vloer lag en gooide het weer van me af. Ik wilde weg, een stem schreeuwde de hele tijd in mijn hoofd. *Vlucht! Vlucht! Vlucht!* Toch liep ik verder de trap op.

Pas toen ik in de achterste slaapkamer kwam en Jens Rudberg met een doorgesneden keel op het grote tweepersoonsbed zag liggen, was het alsof er iets in mijn hersenen klikte. *Pang!* Ik rende de trap af en toen ik het pistool weer zag pakte ik het op en veegde het af aan mijn trui, waarna ik het onder een bureau smeet en naar de hal liep. *Naar buiten, naar buiten, naar buiten…*

60

Jodie keek geïrriteerd naar hem. Carl besefte dat hij al een hele tijd zweeg en ging naast haar in de lift staan. Ze had al op de knop voor de derde verdieping gedrukt.

'Ik weet het niet,' zei hij. 'Als Oscar de waarheid vertelt, zoals jij denkt, dan moeten we hem afschrijven als hoofdverdachte voor de moord.'

'We hebben tenslotte een andere kandidaat,' zei ze.

'Andrius Sarunas? Voordat Daniel het ermee eens is om hem te verdenken, hebben we iets nodig wat hem aan de vakantiewoning verbindt.'

'We kunnen een driepuntsmeting van zijn telefoon doen om te zien waar hij was.'

De lift liet weten dat ze op de juiste verdieping waren en de deuren gleden met een schurend geluid open. Waarom hebben we dat niet eerder gedaan, dacht Carl. Maar ze hadden in deze zaak met zoveel bizarre details te maken gehad dat niemand eraan had gedacht.

'Zeg tegen Rickard dat hij de telefoongegevens moet opvragen,' zei hij. 'Misschien levert het iets op.'

Hij duwde de deur naar de vergaderkamer open, zag drie politieagenten zwijgend naar hem kijken en voelde dat er een onheilspellende sfeer hing.

'Wat is er gebeurd?' vroeg Carl onzeker.

'Andrius Sarunas' DNA-test is vanochtend teruggekomen van het NFC,' zei Asbjörn.

'En?' zei Jodie vol verwachting. 'Kunnen we hem aan Kalvsvik koppelen? Of aan Nynäshamn?'

'Hij heeft een alibi,' zei Asbjörn.

'Een alibi?'

'Ja, dat kun je wel zeggen. We hebben een match van zijn DNA in een andere zaak.'

'Wat? Welke dan?'

'Een ernstige verkrachtingszaak in Södertälje. Hij is een smerige klootzak.'

'Oké,' zei Carl. 'Maar… Op welke manier geeft hem dat een alibi in ons onderzoek?'

'De verkrachting vond op de avond van 12 januari plaats, bijna op hetzelfde moment als de moorden op Jens Rudberg en de ontvoerders.'

Iedereen zweeg.

'Hij is Orca dus niet,' concludeerde Carl met zachte stem. 'Als er tenminste een vijfde dader is.'

'Hoe zit het met Kalvsvik en de moord op Kumiko?' vroeg Jodie. 'Klopt het DNA in die zaak wel?'

Asbjörn haalde zijn schouders op. 'Dat is onduidelijk,' zei hij. 'Je moet er met Lars-Erik over praten, maar voor zover ik begrepen heb zat er te weinig DNA in de monsters van Kalvsvik. Ze moesten een andere manier gebruiken en dat kost blijkbaar meer tijd.'

'Het korte antwoord is dus dat we het nog niet weten,' zei Carl.

'Inderdaad, maar na dit met Södertälje zou ik er niet te veel op hopen als ik jou was.'

Carl onderdrukte een zucht. 'Waarom heeft hij de auto van Per Nordin dan in brand gestoken?' dacht hij hardop na.

Asbjörn schudde zijn hoofd. 'Het risico bestaat dat we daar nooit achter komen,' zei hij. 'Als hij tenminste niet gaat praten, maar ik geloof niet dat hij dat doet. En die klootzak krijgt de brand gratis als hij voor de verkrachting wordt veroordeeld.'

Carl liep naar het whiteboard en veegde Andrius Sarunas' naam uit. Toen hij klaar was draaide hij zich om naar de politieagenten, die lusteloos naar hem keken.

'Dan zijn we terug bij Oscar Hess, die tot nu toe iedere betrokkenheid bij de moorden ontkent...'

'En de ongeïdentificeerde blinde vrouw,' vulde Jodie aan.

'Precies,' zei Rickard. 'Ik heb haar gesprekslijsten bekeken zoals je me gevraagd hebt, Carl. Ze heeft meerdere keren naar de ontvoerders gebeld.'

'Ze had een relatie met Oscar Hess,' zei Carl. 'Dan is dat niet zo vreemd.'

'Niet alleen naar Oscar, maar ook naar Andrew Christiansson en Joakim Enroth.' Rickard zwaaide met een vel papier. Carl liep naar hem toe en pakte het aan. 'Ik heb alle gesprekken naar Andrew en Joakim gemarkeerd,' zei Rickard. 'In totaal zijn het er zeven en ze zijn allemaal van voor de ontvoering.'

Carl keek naar de gele markeringen op de lijst. De gesprekstijden varieerden van drie tot zesenveertig minuten. Hij legde het vel papier neer. 'Goed,' zei hij. 'Ze kan de ontvoering en de moord samen met Joakim Enroth en Andrew Christiansson gepland hebben, maar wie heeft de tas met het kloofmes dan aan Per Nordins voordeur gehangen? En wie heeft Kumiko vermoord? Geen van hen kan dat gedaan hebben.'

Niemand zei iets. Carl ging zwaar op de tafel zitten en keek naar 'X', die nog steeds het middelpunt van alle namen en foto's op het whiteboard was. 'Er moet nog een persoon zijn, iemand die we niet in het vizier hebben, de vijfde...'

Hij werd onderbroken doordat de deur openging en Simon de vergaderkamer in kwam. 'Jezus, als dit nog langer doorgaat, dan hebben we iedere verdomde milieuactivist die er bestaat opgepakt voor een heleboel shitdelicten,' zei hij, waarna hij een stoel naar achteren schoof en zwaar ging zitten.

Carl keek vragend naar hem.

'Ik heb een vent gesproken die bekende dat hij afgelopen herfst, in november, samen met Andrew Christiansson en Joakim Enroth in Skåne zo'n boording in brand heeft gestoken.'

'Een boording?' vroeg Asbjörn niet-begrijpend.

'Ja, je weet wel, zo'n apparaat op rupsbanden waarmee boorproeven gedaan worden.'

'En dat was in Skåne? Waar precies?'

'Een klein dorp in de buurt van Simrishamn.'

'Heb je hem gevraagd of hij onze blinde vrouw kent?'

'Nee, maar niemand heeft over Orca of Andrius Sarunas horen praten. Ik heb zelfs naar Recht op Onze Aarde gevraagd, maar –'

'Vergeet Sarunas,' onderbrak Carl hem. 'Hij heeft Nordins auto in brand gestoken, maar hij is niet onze man.' Carl had een soort uitbarsting verwacht, maar in plaats daarvan zakte Simon alleen verder op zijn stoel weg.

‘En Recht op Onze Aarde dan?’ vroeg Simon. ‘En het geld?’

Rickard schudde zijn hoofd. ‘Tja, dat vertelde ik net aan Asbjörn. Ik heb een van de oude bestuursleden te pakken gekregen… en het is volkomen rechtmatig. Ze hebben een vrouw die zei dat ze Edith Ekholm heette geld gegeven om een pr-campagne over de gevolgen van het winnen van aluinskalie te voeren. Ze zou onder meer naar Finland gaan om over de Talvivaara-mijn te berichten. Er is echter nooit een artikel verschenen en ze overwegen nu om haar aan te klagen.’

Carl stond op van de tafel en liep weer naar het whiteboard. Deze keer veegde hij Recht op Onze Aarde weg. Het onderzoek staat niet langer stil, maar gaat achteruit, dacht hij.

61

WIE DIT AANRAAKT IS DOOD, stond er op het geeltje dat op het deksel van het potje pesto in de koelkast was geplakt. Naast de tekst was een hartje getekend.

Carl had zichzelf beloofd om een nieuw potje voor zijn dochter te kopen. Hij had het groenbeige pastagerecht opgepept met twee kerstomaten.

Jodie knikte naar hem. ‘Je eet groente,’ zei ze goedkeurend.

‘Dat kan weleens gebeuren,’ antwoordde Carl.

Ze zaten in de personeelskantine op de bovenste verdieping van het politiebureau, naast het raam met uitzicht op het witte stationsgebouw van Flemingsberg, de snelweg en het enorme ziekenhuisgebouw aan de overkant.

Op het moment dat hij een hap pasta nam, ging zijn telefoon. Hij probeerde het eten weg te werken terwijl hij de groene knop indrukte. ‘Met Carl,’ zei hij onduidelijk.

‘Zit je te eten?’ vroeg een vertrouwde stem. Het was Lars-Erik Wallquist.

‘Wat wil je?’ vroeg Carl. ‘Hebben jullie de testen van Kalvsvik binnengekregen?' Hij was niet in de stemming om met Lars-Erik te praten, maar de technisch rechercheur klonk voor de verandering beschaamd terwijl hij verderging.

'Nee, het gaat om iets anders. We hebben... iets over het hoofd gezien. Heb je tijd om hiernaartoe te komen?'

'Wat is er gebeurd?' vroeg Carl veertig minuten later toen Jodie en hij in Lars-Eriks kantoor stonden.

De technisch rechercheur draaide om op zijn stoel, schraapte zijn keel meerdere keren en streek met zijn handen door zijn grijze haar. 'Ik weet niet hoe ik dit moet zeggen... dus zeg ik gewoon waar het op staat.' De gebruikelijke lichtgeraakte, arrogante toon was verdwenen. Carl keek hem verbaasd aan.

'De een of andere verdomde amateur heeft alle vingerafdrukken en DNA-sporen van het ontvoeringshuis in het onderzoeksregister ingevoerd...' Hij hield een hand omhoog en telde op zijn vingers. 'De twee dode ontvoerders, het slachtoffer Jens Rudberg, Per Nordin en zijn vrouw, de vrouw in de kledingkast... en zelfs Jens Rudbergs vrouw Mona, omdat zij blijkbaar afgelopen herfst nog in dat huis is geweest... Dat deed hij onoordeelkundig, zonder erover na te denken.'

'Ja?' zei Carl. 'Waar wil je naartoe?'

'We hebben meerdere vingerafdrukken van de vrouw in de kledingkast op een paar verdomd onwaarschijnlijke plekken aangetroffen.'

'Ze is blind,' zei Carl vermoeid. 'Ze tastte vermoedelijk met haar handen om dingen te vinden.'

Lars-Erik schudde zijn hoofd somber. 'Dat zou je kunnen denken, maar zo is het niet. We hebben haar afdrukken tussen glazen die helemaal achter in een kast stonden en op een waterkan op de bovenste plank in de keuken aangetroffen. Niemand van de andere mensen in het huis heeft die aangeraakt, maar zij wel.'

'Misschien had ze dorst,' zei Jodie.

'Dorst?' herhaalde Lars-Erik. 'Het is verdomd duidelijk dat ze geen dorst had.'

'Nee?' zei Jodie.

'We hebben haar afdrukken ook in de garage gevonden, op het stuur van een fiets die daar stond.'

'Wat wil je daarmee zeggen?' vroeg Carl.

Lars-Erik keek hem doordringend aan. 'Ze is eerder in het vakantiehuis geweest. Voor de ontvoering, ver voor de ontvoering zelfs. De afdruk op de fiets was bijna uitgewist, dat kan de afgelopen weken niet gebeurd zijn.'

Carl schrok op. 'Bedoel je dat ze het huis kende?'

Lars-Erik knikte. 'Het spijt me dat ik dat niet eerder ontdekt heb.'

Dat speet Carl ook, maar hij zei niets.

62

'Waar gaat het deze keer over?' zei Per Nordin gespannen terwijl hij hen met een weids gebaar uitnodigde om op de kanariegele leren bank in zijn kantoor te gaan zitten.

Hij nam zelf plaats op een van de fauteuils en legde zijn rechterbeen op het linker. 'Hebben jullie Jens' aktetas eindelijk gevonden?' ging hij verder terwijl hij een glas water inschonk uit de fles die op de elliptische houten tafel stond.

'Nee, helaas niet,' zei Carl. 'We hebben ergens anders hulp bij nodig. En het spijt ons dat we geen afspraak gemaakt hebben, maar...'

Per keek met een gespannen gezichtsuitdrukking naar hem. 'Dat geeft niet.'

'Het gaat om je vakantiewoning.'

Per hield het glas water afwachtend in zijn hand en keek met opgetrokken wenkbrauwen naar hen.

'Toen we daar de bewuste avond aankwamen vonden we een vrouw die zich in de kledingkast verstopt had.'

'Ja, iemand vertelde dat. Een van de ontvoerders.'

'Een vriendin van een van de ontvoerders.'

'Oké,' zei Per. Hij nam een slokje uit het glas met een gebaar dat bestudeerd op Carl overkwam. 'Edith nog-wat...'

'Dat klopt. Edith Ekholm.'

'We weten inmiddels dat Edith Ekholm haar echte naam niet is,' voegde Jodie eraan toe.

Per zette het glas neer. 'Ik begrijp niet waarom jullie dit aan mij vertellen.'

'We hopen dat je ons kunt helpen om haar te identificeren,' zei Carl.

Per lachte en schudde zijn hoofd. 'Helaas,' zei hij. 'Ik ken... zulke mensen niet.'

'We hebben de vingerafdrukken van deze vrouw op meerdere plekken in je huis aangetroffen.'

Per keek op zijn horloge en haalde ongeduldig zijn schouders op. 'Als ze bij de ontvoering betrokken was, dan... Ik begrijp nog steeds niet waarom jullie dit aan mij vertellen.'

'We hebben haar vingerafdrukken aangetroffen op spullen die al een hele tijd niet aangeraakt kunnen zijn. Achter in de kast, op moeilijk te bereiken plekken waar de ontvoerders redelijkerwijs niet geweest kunnen zijn,' zei Jodie.

'Waar hebben jullie het over?' zei Per met een scherpe klank in zijn stem.

'We zijn er zeker van dat deze vrouw eerder in je vakantiehuis geweest is,' zei Carl. 'Ver voor de ontvoering.'

Carl haalde de foto van de blinde vrouw in het lichtblauwe gewatteerde jack op de trap van Nordins vakantiewoning tevoorschijn en schoof hem over de tafel naar Per toe.

Per pakte de foto op en keek ernaar. Toen hij zijn blik weer op Carl en Jodie richtte, had hij een gladgestreken, blanco uitdrukking op zijn gezicht. Hij schoof de foto langzaam over de tafel terug. Carl zag dat zijn vingers licht trilden 'Dit is Rebecca Rudberg, de dochter van Jens Rudberg en mijn peetdochter,' zei hij.

DEEL DRIE

Rebecca

Rebecca Rudberg

Als ik aan mezelf denk stel ik me altijd een vrouw met blond haar en amandelvormige barnsteenkleurige ogen voor. En dat ik twee duidelijke kuiltjes in mijn wangen heb als ik glimlach, het linker iets hoger dan het rechter.

Ik weet niet waarom ik op die manier over mezelf denk. Ik heb altijd donker haar gehad en kleine, heel donkere ogen die ik opensperde zodat de hele iris zichtbaar werd, als twee zwarte knikkers. Mensen zeiden dat ik staarde, dat ik een starende blik had. Mijn vader en moeder zeurden erover. *Stop met staren! Je maakt mensen bang...*

Ik denk dat ik mijn ogen zo opensperde omdat ik zenuwachtig was. Het was in elk geval niet iets waar ik grip op had, hoeveel er ook tegen me werd gezeurd.

Nu heb ik... móét ik... barnsteenkleurige ogen hebben. Dat heb ik gezegd tegen de vrouw met de sentimentele stem in het hulpmiddelencentrum, toen ik de protheses probeerde. Ik denk dat ze me een heleboel kleuren had willen laten zien, zodat ik zelf had kunnen kiezen, als het gênante feit dat ik helemaal blind was er niet was geweest.

'Welke kleur hádden je ogen?' vroeg ze alsof ze onzeker was welke woorden ze moest kiezen om me niet te kwetsen.

'De kleur van barnsteen,' zei ik zonder te aarzelen.

'Aha,' zei ze op een toon alsof ze teleurgesteld was. Waarom? Wat had ze willen horen? Lichtblauw, groen, gitzwart?

'Iedereen zei altijd dat ik zulke mooie barnsteenkleurige ogen had,' zei ik zo zorgeloos mogelijk.

'Dat kan ik me voorstellen,' zei ze en ze klonk plotseling overdreven enthousiast, alsof ze besefte dat ze een fout had gemaakt en nu overcompenseerde.

Twee weken later kon ik mijn protheses proberen, die zorgvuldig waren getest om precies te passen. Ik dacht dat ik twee knikkers in mijn gereconstrueerde oogkassen zou krijgen, maar tot mijn teleurstelling waren het twee halvemaanvormige schijven die aan één kant hol waren.

'Een hele bol wordt te zwaar,' zei ze alsof ze mijn gedachten kon lezen.

'Zijn ze barnsteenkleurig?'

'Ja, precies zoals je echte ogen,' babbelde de vrouw vrolijk.

Yvonne? Kan dat haar naam zijn? Ik geloof het wel. Voor mij was ze alleen een sentimentele stem.

Ik knikte en glimlachte, of probeerde te glimlachen. Ik ben tegenwoordig onzeker over mijn mimiek. Mijn glimlach voelt vaak scheef. Dat kan zijn omdat er bepaalde spieren in mijn gezicht ontbreken. Of dat ze op de verkeerde manier met mijn hersenen zijn verbonden.

De zenuwbanen groeien een millimeter per maand... Het kan dus even duren voordat ze op de juiste plek zijn beland.

De neuroloog in Umeå liet het klinken alsof mijn verwondingen alledaags waren, alsof het een kleine snee was die vanzelf aan elkaar zou groeien. Hij gaf me vaak het gevoel dat mijn ongeluk een kleinigheid was, alsof er andere, veel erger gewonde mensen waren... Maar welke verwondingen zouden dat moeten zijn? Ik was op een haar na dood. De chirurg die me opereerde zei achteraf dat ik geluk had gehad. En met geluk bedoelde hij dat het een wonder was. Degenen die nog erger gewond raken dan ik komen nooit bij een neuroloog terecht, die belanden in een mortuarium en worden gecremeerd.

Ik haatte die neuroloog, maar toch moest ik twee jaar lang naar hem toe voordat hij me uiteindelijk liet gaan. *Ik ben bang dat ik niet veel meer voor je kan doen, Rebecca. Met de rest moet je proberen te leven.*

Soms voel ik mijn linkerwang ongecontroleerd trillen, vlak boven mijn mondhoek. Dan denk ik altijd aan hem. Ik zou zijn gezicht willen reconstrueren en vervolgens vragen hoe goed hij met de rest kan leven.

Maar ik doe alsof ik positief ben, alsof ik opensta voor perspectieven. Ik doe alsof er mogelijkheden zijn. *Alles is mogelijk.* Wat een weerzinwekkend cliché is dat.

Lotta – een voormalig klasgenootje van het gymnasium – zei toen ik haar tegenkwam in de stad, in Östersund dus, dat ik er precies zoals vroeger uitzag. Dat was na mijn zesde en laatste operatie. 'Afgezien van je ogen dan,' zei ze na een tijdje.

Ik hoorde aan haar stem dat ze het zei om snel door te kunnen lopen, dus trok ik de conclusie dat ik er helemaal niet hetzelfde uitzag. Dat ik er angstaanjagend anders dan vroeger uitzag.

Ik geloof dat ik op dat moment besloot om me niets meer van mijn vroegere uiterlijk aan te trekken en er in plaats daarvan naar te streven om iemand anders te worden. Een nieuw persoon.

Ik bedoel, waarom niet?

Mensen hebben normaal gesproken medelijden met me en durven zelden iets te vragen, omdat ze niet goed weten hoe ze me moeten behandelen. Het is weleens gebeurd dat me gevraagd werd wat voor werk ik deed. De man van het gehandicaptenvervoer deed dat bijvoorbeeld, of de man/vrouw van de begeleiding waarop ik zeventien uur per week recht heb.

'Ik werk als psycholoog,' zeg ik dan altijd.

Daarna stellen ze geen vragen meer. De angstaanjagende combinatie van blind zijn en als psycholoog werken is meestal voldoende om aan alle vervolgvragen te ontsnappen.

Vroeger – en als ik vroeger zeg bedoel ik voor het ongeluk – oefende ik verschillende gezichtsuitdrukkingen voor een spiegel. Bijvoorbeeld op een bepaalde manier glimlachen: op een langzame, onbezorgde manier, die duidelijk maakte dat het me niet kon schelen wat anderen vonden.

Een meisje op het gymnasium het jaar boven mij had er zo uitgezien, alsof ze iets wist wat niemand anders wist, alsof ze een geheim of zoiets had. Daardoor leek ze een paar jaar ouder dan de anderen. Als ik een keer iets tegen haar zei – bijvoorbeeld aan haar vroeg of ze in de rij voor het toilet stond te wachten – kreeg ik het gevoel dat ze op me neerkeek. Alsof ik letterlijk een stuk kleiner was dan zij.

Ik observeerde haar zorgvuldig en daarna probeerde ik er thuis voor de spiegel hetzelfde uit te zien. Ik vind dat niet vreemder dan kleren passen. Ik probeerde verschillende gezichtsuitdrukkingen en gevoelens om te zien wat me stond.

Daardoor ontdekte ik dat het me goed stond om een superieure gezichtsuitdrukking te hebben, om op mensen neer te kijken, want dat was het tegenovergestelde van hoe ik me voelde. Het bracht me in evenwicht.

Het was dus helemaal niet moeilijk voor me om Edith Ekholm te zijn. Ik heb altijd gedaan alsof.

Als iemand me zou vragen wie ik ben, dan zou ik een tegenvraag moeten stellen. Samen met wie? Ik word verschillende personages bij verschillende mensen, ik vorm me naar hun lichamen. Ik voel hun interesses, hun behoeften, hun begeerte alsof ik een matras ben. Zo was het ook met Oscar. Hij vond het prettig dat ik blind was als we seks hadden, als we naar de bioscoop gingen, als we met de trein reisden... Hij hield ervan als ik hem mijn behoeften duidelijk maakte. Ik neem aan dat het hem een veilig gevoel gaf om nodig te zijn en dat het op de een of andere manier iets met zijn moeder te maken had.

Als ik eerlijk ben, heb ik altijd een sterkere connectie gehad met spullen – een mooie nieuwe jurk, een nieuwe tas, een horloge – dan met mensen. Ik kan me niet herinneren dat ik zo dicht bij iemand heb gestaan dat ik gehuild zou hebben als die persoon was overleden. Maar ik weet het niet, misschien zou ik dat wel doen. Er is niemand in mijn omgeving die overleden is.

Met uitzondering van mijn vader natuurlijk.

Het begon ermee dat ik in therapie ging. Dat was een vergissing, realiseerde ik me toen ik eraan begonnen was. Ik kreeg de therapie na het ongeluk aangeboden. Mijn maatschappelijk werker en mijn ouders vonden het een goed idee. Ik weet dat de meesten die in therapie gaan gezond worden – of in elk geval gezonder –, maar ik werd juist zieker.

Door de therapie besefte ik dingen die ik eerder niet had opgemerkt. Dingen die tijdens mijn jeugd als het ware met de achtergrond waren versmolten. Je weet wel: *Echt, kopen jouw ouders voordelige blokken kaas? Die van mij kopen alleen gerijpte, Franse stinkkaas.* Ik ontdekte hoe mijn jeugd was geweest. Wie ik was.

Dat maakte me woedend. Razend.

Het is moeilijk te zeggen wanneer ik een beslissing nam. Ik heb gehoord dat niemand precies weet hoe de hersenen, puur fysiek gezien, werken. Het geeft me een veilig gevoel dat niemand dat weet, want ik begrijp het ook niet. Plotseling is het er gewoon, als een inzicht, alsof je het de hele tijd hebt geweten maar er op het juiste moment pas aan denkt.

Dat gebeurde toen ik Oscar in de Sveavägen ontmoette.

Rondom mij deelt de wereld zich. Ik weet het altijd als mensen me vermijden als ik met mijn stok op het trottoir tik. Ik hoor het ritselende geluid van hun kleding als ze opzijstappen, het geluid van hakken op het asfalt dat plotseling verdwijnt als de voortbrengers ervan onzeker blijven staan en daarna een snelle omweg nemen.

Dat is niet vreemd. Zo zijn mensen nu eenmaal. Ik zou hetzelfde doen als ik een blinde met een stok op straat zou tegenkomen.

Daarom wist ik dat niemand me zou helpen toen mijn stok op die dag in augustus op het trottoir van de Sveavägen tegen de hindernis sloeg.

Ik ging opzij, maar de hindernis was er nog steeds. Ik begreep het niet. Er zou hier geen hindernis mogen zijn. Ik wist waar ik was, ik was niet verdwaald.

Het had net geregend, een zomerregen waardoor de stad naar stof en warm asfalt rook, en achter het stof en het asfalt rook ik de geur van het stilstaande water van de Spegeldammen bij het Observatorium. Er was hier een breed trottoir zonder obstakels. Ik was hier al meerdere keren geweest. Over honderdtweeëndertig stappen zou ik bij ingang van de metro zijn.

Ik stak mijn hand aarzelend uit om te voelen wat er voor me was en voelde een ijzeren stang. Toen ik met mijn hand tastte, stootte ik tegen een paal. Plotseling begreep ik het: iemand had een hek neergezet, een versperring, om het trottoir af te zetten.

Soms denk ik aan mezelf als een ruimteschip dat voortdurend het risico loopt om ergens tegenaan te stoten terwijl het hulpeloos door de ruimte zweeft.

Ik heb geen medelijden met mezelf. Het is gewoon zo.

Ik raakte niet meteen in paniek, dat gebeurt nooit. In plaats daarvan verzamelt het gevoel zich als iets zwaars en donkers in mijn voeten om daarna langzaam via de binnenkant van mijn dijbenen en mijn liezen naar boven te stromen en in mijn maag te eindigen. Ik weet nog dat ik '*niet plassen, niet plassen*' dacht.

Dat heb ik een keer gedaan, in mijn broek geplast dus, wat een ongelofelijk vernederende ervaring was. Het gebeurde toen ik in een surveillancewagen naar huis werd gebracht.

Toen ik een stem vlak bij me hoorde roepen, schrok ik, en ik was waarschijnlijk gevallen als ik me niet aan het ijzeren hek had vastgehouden.

'Hallo? Hoor je me?'

De stem was zo dichtbij dat ik zijn ademhaling kon horen en toch schreeuwde de man. Misschien had hij een tijdje tegen me gepraat zonder dat ik het had gehoord en was hij vlak achter me gaan staan.

'Ja,' antwoordde ik verward en ik stak mijn arm uit om hem te voelen, maar ik raakte alleen lucht.

'Ik vroeg of je hulp nodig hebt,' zei hij.

Ik slikte. *Niet onvriendelijk klinken. Niet bang lijken.*

'Weet je dat de stoep afgezet is?' ging hij verder.

'Afgezet?' zei ik hulpeloos. 'Maar... ik móét hierlangs.'

Ik heb een donker labyrint met dunne witte strepen in mijn hoofd die ik slaafs volg. Ik tel hoeveel stappen ik moet zetten voordat ik naar rechts of naar links moet afslaan. Op die manier – met dunne verzonnen draden die de paar plekken in de stad die ik ken verbinden – weet ik waar ik naartoe moet, zoals het Hötorget met zijn marktverkopers (de stemmen die tegen de gevels echoën, de geuren van groenten en bloemen) en de stadsbibliotheek in de Sveavägen...

Ik heb geen beeld van Stockholm. Ik was nog jong toen ik hier woonde en dacht er niet over na hoe de stad in elkaar stak, en toen ik terugkwam was ik al blind.

Het enige hulpmiddel dat ik heb zijn de witte strepen die ik angstig en zorgvuldig in mijn geheugen heb opgeslagen. Als ik de tel ergens kwijtraak verdwaal ik. Als mijn geheugen me in de steek laat verdwaal ik. Als er onderweg iets is veranderd verdwaal ik.

'Dat kunnen ze toch niet zomaar doen?' zei ik hulpeloos.

Links van me hoorde ik het geluid van autobanden die over het asfalt reden, het ruisende, kleverige geluid dat ontstaat als auto's door een plas rijden.

'Ik moet naar de metro, die is hier maar honderdtweeëndertig voetstappen vandaan.'

Ik hoorde aan mijn stem dat ik het had opgegeven. Alsof mijn lichaam al wist wat er zou gebeuren terwijl mijn hersenen de afschuwelijke herinneringen aan hoe ik andere keren door een straat heen en weer was gelopen terwijl de tranen over mijn wangen stroomden en ik schreeuwde van paniek nog probeerden te verdringen. Dat ik tegen straatlantaarns was gebotst maar weigerde te stoppen, over de stoeprand was gestruikeld en vervolgens overeind probeerde te komen terwijl de bloedsmaak zich in mijn mond verspreidde. Tegelijkertijd voelde ik dat er mensen om me heen stonden die naar me keken, alsof ze in het circus waren, met plaatsvervangende schaamte omdat iemand zijn zelfbeheersing zo volkomen kon verliezen.

'Kalm maar,' zei de stem nu tegen me.

Mijn hart sloeg op hol, ik werd misselijk en voelde hoe het zweet uit mijn oksels stroomde en werd geabsorbeerd door de trui die ik droeg, hoe mijn armen en benen prikten, als in een droom, wanneer de wereld verdwijnt en alleen de onwerkelijkheid overblijft.

Hij pakte me vast op het moment dat ik begon te vallen. 'Oeps. Dat ging maar net goed.' Hij glimlachte terwijl hij het zei. Zijn stem had een trilling, bijna alsof hij me uitlachte, maar ik begreep hem. Waarom zou iemand me niet uitlachen?

'Is alles goed met je?' vroeg hij.

Ik probeerde niet te hyperventileren. 'Ik moet naar de metro,' herhaalde ik mechanisch, alsof ik niet naar hem had geluisterd. 'Naar de ingang bij de Handelshogeschool.'

Ter verdediging kan ik zeggen dat de hersenen op die manier werken. Als je in paniek raakt schakelt het brein de frontale kwab en alles wat redeneert en reflecteert uit, om snelle beslissingen in een zwart-witte wereld te kunnen nemen. Ja of nee. Vechten of vluchten.

'Geen probleem, ik breng je ernaartoe,' zei de man.

Hij pakte mijn arm vast, maar ik trok me los.

'Luister,' zei hij. 'Ik steek samen met je de straat over en breng je naar de metro.'

Ik aarzelde even. Er was iets bekends aan zijn stem, ik had hem eerder gehoord, maar kon hem niet plaatsen. 'Oké,' zei ik uiteindelijk en ik stak mijn hand uit.

Hij pakte hem, maar ik schudde mijn hoofd. 'Ik hou jou vast,' zei ik, kalmer nu, bijna mijn normale zelf. Ik probeerde zelfs te glimlachen, een van de glimlachjes waarop ik geoefend heb. 'Dat is makkelijker voor me,' legde ik uit.

Ik liet me door hem terugbrengen terwijl ik zijn arm licht aanraakte.

'Ik ben Oscar,' zei hij, opnieuw met een glimlach in zijn stem. 'Oscar Hess.'

Op hetzelfde moment herinnerde ik me de stem, mijn tienerjaren, Östersund, alles. Ik probeerde niets te laten merken, niet te blijven staan of mijn mond te openen van verbazing.

Toen ik geen antwoord gaf, vroeg hij: 'En jij?'

Ik wilde niet zeggen wie ik was, wilde niet gedwongen worden om naar die plek terug te keren, naar de duisternis voordat ik blind werd, naar alles wat ik niet langer ben, wat ik uit mijn leven heb gewist.

'Hallo?' drong hij aan.

'Edith. Ik ben Edith Ekholm,' hoorde ik mezelf zeggen.

En terwijl ik dat zei wist ik dat ik een beslissing had genomen. Of misschien had ik die beslissing lang geleden al genomen, maar was ik me daar nu pas van bewust.

63

Vrijdag 25 januari

'Onze dochter?'

Carl en Jodie zaten tegenover Mona Rudberg bij de grote, glanzende eettafel in de zitkamer van de grote woning in Saltsjö-Boo. Ze zag er geschokt uit.

'Ja, Rebecca was de vriendin van een van de mannen die Jens ontvoerd hebben… Haar vader dus,' zei Carl langzaam, alsof hij voelde dat hij heel duidelijk moest zijn om het haar te laten begrijpen.

Mona bracht haar hand naar haar mond en haalde diep adem. De foto die ze haar hadden laten zien lag op de tafel. Carl pakte hem en stopte hem in de zak van zijn colbert.

'Weet je hoe het mogelijk is dat ze hierbij betrokken is?' vroeg Jodie.

'Waarbij?' zei Mona, nog steeds met haar hand voor haar mond.

'De ontvoering van haar eigen vader?'

Mona staarde met opengesperde ogen naar hen. 'Jullie zeiden dat ze alleen de vriendin van…'

'We vermoeden dat ze een actievere rol gespeeld heeft,' zei Carl.

'Ze moeten haar het hoofd op hol gebracht hebben, haar gehersenspoeld hebben…'

'Wie?' vroeg Carl.

'Die milieuterroristen!'

'Ze heeft ook een andere naam opgegeven,' zei Carl. 'Edith Ekholm. Weet je waarom ze dat gedaan heeft?'

Mona schudde vertwijfeld haar hoofd.

'Wanneer heb je haar voor het laatst gezien?' vroeg Jodie.

'Ik weet het niet… Dat herinner ik me niet.'

'Met Kerstmis?'

'Misschien voor Kerstmis. We… We zien elkaar niet zo vaak.'

'Waarom niet?'

Mona keek langs Carl en Jodie naar het water en de lege steiger. 'Ze heeft een problematische jeugd gehad,' zei ze afwezig. 'En daar kwam het ongeluk nog bij en...'

'Welk ongeluk?'

Mona schrok op. 'Waardoor ze blind is geworden.'

'Ik heb misschien een enigszins vreemde vraag, maar is ze echt blind?' vroeg Carl.

Mona keek verbijsterd naar hem. 'Ja, volledig. Haar ogen... Ze draagt protheses van porselein.' Mona keek naar haar verstrengelde vingers. 'We woonden hier niet,' ging ze verder, 'maar in Östersund, op Frösön. Mijn man... Jens werkte daar. We hadden een boerderij...'

'Dat vertelde je vorige keer inderdaad. Is Rebecca in Östersund opgegroeid?'

'We kwamen daar wonen toen ze elf was en gingen naar Stockholm terug toen ze twintig of eenentwintig was. Ze is blind geworden door een tragisch ongeluk.'

'Wat is er gebeurd?'

'Ze kreeg een trap van een paard.'

'Ik begrijp het,' zei Carl. 'Wanneer is dat gebeurd?'

Mona keek naar het plafond en leek na te denken. 'Hemel, Rebecca moet negentien geweest zijn... Of achttien. Een paar jaar daarna verkochten we de boerderij en gingen we naar Stockholm terug.'

'Was dat vanwege het ongeluk?'

'Nee,' zei Mona. 'Dat hadden we al besproken. Het was vanwege Jens' werk. Het mijnbouwproject waaraan hij werkte stopte. Jens ging voor een ander bedrijf in Stockholm werken. Samen met Per. Ze hebben altijd samengewerkt.'

'Heb je enig idee waar je dochter zich nu kan bevinden?' vroeg Jodie.

Mona schudde haar hoofd.

'Staat ze ingeschreven op dit adres?' Jodie maakte een gebaar naar de kamer.

'Ja, ik neem aan van wel. We krijgen soms post van haar.'

'Maar je weet niet waar ze woont, of ze ergens een appartement onderhuurt?' vroeg Carl.

'Nee.'

'En je hebt geen idee waar ze zou kunnen zijn als ze zich wil schuilhouden? Misschien in de een of andere vakantiewoning, bij vrienden…'

'Zoals ik al zei hebben we niet veel contact.'

'Waar werkte ze?' vroeg Jodie.

'Dat weet ik niet. De laatste keer dat ik haar sprak had ze geen baan. Het is niet gemakkelijk voor haar om iets te krijgen.'

Mona had weer een onaangedane gezichtsuitdrukking. Het was alsof het haar na de schok was gelukt om haar masker op te zetten, waar ze zich nu weer achter verschool. 'Wordt ze ergens van verdacht?' vroeg ze.

'Ja,' antwoordde Carl. 'In elk geval van samenzwering en medeplichtigheid aan mensenhandel… ontvoering.'

'Ze is volledig blind,' zei Mona. 'Ik weet niet veel over politiewerk, maar ik twijfel eraan dat ze in staat is om iemand te ontvoeren. Ze kan zonder hulp niet eens voor zichzelf zorgen.'

'Ik begrijp het, maar ze was misschien niet alleen.' Carl stond op. 'Als je iets van haar hoort, wil je dan zo vriendelijk zijn om onmiddellijk contact met ons op te nemen?'

Toen ze bij de auto waren zat er een briefje op het raam met de tekst HIER NIET PARKEREN! Carl keek om zich heen, maar de straat was leeg. Hij zuchtte over alle particuliere politieagenten, verfrommelde de uitgescheurde A4-pagina en gooide de prop voor de passagiersstoel op de vloer.

'Wat denk jij?' zei Jodie terwijl ze het portier dichtsloeg.

'Ze was geschokt.'

'Wie zou dat niet zijn als je hoort dat je enige kind betrokken is bij de moord op je man?'

Carl knikte. Hij keek naar de mooie woning met de natuurlijke tuin die naar het water afliep en de Mercedes op de oprit. Hij dacht aan Rebecca. Hij had moeite om zich voor te stellen dat de jonge vrouw die hij had verhoord in zo'n milieu was opgegroeid.

'Ze heeft een slecht geweten over haar dochter,' ging Jodie verder. 'Heb je dat gemerkt?' Ze reed de straat op. 'Maar misschien hebben ouders altijd een slecht geweten tegenover hun kinderen? Jij bent een vader...'

Carl dacht aan Linda, die meestal bij haar moeder woonde, wat deels zijn schuld was omdat hij altijd aan het werk was. 'Misschien wel,' zei hij. 'Maar dit gaat om meer dan een slecht geweten.'

Rebecca Rudberg

Ik had veel eerder willen verdwijnen, wilde Edith meteen begraven nadat de politie me in de kledingkast had gevonden, maar dat ging niet. Ik moest alle verhoren doorstaan: over de bedreiging van Oscar, dat hij iedereen in het vakantiehuis had vermoord, dat hij mij ook zou vermoorden.

Het kon me niet schelen. Dat mochten ze gerust denken, maar ik had geen rekening gehouden met een schuiladres en een persoonlijke beveiliger. Ik bedoel, ik hoor altijd dat de politie gebrek aan personeel heeft, geen mogelijkheid ziet om misdaden te onderzoeken, dat er gebrek is aan geld, gebrek aan middelen, gebrek, gebrek, gebrek.

Blijkbaar hadden ze echter geen gebrek aan middelen als het om mij ging.

'Niemand vindt het prettig om hier te zijn,' zei Carina toen ze me het appartement liet zien. 'Maar je went eraan.'

Nee, wilde ik schreeuwen. *Ik wen hier nooit aan!* Maar in plaats daarvan deed ik alsof ik dapper was. Dapper en meegaand.

'Ik heb frisse lucht nodig. Mag ik naar buiten?' vroeg ik smekend toen ze me had geholpen met het uitpakken van mijn bezittingen, de paar spullen die ik had ingepakt om naar Pers vakantiehuis te gaan.

Carina wilde naar mijn appartement gaan om meer spullen op te halen: kleding, make-up, wat ik maar nodig had, maar het lukte me om haar op andere gedachten te brengen.

'Natuurlijk mag je naar buiten,' zei ze. 'We streven ernaar dat je zo normaal mogelijk kunt leven.'

'Mag ik mijn begeleider vragen om hiernaartoe te komen?'

'Nee, helaas, dat gaat niet.' Alsof ze zich niet herinnerde wat ze twee seconden ervoor had gezegd. 'Je mag met niemand contact hebben. Het spijt me, maar ik kan je helpen met inkopen te doen. Waar wil je naartoe?'

Ze liet me het park en de speelplaats zien, vertelde over de verschillende paden en waar ze naartoe leidden.

'Is er een metrostation in de buurt?' vroeg ik.

Ze dacht even na voordat ze antwoord gaf: 'Het dichtstbijzijnde station vanaf deze plek is Duvbo, waarschijnlijk.'

We liepen naar Duvbo en weer terug, en bleven meerdere keren staan zodat ik 'bakens kon zetten', aanknopingspunten die ik kon gebruiken om te navigeren, zoals de speelplaats met het plein in het midden, dingen die ik kon horen of met mijn stok kon voelen.

Op weg naar huis kochten we een afhaalmaaltijd bij een buurtrestaurant waarvan ik de naam al vergeten ben. Vergeleken met de smerige pizza's in Pers vakantiehuis en het eten in het ziekenhuis smaakte het heerlijk.

Ik sliep die nacht niet veel. Ik luisterde naar de stilte terwijl ik probeerde na te denken. De volgende ochtend belde Carina om te vertellen dat ze later zou komen.

'Dat is geen probleem,' zei ik.

Ik trok mijn jas en schoenen aan, pakte mijn stok en liep via precies dezelfde weg die Carina me de vorige dag had laten zien stap voor stap naar het metrostation.

Zodra ik de portiekdeur uit kwam en naar het metrostation begon te lopen, hoorde ik iemand achter me lopen. De voetstappen knerpten door het zand op het trottoir. Ik probeerde mijn gezonde verstand te gebruiken, zei tegen mezelf dat het zomaar iemand was, iemand die niets met mij te maken had, maar toen ik bleef staan zwegen de voetstappen ook.

Ik had de neiging om sneller te gaan lopen, maar dat is moeilijk als je blind bent. Het is veel te gemakkelijk om fouten te maken, de stoeprand met de stok te missen, de tel van de voetstappen kwijt te raken, te struikelen en te vallen. Dus ik telde mijn voetstappen terwijl ik probeerde niet in paniek te raken. Ik hoorde de voetstappen de hele tijd achter me, voortdurend op dezelfde afstand.

Voordat ik in het park was ging mijn telefoon. Deze keer zei Carina dat ze vastzat in het verkeer en het nog later zou worden. Ik wist niet wat ik moest zeggen, dus zei ik alleen 'ja' en verbrak de verbinding.

Maar toen ik mijn mobiel uit wilde zetten belde ik haar per ongeluk weer.

'Edith! Hallo, Edith!' hoorde ik haar roepen voordat het me lukte om op de juiste knoppen te drukken en mijn telefoon in mijn schoudertas te stoppen.

Om me heen hoorde ik kinderstemmen, hoge kreten en opgewonden gegil. Ik wilde naar ze roepen dat ze stil moesten zijn zodat ik kon horen of ik gevolgd werd, maar het enige wat ik kon doen was blijven lopen en ervoor zorgen dat ik mijn oriëntatie niet kwijtraakte.

In de stationshal kon ik de voetstappen van mijn achtervolger niet onderscheiden van alle andere mensen om me heen, maar ik denk dat hij me helemaal tot op het perron volgde. Zo voelde het in elk geval. Ik hoorde twee jonge vrouwen over hun relaties praten en vroeg hun op welk perron ik moest zijn voor de metro naar T-Centralen. Ze liepen met me mee en hielpen me zelfs met instappen. Bedankt, bedankt. In de metro had ik niet het gevoel dat ik geobserveerd werd of dat iemand te dicht bij me stond. Integendeel, het voelde alsof de mensen me ontweken, zoals ze altijd deden.

Ik stapte niet uit bij T-Centralen, dat station is veel te groot en daardoor lastig, maar bij Kungsträdgården. Ik was daar een keer eerder met mijn begeleider uitgestapt en herinnerde me voldoende om de weg naar buiten te vinden. Daar nam ik een taxi naar mijn appartement.

En tada: Rebecca was herrezen.

Toen ik de volgende dag wakker werd zette ik de televisie aan. Nee, het was mijn televisie niet, ik geef natuurlijk de voorkeur aan radio, maar degene van wie ik het appartement huur heeft een televisie en ik had mezelf geleerd om de afstandsbediening te gebruiken zodat ik tussen de zenders kon zappen. Uiteindelijk hoorde ik de kalme stem van een nieuwslezeres: *Een tweeëndertigjarige man is gisteren aangehouden wegens de ontvoering van en de moord op vice-CEO Jens Rudberg Karlsson. De advocaat van de tweeëndertigjarige man verklaart dat haar cliënt deelname aan de ontvoering toegeeft, maar iedere vorm van betrokkenheid bij de moord ontkent.*

'Nee!' riep ik hard, zonder me te kunnen beheersen.

Ik had de hele tijd gedacht dat Oscar me volgde. Nu zat ik verstard op de bank, op het puntje, en haalde nauwelijks adem. Want als Oscar me niet achtervolgd had, wie was het dan?

Ik drukte zo hard op de uitknop van de televisie dat mijn vinger er pijn van deed.

64

Carl Edson keek naar Rickard terwijl hij ongeduldig met de viltstift op het whiteboard tikte. Jodie, Asbjörn en Ylva hadden zich ook omgedraaid.

'Nee, het enige adres dat ik kan vinden is van de woning van haar ouders in Saltsjö-Boo, waar ze ingeschreven staat,' zei Rickard.

'En haar moeder heeft ons verzekerd dat haar dochter daar niet woont,' voegde Jodie eraan toe.

Als ze niet liegt, dacht Carl. Hij herinnerde zich een zaak waarnaar Jodie en hij afgelopen herfst onderzoek hadden gedaan. *Ouders kunnen onredelijk loyaal tegenover hun kinderen zijn*, had een collega van de politie gezegd, en hij had gelijk gehad.

'Oké,' zei hij. 'We bewaken het huis een paar dagen om te zien of ze opduikt.'

'Dat regel ik wel,' zei Asbjörn.

Carl richtte zich weer tot Rickard: 'Kun je zien of ze haar creditcard gebruikt heeft?'

Rickard schudde zijn hoofd. 'De laatste transacties hebben vijf dagen voor de ontvoering plaatsgevonden. Dat waren levensmiddelen op het Fridhemsplan.'

'En eerdere transacties? Heeft ze daar vaker inkopen gedaan?'

Rickard boog zich over het scherm en scrolde met de muis terwijl hij mompelde. 'Vijf, zes... Ja, het lijkt haar vaste winkel te zijn,' constateerde hij.

'Dus ze woont waarschijnlijk ergens in de buurt.' Carl pakte de viltstift, omcirkelde Rebecca Rudbergs foto op het whiteboard en schreef er FRIDHEMSPLAN bij.

'En een baan? Heeft ze ergens gewerkt? Ze heeft ons verteld dat ze als psycholoog op het Sankt Eriksplan werkte, maar dat was niet zo.'

'Tegen Oscar heeft ze gezegd dat ze bij de radio werkte,' vulde Jodie aan. 'En dat ze journalist was.'

'Dat is dan heel lang geleden,' zei Rickard. 'Ik heb contact gehad met de belastingdienst en ze heeft de afgelopen vijf jaar geen inkomsten uit werk opgegeven.'

'Waar leeft ze dan in vredesnaam van?' vroeg Asbjörn.

'Volgens de laatste aangifte heeft ze inkomsten uit vermogen van...' Rickard bladerde in een blok dat naast zijn laptop lag. '...468.945 kronen.'

'Ze is dus rijk?'

'Dat is mogelijk. Maar het geld kan net zo goed afkomstig zijn van de eenmalige verkoop van aandelen of fondsen, of het kan om een uitgekeerd dividend gaan. Ik heb geen eerdere aangiften opgevraagd.'

'Hoeveel heeft ze op de bank staan?'

'Dat weet ik nog niet, ik probeer toestemming te krijgen om dat op te vragen,' zei Rickard. 'Maar het is heel goed mogelijk dat ze geld van haar familie gekregen heeft. De familie Rudberg is niet bepaald arm.'

'Goed, ga verder,' zei Carl. 'Het volgende punt.'

Asbjörn knikte naar het whiteboard. 'We moeten het over Kumiko hebben,' zei hij. 'Hebben we inmiddels een verdachte voor de moord op haar? En wat is in vredesnaam het verband met de ontvoering?'

'Dat is er misschien niet,' zei Jodie.

Asbjörn draaide zich moeizaam om en keek naar haar. 'Jezus, natuurlijk is dat er wel. Oscar leent haar woning en een paar dagen later vinden we Kumiko verminkt en gewurgd. Waarom? En wat zocht de dader in het appartement en in de woning in Kalvsvik?'

Jodie gaf geen antwoord.

'Hij kan het op Oscar Hess voorzien hebben,' ging Asbjörn verder. 'Of hij was op zoek naar Jens' aktetas. Net als wij, want die is nog steeds spoorloos verdwenen.'

Carl wreef over zijn gezicht. Daarna omcirkelde hij 'X' weer op het whiteboard. 'De enige verklaring is dat er een onbekende moet zijn, iemand van wie we geen enkel spoor hebben,' zei hij tegen Asbjörn. 'De enige die iets over deze persoon zou kunnen weten is Rebecca Rudberg en we kunnen haar niet vinden.'

Asbjörn snoof. 'Dat is wel heel onwaarschijnlijk,' zei hij. 'Ze is blind en dan kan het niet zo gemakkelijk zijn om gewoon in rook op te gaan.'

'Ideeën?' zei Carl. 'Iemand?'

'Oscar en Rebecca komen allebei uit Östersund,' zei Rickard. 'Misschien... ik weet het niet, maar... kenden ze elkaar?'

'In dat geval moet Oscar toch de hele tijd geweten hebben dat Edith Ekholm in werkelijkheid Rebecca Rudberg was?' zei Asbjörn.

'Misschien wist hij dat inderdaad,' zei Jodie. 'We hebben hem nog geen vragen over Rebecca Rudberg kunnen stellen.'

Rebecca Rudberg

Toen ik wakker werd was ik nog steeds boos. Het was iets wat ik had gedroomd, maar de woede was er nog. Van de droom wist ik niets meer.

Uiteindelijk ging ik naar buiten, hoewel ik wist dat het dom was. Mijn appartement, dat uit één kamer met een kookhoek erin bestond, ligt in de Atlasgatan, een achterafstraatje in de buurt van het Sankt Eriksplan waar bijna geen verkeer is. Bovendien waren er maar twee mensen die wisten dat ik daar woonde.

Om zeker te weten dat ik mijn appartement terugvond spoot ik een goedkoop parfum op de portiekdeur.

De artsen beschouwden het als een wonder dat ik mijn reukzin nog had. Het was blijkbaar normaal dat de reukzin verloren ging bij zo'n ernstige verwonding aan het gezicht, maar voor mij gold dat niet. Ik hoefde alleen door mijn neus adem te halen om mijn appartement te vinden.

Voor de poort sloeg ik af naar rechts, zoals ik altijd deed, en volgde ik de stoep naar de eerste hoek van de Vulcanusgatan. Daar sloeg ik af en liep ik verder naar de keerplaats waar de trappen naar het Sankt Eriksplan beginnen. Ik stond een tijdje stil en luisterde naar het geluid van de stad boven me terwijl ik diep ademhaalde om de buitenlucht te voelen. Het was een paar graden onder nul en er hing een droge kou in de lucht, bijna knisperend, op een manier zoals dat in Stockholm zelden voorkomt.

Ineens kwam de herinnering vanuit het niets bij me boven.

Het was mijn eerste jaar op het gymnasium en donzen jacks waren die winter in de mode, bij voorkeur van Canada Goose. Ik had een rode, met het merk goed zichtbaar op de linkermouw.

In de klas noemden ze me 'het Stockholmse tiepje met de dure kleren'.

Het was begin maart, een dinsdag, en de laatste les voor de lunchpauze was wiskunde. Ik weet niet waarom ik me juist deze dag zo goed herinner, hij was niet anders dan andere dinsdagen, of woensdagen of donderdagen. Alle dagen waren zo ongeveer hetzelfde.

Ik weet nog dat ik met mijn boeken onder mijn arm geklemd liep terwijl ik mijn pennenetui in mijn andere hand hield. Toen ik mijn kluisje opende liet ik de boeken vallen, zodat ze met de pagina's naar beneden op de grond terechtkwamen, uitgespreid op de grijze tegelvloer als spinnen of insecten. Ik hoorde het gelach al toen ik me bukte om ze op te pakken. Toen ik overeind kwam zag ik Lotta, Sara en Jenny, drie meisjes uit mijn klas, op een vensterbank tussen de kluisjes zitten.

'Pas maar op, straks krijg je nog slechte cijfers omdat je boeken stuk zijn,' zei Sara. Ze probeerde mijn Stockholmse accent na te doen, maar slaagde daar niet in. Toch gniffelden de anderen.

'Ik...' zei ik verward. 'Je krijgt toch geen slechte cijfers voor...'

'Daar kun je maar beter niet zo zeker van zijn,' zei Lotta in haar gewone Jämtlandse dialect.

In eerste instantie wist ik niet of ze het meende of een grapje maakte, tot ik zag dat de anderen glimlachten. Ik glimlachte ook, alsof ik eraan meedeed, de grap begreep maar superieur was.

'Zullen we iets gaan eten?' zei Sara abrupt, waarna ze van de vensterbank opstond.

De anderen liepen achter haar aan, plotseling niet meer geïnteresseerd in mij. Ik hoorde mijn moeders stem in mijn hoofd: *Je moet beter je best doen. Je kunt niet afwachten tot ze allemaal naar jou toe komen, je moet actie ondernemen. Je bent tenslotte een populair meisje.*

En toen deed ik het. Ik raapte al mijn moed bij elkaar en riep de drie tengere meisjesruggen die al op weg naar de kluisjes waren na: 'Gaan jullie in de stad lunchen?'

Lotta draaide zich om en keek met een vreemde blik naar me.

'Dat lijkt me gezellig,' zei ik zenuwachtig. Dit waren mijn moeders woorden, ik hoorde dat mijn moeders woorden uit mijn mond buitelden, maar toen was het al te laat. 'Mag ik met jullie mee... lunchen? Misschien kan ik trakteren...'

Lotta glimlachte breed. Sara had zich ook omgedraaid en keek vreemd geamuseerd naar me. 'Natuurlijk,' zei ze. 'Als je opschiet.'

Ik propte mijn wiskundeboeken en rekenschrift snel in mijn kluisje zodat de bladzijden nog meer omvouwden en haalde mijn grote jack eruit. Toen ik me omdraaide waren ze al verdwenen. Ik besloot ze achterna te gaan, duwde de schooldeuren open en trok mijn jack aan terwijl ik me over het schoolplein haastte. Bij het zebrapad honderd meter verderop had ik ze pas ingehaald. 'Hallo,' zei ik ademloos. 'Waar gaan we naartoe?'

'Dat zul je wel zien,' zei Lotta.

Het was winter. Op het wandelpad naar het meer lagen de wallen van het sneeuwruimen nog langs de kanten. Telkens als we iemand tegenkwamen moest ik achter ze gaan lopen, om ze vervolgens weer in te halen. Ik was gretiger dan ik wilde, maar ik kon het gevoel binnen in me niet tegenhouden. Nu gaat het gebeuren, dacht ik. Nu wordt alles anders.

Halverwege het meer was een kebabzaak met een menu op een bord op straat. Ik was daar nog nooit geweest, mijn vader en moeder gingen nooit naar junkfoodzaken, maar Sara trok de deur open en liep als eerste naar binnen. Ik hoorde een elektronische bel terwijl we achter haar aan kwamen. De ramen waren beslagen en het rook sterk naar frituurolie.

Een korte man, die verbazingwekkend tenger was als je bedacht wat voor eten hij verkocht, keek op toen we naar de toonbank liepen. 'Wat willen jullie hebben?' vroeg hij.

'Een kebabschotel,' zei Sara meteen.

Hij schreef het op een notitieboekje. 'Met hete saus?'

Ze knikte en hij keek naar de volgende.

Ze bestelden allemaal hetzelfde en toen het mijn beurt was zei ik: 'Hetzelfde.'

Jenny, een meegaand meisje dat het altijd overal mee eens was, grijnsde. Ik snapte niet waarom, maar glimlachte toen we bij een raamtafeltje met vier stoelen gingen zitten.

Het vet liep uit het eten dat na een minuut voor ons werd neergezet, maar het was lekker, lekkerder dan ik had gedacht. Ik dacht dat mijn vader en moeder het mis hadden.

Ze grijnsden naar me, alle drie deze keer, met samengeknepen ogen vol verwachting. Ineens explodeerde de rode saus in mijn mond. Mijn ogen begonnen te tranen en ik sperde ze open. Het was verschrikkelijk.

Ik snapte niet dat iets zo heet kon zijn. ‘Eet die saus niet,’ zei ik. ‘Die is verschrikkelijk heet.’

Ze lachten en aten zonder iets te zeggen.

‘We hadden je misschien moeten vertellen dat dit geen eten voor een Stockholmse is,’ zei Jenny. ‘Dit is meer voor echte mensen.’

Daarna praatten ze terwijl ze aten, voornamelijk over jongens, feesten en dingen die ze moesten doen. Ik hoorde alles niet goed, was er te veel op geconcentreerd om de stukjes vlees met de minste rode saus te eten. Ik nam minieme hapjes die ik wegspoelde met water. Af en toe zei ik ‘ja’ en lachte ik een beetje, om de anderen te laten merken dat ik meedeed aan het gesprek. Maar misschien lachte ik op de verkeerde momenten, want plotseling zei Lotta: ‘Waarom lach je?’

‘Omdat het… grappig was,’ zei ik aarzelend.

‘O ja?’ zei ze en ze schoof haar bord weg. Ze had alles opgegeten. Hoe was dat mogelijk? ‘Wat was er dan zo grappig?’

Ik keek van Lotta naar Sara en Jenny, zocht een uitweg, een klein rond gat waarin ik kon verdwijnen. Dat was er echter niet. ‘Wat jullie zeiden…’

‘Wat zeiden we dan?’

‘Ik…’

Lotta lachte. ‘Je lacht dus gewoon om alles?’

Opnieuw die slechte imitatie van het Stockholms. Ik zweeg, wist niet wat ik moest zeggen, had hier nooit op geoefend.

Lotta schudde haar hoofd en stond op. ‘Zijn jullie klaar? Ik ga dood als ik niet snel kan roken.’

De anderen begonnen hun jas aan te trekken. Ik ook, hoewel ik nog niet klaar was.

‘Jij blijft zitten,’ zei Lotta, waarna ze me met een vettige hand op mijn Canada Goose-jack op de stoel terugduwde. ‘Je moet nog betalen.’

Ze pakte een sigaret uit een tasje dat ze over haar schouder droeg en stopte hem zonder hem op te steken in haar mond. ‘Tot ziens, Stockholmse.’

‘Wacht!’ riep ik ze na.

Ze draaiden zich om.

‘Ik…’ begon ik.

'Wat?' zei Lotta geïrriteerd zodat de sigaret in haar mond op en neer wipte.

'Ik... Ik heb niet genoeg geld. Ik dacht van wel, maar...'

Ze zakten alle drie tegelijkertijd een stukje in elkaar. Ik zag dat Lotta zich naar voren boog en iets tegen de anderen zei, waarna ze allemaal voor zichzelf betaalden, hoorde Sara en Jenny lachen, zag hen naar me gluren.

Sara bleef in de deuropening staan en liep naar het tafeltje terug, alsof ze iets had bedacht. 'We gaan vanavond naar de bioscoop. Wil je mee? Dan kun je ons daar trakteren.'

Ik hoorde dat ze me pestte, wist dat ze het alleen vroeg zodat ze een nieuwe kans had om me voor schut te zetten, maar ik kon toch niet verbergen hoe blij ik werd. 'Misschien wel... Naar welke gaan jullie?' vroeg ik terwijl ik bedacht dat ik mijn moeder om geld kon vragen.

'Dat weten we nog niet. We bellen je na school.'

Dingdong, klonk de elektronische deurbel toen ze verdwenen. Ik wachtte nog even voordat ik ook opstond, hoewel ik niet eens de helft van mijn kebab had opgegeten. De tengere man maakte het tafeltje ernaast schoon.

'Was het lekker?' vroeg hij met een knikje naar het bord.

'Ik had niet zo'n honger,' antwoordde ik.

Toen ik na school thuiskwam was mijn moeder er al. 'Is er voor me gebeld?' zei ik.

'Hiernaartoe?' vroeg ze verbaasd. 'Nee, hoezo? Verwacht je een telefoontje?'

'Misschien ga ik vanavond naar de bioscoop,' zei ik. 'We moeten vroeg eten.'

'Met wie dan?'

Ik hoorde dat ze nieuwsgierig was, blij verrast, maar dat ze me niet helemaal geloofde. 'Een paar meisjes uit de klas. Ze zouden bellen.'

'Wat leuk,' zei ze en ze keek even naar me voordat ze zich omdraaide en naar de keuken ging.

We aten die dag om halfzes. Normaal gesproken aten we nooit voor halfzeven, soms zelfs pas om halfacht. Ik had in mijn kamer zitten wachten en was geschrokken van elk geluid, maar niemand had gebeld.

'Waarom eten we zo vroeg?' zei mijn vader terwijl hij naar de erwtensoep keek die mijn moeder voor hem had neergezet.

Voordat ik iets kon zeggen, gaf mijn moeder antwoord. 'Rebecca gaat met een paar vriendinnen uit de klas naar de bioscoop.'

Ik zag dat mijn vader zijn wenkbrauwen verbaasd optrok, maar dat hij blij was. Tevreden. Mijn moeder en hij wisselden een blik. Alsof dit de bevestiging was dat ik normaal was, dat ze een normale dochter hadden.

'Naar welke film gaan jullie?' vroeg mijn vader.

'Ik weet het niet, maar ik hoop op *Pirates of the Caribbean*.'

Na het eten ging ik naar mijn kamer en knapte ik mezelf op voor de spiegels. Ik probeerde verschillende gezichtsuitdrukkingen zodat ik voorbereid was als we elkaar zagen.

Daarna wachtte ik de hele avond. We bellen, had Sara gezegd. Toen het tien uur was riep mijn moeder: 'Ga je zo naar bed?'

'Zo meteen,' antwoordde ik.

Daarna opende ze de deur van mijn kamer en ging in de deuropening staan. 'Ging de bioscoop niet door?' vroeg ze.

'Nee, Sara werd ziek,' loog ik.

'Wat vervelend.'

'We gaan misschien een andere keer.'

De volgende dag op school zag ik ze voor me door de gang lopen, maar ik zei niets, vroeg niet waarom ze niet hadden gebeld, durfde het niet. Maar ik hoorde ze praten. Misschien wilden ze dat ik het hoorde, want ze praatten heel hard, overdreven hard.

'Shit, wat was het goed!' En: 'Johnny Depp is zo knap...'

Een paar dagen later, toen mijn vader me van school haalde, zag hij de vetvlek die Lotta op mijn jack had achtergelaten en explodeerde hij in een fractie van een seconde. 'Wat heb je gedaan? Weet je hoeveel zo'n jack kost? Het heeft geen zin om mooie kleding voor je te kopen als je er zo mee omgaat!'

65

'Long time no see,' zei Oscar met een ironische grijns terwijl hij met zijn hoofd half afgewend naar hen keek.

Carl en Jodie deden de deur van de verhoorkamer dicht en gingen tegenover hem zitten. Oscar wilde zijn advocaat om de een of andere reden niet langer bij de verhoren hebben. Misschien vond hij het zinloos, dacht Carl. Of misschien mocht hij haar gewoon niet.

'Je vriendin...' begon Carl vriendelijk.

'Wat is er in vredesnaam nu weer met haar? Ik heb toch gezegd dat ik niet weet waar ze is. Echt, jullie zijn zo verdomd...'

'We weten inmiddels wíé ze is,' onderbrak Carl hem. 'Ze heet Rebecca Rudberg en is de dochter van Jens Rudberg Karlsson, de man die jullie ontvoerd hebben.'

Oscar staarde naar hem en begon plotseling te lachen. 'Je maakt een grapje,' zei hij.

'Nee,' zei Carl ernstig.

'Dat is niet waar... Het kan niet waar zijn.' Oscar leunde naar achteren op zijn stoel. Hij wreef in zijn gezicht, hard, met schokkerige bewegingen. 'Rebecca?' zei hij en hij schudde zijn hoofd. 'Rebecca Rudberg?'

'Ken je haar?' vroeg Jodie.

Zijn gezichtsspieren trilden weer, kleine tics die zich verspreidden.

'Ik kende haar... in Östersund.'

'Maar je hebt nooit begrepen dat Edith Rebecca was?' zei Jodie.

'Nee,' antwoordde hij.

'Maar hoe is dat mogelijk? Je had toch een relatie met haar?'

Ja, maar ik snap niet... Het is verdomme absoluut onmogelijk!' Hij zweeg plotseling, alsof hij ineens iets besefte. 'Daarom heeft ze hem naar het Hagaparken gekregen... Fuck! Ze zei dat ze deed alsof ze journalist was, maar Jens was haar vader...' Hij fronste zijn voorhoofd. 'Maar waarom?'

'We dachten dat jij misschien weet waarom,' zei Jodie.

'Ik? Jezus, ik heb geen idee.'

'En je wist niet wie haar vader was?'

Oscar schudde zijn hoofd. 'Luister, ik kende haar niet zo goed. Ze was een vriendin van een vriend... Maar ik wist wie híj was, ik wist dat hij zich bezighield met mijnbouw en het milieu vervuilde om er rijk van te worden.'

'Herinnerde je je dat niet toen je hem ontvoerde?'

'Ik relateerde het in elk geval niet aan háár... Ik dacht dat Jocke of Andy... hem hadden nagetrokken.'

Jodie bladerde verder in haar notitieboekje, vond de juiste pagina en keek naar Oscar. 'Iets anders,' zei ze. 'In de periode voor de ontvoering heeft Rebecca in totaal dertien keer met Andrew en Joakim gebeld. Vijf keer met Joakim en acht keer met Andrew.'

Oscar stond plotseling op en sloeg met zijn vuist tegen de muur. Carl hoorde hem zachtjes vloeken en zag dat hij zijn gezicht vertrok van de pijn. 'Ik wist het. Ze heeft me misleid, die vervloekte, gemene bitch! Ze hebben me verdomme allemaal misleid!' Oscar staarde naar hen met een combinatie van verontwaardiging en wanhoop. Carl had moeite om te geloven dat het alleen maar een toneelstukje was.

Rebecca Rudberg

Het was mijn schuld niet dat ik blind werd. Ik wilde de paarden niet hebben. Ik had een keer gezegd dat ik een paard wilde, maar dat was nadat ik in Jamtli op een pony had gezeten, en toen was ik elf! Toen ik ouder werd vond ik paarden maar niets. Toch kreeg ik er een en werd ik gedwongen erop te rijden.

Het was vrijdag, een zonnige vrijdag in het voorjaar toen ik net in de eerste klas zat. Ik herinner me dat omdat mijn vader me voor de school ophaalde in zijn Range Rover. Alle andere ouders hadden normale auto's – Volvo, Saab, Subaru vanwege de vierwielaandrijving –, maar mijn vader niet. Ik merkte dat de mensen er grapjes over maakten – 'Kijk, daar komt de grote directeur in zijn Range Rover' –, maar dat hoorde mijn vader nooit. En anders trok hij zich er niets van aan.

Misschien waren ze gewoon jaloers.

Als ik naast mijn vader op de passagiersstoel ging zitten, keken ze naar me met een soort spottende jaloezie.

'Waarom kom je me halen?' vroeg ik opgelaten.

'We gaan naar de Nordins,' zei hij.

'Is dat vandaag?'

'Ben je het vergeten?'

Ik hoorde aan zijn stem dat hij boos begon te worden, alsof iets binnen in hem omdraaide en daardoor werd gespannen.

'Jezus, waarom vertel ik je ook iets. Ik zou net zo goed tegen een muur kunnen praten.' Zijn stem had een scherpe klank gekregen.

'Ik ben het vergeten… Sorry.'

Hij keek naar mijn kleding en de veterboots die ik naar school droeg. 'Ga je zo mee?'

'Ik heb niets anders.'

Hij reed van het parkeerterrein weg en sloeg meteen af naar links, in de richting van het centrum.

'Waar gaan we naartoe?' vroeg ik.

'Dat zei ik toch, naar de Nordins.'

'Maar ze wonen toch niet...'

Hij keek geïrriteerd naar me, alsof hij verwachtte dat ik gedachten kon lezen.

'We gaan mama eerst ophalen. Wat dacht je dan? Dat we daar met zijn tweeën naartoe zouden gaan?'

Ze stond voor het gemeentehuis, dat nog niet eens tweehonderd meter bij mijn school vandaan lag, op ons te wachten, maar mijn vader stond erop om haar op te halen. Ik opende het portier om uit te stappen en op de achterbank te gaan zitten. Ik wist dat mijn vader het niet prettig vond als mijn moeder achterin zat.

'Wat is er gebeurd?' vroeg ze verontwaardigd.

Op dat moment merkte ik pas dat ik huilde. Mijn vader mompelde iets en mijn moeder keek bezorgd en teleurgesteld. Ik weet niet of dat vanwege mij of hem was.

'Kunnen we het gewoon een keer gezellig hebben als gezin, zonder dat...' Ze maakte haar zin niet af en de rest van de rit zwegen we alle drie.

De Nordins behoorden tot de weinige vrienden die mijn ouders hadden. Vrienden was eigenlijk het verkeerde woord. Mijn vader en Per waren vrienden en collega's. Mijn moeder en ik hingen er een beetje bij.

Ze woonden in een oud Jämtlands houten kasteel dat overliep van houtsnijwerk. Mijn vader maakte daar iedere keer een opmerking over. 'Wat een hoop houtsnijwerk.' Het lag net ten noorden van de stad, in de richting van Krokom, op een heuvel met een steile helling naar de spoorweg en het Storsjön. Een groot grasveld en een paar kale berkenbomen omringden de woning, maar er waren geen plantenperken, struiken of ornamenten. Zo was Jämtland, vol kale lege oppervlakken. Berken, een beetje gras en een huis. Bam! Niets opvallends. Geen overdaad. Alles moest praktisch zijn.

Mijn vader reed snel over de grindweg naar de woning. Ik hield me aan de deurkruk vast om niet over de achterbank te stuiteren. Achter ons wervelde het droge voorjaarsstof op in een pluim. Mijn vader remde abrupt op het erf voor het huis en sprong uit de auto. Per verscheen bovenaan de trap in de deuropening en ik zag hem naar de stofwolk kijken die langzaam uiteendreef.

'Zo, ik zie dat jullie haast hebben om hier te komen,' zei hij.

Mijn vader lachte. 'Dat zou jij nooit kunnen doen met je stadsauto,' zei hij met een blik op de BMW die op het erf stond. 'Je zou van de weg stuiteren met alle kuilen die er in je oprit zitten. Maar deze...' Mijn vader maakte een gebaar naar zijn eigen auto. '...merkt het nauwelijks.'

'Jij zegt het,' zei Per, die niet onder de indruk leek.

'Je zou er ook een moeten kopen,' zei mijn vader. Hij grijnsde weer, alsof hij zojuist een slag had gewonnen in een onzichtbare oorlog die alleen hij voerde.

Per lachte voor het eerst. 'Ik heb niet zoveel haast dat ik in zo'n bakbeest moet rijden.'

Hij was anders dan mijn vader. Hij kwam uit de streek. Mijn vader kwam uit Stockholm. Ze hadden elkaar leren kennen toen ze aan het begin van de jaren tachtig aan de Handelshogeschool studeerden. Ik had het verhaal al heel vaak gehoord. Het was zo saai, saai, saai...

'Het avondeten is nog niet klaar,' zei Per en hij keek naar mij. 'Ik moet naar de paarden. Wil je mee?'

Waarom vroeg hij me dat? 'Nee,' zei ik zo zachtjes dat Per het niet hoorde.

Mijn vader hoorde het wel. Hij snoof: 'Natuurlijk wil je mee, Rebecca. Schiet op. Je hebt gezegd dat je gek op paarden bent.'

Opnieuw die keer in Jamtli toen ik elf was.

'Je bent toch niet bang voor paarden?' vroeg Per. Hij glimlachte naar me.

Hij zei het op een vriendelijke toon, in het zachte Jämtlandse dialect dat zo gemoedelijk klinkt maar het niet altijd is.

'Nee, dat is ze niet,' zei mijn vader geïrriteerd. Hij gaf me een duw in de richting van de stal, zodat ik begon te lopen.

Per en zijn vrouw Elisabeth hadden geen kinderen. Misschien leek hij er daarom spijt van te hebben dat hij me een beetje had geplaagd, want ik hoorde hem achter me tegen mijn vader zeggen: 'Je moet een beetje liever voor dat meisje zijn.'

De stal bestond uit een stenen fundament met een houten opbouw en had vier boxen. Het stonk er naar mest en urine, een verstikkende lucht die me tegemoetsloeg zodra ik de donkere ruimte in liep. Ik hoorde de paarden zenuwachtig bewegen terwijl ik door de gang tussen de boxen liep en de enigszins zoetige geur door mijn neus inademde. Ze keken naar me en ik zag het oogwit in het donker oplichten.

Terwijl ik liep las ik de namen van de paarden, die met de hand op de borden naast de boxen waren geschreven: BLACK BEAUTY, HIGH PROFILE, BIG TIGER...

Per liep achter me met een kruiwagen met stro dat hij in de boxen gooide, waarna de paarden hun hoofden onmiddellijk bogen en begonnen te eten. Toen hij klaar was kwam hij naast me staan. 'Wil jij er een hebben?'

Ik keek hem verbaasd aan om te controleren of hij me in de maling nam.

'Ze zijn mooi,' zei hij met een oprechte klank in zijn stem.

Mijn moeder riep vanaf de staldeur voordat ik antwoord kon geven. 'Komen jullie? We gaan eten.'

We aten in de salon, een langwerpige ruimte die de hele lengte van het huis besloeg en in het midden werd gedeeld door witte schuifdeuren met kleine ramen erin. Aan één kant van de schuifdeuren stond een lange, donkerbruine tafel die voor vijf personen was gedekt. De plekken waren niet gemarkeerd, maar ik wist dat van me verwacht werd dat ik aan de buitenkant ging zitten, op de plek met niemand tegenover me, zodat ze met elkaar konden praten zonder dat ik in de weg zat.

Terwijl ik door de salon liep zakte de vloer een beetje door, zodat de glazen in de vitrinekast zachtjes rinkelden. Ik hield van dat geluid. Het was een mooie kamer.

Heel anders dan bij ons.

Mijn vader had een praktischere inslag. Onze woning was eenvoudig, maar niet op een elegante manier. Eerder alsof het een klooster was. Koud. Armoedig.

Misschien kwam het door zijn jaren in het leger, maar dat geloof ik niet. Per was tenslotte niet zo.

We aten elandenvlees, wat we daar altijd aten. Soms vraag ik me af of ze weleens iets anders aten. Ik tekende met mijn vork in de saus en prikte een stukje aardappel op. Het was niet vies, alleen… te veel. Het vlees groeide in mijn mond. Het was draderig en taai en ik had moeite het door te slikken. Mijn moeder zei altijd dat je elandenvlees minstens twee dagen in melk moest laten trekken en dat de Nordins het niet lang genoeg lieten trekken.

'Het is heerlijk, Elisabeth,' zei ze toch. Het klonk zelfs alsof ze het meende.

Elisabeth antwoordde iets wat ik niet verstond, want Per begon tegelijkertijd te praten.

'Waarom koop je geen paard? Ik heb een lege box die niet gebruikt wordt,' zei hij tegen mijn vader. Ik hoorde aan zijn stem dat hij ergens op uit was. 'Voor Rebecca,' zei hij met een knikje in mijn richting. 'Maar misschien is ze bang voor de paarden?'

'Bang?' zei mijn vader. Hij klonk meteen strijdlustig. 'Rebecca durft meer dan je zou denken.'

'Tja, als jij het zegt,' zei Per met een twinkeling in zijn ogen die ik niet prettig vond. Ik legde mijn bestek neer en keek van de een naar de ander, alsof het een tenniswedstrijd was.

'Big Tiger is te koop. Is dat niets voor jou?' Hij zei het met een grijns, alsof het iets was wat hij er gewoon uit gooide, iets volkomen aannemelijks. Daarna schudde hij zijn hoofd. 'Nee, dat is een moeilijk paard. Rebecca zou niet eens in zijn box durven te komen.'

'Natuurlijk durft ze dat wel.' Opnieuw de oorlog die mijn vader voerde.

'Is dat zo?' zei Per. 'Zou je dat durven, Rebecca?'

Pers vrouw Elisabeth verschoof op haar stoel en onderbrak het gesprek voordat ik antwoord kon geven. 'Kunnen we ergens anders over praten?' vroeg ze met een smekende klank in haar stem. 'Mona, hoe is het op je werk?'

Per knikte en keek schuldbewust. 'Eerlijk gezegd pestte ik je alleen,

Jens. Je moet Big Tiger niet kopen. Het is geen paard voor jullie, jullie moeten een zacht en lief paard hebben, een merrie.'

Het was echter al te laat.

'Vergeet het maar. Hoeveel wil je ervoor hebben?'

Per draaide zijn wijnglas opgelaten. 'Jens, je hoeft niet...'

Mijn vader boog zich zo ver over de tafel dat zijn stropdas bijna in de saus hing. Zijn handen lagen tot vuisten gebald op de tafel en hij staarde met opengesperde ogen naar Per.

'Ik wil er minstens vijftig voor hebben,' zei Per.

'Vijftig? Jezus Per, we zijn vrienden. Dertig!'

Per schudde zijn hoofd langzaam. 'Ik weet een merrie die te koop is. Die kun je waarschijnlijk voor dertig krijgen.'

Mijn vader stond zo abrupt op dat zijn wijn over de rand van het glas klotste. Ik zag ook dat hij een sausvlek op zijn stropdas had. 'Dertig... Als Rebecca zijn box in gaat en hem aait,' zei hij.

'Jens, doe dit niet,' zei Per.

Maar mijn vader glimlachte. Ik herkende die glimlach en wist dat hij nooit ging toegeven, wat er ook werd gezegd. 'Rebecca! Sta op. We gaan nu meteen naar buiten,' zei hij.

'Tijdens het eten?' vroeg mijn moeder geschokt.

'Maar ik wil niet,' zei ik.

'Natuurlijk wil je wel! Je krijgt een paard! Zoals je altijd gewild hebt!'

'Ik heb nooit een paard gewild,' mompelde ik. Ik probeerde het hardop te zeggen, vastbesloten, duidelijk, maar in plaats daarvan werd het niet meer dan een fluistering.

'Ga mee!' beval mijn vader. Hij trok mijn stoel naar achteren en nam me mee naar de hal.

'Is dit nu echt nodig, Per? We zitten te eten,' hoorde ik Elisabeth smekend zeggen.

'Ach, we hoeven alleen het erf over te steken,' antwoordde Per. 'We zijn zo terug.'

Mijn vader zei niets. Hij hield mijn hand stevig vast terwijl we over het erf naar de stal liepen. Zijn lippen waren een stevig op elkaar geperste streep, toch hoorde ik zijn stem in mijn hoofd. *Stel me nu niet teleur!*

De stank sloeg me opnieuw tegemoet. De paarden bewogen onrustig in hun boxen, alsof ze voelden dat er iets aan de hand was en ze de nervositeit en de spanning konden ruiken.

'Hier is hij, Big Tiger,' zei Per.

Hij bleef voor de achterste box staan. Het licht sijpelde door een stoffig raam boven de grote staldeuren naar binnen. De kruiwagen waarmee Per stro had rondgereden stond tegen een van de deurhelften geleund. Het wiel was bedekt met gedroogde mest, klompen die aan de zijkant van het wiel uitstaken.

Per keek naar me met zijn hoofd een beetje schuin. Hij leek me in te schatten, alsof hij probeerde te bepalen of het me zou lukken. Hij had kortgeknipt zandkleurig haar en zag er heel vriendelijk uit. 'Jens, ze wil niet,' zei hij.

'Natuurlijk wel,' zei mijn vader. Hij legde zijn hand op mijn rug en duwde me naar de box. Ik keek naar hem om te zien of hij het echt meende, maar hij zag me niet eens. Hij was volkomen gefixeerd op het paard.

Big Tiger.

Toen het paard me over de betonnen vloer hoorde lopen draaide hij zijn hoofd om te zien wie ik was. Het oogwit lichtte op in het donker.

'Jens, ze is bang. Paarden voelen dat... Doe het niet.'

'Ga de box in!' zei mijn vader gebiedend en smekend tegelijk, alsof hij Per niet eens had gehoord.

'Doe voorzichtig, Rebecca,' zei Per. 'Blijf naast hem staan zodat hij je niet kan schoppen. Leg een hand op zijn onderrug zodat hij voelt dat je er bent...'

Terwijl ik me tussen zijn achterste en de wand van de box perste, deed hij een paar snelle stappen opzij. De paardenhoeven schraapten over het cement en de doordringende paardenlucht drong mijn neus in, verstikkend, zoet, weerzinwekkend.

'Aai hem!' beval mijn vader.

Ik stak mijn hand voorzichtig uit en raakte het paard aan.

Big Tiger schrok, stampte met zijn hoeven en probeerde zich om te draaien in de krappe ruimte. Toen dat niet ging hinnikte hij angstig. Ik stond tegen de wand geperst.

'Haal haar eruit!' snauwde Per achter mijn vader.

'Dertig!' zei mijn vader.

Per aarzelde even. 'Oké, je krijgt het paard voor dertig, maar haal haar er nu uit.'

Mijn vader draaide zich om, stak zijn hand uit en trok me uit de box. Toen we wegliepen hoorde ik de paarden achter ons stampen en briesen.

'Je bent verdomme niet goed snik,' zei Per tegen mijn vader.

Ik hoorde dat hij het echt meende, maar toch zag ik een kleine rimpel bij zijn mondhoek, alsof hij het toch leuk vond.

'Zie je wel?' zei mijn vader. Hij klonk weer alsof hij een belangrijke slag had gewonnen. Daarna draaide hij zich naar mij om. 'Ben je nu niet blij? Je hebt een paard gekregen.'

Ik gaf geen antwoord. Misschien omdat ik niets kon verzinnen wat niet verkeerd zou overkomen.

Daarna kocht mijn vader nog twee paarden, Blenda en Azlan, zodat ze elkaar zouden hebben.

66

Maandag 28 januari

Asbjörn Bolander groef met een tandenstoker tussen zijn tanden terwijl hij naar achteren leunde op de bureaustoel die kraakte onder zijn gewicht. 'Ik heb van het weekend ergens over nagedacht,' zei hij, waarna hij op zijn tanden zoog en met zijn tong onder zijn bovenlip gleed.

Rickard, die naast hem zat, keek naar zijn scherm. Waarschijnlijk om het niet te hoeven zien, dacht Carl.

'Over Kumiko?' vroeg Carl.

'Nee, over de ontvoering,' zei Asbjörn terwijl hij naar de tandenstoker keek. 'Ik denk nog steeds niet dat het een milieuprotest was.'

'Dat zei je al. Je denkt dat het om geld gaat.'

Asbjörn schraapte zijn keel. 'Per zegt dat de inhoud van de aktetas alleen waardevol is voor C-Mine, maar stel dat hij liegt. Stel dat de aktetas documenten bevat die ongelofelijk waardevol zijn voor anderen.'

'Waardevol?'

'Of bruikbaar... Hoe moet ik dat weten? Luister gewoon!'

Asbjörn ging rechtop zitten, waardoor de stoel weer kraakte. 'Toen ze Jens ontvoerden lieten ze de auto op het parkeerterrein achter, een luxeauto. Jens' portefeuille zat zelfs nog in zijn jas toen we daar arriveerden... Toch namen ze de aktetas wel mee. Alleen de aktetas.'

Carl knikte. 'Er is iets met die stomme aktetas,' ging Asbjörn verder. 'Het is geen toeval dat Per ernaar gevraagd heeft.'

'Oké, en... wat wil je hiermee zeggen?'

Asbjörn gooide de tandenstoker in de prullenmand. 'Rebecca is Jens' dochter. Ze kan geweten hebben wat er in de aktetas zat en heeft dat misschien verteld aan Oscar...' Asbjörn knikte bevestigend over zijn eigen redenatie. '...met wie ze in Östersund al omging.'

'Maar ze gingen in Östersund niet met elkaar om.'

'Wie zegt dat? Oscar?'

Carl wreef over zijn gezicht. 'Oké,' zei hij. 'Wil je daarmee zeggen dat Oscar en Rebecca van plan zijn geweest iets van haar vader te stelen?'

'Ja.'

Carl probeerde de betekenis ervan te bevatten. 'En hoe konden ze weten wat er in de aktetas zat?'

'Dat wist Rebecca. Zij heeft tenslotte met hem afgesproken in het Hagaparken.'

'Maar waarom? Waar waren ze op uit?'

'Dat zei ik al. Geld.'

'Maar hebben we net niet ontdekt dat ze waarschijnlijk geld heeft?'

Ze draaiden zich om naar Rickard, die omstandig vanuit een half liggende houding rechtop ging zitten.

'Rebecca ontvangt sinds ze meerderjarig werd, al negen jaar dus, een regelmatig bedrag aan inkomsten uit vermogen van tussen de drie- en vijfhonderdduizend kronen. Waarschijnlijk heeft ze een grote aandelenportefeuille.'

'Hoe groot?' vroeg Carl.

'Minstens een paar miljoen. Vier, misschien zelfs vijf of zes...'

'Hoe komt ze in vredesnaam aan zoveel geld?' zei Asbjörn.

'We moeten haar bankrekeningen tot jaren terug controleren om te zien welke transacties erachter zitten, maar zoals ik al zei hebben we daar nog geen toestemming voor gekregen.'

'Maar als ze zo'n aandelenportefeuille heeft, waarom zou ze haar eigen vader dan ontvoeren voor geld?' zei Carl.

Het werd even stil in de vergaderkamer.

'Rupsje-nooit-genoeg?' opperde Ylva schouderophalend.

Carl schudde zijn hoofd. 'Is het niet waarschijnlijker dat het echt om het milieu ging?' zei hij. Ondanks alles is de ontvoering door drie milieuactivisten – minstens drie – uitgevoerd. Dat kan toch geen toeval zijn? Ik geloof nog steeds in Simons theorie over een externe organisatie.'

Asbjörn schudde zijn hoofd sceptisch.

'Waar is Simon trouwens?' zei Ylva terwijl ze om zich heen keek.

'Dat is waar ook,' zei Carl. 'Hij werkt niet langer aan ons onderzoek.

Gert Uwe heeft gisteren gebeld om te vertellen dat hij hem naar een actie tegen de bendecriminaliteit overgeplaatst heeft.'

'Jammer,' zei Ylva.

Heerlijk, dacht Carl, waarna hij hardop verder ging. 'Ons probleem is dat er belangrijke stukken in de puzzel ontbreken. Daarom komen we niet verder met Kumiko's dood, of de tas aan de deur van Per Nordins appartement, of de autobrand.' Hij stond op en liep naar het whiteboard. 'Kumiko...' zei hij terwijl hij de naam omcirkelde. '...en Rebecca. Twee vrouwen die nergens bij lijken te horen. Of wel soms? De ontvoering van en de moord op Jens Rudberg Karlsson is het werk van militante milieuactivisten van het NBF en NLF, maar we weten niet waarom Rebecca zich voor Edith Ekholm uitgaf en haar eigen vader ontvoerde of waarom Kumiko Andersson vermoord is.'

'We weten toch ook niet waarom de ontvoerders vermoord zijn?' zei Jodie.

'Dat klopt,' beaamde Carl. 'Dat weten we niet. Maar mijn punt is dat we moeten nadenken over wat we níét weten. Waar hebben we nog níét naar gekeken?'

Niemand zei iets. Het enige geluid in de vergaderkamer was het kraken van Asbjörns stoel.

'Laten we de gebeurtenissen in chronologische volgorde doornemen,' zei Carl. 'Op 4 januari is Jens Rudberg Karlsson ontvoerd. Dat is de eerste gebeurtenis. Dus, wat weten we niet over hem?'

'We weten niets over zijn militaire diensttijd,' zei Ylva na een tijdje.

Carl knikte waarderend. 'Het VN-regiment van 1993 en 1994,' zei hij terwijl hij tegelijkertijd op het whiteboard schreef. 'Dat gaat zowel over Jens als over Per. Weten we meer dan dat ze in Bosnië zijn geweest?'

'Jens was min of meer een held,' zei Ylva. 'Hij heeft Per tenslotte gered. Zo was het toch?'

Rickard knikte.

'Het redden van iemands leven is doorgaans niet iets waarvoor je ontvoerd en vermoord wordt,' zei Asbjörn.

Carl bedacht dat Jens het leven van iemand anders misschien níét had gered, maar dat zei hij niet.

'En waarom nu?' ging Asbjörn verder. 'Waarom zou iemand na meer dan vijfentwintig jaar plotseling besluiten om... wraak te nemen, of wat het in vredesnaam is. En wat heeft dat in vredesnaam met de milieuactivisten te maken?'

'Dat weten we niet,' zei Carl. 'Dat is uiteindelijk het punt. We weten het niet en daarom moeten we erachter zien te komen.'

Na de 'afgezegde' bioscoopavond deed ik tegenover mijn moeder alsof alles in orde was. Dat was niet moeilijk. Het enige wat ik hoefde te doen was de anderen in de klas te observeren, geluidloos achter hen aan te lopen en te luisteren. Als mijn moeder vroeg hoe het op school was geweest, zei ik dingen zoals: 'Lotta heeft een brommer voor haar verjaardag gekregen.' Of: 'Sara heeft een nieuw vriendje en hij is drie jaar ouder dan zij. Hallo!'

Ik hoefde niet eens te liegen. Mijn moeder ging ervan uit dat we vriendinnen waren en dat ze het me verteld hadden. Ze was heel blij. Niet voor mij, maar voor zichzelf, omdat ze een normale dochter met vriendinnen had.

Daarmee misleidde ik mijn vader niet. Hij was veeleisender.

Een paar weken nadat hij Big Tiger had gekocht, vroeg hij of de anderen in de klas jaloers op me waren nu ik een paard had. Dríé paarden zelfs. Hij had Blenda en Azlan tenslotte ook gekocht.

Ik had moeten liegen, had iets moeten verzinnen, maar het was om de een of andere reden altijd moeilijk om tegen mijn vader te liegen. Hij hoorde het als je loog. Altijd, iedere keer.

'Nee,' zei ik daarom eerlijk.

Hij keek verbaasd op van de elandenstoofschotel op zijn bord en liet zijn vork met aardappelen en saus, die hij net in zijn mond wilde stoppen, zakken. 'Waarom niet? Heb je gezegd dat het een volbloed is?'

'Nee,' zei ik opnieuw, zachter deze keer.

'Wat heb je dan gezegd?'

'Niets.'

Hij legde zijn bestek kletterend op zijn bord. 'Waarom heb je het niet aan je... vriendinnen verteld?'

Het woord vriendinnen kwam een beetje onhandig uit zijn mond. Ik hoorde dat hij zijn best deed om op mijn niveau tegen me te praten. Anders zou hij klasgenoten of zoiets gezegd hebben. Klasgenoten of kennissen.

Ik gaf geen antwoord. Dat hoefde niet, want mijn vader begreep het al.

'Je moet vriendschappen sluiten. Je moet mensen uitnodigen. Je kunt niet als een muurbloem aan de kant staan. Ga ervoor! Want ik kan je vertellen dat je in deze wereld niets in je schoot geworpen krijgt.'

Mijn moeder liet haar vork met daarop een stukje aardappel zakken. 'Jens, dat kun je zo niet zeggen. Misschien wil ze niet zomaar met iedereen omgaan.'

'Maar ze probeert het niet.'

'Wat weet jij daarvan?'

'Ik weet er in elk geval meer van dan jij.'

Dat was het begin van de ruzie. Ik geloof dat ze het niet eens merkten toen ik opstond en wegliep.

Ik ging naar mijn kamer, deed de deur zorgvuldig achter me dicht en zette mijn kleine radio aan. Daarna ging ik op de stoel voor mijn oude make-uptafel zitten. Hij was van teakhout en had vijf kleine laatjes, een brede in het midden en twee smalle aan beide kanten daarvan. Ik had hem van mijn oma gekregen. Het bijzondere aan de tafel waren de spiegels: een grote in het midden en twee kleinere aan de zijkanten die gedraaid konden worden. Op die manier kon ik mezelf van alle kanten bekijken.

Ik staarde naar mijn gezicht en mijn opengesperde ogen. Daarna schoof ik mijn kin naar voren en probeerde er zelfverzekerd uit te zien. Superieur. Zoals Lotta.

Het klopte niet wat mijn vader zei. Ik probeerde het echt. Als ik mijn ogen dichtdeed kon ik de scène na een paar weken nog steeds voor me zien. Lotta stond met haar groepje bij de kluisjes en vertelde dat ze tijdens de paasvakantie in hun vakantiehuisje in Bydalen was geweest en had geskied. Ik stond ernaast en luisterde, maar plotseling lachte ik. 'Wij zijn in de paasvakantie naar Thailand geweest,' zei ik. 'Ze hebben daar heerlijk eten, maar wel heet. Ongelofelijk heet.'

Ik weet niet waarom ik het zei, misschien om indruk op ze te maken, maar eigenlijk denk ik dat het voornamelijk was om te testen of ze me hoorden. Zoals wanneer iemand niet luistert en je iets volkomen krankzinnigs zegt om te zien of je een reactie krijgt. Deze keer draaide ze zich om en grijnsde naar me. 'Thailand?' zei Lotta.

'Ja,' antwoordde ik.

'Je bent niet in Thailand geweest. Je bent niet eens bruin.'

'Ik kan niet tegen de zon,' zei ik snel. 'Ik heb de hele tijd onder een parasol gezeten. Maar ik vond het eten lekker.'

Ze rolde met haar ogen. 'Natuurlijk, als jij het zegt.'

Ik herhaalde de scène keer op keer voor mezelf terwijl ik voor de make-uptafel zat en naar mijn gezicht staarde. Het maakte niet uit welke uitdrukkingen ik oefende, ik zag er nog steeds verlegen uit met mijn licht blozende wangen.

Het was in principe bíjna waar. We hadden in Thailand geweest kunnen zijn.

Mijn vader wilde naar Thailand, naar een hotel met lekker eten en vlak bij het strand zodat we de hele dag konden zwemmen en snorkelen.

Mijn moeder weigerde echter te vliegen. 'We hebben het hier toch goed? Wat moeten we daar doen? In die hitte? Nee, dank je. Ik heb geen zin om over de hele aardbol te vliegen alleen om het daar niet naar mijn zin te hebben.'

Ze was bang, maar dat zei ze niet.

'Maar… denk aan je dochter,' zei mijn vader met een smekende klank in zijn stem.

'Mijn dochter? Dat moet jij zeggen. Wanneer heb jíj aan haar gedacht? Je hebt iedere dag overgewerkt sinds ze geboren is.'

'Moeten we het daar iedere keer over hebben? We hebben nu de kans om iets anders te doen. Om vooruit te kijken,' zei mijn vader.

Mijn moeder sloeg haar armen over elkaar. 'Dan moeten jullie maar samen gaan. Ga op reis als dat zo belangrijk voor je is. Ik blijf hier.'

Mijn vader stond heel even naar haar te staren. Zijn lippen lagen strak over zijn tanden, alsof hij iets wilde zeggen, of slaan, of haar in haar hals bijten, als een dier.

Daarna was het alsof iets binnen in hem het opgaf. Zijn gezicht verzachtte en zijn lichaam ontspande. Hij liep naar het koffiezetapparaat. 'Wil jij ook koffie?'

Ik zou graag met hem op reis zijn gegaan. Waarom zette hij niet door? Ik weet het niet. Soms zijn er geen antwoorden. Soms ben je gewoon verdwaald.

Vreemd genoeg pestte Lotta me niet met Thailand. Misschien omdat ik niet meer achter ze aan liep. In plaats daarvan bewoog ik onzichtbaar door de gangen, sloop het klaslokaal in en ging helemaal achterin zitten. Op een dag in het voorjaar ontdekte ik dat ik al ruim twee weken geen woord meer had gezegd op school. Ik had letterlijk niets gezegd.

Daarna deed ik dát. Het was allemaal niet belangrijk meer.

Ik huiverde in mijn nachthemd en een paar te grote laarzen die ik uit de stal had gehaald. Het was twee uur, misschien halfdrie 's nachts en het was donker. In het noorden was de stal als een schaduw tegen de hemel te zien. De nachten waren nog niet licht, niet zoals rond midzomer, als het iedere nacht maar een paar uur donker was.

Ik begon in de hoek van de kleine weide te graven en rook onmiddellijk de sterke aardegeur die overal overheerste: op het aardbeienveld, de plantenperken, de akkers. Ik heb die geur nergens anders geroken. De aarde was zacht, sappig zelfs, maar ik moest toch op de schep springen voordat ik eraan kon trekken en de aarde weg kon scheppen. Toen ik een flink gat had gemaakt, gooide ik de schep op de grond en liep naar de zak toe. Ik opende hem niet, wist wat erin zat, wilde het niet opnieuw zien. Ik trok de zak, een oude jutezak die ik in de stal had gevonden, met me mee en liet hem in het gat vallen. Daarna schepte ik het gat snel dicht en probeerde de aarde te pletten zodat niet te zien was dat ik er gegraven had.

De paarden waren in de andere weide, maar stonden met gerekte halzen bij het hek naar me te kijken. Alsof ze van plan waren te roddelen, alsof ze precies wisten wat ik deed.

Toen ik in mijn kamer terug was en in bed ging liggen, hoorde ik mijn vader in de slaapkamer van mijn ouders. Hij schepte er altijd over op dat hij iedere dag om vijf uur opstond, dat hij daarom zo succesvol was. Ik had altijd gedacht dat hij maar wat uit zijn nek kletste, zoals hij zo vaak deed, maar ik had het dus mis. Hij stond echt om halfvijf op.

Ik trok het dekbed snel over me heen, ging op mijn zij liggen en deed of ik sliep voor het geval hij mijn kamer in zou komen. Alsof hij de aardegeur zou kunnen ruiken en het zou begrijpen.

Dat deed hij echter niet.

De volgende dag op school volgde ik Lotta om te zien of er iets zou gebeuren, of ze iets zou zeggen. Ze liep voor me door de gang en wiegde overdreven met haar heupen, zoals ze altijd deed. Ik liep tien meter achter haar. Ik wilde haar zien als ze het vertelde, maar wilde niet ontmaskerd worden, wilde niet te dichtbij komen, niet glimlachen. Ik had geoefend voor de spiegels. Ik zou er verbaasd uitzien. Opgetrokken wenkbrauwen, opengesperde ogen, een halfopen mond. In de spiegels zag het er geloofwaardig uit.

Lotta kauwde met haar mond open op kauwgom, zodat ik haar tong rond de roze brij zag draaien. Als iets seksueels. Het was walgelijk. Ik wilde dat ze in haar kauwgom stikte.

Er gebeurde niets. De hele dag niet.

Ik begreep het niet. Hoe was dat mogelijk?

Het duurde vijf dagen voordat het gebeurde. Toen ik op school kwam wist ik het meteen. Ze liep met een gebogen hoofd, zonder met haar heupen te wiegen en een beetje houterig. Ik vroeg niets, zei niets, liep gewoon naar mijn kluisje, maar terwijl ik mijn geschiedenisboeken voor de volgende les pakte hoorde ik haar iets verderop tussen de rijen kluisjes aan de overkant snikken.

'Karo is dood. Hij is nu een week weg en mijn vader zegt dat hij dood moet zijn. Hij denkt dat hij door een wolf of een beer gepakt is.'

De anderen zeiden 'o' en 'nee' en 'wat erg'.

'Hij... is uit het hondenhok ontsnapt, maar niemand snapt hoe dat kan.'

Ik had het haar kunnen vertellen. Ik had de haak tenslotte geopend en had hem met een stuk vlees gelokt.

In plaats daarvan deed ik mijn kluisje op slot, draaide me om en liep weg. Ik had genoeg gehoord.

67

Carl Edson was niet bijzonder lang en gespierd, maar toch voelde hij zich niet gauw klein tegenover mensen die hij een hand gaf. Toen Nicklas Nord echter uit de cabine van de enorme takelwagen sprong, voelde Carl zich een dwerg. Nicklas was minstens één meter negentig en woog waarschijnlijk ruim boven de honderd kilo.

'Ben jij Carl?' zei hij met een door het roken hese stem terwijl hij zijn hand uitstak.

'Ja, en dit is Jodie,' zei Carl.

Nicklas knikte naar het lunchrestaurant waarvoor ze geparkeerd stonden. Het lag aan de rand van een enorm winkelcentrum dat ergens in de jaren tachtig was gebouwd, in een periode van succes en expansie. De bloeiperiode was echter al lang voorbij. Nu zag het er bouwvallig en goedkoop uit in het grijze winterlicht.

'Ik wil iets eten terwijl we praten,' zei hij. 'Ik moet nog zes uur werken voordat ik naar huis mag.'

Ze liepen achter hem aan door de glazen deuren en gingen bij een van de tafeltjes zitten. Het was nog maar halfelf, maar Nicklas Nord ging op de stoel tegenover hen zitten met een groot bord dat tot de rand was gevuld met vlees, patat en groenten.

'Wat willen jullie weten?' vroeg hij, waarna hij een flinke hap in zijn mond schoof.

'Zoals ik aan de telefoon al vertelde willen we praten over de VN-missie in Bosnië,' zei Carl. 'Jij was daar samen met Jens Rudberg en Per Nordin.'

Nicklas spoelde het eten weg met een slok Coca-Cola.

'Niet samen,' zei Nicklas. 'Onder. Die twee waren mijn commandanten.'

'Hoe waren ze als commandanten?'

Nicklas grijnsde en stopte een vork vol patat in zijn mond. 'Lastig,' zei hij. 'Hard. Maar...' Hij nam een nieuwe hap. '...ik had geen problemen met ze. Ze waren rechtvaardig.'

'Ik begrijp het,' zei Carl. 'Zijn er anderen die misschien minder positieve herinneringen aan ze hebben?'

Nicklas dronk het glas cola leeg en zette het met een klap op tafel. 'Dat is mogelijk, maar zoals ik al zei, ik mocht ze wel.'

Carl keek uit het raam. 'Is er iets gebeurd tijdens jullie missie?' vroeg Jodie.

Carl keek net op tijd weer naar Nicklas om te zien dat hij patat, vlees en paprika aan zijn vork prikte en alles in zijn mond stopte.

'Ach, gebeurd...' zei Nicklas terwijl hij kauwde. 'Jezus, er gebeurde daar voortdurend van alles. Er was altijd wel iemand die schoot.'

'We bedoelen met jullie peloton,' zei Carl.

Nicklas bleef zijn eten naar binnen schrokken, alsof hij het bord niet snel genoeg leeg kon krijgen. 'Jullie bedoelen toen we werden beschoten,' zei hij met een glimlach. 'Per werd in zijn buik geraakt en Jens in zijn schouder, maar ze overleefden het.'

'Klopt het dat Jens Pers leven gered heeft?' vroeg Jodie.

Nicklas knikte. 'Jezus, ja, dat was wel een ding. Hij sleepte hem in veiligheid, hoewel hij zelf ook geraakt was.' Nicklas smakte met zijn lippen.

Carl zag dat het bord leeg begon te raken. Hij had altijd gehoord dat hij snel at, maar dat was niets vergeleken bij Nicklas.

'Jullie moeten eigenlijk met iemand anders praten. Ik was chauffeur en reed in een gepantserd rupsvoertuig, dus ik had niet veel contact met Jens en Per.'

'Met wie denk jij dat we moeten praten?' vroeg Jodie.

'Probeer Patrik Månson. Hij moet er meer van weten. Hij was de pelotonscommandant en stond recht onder Jens en Per.' Nicklas Nord boerde luidruchtig, trommelde even met zijn wijsvingers op de tafel en stond op. 'Tijd om weer aan het werk te gaan,' zei hij.

Carl en Jodie keken hem na terwijl hij naar buiten liep.

'Kreeg jij ook het gevoel dat hij de enige was die hen mocht?' vroeg Carl.

Jodie knikte. 'Lunch?' zei ze.

'Graag, maar niet hier.'

Rebecca Rudberg

In de droom boog Big Tiger zijn grote hoofd over me heen, duwde zijn snuit tegen me aan en brieste.

Ik werd met een ruk wakker, maar Big Tiger was er nog steeds. Hoewel ik blind ben, voelde ik zijn grote zwarte paardenogen beschuldigend naar me staren, ik rook zijn lucht zelfs in de kamer. Ik wilde dat ik kon zeggen dat ik er iets van begreep, maar dat was niet zo. Zelfs niet heel even.

Ik haatte dat paard.

Het was herfst voordat Per langskwam en vroeg hoe het ging, voordat hij het zich daadwerkelijk afvroeg. Tijdens de zomer hadden de paarden in de weide gestaan en was er niets van te merken, maar nu maakte hij zich zorgen.

Mijn vader ging rechtop zitten. 'Goed,' zei hij. 'Het gaat goed.'

'Rijden jullie regelmatig op Big Tiger?' vroeg Per. 'Hij heeft het nodig dat er iedere dag op hem gereden wordt.'

Ik was op weg naar mijn kamer en passeerde hen toevallig. Mijn vader hield me met zijn sterke arm tegen. 'Rebecca rijdt iedere dag op hem,' zei hij tevreden. 'Of niet soms, Rebecca?'

Ik besefte dat hij vond dat de paarden mijn verantwoordelijkheid waren. Dat hij ze aan mij had gedelegeerd. Hij hield van dat woord. Delegeren.

Ik knikte snel zonder naar hen te kijken.

'Ik ben bij hem geweest,' zei Per. 'Hij leek gestrest… rusteloos.'

Mijn vader bestudeerde me een hele tijd. Misschien begreep hij het, dat weet ik niet.

'Ja, ik rijd op hem,' zei ik koppig, waarna ik me lostrok uit mijn vaders greep. Toen ik haastig de trap op liep om naar mijn kamer te gaan, hoorde ik Pers bezorgde stem: 'Volgens mij is Big Tiger al heel lang niet buiten geweest, en de andere paarden ook niet.'

De volgende dag zadelde mijn vader Big Tiger, haalde een krukje en zette dat in de weide. Azlan en Blenda stonden een stukje verderop toe te kijken. De herfst was al begonnen, de bladeren begonnen rood en geel te worden, en de grond in de weide was modderig.

'Ga erop zitten.'

Ik deed wat hij zei. Dat had met zijn stem te maken. Per was precies zo. Ik denk dat ze er zo aan gewend waren om bevelen te geven dat het een tweede natuur voor hen was geworden. Het was als het ware onmogelijk om ze niet te gehoorzamen.

Ik reed een half rondje op Big Tiger voordat hij me van zijn rug gooide. Hij steigerde niet, maar bokte in plaats daarvan met zijn achterbenen zodat ik over zijn hoofd werd geslingerd en op mijn buik in de modder terechtkwam. Het volgende moment stond het paard boven me, brieste met zijn neusgaten vlak bij mijn gezicht terwijl hij met zijn hoeven vlak bij mijn benen in de aarde groef.

Ik dacht niets toen ik onder het paard lag, staarde alleen in de zwarte paardenogen en voelde me volkomen leeg.

Daarna hoorde ik een stem en op hetzelfde moment begreep ik dat ik die al een tijdje hoorde. Het was mijn vader.

'Zo...' maande hij het paard. 'Rustig maar.'

Ik zag hem voorzichtig naar het paard toe lopen, langzaam om hem niet bang te maken. Daarna volgde een snelle beweging terwijl hij de teugels greep en het paard wegtrok. Big Tiger schudde zijn hoofd op en neer en probeerde de teugels uit mijn vaders handen te trekken, maar hij hield vast.

Ik krabbelde overeind en rende de weide uit om mezelf in veiligheid te brengen.

'Waar was je mee bezig?' zei mijn vader toen hij het hek had gesloten. 'Je moet leren om kalm te blijven. Hij voelt het als je bang bent.'

'Ik probeerde kalm te zijn.'

'Als je dit paard wilt hebben, dan zul je het moeten leren.'

Ik ging rechtop staan, probeerde diep adem te halen, dwong mezelf om te ontspannen. 'Dat ben ik wel... Ik ben nu kalm.'

Toen ik echter naar het hek liep werd mijn ademhaling weer kort en hortend.

'Waarom zeg je dat je kalm bent als dat niet zo is? Je begrijpt toch wel dat dat gevaarlijk is?'

'Ja,' zei ik en ik haalde diep adem. 'Nu ben ik kalm.'

Mijn vader keek me onderzoekend aan en schudde vervolgens zijn hoofd. 'Ga dan naar binnen. Dan zien we wel hoe het gaat.'

Ik keek naar Big Tiger, die weer met zijn hoofd begon te schudden, alsof hij verstond wat we zeiden. 'Nee,' zei ik. 'Ik wil niet.'

Mijn vader zei niets, deed niets, maar ik wist dat hij boos was door de gespannen, smalle lippen en de starre blik.

'Ze is bang voor het paard,' zei hij later tijdens het avondeten terwijl hij een stuk karbonade afsneed. 'Big Tiger voelt dat, dieren kunnen angst ruiken.'

Ik roerde met mijn vork in de saus.

'Heb je haar op dat verschrikkelijke paard gezet?' zei mijn moeder verontwaardigd terwijl ze naar mij keek.

Mijn vader snoof. 'Er is niets mis met dat paard. Ze moet leren om iets te durven in het leven. Hoe moet ze zichzelf later anders redden?'

Een week later kreeg ik een telefoon van mijn vader, een iPhone. De mooiste die er te krijgen was – mijn vader hield van dat soort dingen: de beste, de kleinste, de duurste, de mooiste –, dus ik begreep dat hij een slecht geweten had, er spijt van had.

Toen ik het pakje opende keek hij zo vol verwachting naar me dat ik besefte dat ik blij moest zijn. Ik probeerde te glimlachen, maar ik denk dat het mislukte, want na een tijdje trok hij de telefoon uit mijn hand. 'Kijk... Ik zal het je laten zien.'

Hij begon het beschermende plastic enthousiast weg te halen en deed iets, ik weet niet wat, drukte snel op het scherm terwijl hij praatte. Pas na een tijdje begreep ik dat hij het tegen mij had, dat het de bedoeling was dat ik luisterde en het moest begrijpen. Vooral begrijpen. Ik voelde de paniek door mijn lichaam stromen.

'Zo neem je op, veeg gewoon je vinger opzij...'

'Ja,' zei ik met een knikje. 'Ik veeg met mijn vinger als ik wil praten.'

'Nee! Luister, anders heeft het geen zin. En laat dat los!'

Ik speelde met het doosje waarin de telefoon had gezeten. Nu dwong ik mezelf om naar mijn vader te kijken. Hij praatte nog steeds op vriendelijke toon, maar dat ging moeizaam en ik wist dat de woede op het punt stond om door te breken. Dat hij eigenlijk al boos was.

'Luister!' zei hij. 'Hier kun je op internet surfen en hier kun je je mail bekijken.' Hij drukte op een heleboel plekken op het display en legde uit terwijl ik naar zijn handen staarde.

'Je kijkt niet!' Deze keer schreeuwde hij. Hij had de bezeten uitdrukking op zijn gezicht die hij had als er iets niet ging zoals hij wilde.

'Ik kijk wel,' zei ik en ik sperde mijn ogen open.

'Naar de telefoon! Niet naar mij! Je moet dit leren, anders kan ik hem net zo goed terugbrengen.'

Ik keek naar het platte zwarte ding dat hij in zijn hand had. Het zag eruit als een soort onderzetter, voor boterhammen misschien, iets wat je op de tafel legde zodat er geen vetvlekken op het tafelkleed kwamen.

Uiteindelijk slaagde ik erin om in elk geval te begrijpen hoe ik moest opnemen en bellen.

'Mooi,' zei hij en hij gaf me de telefoon. 'Doe er voorzichtig mee. Je mag hem niet kwijtraken, hoor je dat?'

De volgende dag vroeg hij me tijdens het avondeten hoe het op school was gegaan.

'Goed,' antwoordde ik, maar ik ontweek het om naar hem te kijken.

'Waarom heb je niet geantwoord?'

Eerst begreep ik niet wat hij bedoelde, maar ineens besefte ik dat hij het over mijn telefoon had. 'Ik ben... door niemand gebeld,' zei ik verward.

'Ik heb je een sms gestuurd. Heb je die niet gezien?'

Ik zag er blijkbaar vragend uit, of verward, want hij legde zijn bestek met een scherp geluid op het bord. 'Ga je telefoon halen!'

Ik stond op en liep naar de hal. Ik had hem helemaal onder in mijn rugzak gestopt. Toen ik hem pakte stond er 1 SMS ONTVANGEN op het display.

'Neem hem mee hiernaartoe,' zei hij.

Toen ik de telefoon aan mijn vader wilde geven, liet ik hem op de grond vallen.

'Wat doe je? Ik heb gezegd dat je er voorzichtig mee moet doen.' Hij pakte hem op en bekeek hem zorgvuldig. 'Waarom heb je de sms niet gelezen?'

Ik wist niet wat ik moest antwoorden, dus ging ik zitten.

'Rebecca! Ik praat tegen je! Waarom heb je die sms niet gelezen?'

'Ik… heb hem niet gezien.'

'Ik geef je de mooiste telefoon die er bestaat… Leg die vork neer!'

Ik speelde met de vork, tekende in de saus, die dik en koud was geworden. Nu stak hij zijn hand uit, pakte de vork en rukte hem uit mijn hand zodat de saus op het tafelkleed spatte. 'Kijk hoe je het moet doen!' Hij gooide de vork dwars door de keuken zodat hij op het aanrecht stuiterde. Daarna pakte hij mijn handen stevig vast en schudde me door elkaar. 'Probeer in elk geval om je te concentreren, al is het maar één minuut.'

Ik knikte, maar keek naar de geelbruine saus en de doperwten op mijn bord.

'Ik heb er genoeg van,' zei mijn vader. 'Ik neem je telefoon in beslag en geef hem aan iemand anders.'

'Oké,' zei ik, maar hij bleef mijn handen hard vasthouden, dus zei ik: 'Het spijt me.'

Hij liet mijn handen los alsof hij ze van zich af gooide. 'Dan hoef je ook geen televisie te kijken. Als je geen interesse voor je mobiel hebt, heb je ook geen interesse voor de tv.'

'Jawel…'

'Je kijkt voortaan geen televisie meer! Begrepen?'

Ik knikte. 'Mag ik van tafel?'

'Nee, dat mag je niet. Je eet eerst je bord leeg.'

'Ik heb geen honger.'

Hij stond op, pakte zijn bord en verdween in zijn werkkamer. Ik hoor de hem daarbinnen rondlopen, maar na een tijdje kwam hij plotseling terug. Ik had niets gegeten, maar dat kon hem ineens niet meer schelen.

'Laat maar zitten,' zei hij. Hij pakte het bord van de tafel en gooide het leeg in de afvalemmer.

'Wat zeg je ervan?' zei hij het volgende moment. 'Zullen we een keer samen naar het theater gaan?'

Waar was mijn moeder tijdens die avondmaaltijd? Ik herinner me niet dat ze iets heeft gezegd of er zelfs bij was, maar ze moet er geweest zijn. Zij was altijd degene die kookte. Misschien zat ze daar maar, zwijgend en geduldig, terwijl ze wachtte tot mijn vaders uitbarsting voorbij zou zijn.

Toen ik later een keer in mijn vaders werkkamer naar binnen keek zag ik het witte telefoondoosje op zijn bureau staan. Eén keer sloop ik naar binnen en opende het. De telefoon zat in de uitsparing, precies zoals hij was afgeleverd. Hij had hem niet aan iemand anders gegeven, er was waarschijnlijk niemand aan wie hij hem wilde geven, maar ik kreeg hem toch niet terug. Jaren later gooide hij de telefoon weg. Toen zat hij nog steeds ongebruikt in het witte doosje.

68

Ze stonden bijna een uur voor Mona Rudbergs villa in de smalle straat toen een parkeerwachter op het raam van hun auto tikte. Asbjörn Bolander draaide het raam naar beneden en hield de man zijn politielegitimatie voor. De in uniform geklede bewaker was enigszins zwaarlijvig en van middelbare leeftijd.

'Ja? En? En nu denk je dus dat je hier kunt staan?' De man had zijn witte auto met het logo van het parkeerbedrijf tien meter achter Asbjörn en Ylva neergezet.

Hij had een apparaatje in zijn hand en stond klaar om hun kenteken in te toetsen.

'Ja,' zei Asbjörn. 'Dat denk ik inderdaad.' Hij maakte een gebaar naar de straat. 'Een straat in een villawijk... Hoe ben je hier in vredesnaam terechtgekomen?'

'Iemand heeft gebeld,' zei de man.

Asbjörn keek hem vragend aan.

'Jullie staan aan de verkeerde kant van de straat,' zei de parkeerwachter. 'Parkeren tegen de rijrichting levert een boete op van... duizend kronen.'

'Dat weten we,' zei Asbjörn, die zijn best deed om niet te schreeuwen. 'Maar we blijven verdomme staan waar we willen!'

De parkeerwachter keek met een afwachtende blik in zijn ongewoon kleine blauwe ogen naar Asbjörn, daarna liep hij naar zijn auto terug en reed zonder een woord te zeggen weg.

Even later reed er een donkerblauwe BMW de oprit van de woning op. Toen de chauffeur uitstapte draaide hij zich snel naar hun auto voordat hij naar binnen verdween.

'Per Nordin?' zei Ylva.

Asbjörn knikte.

'Wat doet hij hier?'

'Misschien steunt hij de weduwe?' zei Asbjörn terwijl hij ingespannen naar de voordeur keek. 'Het waren tenslotte vrienden.'

'En hij heeft een nieuwe auto gekocht.'

'Nee,' zei Asbjörn. 'Hij had er twee, de auto die uitgebrand is en deze...'

Ze wachtten een halfuur voordat Per weer naar buiten kwam. Nu leek hij gestrest. Hij liep haastig naar zijn auto en reed snel weg.

'Hij heeft ons gezien,' zei Ylva. 'Denk jij ook niet?'

'In dat geval kon het hem niet schelen dat we hier staan.'

Ze keken zwijgend naar het rode, keurig onderhouden huis, naar de Mercedes Combi op de oprit en de geelgeschilderde voordeur. Toen er niets meer gebeurde begon Asbjörn moeizaam aanstalten te maken om uit te stappen. 'Goed,' zei hij, 'laten wij dan ook maar naar binnen gaan om met haar te praten. Zodat we kunnen uitzoeken waarom Per zo'n haast had.'

Rebecca Rudberg

Ik stond voor Big Tigers box met mijn hand vol kleine stenen. Geen grind dat voor het huis lag, want dat zou mijn vader meteen merken. In plaats daarvan had ik stenen uit de weide verzameld, ongelijke stenen met het formaat van hazelnoten die het paard zelf in de modder onder zijn hoeven naar binnen had kunnen brengen.

Big Tiger draaide zijn hoofd om toen hij me hoorde of mijn lucht rook, brieste door zijn neusgaten en staarde naar me terwijl zijn oogwit duidelijk zichtbaar was en zijn oren naar achteren gingen. Het was alsof ik hem iets had aangedaan.

Toen ik de eerste steen pakte schraapte hij al met zijn voorhoef over de ruwe betonnen vloer, klaar voor de strijd.

Ik begon te gooien. Ik richtte eigenlijk nergens op, gooide gewoon steen na steen zo hard als ik kon. De meeste stuiterden tegen de tralies van de box, maar uiteindelijk schoot er een steen naar binnen die hem op zijn onderrug raakte. Hij kwam overeind en schopte met volle kracht met zijn achterpoten tegen de boxdeur. Het metaal rammelde en ik zag dat er butsen in de deur zaten.

Ik gooide nog een steen. Big Tiger draaide zich om in de box zodat hij me kon aankijken. De volgende steen raakte hem op zijn voorhoofd. Ik geloof niet dat ik zo hard gooide dat het pijn deed, niet echt, het was tenslotte een hengst met een gewicht van zeshonderd kilo. Maar hij schopte iedere keer met zijn hoeven tegen de deur, brieste door zijn neusgaten en steigerde. Hij was woedend.

Toen ik geen stenen meer had ging ik weg. Ik wist dat ik iets verkeerds had gedaan, wist dat mijn vader woedend zou worden, en ik bedoel écht razend, maar toch was het overheersende gevoel teleurstelling omdat ik geen stenen meer had.

Later zat ik voor de spiegels en probeerde er superleuk uit te zien. Ik trok mijn wenkbrauwen op, hield mijn hoofd enigszins naar achteren en probeerde mijn mond zo te plooien dat ik er nonchalant uitzag. Gewoon om voorbereid te zijn.

Op dat moment stormde mijn vader mijn slaapkamer in. Ik zag meteen dat er iets met hem was. Zijn mond was halfopen en hij staarde naar me terwijl hij iets in zijn hand had. 'Wat is dit?' zei hij met ingehouden woede.

Het was een van mijn stenen. Hij had hem natuurlijk in de box van Big Tiger gevonden.

'Wat is dit?' herhaalde hij en hij schudde zijn hand zodat ik het zou zien.

'Een steen,' zei ik en ik probeerde de nonchalante gezichtsuitdrukking waarop ik had geoefend vast te houden.

'Weet je waar ik die gevonden heb?' ging hij verder.

'Nee,' zei ik schouderophalend. 'Op het erf?'

'Nee!' bulderde hij. 'Probeer het nog eens!'

'In de paardenweide?'

'Nee, ik heb hem in Big Tigers box gevonden!'

Ik keek met opgetrokken wenkbrauwen naar hem, alsof ik 'aha' probeerde te zeggen.

'Heb jij stenen in zijn box gegooid?'

'Waarom zou ik stenen naar de paarden gooien?'

'Niet naar de paarden! Naar Big Tiger!'

'Nee,' zei ik. Ik klonk nog steeds verbaasd. 'Ik ga daar nooit naartoe als het niet hoeft.'

'De boxdeur is scheef en zit vol plekken van zijn hoeven.'

'Dan heeft hij er waarschijnlijk tegenaan geschopt,' zei ik vol gespeelde verbazing.

Hij keek met een vreemde blik naar me en liep weg, nog steeds met de steen in zijn hand. Even later hoorde ik de voordeur dichtslaan en een automotor starten. Misschien ging hij met Per over Big Tiger praten. Of over mij.

69

Patrik Månson was slank en zongebruind, had een verweerd gezicht en grijzend haar. Hij deed Carl denken aan een reclamefilm voor kostuums toen hij glimlachend dwars door de grote receptie van de Swedbank naar hen toe kwam. Op een paar meter afstand stak hij zijn hand al uit. 'Het is meteen duidelijk wie de politieagenten hier zijn,' zei hij lachend. Hij gaf Carl een hand en legde zijn andere hand tegelijkertijd op zijn schouder.

'Is dat zo?' zei Carl. Hij voelde zich niet op zijn gemak.

Patrik glimlachte en gaf Jodie ook een hand.

'Ik heb een spreekkamer voor ons gereserveerd.'

Hij draaide zich om en liep voor Carl en Jodie uit de bank in. Ze liepen een trap op en kwamen in een kleine kamer met glazen wanden. Op een zwarte, langwerpige tafel waren al koffie en kaneelbroodjes neergezet. Patrik schoof de schaal naar hen toe en liet zijn handen vervolgens op het tafelblad rusten. 'Zo, waarmee kan ik jullie helpen?'

'Het gaat om Jens Rudberg Karlsson,' zei Carl. 'Misschien herinner je je hem?'

De glimlach verdween van het gezicht van de bankmedewerker. 'Ik heb gehoord wat er gebeurd is... Verschrikkelijk.'

Carl knikte zwijgend.

'Als ik de kranten lees lijkt het erop alsof jullie al iemand opgepakt hebben.'

'Het onderzoek loopt nog steeds,' zei Carl kalm.

'Oké, maar...' zei Patrik met een opgelaten glimlach. 'Eerlijk gezegd begrijp ik niet wat jullie van mij willen.'

'We hebben een paar vragen over Bosnië,' zei Jodie. 'Je hebt in de jaren 1993 en 1994 in hetzelfde VN-peloton als Jens Rudberg Karlsson en Per Nordin gezeten.'

Patrik keek afwachtend naar hem. 'Bosnië?' zei hij verbaasd.

'Ja,' zei Jodie. 'We weten dat Jens Pers leven gered heeft toen er in de buurt van Sarajevo op ze geschoten is, maar we vragen ons af of er meer... ernstige incidenten bij het peloton plaatsgevonden hebben.'

'We zijn ons ervan bewust dat er sindsdien ruim vijfentwintig jaar verstreken is,' voegde Carl eraan toe. 'Maar alles wat je je herinnert kan waardevol voor ons zijn.'

Patrik knikte, pakte een van de kopjes van het blad en schonk omstandig koffie in. 'Ik had gehoopt dat jullie een financiële vraag zouden hebben,' zei hij terwijl hij in zijn koffie roerde.

Jodie wilde iets zeggen, maar Carl hield haar met een gebaar tegen.

'Eerlijk gezegd heb ik niet veel te vertellen. Het was een hel. We waren VN-soldaten en het was de bedoeling dat we passief zouden blijven, een dempend effect op de gevechten zouden hebben, maar we werden keer op keer beschoten...' Hij zweeg en keek naar zijn koffiekopje.

'We komen meteen ter zake,' zei Jodie. 'Is er iemand die... een hekel aan Jens Rudberg en Per Nordin had?'

'Dat geloof ik niet,' zei Patrik.

'Hebben ze met niemand van het peloton ruzie gehad?'

'Misschien waren ze soms een beetje onconventioneel, maar ze deden hun best.'

'Onconventioneel?' Zei Carl. 'Op welke manier?'

'Ze waren actief... Riepen soldaten van de gevechtseenheden op voor verhoren... Ik neem aan dat het was om... oorlogsmisdaden en dergelijke te documenteren... Ik weet niet welke opdracht ze hadden.'

Jodie had haar kaneelbroodje neergelegd en maakte aantekeningen. 'Deden ze dingen die op de grens waren van... Bedoel je dat er onrechtmatigheden plaatsvonden?' vroeg ze. 'Gingen ze misschien zelfs óver de grens?'

Patrik schrok en keek naar haar. 'Dat heb ik niet gezegd.'

'Wat deden ze dan?' vroeg Carl.

Patrik schudde zijn hoofd en haalde diep adem. 'Het is waarschijnlijk beter als jullie hierover met Per Nordin praten. Ik ben nooit bij die verhoren geweest, maar ik hoorde waar de mensen in het peloton over praatten, mensen die veel dingen dachten.'

Jodie keek op van haar notitieboekje. 'Maar jij geloofde wat ze zeiden? In elk geval in zo'n mate dat je nu zegt dat Jens en Per onconventioneel waren? Waarom dan? Waarom zeg je dit?'

'Onconventioneel is misschien het verkeerde woord. Ik weet niet hoe ik het moet zeggen. Als je nooit in een oorlogsgebied geweest bent is het moeilijk uit te leggen hoe het daar was... Er gebeurden voortdurend dingen, dingen die je veranderden...'

Carl schoof zijn koffiekopje weg. 'Ik begrijp het,' zei hij vriendelijk. 'Je hebt beslist gelijk. Kun je vertellen op welke manier Per en Jens veranderden? Werden ze... ik weet het niet... hardhandiger, tijdens die verhoren bijvoorbeeld?'

'Hardhandiger?'

'Ja. Kan het zo zijn dat ze geweld gebruikten tegen de soldaten die ze verhoorden?'

Patrik schudde zijn hoofd afwerend. 'Nee, absoluut niet. Waarom vragen jullie dat?'

Carl keek afwachtend naar hem.

'We proberen alleen uit te zoeken of er een wraakmotief uit die tijd kan zijn,' zei Jodie.

'Tegen Jens?'

'Ja, en eventueel ook tegen Per. Daarom is het belangrijk dat je vertelt wat je je herinnert zodat we ermee verder kunnen gaan... of het kunnen uitsluiten.' Ze glimlachte bemoedigend naar hem.

'Ik herinner me zoiets niet,' zei Patrik. 'Eerlijk gezegd wil ik er ook niet meer over praten. Het roept een heleboel onaangename herinneringen op die helemaal niets te maken hebben met waar jullie naar op zoek zijn.'

Jodie legde haar notitieboekje neer. 'Ik begrijp het,' zei ze na een gespannen stilte. 'Heb je na de oorlog nog contact met Per of Jens gehad?'

'Nee, helemaal niet.'

Vijf minuten later zaten ze in de auto. Carl keek nadenkend door het raam naar de rijen onpersoonlijke kantoorgebouwen voor hen. 'Er was duidelijk iets wat hij ons niet wilde vertellen,' zei hij terwijl hij op zijn stoel verschoof. 'Als ik een gok moet doen, dan zijn Jens en Per over de grens gegaan in Bosnië en hebben ze dingen gedaan waarvoor ze aangeklaagd zouden kunnen worden.'

‘Maar je denkt niet dat het iets met de ontvoering te maken heeft?’ zei Jodie.

Hij schudde zijn hoofd. ‘Als Jens en Per in Bosnië ruzie met iemand gehad hebben, zou Patrik dat verteld hebben.’

‘Maar hij is te loyaal om over eventuele oorlogsmisdaden te vertellen. Is dat wat je bedoelt?’

‘Ja,’ zei Carl. ‘Ik denk het wel.’

Rebecca Rudberg

Mijn vader wilde nooit over de oorlog vertellen, hoe hard mensen ook zeurden. Hij klemde zijn kaken op elkaar en schudde zijn hoofd met een afwezige uitdrukking op zijn gezicht.

Hij vertelde alleen als hij gedronken had. Hij had geen drankprobleem en dronk bijna nooit, maar tijdens etentjes met gasten dronk hij een paar glazen wijn, ik denk om beleefd te zijn. En dat was voldoende. Als we thuis waren begon het er meestal mee dat hij van de tafel opstond en zijn medailles ging halen. Het waren er twee, die hij in een doosje met verbleekt blauw fluweel bewaarde. Hij gaf ze eerbiedig rond de tafel door terwijl hij oorlogsverhalen over Bosnië vertelde. Wij moesten ernaar luisteren hoe hele dorpen werden platgewalst, vrouwen en kinderen werden vermoord, mannen op een rij werden gezet voor een kuil die ze zelf hadden gegraven en vervolgens werden doodgeschoten.

De verhalen eindigden altijd op dezelfde manier. Als hij had verteld over een aantal gruwelijke gebeurtenissen waarvan hij getuige was geweest, gedwongen getuige was geweest, kwam hij bij het moment waarop zijn peloton was aangevallen.

Het was voorjaar en ongewoon warm. De eenheid was een stukje buiten Sarajevo bij een kersenboomgaard naast een verlaten, kapotgeschoten huis gestopt. Ze vulden hun waterflessen in een bron en gingen in de schaduw van de bomen zitten om uit te rusten. Meerdere soldaten hadden hun helmen afgezet en hun uniformen opengeknoopt. Je mag nooit, nooit je helm afzetten! Mijn vader sloeg altijd met zijn handpalm op tafel als hij dat zei.

Een van de soldaten werd in zijn hoofd geraakt en stierf onmiddellijk onder de kersenboom. Zijn hoofd explodeerde, waarna hij ineenzakte alsof iemand de stekker eruit had getrokken.

Mijn vader had – natuurlijk – zijn helm op en liet zich op het grind vallen terwijl de kogels om hem heen floten. Hij tijgerde naar het pantservoertuig waarin ze reden en naar de greppel aan de andere kant om beschutting te zoeken. Toen hij achter zich keek zag hij Per midden op de grindweg in het stof liggen, misschien vijf meter bij hem vandaan. Per schreeuwde van de pijn en hield beide handen tegen zijn maag. Mijn vader riep tegen hem dat hij daar weg moest, maar hij bleef liggen, was alleen in staat om zijn hoofd te draaien en naar hem te kijken. Daarna – dit is de uitsmijter – vroeg mijn vader twee soldaten die naast hem lagen om spervuur te geven, waarna hij gebukt naar Per toe rende, zijn uniform vastpakte en hem in veiligheid bracht door hem door het stof naar de auto te trekken.

Een hospik slaagde erin om Per in leven te houden tot ze bij een veldhospitaal kwamen. Terwijl mijn vader rende werd hij door een kogel in zijn schouder geraakt. Hij ging er recht doorheen. Hij had de pijn niet eens gevoeld, dat gebeurde pas achteraf. Als hij voldoende aangeschoten was als hij het verhaal vertelde, kon het gebeuren dat hij zijn overhemd openknoopte en de littekens van de ingangs- en uitgangswond liet zien.

Eigenlijk was hun eenheid het doelwit niet. Ze hadden alleen even pauze gehouden tussen twee strijdende groepen. De verkeerde mensen op de verkeerde plek.

Mijn vader vertelde het verhaal altijd heel schilderachtig, met een groot inlevingsvermogen, alsof hij weer in die kersenboomgaard was. Als ik hem zo bij de tafel zag staan, alsof hij op een podium stond, vroeg ik me af of hij zich eigenlijk niet met iets anders had willen bezighouden in plaats van het graven naar mineralen en het vernietigen van de aarde. Toneelspelen bijvoorbeeld. Hij hield veel van het theater.

Toen ik in het derde jaar zat meldde hij me zelfs aan bij een theatergroep. *Zodat je leert je in gezelschap te gedragen en niet… niet…*

Hij kon niet zeggen wat het was dat ik níét moest doen, maar ik begreep dat hij wilde dat ik meer zoals hij zou worden.

Na twee keer vroeg de toneelleraar of ik echt toneel wilde spelen. Ik antwoordde dat ik dat niet wilde, draaide me om en ging naar huis, midden in een dialoog. Mijn vader zei niets, vroeg nooit wat er was gebeurd of waarom ik was gestopt. Ik begreep dat hij teleurgesteld was, maar ik geloof dat hij niets anders had verwacht.

Maar eigenlijk had hij gelijk, ik pas bij het theater. Ik heb vaak het gevoel dat ik uit mezelf wil kruipen, als een slang die op een warme zomerdag zijn huid afwerpt. Of een insect. Misschien eerder als een insect. Iemand die in iemand anders verandert. Ik denk dat ik een briljante actrice geworden zou zijn.

Ik was een briljante actrice, ik speelde de rol van Edith met groot inlevingsvermogen, niemand trok in twijfel wie ik was, zelfs Oscar niet.

Hij geloofde mijn verhaal over Orca zelfs. Ik had tegen hem gezegd dat ik een contactpersoon had die ons zou helpen en die Orca heette.

Hij hoorde niet hoe zenuwachtig ik was toen ik dat vertelde. Ik was er zo van overtuigd dat hij me zou uitlachen. Ik bedoel… Orca. Wat is dat voor naam? Ik snap niet waar ik dat vandaan haalde. Maar Oscar lachte niet. Zonder vragen te stellen over Orca nam hij me mee naar het Eriksdalsbadet. Daar had ik echt met iemand afgesproken, maar niet met Orca.

70

Mona Rudberg zat ineengedoken op de fauteuil tegenover Asbjörn en Ylva en staarde ontmoedigd naar de tafel terwijl ze een kompres tegen haar oor hield.

'Waar zocht hij naar?' vroeg Asbjörn. Hij keek naar de rode plekken op haar armen, grote beginnende blauwe plekken.

Ze volgde zijn blik en glimlachte vervolgens mat. 'Jens' aktetas...'

'En toen werd hij gewelddadig?' vroeg Asbjörn ongeduldig.

Ze keek weer naar beneden. 'Per is heel opvliegend, hoewel je dat niet van hem zou denken,' zei ze zachtjes.

'Waarom is hij er zo op gebrand om die aktetas in handen te krijgen? Wat zit erin?' vroeg Asbjörn.

Ze schudde haar hoofd langzaam en haalde haar schouders bijna onmerkbaar op.

'En waarom denkt hij dat de aktetas hier is?'

'Dat denkt hij niet,' zei ze. 'Hij denkt dat... Rebecca hem heeft.'

Asbjörn boog zich naar voren op de bank, zodat zijn colbert over zijn rug spande. 'En waar is ze?'

Mona perste haar lippen op elkaar en had een ongelukkige uitdrukking op haar gezicht.

'Rebecca wordt verdorie verdacht van ontvoering en medeplichtigheid aan moord,' zei Asbjörn. 'Je moet het vertellen als je het weet.'

Mona keek met een wanhopige blik naar hen. 'Jullie begrijpen het niet.'

'Wat begrijpen we niet?' vroeg Ylva.

'Ze is geen misdadiger,' zei Mona en ze schudde haar hoofd. 'Ze is blind. Ze kan niets doen. Ze is... een slachtoffer. Dat is ze altijd geweest. Van mij, van Jens, van ons mislukte huwelijk. Maar nu... Als Per denkt dat zij de aktetas heeft...'

'Ja, wat dan?'

'Jullie moeten het begrijpen. Per en Jens waren samen in de oorlog. Ze hebben dingen gezien waardoor ze... veranderd zijn. Ze werden...'

'Heeft Pér Jens vermoord?' vroeg Ylva verbaasd.

Mona staarde naar haar. 'Nee, nee, ze waren onwrikbaar loyaal tegenover elkaar. Maar… als Per denkt dat Rebecca Jens' aktetas heeft, dan kan hij…'

'Wat?'

'…dingen met haar doen.'

'Maar waarom zou Rebecca de aktetas hebben?' vroeg Asbjörn.

'Ik weet het niet,' fluisterde Mona.

Asbjörn zag de paniek in haar ogen.

'Maar ik geloof… Ik geloof dat de inhoud gevaarlijk is.'

'Gevaarlijk?' herhaalde Ylva.

'Ja… Voor Per.' Ze keek ongerust naar hen.

'Je weet waar Rebecca is, hè?' stelde Ylva vast.

'Ja.'

Rebecca Rudberg

Ik had niet naar buiten moeten gaan. Ik wist dat de politie me zocht, maar ik kon het niet langer verdragen.

Overdag ging het goed, ik kon bij het raam zitten en soms de winterzon op mijn gezicht voelen. Maar 's avonds en 's nachts werd de tijd oneindig en dan hoorde ik de stemmen van mijn vader, mijn moeder, mijn klasgenootjes en de therapeut in mijn hoofd echoën. Ik dwaalde rond, stootte me aan dingen, de salontafel, de boekenkast, de deur naar het keukentje die openstond. Ik merkte het nauwelijks, genoot bijna van de pijn. Zoals toen ik vroeger in mezelf sneed om te ontsnappen aan alles wat er in mijn hoofd rondtolde en waardoor mijn longen net zolang samengeperst werden tot ik geen adem meer kon halen.

Ik liep mijn gebruikelijke ronde, maar toen ik bij de keerplaats in de Vulcanusgatan kwam liep ik de trappen naar het Sankt Eriksplan op. Het was net na zeven uur in de avond en ik hoorde mijn voetstappen echoën tegen de gevels van de muren rond de trap.

Ineens hoorde ik iets wat geen echo was: voetstappen die achter me op de trap liepen. Ik verstijfde en probeerde te horen of het een man of een vrouw was, een volwassene of een kind, maar op het moment dat ik stilstond verdween het geluid van de voetstappen.

Heel even bleef ik midden op de trap staan terwijl ik de leuning stevig vasthield. Daarna draaide ik me om en rende de trappen op, bijna alsof ik kon zien. Dat is een van de weinige momenten dat ik kan rennen: als ik trappen op ga. Die zijn zo regelmatig en voorspelbaar.

Toen ik op het Sankt Eriksplan kwam sloegen de gewone geluiden me tegemoet: bussen die stopten, auto's, voetgangers, brommers, honden…

'Voorzichtig!' zei plotseling een stem.

Ik gaf bijna een gil van angst en bleef abrupt staan.

'Sorry, maar je liep bijna tegen een elektrische scooter aan.'

De stem was vriendelijk. Het was een vrouw. Ik voelde haar hand op mijn arm en vond het goed dat ze me langs de scooter leidde.

'Het spijt me,' mompelde ik. 'Ik ben een beetje verdwaald.'

Ik hoorde dat ze aarzelde, voelde een beweging, misschien keek ze op haar horloge, en ik dacht dat ze zich zou verontschuldigen en weg zou gaan, maar in plaats daarvan zei ze: 'Ik zal je helpen. Waar ga je naartoe?'

Terwijl ze me naar de Atlasgatan terugbracht, niet via de trappen maar via de andere kant, vanaf de Torsgatan, praatte ze erover hoe moeilijk het moest zijn om blind te zijn, dat ze niet begreep hoe ik het redde. Ze was vriendelijk, maar ik luisterde niet. In plaats daarvan probeerde ik voetstappen achter me te horen. Die waren echter verdwenen. Of misschien hoorde ik ze gewoon niet door alle andere geluiden.

'Hier begint je straat,' zei de vrouw plotseling. 'Weet je zeker dat je je appartement nu kunt vinden?'

'Ja, bedankt,' zei ik gestrest.

Ik liep de heuvel naar mijn appartement af terwijl ik telde. Toen ik de eerste dwarsstraat bereikte was ik bij honderdzesendertig voetstappen. Een auto passeerde, de banden reden door de modder op straat en ik bleef onzeker staan. Pas toen ik hem bij de volgende straat links af hoorde slaan liep ik tastend met mijn stok verder. Nog vijfenveertig stappen naar de portiekdeur. Ik had tot tweeëntwintig geteld toen ik de voetstappen weer achter me hoorde, snel deze keer, alsof mijn achtervolger rende. De stok schuurde over de ijslaag terwijl ik hem heen en weer sloeg op het trottoir. Ik probeerde sneller te lopen, maar dat ging niet. Toen ik uiteindelijk de laatste voetstap telde, moest ik bovendien blijven staan om de kleine trap naar de portiekdeur met mijn stok te vinden. Achter me hoorde ik de voetstappen op het zanderige trottoir knarsen en ik wist dat ik het niet zou redden.

Op het moment dat ik me schrap zette, ervan overtuigd dat de persoon me van achteren vast zou grijpen, hoorde ik mijn achtervolger uit glijden: de klap toen het lichaam op straat viel, een zacht gekreun van pijn en een hele serie vloeken. Een man, het was een man. Ik liep de trap naar de portiekdeur op, rook de geur van mijn goedkope parfum op de deur en wist dat ik op de juiste plek was. Ik tastte met mijn vingers naar het slot. Normaal gesproken had ik er geen probleem mee om de deur te openen, maar nu zocht ik boven de deurklink in plaats van eronder, waar het slot zat. Toen het me eindelijk was gelukt om de deur te openen, hoorde ik dat de man kreunend opstond.

Ik liep naar binnen en trok aan de deur zodat hij sneller zou dichtgaan. Pas toen de deur in het slot klikte draaide ik me om en haastte me de trap op. De sleutels rinkelden in mijn hand, maar ik vergat om te tellen en viel bijna toen ik op de overloop kwam, waardoor ik mijn hoofd tegen de deur van mijn appartement stootte.

Ik glipte naar binnen, deed de deur achter me op slot, liep zo ver mogelijk de enige kamer in en ging met mijn rug tegen de muur staan zodat niemand me vanaf de straat kon zien.

Ik hoorde de voetstappen op de trap, het gebonk op de voordeur. Ik verwachtte dat een stem 'Politie, doe open!' zou zeggen.

Maar het was de politie niet.

'Rebecca, ik weet dat je hier binnen bent. Doe open!'

Op hetzelfde moment wist ik wie het was. Ik herkende de stem maar begreep er niets van. Waarom was mijn peetvader Per Nordin hier?

Ik duwde mijn rug tegen de muur, alsof ik probeerde me te verstoppen, bij hem weg te komen. Maar ik kon me niet verstoppen in dit appartement, er waren geen kledingkasten waar ik in kon gaan staan, er was geen extra kamer, geen enkele manier om te vluchten. Ik haalde mijn telefoon uit mijn zak en fluisterde ertegen om de enige persoon die ik kon bedenken te bellen.

'Met mij,' zei ik zo zachtjes mogelijk. 'Je moet hiernaartoe komen.'

'Nu? Maar...'

'Schiet op,' zei ik zo hard als ik durfde met mijn mond vlak bij de microfoon. 'Alsjeblieft...'

'Ik ben niet van plan om open te doen!' riep ik naar de overloop. 'Ga weg!'

'Rebecca!' zei hij door de deur. 'Luister naar me. Je bent in gevaar. Ik moet je hier weghalen. Doe open!'

'Ik bel de politie!' riep ik.

Hij begon te lachen. 'Doe dat, ze zoeken je al, dus...'

'Ga weg!' schreeuwde ik, zo hard dat mijn hese stem brak.

Op dat moment hoorde ik een enorme klap tegen de deur. Hij had er blijkbaar een trap tegen gegeven, of had zich ertegenaan gegooid. Het oude hout kraakte en begaf het blijkbaar, want het volgende moment hoorde ik voetstappen in het appartement die in mijn richting kwamen.

'Waar is de aktetas!' riep hij terwijl hij mijn armen vastpakte en me door elkaar schudde.

'Ik... weet het... niet,' zei ik.

Hij stopte met schudden, maar hield mijn armen vast. 'Vooruit,' zei hij. 'Je gaat me laten zien waar hij is.'

'Wat moet ik laten zien? Ik weet niet waar je het over hebt.'

'Jens' aktetas. Die was niet in mijn vakantiehuis. Ik heb het hele huis binnenstebuiten gekeerd. De politie heeft hem niet, niemand heeft hem. Alleen jij bent over, alleen jij kunt hem hebben.'

'Maar waarom zou ik...'

Voordat ik mijn zin had afgemaakt, duwde hij me tegen de boekenkast en hield mijn gezicht tegen de boeken. 'Heb je hem hier verstopt? Achter de boeken?'

'Ik heb niets verstopt.'

'Je weet dat ik hem vind,' zei hij, waarna hij mijn nek plotseling losliet.

Ik hoorde hem spullen uit de boekenkast trekken. Iets zwaars viel op de vloer, misschien de televisie. Ik deinsde voorzichtig achteruit. Terwijl ik met mijn rug tegen de muur stond hoorde ik hoe hij mijn bed overhoophaalde, waarna hij naar het keukentje liep en pannen en borden op de vloer gooide. Uiteindelijk ging hij naar de badkamer.

Toen hij klaar was ging hij heel dicht voor me staan, zodat ik zijn zware ademhaling tegen mijn gezicht voelde en zijn lucht rook.

'Waar heb je hem verstopt?' vroeg hij.

Toen ik geen antwoord gaf trok hij me mee naar de hal, het appartement uit, de trap af en via de portiekdeur de straat op. Ik hoorde een bliep van een auto die van het slot ging. Hij opende een portier en duwde me voor de achterbank op de vloer.

'Haal je niets in je hoofd, want dan gaat het heel veel pijn doen,' zei hij.

71

'Weet je zeker dat het hier is?' vroeg Jodie Söderberg terwijl ze de Atlasgatan in reed. 'Dit is vlak bij haar werk.'

'Nee,' zei Carl. 'Dit is waar ze níét werkte. En het moet kloppen. Asbjörn zei dat we bij portiek nummer twaalf moeten zijn.'

Jodie parkeerde half op de stoep. Het had de afgelopen dagen gevroren en ze liepen met korte, schuifelende stapjes naar de deur om niet uit te glijden op de ijsplekken.

'Oké, hier is nummer twaalf,' zei Jodie. Ze knikte naar een mooie oude houten deur met kleine, vierkante ruitjes.

Ze toetste de portiekcode van de politie in. Carl hoorde het slot zoemen en volgde haar naar binnen. Achter de deur hing een lijst met de namen van de huurders. M. Rudberg woonde op de eerste verdieping, een halve trap naar boven.

'Hoe kan Rickard dit over het hoofd gezien hebben?' zei Jodie.

'Niemand heeft eraan gedacht om hem te vragen het onroerend goed van het echtpaar Rudberg te controleren,' zei Carl. 'En ook al hadden we dat gedaan, dan had het geen zin gehad omdat er geen register van de huurwoningen bestaat.'

Ze liepen de halve trap op en zagen het versplinterde hout rond het slot van een van de deuren.

'Verdomme,' zei Jodie.

Het kostte hun minder dan vijf minuten om het chaotische eenkamerappartement te doorzoeken. Carl ging bij het raam staan en keek naar de Atlasgatan terwijl hij zijn telefoon pakte en een nummer uit zijn notitieboekje belde.

'Hebben jullie haar gevonden?' vroeg Mona zodra hij zijn naam had genoemd.

'Nee,' zei Carl. 'Het appartement is leeg.'

'Het is Per!' zei ze. 'Hij is hier ook al geweest.'

'Bedoel je dat hij haar meegenomen kan hebben?'

'Ja, absoluut.'

'Waar kan hij in dat geval naartoe zijn?'

Mona zweeg even. 'Ik heb geen idee,' zei ze vervolgens. 'Jens en hij hebben toegang tot een heleboel plekken. Ik heb alleen geen idee welke dat zijn en waar die zich bevinden.'

Carl verbrak de verbinding, keek ontmoedigd naar Jodie en schudde zijn hoofd.

'Zijn vakantiewoning,' zei ze. 'Misschien is hij naar zijn huis aan zee gegaan.'

Toen hij het autoportier opende rook ik de geur van de zee en hoorde ik de wind in de dennenbomen ruisen en de golven in de verte het strand op rollen.

Het zeehuis. Zo noemde ik het altijd. Op een bepaalde manier was dit logisch. Een cirkel die werd gesloten.

Hij trok me van de vloer voor de achterbank en ik voelde hoeveel kracht hij had, hoewel hij al bijna zestig was. Ik had gehoord dat mensen hem 'de zilveren vos' noemden en had hem horen opscheppen over hoe hij in vorm bleef. *Vijf kilometer joggen. Iedere dag!*

Zijn greep om mijn arm deed pijn. Dat zei ik tegen hem, maar hij trok zich er niets van aan. Hij trok me gewoon over het grind naar de trap en de woning in.

Het rook binnen naar desinfectiemiddel, een chemische citroengeur. Niet naar bloed, rottende pizza's of zuur zweet van de stress.

'Ga zitten!' schreeuwde hij tegen me, waarna hij een duw tegen mijn rug gaf zodat ik op de bank viel. Ik ging met moeite zitten.

Ik heb moeite om me de ogen van mensen te herinneren, welke kleur ze hebben, of ze licht of donker zijn. Misschien is dat omdat ik zo zelden in de ogen van andere mensen keek toen ik nog kon zien. Ik herinner me Pers ogen echter wel. Die zijn grijs, lichtgrijs, min of meer verwaterd. Ik stelde me altijd voor dat de kleur was verbleekt door alle doden en martelingen die hij in de oorlog had gezien.

'Denk na,' zei hij volkomen kalm.

Ik probeerde mijn gezicht naar hem toe te draaien en het geluid van zijn voetstappen te volgen terwijl hij door de kamer liep.

'Jens had een aktetas met documenten bij zich,' zei hij opnieuw. Dat had hij in de auto ook al een paar keer gezegd. Daarna benadrukte hij de lettergrepen: 'Be-lang-rij-ke do-cu-men-ten!'

'Ik weet het niet,' zei ik.

'Ik weet het niet,' imiteerde hij me sarcastisch. 'Wat wil je voor de aktetas hebben? Zeg me wat je wilt hebben.'

'Ik... weet niet waarover je het hebt.'

'Je bent zo stom,' zei hij. Hij praatte nog steeds een licht Jämtlands dialect, dat zacht en bijna zangerig is. Het klonk vriendelijk, maar dat was het niet.

'Jens vond dat ook,' ging hij verder. 'Je was een ongelofelijke teleurstelling voor hem. Weet je dat? Weet je wat Jens – je eigen vader – over je zei?'

'Nee,' antwoordde ik.

'Dat er iets mis met je was. Dat je niets kon, dat je laf was. Hij had een medaille voor getoonde moed in het veld gekregen en jij... durfde niet eens naar een paard toe te gaan. Het lukte je zelfs nauwelijks om naar school te gaan.'

Ik zei niets.

'Je bent niet normaal,' zei hij. 'Weet je dat hij een tijdje overwogen heeft om je in een ziekenhuis te laten opnemen zodat ze konden controleren of je psychisch ziek was? Hij zei dat hij het niet kon verdragen om je in huis te hebben.'

Ik klemde mijn handen tussen mijn knieën, probeerde niets te laten merken, hem geen aanleiding te geven.

'Daarom dwong hij je om de box van Big Tiger in te gaan. Hij probeerde een man – of liever gezegd vrouw – van je te maken, probeerde je moedig te maken. Het is net als in de oorlog. Of je redt het en groeit daardoor, of je sterft. Of je stort in, zoals jij. Zelfs de paarden voelden dat je niet spoorde. Dat doen dieren. Ze voelen het als er iets mis is met een van de dieren in de kudde en doden het. Daarom schopte het paard je. Je zou eigenlijk niet blind moeten zijn, maar dood.'

Hij liep heen en weer door de kamer.

'Ik vraag het je nog één keer,' zei hij. 'Waar is de aktetas, verdomme?'

72

Ze reden door de Nynäsvägen en waren de Globe gepasseerd toen Carls telefoon overging. Het was Lars-Erik Wallquist.

'We hebben de resultaten van Kalvsvik binnen,' zei hij zonder omwegen.

'Zeg het maar,' antwoordde Carl ongeduldig.

'Zoals je je misschien kunt herinneren hebben we maar een heel kleine hoeveelheid DNA in de woning gevonden,' zei Lars-Erik. 'Daarom heeft het zo lang geduurd. De hoeveelheid was zo klein dat het NFC het niet wilde analyseren...'

Jezus, dacht Carl. Kan die vent niet gewoon ter zake komen?

'Ik heb ze weten over te halen en... we hebben een match...'

'Oké?'

'...met Per Nordin.'

Carl boog zich onbewust naar voren, maar werd tegengehouden door de veiligheidsgordel. 'Bedoel je dat Per Nordin in de woning van Kumiko Anderssons ouders in Kalvsvik geweest is?'

'Met een zekerheid van vijfennegentig procent.'

'Jezus,' zei Carl, en hij verbrak de verbinding.

Hij wierp een snelle blik op Jodie, die naar de auto voor hen staarde. 'Rijden!' zei hij. 'We hebben haast.'

'Er staat een file,' zei Jodie. 'Ik kan er niet langs. Er moet een ongeluk gebeurd zijn.'

Ze draaide aan een knop op het extra dashboard dat tussen de stoelen was gemonteerd. De sirene begon te loeien en het zwaailicht te knipperen. De auto's voor hen probeerden opzij te gaan, maar konden dat niet omdat de baan ernaast stilstond. Carl boog zich opzij, maar het enige wat hij zag waren drie rijbanen met stilstaande auto's. En aan de rechterkant werd de rijbaan afgebakend door een hoge geluidswal.

Carl zette de sirene uit maar liet het zwaailicht knipperen. 'Probeer naar rechts te gaan... Als het rijdt kunnen we de afrit naar de Skogskyrkogården nemen.'

Jodie mompelde iets wat Carl als 'waar denk je verdomme dat ik mee bezig ben' vond klinken. Hij zei niets meer, pakte zijn telefoon en belde Asbjörn om hem over het gesprek met Wallquist te vertellen.

'Jezus,' zei Asbjörn aan de andere kant van de lijn.

'We zijn onderweg naar het vakantiehuis. Er is een risico dat Per Rebecca daar mee naartoe genomen heeft,' zei Carl.

Hij hoorde Asbjörns stoel kraken en nam aan dat hij zich naar voren boog. 'Weten jullie dat zeker?'

'Nee, we vermoeden het alleen.'

'Als Per Nordin in de woning in Kalvsvik geweest is, dan kan hij natuurlijk de moordenaar van Kumiko Andersson zijn,' concludeerde Asbjörn. 'Doe voorzichtig. Hij kan gevaarlijk zijn.'

Carl zweeg en haalde zwaar adem door zijn neus.

'Hoe ver zijn jullie?' ging Asbjörn verder.

'De Globe. We zitten vast in het verkeer.'

'Ik stuur een surveillancewagen.'

'Bel terug als je meer weet,' zei Carl, waarna hij de verbinding verbrak.

Jodie wrong zich tussen de file op de rechterrijbaan.

'Rustig,' zei Carl. 'Er is een surveillancewagen onderweg.'

'Waarom is hier geen normale vluchtstrook?' zei ze geïrriteerd.

'Wil je dat echt weten?'

Ze keek hem boos aan. 'Nee, dat wil ik niet.'

Rebecca Rudberg

Ik heb bijna mijn hele volwassen leven geprobeerd om niet te denken aan die dag, de dag waarop het gebeurde.

Toen ik uit mijn kamer kwam en de trap af liep zaten Per en mijn vader tegenover elkaar aan tafel met een biertje voor zich. Mijn vader keek met een teleurgestelde blik naar me, alsof Per en hij het net over me hadden gehad. Hij keek als het ware naar me zonder me te zien, alsof hij naar een vaas of een kledingstuk keek, iets onpersoonlijks.

Eerst dacht ik dat hij boos was en me wilde straffen. Misschien was het de telefoon. Of de fiets die ik had gekregen – *De beste die er te krijgen is* – maar die ik niet gebruikte omdat ik niets van de versnellingen snapte.

'Jij haalt de paarden vandaag naar binnen,' zei hij plotseling.

Ik besefte dat hij zoals altijd indruk wilde maken op Per, dat *wíj* indruk moesten maken. Toen ik geen antwoord gaf, werd hij boos. 'Hoor je wat ik zeg? Als je hier wilt wonen, moet je je steentje bijdragen.'

Hij zei dat vaak, maar deze keer knikte mijn moeder, die bij het fornuis stond. Het was alsof ze de woorden van mijn vader wilde benadrukken, wilde laten merken dat ze het erover eens waren.

'Papa heeft gelijk,' zei ze. 'Je kunt je niet hele dagen in je kamer opsluiten. Ga naar de paarden toe.'

'Maar dat kan ik niet,' fluisterde ik, zodat Per het niet zou horen. 'Ze luisteren niet naar me.' Mijn stem was schel geworden. In die periode was mijn stem in normale situaties al gespannen en hoog, maar als ik zenuwachtig werd, klonk ik schel.

'Natuurlijk wel, als je kalm blijft is er niets aan de hand,' zei mijn vader. 'Ze staan in de achterste weide. En vergeet niet om ze te roskammen en hun hoeven uit te krabben. Daar heb je voor het avondeten nog genoeg tijd voor.'

Per maakte aanstalten om op te staan. 'Ik kan de paarden binnenhalen,' zei hij. 'Big Tiger is… Hij is niet zomaar een paard, dat weten jullie. Ze hoeft het niet te doen als ze bang voor hem is.'

Er ging een schok door mijn vader heen. Per had hem net zo goed een oorvijg kunnen geven. 'Nee!' bulderde hij. 'Rebecca doet het!' Daarna keek hij naar mij. 'Het is jouw paard, Rebecca! Big Tiger is jouw paard, ik heb hem voor jou gekocht!'

'Maar ik wilde helemaal geen paard,' mompelde ik.

Mijn vader stond op en greep de tafelrand met twee handen vast zodat het tafelkleed kreukte.

'Luister, Jens, ik doe het wel,' zei Per. 'Ik ben aan hem gewend. Het is geen probleem.'

'Hoor je niet wat ik zeg? Rebecca moet het doen! Waarom hebben we in vredesnaam paarden als Rebecca er niet voor kan zorgen?'

Het was laat in de herfst. Ik herinner me dat er een koude wind vanaf het Storsjön over de weiden waaide, in de richting van ons huis.

De paarden waren alleen buiten om frisse lucht te krijgen en rond te kunnen rennen. Er was geen gras voor ze om te grazen, dat zou nog maanden duren. Mijn laarzen zakten weg in de modder toen ik over het pad naar de achterste weide achter de stal liep. Ze zagen me voordat ik hen zag en briesten ontevreden.

We hadden nog maar twee paarden, Big Tiger en Azlan. Blenda, het derde paard, was dood. Azlan was kleiner en liever en bleef op de achtergrond, maar Big Tiger stond vlak bij het hek en sperde zijn neusgaten open. Hij schudde met zijn hoofd en keek naar me. Ik zag het oogwit glanzen en zijn oren lagen naar achteren langs zijn hoofd.

'Kalm maar,' zei ik wanhopig.

Ik zwaaide met mijn handen om hem weg te jagen, maar hij bleef staan en groef met zijn hoeven in de modder. Uiteindelijk pakte ik een stok en sloeg hem zachtjes tegen zijn schouderkruis. Hij brieste en galoppeerde weg terwijl hij met zijn achterbenen schopte. Azlan bleef roerloos staan. Hij stampte op de plaats en keek naar mij en Big Tiger.

Dit was mijn kans. Ik schoof de grendel weg, liep de weide in en deed de halster om Azlans neus. Toen Big Tiger zag wat ik deed draaide hij zich om en draafde door de weide naar ons toe.

Ik spoorde Azlan aan en trok aan de halster. 'Ga mee!' riep ik.

Zodra hij uit de weide was sloeg ik het hek dicht. Big Tiger bleef briesend achter het hek staan en schudde opnieuw met zijn hoofd.

Azlan was gemakkelijk in de omgang. Ik was niet bang voor hem. Hij liet zich roskammen en tilde gehoorzaam zijn hoeven op zodat ik de modder en de stenen die erin vastzaten kon wegkrabben. Toen hij klaar was bracht ik hem naar zijn box en deed de deur dicht.

Daarna was Big Tiger aan de beurt.

Hij stond bij het hek en schudde met zijn hoofd alsof hij op me had gewacht.

Misschien wilde hij gewoon niet opgesloten zijn, misschien verlangde hij ernaar om vrij te zijn. Ik weet het niet. Ik begrijp paarden niet.

Ik zwaaide met mijn armen en hij deed met tegenzin een stap naar achteren. Toen ik het hek opende steigerde hij en draaide een rondje op zijn achterbenen, waarna hij naar me toe kwam terwijl hij zijn hoofd schuin hield zodat hij de hele tijd naar me kon kijken. 'Braaf paard... Ik wil je alleen de halster omdoen.'

Op de een of andere manier lukte het me om de halster bij hem om te doen zodat ik hem mee kon nemen. Ik zette hem in de stalgang vast met twee halstertouwen, zodat hij zijn hoofd niet kon bewegen, maar toen ik hem begon te roskammen verplaatste hij zijn achterhand, zodat ik tegen de deuren van de box werd geduwd.

'Stop daarmee, Tiger!' riep ik tegen hem terwijl ik met mijn handpalm op zijn enorme achterhand sloeg.

'Doe niet zo bang! Dat voelt hij!' riep mijn vader plotseling achter me.

Hij was de stal in gekomen. Toen ik me omdraaide zag ik dat Per schuin achter mijn vader stond en ook naar me keek. 'Houd hem gewoon vast,' zei mijn vader geïrriteerd terwijl hij met zijn handen gebaarde wat ik moest doen.

'Ik kan het niet,' zei ik.

Per legde een hand op mijn vaders schouder. 'Laat haar met rust, Jens. Je ziet toch dat ze bang is? Dit is misschien gewoon niets voor haar.'

Ik keek smekend naar mijn vader. Per zag dat blijkbaar, want hij boog zich naar mijn vader toe. 'Ik kan het paard voor dezelfde prijs van je terugkopen,' zei hij vriendelijk. 'Wat zeg je ervan? Dan hebben we er allebei geen verlies van.'

Mijn vader schudde Pers hand van zich af. 'Om de dooie dood niet,' siste hij. 'Ze gaat het paard verzorgen. Doe de hoeven, Rebecca! En doe niet zo verdomd laf.'

Het lukte me om me langs het paard te wringen, zodat ik schuin achter hem stond. Hij draaide zijn hoofd zo ver als de halstertouwen dat toelieten, heen en weer, en probeerde te zien waar ik was.

'Rustig maar… Rustig maar…' zei ik steeds wanhopiger.

Big Tiger bleef met zijn hoofd schudden. De karabijnhaken van de halstertouwen sloegen met een metalig geluid tegen de stalen ringen.

'Schiet een beetje op!' bulderde mijn vader.

Ik liep naar het paard toe, bukte me en stak mijn hand voorzichtig uit om zijn rechterachterhoef te pakken.

'Stil maar, lief paard… Je hoeft niet bang te zijn,' zei ik en ik keek naar mijn vader om te zien of ik het goed deed, of dit was wat hij wilde dat ik deed.

Hij stond met zijn armen over elkaar en knikte dwingend naar me. Per schudde zijn hoofd met een gegeneerde glimlach.

'Nu moet je ophouden, Jens. Geef het op, dit gaat…'

'Hou je kop!' onderbrak mijn vader hem.

Ik trok de hoef zo hard mogelijk naar achteren.

Dat was het moment waarop Tiger schopte.

Hij ging met zijn zeshonderd kilo op zijn voorbenen staan en schopte naar achteren.

De rechterhoef raakte me recht in mijn gezicht.

Het vreemde is dat ik me het geluid van mijn verbrijzelende gezicht herinner. Het was een hard, krakend geluid, zoals porselein dat breekt. En ik herinner me dat ik dacht dat dit niet goed kon zijn.

Daarna werd alles zwart, en toen ik zes dagen later wakker werd was alles nog steeds zwart.

73

‘Hoe ver zijn jullie?’ vroeg Asbjörn grimmig toen hij weer belde.

Carl keek om zich heen. Ze waren bij Skogskyrkogården, wat betekende dat Jodie in tien minuten bijna een kilometer had afgelegd. ‘We hebben moeite om langs de file te komen... Heb je een surveillancewagen gestuurd?’

‘Nee,’ antwoordde Asbjörn. ‘Daarom bel ik. Ylva en ik zijn onderweg.’

‘Maar waarom...’

‘Er was geen surveillanceteam beschikbaar om te sturen. Op de Nynäsvägen in zuidelijke richting is een ongeluk gebeurd...’

‘Daar staan we in de file.’

‘...plus dat een paar idiote tieners geprobeerd hebben om een juwelier in het centrum van Huddinge te beroven,’ ging Asbjörn verder. ‘Alle beschikbare surveillancewagens zoeken naar twee jongeren met pistolen die op een brommer verdwenen zijn.’

Carl slikte een vloek in. ‘Hoelang nog voor jullie daar kunnen zijn?’

Carl hoorde Asbjörn mompelen en Ylva op de achtergrond antwoord geven. ‘Nog minstens een halfuur,’ zei hij.

Carl verbrak de verbinding en keek naar de rij, die nog steeds stilstond. Jodie perste zich tussen twee auto’s door en kon uiteindelijk over een smalle vluchtstrook rijden.

‘Zet de sirene weer aan,’ zei Carl.

Het lukte ze om langs de afrit naar Tyresö en Hökarängen te komen. Bij de afrit naar Ågesta waren twee auto’s op elkaar gebotst. Het leek voornamelijk blikschade te zijn, maar er stond een ambulance en één rijbaan was afgezet. Dat was voldoende om een nieuwe file te veroorzaken, dacht Carl.

Jodie reed over de grashelling om de gehavende auto’s rechts te passeren en verder te kunnen rijden, maar het achterwiel gleed in de greppel. Carl dacht dat ze rond zouden draaien of in elk geval vast zouden komen te zitten, maar het lukte Jodie op het laatste moment om de auto uit de greppel te sturen en weer op de weg te komen. Even later waren ze langs de versperring en lagen er drie rijbanen bijna leeg voor hen.

‘Hoeveel haast denk je dat we hebben?’ vroeg ze terwijl ze het gaspedaal intrapte.

Carl zweeg even. Hij zag Kumiko’s verminkte lichaam voor zich en bedacht dat Asbjörn had gezegd dat Per gevaarlijk kon zijn. ‘Veel haast,’ antwoordde hij.

Hij voelde dat Jodie nog harder ging rijden. Toen hij naar de snelheidsmeter keek, stond die op honderdnegentig kilometer per uur.

Hij wist dat het hun desondanks ruim een halfuur zou kosten om bij het vakantiehuis te komen.

'Het kan me geen fuck schelen wat er met Jens gebeurd is,' zei Per. Ik hoorde aan zijn stem dat hij het meende. 'Hij is dood. Iedereen gaat dood, alle zevenenhalf miljard mensen op deze verrotte wereld. Ik ook. Jij ook. Maar voordat jij doodgaat wil ik de aktetas hebben.'

Ik gaf geen antwoord, maar bleef mijn gezicht in de richting van zijn stem draaien terwijl hij door de zitkamer ijsbeerde.

'Is de tas hier? Heeft hij hem aan jou gegeven?'

Ik zweeg nog steeds, wist niet wat ik moest zeggen.

'Hebben de ontvoerders gezegd wat je ermee moest doen?' ging hij koppig verder.

'Nee,' zei ik. 'Ze hebben niets gezegd.'

Hij gaf me een klap in mijn gezicht. Het was zo onverwacht en zo hard dat mijn hoofd opzijschoot en een van mijn oogprotheses uit de kas viel. Ik tastte met mijn handen over de bank om hem te zoeken.

'Doe je niet dommer voor dan je toch al bent. Je neemt mij niet in de maling, Rebecca.' Zijn stem was verwarrend zacht, ook al was hij boos. Ik nam hem onbewust niet helemaal serieus, hoewel ik wist dat hij het meende.

Ik kromp in elkaar op de bank. 'Ik heb mijn vader gebeld en heb hem gevraagd om me op het parkeerterrein bij het Hagaparken te ontmoeten. Dat is alles. De rest hebben de anderen gedaan. En ze hebben het niet over een aktetas gehad, niet tegen mij in elk geval.'

'Je bent zo verdomd naïef, Rebecca. Je hebt misbruik van jezelf laten maken, en dat terwijl het om je eigen vader ging.'

Ik gaf geen antwoord en bleef met mijn handen naar mijn prothese zoeken.

'Heb je trouwens verteld dat hij je vader was?'

Op hetzelfde moment vond ik de prothese in de spleet tussen de rugleuning en het kussen. Ik voelde het gladde porselein tegen mijn vingertoppen.

'Geef antwoord!' zei Per.

'Nee, ik zei dat ik me voorgedaan had als een journalist en dat hij ingestemd had met een interview.'

'Aha...' Hij klonk bijna teleurgesteld. Ik hoorde dat hij zich omdraaide en naar de keuken liep. 'Je kunt dit niet zien...' Ik hoorde dat hij een keukenlade dichtgooide. '...maar ik heb een mes in mijn hand. Een scherp mes, mooi en heel duur, van Japans molybdeen-vanadiumstaal. Ik heb het met de hand op een Japanse wetsteen geslepen. Hij snijdt zonder enige weerstand door pezen en kraakbeen. Het maakt niet uit wat voor vlees het is...' Terwijl hij praatte liep hij naar me terug. Toen hij bleef staan raakte zijn been mijn knieën.

'Ik heb hem niet ontvoerd,' zei ik terwijl ik probeerde niet te laten merken hoe bang ik was. 'Dat waren de anderen. Oscar, Andy en Jocke. Het enige wat ik gedaan heb was mijn vader bellen.'

Ik hoorde aan zijn stem dat hij glimlachte toen hij weer begon te praten. 'Het kan me niet schelen wie wat gedaan heeft, of op welke manier ze misbruik van je gemaakt hebben. Begrijp je dat niet? Je hebt maar één taak: je vertelt waar de aktetas is, anders snijd ik telkens een stukje van je af.'

'Maar ik kan niet... Ik...'

'Sst,' zei hij terwijl hij een vinger op mijn mond legde. Ik probeerde zijn arm weg te slaan, maar miste en raakte hem in zijn maag.

'Stop daarmee!' bulderde hij. 'Ik heb een mes in mijn hand. Je kunt je bezeren, en dat willen we geen van beiden.'

Hij legde zijn vrije hand op mijn keel alsof hij me wilde wurgen. Ik hoorde de salontafel over de vloer schrapen en besefte dat hij hem dichter naar de bank had getrokken zodat hij erop kon gaan zitten.

'Ik ga je een verhaal vertellen,' zei hij kalm. 'Over wat we in de oorlog deden... Jens en ik... Ik heb dit nog nooit aan iemand verteld, niet eens aan Elisabeth, geloof ik.'

Ik schudde mijn hoofd, wilde het niet horen.

'We waren in Bosnië zodat Europa zou kunnen zeggen dat ze iets gedaan hadden, maar we konden niets doen, niet officieel. Jens en ik zorgden ervoor dat die gestoorde soldaten praatten, we namen ze gevangen en dwongen ze… Weet je hoe?'

Ik gaf geen antwoord.

'We trokken een kap over het hoofd van de gevangenen en goten daar water overheen. Je krijgt daardoor het gevoel dat je verdrinkt, snap je? Het is heel realistisch. En je geeft ook over. Dat is een reflex.'

Hij zweeg even. De wang waarop hij had geslagen brandde.

'Als dat niet werkte begonnen we in ze te snijden. Stukje bij beetje. Het was fascinerend om mee te maken hoe spraakzaam de taaiste macho's werden als we de… gevoelige delen van het lichaam naderden.'

Ik zei nog steeds niets.

'Snap je wat ik wil zeggen?'

Ik slikte, maar schudde mijn hoofd.

'Je kunt dit nog steeds voorkomen, Rebecca, het is jouw keus. Voor de laatste keer: waar is Jens' aktetas?'

Ik verroerde me niet.

'Goed, dan moet je het zelf maar weten. Ik denk dat ik met je pink begin.'

Terwijl hij praatte legde hij het mes tegen mijn hand en trok de achterkant van het lemmet over mijn huid.

'Maar ik… Ik weet het niet,' stamelde ik.

'Uiteindelijk vertelden ze het altijd,' ging hij verder. 'En dat ga jij ook doen.' Hij lachte. 'Je denkt dat we ons afschuwelijk gedroegen, maar je begrijpt het niet. Door een paar mensen te doden, redden we het leven van duizenden anderen, van vrouwen en kinderen. Daarvoor kregen we medailles toen we thuiskwamen. We slaagden erin wegen vrij te maken, dorpen te redden…'

'Nee,' zei ik. 'Alsjeblieft niet…'

'Jullie hebben Jens' vinger afgesneden, dus denk ik zelfs dat ik hier recht op heb.'

Op dat moment ging er een schok door me heen.

'Ben jij daar geweest?' vroeg ik.

Ik voelde dat hij naar achteren leunde. 'Waar heb je het in vredesnaam over?'

‘Dit is jouw huis. Ben je hiernaartoe gekomen?’

Hij lachte. ‘Bedoel je dat ik de ontvoerders vermoord heb? Ik had het graag gedaan… Dat was ik Jens verschuldigd, maar ik ben hier niet geweest, als dat is wat je bedoelt.’

Daarna bleef het een tijdje stil. Toen hij weer begon te praten klonk zijn stem anders, aarzelender, vragend. ‘Wie heeft ze vermoord? En Jens?’

Ik schudde mijn hoofd. ‘Ik weet het niet.’

‘De derde ontvoerder heeft dat toch gedaan? Oscar, of hoe hij ook heette. Wie had het anders moeten zijn? Er was niemand anders.’

Misschien zei ik het om hem te shockeren, om hem te treiteren: ‘Ik was er.’

74

Asbjörn Bolander vloekte. Na Nynäsvägen werden de wegen snel smaller en bochtiger. Hoewel ze zowel de sirene als het zwaailicht aan hadden, kwamen ze keer op keer vast te zitten achter langzame automobilisten die hen niet konden laten passeren en die bovendien langzamer gingen rijden als ze een politieauto achter zich zagen.

'Rijden!' riep hij. 'Ga erlangs!' Hij drukte zijn voet vergeefs voor de passagiersstoel op de bodem.

'Je helpt niet bepaald!' riep Ylva tegen hem.

Toen de afstand minder dan vijftien kilometer was reden ze een eenbaansbrug op en botsten bijna tegen een zwarte Audi. Ylva remde zo hard dat Asbjörn en zij in de veiligheidsgordels hingen. De chauffeur van de Audi, een twintiger, stond stil en keek naar hen zonder achteruit te rijden. Asbjörn dacht dat hij hem zag grijnzen.

'Hij moet toch begrijpen dat hij van de weg moet!' riep Ylva uit.

'Stomme idioot!' brulde Asbjörn. Hij maakte zijn veiligheidsgordel los.

'Wat ga je doen?' vroeg Ylva.

'Ik arresteer die gek.'

'Nu?' zei ze verbaasd. 'Daar hebben we geen tijd voor. Trouwens, hij gaat al achteruit.'

De jonge chauffeur reed meerdere keren zo scheef achteruit dat hij telkens naar voren moest rijden om de auto recht te krijgen. Asbjörn hield de deurkruk krampachtig vast.

Na ruim een minuut kon Ylva hem eindelijk passeren, waarna ze weer gas gaf. De weg liep een tijdlang langs de waterkant, waarna hij opnieuw het land in slingerde. Asbjörn zag dat ze de honderdveertig waren gepasseerd. Een halve kilometer verderop, in een lange vloeiende bocht naar links, reed een witte Volvo voor hen terwijl er tegelijkertijd een tegenligger naderde. Ylva stond boven op de rem. De banden piepten op het asfalt, maar seconden later botsten ze tegen de Volvo. De klap werd versterkt door de airbags die geactiveerd werden. Toen ze stilstonden bleken ze in een greppel te staan. Geen van beiden was gewond. Ylva leek ontdaan terwijl Asbjörn voornamelijk boos was. 'Verdomme!' zei hij, waarna hij zijn telefoon pakte en Carl belde.

Rebecca Rudberg

Per lachte. Daarna was het even stil. 'Jij?' zei hij. 'Doe niet zo belachelijk, Rebecca.'

Ik gaf geen antwoord.

'Ik weet niet waarom je altijd zulk soort dingen verzint,' ging hij verder. 'En het kan me ook niet schelen. Jens is dood. Punt uit. En ik wil de aktetas hebben, Rebecca. Waar is hij?'

Ik gaf nog steeds geen antwoord.

'Dan begin ik met je pink.' Hij pakte mijn hand vast. Ik probeerde tegen te stribbelen, maar hij duwde mijn handpalm op de salontafel. Op dat moment begreep ik het. Hij had de tafel niet naar de bank getrokken om te kunnen zitten, maar om een ondersteuning te hebben om te kunnen snijden. Als een soort snijplank.

'Maar ik weet niks!' riep ik met een stem die voor één keer licht was, bijna zoals voor het ongeluk.

'Ik zou willen dat je dit kon zien, maar ik probeer in plaats daarvan het te vertellen. Hoe noem je dat? Een zichtinterpretatie?'

Ik haalde zwaar adem.

'Voel je dat ik het mes tegen het bovenste kootje hou?' zei hij. 'Het bloedt al een beetje.'

Ik probeerde mijn hand tot een vuist te ballen, zodat hij er niet bij kon, maar hij duwde mijn handpalm gewoon nog harder tegen het tafelblad.

'Ik wil dit niet doen, Rebecca, je bent mijn peetdochter, maar als je het niet vertelt heb ik geen keus.' Hij zei het alsof het hem speet, maar dat was niet zo. Ik hoorde aan zijn stem hoe opgewonden hij was. Hij kon het niet verbergen, niet helemaal, niet voor mij, die niets kon zien.

Ineens herinnerde ik het me. Het was dezelfde herinnering als altijd: de gang tussen de boxen, de kale gloeilamp aan het plafond, de geur van paarden en mest, de strohalmen op de betonnen vloer, Big Tiger die met halstertouwen aan de stalwanden was vastgebonden – alles was hetzelfde –, maar nu begreep ik het.

Ik begreep wat de opwinding in zijn stem betekende.

'Het was mijn vaders schuld niet dat Big Tiger me schopte,' zei ik. 'Het was jouw schuld!'

'Wat?' snauwde hij.

'Ik herinner het me,' zei ik. 'Ik herinner me hoe je klonk toen je zei dat ik het niet kon, dat ik bang was.'

'Waar heb je het in vredesnaam over?'

'Ik heb altijd gedacht dat je me probeerde te beschermen, dat je me hielp tegen mijn vader, dat je lief wilde zijn, maar zo was het niet. Je speelde met Jens, hitste hem op, probeerde hem te vernederen. Je was net een gemene oudere broer. En je gaf helemaal niets om mij.'

'Jezus, ga je daar nu ook over zeuren? Dat paard heeft verdomme je gezicht kapotgetrapt. Niet ik!'

'Maar je wist dat hij gevaarlijk was. Je had mijn vader daar vanaf het begin al voor gewaarschuwd. Je wist dat hij me kon schoppen.'

'Precies, ik heb jullie gewaarschuwd.'

Ik schudde mijn hoofd. 'Je wist precies wat je tegen mijn vader moest zeggen om hem op te jutten, op welke knoppen je moest drukken. Voor jou was het alleen maar een spelletje... Een grappig tijdverdrijf. Daarom kwam je bij ons op bezoek. Je wilde erbij zijn als ik Big Tiger niet aankon en mijn vader zich voor me schaamde. Ik heb altijd gedacht dat het alleen de schuld van mijn vader was, maar jij genoot ervan.'

Plotseling schoot de pijn door mijn hand en vervolgens door mijn hele arm. Ik gaf een gil.

'De documenten!' bulderde Per. 'Waar zijn ze verdomme!'

Ik probeerde iets te zeggen, maar kon alleen hijgen en met korte, snelle stoten ademhalen. Ik voelde het bloed uit mijn pink gutsen.

'Dan gaan we verder.' Hij zweeg even voordat ik het mes tegen mijn keel voelde. 'Snap je het niet? Ik ga lichaamsdeel na lichaamsdeel van je wegsnijden tot je doodbloedt. Vertel het, Rebecca!'

'Ik... Ik kan niet...' hijgde ik.

'Welke borst kies je, de linker of de rechter?'

Hij praatte nog steeds met zijn zachte Jämtlandse dialect.

'Alsjeblieft...' fluisterde ik.

'De amazones sneden hun rechterborst af, vanwege de boog, ik denk dat ik die voor je kies. Bij wijze van knipoog naar de geschiedenis, snap je?'

Zijn adem rook naar koffie toen hij zich over me heen boog, mijn shirt met een snelle haal opensneed en me stevig tegen de bank duwde. Ik voelde de pijn van het mes dat in mijn huid sneed al, op de plek waar de huid boven de borstkas omhoogkwam, en voelde me misselijk worden.

'Nee!' schreeuwde een stem.

Heel even dacht ik dat ik degene was die schreeuwde, maar dat was niet zo.

75

'Hier is het! Sla af!' riep Carl.

Jodie was het onopvallende zwarte ijzeren hek al gepasseerd en moest achteruitrijden, waarna ze weer gas gaf en de grindweg naar de vakantiewoning op reed.

Carl herkende alles van de vorige keer. In het licht van de buitenverlichting en het keukenraam zag hij een BMW en een kleine Fiat, die op het grinderf voor de voordeur geparkeerd stonden.

'Stop hier,' zei hij. 'Misschien heeft hij ons niet gezien.'

Carl gooide het autoportier open en begon naar het huis te rennen. Bij de trap naar de voordeur bleef hij staan. Jodie had haar pistool al in haar hand en hij haalde zijn Glock eveneens tevoorschijn.

'Ik ga eerst,' zei hij en hij liep de trap naar de voordeur op.

Hij zag dat het beton gebarsten was en dat er mos tussen de randen groeide. Plotseling hoorde hij de golven het strand op rollen en de wind ruisen in de dennenbomen.

Hij besefte dat hij bang was, dat de tijd uitrekte en langzamer ging, precies zoals de vorige keer dat hij hier was geweest.

Voorzichtig duwde hij de klink naar beneden. De deur was niet op slot en hij duwde hem langzaam open.

De woning was schoongemaakt, maar hij rook toch een zwakke bloedgeur.

Hij liep van de duisternis buiten de hal in en werd verblind door het licht van alle brandende lampen. Hij bleef staan en keek door de gang naar de zitkamer terwijl hij probeerde zijn ogen aan het licht te laten wennen. Hij zag geen beweging, hoorde geen geluid.

De kleine slaapkamer links was leeg en hij gebaarde naar Jodie dat ze door de gang met een rij schilderijen aan de muur naar de keuken moesten lopen. Ze keken tegelijkertijd naar binnen. Zonder de pizzadozen en etensresten zag de keuken er exclusief uit.

De volgende kamer was de zitkamer. Carl duwde zich tegen de muur op de plek waar de glazen trap naar de bovenverdieping begon. Jodie passeerde hem, zwaaide het pistool naar boven en liep vervolgens de kamer in. Carl volgde haar, maar bleef abrupt staan. De bank was niet zichtbaar geweest doordat hij achter een vrijstaande open haard stond. Nu zag hij dat er iemand op zat. Blond haar was boven de rugleuning zichtbaar.

Rebecca, dacht hij.

Haar hoofd was opzijgevallen, alsof ze sliep. Of dood was.

Hij gebaarde naar Jodie dat ze met een bocht naar de voorkant moest lopen terwijl hij de bank schuin van achteren naderde. Ze draaiden zich om en gingen met geheven pistolen voor de persoon op de bank staan.

'Jezus,' zei Jodie terwijl ze het pistool liet zakken.

Per Nordin zat met gesloten ogen op de bank. Het heft van een mes stak uit zijn buik. Bloederige sleepsporen op de vloer leidden naar de bank. Jodie liep naar hem toe en legde twee vingers tegen zijn hals. 'Hij leeft.'

'Bel een ambulance,' zei Jodie. 'Of een helikopter.'

Terwijl Jodie haar telefoon tevoorschijn haalde keek Carl in de kamer rond. Op de salontafel lag een grote bloedvlek. Midden in het bloed zag hij een stukje van een pink. De nagel was goed verzorgd maar niet gelakt. Hij draaide zich om en keek naar Pers handen, maar zag geen gehavende pink.

'Van wie is dit?' zei hij toen Jodie klaar was met bellen.

Ze keek om zich heen. 'Waar is Rebecca?'

'Op de bovenverdieping,' fluisterde hij.

Jodie liep als eerste de trap op. Carl volgde haar langs de televisiekamer naar de twee kleine slaapkamers. Beide waren leeg en beide waren net zo netjes en onpersoonlijk schoon als de rest van de woning.

Hij knikte naar de derde slaapkamer achter in de gang en begon ernaartoe te lopen. Een smalle streep licht drong door een kier van de deur. Hij gebaarde naar Jodie om naast de deur te gaan staan en nam zelf aan de andere kant plaats, zodat ze vanaf twee kanten binnenkwamen. Daarna duwde hij de deur snel open.

Op het bed zaten twee vrouwen dicht tegen elkaar aan naar hen te kijken.

Carl liet het pistool langzaam zakken. 'Hallo,' zei hij.

Rebecca keek voor zich en had maar één oog. Het ooglid van het andere oog was naar binnen gezakt en was onnatuurlijk plat. Ze hield haar linkerarm hoog boven haar hoofd. Een handdoek was als een provisorisch verband rond haar hand gewikkeld. Carl zag een grote rode vlek op de plek waar het bloed door de stof was gedrongen.

Edith Ekholm zat naast Rebecca en had haar arm om haar heen geslagen. In het licht van de plafondlamp zagen ze er bijna wit uit. 'Hallo,' zei ze. 'Leeft hij nog?'

'Voordat we daar antwoord op geven wil ik weten of er meer mensen in de woning zijn,' zei Jodie.

Rebecca en Edith schudden beiden hun hoofd. 'Wij zijn de enigen hier.'

'Dan ga ik nu naar Per toe,' zei Jodie. Ze haalde haar telefoon tevoorschijn. 'De reddingshelikopter kan hier elk moment zijn.'

'Bel Asbjörn ook.'

Jodie knikte en liep weg. Carl pakte de stoel die bij het bureau naast de deur stond en ging tegenover de twee vrouwen zitten. 'Hij leeft, maar hij is bewusteloos en is ernstig gewond. Wat is hier precies gebeurd?'

'Hij probeerde Rebecca te verminken… Ik heb een vaas naar hem toe gegooid en daarna…'

'Ik heb hem met het mes gestoken,' onderbrak Rebecca haar.

Edith keek naar haar, maar zei niets. Met een verlegen gebaar streelde ze Rebecca's wang.

Carl haalde diep adem. Hij wist niet goed waar hij moest beginnen. 'En? Hoelang kennen jullie elkaar al?'

DEEL VIER

Rebecca en Edith

Dinsdag 29 januari
Uit het verhoor van Rebecca Rudberg

Ik zag haar bij de bushalte op weg naar huis. Ik had haar al vaker op school gezien en nu stond ze daar plotseling. Ik wist dat ze Edith heette. Edith Sandmo. Ze zat in het derde jaar, een jaar boven mij.

Terwijl ik in mijn tas zocht naar het boek dat ik aan het lezen was keek ik tersluiks naar haar. Haar paarse haar hing over één oog en ze gooide haar hoofd voortdurend naar achteren om het uit haar gezicht te krijgen. De andere helft van haar haar was heel kort geknipt. Het was eind oktober en al koud, maar ze droeg haar lange zwarte jas opengeknoopt, zodat hij in de wind fladderde. Ze stond wijdbeens op haar grove schoenen, droeg een zwarte slobberbroek en keek naar de straat. 'Komt de bus van deze stomme lijn nog een keer?' zei ze geïrriteerd, waarna ze een sigaret tevoorschijn haalde. Normaal gesproken nam ze de bus in de andere richting, ik had haar bij de bushalte aan de overkant van de straat gezien.

Ik opende *Honderd jaar eenzaamheid* en begon te lezen.

'Hallo! Wil je niet praten of zo?'

Ik had een zenuwachtige, lelijke lach die ik voor de spiegels had geprobeerd weg te krijgen, maar die nu naar buiten drong en onmogelijk tegen te houden was.

'Wil jij er een?' Ze hield me het pakje sigaretten voor, zwaaide ermee voor mijn gezicht, zodat ik wel moest opkijken van het boek. Op een afstandje stonden een paar meisjes uit mijn klas naar ons te kijken. Ik schudde mijn hoofd snel, wilde ze niets geven om me te kunnen uitlachen.

'Ik praat tegen je,' zei ze uitdagend.

Ik bevochtigde mijn mond, die helemaal droog was geworden. 'Ik lees,' zei ik.

'*No shit*. Woon je op Frösön?'

Ik knikte.

'Gaat het hier altijd zo?'

'Wat bedoel je?'

'Dat de bus niet komt?'

Ik haalde mijn schouders op.

'Ik zou bij een vriendin langsgaan, maar nu heb ik daar geen tijd meer voor. Wil je misschien met mij mee naar huis?'

'Naar huis?' Ik keek snel naar de meisjes van mijn klas om te controleren of ze naar me grijnsden, maar ze stonden vlak bij elkaar te fluisteren en keken niet naar me.

Ik snapte het niet. Wat wilde ze? Wat zou ze met me doen als ik bij haar thuis was? Me opsluiten in de kelder?

'Hallo! Wil. Je. Met. Me. Mee. Naar. Huis?' vroeg ze opnieuw, waarbij ze elk woord benadrukte alsof ik gestoord of doof of zo was. De sigarettenrook wolkte uit haar mond terwijl ze praatte.

'Ik?' vroeg ik verbaasd.

'Mooi,' zei ze en ze begon de Kyrkgatan over te steken. 'Kom dan,' zei ze toen ik bleef staan. 'De bus naar mijn huis komt zo. Schiet op.'

Toen ik op de stoel naast haar ging zitten zag ik een dunne zilverkleurige ring in haar neus die ik niet eerder had gezien. Ze had bovendien een heleboel ringen in haar oren. En ze had tatoeages.

Mijn vader had haar een keer gezien toen we in de auto door de stad reden om mijn moeder op te halen en had gezegd dat mensen zoals zij geëxecuteerd moesten worden. Hij bedoelde dat natuurlijk niet helemaal letterlijk, maar bijna. 'Als jij er ooit zo uitziet, dan mag je in de garage slapen,' zei hij tegen me.

Edith woonde in Odensala, in een wijk met gele, op rijtjeswoningen lijkende appartementen. Haar kamer was op de bovenverdieping, die heel klein leek. Overal stonden figuurtjes van roze en wit porselein.

'Mijn moeders verzameling,' zei ze toen ze me naar de porseleinen figuren zag kijken.

We gingen haar kamer in. Haar moeder was niet thuis, dus waren we met zijn tweeën.

'Wil je thee?' vroeg ze terwijl ze tegelijkertijd naar me gebaarde dat ik op haar onopgemaakte bed moest gaan zitten.

Zonder mijn antwoord af te wachten liep ze de kamer uit.

Ik keek om me heen. De muren hingen vol met foto's van dieren. Op meerdere ervan had ze met een rode viltstift een cirkel met een kruis in het midden getekend, als een jager.

Toen ik haar vroeg of het dieren waren die ze had doodgeschoten, begon ze te lachen. Ik begreep niet waarom dat was.

'Ben je gek?' zei ze. 'Ik ben een dierenrechtenactivist.'

Mijn vader zou haar een terrorist genoemd hebben.

'Het is niet normaal wat mensen met dieren doen,' zei ze.

'Nee, dat is misschien niet zo goed,' zei ik om geen ruzie met haar te krijgen.

Ze gaf me een beker thee. 'Je zou een keer mee moeten gaan.'

'Ik weet het niet, ik...' Ik probeerde te glimlachen, maar waarschijnlijk sperde ik mijn ogen open en staarde naar haar, zoals ik altijd deed. Het was moeilijk om dat staren weg te krijgen, het ging als het ware vanzelf.

'Waarom ga je niet een keer mee als we een actie hebben, dan kun je zelf zien...'

Ik keek naar mijn theebeker en schudde mijn hoofd. 'Nee, ik zou het alleen maar voor jullie verpesten.'

'Nee joh, het is niet moeilijk, je kunt gewoon toekijken en misschien de wacht houden.'

76

'Dus jullie gaan sinds het gymnasium in Östersund met elkaar om?' vroeg Carl.

Rebecca Rudberg zat in de verhoorkamer tegenover Jodie en Carl. De oogprothese zat weer op haar plek en ze staarde met haar gebruikelijke lege blik naar een punt naast Carl. Haar verminkte pink zat in een wit verband. Het vingertopje kon niet gered worden.

'Nee, ze verhuisde uit Östersund en daarna werd ik door het paard geschopt. We hebben elkaar jaren niet gezien.'

'Hoe zijn jullie weer met elkaar in contact gekomen?' vroeg Jodie.

'Ik ben bij haar op bezoek gegaan toen we hiernaartoe verhuisden.'

'En daarna gingen jullie weer met elkaar om?' zei Carl.

Ze knikte en lachte vervolgens. 'Ze herkende me alleen niet toen we elkaar weer zagen. Niemand herkent me. Ik...'

'Ja?' zei Carl.

'...had geluk. Ik was die ene uit een miljoen. Dat zeiden ze tegen me. Ieder ander zou doodgaan door zo'n trap van een paard.'

'Maar jij overleefde het,' zei Jodie.

'Ja, ik overleefde het. Ze hebben mijn gezicht aan de hand van oude foto's gereconstrueerd en ik weet dat het niet goed gedaan is, maar ik had weer een gezicht. Ze zeiden tegen me dat ik daar blij om moest zijn. Maar mijn ogen konden ze niet reconstrueren.'

Carl zei niets. Hij liet haar praten.

'Toen de ambulancemedewerkers me uit de paardenmest tilden, hingen mijn oogballen buiten mijn verbrijzelde gezicht. Als twee scheve golfballen... Dat vertelde mijn vader in elk geval...' Ze zweeg en gleed met de wijsvinger van haar goede hand over de tafel, alsof ze iets tekende.

'Herkende Oscar je daarom niet?' vroeg Carl.

Rebecca haalde haar schouders op. 'Ik denk het. Mijn stem is ook anders omdat mijn stembanden kapot waren.'

'Hoe...'

'Ik stopte met ademhalen, maar mijn vader kon niet... Het bloed... Het lukte niet om mond-op-mondbeademing te doen... omdat...'

Het werd even stil. Carl zag dat ze slikte.

'...omdat er niets van mijn gezicht over was. Dus pakte hij zijn mes en sneed mijn keel open.' Ze boog haar hoofd naar achteren zodat het scheve litteken zichtbaar werd.

Jodie knikte. 'Hij heeft dus een tracheotomie bij je uitgevoerd?'

'Ja, maar hij zat niet helemaal op de juiste plek en heeft mijn stembanden doorgesneden. Ze... hebben ze aan elkaar kunnen hechten, maar mijn stem werd anders. Daarom klink ik zo... hees.'

'Je begrijpt natuurlijk dat we ons een aantal dingen afvragen,' zei Carl.

Ze knikte.

'Heb je Oscar na het ongeluk niet meer gezien?'

'Hij zat in de gevangenis en volgens mij is hij daarna ook naar Stockholm verhuisd. Ik ben hem in elk geval nooit meer tegengekomen, niet voordat hij me afgelopen zomer in de Sveavägen aansprak.'

'Toen je verzon dat je Edith was,' zei Jodie. 'Waarom deed je dat?'

Rebecca zat met een rechte rug op het puntje van haar stoel. 'Ik weet het niet,' zei ze. 'Ik... Ik wilde gewoon niet dat hij wist wie ik was.'

'Dat deed je ook tegen ons. Waarom heb je je echte naam niet verteld?'

'Toen had ik al... Het was niet mogelijk om daarmee te stoppen.'

Carl keek naar haar. Hij wachtte tot ze verder zou gaan, maar ze zweeg. 'Oké,' zei hij uiteindelijk. 'Maar Oscar wist wie Edith was. Reageerde hij niet toen je zei dat je Edith Ekholm heette?'

'Toen Oscar haar kende was haar achternaam Sandmo in plaats van Ekholm. Ekholm is de meisjesnaam van haar moeder.'

Carl streek met zijn hand over zijn gezicht en schudde zijn hoofd. 'Hoe zat het met de portemonnee?' vroeg hij. 'Die heb je niet gestolen, of wel soms?'

Rebecca schudde haar hoofd. 'Ik heb haar ID geleend.'

'Heb je die gepakt of heeft Edith hem aan je uitgeleend?' vroeg Jodie.

'Ze... Dat herinner ik me niet... Ik geloof dat ik hem gepakt heb, maar ik heb hem nu teruggegeven.'

Rebecca praatte stijfjes, maar zag er minder gespannen uit, alsof het een opluchting voor haar was om eindelijk haar verhaal te kunnen vertellen. Carl keek naar haar blonde haar, dat donker begon te worden bij de wortels, en vroeg zich af wat er in haar omging.

'Je had de ID dus nodig toen je de ontvoering voorbereidde. Om de anderen te misleiden…'

'Ik heb niets voorbereid.'

'Wat was je rol bij de ontvoering dan?'

'Ik heb alles de vorige keer al verteld.'

'De vorige keer deed je je voor als Edith Ekholm,' zei Carl.

'Wat ik verteld heb is nog steeds waar.'

'Toch niet alles? Je vertelde bijvoorbeeld dat je voor de ontvoering nog nooit contact met Andrew en Joakim gehad had, maar dat klopt niet. Je had vrij regelmatig telefonisch contact met die twee. We hebben je gesprekslijsten.'

Ze boog haar hoofd en haar vingers gleden over haar spijkerbroek. 'Ik weet niet waarom ik niet over ze verteld heb,' zei ze zachtjes. 'Ik was bang dat jullie iets zouden denken.'

'Wat zou dat moeten zijn?' zei Jodie. 'Dat jij achter de ontvoering zat?'

'Misschien wel…'

'Zat je achter de ontvoering?'

Ze perste haar lippen op elkaar.

'Wil je zo vriendelijk zijn om antwoord te geven?' zei Carl.

Ze rekte zich uit en hield haar hoofd een beetje schuin, alsof ze aandachtig naar de volgende vraag luisterde, maar ze bleef zwijgen.

Carl wisselde een snelle blik met Jodie, die haar hoofd schudde.

'Oké, Rebecca,' zei ze vriendelijk. 'Misschien kunnen we op een later tijdstip terugkomen op de ontvoering en wat er in Per Nordins vakantiehuis heeft plaatsgevonden.'

Rebecca knikte.

'Laten we in plaats daarvan over Edith praten.'

'Wat is er met haar?'

'Ze hoorde in Östersund bij een groep milieuactivisten en zou ook heel goed bij de groep van Joakim Enroth, Andrew Christiansson en Oscar Hess kunnen horen.'

'Maar dat is niet zo! Waarom proberen jullie Edith hier de hele tijd bij te betrekken? Ze heeft alleen…' Rebecca zweeg opnieuw.

'Ja?' spoorde Carl haar aan. 'Wat heeft ze gedaan?'

Uit het verhoor van Rebecca Rudberg

We waren nooit bij mij thuis, altijd bij haar, in haar kamertje in Odensala dat het kleinste van het appartement was. Het bevatte een bed, een ladekastje, een bureau en een zitzak. De ruimte die over was, was nauwelijks voldoende voor één persoon.

Maar dat maakte niets uit. Ik zat op haar bed en zij lag half op de zitzak en praatte. Ik luisterde voornamelijk. Meestal naar verhalen over dieren en de plundering van de natuur. Maar soms praatten we over school. Ik genoot ervan als ze over mijn klasgenootjes roddelde. 'Sara is zo'n ontzettend stomme koe,' kon ze zeggen. Of: 'Ik erger me kapot aan Lotta! Kan ze haar kop niet gewoon een keer houden? En die stomme kauwgom doorslikken?'

Dat soort dingen.

Ik geloof niet dat ik zoveel nadacht. Het voelde gewoon goed om daar te zijn.

Daarna veranderde alles. Het was een maandag aan het begin van de zomer na het tweede jaar, ik herinner me niet wanneer, alleen dat het een maandag was en dat het warm was, drukkend warm, waardoor je van alles wat je deed transpireerde. Edith droeg alleen een dun hemdje en een korte broek, niet eens een beha. Als ze naar voren leunde moest ik wegkijken om haar borsten niet te zien.

'Heb je het niet warm?' vroeg ze.

Ik schudde mijn hoofd zwijgend.

'Maar je draagt een shirt met lange mouwen. Hoe kun je dat uithouden?'

Ik haalde mijn schouders op.

'Ik zie dat je zweet en je ruikt ook niet helemaal fris.'

'Sorry.'

'Je kunt toch in elk geval je mouwen opstropen?'

'Nee,' zei ik, gedecideerder dan ik van plan was geweest.

'Toe nou! Zo erg kan het toch niet zijn?'

Ik schudde mijn hoofd weer en probeerde op te staan van het bed.

Ze duwde me terug en pakte mijn arm vast alsof we aan het stoeien waren, en ze lachte terwijl ze mijn mouw omhoogtrok. Ik keek weg, voelde me min of meer verdoofd. Toen mijn elleboogholte zichtbaar werd liet ze me plotseling los.

'Waarom?' zei ze terwijl ze naar de littekens keek.

Ik wist niet wat ik moest zeggen. Ik stond op en trok mijn mouw naar beneden om de witte strepen te verbergen.

'Heb je... hier met iemand over gepraat?'

'Dat wil ik niet,' zei ik terwijl ik naar de deur liep. 'Ik doe het maar heel soms, oké?'

'Je kunt hulp krijgen. Je moet met een psycholoog praten, mijn moeder kent een paar goeie.'

Een van mijn beste rollen, de rol die ik het gemakkelijkst kon aannemen als ik voor de spiegels zat, was boze-ik. 'Snap je niet dat ik er niet over wil praten?' snauwde ik. 'Met niemand. Oké?'

Soms sneed ik in mezelf. Niet diep. Niet vaak. Soms. Ik pakte een van de scheermesjes van mijn vader en maakte een snee in mijn onderarm, precies onder de elleboogholte, en soms op mijn bovenarm. Ik weet niet waarom ik dat deed. Het voelde gewoon goed. Alles werd op de een of andere manier gemakkelijker. Misschien vond ik het mijn verdiende loon als bepaalde dingen mislukten.

Toen ik die warme maandag midden in de zomervakantie thuiskwam wachtte mijn moeder bij de voordeur op me. Dat deed ze anders nooit. Ze riep alleen 'hallo' vanuit de keuken of de zitkamer. 'Waar ben je geweest?' vroeg ze gespannen.

'Bij een vriendin.'

Ze trok haar wenkbrauwen op. 'Heb je gerookt?' vroeg ze.

Ik schudde mijn hoofd. 'Edith rookt,' zei ik.

'Edith weer,' zei mijn moeder. 'Is dat je vriendin?'

'Ja.'

'Jeetje, hoe oud is die Edith eigenlijk?'

‘Net zo oud als ik. Of… een jaar ouder.’

Mijn moeder keek me onderzoekend aan. ‘Probeert ze je ergens bij te betrekken?’

‘Ergens bij te betrekken? Wat bedoel je?’

‘Ik weet het niet,’ zei ze. ‘Gebruikt die Edith drugs? Drinkt ze?’

‘Ik weet het niet. Volgens mij niet.’

Ze staarde een tijdje zwijgend naar me, op een gemene manier, vond ik. Ik snapte het niet. Ze bemoeide zich bijna nooit met wat ik deed, als ik ’s middags maar thuiskwam en mijn huiswerk maakte.

‘Ze is niet goed voor je. Je mag niet meer met haar omgaan. Hoor je dat, Rebecca?’

Ik rende naar mijn kamer.

‘Waar zijn Lotta en die andere normale meisjes gebleven?’ riep ze me na.

De volgende dag was ik weer bij Edith thuis.

‘Je vader wil hier een mijn graven,’ zei ze terloops. Ze keek vanaf de zitzak naar me alsof het mijn schuld was. Ik snapte dat ze hier al een hele tijd over nadacht. ‘Je weet toch dat hij een heleboel waterlopen en bos wil vernietigen?’

Ik knikte, hoewel ik het niet wist.

‘Oké… Goed,’ zei ze.

Ik wist niet wat ze wilde dat ik zou antwoorden of waarom ze dit vertelde. We zagen elkaar de hele zomer, maar ze praatte nooit meer over de mijn of over mijn vader. We fietsten vaak naar de zwemsteiger bij het Storsjön, dat niet ver van haar huis was, lieten onze benen over de rand hangen en gooiden stenen in het water die we in de duisternis zagen verdwijnen terwijl we onze voeten in het koude water dompelden.

Edith was altijd degene die praatte en ik degene die luisterde.

‘Weet je,’ kon ze plotseling zeggen, waarna ze iets vertelde wat ze had meegemaakt. ‘Vorige winter stond ik samen met een paar anderen voor Eliassons Bont te protesteren.’

‘Hoe dan?’ vroeg ik.

‘We hadden een paar posters met daarop BONT IS MOORD en een

heleboel foto's van nertsen in kooien bij ons.' Ze zweeg en ik begreep dat het de bedoeling was dat ik zweeg en naar haar luisterde.

'Hoe dan ook, toen we daar stonden was er een vent die de winkel in wilde en terwijl hij dat deed gaf hij me zo'n harde duw dat ik bijna viel. Ik stond niet eens in de weg, hij kon me gemakkelijk passeren, maar hij was gewoon chagrijnig… Ik voelde me de hele dag al niet lekker, je weet wel, alsof ik ziek ging worden, en toen hij me duwde kwam het vanzelf.' Ze lachte en schopte met haar voet in het water.

'Wat kwam er dan?' vroeg ik ongeduldig.

'Snap je het niet? Ik gaf over! Ik braakte mijn hele lunch recht tegen die vent aan. De kots spoot alle kanten op en kwam op zijn broek en schoenen terecht.'

Ze beet op haar onderlip. Ik had gemerkt dat het een gebaar was dat ze maakte als ze ergens aan dacht, en ze rimpelde haar neus. Ik kon aan haar ogen zien dat ze lachte, die gingen van links naar rechts alsof ze het tafereel voor zich zag, zich het braaksel herinnerde.

'Heb jij ook weleens zoiets meegemaakt?'

'Zoiets… wat?'

'Ja, zoiets… gaafs.'

Ik schudde mijn hoofd.

'Wil je nu iets gaafs proberen?' vroeg ze vervolgens.

Ik haalde mijn schouders op, begreep niet wat ze bedoelde. Ze hield haar hoofd een beetje schuin en keek me vragend aan. Daarna boog ze zich naar voren en gaf een harde kus op mijn mond. Ik dacht dat ik moest tegenstribbelen en sperde mijn ogen open. Ik sperde absoluut mijn ogen open, maar ik stribbelde niet tegen. Ik dacht alleen de hele tijd dat het krankzinnig was, dat het verkeerd was.

Na afloop lachte ze naar me. 'Ga mee,' zei ze. 'Laten we gaan.'

77

Edith Ekholms ongelijke kapsel hing in slierten langs haar gezicht en ze had een rode vlek in haar hals waaraan ze onophoudelijk krabde. Ze wendde haar blik echter niet af en keek strak naar Carl en Jodie. 'Ben ik gearresteerd?' vroeg ze.

Carl maakte een gebaar naar officier van justitie Daniel Sandén, die naast de deur stond.

'Nee,' zei Daniel. 'Maar je bent aangehouden, wat betekent dat je in hechtenis genomen wordt of dat we je laten gaan. Dat is afhankelijk van wat er hier naar voren komt.'

Carl keek weer naar Edith. 'Tevreden?'

Ze gaf geen antwoord.

'We hebben begrepen dat Rebecca en jij een relatie hebben,' zei Carl.

'Ja, we zijn een stel, als dat is wat je bedoelt.'

Carl knikte.

'Hoelang hebben jullie al een relatie?' vroeg Jodie.

'Lang… Bijna vanaf de tijd dat ze hiernaartoe verhuisde.'

'Maar jullie hadden in Östersund toch ook een relatie?'

'Een tijdje.'

Carl zocht naar een verandering in haar gezicht, maar ze keek nog steeds met een vaste blik naar Jodie en hem. 'Wonen jullie niet samen?' zei hij.

'Nee, we hebben een latrelatie.'

'Is daar een reden voor?'

'Het bevalt ons op deze manier.'

Carl kreeg het gevoel dat er meer redenen voor waren die ze niet wilde vertellen, maar hij ging er niet op door.

'Oké,' zei Jodie. 'We hebben met Rebecca gesproken over je betrokkenheid bij de ontvoering.'

'Wat? Ik was niet betrokken bij de ontvoering.'

'Je wist dus niets van de plannen om Jens Rudberg Karlsson te ontvoeren?' vroeg Carl.

Edith schudde haar hoofd.

'Wil je dat hardop zeggen?' zei Carl.

'Nee, ik wist niets over de ontvoering.'

'Maar je leende je ID-kaart aan Rebecca uit?'

'Jezus!'

'Leende je je ID-kaart aan Rebecca of niet?' vroeg Carl.

'Ja, dat deed ik.'

'Waarom deed je dat?'

Edith zuchtte. 'Rebecca nam contact op met kranten om ze zover te krijgen dat ze C-Mine onder de loep namen. Ze dacht dat ze iets vreemds over het bedrijf van haar vader had ontdekt.'

'Iets vreemds?'

'Eerlijk gezegd geloof ik niet dat Rebecca iets wist, maar alleen hoopte dat ze met iets illegaals bezig waren. Ze had een... gecompliceerde relatie met haar vader. Maar niemand hapte toe. En vorige zomer dacht een journalist dat ze hem probeerde te misleiden omdat haar vader een hoge functie bij het bedrijf had.'

'Dus?' zei Jodie.

'Dus vroeg Rebecca of ze mijn naam mocht gebruiken als ze met journalisten praatte. Dat hielp echter niet.'

'En toen ontvoerde ze hem in plaats daarvan?' zei Jodie. 'Omdat...'

'Rebecca wilde hem helemaal niet ontvoeren,' zei Edith. 'Dat wilden de anderen.'

'Oscar?'

'Ja, Oscar onder meer. Hij misleidde haar. Ze vertelde hem dat ze had geprobeerd om kranten een tip over C-Mine te geven en toen zei hij dat hij iets wist wat heel lastig voor hen zou zijn. En zij geloofde hem. Ze is zelfs met hem meegegaan naar Skåne.'

'Is dat wat Rebecca je verteld heeft? Dat ze met hem meegegaan is naar Skåne?'

'Ja.'

Carl leunde naar achteren op zijn stoel terwijl hij Edith opnam. Even later glimlachte hij vriendelijk. 'Oké.'

'Maar ergens moet ze gelijk gehad hebben, of niet soms?' zei Edith.

'Wat bedoel je?'

'Dat is blijkbaar de reden dat die CEO, Per, haar wilde vermoorden. Omdat het klopt dat C-Mine ergens mee bezig was.' Ze keek uitdagend naar Carl en Jodie. 'Of niet soms?'

'Dat weten we niet,' zei Carl. 'We hebben hem nog niet kunnen verhoren.'

'Leeft hij?'

'Ja, hij leeft,' zei Carl. 'Wil je ons vertellen wat er in de vakantiewoning gebeurd is?'

Edith keek hem weer strak aan nadat ze even naar de tafel had gekeken.

'Oké,' zei ze. 'Ik heb een vaas naar Pers hoofd gegooid. Hij was bezig Rebecca te vermoorden. Ik heb haar gered.'

'En daarna? Heb je het mes in zijn lichaam gestoken?' vroeg Jodie.

Edith krabde zenuwachtig aan de rode vlek in haar hals, maar keek niet weg. 'Daar wil ik geen antwoord op geven,' zei ze na een tijdje. 'Niet zonder advocaat. Kan ik er een krijgen?'

Carl hoorde Jodie inademen alsof ze iets wilde zeggen, maar ze bleef zwijgen.

'Waarom geven jullie geen antwoord?' zei Edith. 'Wat gaat er nu gebeuren?'

Carl maakte een gebaar naar Daniel, die zich tegen de muur afzette en zijn keel schraapte. Vlak nadat de officier van justitie aan zijn gortdroge juridische verklaring was begonnen, was Carl al gestopt met luisteren.

78

'Wat bedoel je?' vroeg Carl.

Hij had zijn lunch uit de koelkast van het keukentje gehaald en had die meegenomen naar zijn bureau. Nu nam hij een hap van iets wat volgens het etiket een caesarsalade was, maar een sterke bijsmaak van iets anders had. Waarschijnlijk chemicaliën om hem langer vers te houden, dacht Carl met afschuw.

'Dus Rebecca probeerde de nieuwsredacties een tip te geven,' zei Jodie met haar mond vol eten. 'Denk jij dat dat klopt?'

Carl keek naar haar deksel. Ze had een Thaise noedelsalade genomen. Misschien was dat een betere keus geweest.

'Ik denk in elk geval dat Rebecca dat aan Edith verteld heeft,' zei hij. 'Of het klopt...' Carl prikte een blaadje sla en een bleek stukje bacon aan zijn vork, maar bedacht zich, besloot dat de salade oneetbaar was en schoof de zwarte plastic bak teleurgesteld van zich af.

'Denk je dat ze hem daarom ontvoerd heeft?'

'Erbij was toen hij ontvoerd werd,' corrigeerde Carl haar.

'Erbij was toen hij ontvoerd werd om hem te dwingen iets over C-Mine te vertellen?'

Carl dronk van het mineraalwater dat hij samen met de salade had gekocht en dacht na. 'Dat is mogelijk,' zei hij uiteindelijk. 'We hebben haar hier. Hopelijk komt er een motief uit de verhoren.'

Jodie draaide haar vork in de bak met noedels en nam een hap. 'Denk je dat het iets met de aktetas te maken kan hebben?' vroeg ze.

'Ik weet het niet,' antwoordde Carl. 'We moeten het Per vragen als we hem voor de moord op Kumiko Andersson verhoren.' Hij glimlachte niet, maar had het gevoel dat ze eindelijk ergens begonnen te komen met het onderzoek, dat hij in de verte een soort antwoord zag. 'Heb ik trouwens verteld dat we antwoord van de plaatselijke politie van Simrishamn gekregen hebben over de paardenboerderij die Oscar en Rebecca bezocht hebben? Die is van Maria Åslund en zij heeft Oscars versie van het verhaal bevestigd. Hij was degene die met haar meeging.'

'Dus Oscar vertelde de waarheid,' concludeerde Jodie.

'Aha, waar zitten de heer en dame over te fluisteren?' vroeg Lars-Erik Wallquist terwijl hij midden in de vergaderkamer ging staan. Hij keek geïrriteerd naar Carl en vervolgens naar Jodie. De punt van zijn flanellen overhemd was losgeraakt en hij stopte hem in zijn spijkerbroek terug. 'Beantwoorden jullie de mails die jullie krijgen niet meer?' ging hij verder.

Rickard was verantwoordelijk voor het contact met de technische recherche en Carl keek automatisch naar zijn bureau, hoewel hij wist dat Rickard samen met Asbjörn in het vakantiehuis van Nordin was. 'Ik wist niet dat je...'

'Nee, dat wist je niet,' onderbrak Lars-Erik hem. 'Ik was van plan tegen jullie te zeggen dat jullie dood konden vallen, maar ik moest hier om een andere reden zijn en ben zo goed om hiernaartoe te komen om te zien of jullie hier duimen zitten te draaien.' Hij knikte naar hun salades die op de tafel stonden.

'We werken terwijl we...' begon Carl, maar hij besefte dat hij Lars-Erik helemaal geen verklaring hoefde te geven.

'Willen jullie weten wie de vrouw in de kledingkast is?'

'We weten wie ze is,' zei Carl. 'Hebben we dat niet verteld? Rebecca...'

Lars-Erik trok een stoel naar zich toe en ging met een ingespannen gekreun zitten.

'Nee, dat hebben jullie verdomme niet gedaan, maar meneer de hoofdinspecteur heeft het waarschijnlijk veel te druk om de tijd te nemen om een minderwaardige technisch rechercheur over zulke triviale successen in het onderzoek te informeren.'

'Het spijt me verschrikkelijk,' zei Carl. 'Het is mijn schuld, ik had moeten zorgen dat je de informatie kreeg, zodat je er geen tijd meer aan hoefde te besteden.'

'En wie is de blinde vrouw in de kledingkast dan?' vroeg Lars-Erik op chagrijnige toon.

'Ze heet Rebecca Rudberg,' zei Carl. 'Ze is de dochter van de ontvoerde vice-CEO Jens Rudberg Karlsson.'

'Aha, denken jullie dat?' Lars-Erik leunde tevreden op zijn stoel naar achteren. 'Dan hebben jullie het mis.'

Carl keek hem verbaasd aan.

'Ze is de dochter van Jens Rudberg níét, zoveel kan ik vertellen.'

'Wat bedoel je?' vroeg Carl.

Lars-Erik schudde zijn hoofd. 'We hebben haar DNA afgenomen voor het onderzoeksregister.'

'Dat weet ik,' zei Carl.

Lars-Erik haalde zijn bril tevoorschijn, poetste hem met zijn overhemd schoon en stopte hem vervolgens in zijn borstzak terug. 'Ken je die DNA-testen die zoveel idioten plotseling willen doen?'

'Waar heb je het over?'

'Je kunt ze via internet in de VS bestellen en daarna kun je je DNA-monster opsturen om erachter te komen of je familie van de een of andere neanderthaler bent...'

Carl schudde zijn hoofd.

Lars-Erik ging duidelijk geïrriteerd verder. 'Niet? Dat maakt ook niet uit. Mijn broer heeft zo'n DNA-test als kerstcadeau van zijn vrouw gekregen.'

'Oké,' zei Carl aarzelend. Hij had geen idee waar dit gesprek naartoe zou gaan.

'Maar goed, wij zijn dezelfde techniek gaan gebruiken. Een week geleden zat ik op het toilet toen ik op het idee kwam om het DNA van de blinde vrouw op verwantschappen te controleren. Tja, omdat ik dacht dat ze verdwenen was en we niet wisten wie ze was...'

'Toen wisten we dat niet,' zei Carl.

'Nee, maar we kregen in elk geval een match... Of, tja... een familieband.'

'Oké, maar we weten al dat ze familie van het ontvoeringsslachtoffer is, van Jens Rudberg Karlsson.'

Lars-Erik schudde geïrriteerd zijn hoofd. 'Jezus, Carl, je luistert niet. Genetisch gezien is ze géén familie van Jens Rudberg, niet eens in de verste verte.'

'Bedoel je dat...'

'Ze is familie van een van de mensen in het onderzoeksregister. Naaste familie. Een zus of een dochter.'

'Over wie heb je het?'

'Over Per Nordin.'

79

‘Het gaat weer om je dochter,’ zei Jodie terwijl ze naast Carl op de blauwe bank met uitzicht op de tuin en het water van Saltsjö-Boo ging zitten.

Mona Rudberg frunnikte opgelaten aan een knoop van het donkerblauwe colbert dat ze over haar blouse droeg. ‘Is ze nog steeds aangehouden?’ vroeg ze.

‘Ja, dat is ze,’ zei Jodie. ‘Maar daarom zijn we niet hier. We zijn erachter gekomen dat Per Nordin Rebecca’s vader is. Haar biologische vader.’

Mona liet de knoop die ze tussen haar vingers heen en weer had gedraaid los en liet haar handen op haar schoot vallen. ‘Hoe weten jullie dat?’ vroeg ze zachtjes.

Carl boog zich naar voren zodat zijn knieën de salontafel raakten. ‘We hebben DNA vergeleken,’ zei hij. ‘Het wordt een verwantschapsanalyse genoemd.’

Ze knikte en bleef roerloos zitten. ‘Het is maar één keer gebeurd,’ mompelde ze na een tijdje. ‘We waren nog jong… Ik was met mijn zangkoor op tournee in Kopenhagen en Per was daar ook. Het was puur toeval. Hij kwam het restaurant binnen waar we aten… en daarna… Ik denk dat we allebei aangeschoten waren.’

‘Heb je altijd geweten dat Rebecca zijn…’

Ze knikte. ‘Bijna altijd. Als jullie denken dat ik…’

‘We zijn hier niet om je te veroordelen,’ zei Jodie vriendelijk. ‘We vragen ons alleen af wie het weten.’

‘Dat Rebecca Pers kind is? Helemaal niemand,’ zei ze. Ze begon weer aan de knoop te frunniken.

‘Weet Per dat hij Rebecca’s biologische vader is?’ vroeg Jodie.

Mona staarde verbaasd naar haar. ‘Nee, absoluut niet.’

‘Waarom niet?’ vroeg Carl.

‘Omdat hij… Waarom zou hij dat moeten weten?’

‘Omdat ze zijn dochter is?’

Mona snoof. ‘En waar zou dat goed voor moeten zijn? Helemaal nergens voor.’

‘Dus Per Nordin heeft geen idee dat Rebecca zijn dochter is?’

'Inderdaad.'

'En Jens? Wist hij het?'

Ze wendde haar blik af en keek naar een schilderij aan de muur. 'Ik heb het hem nooit verteld, maar hij... Hij wist dat Rebecca niet van hem kon zijn.'

'Hoe kon hij dat weten?'

'We probeerden meer kinderen te krijgen, maar dat lukte niet, dus ondergingen we een vruchtbaarheidsonderzoek en daaruit bleek dat Jens onvruchtbaar was. Hij kon geen kinderen krijgen. De arts dacht dat het kwam doordat hij als tiener de bof gehad had.'

'Ik begrijp het,' zei Carl. 'Dit is misschien een merkwaardige vraag, maar denk je dat de ontvoering hier iets mee te maken kan hebben?'

Mona knipperde met haar ogen. 'Bedoel je dat Rebecca Jens ontvoerd zou hebben?'

'Ja.'

'Nee,' zei ze. 'Ze weet er helemaal niets van.'

'We hebben met een vriendin van haar gepraat,' zei Carl. 'Zij vertelde dat Rebecca geprobeerd heeft de media voor C-Mine Nordic te interesseren, misschien om Jens op de een of andere manier een hak te zetten. Weet je daar iets van?'

'Nee... Nee, daar weet ik niets van.'

'En je hebt geen idee waar het om zou kunnen gaan?'

'Nee.'

'Maar dat Rebecca wraak op haar vader wilde nemen... Is dat iets wat je herkent?'

Mona zweeg even. 'Ze hadden geen goede relatie.'

'Op welke manier?' vroeg Jodie.

'Jens deed haar verschrikkelijke dingen aan...'

'Verschrikkelijke dingen? Bedoel je dat hij haar seksueel misbruikte?'

Mona snoof. 'Nee, dat deed hij niet. Jens was een hoop dingen, maar een pedofiel was hij niet. Maar hij... was niet lief voor haar.'

Woensdag 30 januari
Uit het verhoor van Rebecca Rudberg

De anderen waren er al toen ik op het parkeerterrein voor de school aankwam: Oscar, zijn vriendin Pernilla en Edith, die me had 'uitgenodigd', zoals ze het noemde. Alsof het een feest was.

Oscar keek wantrouwend naar me. Hij kende Edith omdat ze in dezelfde kringen kwamen, maar ik ontmoette hem voor het eerst. Hij was een paar jaar ouder.

'Wie is dat in vredesnaam?' vroeg hij met een knikje in mijn richting.

'Een vriendin,' zei Edith.

Hij rookte een sigaret terwijl hij praatte en blies de rook samen met de woorden uit. We stonden in het midden van het parkeerterrein, niet ver van een eenzame auto. In het licht van de straatlantaarns zag hij er grijs uit, alsof alle kleur was verdwenen. Het was koud, en het was alsof je de winter al kon voelen hoewel het nog maar september was.

'Ik weet wie je bent. Jij bent het Stockholmse tiepje,' zei hij. 'Je vader is directeur van het mijnbouwbedrijf.'

Ik ontkende het niet.

'Jullie hebben paarden, toch?' zei hij.

'Mijn vader heeft drie paarden.'

'Fucking dierenmishandelaars.'

'Ik rijd niet op ze,' zei ik snel. 'Dat doet niemand. We... hebben ze gewoon.'

Dat was waar. Mijn vader had gezegd dat hij iemand moest zoeken die de paarden regelmatig kon berijden, maar daarna was er nooit iets van gekomen en nu liepen ze alleen in de weide of stonden in hun boxen.

Oscar gooide zijn sigaret op de grond en trapte hem uit. 'Denk je dat ze het aankan?' vroeg hij aan Edith in plaats van aan mij.

Ik lachte, in eerste instantie was het alleen een soort verkramping van de spanning, maar daarna kon ik niet meer stoppen. Ik probeerde het, maar ik bleef giechelen terwijl ik mijn lippen stijf op elkaar klemde.

'Ja,' zei Edith. 'Natuurlijk kan ze het aan.'

Hij keek een tijdje zwijgend naar me, tot hij plotseling haast leek te krijgen. 'Zullen we gaan?'

Pernilla ging vlak bij hem staan, alsof ze wilde laten zien dat hij van haar was. Voor wie deed ze dat? Voor Edith en mij? Of alleen voor mij?

'Jazeker,' zei Edith.

We liepen naar de auto, een oude Volvo Combi. Edith ging op de passagiersstoel naast hem zitten en ik schoof naast Pernilla op de achterbank. Het heeft iets vertrouwelijks om naast elkaar op de achterbank te zitten, maar Pernilla keek strak voor zich, naar Oscar en soms naar Edith. Mij negeerde ze volkomen.

Oscar reed zwijgend en hard, veel te hard, via rotondes en verkeerslichten de stad uit. We kwamen hoger. Als ik me omdraaide zag ik de bergen van de Oviksfjällen kilometers ver weg aan de overkant van het Storsjön, als grote schaduwen tegen de nachtelijke hemel. 'Waar gaan we naartoe?' vroeg ik.

Oscar lachte. Ik snapte niet waarom. 'Dat zul je wel zien,' zei hij.

Edith zei niets. Waarom was dat? Schaamde ze zich voor me?

Na een tijdje sloeg Oscar af van de provinciale weg. Ik boog me naar het midden van de bank zodat ik de smalle grindweg zag die verlicht door het grote licht door het bos slingerde. Plotseling remde Oscar abrupt. Rechts van ons was een kaalslag die werd omringd door een sparrenbos. Edith en Oscar openden de portieren en stapten uit.

Toen ik niet reageerde boog hij zich naar de auto. 'Jezus, schiet eens een beetje op. Het wordt tijd dat je iets gaat doen met die zachte handen van je.'

Hij klonk twintig of dertig jaar ouder dan hij was, zoals de mannen die voor mijn vader werkten en met hun lunchtrommels in de cabines van hun machines of op een boomstam in het bos zaten en koffie uit een thermoskan dronken. Ze hadden eigenlijk geen leeftijd. Ze waren geboren als oude mannen.

Oscar draaide zich naar Edith om. 'Zeg tegen je vriendin dat ze uit de auto komt en haar steentje bijdraagt,' zei hij zo hard dat ik het hoorde.

Hij opende de kofferbak.

Edith boog zich naar voren. 'Wat is er? Waarom kom je niet naar buiten? Je wilde zelf mee.'

Toen ik uiteindelijk uitstapte zag ik de blik waarmee Oscar naar Edith keek, waarna hij zijn hoofd schudde alsof hij niet begreep waarom ze me had meegesleept. 'Hier,' zei hij en hij gaf me een zaag. 'Laat maar zien of je iets kunt.' Het was een zaag met een handvat dat in een grote boog eindigde die het zaagblad gespannen hield.

'Wat gaan we doen?' vroeg ik.

Oscar knikte naar een jachttoren die aan de overkant van de kaalslag stond. Ik keek er vragend naar. Edith draaide zich van me af, maar ik zag Pernilla geamuseerd lachen alsof ze gelijk kreeg.

'Je moet twee poten van de toren doorzagen, maar niet helemaal,' zei Oscar. 'Je moet een stukje laten zitten, zodat het niet te zien is. Als ze proberen in de toren te klimmen, breken de poten zodat de toren omvalt. Snap je?'

Ik knikte en begon over takken en boomstronken naar de toren te lopen. De zaag bleef aan mijn broek vastzitten. De scheur was zo groot dat ik hem zelfs in het donker kon zien.

De anderen gingen niet mee, zelfs Edith niet. Toen ik halverwege het veld was, draaide ik me om en zag ze vlak bij elkaar staan, verlicht door de koplampen van de auto. Ik zag dat Pernilla zich naar de anderen toe boog en iets zei, waarna ze lachten.

In eerste instantie ging het gemakkelijker dan ik had gedacht, maar toen het blad zo diep was gekomen dat het niet langer zichtbaar was, ging het steeds moeizamer. Ik deed mijn uiterste best, maar het blad bewoog nauwelijks. Uiteindelijk kwam Oscar naar me toe. 'Zo wordt het niks,' zei hij kortaf. 'Je snapt toch wel dat je tegen de toren moet duwen?'

Hij begon te duwen en zei tegen me dat ik moest blijven zagen. Nu ging het gemakkelijker en nadat ik de zaag nog een paar keer heen en weer had gehaald, zei hij: 'Zo is het genoeg. Haal de zaag eruit.'

We deden de tweede poot samen. Toen we klaar waren schopte hij in de grond zodat het zaagsel niet meer zichtbaar was. Terwijl we naar de auto liepen – hij droeg de zaag nu – mompelde hij: 'Zo, nu de volgende.'

De tweede jachttoren stond maar een paar honderd meter verderop, vlak naast de weg. Deze keer hielp iedereen mee. Pernilla keek chagrijnig en was al snel buiten adem van het zagen.

Toen we uiteindelijk de poten van nog zes jachttorens half hadden doorgezaagd was het bijna vijf uur in de ochtend. Het was nog steeds donker. Edith raakte me vluchtig aan terwijl we naar de auto terugliepen. Ze keek even naar me, alsof ze het fijn vond dat ik erbij was.

Oscar gaapte. 'Dat zal die klootzakken leren,' zei hij. 'De elandenjacht begint over een week, dus hebben ze de torens al geïnspecteerd, en als ze er nu langsrijden merken ze helemaal niets. Dat gebeurt pas tijdens de jacht.' Hij lachte.

Op de terugweg waren we allemaal stil. Niemand had de energie om iets te zeggen. Pernilla keek door het raam naar buiten terwijl haar hoofd met de bewegingen van de auto heen en weer wiegde. Na een tijdje sliep ze.

Toen Oscar ons voor de school afzette, boog hij zich naar me toe. 'Je hebt goed gewerkt vannacht. Nu alleen de paarden nog vrijlaten.'

Twee dagen later stond ik op de veranda voor de voordeur. Het was nog nacht, maar de maan scheen. Ik keek naar het Ändsjön, dat achter de weiden lag. In de verte, achter het bos, was het Storsjön zichtbaar. De meren lagen er doodstil bij. Het was alsof de velden en het bos aan de overkant, met hun grijswitte kleuren, tot onder het wateroppervlak doorliepen. Ik beschouwde het als een andere wereld. De omgekeerde wereld. Mijn wereld. Soms kon je hem zien, maar meestal was hij verborgen door alle andere dingen, door alles wat blies en floot en bewoog.

Ineens zag ik de kraai. Vogels vliegen 's nachts niet, maar deze vloog onzeker in mijn richting. Het zag er moeizaam uit, alsof hij zich naar voren vocht en niet goed wist hoe het moest.

Toen hij recht boven me was kraste hij scherp. Het was een waarschuwing, maar ik wist niet waarvoor. Ik had nooit geleerd om naar dat soort dingen te luisteren. Voor mij was het gevaar overal. De hele tijd. Tot het onzichtbaar werd.

Nadat de kraai in het bos was verdwenen stak ik het erf over. Het ronde grind gaf mee als ik erop liep. Het knerpte bij iedere stap, maar niemand hoorde het.

Bij de stal bleef ik staan en keek even om me heen. Het huis was doodstil. Ik keek naar mijn slaapkamer en de kamer ernaast, die van mijn ouders, met de donkere ramen die blind naar de nacht staarden. Daarna opende ik de staldeur en ging naar binnen. Er klonk een zwak gekraak toen ik hem achter me dichtdeed.

Het was niet helemaal donker in de stal. Mijn vader had een nachtlamp opgehangen die automatisch ging branden als de zon onderging. Hij gaf niet veel licht, maar het was voldoende. Ik kon de gang en de schuifdeuren van de boxen met de tralies helemaal bovenin zien. Daarachter stonden de paarden, met hun ogen die glansden in het zwakke licht als ze zich omdraaiden en naar me keken. Ik liep voorzichtig door de gang en las werktuiglijk de bordjes met de namen: BLENDA, AZLAN, BIG TIGER.

Ik gleed met mijn vingers over de tralies. Big Tiger brieste in zijn box. Hij probeerde me te ruiken, of misschien herkende hij mijn geur maar stond die hem niet aan. Hij herinnerde zich de stenen misschien, als paarden tenminste een paardengeheugen hebben.

Ik liep door de gang naar de grote staldeur aan de achterkant die toegang gaf tot het modderige pad dat naar de weiden leidde en schoof hem open. Het was buiten nog steeds doodstil. Ik zag de kraai nergens.

Ik liep de stal weer in, schoof de grendel van Big Tigers box weg en trok de deur in één beweging opzij.

Het paard bleef staan en bewoog niet. Daar had ik rekening mee gehouden en ik had wat grind van het erf meegenomen, een stuk of tien ronde steentjes.

Ik mikte zorgvuldig, gooide ze omhoog en deed snel een stap opzij. Meerdere stenen vielen in het stro, maar een paar raakten Big Tiger op zijn achterhand. Hij rende angstig briesend de gang in en botste tegen de box ertegenover, waardoor Azlan met zijn achterbenen tegen de tralies van zijn box schopte. Daarna was Big Tiger verdwenen. Ik zag hem over de weg langs de weiden galopperen tot hij in de verte in het bos verdween.

Daarna bracht ik Azlan en Blenda naar buiten en keek ze na terwijl ze naar de vrijheid galoppeerden en verdwenen.

Ze waren vrij. Heel even leefden ze alle drie in vrijheid, maar Blenda was voor altijd vrij.

Dezelfde ochtend werd ik wakker doordat mijn vader me uit bed trok.

'Wat is er?' vroeg ik slaapdronken.

'Blenda is dood!' riep hij. 'Iemand heeft de paarden losgelaten en Blenda is op hol geslagen en heeft haar nek gebroken. Ze ligt dood bij de *greide*.'

We woonden hier al ruim zeven jaar, maar het was de eerste keer dat ik hem het plaatselijke dialect voor weide hoorde gebruiken.

80

'Mijn vader wist op de een of andere manier dat ik Blenda's dood op mijn geweten had, maar misschien was dat niet zo moeilijk te bedenken. Wie anders kon de paarden losgelaten hebben?'

Rebecca Rudberg zat op dezelfde stoel in dezelfde verhoorkamer als de dag ervoor. Ze zat doodstil. Alleen haar handen bewogen rusteloos terwijl ze vertelde.

'Wat gebeurde er daarna?' vroeg Jodie.

Carl probeerde niet te gapen. Voor het verhoor met Rebecca had hij een gesprek met Asbjörn Bolander gehad, die niet tevreden was over de voortgang van de verhoren. 'Jullie behandelen haar veel te zachtaardig,' had hij gezegd. 'Zet haar onder druk over de vakantiewoning en de moorden, ze weet veel meer dan ze vertelt.' Carl had echter een intuïtief gevoel dat ze Rebecca in haar eigen tempo moesten laten vertellen. 'Wat deed je vader?' zei Carl.

Jodie en hij hadden afgesproken om niet te vertellen dat Per Nordin Rebecca's biologische vader was. Dat was iets wat ze van haar moeder zou moeten horen. Of van Per.

'Hij heeft me uit huis gezet,' zei Rebecca. 'Hij wilde me niet meer thuis hebben, zei hij. Mijn moeder probeerde te bemiddelen, maar hij luisterde niet.'

'Maar je was minderjarig,' protesteerde Jodie. 'Hij kon je toch niet...'

'Nee, ik was inmiddels achttien. Het was mijn laatste jaar op het gymnasium, dus...'

'Heeft hij je gewoon uit huis gezet? Waar ben je naartoe gegaan?'

'De eerste nacht heb ik bij Edith geslapen. Ik had geen geld, had geen idee waar ik naartoe moest, maar zij hielp me. Ze regelde dat ik bij Oscar mocht logeren. Hij had een appartement in Torvalla, dat een stukje buiten de stad ligt.' Rebecca schudde haar hoofd langzaam. 'Ik heb twee maanden bij hem gelogeerd. De eerste dagen waren een bevrijding, maar na een week kwam hij naar mijn slaapkamer. Het was vrijdagavond, en hij zei dat ik huur moest betalen om bij hem te mogen logeren. Het gratis wonen was afgelopen.'

Rebecca speelde met een armband, een leren koordje met een klein Egyptisch Oog van Horus van keramiek. Het had niet gewerkt als beschermend amulet, in elk geval niet voor Rebecca, dacht Carl.

'Ik was misschien naïef, ik weet het niet, maar ik had niet begrepen dat hij er iets voor terug zou willen dat ik bij hem mocht wonen. Hij lachte me uit. Toen ik zei dat ik geen geld had, zei hij dat ik op een andere manier mocht betalen. En dus...' Ze zweeg. Alleen het geritsel van haar armband was nog te horen.

'Dwong hij je om seks met hem te hebben?' vroeg Jodie.

Rebecca haalde haar schouders op. 'Ik weet niet of hij me dwong. Ik zei geen nee... Ik liet hem gewoon... zijn gang gaan. Daarna kwam hij iedere vrijdag terug. Het was mijn dag om de huur te betalen, zei hij.'

'Heb je aangifte tegen hem gedaan?' vroeg Jodie.

'In eerste instantie durfde ik het niet eens aan Edith te vertellen. Ik schaamde me. En ik dacht dat ze niets meer met me te maken wilde hebben als ik iets zei.'

'Maar daarna?'

Rebecca knikte. 'Uiteindelijk kon ik het niet meer aan en vertelde ik haar alles. Edith hielp me om een briefje te schrijven dat we bij zijn vader in de brievenbus stopten.'

'Dreigde je daarin om aangifte tegen hem te doen?' vroeg Jodie.

Rebecca knikte.

'Maar dat heb je niet gedaan?'

'Nee. Oscar heeft me overgehaald om het niet te doen.'

'Wat deden je ouders?' vroeg Carl.

'Niets,' zei Rebecca. 'Ze wisten het niet eens.' Ze glimlachte scheef, star, als iemand die een serie mislukte facelifts achter de rug had. Carl kon zich voorstellen hoe misvormd haar gezicht meteen na het ongeluk geweest moest zijn.

'Uiteindelijk belden ze me,' zei ze. 'Twee maanden nadat ze me uit huis hadden gezet.'

Uit het verhoor van Rebecca Rudberg

Mijn moeder belde om te zeggen dat mijn vader van gedachten was veranderd en dat ik weer thuis mocht wonen. Dat alles weer normaal zou worden en dat mijn vader me dezelfde dag zou ophalen.

'Dan moet hij me bij het ziekenhuis ophalen,' zei ik, waarna ik ophing om geen vragen te hoeven beantwoorden.

Mijn vader vroeg ook niets toen hij me ophaalde. We reden zwijgend van het ziekenhuis naar Frösön. Toen mijn vader op het erf parkeerde verscheen mijn moeder in de deuropening alsof ze had gewacht, naar de auto had geluisterd.

'Meisje, wat is er met je gebeurd?' Ze staarde met opengesperde ogen naar me.

'Er is niets aan de hand, mama. Alles is in orde met me.' Ik zag aan haar dat ze me niet geloofde. Ze pakte mijn arm vast, draaide me om en keek onderzoekend naar me, alsof ze wilde zien waar ik gewond was en hoe ernstig het was.

'Waarom was je dan in het ziekenhuis?'

'Er is niets aan de hand,' herhaalde ik.

Ze schudde haar hoofd, alsof ze niet hoorde wat ik had gezegd. 'Heeft het iets met die vreselijke milieuactivisten te maken?' Ze streelde mijn haar, dat ik paars had geverfd.

'Nee,' zei ik, maar dat was niet helemaal waar.

'Heb je honger?' Ze bracht het als een vraag, maar ik wist dat ze het zo niet bedoelde. Eten was haar middel om alle discussies te beëindigen, om alles goed te maken. Ik liep achter haar aan het huis in. Mijn vader ging naar de Range Rover terug om mijn bagage te halen.

'Trek je jas en je schoenen uit, dan maak ik iets te eten voor je,' zei mijn moeder. Ze streek snel met haar hand over mijn kin. 'Je bent zo mager geworden.'

Daarna vluchtte ze de veiligheid van haar keuken in. Ik trok de grote laarzen die ik van Oscar had gepikt uit en volgde haar naar de keuken. Toen ik mijn vader binnen hoorde komen draaide ik me om. Hij stond onzeker met mijn reistas en rugzak in zijn handen en keek naar mijn voeten. 'Zal ik die maar naar je kamer brengen?' vroeg hij.

Even later hoorde ik zijn voetstappen terwijl hij door de gang op de bovenverdieping naar mijn kamer liep.

'Ga zitten,' zei mijn moeder bij het fornuis.

Ineens zag ze mijn voeten en ze sloeg haar hand voor haar mond. 'Wat heb je gedaan? Mijn hemel! Ben je gewond? Was je daarom in het ziekenhuis?' Ze liep naar me toe en staarde naar mijn verbonden voeten.

'Rustig maar, mama. Ze zijn alleen verbrand. Het is niet erg.'

'Verbrand? Hoe dan? Wat heb je gedaan?'

'Ik… Het was een ongeluk. Ik heb er heet water op gemorst.'

'Wat zeiden ze in het ziekenhuis?'

'Ik was daar niet voor mijn voeten.'

Ze keek ongerust naar me. Ik zag dat ze me niet geloofde, maar uiteindelijk liep ze naar het fornuis terug, waar in de pan iets lag te sissen.

'Waarom wilde je dan dat je vader je bij het ziekenhuis ophaalde?' vroeg ze met haar rug naar me toe. 'Als het niet vanwege je voeten was.'

Op dat moment kwam mijn vader de keuken in en hij hoorde haar vraag. 'Wat heb je gedaan?' zei hij.

'Ik heb een abortus gehad,' antwoordde ik.

Mijn moeders hand vloog weer naar haar mond. Mijn vader ging zwaar en luidruchtig op de stoel naast me zitten.

'Jezus,' zei hij en hij streek met een hand over zijn gezicht alsof hij een klap had gekregen. 'Ga je naar de politie?'

Ik schrok. Het duurde even voordat ik begreep wat hij bedoelde. 'Nee,' zei ik. 'Waarom zou ik dat doen?' Ik wilde liegen en zeggen dat ik een vriend had, dat het een ongelukje was, maar kon het niet over mijn lippen krijgen. Ik zag Oscars opgewonden gezicht voor me terwijl hij mijn polsen stevig vasthield en me op het bed duwde.

'Weet je dat zeker? Heeft niemand je iets aangedaan? Ik kan met je meegaan. Ik ken een van de politieagenten via m'n werk.'

'Nee!'

Mijn vader zweeg, maar ik zag dat ik hem niet had overtuigd en dat hij erop terug zou komen.

Mijn moeder zette een bord met gebakken eieren, aardappelen en worst voor me neer. 'Je bent nog zo jong,' mompelde ze.

Ik at snel, had inderdaad honger. Ze keken zwijgend naar me terwijl ik het eten naar binnen werkte.

'Ik denk dat ik naar mijn kamer ga om uit te rusten,' zei ik toen ik klaar was.

Mijn moeder knikte instemmend. 'Ja, doe dat,' zei ze. 'Je ziet eruit alsof je het nodig hebt.'

Ze was kalmer nu ik had gegeten.

'Heb je het bed opgemaakt?' vroeg ze aan mijn vader.

Hij keek haar niet-begrijpend aan.

'Dat snap je toch wel,' zei ze geïrriteerd. 'Je moet haar bed opmaken. De lakens liggen in de linnenkast. Vooruit, ga naar boven.'

We praatten nooit meer over de abortus, spraken het woord 'abortus' zelfs niet uit. We praatten ook niet over mijn voeten, zelfs niet toen op de plaatselijke radiozender werd verteld over de boer wiens garage tijdens een milieuactie in brand was gestoken en dat de politie twee verdachten had opgepakt. Misschien hadden ze het echt niet door. Ze zaten in elk geval zwijgend te luisteren tot het item afgelopen was, alsof er niets was gebeurd.

Edith vertelde me dat Oscar was opgepakt. Toen ze erachter kwam dat Oscar me had overgehaald om geen aangifte te doen na het briefje dat we in de brievenbus van zijn vader hadden gestopt, werd ze zo boos dat ze aangifte tegen hem deed wegens brandstichting met gevaar voor personen. Hij ontkende alles, maar de politie was in het bezit van een filmpje van een telefoon waarop hij bij de brandende garage stond en een jerrycan met benzine in het vuur gooide. De politie slaagde er zelfs in nog iemand op het filmpje te identificeren. Dat was Joakim Enroth.

We zouden actievoeren tegen een veebedrijf langs de weg naar Oviken. De boer hield melkkoeien en Oscar praatte er vaak over dat hij stierkalveren vermoordde en de dieren gevangenhield. Oscar had besloten dat we zijn garage in brand zouden steken. 'Om de dieren niet aan risico's bloot te stellen.'

Tegen mij zei hij dat ik mee moest doen omdat ik bij hem woonde. Hij had een vriend meegenomen, dus waren we met zijn vieren. Edith, Oscar, Jocke en ik. We reden er in een oude bestelwagen naartoe. Ik geloof dat het de auto van Oscars vader was. Het laatste stuk liepen we door het bos. Oscar was de leider, hij liep voorop en droeg de jerrycan met benzine. Edith hielp hem dragen als het te zwaar werd. Jocke liep naast mij.

'Hoe is het nu met Oscar?' vroeg hij.

Hij grijnsde toen hij het zei, een schunnige grijns, zoals jongens hebben als ze over seks praten. Ik begreep dus dat Oscar had verteld op welke manier ik de huur betaalde.

'Goed,' zei ik kort en ik probeerde te doen alsof er niets aan de hand was, maar toen we even later de garage in brand staken gooide ik een lucifer naar binnen terwijl Oscar de benzine nog uit de jerrycan goot.

Het vuur vlamde onmiddellijk op. Blauwe vlammen schoten over de grond naar hem toe.

'Wat doe je verdomme!' riep hij tegen me.

Hij deinsde achteruit voor het vuur, gooide de plastic jerrycan met de rest van de benzine tegen de garagemuur en rende samen met Jocke weg. Ik sprong naar achteren om geen brandende benzine op me te krijgen, maar ik voelde de warmte als een muur tegen mijn gezicht. Ik was alleen achtergebleven. Heel even staarde ik gefascineerd en min of meer gehypnotiseerd naar het vuur, ik zag hoe snel het zich over het hout verspreidde, steeds hoger, tot ik de voordeur van het woonhuis open hoorde gaan en iemand iets riep. Op dat moment begon ik te rennen.

Toen ik bij de auto was schreeuwde Edith dat mijn voeten in brand stonden. Ik had niets gemerkt, was zo in beslag genomen door de brand dat ik geen pijn had gevoeld. Pas toen ze het zei voelde ik de pijn. Een afschuwelijke pijn.

Ik ging op de grond zitten, schreeuwde en kreunde terwijl ik probeerde mijn brandende kunststof laarzen uit te trekken. Edith hielp me. Oscar en Jocke keken alleen maar. Mijn sokken waren al in mijn huid gebrand.

Ik lag op de grond te kronkelen van de pijn terwijl Edith de stof van mijn voeten pulkte.

'Je kunt niet naar het ziekenhuis,' zei Oscar. Hij keek met een vreemde blik naar me. Ik gaf geen antwoord, kon nauwelijks praten van de pijn.

'Mijn moeder kan je behandelen,' zei Edith.

'Ze is toch psycholoog?' kreunde ik.

'Voor die tijd is ze verpleegkundige geweest. Ze zal geen vragen stellen.'

Het was vreemd dat Oscar en Jocke beiden niet probeerden om Edith of mij erbij te betrekken. Misschien wisten ze niet dat Edith het filmpje naar de politie had gestuurd, misschien dachten ze dat de boer een bewakingscamera had.

81

'Een abortus! Waar hebben jullie het over?' Oscar Hess keek verward naar Carl en Jodie. Hij zag er nog steeds mager uit na zijn tijd in het cellenblok, maar zijn kleren waren schoon en hij had gedoucht.

'Je hebt Rebecca Rudberg verkracht toen ze in Östersund bij je woonde,' zei Carl. Hij boog zich naar voren. 'En je probeerde te voorkomen dat ze aangifte tegen je deed.'

'Ze raakte zwanger en moest een abortus ondergaan,' zei Jodie.

Oscar schoof de stoel naar achteren. De stoelpoten schraapten over het linoleum. 'Zijn jullie niet goed bij je hoofd? Begint het nu weer? Ik heb verdomme nog nooit iemand verkracht. Ik heb alleen tegen haar gezegd dat ze de aangifte moest intrekken omdat ze die verzonnen had.'

'Je wilt dus zeggen dat er nooit een verkrachting plaatsgevonden heeft?'

'Er is verdomme niets gebeurd!'

'Maar je geeft toe dat Rebecca een tijdlang bij je gewoond heeft?'

Hij knikte.

'En dat ze geen geld had om huur te betalen?' zei Jodie.

'Nee, misschien niet.'

'Dus wilde je in natura betaald krijgen.'

'Wat? Ze heeft me helemaal niet betaald. Ik liet haar gratis bij me wonen. Edith had het me gevraagd en ik stond bij haar in het krijt.'

'Je zegt dus dat jullie geen seks hadden?'

'Seks? Absoluut niet!'

'Hoelang heeft ze bij je gewoond?'

'Een paar weken maar… Misschien een maand. Ik was er bijna nooit. Mijn vriendin Pernilla had een appartement in het centrum van Östersund, in de Prästgatan. Daar was ik bijna de hele tijd. Eerlijk gezegd herinner ik me Rebecca nauwelijks. Ze was… niet erg aanwezig, en zei bijna nooit iets. Ze liep steeds maar achter Edith aan.'

Carl keek naar het notitieboekje waarin hij had getekend. Deze keer was het een meisje met piekhaar en schuine ogen. Hij scheurde het vel papier eruit en verfrommelde het.

'En nu dan? Jullie waren voor de ontvoering toch samen?' vroeg Jodie.

'Ja, hoezo?'

'Hadden jullie een relatie?'

'Een relatie? We hadden seks, als dat is wat je je afvraagt. Vrijwillig. Is dat echt zo moeilijk te geloven?'

Carl zei niets. Hij had in zijn carrière zoveel verkrachters horen zeggen dat ze niets verkeerd hadden gedaan, maar deze keer wist hij niet wat hij moest geloven. Jodie zweeg eveneens.

'Waarom vertrok ze dan uit je appartement in Östersund?' vroeg Carl uiteindelijk. 'Vlak voordat ze blind werd.'

'Ik kwam in de gevangenis terecht voor de brand op de boerderij,' zei Oscar en hij keek naar zijn handen. 'Voor de garage die we in brand gestoken hadden. Samen met Jocke.'

'En toen verhuisde ze?'

'Ze moest wel. Ik had het appartement in onderhuur en de man die het verhuurde wilde het terug hebben toen hij hoorde dat ik vastzat.'

'Heb je daarna nog contact met Rebecca gehad?'

'Nee. Ik heb haar niet meer gezien... Tot Stockholm, maar toen herkende ik haar niet.'

Carl knikte. 'Wist je dat Rebecca's vader in de mijnbouw werkte?'

'Ja, absoluut.'

'Jullie zijn elkaar dus in Stockholm weer tegengekomen. Heeft Rebecca, of Edith, toen gezegd dat ze hulp nodig had om C-Mine te ontmaskeren?'

'Het bedrijf waar haar vader werkte? Ja, ze wilde dat we de proefboringen in Skåne zouden tegenhouden... Dat heb ik al verteld. Hoewel ik toen nog niet wist dat ze Rebecca was.'

'Geen andere... acties?'

'Jezus... We hebben een keer nertsen losgelaten...'

'Niets wat tegen C-Mine gericht was?'

'Nee, hoezo?'

Carl keek in zijn notitieboekje. 'Ik wil ook met je praten over de aktetas die Andrew uit Jens Rudbergs auto gepakt heeft toen jullie hem ontvoerden,' ging hij op gedempte toon verder.

'Wat is daarmee?'

'Weet je misschien waarom die zo belangrijk was?'

Oscar begon te lachen. 'Andy zei dat er een heleboel geld in zou zitten. Zwart geld van de een of andere milieufraude.'

'Was dat niet zo?'

'Nee, er zaten alleen papieren in.'

'Oké,' zei Carl. 'Vertelde Andrew waarom hij dacht dat er geld in zou zitten?'

'Nee, maar ik heb het ook niet gevraagd.'

82

Carl zuchtte terwijl hij de vergaderkamer in liep. Er was niemand en hij ging naar de gang terug om Rickard te zoeken. Hij vond hem in de keuken, waar hij met een politieagente praatte.

Carl aarzelde even voordat hij hem op zijn schouder tikte. 'Heb je even?'

Rickard draaide zich om. Carl glimlachte naar de politieagente, die snel naar de koffiemachine liep.

'Kun je het patiëntendossier van Rebecca Rudberg natrekken?' vroeg Carl. 'Waarschijnlijk is ze in het Östersund-ziekenhuis geweest, maar als er andere klinieken in de buurt zijn, zul je die ook moeten controleren.'

'Waar moet ik naar zoeken?' vroeg Rickard.

'Een abortus. Ik wil weten of Rebecca Rudberg in 2008 of 2009, toen ze zeventien of achttien was, een abortus ondergaan heeft.'

'Oké, is dat alles?'

'Nee,' zei Carl. 'Kun je controleren of Rebecca Rudberg en Edith Sandmo voorkomen in het vooronderzoek naar de brandstichting waarvoor Oscar Hess en Joakim Enroth veroordeeld zijn?'

Rickard schudde zijn hoofd. 'Dat is al heel lang geleden...'

Carl keek met opgetrokken wenkbrauwen naar hem.

'...maar ik zal mijn uiterste best doen.'

'Mooi.' Carl knikte naar de agente, die wachtte tot hij klaar was. Hij vermoedde dat ze naar Rickards krullen keek. 'Graag zo snel mogelijk,' zei hij, waarna hij wegliep om Jodie te gaan zoeken.

83

Per Nordin lag in een eenpersoonskamer met een bewaker voor de deur. Hij zag eruit alsof hij opgebaard was.

Hij had geluk gehad. Het mes had de lever geraakt en de inwendige bloeding was zo hevig geweest dat het de artsen ternauwernood was gelukt om zijn leven te redden. Een centimeter verder en hij was dood geweest. Nu kon hij er echter op vertrouwen dat hij volledig zou herstellen.

'Hallo,' zei Carl. 'Hoe is het met je?'

'Wat denken jullie?' zei Per terwijl hij naar het plafond bleef staren.

'Heb je pijn?'

Per draaide zijn hoofd naar Carl toe. 'Ik heb erger meegemaakt.'

'Wil je dat er een advocaat bij is?' vroeg Jodie.

'Nee. Ik heb geen advocaat nodig.'

Carl zag dat hij zijn lippen nauwelijks bewoog. 'Oké, mooi. Laten we dan maar beginnen met wat er afgelopen maandag in je vakantiehuis gebeurd is.'

'Wat willen jullie weten?'

'Wat er gebeurd is. Waarom waren jullie daar? En waarom heb je Rebecca gedwongen om met je mee te gaan?' Carl haalde zijn notitieboekje tevoorschijn.

Per keek weer naar het plafond alsof hij van plan was te blijven zwijgen.

'Je bent ook met een mes gestoken,' ging Carl verder. 'Heeft Rebecca dat gedaan?'

Per draaide zijn hoofd heel langzaam naar Carl toe. 'Nee,' zei hij. 'Dat was die andere vrouw.'

'Weet je dat heel zeker?'

'Ja, ik weet het zeker. Ik was er immers bij.'

Carl knikte naar Jodie.

'We weten dat je in een vakantiehuisje in Kalvsvik in Värmdö bent geweest,' zei ze.

'Dat klopt. Ik zocht iets wat van mij is,' antwoordde hij.

'Heb je gevonden wat je zocht?'

'Nee. Anders zou ik...'

'Wat?'

'Niks.'

Carl maakte een gebaar naar Jodie.

'Heb je het appartement in de stad waar Kumiko Andersson woonde ook doorzocht?' vroeg ze.

'Ja,' zei Per met zijn blik op het plafond gericht.

'En Kumiko...'

'Wat is er met haar?'

'We hebben reden om te geloven dat je haar verminkt en vervolgens vermoord hebt.'

Per sloot zijn ogen en haalde rustig adem, alsof hij sliep. 'Nee,' zei hij terwijl hij zijn ogen dichthield.

'Je hebt Klara Kumiko Andersson dus niet vermoord?'

Per draaide zijn hoofd opzij en keek naar hen. 'Nee, dat heb ik niet gedaan.'

'Oké,' zei Jodie. 'Maar je dacht dat ze iets had wat van jou was. Je hebt daar in haar appartement en het vakantiehuis van haar familie in Kalvsvik naar gezocht... Maar je hebt haar dus niet vermoord?'

'Dat klopt.'

Carl probeerde de man die voor hen lag te begrijpen, maar kreeg alleen een gevoel van iets mechanisch. 'Wat dacht je dat ze van jou in haar bezit had?' vroeg hij.

Per keek vermoeid naar hem. 'De aktetas natuurlijk... Die jullie kwijtgeraakt zijn.'

'En waarom dacht je dat zij hem had?'

'Dat is toch duidelijk? Hij was niet in mijn vakantiehuis en jullie hadden hem niet. Verder waren er niet veel mogelijkheden om uit te kiezen.'

'Als ik je goed begrijp denk je dus dat Oscar de aktetas van Jens Rudberg in bezit had en dat hij hem aan Kumiko gegeven kon hebben?'

Per keek weg en haalde moeizaam adem.

'Kende je Kumiko?' vroeg Carl.

'Nee,' antwoordde Per stellig. Hij draaide zijn hoofd langzaam van de ene naar de andere kant.

Carl knikte vermoeid. Het zou veel tijd kosten voordat Per iets bekende, als hij dat ooit zou doen zonder dat ze hem eerst met onweerlegbaar bewijs confronteerden.

'Oké,' zei Jodie. 'Laten we teruggaan naar je vakantiewoning in de buurt van Nynäshamn. Waarom was je daar afgelopen maandag samen met Rebecca Rudberg en Edith Ekholm?'

Hij snoof. 'Heet ze Edith Ekholm?'

'Wil je alsjeblieft antwoord op de vraag geven?' zei Carl.

'Dat had dezelfde reden. Rebecca was de laatste die zou kunnen weten waar de aktetas is.'

'En? Wist ze dat?' wilde Carl weten.

Per bewoog zijn lippen, maar zei niets.

'Je hebt haar pink afgesneden. Kumiko Anderssons pink ontbrak ook.'

'Is dat zo?'

'We denken dat jij haar tijdens je zoektocht naar Jens' aktetas verminkt hebt,' zei Jodie.

'Wat jullie denken is niet bijzonder interessant,' zei Per. 'Ik geef de voorkeur aan feiten.'

Carl zuchtte. 'Wat zit er in de aktetas waardoor het het waard is om…'

'Dat heb ik al meerdere keren verteld. Een belangrijk contract van C-Mine.'

'Zat er niet meer in?' zei Carl onveranderlijk vriendelijk. 'Documenten, rekeningen, dat soort dingen?'

Per schudde langzaam zijn hoofd. 'Het heeft met het bedrijf te maken.'

'Andrius Sarunas, die man die je auto in brand gestoken heeft… Heb je er nog over nagedacht waarom hij dat gedaan heeft?'

'Nee, dat zullen jullie aan hem moeten vragen.'

Carl stond op, liep naar het raam en keek naar het parkeerterrein. Een auto reed langzaam de parkeerplek af en het licht van de koplampen gleed over de rijen geparkeerde auto's terwijl hij naar de uitgang verdween. Hij draaide zich weer naar Per om. 'Als ik het goed begrijp ben je dus bereid om te bekennen dat je Rebecca Rudbergs pink afgesneden hebt, maar wil je de moord op Kumiko Andersson niet bekennen. Daarnaast wil je niet praten over het contract dat in de aktetas zat.'

Per keek zwijgend naar het plafond. Na een tijdje liep Carl naar het bed terug en ging weer naast Jodie zitten. Ze zwegen een minuut, twee minuten… Carl bladerde in zijn notitieboekje, Jodie sloeg haar benen over elkaar en wipte ongeduldig met haar voet.

'Willen jullie nog ergens anders over praten?' zei Per uiteindelijk.

'Weet je dat Rebecca je dochter is?' vroeg Jodie.

Voor het eerst tijdens het gesprek kregen ze een duidelijke reactie van Per. Hij draaide zich om en staarde met een verbaasde uitdrukking op zijn gezicht naar Jodie. 'Rebecca?' Daarna begon hij te lachen. 'Hoe komen jullie daarbij? Heeft Mona dat verteld? Jezus, jullie begrijpen toch wel dat…'

'Nee,' zei Carl met een harde klank in zijn stem. 'We hebben het niet van Mona gehoord.'

Per staarde met een vragende blik naar hem.

'Onze technisch rechercheurs hebben een DNA-test gedaan om een eventuele verwantschap vast te stellen.'

'Aha, zo'n test. Dat bewijst niets.'

'We hebben een match. Rebecca is nauw verwant met een persoon wiens DNA in de woning aangetroffen is. Zo nauw dat het om een zus of dochter moet gaan,' zei Carl. 'En jij bent die persoon.'

Per begon opnieuw naar het plafond te staren. 'Elisabeth en ik hebben nooit kinderen gewild. Dat was een bewuste keus. We kozen in plaats daarvan voor andere dingen. En nu zeggen jullie…' Hij lachte weer, maar het klonk nu geforceerder. 'Jullie liegen. Jullie verzinnen dit.'

'Nee, Rebecca is je biologische dochter,' zei Jodie.

Per zweeg een hele tijd. Toen hij uiteindelijk begon te praten was het niet meer dan een fluistering. 'Waarom heeft Mona niets tegen me gezegd? Waarom mocht ik dat niet weten?'

'Zou het verschil gemaakt hebben?' vroeg Jodie.

Hij knikte langzaam. 'Rebecca had geen goed leven bij Jens en Mona.'

'Wat bedoel je?'

'Ik heb meerdere keren met Elisabeth besproken om contact met de kinderbescherming op te nemen, meerdere keren… Als ik had geweten dat ze míjn dochter was…' Per begon weer naar het plafond te staren.

Carl stond op. 'Je denkt dus dat ze een beter leven gehad zou hebben bij de man die haar verminkt heeft en die we van de moord op een andere jonge vrouw verdenken?'

Per schrok en bewoog zijn lippen. 'Ik ben nu heel moe,' zei hij na een tijdje.

'We laten je rusten en gaan verder met het verhoor als je je beter voelt,' zei Carl. 'Maar voordat we vertrekken wil ik weten of jij degene bent die de brief met Jens Rudbergs vinger in zee gegooid heeft.'

'Wat maakt dat uit?'

'Wil je zo vriendelijk zijn om antwoord op de vraag te geven?'

'Ja, ik heb die stomme brief gepakt, heb hem in een plastic zak gestopt, ben in mijn lunchpauze naar zee gereden en heb hem in het water gesmeten.'

Carl knikte. 'Op Gålö?'

'Ja, op Gålö.'

'Dat is een hele rit vanaf je kantoor in Solna.'

'Ik wist natuurlijk niet dat ze in mijn vakantiehuis zaten. Ik wilde de vinger gewoon zo ver mogelijk bij alles wat met mij en met C-Mine te maken heeft vandaan hebben.'

84

Eenzame sneeuwvlokken dwarrelden naar beneden en glansden in het licht van de straatlantaarns voordat de ruitenwissers ze wegveegden. Carl en Jodie zaten in zijn auto voor haar appartement.

'Kan Per Nordin de vijfde dader zijn?' opperde Jodie. 'Hij kon eindeloos veel sporen in de vakantiewoning achterlaten zonder dat wij zouden reageren.'

Carl dacht na. 'Hij had natuurlijk naar het huis kunnen rijden om de ontvoerders te verrassen, maar... ik geloof niet dat hij in staat zou zijn geweest om Jens te vermoorden.'

'En het feit dat hij Rebecca's vader is? Kan dat geen motief zijn?'

Carl schudde zijn hoofd. 'Per heeft tegen ons gelogen,' zei hij. 'Of liever gezegd, hij weigerde de waarheid te vertellen. Maar ik geloof inderdaad dat hij niet wist dat Rebecca zijn dochter is.'

'Kan Rebecca het geweten hebben?'

'Zeg het maar...'

'Misschien wist ze wat er in haar vaders aktetas zat. Ze heeft tenslotte geprobeerd de media een tip te geven. Misschien wist ze echt iets.'

'Denk je dat dat belangrijk is?' vroeg Carl.

'Herinner je je dat Lars-Erik zei dat Joakim en Andrew doodgeschoten zijn door iemand die heel slecht schiet?' vervolgde Jodie. 'Dat het een prestatie was dat tien van de vijftien kogels het doel gemist hadden?'

Carl dacht na. 'Maar wie heeft in dat geval de tas met het mes aan de deur van Per Nordins appartement gehangen?'

'Misschien heeft Edith haar geholpen?'

'In dat geval kan ze veel beter liegen dan iedereen die ik ooit tegengekomen ben,' zei Carl. 'En kan ze een huis binnengaan en verlaten zonder een enkel spoor achter te laten.'

Jodie zette de motor uit, maar liet het licht aan. 'Heb je zin om binnen te komen om wat te eten?' vroeg ze. 'Ik weet een goede indiër waar we iets kunnen bestellen.'

Carl schudde zijn hoofd. 'Ik kan helaas niet. Ik heb een afspraak met... iemand. Anders zou het gezellig geweest zijn.'

Jodie keek hem verbaasd aan. 'Weer met Beatrice?'

Hij knikte en keek naar de grote sneeuwvlokken die op het raam smolten, waarna de waterdruppels in stroompjes over het glas gleden.

'Gaaf,' zei Jodie.

Carl glimlachte naar haar. 'Ja, misschien wel,' zei hij.

Jodie stapte uit en Carl liep om de auto heen en ging achter het stuur zitten. Bij haar portiek draaide ze zich om en zwaaide naar hem. Carl vond dat ze er een beetje verdrietig uitzag. Misschien vanwege de afhaalmaaltijd. Een andere keer, beloofde hij zichzelf.

Daarna knikte hij naar haar en ging achter het stuur zitten. Het raam zat vol strepen door de smeltende sneeuwvlokken. Toen hij de motor startte veegden de ruitenwissers ze weg en zag hij haar portiek duidelijk. Die was leeg. Hij schakelde en reed weg.

85

Donderdag 31 januari

‘Er is een risico dat de rechtbank mijn verzoek tot voorlopige inhechtenisneming van Rebecca Rudberg afwijst.’

Carl Edson zat in zijn auto op weg naar het politiebureau en hield zijn telefoon met zijn schouder tegen zijn oor geklemd. Hij wist dat het strafbaar was en dat hij handsfree moest bellen, maar hij kon zijn oortjes nooit vinden.

‘De omstandigheden die haar koppelen aan het actief deelnemen aan de ontvoering van en de moord op Jens Rudberg Karlsson zijn gebaseerd op de getuigenverklaring van Oscar Hess,’ ging Sandén verder. ‘En zijn getuigenverklaring is niet bijzonder geloofwaardig, omdat hij zichzelf daarmee vrijpleit en alleen een aanklacht wegens medeplichtigheid riskeert.’

‘Oké,’ zei Carl. ‘Wat heb je nodig?’

‘Een bekentenis. Of een concrete omstandigheid die Rebecca aan de ontvoering en de moord koppelt. Dat ze zich in de woning bevond toen het gebeurde is niet voldoende. Jullie hebben tot twaalf uur de tijd.’

‘Ik zal zien wat we kunnen doen,’ zei Carl.

Een kwartier later klopte hij op de deur van verhoorkamer twee en ging naar binnen. Jodie zat al op hem te wachten.

‘Hoe ging je date?’ vroeg ze nog voordat hij zat.

‘Mijn date? Bedoel je het biertje dat ik met Beatrice gedronken heb?’

Jodie rolde met haar ogen.

‘Dat ging goed,’ zei hij. ‘Het was gezellig.’ Hij ging naast haar zitten en haalde zijn notitieboekje tevoorschijn.

‘Is er…’ begon Jodie, maar ze werd onderbroken omdat de deur openging en een bewaker van het cellenblok Edith Ekholm de kamer in leidde.

'Hallo, Edith,' zei Carl. Hij maakte een gebaar naar de stoel tegenover hen.

Hij zag dat Jodie teleurgesteld was omdat ze was onderbroken, maar zelf vond hij het een opluchting.

'Ik...' begon Edith aarzelend terwijl ze ging zitten. 'Ik hoorde dat ik vandaag vrijgelaten zou worden.'

'We willen je eerst nog een paar vragen stellen,' zei Carl met een glimlach. 'Over je vriendin Rebecca Rudberg.'

'Wat hebben jullie nog niet over haar gevraagd?' Ze keek hen uitdagend aan.

'Je hebt in eerdere verhoren gezegd dat je niet wist dat Rebecca Rudberg van plan was om haar vader te ontvoeren,' zei Carl.

'Ja, omdat ze ook niet van plan was om hem te ontvoeren.'

'We begrijpen dat je Rebecca goed kent,' zei Jodie. 'Maar ze heeft een geschiedenis als militante milieuactiviste. Jullie hebben vroeger samen meerdere acties uitgevoerd. Is het niet waarschijnlijk dat ze nu ook...'

'Over welke acties heb je het?' onderbrak Edith haar.

'De acties die Rebecca en jij samen hebben uitgevoerd, zoals de jachttorens en de nertsfokkerijen.'

Edith keek verbaasd naar hen. 'Rebecca heeft nooit aan zoiets meegedaan.'

'Wat bedoel je daarmee?' vroeg Carl. 'Dat ze nooit meegedaan heeft aan acties in Östersund toen jullie daar woonden?'

'Nee, ze is er nooit bij geweest,' bevestigde Edith. 'Ze is niet zo'n soort activist. Hoe komen jullie aan die informatie?'

'Ik raad je aan om de waarheid te vertellen,' zei Jodie.

'Maar... het is de waarheid,' zei Edith. 'Ze was absoluut nieuwsgierig naar de acties, maar ze is er zelf nooit bij geweest, hoewel ik het haar vroeg. Ik denk dat ze bang was.'

Carl opende zijn mond om iets te zeggen, maar sloot hem weer.

'Wat vreemd,' zei Jodie langzaam. 'Dat komt helemaal niet overeen met de informatie die wij gekregen hebben. Het klopt dus niet dat Rebecca bijvoorbeeld medische hulp gekregen heeft voor de brandwonden aan haar voeten die ze tijdens een van jullie acties opgelopen had?'

Edith schudde haar hoofd berustend. 'Dat heeft ze zichzelf aangedaan.'

'Wat?' zei Carl.

Edith knikte zwijgend terwijl ze naar beneden keek.

'Weet je dat zeker?' vroeg Jodie. 'Het gaat om de actie waarvoor Oscar Hess en Joakim Enroth veroordeeld zijn.'

'Ja. Daar was Rebecca niet bij.'

'Hoe weet je...'

'Ik was er wel bij.'

'Maar waarom?'

'Waarom ze zelfmoord wilde plegen? Dat moeten jullie aan haar vragen.'

'We vragen het nu aan jou.'

Edith zuchtte. 'Ik denk dat het om haar thuissituatie was. Haar vader...' Edith keek naar hen met een uitdrukking van weerzin op haar gezicht. 'Hij... misbruikte haar.'

'Seksueel?' vroeg Jodie.

'Ja. Ze raakte zelfs zwanger van haar vader en heeft een abortus gehad. Ze probeerde uit huis te vluchten, maar... Uiteindelijk heb ik ervoor gezorgd dat ze bij een vriend – Oscar dus – mocht wonen.'

Jodie was gestopt met aantekeningen maken en staarde naar Edith. 'Hoe weet jij dit allemaal?' vroeg ze.

Edith haalde haar schouders op. 'Dat heeft Rebecca me verteld. We hadden een relatie. Hebben jullie dat nog niet begrepen?'

'Jazeker, dat hebben we begrepen,' beaamde Jodie.

Carl legde zijn pen langzaam neer terwijl hij probeerde sneller te denken dan hij kon. 'Geloof je wat Rebecca je verteld heeft?' vroeg hij uiteindelijk.

'Ja, absoluut. Waarom zou ik dat niet geloven?' Edith keek naar hen terwijl ze haar lippen koppig op elkaar perste 'Mag ik nu gaan?'

'Nee, nog niet,' zei Carl, waarna hij een blik met Jodie wisselde.

Edith had aanstalten gemaakt om op te staan, maar ging weer zitten.

'We willen ook met je praten over wat er met Per Nordin gebeurd is in het vakantiehuis,' zei Carl.

Ze knikte en kreeg een gespannen uitdrukking op haar gezicht.

'Jij hebt hem met het mes gestoken, hè?'

Ze keek op. 'Ik...'

'We hebben met Per gepraat. Hij vertelde dat jij het was.'

Ze zakte op haar stoel in elkaar en knikte langzaam.

'Wil je zo vriendelijk zijn om hardop te antwoorden?'

'Ja, dat was ik.'

'Oké,' zei Carl. 'Dat kan beschouwd worden als een moordpoging...'

'Het was zelfverdediging. Hij wilde Rebecca vermoorden. Ik had geen keus. Ik zweer...' Ze zweeg even voordat ze verderging. 'Toen ik de vaas naar hem toe gooide liet hij het mes vallen. Ik pakte het op zodat hij het niet opnieuw kon pakken, maar hij stortte zich op me en...'

'Toen stak jij hem met het mes?' zei Jodie.

'Precies... Hoewel, hij gleed er eerder zelf in.' Ze keek eerst naar Jodie en vervolgens naar Carl, en veegde met een snelle beweging een traan weg.

'Ik geloof je,' zei Carl. 'Het lijkt een kwestie van noodweer, precies zoals je zegt, en dan ga je vrijuit, maar de officier van justitie is degene die beslist of hij je wil vervolgen.' Hij keek naar Jodie, die opkeek van haar notitieboekje.

'Nog één ding. Hoe legde Rebecca aan je uit dat ze een relatie met Oscar had?'

Edith lachte. 'Ze hadden geen relatie. Rebecca is niet... zo. Vooral niet als het om Oscar gaat. Dat maakte de situatie zo verschrikkelijk. Ik probeerde haar van haar vader te redden en daarna... misbruikte Oscar haar. Dat was mijn schuld, want ik was degene die vond dat ze bij hem moest gaan wonen.'

'Dat verhaal hebben we gehoord,' zei Carl. 'Maar het is nog niet bevestigd. Het is dus waar?'

'Ja. Waarom zou het niet waar zijn? Over zoiets lieg je niet... Rebecca niet in elk geval.'

Edith hield haar armen stevig over elkaar geslagen, maar Carl zag hoe de twijfel zich over haar gezicht verspreidde.

86

Toen Carl een kwartier later met een beker koffie in zijn hand de verhoorkamer in liep was het net tien uur in de ochtend geweest.

Rebecca Rudberg zat tegenover Jodie, zoals gewoonlijk met een rechte rug en een starre, lege blik.

'Hallo, Rebecca,' zei hij.

Ze knikte nauwelijks zichtbaar. 'Zijn we nog niet klaar met alle verhoren?' vroeg ze hees. 'Ik heb alles wat ik weet al verteld.'

'Helaas,' zei Jodie. 'We hebben nog steeds veel vragen die je moet beantwoorden.'

Opnieuw een nauwelijks zichtbaar knikje.

'Edith vertelde dat je jarenlang geprobeerd hebt om de media in te lichten over het bedrijf van je vader, C-Mine Nordic, maar dat niemand je serieus nam,' zei Carl.

'Misschien wel.'

'Klopt dat?'

'Ja, ze waren niet bepaald geïnteresseerd.'

'Oké, en waarover wilde je dat ze schreven?'

Ze draaide haar hoofd naar het geluid van zijn stem. 'Ik wilde dat iemand de waarheid zou schrijven. Het enige waarover iedereen praatte was hoe belangrijk C-Mine was voor de samenleving, voor de klimaatverandering, hoeveel banen ze creëerden. Over al het andere – de aarde die Per en mijn vader vergiftigd achterlieten als ze ergens klaar waren, de dieren en de vissen die stierven – schreef niemand.'

'En jij wilde dat de kranten dat wel deden en stuurde ze mails?'

'Ja.'

Carl verstrengelde zijn handen en legde ze op de tafel. 'Je hebt vast al gemerkt dat we niet goed weten hoe we je verhalen moeten interpreteren… Of op welke manier ze verband houden met de ontvoering van je vader,' zei hij.

'Dat klopt.'

'Eerst deed je alsof je Edith Ekholm was, de vrouw met wie je een relatie hebt, en nu lijkt het alsof je actief bent in de milieubeweging…'

'Ik bén actief in de milieubeweging. Dat heb ik verteld, al sinds het gymnasium, voordat ik blind werd.'

'Maar dat klopt toch niet?' zei Carl vriendelijk. 'Je hebt als tiener toch nooit aan acties meegedaan? Je hebt de garage van die boer niet in brand gestoken en je hebt de poten van die jachttorens ook niet doorgezaagd.'

'Ik... was er wel bij,' zei ze hees fluisterend.

'Ik kan begrijpen dat je over de ontvoering gelogen hebt,' ging Carl onbewogen verder. 'Veel verdachten die in deze kamer geweest zijn hebben geprobeerd over hun misdaden te liegen. Maar waarom heb je ook tegen je vriendin gelogen?'

'Ik heb niet tegen Edith gelogen!'

'Ze dacht dat Oscar je alleen hielp met het benaderen van de kranten, met het verzamelen van feiten over C-Mine Nordic. Waarom heb je niet verteld dat je in werkelijkheid een relatie met hem had?'

Rebecca zakte ineen op de stoel. 'Omdat... het haar verdrietig zou maken, en dat wilde ik niet.'

'En dat Oscar je ruim tien jaar geleden in Östersund verkrachtte?'

Ze zweeg en zat roerloos op de stoel. Zo had ze de vorige keer dat ze haar confronteerden ook gereageerd. Alsof ze niet weet wat ze moest zeggen, dacht Carl.

'Je hebt ook tegen Edith, je vriendin, gezegd dat je vader je seksueel misbruikte.'

Stilte.

'Jens leeft niet meer,' zei Jodie, 'dus we kunnen het hem niet vragen of hem in staat van beschuldiging stellen, maar je moeder ontkent het. Zij zegt dat Jens nooit zoiets had kunnen doen.'

'Wat weet zij daar nu van?' snauwde Rebecca plotseling. 'Ze zag nooit iets wat niet met haar te maken had. Ze zat altijd in de keuken of in de zitkamer en was blind voor alles wat er om haar heen gebeurde. Hij had me heel vaak kunnen verkrachten zonder dat ze daar iets van gemerkt zou hebben!'

Er was iets aan de manier waarop ze het woord 'kunnen' uitsprak waardoor Carl zich afvroeg of het een soort verborgen bekentenis was dat het verhaal over haar vader niet waar was.

'Oscar zei ook...' ging hij verder.

'Oscar liegt!' onderbrak ze hem.

Carl zag dat ze het verband rond haar pink aanraakte, alsof ze het verloren lichaamsdeel zocht. 'Hoe weet je...' Hij zweeg, maar bedacht zich en besloot de vraag niet te stellen. Het zou nergens toe leiden om opnieuw te praten over de reis naar Skåne of wat Oscar had gezegd. Eigenlijk hadden ze maar één vraag. Carl wisselde een blik met Jodie, die knikte.

Hij zweeg even. Daarna zei hij: 'Heb jij je vader vermoord, Rebecca? Heb jij Jens Rudberg Karlsson vermoord?'

Uit het verhoor van Rebecca Rudberg

Ik kon niet naar mijn vader op de bovenverdieping gaan, niet voordat ik die laatste dag alleen was, toen Oscar was vertrokken om pizza's te halen en Andy en Jocke naar buiten gingen. Maar uiteindelijk waren mijn vader en ik alleen.

Ik wist in welke kamer hij lag. Ik was al heel vaak in het huis geweest en wist precies waar alles was.

Toen ik bovenaan de trap stond sloeg ik af naar rechts en ik liep zonder te tasten naar de achterste slaapkamer, bijna alsof ik kon zien.

Door mijn blindheid leerde ik geordend te worden. Voor die tijd strooide ik van alles om me heen – kleding, schoolspullen – zonder erover na te denken. Nu moet ik precies weten waar alles ligt. Daarom heb ik altijd een handtas bij me, een grote handtas, waarin ik de dingen bewaar die ik nodig heb: mijn telefoon, mijn opvouwbare blindenstok, mijn portemonnee, dat soort dingen. Nu zat het kloofmes dat Oscar voor me had gekocht zelfs in de tas. Alleen het lemmet paste. Het lange handvat stak eruit.

Voordat ik de deur openduwde pakte ik het mes en haalde de hoes eraf. Voor alle zekerheid, om hem bang te maken, of om ervoor te zorgen dat hij het zag. Het handvat was van licht, maar stevig hol plastic, met een prettige rubberen greep zodat je hand niet weggleed.

'Hallo?' riep ik.

Geen antwoord.

'Hallo!' riep ik iets harder.

Ik stak mijn linkerhand uit en volgde de muur naar het bureau, waarvan ik wist dat het naast het raam stond.

Rechts van me, op de plek waar het bed stond, hoorde ik gemompel. Het was mijn vader. Ik nam aan dat ze tape op zijn mond hadden geplakt zodat hij geen antwoord kon geven en alleen door zijn neus kon grommen.

Ik weet dat het niet oprecht klinkt, maar op dat moment had ik overal spijt van. Ik had gedacht dat ik de ontvoering zou leiden, zou bepalen wat er gebeurde, maar dat was niet zo. Het ging allemaal anders dan ik had gedacht. En vanaf het moment dat Andy de vinger van mijn vader afsneed lag de ontvoering als een steen op mijn maag.

Ik had hetzelfde gevoeld toen ik als kind een briefje van vijfhonderd kronen uit mijn vaders portemonnee stal, alleen omdat hij er lag en de mogelijkheid aanwezig was. We waren net naar Östersund verhuisd. Ik kocht snoep voor het geld en gaf dat aan mijn klasgenootjes. Snoep voor vijfhonderd kronen! Ze kwamen van alle kanten naar me toe rennen, wilden dolgraag bij me zijn, probeerden in het gevlij te komen. *Alsjeblieft, mag ik ook?*

Toch lag wat ik had gedaan als een steen op mijn maag omdat ik wist dat ik problemen zou krijgen. Toen ik thuiskwam stond mijn vader met de lege portemonnee in zijn hand op me te wachten.

Nu hoorde ik hem op het bed bewegen, schokkerig, alsof hij probeerde zich te bevrijden, ongeduldig omdat hij me waarschijnlijk had gezien. Voorzichtig liep ik naar het geluid toe, sleepte met mijn voeten over de houten vloerplanken om niet op iets scherps te stappen. Uiteindelijk stootte ik tegen het bed.

Aarzelend stak ik mijn linkerhand uit en tastte met mijn vingertoppen over het bed tot ik plotseling warme huid voelde. Ik schrok, alsof ik toch niet had verwacht dat hij hier zou liggen. Ik liep zijwaarts langs het bed en bleef met mijn hand voelen tot ik zijn hoofd raakte. Hij lag op zijn zij en zijn handen en voeten waren vastgebonden zodat hij niet kon lopen, maar ze hadden hem blijkbaar niet aan het bed vastgebonden.

Ik tastte voorzichtig met mijn vingertoppen over zijn gezicht, probeerde hem te herkennen, maar ik had hem zo zelden aangeraakt dat het iedereen had kunnen zijn. Uiteindelijk vond ik de tape op zijn mond en trok het met een snelle beweging weg.

'Rebecca! Maak me los!'

Zijn stem vulde zijn gezicht aan, de lege ruimte die ik niet met mijn vingers kon voelen. Het was alsof ik het gezicht met de baard, de scherpe neus, de smalle lippen en de lichtblauwe ogen kon zien.

Hij kronkelde verwoed en bijna koortsachtig op het bed. Ik werd bang dat hij probeerde bij me te komen en deed een stap naar achteren.

'Schiet toch op!' riep hij onderdrukt. 'Zo meteen zijn ze terug!'

Ik stond roerloos naast hem met het mes hulpeloos langs mijn lichaam.

'Papa, luister alsjeblieft naar me,' zei ik.

'Waar heb je het verdomme over? Snijd me los, Rebecca!'

Hij was zichzelf, zoals hij altijd was geweest: een glanzend metalen balletje dat door het leven rolde en dat door niets werd beïnvloed.

'Rebecca!' riep hij weer. 'Doe onmiddellijk wat ik zeg!'

Heel even wist ik niet wat ik moest doen, daarna gehoorzaamde ik hem en deed wat hij me vroeg. Ik tastte met mijn vrije hand over zijn lichaam en voelde dat hij op zijn buik was gedraaid. Daarom had hij zo gekronkeld.

Ik klom op het bed, wat lastig was omdat ik maar één hand kon gebruiken vanwege het mes dat ik in mijn andere hand hield, maar uiteindelijk zat ik schrijlings op zijn rug.

'Vooruit! Snijd de kabelbinders door!' Hij haalde zwaar adem.

Ik aarzelde.

'Rebecca! Probeer voor één keer eens iets goed te doen. Het is een heel eenvoudige opdracht!'

Dat was het moment waarop ik zijn haar vastpakte en zijn hoofd naar achteren trok. Ik was niet van plan om het te doen, het was een reflex. Plotseling gebeurde het gewoon.

'Wat doe je? Ben je helemaal gek geworden?' schreeuwde hij. 'Laat me los!'

Ineens ontspande hij en hij begon te lachen. 'Ik begrijp het,' zei hij. 'Ben jij degene die dit bedacht heeft, Rebecca? Als een soort belachelijke wraakoefening omdat je blind bent? Omdat je denkt dat het mijn schuld is? Jezus! Je kunt mij de schuld niet geven, Rebecca. Je hebt een goede jeugd gehad, beter dan de meesten. Ik heb je alles gegeven, een fijn huis, kleren, geborgenheid. Je hebt zelfs paarden gekregen. Ieder ander zou dolgelukkig geweest zijn, maar jij… Jíj was degene die er niet mee kon omgaan.'

Ik trok harder aan zijn haar, dwong zijn hoofd verder naar achteren.

'Je kunt me de schuld niet geven omdat je… zelf niet in staat bent om te leven,' ging hij hees verder.

Nu ik zijn hoofd naar achteren trok klonk zijn stem precies zoals de mijne.

'Ik heb het geprobeerd,' zei ik. 'Ik probeerde te worden zoals jullie wilden dat ik zou zijn. Zoals jíj wilde dat ik zou zijn. Maar het maakte niet uit wat ik deed, het was nooit genoeg.'

'En hoe kwam dat?' schreeuwde hij. 'Door mama en mij? Hou nou eens op de schuld aan anderen te geven, Rebecca, en neem voor één keer een beetje verantwoordelijkheid voor –'

Hij kwam niet verder, kon die laatste zin niet afmaken. Met een snelle beweging haalde ik het mes over zijn keel. Ik geloof dat hij nog heel even probeerde te schreeuwen, maar het enige wat ik hoorde was hees gefluister. Het volgende moment maakte hij alleen nog een gorgelend geluid.

Ik liet hem los en leunde naar achteren, van hem weg, maar toch proefde ik de zoete, metalige smaak van bloed in mijn mond.

Ik smeet het mes van me af, hoorde het op de vloer vallen, rolde van hem af en viel hard op de vloer.

Toen ik opstond hoorde ik op de benedenverdieping iemand het huis in komen.

87

'Vraag je je af waarom je hier bent?' vroeg Carl Edson. 'Of heeft iemand je dat al verteld?'

'Nee,' antwoordde Mona Rudberg. 'Niemand heeft iets gezegd.'

De klok die aan de kale beige muur in de verhoorkamer hing stond op kwart over drie 's middags. Carl had het gevoel dat het later moest zijn. Zo voelde het in elk geval.

'Je bent op zaterdag 12 januari in Per Nordins vakantiewoning geweest,' zei Jodie.

Het was heel even stil in de verhoorkamer, waarna Carl het woord nam. 'Rebecca heeft bekend dat ze Jens vermoord heeft en heeft verteld dat jij vlak daarna het huis in bent gekomen.'

De verhoorkamer was geluiddicht, anders was Mona's gegil in de gang te horen geweest. 'Nee! Nee! Nee!' Ze schoot overeind en trilde over haar hele lichaam.

'Ga alsjeblieft weer zitten,' zei Carl.

Mona bleef echter wankel staan en staarde naar Jodie en naar hem. Pas na een lange stilte ging ze weer zitten.

'Ze heeft bekend,' zei Carl.

'Het was haar schuld niet. Sluit in plaats daarvan een paar van die milieuterroristen op!'

Carl dacht aan de blinde loyaliteit die ouders voor hun kinderen hebben. 'Je was op 12 januari dus in Nordins vakantiehuis?'

Mona keek op. 'Ja, ik was daar,' zei ze met vaste stem. 'Het heeft geen zin om het te ontkennen.'

Carl legde zijn handen langzaam tegen elkaar en keek naar haar. 'Goed,' zei hij kalm. 'Dan beginnen we bij het begin. Heb je je dochter geholpen met de ontvoering?'

'Ik? Nee!'

'In dat geval ben ik benieuwd hoe je wist waar ze je man naartoe gebracht hadden. Niemand anders wist...'

'Natuurlijk wist ik niet waar ze hem naartoe gebracht hadden, maar het was vreemd dat ze Jens ontvoerden.'

Carl fronste zijn voorhoofd.

'Het had geen zin om hem te ontvoeren, snappen jullie? Als ze C-Mine ergens toe wilden dwingen, dan hadden ze Per moeten ontvoeren.'

'Per Nordin?'

Ze knikte langzaam. 'Hij is het gezicht van het bedrijf en heeft de eindverantwoordelijkheid. Jens werd zelden in het openbaar gezien, werd nooit geïnterviewd en was nooit aanwezig bij persconferenties. Toch kozen ze ervoor om hem te ontvoeren. Daardoor begon ik te vermoeden dat Rebecca erbij betrokken was.'

Carl knikte, maar schudde vervolgens verbaasd zijn hoofd.

Jodie keek op van het notitieboekje waarin ze aantekeningen maakte. 'Wil je zo vriendelijk zijn om het uit te leggen?' zei ze.

'Het is zoals jullie eerder al zeiden. Rebecca wilde wraak op Jens nemen voor... Ik weet het niet... Voor alles. Ze vroeg me een keer of ik haar wilde helpen met zoeken naar documenten in zijn bureau. Ik weet niet wat ze verwachtte te vinden, maar ik weigerde het. We zijn tenslotte een gezin, Jens was mijn man, haar vader, ondanks alles was hij haar vader, en dan doe je zoiets niet.'

'Waarom heb je dat niet aan ons verteld?'

'Ik was er niet zeker van en Rebecca is mijn dochter, ik kan niet...'

'Je vermoedde dus dat Rebecca iets met de ontvoering te maken kon hebben,' constateerde Carl. 'Maar hoe wist je dat ze in de vakantiewoning van Nordin waren?'

'Ik kreeg een inval. Rebecca kent het huis goed en het staat 's winters grotendeels leeg, dus...' Ze schraapte haar keel. 'Ik heb iets te drinken nodig.'

Carl maakte een gebaar naar de kan die op tafel stond en wachtte tot ze water in een kartonnen beker had geschonken en met kleine, voorzichtige slokken had gedronken.

'Je bent dus naar Nynäshamn gegaan,' constateerde Carl. 'Op goed geluk?'

'Ja, om te controleren of...' Mona dronk weer uit de kartonnen beker en zette hem heel voorzichtig neer, alsof het een wijnglas was. 'Bij de oprit naar de woning is een openbaar parkeerterrein. Ik zette de auto daar neer en liep het laatste stuk. Eerst dacht ik dat ik het mis had. De oprit was leeg en de woning was donker. Dat was op een bepaalde manier goed.'

Mona had aan een van de knopen van haar colbert gedraaid en plotseling raakte hij los. Ze keek er even verbaasd naar en stopte hem in haar zak. 'Maar toen ik aan de deur voelde was die open en ik ging naar binnen. Per is een pietje-precies. Alles is altijd perfect bij hem. Nu zag het eruit alsof er was ingebroken. Op de vloer in de hal lagen schoenen, overal lagen oude pizzadozen…'

'Waarom ging je naar binnen?' vroeg Jodie. 'Waarom belde je ons niet als je vermoedde dat de ontvoerders je man naar het vakantiehuis hadden meegenomen?'

'Vanwege Rebecca,' zei ze. 'Ik moest Rebecca vinden en haar daar weghalen. Dat was ik haar verschuldigd. Ze was als tiener in verkeerde kringen terechtgekomen waar ze misleid werd. Het was net een sekte en ik kon er niets… De milieuactivisten hadden mijn mooie, keurige Rebecca van me afgepakt en ik wilde haar terug.' Ze zweeg even. Carl wist niet of ze huilde of woedend was.

'Je ging dus naar binnen?' drong Jodie aan.

'Ja, de keuken was nog smeriger dan de hal. Overal stonden vieze borden en het stonk er naar etensresten.'

Carl herinnerde zich hoe het eruit had gezien.

'Er was niemand, dus liep ik de trap naar de bovenverdieping op.'

'Was je niet bang?' vroeg Jodie. 'Dacht je er helemaal niet over na dat de ontvoerders gevaarlijk konden zijn?'

'Ik was gewapend,' zei Mona. 'Ik had Jens' oude legerpistool bij me.'

'Een cz99?' vroeg Carl.

Ze keek hem wezenloos aan. Carl had spijt van de vraag en knikte naar haar om verder te vertellen.

Mona keek naar haar handen. 'Op de bovenverdieping zag het er ook verschrikkelijk uit. De slaapkamers leken een zwijnenstal en er was niemand, maar…' Ze zweeg en keek met een lege blik voor zich.

'Maar?' spoorde Jodie haar aan.

'...toen ik in de slaapkamer van Per en Elisabeth kwam, zag ik Jens op bed liggen.'

'Dood?'

Ze knikte.

'Rebecca stond in een hoek tegen de muur gedrukt. Ze zat onder het bloed, was volkomen in de war en wist nauwelijks waar ze was.'

Carl zag de tengere jonge vrouw die onder het bloed zat en haar armen om zichzelf heen had geslagen voor zich. 'Wat deed je toen?' vroeg hij.

'Ik wilde haar mee naar huis nemen, haar redden...'

'Maar deed het je niets dat ze je man net vermoord had?' vroeg Jodie.

'Jens?' zei ze. 'Natuurlijk deed me dat iets, maar... jullie moeten begrijpen dat Jens een hard karakter had. Dat is altijd zo geweest. Toen we trouwden zei zijn moeder tegen me dat ik het moeilijk met hem zou krijgen, en zij wist waarover ze praatte.' Mona schudde haar hoofd. 'Hij hield niet van Rebecca, noemde haar "dat stomme hoerenjong". Hij had kritiek op alles wat ze deed, echt alles, net zolang tot er niets meer van haar over was. Ze probeerde hem altijd tevreden te stellen, wilde iedereen tevredenstellen. Daarom werd er misbruik van haar gemaakt, door haar klasgenoten, door de milieuactivisten... Ze kon er niets tegen inbrengen, had geen zelfvertrouwen...' Mona zweeg en keek naar haar handen. 'Ik had weg moeten gaan. Ik had van hem moeten scheiden, maar ik was te laf. Ik had geen geld en geen baan, snappen jullie...'

Ze keek op en Carl zag aan de zwarte mascarastrepen op haar wangen dat ze huilde.

'Ik wilde werken, maar Jens vond dat ik thuis moest blijven voor Rebecca. We hadden geld genoeg en hij was van mening dat het goed voor haar was. Daarna kwam hij erachter dat Rebecca niet van hem was en...'

Jodie gaf haar een papieren zakdoekje uit de doos die op tafel stond. 'Hoe reageerde hij daarop?'

'Hij reageerde helemaal niet. Dat was Jens' manier van reageren. Als ik probeerde erover te praten liep hij gewoon weg. Daarna gingen Per en hij naar Bosnie en toen ze thuiskwamen... deden we alsof het nooit gebeurd was.'

Jodie boog zich naar voren en pakte Mona's hand vast.

'Laten we naar de vakantiewoning teruggaan,' zei Carl. 'Wat gebeurde er in de slaapkamer van Per en Elisabeth? En waarom heb je Rebecca niet mee naar huis genomen?'

Mona haalde diep adem. 'Terwijl we daar stonden hoorde ik iemand het huis in komen en ik begreep dat de ontvoerders terug waren. Ze riepen naar iemand die Oscar heette...'

'Wat deed je? Verstopte je je?'

'Nee, ik leidde Rebecca naar de kledingkast zodat ze zich kon verstoppen. Daarna haalde ik het pistool tevoorschijn en liep ik naar de televisiekamer terug. Ik wilde... Ik weet niet wat ik wilde, ik was woedend om wat ze Rebecca aangedaan hadden. Ik was niet van plan om op ze te schieten, maar toen de eerste ontvoerder de trap op rende, recht op me af, raakte ik in paniek en toen... schoot ik.'

'En de ander?'

'Hij liep maar een paar stappen achter hem, dus ik bleef schieten tot het pistool klikte en ik besefte dat ik geen kogels meer had. Ik gooide het pistool weg...'

'En daarna?'

'Ik weet het niet goed. Het was een chaos in mijn hoofd.'

'Het mes waarmee je man is vermoord, een zogenaamd kloofmes, belandde bij Per Nordin. Weet jij hoe dat kan?'

Ze knikte. 'Ja, ik herinner me dat ik dacht dat ik het ergens moest verstoppen, voor Rebecca... Ik weet niet hoe ik redeneerde... alleen dat ik Per de schuld wilde geven.'

'Je nam het mes dus mee, maar je liet Rebecca achter?' zei Jodie.

'Ja,' zei Mona. Ze keek naar de tafel alsof ze zich schaamde. 'Ik begrijp niet hoe het kan, maar ik vergat dat ze daar stond... in de kledingkast, terwijl Jens dood op bed lag.' Ze schudde haar hoofd en kreunde.

Het bleef een hele tijd stil. Toen Mona opkeek was ze weer kalm. Ze pakte een papieren zakdoekje uit de doos en veegde de mascara en de tranen van haar wangen. 'Maar ik heb de aktetas wel meegenomen,' zei ze.

'De aktetas?' vroeg Jodie verbaasd.

Mona knikte. 'Jens' aktetas. Hij lag in de televisiekamer op de vloer. Een van de ontvoerders was erop gevallen toen ik op hem schoot. Ik herkende hem en nam hem mee. Vraag me niet waarom.'

Carl boog zich naar voren en leunde met zijn ellebogen op de tafel. 'Weet je wat de inhoud is?' vroeg hij. 'Heb je erin gekeken?'

'Nee,' antwoordde Mona, 'maar Jens had hem altijd bij zich en liet er nooit iemand in kijken. Hij was er heel zorgvuldig mee, maar ik gok erop...'

'Waar gok je op?'

'Jens praatte niet over zijn werk. We praatten eigenlijk nergens over. Zoals ik al vertelde leefden we parallelle levens, maar uit dingen die hij aan de telefoon zei als hij dacht dat ik het niet hoorde, trok ik mijn conclusies. Hij hield er niet eens rekening mee dat ik er iets van zou begrijpen, maar dat deed ik wel. Ik ben niet dom.'

'En Rebecca? Heb je het aan haar verteld?' zei Jodie.

'Nee, dat zou ik nooit doen, maar ze kan net als ik natuurlijk dingen gehoord hebben.'

'Waar is de aktetas nu?'

88

De prachtige rode bakstenen villa van het gezin Rudberg leek kleiner in het donker, dacht Carl terwijl hij samen met Jodie naar de voordeur liep. Het huis straalde leegte uit met zijn zwarte ramen, misschien kwam het daardoor.

Jodie haalde de sleutelbos tevoorschijn die Mona Rudberg hun had gegeven en stak een van de sleutels in het slot.

'Deze is het,' zei ze en ze opende de deur.

De woning zag er keurig uit: de schoenen stonden in een nette rij, alle decoraties hadden een eigen plek, zelfs de stoelen rond de eettafel in de zitkamer waren allemaal even ver aangeschoven.

Op de bovenverdieping heerste dezelfde perfecte orde. De slaapkamerdeur van Jens en Mona stond open, het bed was keurig opgemaakt en op het nachtkastje stond een wekker, maar er stonden geen boeken, geen tijdschriften, geen waterglazen. Carl kreeg het gevoel dat hier niemand woonde. Het was net een hotel.

Jodie trok een paar latexhandschoenen aan en opende de deuren van de inloopkast. Ze kwamen in een kleine ruimte met een bureau en een stoel, en achterin een grote spiegel. Rechts hingen Jens' kostuums en overhemden terwijl Mona's jurken en blouses links hingen. Carl bleef in de deuropening staan en keek naar Jodie, die de onderste lade van het bureau opende. Toen ze rechtop ging staan had ze een aktetas in haar hand. Carl zag dat er aan één kant grote donkere vlekken op het lichtbruine leer zaten.

'Maak open,' zei hij en hij liep naar haar toe.

Hij haalde er een knalgele map uit, sloeg de eerste pagina open en las R & N RECYCLING AB.

'Is het een soort boekhouding?' vroeg Jodie.

'Daar lijkt het op.' Carl bekeek vluchtig de koppen, zoals VOORTGANGSRAPPORT, BALANSVERSLAG, AANNEMERS... 'Dit zijn normale bedrijfsdocumenten. Ik begrijp het niet.'

'Mag ik kijken?' zei Jodie. Ze pakte de map en begon er in te bladeren. 'Kijk hier,' zei ze na een tijdje. '"Zwarte massa – 2000 ton." En hier "grondsanering – afgewerkte olie – 1000 ton" en "grondsanering – chem – 1200 ton". R & N Recycling lijkt milieugevaarlijke afvalstoffen te verwerken.'

Carl knikte. 'Maar waarom was Per er zo op gebrand om dit in handen te krijgen?'

Jodie las verder en bladerde nog een tijdje tussen de papieren. Daarna sloeg ze de map dicht. 'Ik denk dat ze afval en slakken uit de mijnen van C-Mine gedumpt hebben.'

Carl dacht aan Rebecca. Misschien had ze toch gelijk gehad. 'Maar waarom?' zei hij.

'Ik neem aan dat ze daar veel geld mee verdienden. Het kost veel geld om milieugevaarlijke afvalstoffen op een legale manier te verwerken, dus hierdoor bespaarden Per en Jens heel veel geld.'

Carl keek naar de onopvallende gele kantoormap die ze vasthad. 'Daniel moet de documenten doornemen,' zei hij. 'Maar als het klopt wat je zegt, dan denk ik niet dat de inhoud van de aktetas aan ons onderzoek wordt toegevoegd.'

Terwijl ze naar de slaapkamer terugliepen gaf het lege huis Carl een heel ongemakkelijk gevoel. 'Kom, laten we gaan,' zei hij.

Even later reed Jodie snel door de villawijk naar een grote doorgaande weg, om daarna via de Gustavsbergsleden naar de stad terug te rijden. Carl zakte naar achteren op de stoel en leunde met zijn hoofd tegen de veiligheidsgordel.

'Jezus, wat een krankzinnig verhaal,' zei Jodie min of meer tegen zichzelf.

Carl deed zijn ogen dicht en knikte.

89

Vrijdag 1 februari

'We hebben hem,' zei Asbjörn Bolander terwijl hij met een beker koffie in zijn hand de vergaderkamer in liep. Hij ging met één been op de spreektafel zitten en nam een slok van de hete koffie. 'Per Nordin,' voegde hij eraan toe.

Carl legde de map met de kopieën van het verhoor met Mona Rudberg neer en keek met een vragende blik naar hem. 'Heeft hij bekend?' vroeg hij.

Jodie kwam naar hen toe en ging achter Carl staan.

'Nee, nog niet,' zei Asbjörn. Hij nam voorzichtig nog een slok koffie. 'Maar ze zijn klaar met het technische onderzoek van Per Nordins appartement en de vakantiewoning en ze hebben een kleine druppel bloed op een van zijn overhemden gevonden.' Asbjörn hield de beker voor zijn mond, maar Carl kon zien dat hij glimlachte.

'En?' zei hij.

'Het is van Kumiko Andersson. Waarschijnlijk droeg Per een beschermende overall toen hij haar vermoorde, maar op een bepaald moment is de mouw blijkbaar naar boven geschoven zodat er een kleine bloedspat op de manchet van zijn overhemd terechtgekomen is.' Asbjörn schudde zijn hoofd. 'Ik snap alleen niet waarom...'

Carl leunde naar achteren op zijn stoel. 'Heb je over de aktetas gehoord?' zei hij. 'Over Jens' aktetas?'

Jodie deed verslag van de vondst in de inloopkast van het echtpaar Rudberg. Daniel Sandén had de aktetas 's ochtends aan de hoofdofficier van justitie bij de afdeling Milieuzaken overhandigd en had haar interpretatie van de documenten inmiddels bevestigd.

Asbjörn sloeg met zijn vuist op de tafel en ging staan. 'Dat is waarschijnlijk de reden waarom Andrius Sarunas Pers auto in brand gestoken heeft. De een of andere criminele organisatie wilde natuurlijk een deel van het geld hebben. Het was een dreigement, precies zoals we al dachten, maar dan van milieucriminelen in plaats van activisten.'

Carl keek hem verbaasd aan. 'Weet je dit of verzin je het?'

'Ik raad ernaar,' zei Asbjörn. 'Maar ik ben er heel zeker van dat het zo is. Vermoedelijk heeft Andrius nog vóór de ontvoering contact opgenomen met Jens en Per. Daarom had Jens de boekhouding waarschijnlijk bij zich. Ze waren bang.'

Carl keek sceptisch naar hem en schudde vervolgens zijn hoofd. 'Ik vraag me af waarom Per en Jens alle documenten geprint hebben. Waarom bewaarden ze alles niet gewoon op hun laptops? Dat vermindert het risico om ze kwijt te raken.'

Rickard stond op en liep naar hen toe. 'Ik hoorde waar jullie over praten,' zei hij. 'In de aktetas zaten beslist originele documenten. Geen prints, maar met een typemachine of met de hand geschreven documenten.'

'Leg uit,' zei Jodie.

'Als alles op internet gehackt kan worden, zijn ouderwetse, met een typemachine geschreven originelen zo'n beetje de veiligste manier om ze geheim te houden. Het enige risico is dat iemand de documenten steelt.'

Of dat je ontvoerd wordt, dacht Carl.

90

Rebecca Rudberg zat te wachten. Haar handen lagen ontspannen op haar schoot.

'Goedemorgen, Rebecca,' zei Carl Edson. 'Ik ben hier samen met Jodie Söderberg en officier van justitie Daniel Sandén.'

Daniel bleef naast de deur staan en knikte naar Rebecca. Hij dacht er duidelijk niet over na dat ze hem niet kon zien.

'We hebben je moeder verhoord over wat er plaatsgevonden heeft in de vakantiewoning van Per Nordin, waar drie mensen vermoord zijn,' ging Carl verder.

Rebecca zat nog steeds roerloos op de stoel en liet niet merken dat ze het had gehoord.

'Je moeder, Mona Rudberg, heeft bekend dat ze Andrew Christiansson en Joakim Enroth doodgeschoten heeft. Ze heeft ook bevestigd dat jij je vader gedood hebt.'

Nog steeds geen reactie.

'Goed... Is er iets wat je eraan toe wilt voegen of veranderen?'

Carl zweeg toen er op de deur werd geklopt.

'Hallo, stoor ik?' zei Rickard. Hij had een lolly in zijn mond en keek door de smalle kier naar binnen.

'Ja, dat doe je,' zei Carl. 'Wat is er?'

'Ik geloof... Kun je even mee naar buiten komen?'

Carl stond op en liep met hem mee naar de gang.

'Ik heb net een telefoontje uit Östersund gehad.'

Carl wachtte ongeduldig.

'Je vroeg naar een abortus,' ging Rickard verder. Hij haalde de lolly uit zijn mond.

'Ja?' zei Carl.

'Ik dacht dat je het meteen zou willen weten. Voordat je...' Hij maakte een gebaar naar de verhoorkamer.

'Heb je daar iets over gevonden?'

'Nee,' zei Rickard.

'Wat wil je dan vertellen?' vroeg Carl zonder zijn irritatie te kunnen verbergen.

'Er is geen patiënteninformatie over Rebecca Rudberg met betrekking tot een abortus.'

Carl zuchtte. 'Weet je dat zeker?' vroeg hij.

'Ja, ik heb alle patiënteninformatie die er is opgevraagd. Haar pols is in het gips gezet toen ze zeven was nadat ze thuis gevallen was... En toen ze achttien was is ze behandeld voor brandwonden aan haar voeten. Ze had er benzine op gemorst. Er is een aantekening dat het een mislukte zelfmoordpoging kan zijn geweest, maar daar is niets mee gedaan.' Rickard keek in een klein notitieboekje. 'De volgende vermelding in het dossier dateert van een paar maanden later en gaat erover dat ze door een paard geschopt is en bijna negen uur geopereerd is.'

Carl wreef over zijn gezicht en probeerde na te denken. 'Ben je meer te weten gekomen?' vroeg hij.

'Ik heb het strafregister gecontroleerd zoals je me gevraagd hebt. Ze heeft aangifte gedaan van de diefstal van een jack op het gymnasium, een Canada Goose, een duur ding, maar verder niets, *rien*. Ze is zelfs niet in vooronderzoeken genoemd.' Rickard stopte de lolly weer in zijn mond.

'Dank je wel,' zei Carl. 'Dat is… interessant. Goed werk.'

Rickard knikte en verdween in de gang. Carl keek hem even na, waarna hij de deur naar de verhoorkamer opende en Daniel en Jodie vroeg om naar buiten te komen.

'Niets?' zei Jodie nadat Carl had verteld wat Rickard te weten was gekomen. 'Het is dus allemaal…'

'Ja, dat denk ik inderdaad,' zei Carl.

Jodie zag er nadenkend uit, vond hij. Daniel zei niets, klikte alleen op zijn balpen en leek afwezig.

'Klaar?' vroeg Carl.

Ze knikten en hij hield de deur voor hen open. Deze keer gingen ze alle drie tegenover Rebecca zitten.

'Je vraagt je misschien af waarom we je zoveel vragen blijven stellen,' zei Jodie. 'Er zijn een paar details waarover we nog duidelijkheid moeten hebben.'

Rebecca wachtte roerloos.

'Je hebt gezegd dat je verkracht bent door Oscar Hess,' zei Carl. 'En dat je abortus hebt laten plegen.'

'Ik heb inderdaad een abortus gehad,' zei ze gedecideerd.

'Maar er is geen medische informatie die dat ondersteunt,' zei Carl. 'Herinner je je in welk ziekenhuis of in welke kliniek je geweest bent?'

Rebecca zweeg, alsof ze probeerde het zich te herinneren, en draaide vervolgens haar hoofd weg.

'Bovendien is er nooit aangifte tegen Oscar gedaan wegens verkrachting,' zei Jodie. 'Dat hebben we gecontroleerd.'

Nu draaide Rebecca haar hoofd in haar richting. 'Dat heb ik al verteld. Oscar heeft me overgehaald om het niet te doen. Het maakt trouwens niet uit. In dit land wordt toch niemand veroordeeld wegens verkrachting.'

'Sommigen wel,' zei Carl kalm.

'Hoeveel? Eén procent?'

Daniel schraapte zijn keel. 'Tweeënhalf,' zei hij.

Rebecca gaf geen antwoord. Ze leek niet eens tevreden over het antwoord.

'Hoe zat het met je vader?' vroeg Jodie. 'Heeft hij zich aan je vergrepen?'

'Maakt dat iets uit?'

'Deed hij dat? Heeft Jens zich aan je vergrepen?'

Rebecca tilde haar gezonde hand langzaam op, raakte haar gezicht met haar vingertoppen aan en tastte over de huid. Jodie keek naar haar met een blik waarin Carl medelijden dacht te lezen.

'In principe proberen we te begrijpen waarom je je vader vermoord hebt,' zei Carl.

Er ging een schok door Rebecca heen en ze draaide haar gezicht naar hem toe. 'Ik...' begon ze, waarna ze zweeg en met haar mond halfopen bleef zitten.

'Ik...' zei Jodie. 'Wilde je ons iets vertellen?'

'Nee,' zei Rebecca met haar hese stem.

'We hebben je belastingaangiften bekeken. Je lijkt nooit werk gehad te hebben. Leefde je van het geld dat je van je vader gekregen hebt?'

'De verzekering heeft een flink bedrag uitgekeerd toen ik blind werd. En het is niet zo makkelijk om werk te krijgen als je...'

'Ik begrijp het,' zei Carl. 'We veroordelen je ook niet, we proberen je alleen te helpen. Dreigde Jens om het geld op de een of andere manier van je af te pakken?'

'Nee. Het is mijn geld.'

Het werd stil.

'Het is niet te laat, Rebecca,' zei Carl na een tijdje. 'Er is nog steeds tijd om uit te leggen waarom je het gedaan hebt, om je verhaal te vertellen, zodat we het begrijpen. Als er verzachtende omstandigheden zijn kunnen die invloed op de strafeis hebben.'

Rebecca glimlachte. Carl dacht dat het de eerste keer was dat hij haar zag glimlachen.

'Al heel snel in mijn leven was het te laat,' zei ze zachtjes. 'Toen ik zeventien was, was het al te laat.'

'Wat bedoel je daarmee?' zei Jodie.

'Niets. Ik... weet het niet... Vergeet het.'

Ze bleven nog een tijdje zo zitten. Carl verstrengelde zijn handen en legde ze op de tafel. Hij maakte al een hele tijd geen aantekeningen meer. Er was niets op te schrijven, en ook niet te tekenen trouwens. Bovendien werd alles opgenomen.

'Wil je misschien nog iets kwijt?' zei Carl.

Rebecca schudde haar hoofd langzaam.

'Goed dan. Dan beëindig ik het verhoor. Wij zullen elkaar niet meer spreken. Jodie en ik zijn klaar met dit onderzoek. Asbjörn, Ylva en officier van justitie Daniel Sandén nemen het van ons over. En je advocaat natuurlijk.'

Rebecca knikte langzaam, maar Carl kreeg de indruk dat het niet goed tot haar doordrong wat hij tegen haar zei.

Vijf minuten later keek Carl naar het display van de lift waarop de etages oplichtten.

'Het is alsof ze niet bestaat,' zei Jodie.

Carl dacht na. Jodie had gelijk, dat gevoel had hij ook. 'Inderdaad,' zei hij. 'Eerst deed ze alsof ze Edith was en sinds we bevestigd hebben gekregen dat ze Rebecca is, doet ze alsof ze Rebecca is. Alsof het geen verschil maakt.'

De liftdeuren gleden open en Jodie liep voor hem uit naar de vergaderkamer. Voor de deur bleef ze staan en draaide zich naar hem om. 'Waarom denk jij dat ze haar vader heeft vermoord?' zei ze.

Carl moest denken aan een beeld dat instort en in as verandert zodra je het aanraakt. 'Ik denk dat het klopt wat ze gezegd heeft, dat ze niet van plan was om hem te vermoorden. Ik denk dat ze alleen erkenning wilde voor wie ze is... Wie dat ook moge zijn.'

'En de ontvoering?' vroeg Jodie.

'Daar komen we waarschijnlijk nooit achter,' zei Carl. 'Daniel is van plan om een psychiatrisch onderzoek voor haar aan te vragen.'

'Ik heb echt heel veel medelijden met haar.'

91

Toen Carl thuis was liep hij naar de boekenkast in de zitkamer. Het was er een van het merk String, die zijn vrouw per se had willen hebben in plaats van de Ikea-boekenkast die hij had voorgesteld. Nu stond het ding in zijn zitkamer. Stiekem hield hij van de sobere elegantie ervan. Hij overwoog er nog een te kopen omdat hij op meerdere planken dubbele rijen boeken had staan.

Hij pakte op goed geluk een boek, bladerde erin en zette het weer terug.

Rebecca had iets gezegd wat hem niet losliet. Dat het te laat was. Hij had het als tiener ergens gelezen, dus moest het een van de klassiekers zijn geweest. Hij pakte *De dwerg*, las hier en daar een stukje, maar zette het al snel weer terug. *Hart der duisternis*... Nee. Camus, Sartre...

Hij nieste. Op elk boek dat hij pakte lag een laag stof. Hij pakte weer een boek, blies het stof eraf en sloeg de eerste pagina open. Daar was het. Hij herkende de zin.

Al heel snel in mijn leven was het te laat. Toen ik achttien was, was het al te laat.

De minnaar van Marguerite Duras. Misschien een passend citaat. Hij dacht dat Rebecca zich waarschijnlijk goed zou kunnen identificeren met de zoekende jonge vrouw uit het verhaal.

Hij zette het boek op de plank terug, tevreden omdat hij het had gevonden, en ging op de bank zitten. De afstandsbediening lag op de tafel. Hij pakte die, maar bleef er vervolgens mee in zijn hand zitten. Het was bijna zeven uur 's avonds. Hij had nog niet gegeten, maar had de energie niet om iets te koken. Hij overwoog om ergens wat af te halen, maar besefte dat hij geen zin had om de deur uit te gaan.

Hij legde de afstandsbediening weer neer, stond op en liep naar de keuken. Daar pakte hij twee boterhammen die hij in de broodrooster stopte.

Hij had moeite om niet meer aan Rebecca te denken. Het was alsof ze foto's uit tijdschriften en boeken had geknipt en ze vervolgens aan elkaar had geplakt tot ze een persoon had, een levensgeschiedenis.

Was het omdat ze op hem leek dat ze in zijn gedachten doordrong? Hij dacht het niet, maar was er niet helemaal van overtuigd.

Terwijl de broodrooster de boterhammen met een scherpe tik naar boven schoof ging zijn telefoon. Hij keek op het display en zag dat het Beatrice was.

'Hallo,' zei ze met haar zachte Fins-Zweedse dialect. 'Heb je al gegeten?'

Carl keek naar de boterhammen die uit de rooster staken. 'Nee,' zei hij.

'Heb je zin om iets in Gamla Stan te gaan eten?'

'Ja,' zei hij. 'De plek maakt me niet uit.'

Rebecca Rudberg

Ik lieg niet. Ik ben echt gedwongen om een abortus te laten doen. Ik heb er geen herinnering aan dat ik het heb verzonnen. Integendeel, ik herinner me duidelijk dat ik de kliniek belde om te informeren hoe het in zijn werk ging en wanneer ik kon komen. Ik geloof dat ik een abortus heb gehad. Ik ben er bijna zeker van.

Ik ben tenslotte niet dom. Niet op die manier, in elk geval.

Maar soms weet ik niet of ik gebeurtenissen verzonnen heb of dat ze echt zijn. Ze vóélen echt. Alsof het herinneringen zijn. En sommige moeten echt zijn. Of bijna echt.

Ik probeerde echt om zelfmoord te plegen.

Ik weet niet waarom ik het deed. Het gebeurde gewoon. De benzine was van Oscar. Hij bewaarde de jerrycan in de schoonmaakkast in zijn appartement nadat hij de garage bij de boer in brand had gestoken. Toen ik de kleine blauwe plastic jerrycan zag nam ik hem mee naar het zwemstrand aan het Storsjön waar Edith en ik vaak naartoe gingen. Dat was een goede plek, vond ik. Als ik op de kleine stenen vlak bij het water ging staan, zou het vuur zich niet verspreiden.

Misschien wilde ik het alleen proberen om te zien of ik het zou kunnen. Of misschien wilde ik Edith en Oscar iets bewijzen.

Het brandde echter veel heviger dan ik had gedacht. Mijn schoenen waren van plastic en begonnen ook te branden, ze smolten door de warmte en brandden in de huid van mijn enkels en tenen. Het deed verschrikkelijk veel pijn. Ik doofde het vuur en rende daarna de hele weg naar Edith, bonkte op haar deur en schreeuwde net zolang tot ze opendeed.

Haar moeder bracht me naar het ziekenhuis. De verpleegkundigen en artsen stelden een heleboel vragen, maar ik zei alleen dat het een ongeluk was. Dat ik benzine in de grasmaaimachine wilde doen en had gemorst.

Ik weet niet of ze me geloofden, maar dat was ook niet belangrijk. Ze lieten me gaan nadat ze mijn voeten hadden verbonden. Edith bleef de hele tijd bij me en stond naast me voor het ziekenhuis te wachten tot mijn vader me kwam halen.

'Waarom heb je het gedaan?' vroeg ze.

Toen ik naar haar keek zag ik dat ze huilde. Ik wilde iets zeggen waardoor ze het begreep, maar ik had geen verklaring.

'Oscar...' zei ik uiteindelijk.

Daarna vertelde ik hoe Oscar misbruik van me had gemaakt. Dat ik niet had geweten wat ik moest doen, waar ik naartoe moest.

Ik had van alles kunnen vertellen, allerlei dingen, alleen de waarheid niet, want dan zou ze nooit meer iets met me te maken willen hebben.

'Maar waarom heb je niets tegen me gezegd?' zei ze. Ze klonk bijna boos. 'Vooral na dat met je vader.'

Ik hoefde niets meer te zeggen, want op dat moment kwam mijn vader in zijn Range Rover het parkeerterrein op rijden om me te halen. Hij begroette Edith niet, keek niet eens in haar richting. Hij pakte mijn tassen en gooide ze in de kofferbak. Edith staarde naar hem. Ik dacht heel even dat ze hem zou aanvallen, maar dat deed ze niet.

Ik weet niet waarom het zo met mijn vader is afgelopen. Ik hield van hem. Ergens diep vanbinnen hield ik onvoorwaardelijk van hem. Deed je dat niet altijd als kind? Van je ouders houden? Ik deed dat absoluut.

Toch sneed ik zijn keel door.

Ik denk dat ik heel jong gestorven ben. Lang voordat Big Tiger me in mijn gezicht schopte. Misschien als baby al, waarna alleen mijn lichaam overbleef.

Waarom zou ik anders zo zijn?

Vandaag heb ik gevraagd of ik met een gevangenispriester mag praten. Ik geloof dat dat me kan helpen. Ik geloof dat ik vergiffenis krijg, dat alles weer goed komt.

Als ik aan mezelf denk stel ik me een vrouw met donker haar en een eerbiedig gebogen hoofd voor. Mijn gezicht heeft een uitermate ernstige uitdrukking en is berouwvol.

Om me op zijn komst voor te bereiden – ik denk dat het een man is – heb ik met mijn gezicht naar de muur gekeerd gestaan en heb ik erop geoefend er berouwvol uit te zien. Ik denk dat ik daar heel goed in geslaagd ben. Toen ik met mijn vingertoppen over mijn wangen, lippen en ogen gleed, voelde het alsof ik er heel verdrietig uitzag. Heel berouwvol.

Lees meer topthrillers van Bo Svernström

'Sterkste Zweedse thriller van het jaar.'
De Telegraaf ★★★★

'Veel aandacht voor intrige, karakters en dialogen. De sfeer is bijzonder goed getroffen: alsof er een camera meeloopt.'
VN Detective en Thrillergids ★★★★

Voor meer informatie: **www.harpercollins.nl**

harpercollinsholland harpercollins_holland